Né en 1944 à Plougasnou, Michel Le Bris est un écrivain français, spécialiste de Robert Louis Stevenson. Il crée en 1990 le festival de Saint-Malo « Étonnants voyageurs ». Il est l'auteur de nombreux romans, essais, récits de voyage, dont *La Porte d'or*, *L'Homme aux semelles de vent*, *Le Paradis perdu*, *Un hiver en Bretagne* et *Les Flibustiers de la Sonore*. Son roman, *La Beauté du monde*, a été finaliste du prix Goncourt.

Michel Le Bris

LA BEAUTÉ DU MONDE

ROMAN

Bernard Grasset

TEXTE INTÉGRAL

ISBN 978-2-7578-1347-8
(ISBN 978-2-246-65091-1, 1re publication)

« Sans doute suis-je né avec cet incommensurable émoi qui toujours m'étreint devant la réalité, cette impression de je ne sais quoi de pathétique au cœur des choses, faite de deux éléments accouplés : une attraction et une horreur sans bornes. »

R.L. STEVENSON, *Reminiscences*.

« Le poète est toujours entre deux extrêmes : la célébration du monde et l'horreur du monde. C'est dans l'intime fusion de ces deux pôles que se trouve la vie. »

CLAUDE VIGÉE,
(Entretien avec Henri Tincq,
Le Monde, 25 août 2003).

Journal de Winnie, 1938

Aussi loin que portât le regard, ce n'était qu'éboulis, agrégats de roches grises parsemées de buissons maigres, arbrisseaux aux formes contournées, irrités de sécheresse. Chaleur et poussière, à l'infini. Le *Spirit of Africa* amorça une longue courbe, le ronronnement des moteurs se fit miaulement tandis que le sol se rapprochait peu à peu – je retins un cri : les roches, au-devant de l'avion, se mettaient en mouvement. Une, puis deux, puis tout un amas, d'une poussée irrésistible qui me parut une avalanche au ralenti, et ce fut comme si un long frisson passait sur l'étendue, qu'à ce signal les pierres se dressaient en ondes concentriques, roulaient, s'ébranlaient à pas lourds. Combien étaient-ils ? Cent, cent cinquante éléphants, au bas mot, mâles, femelles, éléphanteaux, saisis dans un même plan, serrés les uns contre les autres, lancés maintenant dans un galop furieux et chaque éboulis, chaque amas, de proche en proche, prenait vie, s'élançait à son tour, dans un arrachement colossal, des milliers et des milliers d'éléphants se ruaient droit vers l'horizon et jusque dans mon estomac je ressentais ce que devait être le tremblement du sol, le tonnerre grondant des maîtres de la savane dévastant tout sur leur passage. Une voix dans le cockpit hurlait d'excitation, Martin Johnson, caméra légère à l'épaule, filmait sans discontinuer, l'avion amorça une remontée, le panorama s'élargit à perte de vue tandis que le sol défilait à toute vitesse et sous les ailes du *Spirit of Africa*, que l'*Osa's Ark* suivait comme son ombre, c'était un tourbillon pêle-mêle d'immenses troupeaux de gnous, de zèbres, de kongonis, de topis, d'impalas, d'antilopes, de gazelles, de buffles, lancés dans un galop effréné et ce galop n'aurait jamais de fin, c'était toute l'Afrique qui se lançait ainsi vers le soleil couchant, le sol de toute l'Afrique qui tremblait sous le martèlement de millions de sabots. La caméra pivota lentement pendant que le pilote achevait sa boucle, pour un plan à 360° où passait toute la folie, toute la démesure de cet instant – mais le mouvement se prolongeait, dans une spirale de vertige, comme aspiré vers les hauteurs, l'horizon disparaissait dans un poudroiement d'or et l'avion montait toujours, traversait les nuages jusqu'au blanc vif du Kilimandjaro et son cratère gelé, montait encore, il n'y avait plus rien au-dessus de lui que ce ciel sans limite, et c'était comme si chacun, dans cette ascension, s'allégeait, s'allégeait continûment jusqu'à n'être plus que pure lumière, dans le silence et dans le vide… « *T'en souviens-tu, Martin ? Nous flottions, immobiles, dans l'espace, des miles au-dessus du sol, à des milliers de miles du monde des hommes, découvrant un monde inviolé. Et nous nous sentions libres, alors, sans nulle attache, seuls, dans le souffle même de la Création. Libres…* »

Il n'y avait, dans la salle de projection, que des professionnels, mais l'émotion, autour de moi, était palpable. Ce nouveau montage des images aériennes tournées par Martin Johnson cinq ans auparavant leur donnait un rythme, un souffle extraordinaires et la voix d'Osa y ajoutait une note singulière, entre émerveillement et mélancolie. Bouleversée, j'avais sans m'en rendre compte agrippé le bras de mon voisin, tandis que sur l'écran déferlaient vague après vague tous les animaux du Serengeti et, terrassée de honte, j'allais bredouiller une excuse, décidément ma mère avait raison de me traiter d'irrécupérable gourde, quand je vis ses yeux dans la pénombre, son sourire franc, si rassurant.

« Mark Stevens, le porteur de cigares et accessoirement l'assistant du terrible J.B. Lippincott, l'Attila de l'édition », s'était-il présenté quelques heures plus tôt, alors que j'essayais de me faire oublier dans le salon d'attente de son patron. Derrière la porte pourtant capitonnée, une voix féroce tonnait, depuis mon arrivée, sans même le temps d'une respiration – « Parce qu'*en plus* vous voudriez être payé pour *ça* ? » – et j'envisageais avec terreur le moment où son interlocuteur, sanguinolent, allait demander grâce en me laissant la place. « Ne vous inquiétez pas ! Juste une conversation amicale avec un de nos auteurs maison préférés ! » Devant mon air affolé Mark avait éclaté de rire : « Ça fait cinq ans que je suis là et, voyez, je suis toujours en vie… » Il avait fait tous ses efforts pour me mettre à l'aise, si tant est que ce fût possible : J.B. Lippincott et Osa Johnson, insistait-il, comptaient *réellement* sur moi pour ce projet de livre. Ce qu'Osa elle-même viendrait me confirmer tout à l'heure…

À quelques travées de moi, je pouvais voir, en biais, la silhouette d'Osa, immobile. La star de l'aventure, arrivée en retard à la projection, m'avait jeté un regard distrait quand Mark avait fait les présentations, avant de s'enfoncer dans un fauteuil en me tournant le dos. Et l'on voulait me persuader que c'était elle, vraiment, qui m'avait choisie ?

Joe, nœud papillon rouge et veste à gros carreaux, qui déployait une rare énergie à ressembler à la caricature d'un attaché de presse, rompit le silence d'un « bravo, *bravissimo* ! » retentissant. La lumière revint, la salle éclata en applaudissements, tous les regards se tournaient vers « l'incomparable aventurière » et comme celle-ci demeurait assise, sans réaction, le dos tourné, l'enthousiasme fit place à un murmure étonné. C'est alors, dans le silence revenu, que j'entendis pour la première fois sa voix autrement qu'enregistrée, une voix lasse, cassée, comme si elle sortait d'une longue rêverie et voulait prolonger les derniers mots du film : « Libres ? Foutaises tout ça. Foutaises ! » J'interrogeai Mark du regard. Il hocha la tête, chuchota : « Ce n'est pas toujours facile pour elle, vous savez. » Et dans le brouhaha de la salle se vidant : « Ne vous inquiétez pas : vous la verrez plus tranquillement après la conférence de presse. »

Joe se démenait, multipliait les plaisanteries pour dissiper le malaise, invitait l'assemblée à se rafraîchir dans l'entrée avant la conférence qui, promis, serait une bombe. À l'instant de sortir je me retournai : Osa, le dos voûté, n'avait pas bougé. Et il me sembla qu'elle pleurait.

Tout avait commencé une semaine auparavant. La lettre à en-tête était signée de J.B. Lippincott, mais je n'en crus pas moins, d'abord, à une plaisanterie : Osa Johnson, la célébrissime Osa Johnson, et lui-même, son éditeur, souhaitaient me rencontrer au plus vite. Tous les frais du voyage seraient bien sûr couverts. Frappée par les deux livres que j'avais publiés récemment, poursuivait l'éditeur, Osa souhaitait envisager avec moi la « possibilité d'une collaboration ». Avec moi ? Mes deux seuls livres, publiés chez Harvester and Sons, à Hannibal, dans le Missouri, étaient un conte animalier et un récit pour adolescents d'aventures dans la Prairie, dont la diffusion n'avait pas dû dépasser les frontières de l'État. Bien sûr j'avais tout lu d'Osa Johnson, *Jungle Babies*, *Jungle Pets*, je savais son amour des animaux, mais qui étais-je pour susciter chez elle pareil intérêt – moi qui n'étais jamais sortie de Wyaconda autrement qu'en imagination et qui très probablement prendrait dans deux ou trois années la suite de Mlle Prescott à l'école communale ? « La parfaite trajectoire de la future vieille fille », ricanait ma mère, désespérée de toujours me découvrir le nez plongé dans un livre et qui rêvait de moins en moins secrètement de me voir culbutée sur un tas de foin par un robuste paysan, du genre de Joe Doors ou de Bill Carruthers : « Au moins, ça finirait par un mariage ! » À ma grande surprise, elle avait réagi à la lettre avec enthousiasme. « Comment ça, une plaisanterie ? La chance de ta vie, oui ! » Peu importait le pourquoi du comment, ou la manière dont Osa avait pu tomber sur mes livres, le fait était qu'elle voulait « envisager une collaboration ». Et c'est presque *manu militari* que ma mère m'avait traînée à Hannibal, au *Bonheur des dames*, pour m'acheter une « garde-robe new-yorkaise ». Coiffure « moderne », manucure, maquillage, talons, je devais être méconnaissable car les yeux de Bill Carruthers lui jaillirent de la tête quand nous descendîmes du bus. « Tu as vu ? » gloussait ma mère. Oui, certes, j'avais vu un gros tas de foin dans chacun de ses yeux. Ma mère avait éclaté de rire : « Peut-être qu'après tout on pourra tirer quelque chose de toi ! »

Elle en aurait été moins sûre, si elle m'avait vue, pâle comme suaire, la semaine suivante, dans le bureau de « J.B. » Lippincott, face au forcené rond, rouge, chauve, qui brandissait son cigare comme un six-coups. Du premier regard, bien sûr, il m'avait jaugée, percée à jour. Est-ce que, hmm, je connaissais Martin et Osa Johnson, au moins ? Est-ce que j'étais libre, hmm, là, immédiatement, pour les huit mois qui venaient ? Et qu'est-ce que, hmm, je pensais de la proposition d'Osa ? Est-ce que seulement, hmm, je serais à la hauteur ? Il s'était interrompu, surpris par mon silence, pour se tourner vers Mark : il avait dit, hmm, quelque chose qu'il ne fallait pas ? Ou bien, hmm, parlait-on une variété d'anglais jusqu'ici inconnue, à Hannibal ? « J.B. », avait grondé Mark, en me tapotant discrètement la main, sous le bureau, « vous terrorisez même votre cigare ! » Je devais avoir l'air particulièrement idiote, la bouche ouverte, sans parvenir à articuler un mot, car J.B. me fixait, les yeux écarquillés, comme s'il découvrait une espèce animale imprévue. Après force déglutitions, j'avais fini par retrouver la parole. Oui, bien sûr, j'avais lu tous leurs livres, collectionné même les articles du *Clarion* d'Hannibal qui parlaient d'Osa – comme des millions de jeunes filles américaines, probablement, que sa vie aventureuse faisait rêver. Oui, j'étais libre. Non, je n'avais pas la moindre idée de ce qu'était la proposition d'Osa. Et non : on parlait, hmm, anglais, du moins jusqu'à hier matin, à Hannibal, tout de même la ville natale de Mark Twain. Le cigare s'était mis à tressauter et j'avais compris que Lippincott riait : « Hmm ! C'est vrai, ça ! La proposition d'Osa ! »

J'aurais bien eu besoin, en cet instant, de la main de Mark. L'offre était tout simplement incroyable. Si incroyable que je m'étais trouvée muette, de nouveau : Osa souhaitait que je l'aide à écrire son autobiographie. Ou plutôt que je l'écrive, purement et simplement, car elle n'avait pas une seconde à elle et « de toute façon elle écrivait à peu près aussi bien que son chimpanzé ». J'avais dû prendre un air réprobateur, car J.B. s'était interrompu, éberlué :

– Eh ! Vous sortez d'où ? Bien sûr, que tous ses livres ont été écrits par des nègres !

– Mais dans ce cas…

– Cette question ! Parce qu'ils ne convenaient pas. Du moins, à son idée…

– Mais pourquoi *moi* ?

– Crénom, parce qu'elle vous a lue ! À l'aéroport de… d'Hannibal, je crois bien. En attendant une correspondance, hmm, ou quelque chose comme ça. N'en sait plus foutre rien. Enfin, hmm, elle vous a lue. Ça devrait vous faire plaisir, non ?

Il m'avait détaillée longuement, en mâchonnant son six-coups :

– Bien sûr, comme ça, à vous regarder, ça peut paraître idiot, mais… Ça devrait marcher…

La suite, je l'avais entendue dans une sorte de brouillard. Pourcentage, à-valoir, forfait, il faudrait un chapitre d'essai, mes séjours me seraient payés, une documentaliste avait été recrutée, une salle de projection retenue, où je pourrais voir les films des Johnson, ainsi que les bandes d'actualité. Bien sûr il fallait qu'Osa me rencontre d'abord, Mark allait s'en occuper, étais-je au moins d'accord pour l'aventure ? Tout allait trop vite, paraissait irréel, je m'entendis dire « oui », mais ce devait être quelqu'un d'autre que moi, « J.B. » me brandissait son cigare sous le nez : « Et n'oubliez pas ! Martin et Osa sont des légendes. La légende moderne de l'Amérique ! Ce que je veux, c'est que vous me l'écriviez, cette légende ! N'oubliez pas : rien que la légende ! » Je ne devais mesurer que bien plus tard, et amèrement, toutes les implications de l'injonction…

Quelque chose m'échappait. Même la plus naïve des filles de Wyaconda, c'est-à-dire moi, pouvait comprendre que l'histoire était un peu trop belle. Certes, je caressais en secret l'espoir de faire une « carrière littéraire », mais j'étais assez lucide pour soupçonner que ce n'était pas l'évidence de mon talent qui m'avait valu d'être choisie – moi, petite Américaine anonyme, désespérément moyenne – parmi des milliers de brillants candidats : autant choisir au hasard dans la rue ! On me cachait quelque chose…

Mark avait réservé une table au bar-salon du Café des Artistes, sur la 67e Rue, où Osa devait nous rejoindre. Ensuite, nous assisterions avec elle à la projection de son nouveau film, avant la conférence de presse qui dévoilerait ses projets – je n'avais devant moi que quelques minutes pour lui arracher la vérité.

Je l'observais à la dérobée, grand, mince, les cheveux bruns taillés court, l'élégance discrète, tandis qu'il se faufilait entre les tables du restaurant en me commentant les peintures murales de H.C. Christy. Le lieu lui ressemblait, vieux cuir, bois sombres, atmosphère feutrée, et il devait y avoir ses habitudes, à la manière dont le recevait le maître d'hôtel. C'était cette façon de s'accorder exactement, sans effort apparent, à ce qui l'entourait, lieux comme situations, qui m'avait inspiré confiance dès le premier regard – sans compter que, pour une fois, je n'y avais pas discerné de promesse de meule de foin. Dommage, d'ailleurs, me surpris-je à penser, je n'aurais pas forcément détesté cela – et à cette idée inattendue je rougis comme coquelicot, tandis qu'il me présentait ma chaise. Je l'entendis me proposer une coupe de champagne « pour fêter ma victoire ». Ma victoire ? J'avais plutôt eu l'impression d'être parfaitement ridicule.

– Ridicule ? Mais vous avez réussi à le séduire, le vieux forban !

Et devant mon air ahuri :

– Vous l'avez fait rire. Ce qui ne lui était pas arrivé depuis des années. Mince ! Je ne savais même pas que c'était possible…

Je pris mon courage à deux mains : *pourquoi moi ?*

J'avais besoin de savoir ! Il hésita, comme s'il cherchait ses mots, sourit :

– Honnêtement, au départ… le hasard.

Et il croyait s'en tirer comme ça ?

– Je vous l'ai dit ! Vos bouquins. Le marchand de journaux, à l'aéroport, les a mis de force entre les mains d'Osa : « Une vraie gamine de chez nous ! » Cet enthousiasme ! Ça l'a intriguée. Mais surtout…

Il leva sa coupe.

– Osa s'est reconnue en vous.

En moi ? Et puis quoi, encore ? Il esquissa un geste de défense, devant mes sourcils froncés.

– Eh ! Ne me regardez pas comme ça ! Pas la star, bien sûr, pas l'Osa africaine : l'Osa de Chanute, dans le Kansas ! Celle qui courait les prairies et les bois en rêvant de plaies et de bosses. Et puis de princes charmants. L'Osa qui s'est fait quasiment enlever par Martin Johnson quand elle avait 16 ans. Enfin, vous avez bien rêvé de prince charmant, non ?

Sauf que personne ne m'avait enlevée. Ni à 16 ans, ni après…

– Et puis, votre amour des animaux. Le goût de l'aventure… disons un peu romantique. C'est aussi simple que ça, je vous assure !

Il me servit un second verre.

– Je vous ai lue, vous savez : je suis de son avis.

Le monde semblait pris d'une très agréable effervescence, mais je m'obstinai :

– Enfin, Mark, il y a des tas de professionnels, à New York ! En plus, ils vous coûteraient moins cher !

Il éclata de rire :

– Moins cher ? Ça… Vous avez seulement une idée, de ce à quoi vous avez dit « oui » ? Préférer un forfait à un pourcentage sur les ventes, pour un best-seller assuré – enfin… Vous savez qu'il était prêt à lâcher le double ?

Il dut me deviner au bord des larmes, car il me prit la main, en baissant la voix.

– C'est tout simple, vous savez. Osa a beau être une star, elle ne s'est jamais sentie à l'aise ici. Le milieu new-yorkais est tellement cynique ! Jaloux. Avide de ragots. Ce n'est pas qu'elle ait quelque chose à cacher, mais… Pour écrire sa vie, elle veut quelqu'un capable de comprendre ce qu'elle était, jeune fille. Et qu'elle est restée, pense-t-elle. Vous savez quand vous avez emporté le morceau, tout à l'heure ? Quand vous avez dit faire collection d'articles sur Osa, « comme des millions d'autres jeunes filles. » J'ai vu les yeux de J.B… Là, il s'est dit : « Osa a vu juste »…

Son phénoménal succès, entreprit-il de m'expliquer en me tapotant la main d'un air qui me parut quelque peu protecteur, tenait à ce qu'elle rassemblait en elle les trois modèles de la femme américaine : la star, la pionnière et la femme d'intérieur.

– Ce que J.B. appelle son « trois en un. » La star hollywoodienne par son allure, son charisme, OK ? Mais une star transposée en Afrique en plein cœur de la jungle. Et ça, il n'y a qu'elle ! La conjonction de l'actrice de cinéma et de la pionnière de l'Ouest. Au temps des chariots dans la Prairie, faisant le coup de feu, tenant tête aux Indiens, et aux bisons…

Il gloussa :

– Avant de mettre au four, pour le soir, une grosse tarte au citron… Vous comprenez ?

Je n'avais que trop bien compris. Il leva un sourcil étonné :

– Hé ! Pourquoi croyez-vous que dans tous ses films Martin la montre à ses fourneaux, après qu'elle a tué un fauve d'une balle entre les deux yeux ?

Je repris prudemment ma main.

– Vous voulez dire que c'est juste pour que les ménagères de Wyaconda s'identifient à elle ? Qu'elles s'imaginent starlettes, ou pionnières de l'Ouest, ou aventurières en Afrique, quand elles font la lessive, ou ravaudent un caleçon ?

Son visage s'éclaira :

– Exactement ! Les trois figures de la femme américaine en une seule personne ! Du coup, chaque Américaine peut se croire un peu des trois…

La conviction de Mark, à défaut d'être communicative, avait quelque chose de touchant. Je faillis lui demander si c'était là son idéal féminin, mais je me retins, pour ne pas risquer de l'entendre dire « oui ».

– En somme, j'ai été choisie parce que j'étais le prototype de la pimbêche ? L'unité de mesure de l'imbécile heureuse ?

Mark s'étrangla de rire :

– Vous alors, vous êtes unique !

Ses yeux pétillèrent – ce n'était pas encore la meule de foin, mais tout de même…

– Décidément, vous me plaisez de plus en plus !

Je plongeai le nez dans mon verre. Mark fronça les sourcils en regardant sa montre : que faisait donc Osa ?

Elle n'était pas venue. Et elle m'avait à peine regardée, lorsqu'un peu plus tard elle nous avait rejoints dans la salle de projection.

« Le Tout-New York », m'avait prévenu Mark. Et nul doute que Liza Burnett, du *Bonheur des dames* d'Hannibal, qui laissait volontiers planer de lourds mystères sur les frasques de sa jeunesse dans la Grosse Pomme, aurait eu quelque surprise en découvrant la réalité de la mode new-yorkaise – il avait fallu toute la persuasion de mon mentor pour m'empêcher de fuir, dès l'entrée dans la salle où allait se tenir la conférence de presse.

Journalistes, photographes, chroniqueurs mondains, éditeurs, gens de cinéma, personnalités de la mode, membres du Muséum, gloires de l'exploration, ils étaient tous là, sous les lambris brillamment éclairés du Waldorf Astoria, dans un tourbillon de toilettes extravagantes, de parures et de plumes qu'en des lieux plus pieux on aurait dits réservées aux « créatures », des rires fusaient, haut perchés, qui dominaient le tintement des verres, le brouhaha des conversations, et Mark, avec des airs gourmands, me chuchotait les noms inconnus des pimbêches à demi nues, aux joues trop rouges, starlettes prêtes à tout pour se faire remarquer, avant de revenir à ceux que j'aurais à rencontrer plus tard, compagnons d'aventures des Johnson ou témoins précieux : Daniel Pomeroy, le banquier explorateur aux tempes grisonnantes qui s'était tant démené pour lever les fonds nécessaires aux expéditions africaines des Johnson, et près de lui, volubile et passablement exaltée, Ellen Dryden, la nièce de George Eastman, le tout-puissant créateur de Kodak et leur premier mécène, tenant par l'épaule Mary Lee Jobe, la femme de Carl Akeley, sévère en son costume d'un autre âge, et comme sur la réserve… Akeley ! Mon cœur avait battu plus vite – Akeley qui avait su deviner le génie de Martin et l'avait entraîné dans son combat pour la préservation de l'Afrique sauvage, Akeley mort là-bas au pays des gorilles, dont Mary Lee poursuivait héroïquement au Muséum le rêve d'un grand Hall africain, Akeley à l'origine de tout. C'était comme si les pages tant de fois relues de Martin et d'Osa prenaient vie devant moi, leurs compagnons d'aventures devenus familiers après tant d'années venaient à ma rencontre, Wayne M. Faunce, hilare, et Liliane Seebach son ancienne assistante discutaient ferme avec Roy Chapman Andrews, un grand gaillard à la peau tannée, dont les regards sans cesse déviaient vers le ballet de jolies femmes autour de lui – Andrews, le grand paléontologue, et le premier à avoir percé les mystères du désert de Gobi, l'étoile du Club des explorateurs qui avait failli enrôler Martin Johnson dans sa grande expédition asiatique juste avant qu'Akeley ne le détourne vers l'Afrique ! Et puis tous les autres, perdus en ce tumulte, albatros aux ailes trop grandes pour ce poulailler caquetant, dont les noms sonnaient pour moi comme des légendes, Richard Byrd le premier aviateur à avoir survolé le pôle Nord, qui préparait une deuxième expédition en Antarctique, Hubert Wilkins, le compagnon de Shackleton, Lincoln Hellsworth qui avait survolé l'Antarctique quatre ans plus tôt… Il y avait en chacun l'immensité du monde, les murs lambrissés du Waldorf reculaient, s'effaçaient devant eux, une voix lointaine, – celle de Mark, encore ? – répétait qu'Osa était bien la seule personne capable d'ainsi rassembler les mondes de l'aventure et de la mode, mais une bourrasque déjà balayait décors et faux-semblants, le sol tanguait sous mes pas, de plus en plus fort, je sentis un bras me retenir, il me fallait de l'air, au calme dans le hall, chuchotait Mark en m'arrachant à la cohue, c'était trop d'émotions, ou alors le champagne, et puis il parlait trop…

Le hall ! Qui avait osé pareille obscénité ? Le piège était là, devant moi, où j'allais me faire prendre, ce projet de livre n'était qu'un acte de plus de cette vaste comédie : « protégés » par une haie de Noirs sortis droit d'un film d'aventures de série Z, vêtus de peaux de léopard, portant sagaies et boucliers, roulant des yeux farouches, les derniers produits estampillés Osa étaient exposés là, dans un décor furieusement africain. Une ligne complète « Osafari » de vêtements de sport pour femmes et enfants, que Mark me détaillait avec un enthousiasme de vendeur, chemises, pantalons, shorts, jupes aux couleurs éclatantes, Kenya Blue, Uganda Flame, Kedong Gold, Massaï Bronze, Acacia, Nandi, auxquels s'ajoutaient des vestons aux boutons de bois en forme de masques africains signés « Osa Johnson », une ligne de gants en peau de porc, une autre en peau de chèvre appelée « Congo ». Sur des tables s'empilaient les « Osa Johnson's Pets », huit séries déclinées en deux ou trois tailles des animaux favoris d'Osa, dont Mark me faisait les présentations comme si j'avais 2 ans, Pantaloons, son bébé éléphant de Nairobi, Wah Wah, le gibbon mascotte de l'*Osa's Ark*, Snowball, le bébé gorille des montagnes d'Alumbongo, No Sir, l'arravark au long nez, Polka Dot le guépard, Bessie l'orang-outang de Malaisie, Old John, le roi des babouins, Spike et Mike les porcs-épics, qui allaient accompagner le lancement du livre *Osa Johnson's Jungle Friends*. Il était déjà question qu'elles soient élues « peluches les plus originales de l'année » par le National Toy Show, ajouta-t-il, très fier. Quant à la National Wildlife Federation, elle négociait ferme sur les prix avant de décider de les choisir comme moyen d'enseigner l'histoire naturelle aux enfants… J'allais crier grâce quand il s'interrompit, et sans doute dut-il lire mes pensées sur mon visage, car il prit dans l'instant un air penaud, avant de soupirer que, hum, ce n'était pas exactement le Hall africain de Carl Akeley, certes, mais que « J.B. » avait veillé à tout en professionnel de la communication : « Vous comprenez, notre métier est de penser d'abord business ! »

En des temps anciens, les explorateurs se conciliaient les bonnes grâces des rois nègres avant d'emporter leurs trésors, sculptures, bijoux précieux, en échange de verroterie, et chacun se gaussait de la naïveté de ces sauvages si aisément roulés. Ici, à l'inverse, c'était au bon peuple américain et aux snobs new-yorkais que l'on vendait de la verroterie africaine. Avait-ce été cela, vraiment, le projet initial de Martin et d'Osa ? Avant d'être une personne de chair et de sang Osa était aujourd'hui une marque, une image qu'exploitait une énorme machine. Pas étonnant, qu'elle eût besoin d'un « nègre » : entre inaugurations, parades mondaines, interviews, conférences, séances photos, lectures, *elle ne s'appartenait plus…*

Ce n'était pas pour moi, cela. Une vague nausée me venait, qui n'était pas seulement due à l'excès de champagne : comment m'imaginer complice de cette farce ? Chaque chose, ici, semblait avoir été conçue pour effacer la beauté, la vérité de ce qu'ils nous avaient fait découvrir, tous deux, du « continent noir ». Que restait-il de la splendeur rêveuse, de l'incroyable grâce des nomades kényans, kikuyu ou massaï, que restait-il de l'opéra sauvage qu'ils avaient mis en scène ?

J'allais m'excuser auprès de Mark, rentrer à mon hôtel, quand un vacarme de tam-tams couvrit le brouhaha, un mouvement se fit dans le hall, Joe, la voix tonnante, annonçait au micro « l'événement de l'année », et elle parut, encadrée par sa garde noire, sous un tonnerre de vivats. Je restai bouche bée : où était l'Osa entrevue le matin ? La femme qui passait devant moi rayonnait, l'œil vif, rieur, le sourire charmeur – la séduction, la grâce mêmes, d'une troublante sensualité. Coiffée de plumes légères de pintade vulturine, bleu cobalt et gris perle, tenues par deux ailes d'outarde kori, vêtue de tissus vaporeux aux motifs africains éclatants et d'une sorte de cape en peau d'antilope à la mode massaï, chaussée de peau de zèbre, elle était – comment dire ? – irréelle. À elle seule, un album de clichés africains, un dépliant touristique, un catalogue de produits à l'africaine, me souffla un méchant génie – et l'image me vint, fugace, des pauvres hères déambulant dans les rues de

New York entre deux panneaux vantant les meilleurs steaks de Greenwich Village, ou un concert au Cotton Club : au luxe près, ils faisaient le même job. Mark, près de moi, épousait l'enthousiasme de la foule, saluait le travail de l'artiste, « un vrai boulot de pro ! » J'eus un geste agacé : décidément, « pro » était à New York un mot bien commode pour ne pas dire mensonge, cynisme, esbroufe, duperie. Surpris, Mark me dévisagea un instant, puis ses yeux se plissèrent de malice : qu'était-il encore en train d'imaginer, des motifs de ma réaction ? Non, je n'étais pas jalouse.

Était-il exact que l'Académie de la mode l'avait sélectionnée parmi les femmes les mieux habillées d'Amérique, avec Bette Davis et Mme Vanderbilt ? La « fiancée de l'Aventure », la « première dame de l'exploration », « l'incomparable Osa » répondait avec aisance au feu roulant des questions, sans jamais oublier de présenter son meilleur profil aux flashs crépitants des photographes, lançait à bon escient les mots d'esprit qu'un conseiller lui avait préparés le matin même. Un horticulteur de Californie, David Burpee, venait de donner son nom à une variété nouvelle de petits pois – qu'avait-elle à déclarer à ce sujet ? Comment réagissait-elle au fait de se trouver classée par l'Association des cinéastes américains parmi les dix personnalités les plus photographiées des États-Unis ? Je sursautai à peine quand j'entendis Joe annoncer avec des mines de bateleur les deux événements qui allaient soulever d'enthousiasme tous les amis d'Osa, faire exploser demain le « box-office », mobiliser les libraires d'Amérique et d'ailleurs, exalter les vertus majeures qui avaient fait l'Amérique, plus que jamais nécessaires en ces temps incertains : parallèlement au grand film que la Columbia allait entreprendre sur sa vie, sous la direction de Ralph Dixon, venu tout exprès d'Hollywood, où elle jouerait bien sûr son propre rôle, elle avait commencé à rédiger son autobiographie à paraître au printemps prochain chez J.B. Lippincott, l'éditeur des stars, et dont elle avait déjà trouvé le titre, *J'ai épousé l'aventure*. D'ailleurs, pourquoi aurais-je sursauté ? Tout cela n'était que pure fantasmagorie, ajoutait à l'irréalité de la journée, questions et réponses parfaitement vaines s'enchaînaient comme des répliques convenues de théâtre, un ballet bien réglé, sans jamais – surtout pas ! – la moindre seconde d'hésitation, de sincérité, d'émotion. « Du business », aurait dit « J.B. ». « Des professionnels », pensait probablement Mark. Des pantins jouant leur rôle médiocre... Je ne quittai pas Osa des yeux. Fascinée, j'observai ses mimiques. Tout ce qu'elle portait était évidemment signé Osafari, jusqu'à ses boutons en forme de masques. Mais le seul vrai masque qu'elle arborait dans cette comédie était son propre visage. Et elle, où était-elle ?

Quand tombai-je sous son charme, quand me prit-elle au piège, si tant est que piège il y eût, autre que celui de ma vanité – ou de mon besoin de dévouement, ce qui, n'en déplaise au pasteur de Wyaconda, revient souvent au même ? Lors de la séance de projection, pour cette voix brisée que je découvrais, cette solitude blessée, si loin du tourbillon des mondains autour d'elle ? Pendant la conférence de presse, pour le trouble provoqué par son jeu de masques, le mystère de sa soudaine transformation ? Ou lors de notre rencontre, chez elle, le lendemain matin ? Elle m'avait donné rendez-vous, au sortir de la conférence de presse, sur l'insistance de Mark, et pendue à son bras, serrée contre lui, elle souriait, gracieuse, paraissait attentive, si chère Winnie, j'ai tant aimé vos livres ! mais son regard était absent, et froid, et il avait fallu toute la force de persuasion de Mark pour me convaincre d'accepter, plutôt que de foncer à l'aéroport. Une petite voix, pourtant, me pressait de fuir. Ce monde-là n'était pas pour moi, j'allais y perdre mon âme, mais une autre voix, que je connaissais bien, elle aussi, me murmurait que cette femme en son mystère, ses multiples visages et sa douleur était éminemment romanesque (et je me rends compte, traçant ces lignes, que mon fatal projet littéraire ne fut pas le fruit de mes découvertes ultérieures, mais était bien là, tapi, dès l'origine), je protestai, la voix boudeuse, qu'elle ne m'avait même pas vue, cet après-midi, que, me croisant dans la rue, elle ne me reconnaîtrait pas, que pour elle je n'existais pas, qu'après tout, nègre, *ghostwriter*, il fallait que je m'y fasse, d'être aussi transparente qu'un fantôme. Le brave Mark, qui ne se doutait pas de quelle duplicité est capable une frêle et innocente jeune fille, insistait :

– Elle est réellement attachante, vous verrez. Mais une part d'elle-même est restée là-bas, en Afrique, et… Enfin, c'est dur, parfois, pour elle. Ce succès, ses obligations. Elle est un peu l'otage du public, vous comprenez ? Oh, ne soyons pas dupes : elle se grise, aussi, de ce succès. Elle joue le jeu. Mais – mais quand elle se dégrise… Vous comprenez ? Ce matin, le choc de ces images… Enfin, vous avez vu. C'est pour ça qu'elle tenait à quelqu'un comme vous. Loin de tout ça. Vous comprenez ?

Il m'avait prise par les épaules, et comment lui dire non ? :

– Je vous en prie : voyez-la. Elle a besoin de vous. Et si vous restez réticente… eh bien, j'approuverai que vous renonciez.

En me rendant au rendez-vous je savais déjà que je me jetais dans un piège…

Ce n'était vraiment pas le moment, me disaient les yeux noirs de l'escogriffe qui entrouvrit la porte. Tandis que j'attendais sur le palier il m'avait semblé entendre les éclats d'une dispute. J'allais m'esquiver en balbutiant une vague excuse quand elle sortit de sa chambre en peignoir, ébouriffée, et la voix hésitante – si nous n'avions pas été au milieu de la matinée, j'aurais juré qu'elle avait bu. « Puisque Winifred doit partager ma vie, autant commencer tout de suite », lança-t-elle, en haussant les épaules aux mines courroucées de l'homme, et elle me conduisit à la petite pièce qui lui servait de bureau, où s'empilaient pêle-mêle, parmi les rouleaux d'affiches et les boîtes de photographies, des trophées ramenés de ses voyages en Afrique et dans le Pacifique, masques, lances, casse-tête, parures et peaux de bêtes. J'eus un geste de recul : un gigantesque gorille, écumant de fureur, jaillissait du mur, face à moi, et des profondeurs de la forêt, en défiant un lion pas plus rassuré que cela, Osa, souriante, chevauchait un rhinocéros, puis un lion que l'on pouvait raisonnablement supposer décédé, un orang-outang suspendu à une liane tentait de capturer une jeune femme fuyant en soutien-gorge rouge vif – les publicités grand format de leurs derniers films, *Congorilla*, *Bornéo, terre des créatures du Diable*, collées aux murs, occupaient tout l'espace. La plus belle suite du Waldorf Astoria, m'avait dit Mark, louée par Osa à l'année. J'avais jeté quelques regards furtifs en traversant le salon : des vêtements, manteaux de fourrure et robes, jetés sur des fauteuils, une paire de chaussures oubliée au milieu du salon, des bas traînant à l'entrée de la chambre – l'appartement était immense, et vide, comme si elle n'y faisait que camper. Le capharnaüm de son minuscule bureau, par contraste, avait quelque chose d'oppressant. Un débarras, ou un refuge ? Elle balaya d'un revers de main agacé des grappes de « jungles pets » encombrant un fauteuil, soupira, ironique :

– Que voulez-vous, j'ai un agent efficace…

L'homme passa la tête par la porte « pour s'assurer que tout allait bien ».

– Clark ! Chou chéri ! – la voix d'Osa monta dans l'aigu, exaspérée – Nous nous débrouillons très bien toutes seules ! Je t'en prie, LAISSE-NOUS !

Clark… Cet homme qui la suivait comme son ombre pendant la conférence de presse était donc Clark Getts, son agent – et son amant, de toute évidence. Sur un meuble d'angle, une photo que je connaissais bien était encadrée, les visages de Martin et d'Osa saisis de profil en tenue d'aviateurs, et ils étaient sur ce cliché la jeunesse rayonnante, l'esprit d'aventure, amour, gloire et beauté. J'eus un pincement au cœur : si fortes étaient les images de ce couple de légende que je n'avais pas imaginé qu'Osa pût avoir un amant. Elle dut lire en moi, car elle ricana :

– C'est la vie, ma petite, la vie qui continue. Enfin, qui continue…

Je piquai un fard, tandis qu'elle fourrageait derrière une pile de livres, sortait une bouteille de bourbon. Elle m'en proposa pour la forme, se versa un verre, qu'elle avala d'un trait :

– Les Indiens appelaient les premiers cinéastes des voleurs d'ombres, parce qu'ils pensaient qu'on leur volait leur âme. Ce en quoi ils n'avaient peut-être pas tort… Et vous, vous allez me voler mon âme ?

Elle eut un geste las :

– N'y restent plus que des fantômes…

Je l'observais à la dérobée tandis qu'elle extrayait de son désordre un deuxième fauteuil. Cette fatigue dans le regard, ce pli naissant au coin des lèvres, un soupçon d'affaissement du cou : redevenue réelle, elle portait, ce matin, ses 45 ans. Et tout à coup elle me sourit, d'un sourire de gamine et elle avait 15 ans, encore écolière à Chanute, dans le Kansas. Penchée vers moi, elle voulait tout savoir, de Wyaconda, de mes parents, de moi.

Comment était le pasteur, sévère, bien sûr ? Et l'institutrice, c'était forcément une vieille fille ? Est-ce qu'à la boulangerie on vendait des *cornish pastries*, comme chez elle, au coin de la rue ? Elle avait racheté sa maison familiale, à Chanute, pour en faire un musée, plus tard, enfin, c'est ce qu'elle avait prétendu, mais c'était pour ne pas laisser s'évanouir toutes ces années, et l'odeur chaude des *cornish pastries* sortant du four à pain. Et mes lectures ? Quelles avaient été mes premières lectures – et aujourd'hui, mes auteurs préférés ? Elle opinait de la tête, applaudissait, ravie : oui, *exactement* comme moi, *exactement* comme à Chanute ! J'étais tout son portrait – à l'en croire. Elle avait pleuré, comme moi, en lisant *Les Quatre Filles du docteur March* de Louisa May Alcott, senti son cœur battre aux exploits méritoires des héros d'Horatio Alger, ri aux parodies exaspérées de Mark Twain, rêvé aux aventures de Dorothy Gale, la petite orpheline emportée par un ouragan dans le ciel du Kansas avec sa maison et le chien Toto, elle était aussi incollable que moi sur la méchante sorcière de l'Ouest, le lion peureux, le bûcheron en fer-blanc et l'épouvantail pas si bête qu'on croit, le petit monde du *Magicien d'Oz*. Son don d'empathie était extraordinaire : en quelques minutes, nous étions comme des copines cachées derrière un talus au retour de l'école, échangeant leurs secrets à voix basse. Ce balourd de Bill Carruthers était *exactement* le gros Averell qui la coinçait dans la grange du père Timothy quand elle partait seule aux champignons, et Joe Doors *exactement* Wilbur Œil-de-Braise qui se mettait de la crotte de pigeon sous le nez pour faire pousser sa moustache et qui croyait que toutes les filles devaient tomber fatalement sous son charme ténébreux – je ne mis pas longtemps à comprendre que tous les garçons valides de Chanute lui avaient couru après, et il fallait lui supposer une bonne paire de jambes pour être restée sauve, même si sur ce dernier point je gardais quelques doutes : à la lumière allumée dans son regard me venait le soupçon qu'elle n'avait pas eu, sur le chapitre des meules de foin, les mêmes préventions que moi…

Dix minutes encore, et je savais presque tout d'elle. Ses collections de roches colorées, les longues balades dans la nature avec son père, William, quand il revenait de sa semaine sur le chemin de fer de Santa Fe, où il avait été serre-frein puis contremaître avant d'être nommé ingénieur, leurs parties de pêche sur la Neosho River, et comment il lui avait appris à tirer le lapin en hiver, le souvenir de l'herbe gelée craquant sous leurs pas, sa nostalgie quand il évoquait ses parents, chassés d'Autriche par la misère, les heures passées assise près de lui, discutant de semis sur les marches de l'escalier donnant sur le jardin. Le chaud cocon des femmes à la maison quand il était absent, la douceur et la gaieté tranquille de sa mère, Belle, les longs après-midi passés à pétrir le pain, ou enfourner les gâteaux, avec la farine jusque sur les joues, les odeurs de four chaud – exactement comme moi, en effet, aux parties de chasse près. Et puis ses rêves qui vagabondaient très loin de Chanute quand Nancy, sa grand-mère maternelle, tout en ravaudant des chaussettes, évoquait ses aventures du temps de la Frontière dans l'Ouest encore sauvage, les lents convois de chariots à travers la Prairie, les troupeaux de bisons vastes comme la mer, ondulant telles des vagues jusqu'au fond de l'horizon et le grondement, parfois, de leurs sabots, le sol qui tremblait sous leur galop furieux, mais aussi les Indiens sur la crête des collines qui les suivaient des jours durant, et les coups de feu tirés derrière le cercle des chariots quand ils tourbillonnaient en poussant leurs « youyous » – comme la vie était plus libre, alors, les horizons plus vastes ! Belle souriait, tranquille, aux mines extasiées de sa fille, à ses brusques impatiences : jeunesse passerait. À certaines confidences murmurées, pourtant, elle aussi avait eu son lot d'aventures, enlevée par William à l'âge de 15 ans, mère d'Osa à 17, et joueuse de cartes, de saloon en saloon – la meilleure du Kansas aux tables de poker, assurait tante Millie en roulant ses cigarettes d'une seule main, Millie qui avait sillonné tout l'Ouest, jusqu'aux Rocheuses, dans un cirque, tour à tour tireuse d'élite, voltigeuse à cheval…

Osa buvait leurs paroles, et c'était comme si quelque chose, en elle, se déchirait. Ah ! Connaître elle aussi les lointains, courir les pistes de l'Ouest, se perdre dans l'inconnu ! Mais non, jamais elle ne sortirait de Chanute, dans le Kansas, d'ailleurs personne, jamais, ne sortait de Chanute, sa vie, ici, était toute tracée. À cette seule pensée il lui semblait qu'une part d'elle-même mourait, tandis qu'une autre s'en trouvait rassurée. Belle la retrouvait dans sa chambre, ou au fond du jardin, pleurant à chaudes larmes. N'es-tu pas heureuse ici, Osa ? Si, elle était heureuse, lovée dans ce cocon qu'elle refusait de voir déchiré. Mais elle savait qu'une autre Osa en même temps s'éprouvait prisonnière, aspirait à retrouver son royaume perdu, là-bas, derrière l'horizon. Et elle redoublait de larmes, tant il lui semblait que jamais elle ne parviendrait à joindre ces deux parts d'elle-même…

C'était bien pour cela qu'elle m'avait choisie : quelqu'un, pensait-elle, qui pouvait comprendre ce qu'elle avait éprouvé, gamine, dans une bourgade perdue de l'Ouest, partagée comme elle entre des élans contradictoires… Elle tournait les pages jaunies d'un vieil album, égrenant ses souvenirs au rythme de pauvres photos tremblées, sauvées par miracle de l'oubli, son père William posant en habits du dimanche, tante Millie fixant l'objectif d'un air de défi, la chorale de l'école, Gail Perigo, sa meilleure amie… Je me penchai : Gail Perigo, aussi brune qu'Osa était blonde, œil de velours et sourire aguicheur – ces deux-là avaient dû dévaster bien des cœurs, autour d'elles, affoler bien des parents, à commencer par les leurs… Osa sourit, en plissant le nez, d'un air malicieux : « C'est à cause d'elle que j'ai épousé Martin ! » Je dressai l'oreille, comme on imagine.

Elles étaient inséparables, depuis leurs 12 ans, portaient les mêmes vêtements, chantaient toutes les deux à la chorale paroissiale, s'étaient solennellement juré de se marier le même jour – et voilà que Gail, sans crier gare, avait quitté le collège, engagée comme chanteuse pour animer les séances de cinéma au Roof Garden Theater de Chanute, décision à laquelle le sourire du beau Dick Hamilton, le projectionniste, n'était sans doute pas étranger… Osa, sur le coup, en avait fait une crise de jalousie, mais Gail était sa meilleure amie, aussi, bonne joueuse, allait-elle l'écouter tous les samedis après-midi, et c'est ainsi qu'un jour d'avril 1910 elle avait rencontré Martin Johnson, « le jeune et audacieux voyageur, originaire d'Independence » dans son spectacle, *Cannibales des mers du Sud*…

Audacieux, peut-être, mais surtout timide et maladroit : un immense flandrin qui clignait des yeux dans la lumière en débitant son commentaire tandis que les images défilaient sur l'écran. Pas de flamboyant mélodrame, cette fois, d'héroïnes pâmées, de preux chevaliers et d'effroyables traîtres, mais des images de bateau, de sauvages hirsutes s'agitant en tous sens avec des rictus diaboliques, des bouts d'os fichés dans les narines. Une horreur, qu'elle avait fuie en pleine séance, et les choses en seraient restées là si Gail, le lendemain, n'était venue lui annoncer que Martin Johnson l'avait engagée pour ses deux salles de spectacle d'Independence. Elle et Dick partaient le soir même. La nouvelle avait été pour Osa comme un coup de poignard : comment Gail pouvait-elle rayonner de bonheur, alors qu'elle lui brisait le cœur ? Ce Martin Johnson, non content de distiller un mortel ennui, était décidément un triste sire…

Un type génial ! protestait Gail, les joues rosies par l'excitation : n'avait-il pas sillonné les mers du Sud avec Jack London, à bord du *Snark*, quand il avait à peine 20 ans, photographié les pires cannibales des îles Salomon ? « Eh bien, il aurait mieux fait d'y rester, avec son Jack London ! » s'était écriée Osa, avant d'éclater en sanglots : désormais elle serait seule, à Chanute, sans plus personne à se confier…

Le pire était pourtant à venir, que lui avait annoncé son père, un samedi matin, en ouvrant le journal tandis qu'elle pétrissait le pain dans la cuisine : « Dis donc, tu as vu ? Ton amie Gail vient de se marier à Independence ! » La boule de pâte était tombée sur le carrelage, dans un nuage de farine. C'était impossible : elles avaient juré ! Et pourtant c'était vrai. Avec Dick Hamilton, sur la scène d'un des théâtres de Martin. Elle avait pleuré toutes les larmes de son corps pendant quatre jours, jusqu'à ce qu'une lettre de Gail l'invite à Independence. Miracle : ses parents l'avaient laissée partir. Seule, pour la première fois, en train ! Elle était tombée dans les bras de Gail : son amie ne l'avait donc pas tout à fait oubliée. Quant à Martin…

D'y repenser, elle en riait encore. On aurait difficilement trouvé plus gauche, plus timide, d'apparence plus froide. Son double mètre, il est vrai, n'arrangeait pas les choses. Elle l'avait d'abord agressé : son spectacle était si horrible qu'elle avait quitté la salle après quelques minutes. Il avait hoché la tête, l'air de s'en ficher éperdument. Puis elle avait tenté de l'aguicher à la patinoire, en virevoltes qui s'étaient terminées par une chute piteuse – sans susciter plus de réaction. L'arrivée de

Martin dans la famille d'Osa, la semaine suivante, avait plongé tout le monde dans la perplexité.

– Mais enfin, il t'a bien déclaré quelque chose ? s'inquiétait Belle.

– Non, rien.

– Ma foi, m'paraît un brave garçon, avait grommelé William, sans conviction exagérée. L'a l'air sérieux, au moins.

– Ça, sérieux, c'est sûr, avait ricané tante Millie. M'est avis qu'il a avalé un balai, le pauvre garçon.

– En tout cas, tu as entendu ? Il possède deux théâtres, à Independence. Et son père tient la plus grosse bijouterie de la ville, avait fait valoir grand-mère Nancy, toujours pratique.

C'était d'un romanesque fou. Elle qui s'était rêvée à la place de Mary Pickford, défaillant sous les baisers brûlants d'Owen Moore dans *La Villa solitaire*, *Amour perdu*, ou *La Force du destin* ! Que serait-il advenu si une soudaine angine n'avait cloué Gail au lit ? Le samedi suivant, Osa s'était du coup retrouvée à Independence, remplaçant Gail au pied levé. Un appel de Mme Johnson mère, s'engageant à veiller « personnellement » sur Osa, avait levé les dernières hésitations de Belle et de Nancy – et c'est ainsi qu'Osa avait débuté sa carrière sur les planches. Par une dispute avec Martin, dépourvu d'oreille, et qui lui avait donné une partition différente de celle de la pianiste, pour la plus grande joie du public. À cette époque-là dans l'Ouest, on appréciait surtout les fortes voix, aussi s'était-elle égosillée, pour finir sur un vigoureux contre-ut. La salle s'était levée, d'enthousiasme. C'était dit : elle aussi, comme Gail, ferait carrière.

Las, le lendemain son père, rentré à Chanute, avait très mal pris que sa fille de 16 ans traîne ainsi sur les planches. Rappelée à l'ordre, elle avait bouclé sa valise en pleurant, pour le train de dix-sept heures. Sur le chemin de la gare Martin fit un détour par le théâtre. Et là, tout à coup, après s'être raclé le gosier cinq bonnes minutes, en observant ses pieds :

– Voulez-vous m'épouser ?

– Oui.

– Je veux dire : là, tout de suite.

– Oui.

– Ce soir même ?

– Oui.

« Ce n'est pas possible, s'était-elle dit, les choses ne se passent pas ainsi. Et ce n'est pas moi qui viens de répondre. » Le soupirant, en principe, soupirait, puis déclarait sa flamme, les tourtereaux échangeaient des baisers passionnés, mais tout s'enchaînait si vite, d'une manière tellement irréelle, qu'elle se sentait incapable d'un refus. Martin, par téléphone, avait appelé un pasteur, commandé des sandwichs, obtenu une dispense, et à neuf heures elle disait « oui », dans l'appartement de Gail. Sa robe de scène avait fait office de robe de mariée, Gail avait trouvé quelques œillets blancs qu'elle avait piqués dans ses cheveux, Martin en avait passé un à sa boutonnière, et tandis que trois ou quatre invités dévoraient les sandwichs, ils avaient enfilé à la hâte leurs costumes de voyage, pour foncer à la gare. Le train était déjà lancé à toute vapeur quand elle poussa un cri : ils s'étaient trompés de quai, le train roulait vers Kansas City, pas vers Chanute ! Martin avait regardé ses pieds, de nouveau :

– C'est que, vu ton âge… Enfin, il se pourrait que le mariage ne soit pas tout à fait, hum, légal. Bref, mon avocat craint que ton père puisse le faire annuler. Alors je me suis dit que le plus sûr était de recommencer dans le Missouri, où c'est permis.

Une panique soudaine l'avait submergée. Ses parents ! Comment allait-elle expliquer cela à ses parents ? À cette heure, ils devaient être à la gare, fous d'inquiétude, téléphonant partout. Comment avait-elle pu les oublier ?

Cris, larmes, embrassades, le retour à Chanute, cinq jours plus tard, avait été tempétueux. Et que Belle, à 15 ans, ait fait de même, n'était pas aux yeux de celle-ci une excuse. « Vois vraiment pas le rapport ! » protestait William. Renchérissait tante Millie. Gémissait Nelly. Mais qu'y faire ? Les dés étaient jetés. Ils roulaient déjà. Ils roulaient de plus en plus vite, de plus en plus loin, ils allaient faire le tour du monde, mais Osa, toute à ses rêves d'une maison assez vaste à Independence pour abriter les deux familles, ne s'en doutait pas encore.

Je la regardais, incrédule, plissant le nez, faisant la moue, tour à tour naïve et espiègle, jouant à la perfection son histoire – une trop belle histoire, peut-être. Était-elle seulement amoureuse de Martin, quand elle l'avait épousé ? Elle sursauta, à ma soudaine question, hésita, puis elle pouffa, espiègle, et l'on aurait juré qu'elle était encore la gamine papotant avec Gail. Amoureuse ? S'agissant de Martin, à cet âge-là… On aurait dit que le mot lui paraissait – comment dire ? – comique. Il avait de beaux yeux gris-vert, certes, mais il était tellement… verrouillé ! Pas exactement Monsieur Passion Brûlante, si je voyais ce qu'elle voulait dire ? Au début, elle avait été… oui, un peu désorientée.

– Amoureuse ? À cet âge-là, est-ce que l'on sait, seulement ? Est-ce que l'on sait ce que c'est, la vie ? On est amoureuse d'une idée de l'amour : « Chérie, je me meurs à tes pieds… », « Chéri, prends-moi dans tes bras ! » Alors, Martin… Non, je n'étais sûrement pas amoureuse de lui !

Elle se pencha vers moi :

– Je vais vous dire la vérité : je me suis mariée parce que j'étais jalouse de Gail !

Elle dut voir, ou imaginer, qu'elle m'avait choquée, se servit un deuxième verre, puis :

– Il y a les coups de foudre. Enfin, j'imagine. Et puis il y a ce qui se construit. Je veux dire : dans une aventure commune. Si l'expression « homme de ma vie » a un sens, c'est bien pour Martin ! Ça oui, bon sang, je l'ai aimé… Je l'aime ! Il me manque – mon Dieu ! Si vous saviez comme il me manque…

Elle me serra la main à me faire mal, les yeux brouillés, et son visage se fana, comme si quelque rideau de théâtre, se levant, la laissait seule et nue face à moi.

Elle avait bu, ou c'était la fatigue, demain elle se reprocherait de s'être trop livrée, mieux valait s'éclipser – mais elle me reprit la main, avec un petit rire, j'avais bien encore quelques minutes ? C'est qu'une fois ouvert on ne refermait pas si facilement le coffre aux souvenirs ! Tandis qu'elle me parlait, son regard sans cesse revenait à la porte et je compris qu'elle appréhendait le moment où elle aurait à la franchir. Ici, dans sa pièce mausolée, elle s'était réfugiée en un autre temps…

Quelques minutes encore, insista-t-elle – après tout, n'était-elle pas censée tout me montrer, tout me dire ? Elle se leva, en s'appuyant, hésitante, au rebord du bureau, parcourut son désordre du regard.

– Les débuts de la légende… Ça devrait vous intéresser, non, les débuts de la légende ?

Elle sourit, les yeux dans le vague, comme si elle poursuivait – avec Martin ? – une conversation intérieure, dégagea un gros album d'un amas de paperasses. Ses mains tremblèrent, en ouvrant le fort volume. « Tout le mystère Martin », chuchota-t-elle, en se penchant vers moi. Un mystère ? Ses yeux pétillèrent, de me sentir captive. Un mystère, oui, répéta-t-elle, et d'abord pour elle-même. Dans le fond, n'épousait-on pas toujours un inconnu ?

Les premières photos de son mariage – mon Dieu, qu'elle était belle, presque encore une enfant ! – Osa, le « Tom Boy de Honolulu », prenant la pose en chanteuse hawaïenne, les théâtres de Martin, Snark n°1, Snark n°2 à Independence, Snark n°3 à Cherryvale, le personnel en rang les encadrant devant l'entrée, l'intérieur du Snark n°1 avait été imaginé à l'imitation d'un navire, les points blancs sur les photos suspendus dans les airs étaient des chaussures de bébé, une idée des parents de Martin pour accueillir les jeunes mariés, tout comme la grande banderole, à l'entrée : « Il a fait le tour du monde pour trouver une fille à épouser » – la voix d'Osa s'éloignait peu à peu, comme absorbée par ses souvenirs tandis qu'elle tournait les pages jaunies, et les fantômes, tour à tour éveillés, venaient silencieusement occuper l'espace de la pièce, l'homme coiffé d'un haut-de-forme, l'air solennel, était John, le père de Martin, et le petit chauve ventripotent, le brave Charley Kerr, le propriétaire du Drugstore d'Independence, qui avait tout vendu, du jour au lendemain, pour être de l'aventure, en finançant les trois théâtres, il avait tant rêvé depuis l'enfance de courir le monde, il avait tant rêvé de brûler les planches ! C'était l'occasion ou jamais, avait-il déclaré tout de go, un matin, à sa famille paniquée. Et il s'était amusé dès lors comme un gamin à raconter ses histoires improbables, qu'il illustrait sur scène par des dessins à la craie, au tableau noir.

Osa dansant, sensuelle, Osa effrontée, blottie dans les fourrures, Osa saisie, rêveuse, à une fenêtre, et la grâce infinie de sa nuque penchée – Martin n'était peut-être pas un expansif, mais ses photos parlaient pour lui, comme nimbées d'un halo tendre. Et puis Osa les bras dans la farine pétrissant la pâte, Osa en sa cuisine devant une énorme dinde rôtie, Osa les cheveux serrés sous un foulard, un plumeau à la main…

Elle surprit mon regard, eut un sourire narquois :

– La parfaite petite femme d'intérieur, non ?

L'ironie affichée masquait mal l'amertume. Je l'observais à la dérobée tandis qu'elle s'attardait, songeuse, devant les images d'une Osa oubliée, presque étrangère. Elle soupira, lointaine :

– Et pourtant, c'était moi…

Mais déjà elle s'ébrouait, redevenue l'Osa moqueuse, soucieuse de séduire. Non, c'était impossible, à qui ferait-on croire que cette Osa ménagère avait pu exister – dont les rêves de grands espaces ne dépassaient guère le seuil de son appartement ? Son tour de chant, les spectacles de Charley et de Martin étaient pour elle comme un grand jeu sans conséquence, le récit des aventures de Jack London et de Martin dans les mers du Sud s'était depuis longtemps effacé à force d'être répété, seule comptait pour elle la tiédeur de leur petit nid. Enfin, un lieu à elle, où se blottir avec Martin ! John, le père de Martin, s'étonnait : comment diable faisait-elle pour tenir ainsi en laisse son grand flandrin de traîne-savates ? À quoi Charley répondait en ricanant, les yeux posés sur les formes d'Osa, que, eh-eh, c'était assez facile à imaginer – bref, tout était bien, tandis qu'elle s'activait en secret à son grand projet. Et un matin elle avait déroulé ses plans sur la table de la cuisine : la maison de ses rêves, à construire sur le joli terrain justement en vente sur Poplar Street, assez grande pour leur future famille nombreuse ! Le visage de Martin s'était fermé, d'un coup.

– Jamais ! Tu entends ? Jamais ! Une maison – mais tu es folle !

Et comme elle restait là, devant lui, stupéfaite :

– Tu veux me clouer ici, c'est ça ?

Tout s'effondrait autour d'elle. Cet homme qui lui faisait face, yeux noirs, mâchoires serrées, était un inconnu, avait-elle songé, les pensées en désordre. Dans un demi-brouillard elle l'avait entendu insister :

– Mais Osa, c'était clair depuis le début ! Je veux partir, faire le tour du monde !

Comment avait-elle trouvé la force de répondre, en feignant l'enthousiasme, « mais bien sûr, mon chéri » ? Ce n'est pas moi, avait-elle pensé drôlement, c'est « l'autre » Osa qui vient de répondre, celle qui rêvait, gamine, aux aventures de grand-mère Nancy et de tante Millie dans le Far West sauvage. Et un pincement au cœur lui dit que ces deux Osa auraient désormais bien du mal à cohabiter…

Tour du monde ou pas, il leur fallait partir de toute façon, avait bredouillé Martin, en trébuchant sur chaque mot, tandis qu'elle repliait sans mot dire ses rêves étalés sur la table : le public, ces derniers temps, désertait leurs théâtres, ils couraient droit à la faillite s'ils tardaient encore à sauter le pas. Et elle avait découvert que lui aussi avait préparé son affaire en secret : tout était prêt pour leur périple américain. Il avait écrit à cent directeurs de théâtres dans les États de l'Ouest, accumulé assez de matériel pour au moins une année, acheté un bon millier de clichés coloriés sur les mers du Sud, et même, coup de chance, retrouvé une bobine tournée sur Guadalcanal par des cameramen français à l'époque du *Snark*. Avec une malle pleine d'objets à vendre à la sortie, colifichets garantis « authentiques », lithos coloriées, affichettes, cartes postales, ils allaient casser la baraque ! Sans compter, avait-il ajouté, plein d'espoir, comme s'il lui faisait là un cadeau, « une douzaine de chansons hawaïennes à ajouter à ton répertoire ! » Combien de temps durerait la tournée ? avait risqué Osa après un lourd silence. Jusqu'à ce qu'ils aient assez d'argent pour leur tour du monde, avait grommelé Martin en baissant la tête.

Quelque chose lui échappait : la revente des théâtres n'y suffisait donc pas ? Martin avait secoué la tête, sans lever les yeux. C'était Charley, surtout, qui avait mis de l'argent dans l'affaire, non, ils ne possédaient rien, que des dettes.

– D'ailleurs, à ce propos…

Il s'était raclé plusieurs fois la gorge, et la pointe de ses chaussures, décidément, paraissait concentrer toute son attention. Osa avait retenu son souffle.

– Oui, enfin, je voulais te demander… Pour payer ce nouveau matériel… Si tu voulais bien qu'on vende nos meubles ? Et puis aussi tes cadeaux de mariage. Puisque de toute manière on ne garde pas l'appartement…

Elle avait failli crier. Tout était donc fini. Quelques instants auparavant elle était propriétaire de deux théâtres, construisait le palais de ses rêves – voilà qu'elle se retrouvait sans le sou, sans maison, à la rue… Le sang battait violemment contre ses tempes, un voile rouge lui brouillait la vue, comment allait-elle expliquer ça à ses parents, à ses amies, et à Gail, surtout ? Après un dur combat Osa n°2 avait réussi à prendre le dessus.

– Mais bien sûr, mon chéri !

Et, comme on se jette à l'eau :

– Ce tour du monde, au juste… On le commence par où ?

Le visage de Martin s'était éclairé. Se pouvait-il qu'il fût à ce point aveugle au désarroi d'Osa ?

– Par les Salomon, bien sûr !

C'était bien ce qu'elle craignait. Au pays des cannibales, là où l'équipée du *Snark* s'était interrompue. À croire que, toutes ces années, il n'avait eu qu'une pensée : surpasser son modèle, son idole – être le nouveau Jack London. Quel compte avaient-ils à régler, ces deux-là ? s'était-elle surprise à penser.

– Un film sur les cannibales. Et pourquoi pas sur les coupeurs de têtes. Avec un peu de chance… Tu imagines le succès ?

Elle imaginait très bien. Dans des jungles moites, pourries de miasmes et de fièvres, où grouillaient des bestioles innommables. Au risque de finir dans une marmite. Dans le ventre d'un crocodile. Ou mordue par un serpent. La voix de Martin s'estompait, tandis que passait sur elle une vague d'épouvante. Les mots mille fois rabâchés de son spectacle lui revenaient en tourbillon – et pour la première fois ils n'étaient pas simplement des mots. Elle observa Martin à la dérobée, vibrant d'enthousiasme, parlant, parlant toujours comme pour mieux l'étourdir : elle avait dans le fond épousé un inconnu. Ce type qui lui faisait face sans la voir était un fou furieux.

Et c'est ainsi qu'elle s'était retrouvée, avec ses rêves en lambeaux, jetée brutalement sur les routes de l'Ouest. C'était la fin de l'été, la Prairie s'étendait, rousse, à l'infini, les arbres, près de la rivière, prenaient déjà leurs couleurs d'automne, son père, bientôt, retrouverait ses affûts en lisière de forêt, mais il serait seul, cette fois… Elle avait vaillamment retenu ses larmes devant les siens tandis qu'ils l'aidaient à charger ses bagages dans le train, mais le soir, dans la chambre miteuse de leur motel, elle avait été longue à trouver le sommeil : il n'y avait plus rien devant elle qu'un trou noir, sans fond. Elle n'avait pas encore dix-sept ans.

L'image de l'album posé sur ses genoux devait avoir été prise le jour de leur départ. Les parents de Martin affichaient des mines d'enterrement, Martin fronçait les sourcils, maussade, et comme Osa paraissait frêle, s'efforçant de sourire, enfant perdue parmi ses bagages ! Je me penchais, intriguée. J'avais tant d'autres images en tête, répétées de journaux en magazines, premier acte de leur légende – Martin et Osa rayonnants de jeunesse sur les quais de San Francisco, en partance pour les mers du Sud, Charmian London à leurs côtés, leur tendant le Martin Rifle 30.30 de son mari, comme on passe le témoin à un fils spirituel ! Cette photo, devant moi, l'attitude d'Osa, suggéraient une autre histoire. Quelque chose ne collait pas.

Penchée, les yeux mi-clos, sur l'image jaunie elle paraissait absente, plongée dans ses souvenirs. Je toussotais, timide. Combien de temps avait duré cette tournée ? Elle eut un bref sourire, une crispation narquoise des lèvres, et avant même sa réponse je sus que c'était là, depuis le début, qu'elle avait voulu me conduire.

– Sept ans.

Sept ans ? J'avais dû crier d'étonnement, me dresser sur mon siège. Elle eut un geste comique, un doigt posé sur les lèvres, les yeux tournés vers la porte, comme si cela devait rester un secret partagé. Je secouais la tête, encore incrédule. Et pourtant oui, c'était possible, même si personne, jamais, ne s'en était avisé… Elle était si jeune, alors !

Sept années pour réunir dollar après dollar les fonds nécessaires au rêve de Martin, un pan de leur vie, inconnu, tout d'un coup dévoilé – elle en avait trop dit, pour maintenant reculer. D'un geste mal assuré elle se servit un large verre, qu'elle avala d'un trait, me fit signe d'approcher. Elles étaient là, dans cet épais album de photos, de coupures de presse et de prospectus, ces sept années de galères, d'hôtels minables, de repas souvent sautés, de salles vides ou presque dans des patelins improbables – sept années qu'elle égrenait devant moi, page après page, de plus en plus vite, avec une sorte de jubilation amère…

La première semaine avait été un désastre, Kansas City vide, Humboldt vide, 8 dollars de recettes à Emporia, il fallait aller plus loin, où leur spectacle ne sentirait pas le réchauffé, le nom de Jack London dirait peut-être quelque chose aux gens du Colorado, vers Rocky Ford, ou Denver – mais c'était une période de vacances, ou alors les mers du Sud étaient passées de mode, la veille de Noël ils avaient dû pour se loger mettre au clou la montre de Martin, et contre 25 cents, dans Denver sous la neige, elle avait pu acheter en guise de réveillon un peu de hachis arrosé de jus de dinde, de la purée et une tarte aux pommes tandis que Martin grelottait de fièvre, il fallait tenir, tenir encore, Black Hawk serait peut-être leur chance, en plein pays de l'or, les mineurs là-bas étaient en grève, sans guère de distractions, mais il pleuvait sur Black Hawk surpeuplé, on enfonçait dans la boue jusqu'aux chevilles, toutes les chambres étaient prises, il leur avait fallu dormir sur des bancs à la gare, leur aventure allait finir là, plutôt crever qu'appeler les parents au secours – miracle, le théâtre, le soir, était rempli à ras bord, « sans faux col ! » répétait le patron, amateur de bière. Martin s'était lancé dans quelques variations hardies sur les aventures de Jack London au Klondike et le parquet avait tremblé sous les applaudissements quand Osa s'était risquée en tenue exotique pour un « intermède hawaïen » – même si certains s'étaient étonnés qu'elle ne termine pas en apothéose, comme de coutume à Black Hawk de la part des dames, en ôtant ses vêtements : ces rudes mineurs avaient des goûts simples.

Elle pouffa, en serrant le livre contre elle : le meilleur souvenir de toutes ces années, cinq semaines de folie, Martin mêlant, au hasard des rires dans la salle, Canaques et Esquimaux, Klondike et Salomon, la foule éméchée hurlant de joie, ça, c'est envoyé mon gars, et quand c'est qu'elle arrive, ton Osa ? Elle, portée en triomphe de rang en rang, de bras en bras avant d'être rendue à la scène – ça ! il ne fallait pas être bégueule, c'était ça ou finir à poil, mais elle ne s'était jamais sentie en danger, après tout, tante Millie et Belle avaient dû en passer par là, elles aussi, et puis, comme elle ne pouvait raisonnablement pas être à tout le monde, chacun était d'accord pour qu'elle ne soit à personne, sauf à Martin, bien sûr, sacré veinard ! La petite reine du Palace de Black Hawk… Elle se serait bien vue rester là. Dans une histoire qu'on aurait dite sortie des *dim novels* à trois sous, vieille d'un siècle. Martin et elle en pleine ruée vers l'or !

Las, toutes les grèves ont une fin. Les mineurs avaient retrouvé la mine, et eux la route. Avec en poche 500 dollars-argent, et de nouveau des projets plein la tête. Butte, Lincoln, Des Moines, Duluth, Spokane, Calgary, il leur avait fallu peu à peu déchanter, Black Hawk était une parenthèse, un miracle – deux cents villes en neuf mois, dans les États de l'Ouest et jusqu'au Canada, sans la moindre éclaircie, avec une seule pensée en tête, tenir jusqu'au lendemain ! Les dollars du Palace avaient fondu depuis longtemps, Martin n'évoquait plus son tour du monde que de loin en loin, en de brusques colères auxquelles elle ne répondait pas.

– Jack London a bien essuyé des centaines de refus, lui aussi, avant de placer ses nouvelles ! Un jour, tu verras, j'aurai ma chance, comme lui…

– Mais bien sûr, mon chéri…

Elle tournait les pages, de plus en plus fébrile, s'arrêtait, repartait, comme si une part d'elle-même se refusait à poursuivre, et je pouvais lire sur son visage la violence des souvenirs qui lui revenaient par bouffées. Elle remontait les eaux noires du temps, moins pour moi, sans doute, que pour elle, et le courant parfois l'emportait, je m'étais simplement trouvée là au bon moment, était-elle vraiment consciente de ma présence, encore ? Un prospectus glissa de l'album, qu'elle m'arracha des mains, tout à coup écarlate, alors que je le ramassais – mais j'aurais juré l'avoir reconnue, au milieu d'un groupe de filles dévêtues, sous le titre flamboyant d'un *Martin Johnson's show «for men only»*. Martin avait tout essayé, en effet…

Elle respira fortement pour retrouver son calme, revenir à moi – souriante de nouveau, séductrice, prolixe, comme si, me noyant de paroles, elle voulait empêcher toute question.

Ils l'avaient eue, leur chance. À Denver, dans le Colorado, au bout d'un an. En signant avec le Sullivan Vaudeville Circuit. Cent dollars par semaine, plus les frais de voyage. Pas le luxe, non, pas de quoi mettre de l'argent de côté, mais au moins la garantie de manger chaque jour. En attendant que se présente une occasion de rebondir. Elle n'imaginait tout de même pas qu'ils allaient s'encroûter là ? Dès l'année suivante il avait fait affaire avec l'Orpheum Circuit. Même salaire, au départ, mais l'ouverture tant cherchée vers les grandes villes, demain peut-être Chicago ou New York ? Et la chance d'un vrai imprésario. L'affaire, d'abord, s'était mal engagée. « Spectacle nul », avait décrété tout de go Charles Bray, dans un nuage de fumée, « pourtant y a un truc, sais pas quoi, mais y a un truc ».

– D'abord, votre accent… Va falloir changer ça. Vous le savez, tout de même, que vous parlez par le nez, non ? Et puis, bon sang, vous l'avez apprise où, la grammaire ? Chez les Papous ?

Martin, vexé, était parti en claquant la porte. Puis était

revenu : Bray avait une réputation de vrai pro, c'était une chance à ne pas gâcher. Et il avait patiemment appris à poser sa voix, à soigner sa diction, passé des nuits blanches à potasser sa grammaire, jusqu'à se sentir capable d'affronter le public capricieux des grandes villes. Bray s'était contenté d'un haussement d'épaules : « Et alors ? Vous voudriez pas, en plus, que je vous dise bravo ? » Mais quand était venu le creux de l'été, et que les théâtres surchauffés se vidaient, il lui avait proposé de tourner de petits films touristiques sur quelques villes américaines.

– Pas à dire, vous êtes un sacré bon photographe. Ça vous dirait, de tourner des films ? J'y connais foutre rien. Mais ça doit être un peu pareil, non ?

Et c'est ainsi qu'il avait manié sa première caméra. Pour 35 dollars de bonus par semaine. Jusqu'au jour où Bray, toujours mâchonnant son cigare, avait grommelé :

– Dites donc, Martin, votre show commence à sentir le réchauffé, non ? M'est avis, même, qu'il est mort...

Le cœur d'Osa s'était serré – il ne voulait plus d'eux ? Charles Bray les avait dévisagés longuement, l'un après l'autre, et puis :

– M'est avis que vous feriez rudement bien d'aller tourner quelque chose de nouveau chez vos sauvages. Non ?

Martin et Osa s'étaient regardés. Il se fichait d'eux, ou quoi ? Au bout de sept ans, ils n'avaient pas 100 dollars devant eux.

– Sérieusement, vous seriez prêts à partir ?

Tout de suite, avait répondu Martin. Enfin, l'affaire de quelques semaines. La liste des fournitures, du matériel, les horaires des bateaux, les cartes, les contacts, il avait tout, sur ses carnets. Depuis le temps ! Bray avait hoché la tête, de plus en plus pensif.

– Et vous amèneriez votre femme avec vous, comme ça, chez les anthropophages ?

– Bien sûr, s'était étonné Martin. Pourquoi ?

Bray avait levé les bras au ciel.

– Vous savez, ma petite, que vous avez épousé un fou furieux ? Et vous ne dites rien ?

Elle savait. Et elle ne disait rien.

Un mois plus tard, Martin était arrivé à l'hôtel, la voix un peu tremblante : Bray avait trouvé un groupe d'investisseurs, son plan était accepté. Revu à la baisse, mais accepté. Tout était calculé au plus juste, y compris la pellicule, la caméra Universal n'était pas l'idéal, ils n'auraient que deux appareils photo, mais ils feraient avec. Ils partaient. Après sept ans ! Elle avait juste trouvé la force de répondre :

– Mais bien sûr, mon chéri.

J'imaginais Martin passant et repassant, soir après soir, dans des salles miteuses, les images d'un temps enfui, de son monde en allé, toujours les mêmes, soir après soir, s'obstinant à dire une fois encore l'émerveillement des mers du Sud, l'émoi des aubes claires sur les mers de corail, les îles neuves montant à la proue des navires, s'acharnant à éveiller en chacun, même les plus réfractaires sédentaires, la fièvre des lointains – et mesurant un peu plus cruellement chaque soir qu'il était, là, cloué à quai, sans espoir de retour, jamais il ne retrouverait le goût des embruns sur ses lèvres, les senteurs lourdes des palétuviers de Nuka Hiva, les cris stridents des perroquets dans les profondeurs de la jungle, et le sillage phosphorescent des requins sur le velours noir de la nuit océane, qu'il gâchait sa vie et celle de sa femme à traquer une chimère… Comment avait-il pu tenir tout ce temps ? Elle avait raison : le mystère Martin était là, dans cet album qu'elle serrait contre sa poitrine. Il était dans cette obstination proprement incroyable, année après année, contre toute raison, à ne rien céder sur ses rêves.

« Mais bien sûr, mon chéri », répéta-t-elle d'une voix lointaine, avec ce qui me parut une pointe d'ironie. Elle m'échappait, à nouveau. Je toussotais, pour la ramener à moi. Traverser pareille épreuve devait vous rendre indestructible ? Elle acquiesça, après un silence :

– Martin ? Il l'était déjà ! Depuis toujours. Mais moi… Avec lui, même aux pires moments, plus tard – et il y en a eu, croyez-moi ! –, je n'ai plus jamais eu peur…

Il y a plus, insista-t-elle brusquement, comme s'il lui revenait tout à coup qu'elle avait oublié l'essentiel. « Son secret », chuchota-t-elle, mystérieuse, en serrant l'album contre sa poitrine. Ce n'était donc pas celui-là ? Elle secoua la tête. Un secret que personne, jusqu'ici, n'avait compris. Je me penchai vers elle, intriguée.

– Je vais vous le dire, son secret. Et ne l'oubliez pas ! Plus tard, vous verrez. C'est la clé de tout. De ses films. De son succès. De tout.

Je retins ma respiration.

– Son secret, c'est d'avoir su faire de ses galères son atout maître…

C'était tout. Sans doute – mais encore ? Elle eut un geste d'agacement, de me sentir déçue.

– Sept ans de scènes pourries ! Devant tous les publics imaginables ! Vous ne comprenez donc pas, vous non plus ? Quand il a commencé à faire ses films… Personne, non, personne en Amérique ne connaissait le public comme lui. Ses réactions. Ses attentes. Les ressorts d'une bonne histoire. Ce qui passe. Ce qui ne passe pas. Là-dessus, il avait une sorte de sixième sens. Ah, si vous l'aviez vu en action ! Capable de décrypter les changements de mode avant tout le monde. Capable de tenir tête à tous les commanditaires, mécènes, savants du Muséum quand il sentait que telle ou telle séquence ne passerait pas. Un showman ! N'oubliez jamais ça : un showman, avant tout. Le plus formidable showman d'Amérique, sorti de sept années d'enfer !

Elle reposa l'album, déjà esquissait le geste de se lever. Ce n'est que bien plus tard que je devais comprendre l'importance de ce qu'elle venait de dire. Pour l'heure, je devinais surtout que c'était là la fin, qu'elle allait m'échapper, que jamais peut-être ne reviendrait pareil moment de confidences – la fin, quand depuis Black Hawk elle ne parlait plus d'elle. Je tentais le tout pour le tout. Comment, *elle*, avait-elle pu tenir ? Elle, qui avait eu en tête d'autres rêves ? L'Osa n°1, m'avait-elle dit, était morte à 16 ans. Mais l'autre Osa, l'Osa du grand dehors, pendant toutes ces années ?

Son visage se crispa, comme si je venais de la frapper. Elle se leva, et sa main tremblait violemment quand elle remplit son verre. Si tôt, le matin, comment pouvait-elle supporter pareille dose d'alcool ? Elle but lentement, méthodiquement, en frissonnant, but jusqu'à la dernière goutte.

– Allez, dites-le, que je ne devrais pas… Elle ricana : une habitude de ces années-là. Pour faire taire Osa n°1. Et la n°2 aussi, probablement…

Je sais : j'aurais dû m'éclipser, ou lui venir en aide. J'insistai, au contraire : et elle, tout ce temps-là, sous la férule de Charles Bray ? Elle me regarda, comme si elle me découvrait, eut un geste de recul – ou bien, dans son état, avait-elle simplement du mal à me fixer ?

Elle bouscula quelques cartons en titubant, jusqu'à la photo au mur qui les représentait, Martin et elle, visages radieux, côte à côte en tenue d'aviateurs, et se mit à parler d'une voix sourde en me tournant le dos. Charles Bray avait promptement mis fin à sa carrière. Et sans doute cela valait-il mieux. Ses talents éventuels n'étaient pas de chanteuse. Elle avait dès lors assisté Martin. Et beaucoup attendu dans les chambres d'hôtel. Osa n°1 refaisait surface dès qu'ils se posaient quelque part. En semant des graines sur le rebord de leurs fenêtres. Ou même, un été que Martin tournait pour Charles Bray, en sous-louant les chambres d'un petit quatre-pièces pour mieux joindre les deux bouts.

– Et le reste du temps, Osa n°2…

Elle eut un geste désabusé en direction de la bouteille de bourbon. Mois après mois sa jeunesse filait sans plus de perspectives. Tu ne partiras jamais pour ce tour du monde, répétaient les lettres de ses parents, quand nous feras-tu cadeau d'un petit-fils ? Parfois, elle se disait qu'elle était un frein aux projets de Martin, que seul il serait parti d'une manière ou d'une autre, depuis longtemps, que le mieux pour lui serait qu'ils se séparent. D'ailleurs, savait-elle seulement qui elle était encore, après ces années, et quels étaient ses rêves à elle ? Elle n'avait plus de rêves. Pour elle aussi, il était temps de partir – sinon, Dieu sait comment elle aurait fini…

Un vent de panique était passé sur Chanute, à l'annonce de leur départ. Pas Osa, surtout pas Osa ! protestait Belle – « sinon elle va finir dans une marmite, je le sens ! ». Un sourire fugitif éclaira le visage d'Osa, « elle ne croyait pas si bien dire, d'ailleurs. Il s'en est fallu de peu ! » Martin, déjà, était prêt à céder, jurait ses grands dieux qu'elle resterait à l'abri dans les grandes villes de la côte, tandis qu'il s'en irait filmer à l'intérieur, mais elle avait explosé : sept ans, ça suffisait ! Pour qui se prenait-il, de décider de sa vie à sa place ? Elle irait partout où il irait. Point. Sa violence, sur le coup, l'avait laissée stupéfaite, vaguement honteuse. Martin, lui, se dandinait d'un pied sur l'autre, comme un grand dadais pris en faute, c'était pour elle qu'il avait dit cela, pour la protéger, il se sentait déjà tellement coupable, pour toutes ces années, il ne voulait pas en plus lui imposer… – il s'embrouillait, les joues rouges. Puis, tout d'un coup, il avait souri, tendu la main, comme on conclut un marché, entre hommes : c'était d'accord. « Et c'est ainsi », conclut-elle, « que ses rêves sont devenus les miens… »

L'effort l'avait épuisée. Je vis qu'elle oscillait, agrippée gauchement au dossier d'un fauteuil. Tout cela était de ma faute. Je me précipitai, l'aidai doucement à s'asseoir, et, prise d'une brusque impulsion, l'embrassai sur la joue. Elle saisit ma main, en la serrant très fort, et je vis qu'elle pleurait.

– Il m'a pris ma vie, vous comprenez ? Il m'a pris ma vie ! Et il a oublié de me la rendre en partant…

À quoi bon ruser plus longtemps ? Elle s'était insinuée en moi, m'avait conquise, vampirisée, lors même que je feignais de m'en défendre. Et je savais déjà que je saurais mieux que personne dire ses multiples visages, approcher son mystère : n'était-ce pas la force même du romanesque ? Eh bien, c'était dit, je serais son ombre, son double, son fantôme, je me coulerais dans les méandres de son âme. *« Ghostwriter ! »* Je ne m'y perdrais pas, ni ne perdrais mon âme, ce serait le plus beau des romans, tragique et fort – non pas la fade légende conçue par des publicitaires, mais un roman vrai, et un vrai roman. Après tout, tentais-je de me convaincre, entre *ghostwriter* et écrivain, où se situait la différence ? Un romancier invente ses personnages, leur donne vie, les imagine différents de lui, et différents les uns des autres, cherche leurs voix singulières, leur respiration, se laisse posséder par eux jusqu'à les découvrir au bout du compte, dans leurs différences mêmes, et c'est bien le miracle de la littérature, visages de lui-même. N'était-ce pas ce que tout nègre devait tenter : s'effacer, laisser passer l'autre à travers soi, lui donner vie, trouver sa voix singulière ? Dans le fond, tout écrivain était un *ghostwriter*, à sa manière… Si j'avais été honnête, j'aurais poursuivi : s'effacer, oui, mais pour mieux absorber cet « autre » au final, le découvrir en soi, comme l'inconnu de son propre visage – et j'aurais deviné alors qu'Osa risquait de ne guère aimer cela. Mais ceci est une autre histoire…

Tandis qu'Osa m'embrassait sur le pas de la porte, je surpris, par-dessus son épaule, le regard que me jetait Clark Getts, depuis le salon. Cet homme, décidément, avait des allures de croque-mort. N'était-ce pas étrange, de vivre ainsi de l'exploitation des premières amours de sa maîtresse ? À moins que ce ne fût son vrai propos, les négociant en imagerie pour midinette, que d'ainsi les effacer. Sans doute aurait-il préféré pour ce livre un nègre professionnel, rapide, revenu de tout, capable de livrer un produit sur mesure. Eh bien ! Il avait raison de se méfier : mon projet bien arrêté, déjà, n'était pas d'effacer, comme lui, la vérité de cette histoire, mais au contraire de *l'écrire*.

Note de Winnie, 1939 :

Que reste-t-il aujourd'hui de ce projet – que reste-t-il de moi ? Un fantôme errant dans les ruines de son château de songes, de mots en allés, de feuillets oubliés. Ainsi en aura voulu Osa…

Quel reste de fierté m'y fait retourner une dernière fois – alors que, toute honte bue, j'ai accepté au final d'écrire cette « légende » que je ne voulais pas, pour laquelle on me paie ? L'ironie, bien sûr, tellement prévisible, est de la savoir d'avance promise au best-seller, quand mon roman restera signes morts. Ce livre que personne d'autre que moi ne lira, devenu pour moi-même un mystère, je le reprends encore : qu'est-ce donc, en lui, qui m'a échappé, le fit rejeter par celle pour laquelle je l'avais écrit ? Rien qu'un roman, bien sûr – l'effort de ressaisir l'indicible d'une histoire qu'aucun reportage, qu'aucune interview, jamais, ne pourra rendre. Dont il m'avait semblé, naïve, qu'Osa, à travers moi, cherchait la trace, le fin mot. Rien qu'un acte d'amour – mais il fallait, pour le reconnaître, accepter l'insupportable, la nécessaire liberté du roman. Qui étais-je, répétait-elle, furieuse, pour m'arroger ce droit ? Rien qu'un acte d'amour – même si me vient parfois le soupçon, vite écarté, que celui-ci se doublait d'une prise de possession. Mais n'en va-t-il pas ainsi de tout amour ? aurait glissé, malicieux, ce Finch Hatton qu'elle citait si souvent. Finch Hatton au sourire toujours énigmatique…

Alors que les professionnels avisés négocient son opéra sauvage en airs de mirliton, l'ironie sera donc, épousant jusqu'au bout, je m'en rends compte à l'instant, ce qui fut le destin d'Osa, d'avoir à effacer moi-même ce que j'avais écrit, poli, rêvé, comme la vérité de son aventure. Avant donc ce suicide – et mieux vaudrait en rire, si je pouvais – voici donc le testament, que personne ne lira, d'un écrivain qui ne fut pas…

PREMIÈRE PARTIE

Dans la jungle urbaine

New York 1920-1921

[illegible]

Deux [illegible]

— Mangée par un sauvage [illegible]
[illegible] à dîner ?

L'homme, penché vers [illegible]
[illegible] que démentait cer[illegible]
regard. [illegible]
[illegible] son [illegible]
reconnaissan[illegible] tout pour une belle [illegible]
même sa femme... Les co[illegible]
[illegible] rougir – tout allait [illegible]
[illegible] bien c'était [illegible]
[illegible] tourbillon de toi[illegible]
[illegible]
[illegible]
[illegible]
du [illegible] tête. [illegible]
qu'ils posaient sur elle n'était [illegible]
[illegible] chef des Big Nambas... [illegible]
de Maran, à l'extrémité [illegible]
d'habitude. Carl Akeley [illegible]
[illegible]
[illegible]
[illegible] avant qu'ils de [illegible]
[illegible] tête contre tête, [illegible]

— Oh ! Le chef Nagar [illegible]
[illegible]...

I

– Mangée par un sauvage ! Mon Dieu – et Martin continuait à filmer ?

L'homme, penché vers Osa, affectait un détachement amusé que démentait certaine lueur au fond de son regard. Eh bien, on pouvait dire ce qu'on voulait, soupira son voisin, c'était à de pareils détails qu'on reconnaissait le cinéaste : tout pour une belle image ! Même sa femme… Les convives s'esclaffèrent. Elle se sentit rougir – tout allait trop vite depuis son arrivée avec Martin, ou bien c'était la chaleur, ou alors le champagne : ce tourbillon de toilettes extravagantes, le crépitement des bons mots, le cynisme léger affiché par chacun, la laissaient désarmée, petite provinciale promise à être dévorée crue par les brillants esprits supposés lui faire fête. À tout prendre, songea-t-elle, les regards qu'ils posaient sur elle n'étaient pas si différents de celui du chef des Big Nambas… Elle quêta un secours du côté de Martin, à l'extrémité de la table – en vain, comme d'habitude. Carl Akeley, le maître ce soir des cérémonies, s'était emparé de lui dès leur arrivée au club, et ne l'avait plus lâché, la laissant seule dans l'arène. Que diable avaient-ils de si important à se dire, qui les tenait ainsi, tête contre tête, indifférents au brouhaha ?

– Oh ! Le chef Nagapate n'avait pas vraiment commencé…

Elle s'enhardit, gloussa :

– Et puis, ce n'était pas exactement la gastronomie qu'il avait en tête. Enfin, je crois…

Elle s'arrêta, paniquée. Qu'est-ce donc qui lui avait pris ? Une femme, en face d'elle, éclata de rire :

– Voyons, Roy, il y a de ces choses, tu sais bien, que les femmes ne sont pas sans remarquer…

Roy ! L'homme qui l'avait déshabillée du regard devait être Roy Chapman Andrews, la star de l'exploration, l'idole du moment – oui, c'était bien ce visage mince, hâlé, aux yeux de sable, sous un feutre élimé, qu'elle avait vu à la « une » des journaux, la semaine précédente, et dans les colonnes d'*Asia*, un Colt à la ceinture, un long fouet à la main : l'image même du savant aventurier, dans sa nouvelle gloire. Son cœur battit plus vite : cette longue femme à la grâce déliée de ballerine qui lui lançait un clin d'œil complice, après avoir repris Chapman Andrews, devait être Yvette Borup, son épouse, la familière des cours d'Europe, l'amie intime de la fille du Kaiser Guillaume, l'incarnation du « chic », aussi à l'aise en robe du soir qu'en guenilles dans la boue, menant quelque fouille aux côtés de son mari… Une femme du monde, dans tous les sens du mot, se dit-elle, avec un pincement d'envie : quoi qu'elle pût faire, elle, Osa, resterait la brave fille de Chanute, un enfant du Kansas. Et Martin, face à Chapman Andrews, un saltimbanque… Les journaux étaient pleins des rocambolesques péripéties de leur dernière expédition en Corée, vers les contreforts de la Montagne blanche – et du grandiose projet qui allait les tenir éloignés plusieurs années, dans les profondeurs inconnues de la Mongolie, où se trouvait caché, soutenait Andrews, le secret des origines de l'humanité. Combien de gloires de la science, bardés comme eux de titres, couverts d'honneurs, se pressaient à cette table ?

La soirée tant voulue par Akeley en l'honneur de Martin relevait d'un malentendu…

Elle reprit sa respiration, et le tangage du salon s'atténua quelque peu. Prohibition ou pas, New York, depuis son arrivée, paraissait flotter sur un nuage de bulles. Des rires fusèrent, dans son dos, une femme, la voix pâteuse, expliquait à ses voisins le piquant de l'affaire, comment Martin Johnson, s'étant risqué chez les cannibales sans protection armée, avait continué de filmer alors que leur chef Nagapate entreprenait de transformer sa femme en pot-au-feu – ou l'entreprenait tout court, allez savoir. Ses voisins pouffèrent, une jeune fille artistement dénudée, les joues rouges, risqua qu'elle n'aurait pas détesté être à sa place – « Il paraît que les sauvages pour ces choses-là… Enfin, vous voyez ce que je veux dire ! » – et chacun se tourna un peu plus vers Osa, attendant qu'elle leur livre sur le sujet quelques confidences d'experte.

New York, en trois années d'absence, avait bien changé, ou alors, trop naïve à son premier passage, elle n'en avait rien su voir : la véritable jungle était ici, plus dangereuse que celle de Bornéo.

À Southampton, déjà, le *Pan Handle State* bruissait de nouvelles extravagantes. La Grosse Pomme n'était plus qu'un fruit blet, véreux. Un tripot clandestin où gangsters, politiciens et policiers se tenaient par la main. Un coupe-gorge. Un immense lupanar où les femmes, devenues folles, se donnaient à des Noirs ivres morts au rythme de danses obscènes. Un volcan en éruption. La proie, aux dernières nouvelles, des bolchéviques et des anarchistes. Bref, l'Amérique n'était plus l'Amérique. La guerre ! La guerre avait tout changé, fait voler en éclats morale, famille, repères. Équipage et passagers se pressaient autour d'eux : d'où sortaient-ils donc, tous les deux, avec leur montagne de caisses et leur fichue ménagerie ? Aux réponses de Martin, les curieux hochaient la tête, se prenaient à témoin les uns les autres : deux ans chez les sauvages, à l'autre bout de la planète ! Ça, c'était la meilleure. Savaient-ils, au moins, qu'il y avait eu la guerre ? Osa protestait mollement, la guerre, si, bien sûr, ils en avaient entendu parler, à leur passage à Sydney, puis à Londres, mais il est vrai que dans la jungle de Bornéo… Eh bien, ils allaient avoir un choc, passé Ellis Island ! L'Amérique qu'ils avaient quittée n'existait plus, tout simplement. Rayée de la carte. Quant à la nouvelle… Les esprits s'échauffaient aussitôt, c'était à qui trouverait la formule choc, lancerait l'information la plus énorme – avant de revenir vers eux, incrédules : deux années, d'accord, mais *ces deux années-là*, c'était pas banal. Positivement incroyable, même. Bessie, intimidée, se serrait dans les jupes d'Osa, Kalowatt, irritée de n'être pas au centre de l'attention, poussait des cris aigus, en vain : les bêtes curieuses, pour une fois, étaient ses maîtres.

À la vue du paquebot à quai, le matin, leur cœur avait battu plus vite : cette fois le sort en était jeté : ils rentraient. Après deux ans – non, trois, leur retour après la première expédition n'avait été qu'une parenthèse obligée, le temps de projeter leur film, lever de nouveaux fonds, mais leur esprit était resté là-bas, parmi les Big Nambas de Malekula – trois années, donc, qui les avaient vus faire le tour de la planète, reprendre la quête de Jack London là où la maladie, et peut-être la peur, l'avait interrompue, se risquer hors des routes balisées dans les îles de ténèbres, parmi les cannibales et les coupeurs de têtes, s'enfoncer toujours plus loin au cœur de la sauvagerie, jusque dans l'enfer vert de Bornéo. Trois ans – et une éternité. Qu'allaient-ils trouver au retour ? Depuis leur départ de Sydney, ils n'avaient fait jusque-là que ruser, différer le moment de la décision, musarder par Singapour, Colombo, Port-Saïd, projetant tout à coup de descendre jusqu'au Cap, avant de se retrouver à Londres avec 5 dollars en poche. Comme s'ils ne parvenaient pas à se résoudre à inscrire le mot « fin » au bas de leur aventure. À croire que quelque démon ténébreux les hantait, les tirait en arrière, refusait de les rendre à leur vie antérieure. Certains matins, Osa se réveillait en larmes, Chanute lui manquait tellement ! Chanute ? Ce devait être dans une autre existence, si lointaine, désormais. Martin la consolait : Chanute ne changerait jamais ! Mais ils savaient qu'eux avaient changé sans retour, qu'une distance s'était creusée, irrémédiable. Ils étaient allés, en fin de compte, plus loin qu'ils ne l'imaginaient. Si loin, *qu'ils n'en revenaient pas*.

Et voilà que face aux passagers du *Pan Handle State* ils se trouvaient comme deux personnes qui, parties faire un tour, découvrent au retour qu'un siècle a passé, effaçant tout repère…

L'Amérique avait changé. Prodigieusement changé. Martin, brutalement réveillé, dévorait journaux et revues rapportés de New York, questionnait sans relâche. Avant tout, il était un « pro », répétait-il, comme pour se rassurer : si le public avait changé, et avec lui les règles du jeu, eh bien ! il fallait s'adapter. Ou disparaître. Le public : c'était sa religion à lui, depuis toujours. Jack London, à sa place, aurait eu le même réflexe. « Sans états d'âme », insistait-il, mais son assurance affectée cachait mal son inquiétude. Et si les dizaines de milliers de mètres de pellicule rapportés étaient désormais sans valeur ? Si le public, occupé par d'autres soucis, se fichait bien de leurs histoires de cannibales, ou d'animaux ? Le télégramme péremptoire de leurs commanditaires, trouvé à leur hôtel londonien, les sommant de rentrer sans délais, n'avait peut-être pas d'autre motif : sauver les meubles, s'il se pouvait.

Osa découvrait peu à peu les horreurs de la guerre, ses victimes par millions, le gaz, les tranchées. Fallait-il que Chanute et Independence soient restés tout ce temps éloignés de la rumeur du monde pour qu'ils en aient su si peu ! Elle lisait et relisait les lettres arrivées à Sydney au fil des mois, échos de souvenirs, d'apple-pies chauds, de chasses au canard sur la rivière gelée, de grippe du voisin et de nouvelles de la chorale – la guerre, évoquée en sourdine, y restait irréelle, rien de plus que le grondement d'un orage, menaçant dans les lointains, le fils Harrington avait été mobilisé, le pasteur se demandait comment tout cela allait finir, une collecte était organisée. Comment auraient-ils pu seulement deviner ? objectait Martin, surpris par les humeurs sombres d'Osa, ses crises soudaines de larmes. N'empêche : elle se sentait coupable. De n'avoir rien su n'était pas une excuse, s'obstinait-elle : ils n'avaient pas été là quand il aurait fallu. Et toute leur aventure, du coup, prenait un goût amer – voilà qu'elle en venait à reprocher à Martin son incroyable énergie à vaincre tous les obstacles, tendu vers son seul objectif, au point d'ignorer tout le reste... Martin, comme d'habitude, ne disait mot, même s'il en souffrait : pour lui, seul devait compter désormais le retour, qu'il préparait déjà comme un match de boxe, Jack London oblige. Et elle se reprochait de n'être pas, en ces instants, à la hauteur de ce qu'aurait sans doute fait Charmian London, son modèle...

Un match, pour Martin, à gagner coûte que coûte, où passagers, capitaine, équipage, allaient jouer le rôle de *sparring partners*... Le monde qu'ils avaient quitté était mort là-bas, dans les tranchées, une révolution avait jeté bas le régime tsariste, les nouveaux maîtres de la Russie promettaient la levée en masse, partout, des damnés de la terre, l'Amérique, déjà, vacillait sous le choc, grondait un éleveur texan, massif comme ses longhorns, que suivait toujours sa femme à quelques pas comme s'il l'avait capturée au lasso. S'inquiétait un courtier de Chicago. Confirmait un Bostonien aux lèvres pincées. Au printemps de l'année précédente, vingt-neuf colis piégés avaient été adressés à des hommes politiques, et même à Rockefeller, par des brigades anarchistes. C'était miracle si un postier soupçonneux avait su déjouer l'entreprise meurtrière. Cinquante mille ouvriers du rail s'étaient mis en grève au même moment, preuve d'un complot. Quatorze grévistes avaient été blessés dans des émeutes à Butte, dans le Montana. Plus douze morts en Virginie, lors d'une bataille rangée entre mineurs et agents de Pinkerton. Et trois autres à Denver. Une bombe, à l'angle de Broad et de Wall Street, à Manhattan, avait tué trente-huit personnes et en avait blessé deux cents. Plus incroyable encore, la police de Boston s'était mise en grève dans l'été 1919, oui, monsieur, la police elle-même, c'était dire l'état de la gangrène, et la violence s'était aussitôt déchaînée, vitrines brisées, magasins pillés, mais le chef de la police avait purement et simplement licencié tous les grévistes et en cinq jours l'ordre était revenu. La vague grossissait, allait tout emporter, les visages dansaient autour de Martin et d'Osa, dans un tourbillon de dates, de chiffres, d'annonces d'Apocalypse, la guerre gagnait l'Amérique au moment même où celle-ci criait victoire – une maladie rapportée d'Europe, qui la rongeait comme un cancer. Mais le juge Palmer, le combattant quaker, avait relevé le défi de la vermine rouge, tonnait le pasteur en brandissant sa Bible, Edgar Hoover avait créé une section spéciale du FBI. Ah ! Ça n'avait pas traîné : des perquisitions, le même jour, dans treize villes, aux QG des rouges, et deux cent cinquante révolutionnaires s'étaient retrouvés menottes aux mains, parqués à Ellis Island, et renvoyés dare-dare par bateau jusqu'en Finlande, abandonnés à la frontière russe : retour à l'envoyeur ! Cinq mille mandats lancés dans le pays, deux mois après, et six cents autres criminels avaient suivi le même chemin. Deux assassins anarchistes, Sacco et Vanzetti, venaient d'être arrêtés, avant qu'ils ne commettent d'autres attentats…

Martin et Osa ouvraient des yeux effarés : mais enfin, bon sang, pourquoi ces grèves, ces émeutes, ces attentats ? L'éleveur, Fierté autoproclamée de l'Amérique, agitait son cigare : comment ça, *pourquoi* ? Le complot rouge, bien sûr, la IIIe Internationale, les fainéants bolchéviques ivres de stupre, d'alcool et de sang ! Peut-être aussi le fait que les prix avaient doublé depuis la guerre, et que l'Europe ruinée n'achetait plus rien, alors que les soldats rentraient chez eux pour trouver les places prises, objectait le Bostonien pincé, dans un silence réprobateur. La faute de l'immigration ! tranchait le pasteur, dernier rempart déclaré contre l'Antéchrist, et contempteur de papistes : italiens, juifs, slaves, polonais, grecs, ils déferlaient depuis la guerre pour voler le travail des vrais Américains, vivaient d'un rien, s'entassaient dans les villes, gibier trouvé des socialistes, et parmi eux, bien sûr, pas un seul protestant ! La voix rocailleuse de la Fierté de l'Amérique montait en tempête : foutaises que tout cela, la faute était aux vitamines ! Si seulement il tenait le crâne d'œuf qui avait inventé cette ânerie… Et, poussant son avantage, dans le silence stupéfait de l'assemblée : depuis que les femmes avaient pris le pouvoir – d'émotion, il avait desserré son col, à la recherche d'un peu d'air – depuis que, pour faire court, elles ne portaient pratiquement plus de culottes – là, sa femme avait claqué la porte du salon – la maigreur était à la mode, devenait même obligatoire, et les malheureux éleveurs et producteurs de blé, gloires de l'Amérique, étaient en plein marasme. Les femmes ! Savaient-ils seulement, non, ils ne pouvaient pas savoir, tous les deux, à peine sortis de leur jungle, le mauvais coup perpétré en leur absence : *depuis le mois d'août les femmes avaient le droit de vote !* Et comme Martin ne semblait pas particulièrement choqué :

– Mais vous ne comprenez donc pas ? C'est le début de la fin ! Parce qu'elles en réclameront toujours plus, vous verrez, pour ça, je les connais ! Déjà si vous saviez ce qu'elles lisent en cachette… les cochonneries du docteur Freud, sur le sexe, tout ça. Demain ce sera le droit à l'amour libre. Déjà qu'elles veulent toutes divorcer…

Le pourfendeur de mécréants entreprenait d'expliquer, la voix tremblante et extatique, que des hordes d'avorteuses opiomanes et lubriques sillonnaient le pays en réclamant le droit pour les femmes à un contrôle des naissances, quand l'épouse du Bostonien pincé s'était dressée, à son tour, vibrante de colère, oui, les femmes étaient sorties de leurs cuisines pour faire tourner le pays pendant que les hommes s'entre-tuaient, elles avaient démontré ce qu'elles savaient faire, et des branques d'un autre âge prétendaient les faire rentrer à la niche comme si de rien n'était ? La porte avait claqué une deuxième fois, le Bostonien et le Texan avaient échangé un regard de réciproque compassion, poussé un soupir : décidément la guerre faisait rage jusqu'au sein des familles.

– Mais ce n'est rien encore…

Tout le monde s'était tourné, surpris, vers le fond du salon. L'athlète prognathe n'avait pas dit mot depuis le départ, le nez plongé dans les revues de sport. Non, tout cela n'était rien : le pitcher Eddie Cicotte venait d'avouer au juge Landis que huit joueurs des Chicago White Sox, achetés par « Sleepy » Bill Burns, avaient parié sur leur défaite face aux Cincinnati Reds, lors des World Series de l'année précédente. À cette nouvelle abominable le *Pan Handle State* lui-même avait brutalement enfourné. Tout foutait bien le camp, si même le base-ball… Restait au moins « Mister Big »

Jack Dempsey, le Manassa Mauler, avait risqué le Bostonien : Billy Miske n'avait pas tenu trois rounds face à lui, et Louis Fispo, le Taureau sauvage des Pampas, finirait en brochettes, sûr et certain, Dempsey au moins était un vrai champion ! La Fierté de l'Amérique, décidément tout à son idée fixe, avait modéré l'effervescence :

– Vous verrez que les femmes elles aussi vont s'y mettre !

Il y avait pire encore – et tout le reste s'était effacé comme par miracle, il n'y avait plus qu'une seule voix, à l'exception du pasteur, fonction oblige, qui observait un devoir de réserve, mais on devinait que sa sympathie allait au chœur des éplorés. Martin et Osa, d'abord, avaient cru à une plaisanterie : depuis le 16 janvier 1920 l'Amérique entière était au régime sec.

Ah, ce que j'suis sec
Ah ce que j'suis sec
J'vendrai bien mes bottes
Pour une bouteille de gnôle

chantait le groupe, soudé dans le malheur. Plus d'alcool nulle part : depuis cette nuit fatale, il était illégal de vendre, de fabriquer, de transporter des boissons titrant plus de 0,5 degré d'alcool. Mais dans les bars ? Dans les hôtels ? Dans les restaurants ? Nulle part. Sauf en pharmacie, pour un usage strictement médical, avait murmuré le pasteur. Une force spéciale de mille cinq cents agents avait été créée pour traquer les trafiquants, détruire les stocks cachés, fermer les frontières. Mille dollars d'amende, six mois de prison dès la première infraction ! Pour le coup, un tremblement de terre…

Martin avait dressé l'oreille : New York, à ce compte-là, devait être une ville morte ? Pas du tout, avaient rétorqué les dignes piliers de l'Amérique éternelle, prenant pour l'occasion des airs de galopins : des milliers de camions traversaient nuitamment la frontière canadienne, des navires par centaines croisaient dans les eaux caraïbes et retrouvaient les passes secrètes du temps de la piraterie, le long de ce que l'on appelait déjà la Rum Row, les alambics fonctionnaient à plein dans les collines discrètes, dans les caves, sous les toits. Les bars clandestins, les *speakeasies*, se multipliaient comme des champignons sous la pleine lune, les bootleggers, du coup, passaient pour des Robin des Bois venus au secours des malheureux assoiffés, comme disait le proverbe, on peut bien éloigner son cheval de l'abreuvoir, ça ne lui ôte pas l'envie de boire, certains patrons malins avaient transformé leur saloon en pharmacie et c'était positivement incroyable, le nombre de gens munis d'une ordonnance prescrivant une bouteille ou deux d'alcool à des fins thérapeutiques, des bootleggers avisés s'étaient même faits pharmaciens pour s'approvisionner légalement en alcool, dénaturé certes par addition de savon, d'iode, d'alcool de bois, et de quelques autres additifs plus ou moins mortels, mais c'était un jeu d'enfant de lui redonner vie, par ajout de glycérine, de caramel, et de quelques autres substances dont chaque bootlegger gardait jalousement la recette – *sa* recette, qui pouvait vous envoyer droit au cimetière, mais on n'a rien sans risque. La répression ? Ah, oui, la répression. Mille cinq cents agents payés 2 000 dollars au maximum pour surveiller cent vingt-cinq millions d'honnêtes citoyens assoiffés… On les trouvait généralement les premiers attablés dans les bars clandestins, profitant un peu de l'existence – avant de se retirer promptement, une fois leur fortune faite. À quoi bon s'énerver, quand les juges, le gosier sec, et donc irrité, remettaient le plus souvent en liberté les contrevenants ? Il se disait que la Maison-Blanche elle-même était devenue un tripot clandestin…

Ou bien ils étaient tombés sur un paquebot de cinglés, avait conclu Martin, à l'instant de se coucher, ou bien il allait falloir avoir des réflexes sacrément rapides, dès le pied posé à terre.

Osa n'avait pas répondu : certaines conversations discrètes entre femmes, à l'écart, autour de revues de mode et de spectacles, lui faisaient deviner qu'une autre révolution était en marche, dont Martin n'avait pas idée. Comme aurait dit l'athlète prognathe, « c'était pire que ça ».

Kalowatt et Bessie n'avaient pas de ces soucis : en stars conscientes de leurs effets, il ne leur avait pas fallu longtemps pour capter l'attention. Kalowatt, toute de juvénile innocence, avait obtenu le droit de s'installer dans la cabine d'Osa et de Martin. N'aurait-on pas dit leur enfant ? s'attendrissait la foule et la chipie clignait des cils, modeste, les yeux candides, mais devant la taille de Bessie le commissaire de bord s'était montré inflexible, la place d'un orang-outang, crénom, était dans une cage. Malgré ses protestations indignées, la diva s'était retrouvée à fond de cale, aux côtés des cacatoès narquois. Dès le lendemain matin un vacarme de tous les diables avait jeté Martin hors de sa couchette : il ne connaissait que trop ces cris aigus, dominant le tumulte sur le pont supérieur. Bessie était là, en pleine discussion avec des marins surexcités, qu'entourait une foule grossissante de passagers arrachés au sommeil – et il finit par comprendre que la luronne, surgie de nulle part, s'était assise sans façon près des matelots occupés à peindre les épontilles, le temps d'observer leur jeu avant de s'emparer elle aussi d'un pot de peinture… dont elle avait avalé goulûment le contenu. Lestée d'un bon litre de vinaigre à titre d'antidote, Bessie avait été ramenée en cage – mais son geste théâtral du bras à l'instant de se retirer était un au revoir. Et dès quatre heures du matin, le lendemain, la cloche d'alerte au feu avait précipité passagers et équipage aux canots de sauvetage, avant qu'on ne s'avise que la mer était calme, que les machines ronronnaient doucement et que tout était en ordre – à l'exception de ce satané orang-outang, hilare, qui secouait la cloche avec ardeur. Comment diable s'était-elle échappée ? Ne restaient plus que les fers, comme il sied aux pirates... Kalowatt avait pris le relais et tout le navire bientôt bruissait de ses exploits. Avait-on jamais vu une guenon manger à table avec une fourchette ? La rumeur avait enflé au point qu'elle s'était retrouvée invitée avec ses « maîtres » à la table du président des United States Lines et tout le *Pan Handle* n'avait plus été qu'un vaste éclat de rire quand elle avait entrepris sur le pont d'imiter tel ou tel, l'athlète prognathe faisant ses exercices du matin, le torse bombé, la Fierté du Texas vaquant l'air l'important, le ventre généreux, brandissant son cigare comme une massue, sans se douter que la guenon les suivait à deux pas. Bessie, pour ne pas être en reste, digne émule d'Houdini, avait laissé ses chaînes pour explorer la cave, et après quelques tâtonnements avait jeté son dévolu sur le meilleur vermouth, dont elle s'était copieusement aspergée. Vingt-quatre bouteilles avant que le sommelier ne s'inquiète des cris joyeux qui montaient de sa réserve ! Le commissaire, passé le premier choc, s'était attendri : tout de même, cette Bessie, quelle gaillarde ! C'était trop drôle. Il fallait que Martin et Osa leur racontent tout ça, Bornéo, les îles Salomon, les réducteurs de têtes, les festins cannibales, leurs équipées dans la jungle, et puis surtout l'histoire de ces bestioles ! Martin, pour le coup, se trouvait rassuré : s'ils avaient trouvé un public, à bord, tout n'était pas perdu.

Mais quand New York était monté à l'horizon, sous un ciel bas et gris, elle avait senti Martin, tout contre elle, qui frissonnait – et ce n'était pas de froid. Qu'allaient-ils trouver, passé Ellis Island ? Autour d'eux se pressait la foule surexcitée, les mères contenaient à grand-peine leurs enfants, le Génie du Texas et le Berger des âmes perdues échangeaient des bourrades complices, des rires fusaient : enfin de retour, ce n'était pas trop tôt ! On se faisait déjà ses adieux, tout à l'heure on n'aurait plus le temps. L'athlète, sans rancune, serrait les mains de Kalowatt, « Bienvenue au pays, monsieur Johnson ! » criait le commissaire. Martin avait hoché la tête sans répondre.

Les voitures se précipitaient vers eux, les doublaient, les croisaient dans un concert d'avertisseurs, de rugissements de moteurs, de crissements de pneus, les trottoirs débordaient d'une foule bigarrée, dans des accoutrements extravagants, qui paraissait emportée par la même frénésie, les immeubles ruisselaient d'enseignes multicolores, ils avaient parcouru ces mêmes rues il n'y avait pas trois ans, mais plus rien n'était pareil, tout paraissait plus grand, plus fort, tout allait plus vite, un grondement montait des entrailles de la ville, une pulsation brutale, sauvage, des visages se tournaient vers eux, aussitôt emportés dans le tourbillon, faces blafardes, femmes maigres aux joues creuses, fardées, campées à demi nues sur d'énormes semelles, les cheveux courts à la garçonne, jeunes gens gominés, aux pantalons bouffants, ou alors serrés, presque collants, était-ce une impression, ou en avaient-ils vu dans la cohue également fardés, les yeux faits ? Un attroupement ralentit leur course folle, de jeunes musiciens blancs campés sur le toit d'un bus à l'arrêt se démenaient au rythme trépidant d'un banjo et d'une grosse caisse, sur lequel les glissandos d'un trombone, les envolées d'une clarinette, les stridences d'une trompette se mêlaient, se chevauchaient, s'opposaient en une ahurissante cacophonie – puis l'orchestre s'arrêta net, le trompettiste, dressé vers le ciel, lança une clameur triomphale, suraiguë, et l'orchestre reprit sous les vivats, cela vrillait les nerfs, blessait les oreilles, et pourtant il lui semblait que leur répondaient à cet instant le grondement de la ville, le rugissement des voitures, les cris furieux des klaxons, le flot montant de la foule, brassés, emportés, fondus dans la même vibration, plus vite, toujours plus vite. « C'est le jazz, mon vieux, le jazz ! » s'était écrié le chauffeur du taxi, devant la mine ahurie de Martin, en marquant les syncopes sur son volant. « Hé, vous sortez d'où, tous les deux ? » De toute évidence Kalowatt et Bessie lui paraissaient moins exotiques, en tout cas plus *jazzy*, que ces deux pieds-tendres ramassés sur le port, engoncés dans des vêtements d'un autre siècle. Le jazz ? La musique des avorteuses opiomanes, avait chuchoté Osa en réponse à l'interrogation muette de Martin. Qui avait hoché la tête : mais n'était-ce pas une musique de nègres lubriques ? Il fallait croire que non. Ou du moins, pas seulement. Des passants agglutinés autour des musiciens maintenant en état de transe agitaient bras et jambes en tous sens, se cambraient jusqu'au sol, multipliaient contorsions et cabrioles. La Gloire du Texas avait tort au moins sur un point : les jeunes femmes, de toute évidence, portaient encore des culottes.

– Et, hum, ils font quoi, au juste ? avait interrogé Martin, d'un air détaché.

Le chauffeur, pour le coup, s'était retourné d'un bloc.

– Hé mon pote, le toddle ! Tout le monde danse le toddle. Me dites pas que vous avez jamais entendu parler du toddle ?

Et devant le visage de marbre de Martin :

– Du black bottom, au moins, ou du cake walk ? Non ? Du turkey hot ? Du dip, alors ? Du fish walk ? Du snake ? Du grizzly bear ? Du two steps, alors ?

Il avait redémarré dans un couinement de pneus. Ça, c'était pas banal : deux spécimens congelés d'avant guerre ressortis du frigo avec deux singes – quand il allait raconter ça à ses potes ! Congelés ! Ah, ça, c'était la meilleure…

Martin avait coupé court en se penchant à la portière. Phaétons, roadsters, limousines, cabriolets, landaus se frôlaient, se croisaient, les doublaient avec des feulements de bêtes fauves. À Londres déjà, traversé en coup de vent, il avait eu ce pressentiment d'une énergie inconnue, d'autres sons, d'autres rythmes – mais ces voitures ! Elles portaient avec elles l'évidence d'une ère nouvelle. Un torrent électrique irriguait par mille nervures le corps entier de l'Amérique, comme un sang neuf battant dans veines et artères, de plus en plus vite, de plus en plus fort, demain on volerait d'une côte du continent à l'autre, marchandises, passagers seraient transportés par les airs, déjà, un an plus tôt, John Alcock et Arthur Brown avaient traversé l'Atlantique sur un biplan Vickers, bientôt ce seraient les musiques, les pièces de théâtre, les informations qui arriveraient directement dans chaque foyer, la première radio civile venait d'annoncer à l'Amérique entière l'élection du président Harding, en prenant de vitesse les journaux – et c'était tout cela que clamait la ville insolente, en cet instant, grondaient les voitures, scandaient les musiciens : ce monde nouveau ne laisserait rien derrière lui de l'ancien. Jack London aurait aimé cela, songea-t-il, la vibration de cette puissance, dans la foule en marche, dans les bruits de la rue, dans l'air autour de lui, il aurait su l'absorber, tels une drogue ou un alcool, en faire sa propre force de création – il le lui avait assez répété, depuis qu'ils avaient vu, tous deux, des gamins d'Hawaï danser à la crête des vagues sur une simple planche, tandis que le *Snark* s'enfonçait toujours plus loin dans une mer de ténèbres. Chevaucher la puissance du monde, ou se noyer ! Il le répétait encore, le corps ruiné, couvert d'ulcères, rongé de fièvre jaune, de malaria, ses genoux et ses chevilles en bouillie, les tendons des pouces brisés – mais c'était Jack London, et lui, Martin, n'était que son élève, son employé, peut-être son jouet. Il se pencha un peu plus, faillit être emporté par un cabriolet qui déboîtait dans un rugissement furieux, la jeune fille aux côtés du chauffeur hurla un juron, accompagné d'un geste obscène, le cinéma, oui, le cinéma seul pouvait rendre cette frénésie, ce télescopage brutal d'images, de sons. Il serra les poings : coûte que coûte il serait de cette aventure-là ! Et ce serait la sienne propre, plus celle de Jack London. Le temps du livre s'achève, se surprit-il à penser, vient celui du cinéma.

Elles vaquaient la tête haute, les lèvres arrogantes soulignées de rouge cru, les yeux faits, affichaient leurs vêtements comme une déclaration de guerre – aux préjugés, aux parents, aux hommes ? – ou alors une invite, ou les deux à la fois, les plus outrancières, maigres à faire peur, les jupes presque à mi-cuisse, titubaient sur d'énormes galoches aux épaisses semelles, d'autres encore traînaient de grosses bottes délacées d'un air dégoûté, c'était un tourbillon de chapeaux extravagants, de bobs, de bandanas serrant des cheveux courts, de manteaux de zibeline laissant voir à chaque mouvement l'éclair fugace de jambes nues. La vraie révolution était là, dans la rue, songeait Osa, le cœur battant, partagée entre peur et excitation, les pages des revues de mode qui avaient nourri les conversations féminines pendant la traversée étaient bien loin du compte. Plus une jeune femme, là dehors, ne portait de jupon, de gaine, ou même de ceinture, la taille n'était plus marquée, mais on devinait les muscles des cuisses sous l'étoffe légère, la cambrure insolente des reins, tout le corps qui jouait librement. Des filles, indifférentes à l'air déjà frais, marchaient les bras nus, le corsage entrouvert et à certains mouvements plus lourds du buste on devinait que certaines ne portaient même pas de soutien-gorge. L'une d'elles, se sentant observée, eut un sourire complice dans sa direction et Osa se sentit rougir. Elle a le même âge que moi, se dit-elle, et sans qu'elle comprît pourquoi cette idée lui serra le cœur.

Martin perdu dans ses pensées picorait machinalement les miettes oubliées sur la nappe, sans voir le maître d'hôtel qui attendait, sourcils froncés, une brosse à la main. Osa l'observait à la dérobée. Depuis leur arrivée à l'hôtel, il avait été l'efficacité même, déployant l'emploi des jours à venir avec la précision d'un stratège. Récupérer les bobines des films, planifier leur montage, contraindre Robertson et Cole, leurs commanditaires, à prévoir de petits films éducatifs, pour les écoles, parallèlement au film grand public, placer au plus vite articles et photos, en essayant d'abord *Asia Magazine*, trouver un éditeur pour le récit de leurs aventures, il en avait déjà le titre, *Cannibal Land*, et puis surtout se mettre en chasse de nouveaux investisseurs, il allait falloir de l'argent, beaucoup d'argent pour repartir ! Avec le matériel le plus moderne, cette fois : on était juste aux débuts du cinéma, tout irait très vite, il fallait se tenir à l'affût des nouvelles tendances, du goût du public, des innovations techniques. Oui, l'ère du cinéma commençait à peine, il n'y aurait bientôt plus rien pour lui faire concurrence, ça, personne, non personne n'imaginait encore… – il revenait sur le programme des jours à venir, toujours précis, mais sa voix se faisait de plus en plus lointaine : quoi qu'il fît pour le cacher, il avait l'esprit ailleurs. Puis, brusquement, avant de s'abîmer dans un long silence :

– Et puis il faut tout voir, tout ! Les films, le théâtre, les shows, la musique !

Lui aussi a été secoué par notre arrivée, songeait Osa, qui avait toutes les peines à entretenir la conversation. L'image lui revenait, insistante, de la fille qui lui avait fait ce clin d'œil dans la rue. Tout à coup elle avait eu le sentiment d'une frontière invisible entre elles deux – et cette tristesse, alors… Quelque chose lui manquerait donc à jamais, de ces trois années, murmurait une petite voix insistante, une part de sa jeunesse était à jamais perdue – et aussitôt elle eut honte de cette pensée. Martin était le meilleur des hommes, et laquelle de ces femmes vues aujourd'hui avait vécu des aventures comparables à celles qu'il lui avait fait vivre ? Il n'empêche : elle n'aurait pas connu ces années qui avaient changé l'Amérique, et changé les filles comme elle. Il n'empêche, elle aussi, peut-être, aurait aimé rire, et danser le toddle. Où était Gail, maintenant ? S'habillait-elle comme les filles vues dehors ? Montrer simplement ses chevilles, à Chanute, faisait jaser, jadis, un soupçon de fard vous classait d'office parmi les filles perdues, comme Sally Mae – la jolie Sally Mae, aux joues peintes, aux robes décrétées « indécentes », dont les hommes chuchotaient le nom quand ils se croyaient seuls. Avec Gail, elle l'avait guettée tout un après-midi, cachées derrière la grange des McGregor, jusqu'à ce qu'elle rentre enfin chez elle, un homme à son bras. Glissées sous sa fenêtre elles avaient toutes les deux écouté les cris rauques, les mots crus qui leur avaient mis le feu aux joues, les râles, de plus en plus rapides. La nuit, Osa s'était longuement agitée avant de trouver le sommeil, partagée entre la honte et des vagues brûlantes qui la laissaient anéantie, sans plus de force. Comment s'habillait Sally Mae, aujourd'hui ? Jamais je n'oserais me montrer ainsi, se dit-elle, en ignorant la pointe d'envie qui la taraudait. De toute façon, à quoi bon y penser ? Martin, à cette seule idée, tomberait raide mort…

– La première chose à faire est de changer ta garde-robe, dit Martin, sortant brusquement de son silence. Dès demain matin.

Elle rougit jusqu'à la racine de ses cheveux, comme s'il venait de la surprendre sous la fenêtre de Sally Mae…

– Pour nous aussi, vous savez, c'est difficile…

Elle sursauta. Son voisin, jusque-là silencieux, lui avait pris la main, et son sourire plissait de mille rides son visage parcheminé.

– Tenez bon ! chuchota-t-il.

– Qu'est-ce que vous croyez ? Après trois mois de phoque au petit déjeuner et au dîner, je ne rêve plus que d'un bon steak et d'une bière, mais quinze jours à New York et je donnerais tout pour retrouver mes Eskimos !

Vilhjalmur Stefansson, le conquérant des pôles, le Viking du Manitoba. Tout juste élu président de l'Explorers' Club, en remplacement de Carl Akeley, en partance pour l'Afrique. Où avait-elle la tête ? Son livre, *Ma vie avec les Eskimos*, était en pile dans toutes les librairies, son épopée dans le blizzard avait fait le tour du monde, treize jours sans autres vivres qu'une langue de baleine récupérée sur une carcasse vieille de quatre ans, mais il avait paru jusque-là si absent, muré dans ses pensées, qu'elle l'avait oublié. Peut-être après tout n'était-ce chez lui que timidité. Un rire monta, aigu, la jeune fille si curieuse des étreintes des sauvages réclamait de la musique – de ce « jazz » qui faisait depuis peu fureur. Stefansson gloussa :

– Les familles des généreux donateurs sont parfois un peu… surprenantes.

Il soupira :

– Ça fait partie – comment dire ? – des obligations du métier. Croyez-en mon expérience : dites toujours « oui ». Quelles que soient leurs lubies.

Il regarda un instant la jeune femme ivre :

– Ou bien ne dites rien. Et dès que vous avez le chèque, partez en courant !

Un rire silencieux secoua son visage comme une houle de vagues qui lui donnait l'air de quelque vénérable troll arrivé droit de l'Islande de ses ancêtres, mais ses yeux, étonnamment pâles, restaient jeunes, presque enfantins. Puis, plus grave :

– Vous n'arrivez pas à rentrer, c'est ça ?

Elle acquiesça, surprise. Comment avait-il deviné ? Des trois mois passés à Sydney au retour de leurs aventures parmi les Big Nambas, elle gardait le souvenir d'une morne torpeur traversée de crises de désespoir. La ville, si accueillante à leur premier passage, quand ils brûlaient de s'enfoncer dans les mers du Sud inconnues, testaient leur matériel, trompaient leur impatience en multipliant projections et conférences, était devenue froide, indifférente. Martin, enfermé tout le jour dans son laboratoire, la retrouvait chaque soir en larmes, la tension de leur équipée retombée, Chanute lui manquait, la tiédeur douillette de Chanute, les tartes aux pommes de Belle, sa mère, et sa cabane au fond du jardin où elle avait rêvé, quelle folie ! de courir le monde… Pourtant, murmura-t-elle, étonnée de se confier ainsi, dès leurs bagages faits, ils n'avaient cessé l'un et l'autre de multiplier les détours et prétextes, Singapour, Penang, Colombo, Port-Saïd, Londres, comme si une appréhension leur venait, de ce qu'ils allaient retrouver, après deux ans d'absence. Et depuis leur arrivée, elle luttait contre le sentiment d'être tombée dans une ville étrangère. Stefansson hochait la tête, complice : la grande leçon était qu'on n'en revenait jamais, d'un vrai voyage… Il soupira :

– C'est même à cela qu'on les reconnaît : une partie de nous est restée là-bas, loin derrière. Et comme une autre est déjà ailleurs, dans un autre projet, ça fait, bon sang, oui, ça fait de drôles de retours, parfois…

Le jazz ! s'échauffait un peu plus loin la jeune femme aux pommettes rouges : après State Street à Chicago, la vague déferlait sur New York, la nouvelle Mecque, de partout convergeaient des musiciens pressés de mettre le feu aux jupes de la belle endormie, Broadway, Tin Pan Alley la saoulaient déjà de cris, de rythmes, de danses à perdre le souffle, la tête et le reste, fini le vieux monde, Paul Whiteman était le nouveau roi, Henry Busse sa trompette d'or ! C'était à la jeunesse de prendre le pouvoir – les mots se bousculaient, *flappers*, *mobsters*, *speakeasies*, *kissing rooms*, *bootleggers*, *ragtime*, *boogie-woogie*, comme charriés par une langue devenue étrangère – Osa, fascinée, observait la jeune femme, maigre et fardée à outrance, la lippe boudeuse, ainsi donc c'était une de ces *flappers* qui se proclamaient les annonciatrices d'un nouvel âge ?

– D'autant que le monde ne nous a pas attendus, tout ce temps, pour tourner, n'est-ce pas ? Et qu'il se fiche bien de nos histoires, dans le fond…

C'est même pour cela qu'avait été créé l'Explorers' Club, poursuivit Stefansson, par les survivants d'une expédition en Arctique, en 1905 : un lieu où se retrouver entre soi. Quand, au retour, on se sentait un peu trop étranger en son propre pays… Son bon gros rire roula comme une avalanche :

– Eh ! Ne vous y trompez pas, nous sommes tous logés à la même enseigne !

Yvette Borup Andrews discutait avec Jonathan Bloom, le banquier, de l'expédition en Mongolie qu'elle préparait avec son mari et elle était déjà là-bas en pensée. William Beebe, à deux chaises d'Akeley, le beau William, après avoir couru le monde à la poursuite des faisans, escaladé les volcans en éruption, servi pendant la guerre dans l'aviation française, n'avait plus en tête qu'une idée : explorer le premier les grands fonds marins. Les quatre sosies serrés les uns contre les autres qui ne quittaient pas des yeux le grand échalas aux allures de croque-mort placé devant eux étaient les frères Sternberg, grands découvreurs de dinosaures, et leur vis-à-vis, Barnum Brown, dont il se disait qu'il venait de découvrir un nouveau site, au moins aussi riche que celui des caves de Howe Quarry, dans le Wyoming. Lincoln Ellsworth, tout à son projet de fouilles, déjà, dans les Andes, n'avait même pas dû s'apercevoir des avances de la jeune fille aux joues rouges, en début de repas. Sir George Hubert Wilkins, à peine rentré d'une expédition dans l'Antarctique, allait rejoindre Robert Shackleton comme chef d'une équipe des naturalistes pour une aventure de deux ans. Ils étaient comme elle et Martin : de passage.

– Jamais vraiment revenus, toujours en partance. Au club, au moins, nous sommes entre nous…

La voix de Stefansson s'estompait, emportée par son propre flux, et c'était comme si la salle, à l'écho de ses mots, s'agrandissait pour Osa aux dimensions de l'univers. Un nom l'arracha à sa rêverie :

– Quant à Carl Akeley… Il parle de l'Afrique, bien sûr, et de son projet de grand Hall au Muséum. M'est avis, à voir leurs têtes, qu'il est en train d'entreprendre Martin. Il y aurait anguille sous roche, que… Tenez ! Regardez Roy Chapman, il les surveille… S'il a essayé de vous aborder tout à l'heure, c'est qu'il a lui aussi une idée derrière la tête. Ma main à couper !

Allons ! Peut-être, après tout, Martin et elle étaient-ils du même monde qu'eux. Des mêmes rêves, du même manque… Et qu'importe si les mondains, les *flappers*, les beaux esprits rassemblés pour l'occasion s'amusaient de sa gaucherie : il n'y avait, dans les regards des membres du Club que connivence et signes de bienvenue. Et comme la reine des *flappers* revenait à la charge, sur les vertus des sauvages, elle chuchota, penchée vers elle :

– Quelle question ! La réponse est : oui, bien sûr. Mais le problème est qu'après on ne peut plus s'en passer.

Elle surprit, en se redressant, le regard malicieux de Roy Chapman riant sous cape, tandis que les femmes à plumes et fourrures, autour d'elle, restaient bouche bée, tapota à son tour la main calleuse du vieux Viking : qu'il ne s'inquiète pas, elle serait à la hauteur, une fois encore. Il le fallait. Ce soir de novembre 1920 l'Explorers' Club, à l'initiative de Carl Akeley, accueillait Martin Johnson comme l'un des leurs.

II

Le plus beau jour de sa vie, avait-il fini par bégayer. D'abord, il était devenu tout pâle, et comme il restait silencieux, la lettre à la main, planté au milieu de la chambre, elle avait imaginé le pire. Non, non, c'était juste que… Il secouait la tête, trébuchait sur les mots. Juste quoi ? Elle avait tourné et retourné la lettre, elle aussi. Un simple bristol : l'Explorers' Club les invitait à un grand dîner, dans une quinzaine de jours. C'était sympathique, certes, mais enfin…

– Tu ne comprends pas ? Ils m'ont élu ! Moi ! Ce dîner, c'est pour moi – il avait hésité – enfin, pour nous, en notre honneur !

Lui si raide avait esquissé un pas de danse, en la prenant par les épaules :

– L'Explorers' Club ! Tu te rends compte ?

Non, pas vraiment. Et lui d'expliquer dans un flot soudain de paroles : le club le plus fermé, le plus prestigieux qui se puisse imaginer, le club des plus grands explorateurs du monde, Roosevelt, Peary, Scott, Rasmussen, Shackleton, Seton !

– C'est… Bon sang ! C'est fou. Reçu parmi eux !

Il allait et venait, en agitant les bras, marmonnait, criait presque. Était-ce encore à elle, qu'il parlait, ou à lui-même ? Elle le regardait, stupéfaite. Jamais encore elle ne l'avait vu dans cet état – et elle prenait conscience, du coup, de l'énorme tension qu'il avait contenue ces dernières semaines.

– Après tant d'années. Oui, Jack London aussi avait tenu bon. Tant de galères… Télégraphier à Charmian. Oui, surtout, lui télégraphier tout de suite ! Ah ! C'est un signe. Le premier signe. Osa, on va s'en tirer, tu vas voir… Un signe, oui !

Elle se prenait à rire, elle aussi, entraînée par son euphorie. Si seulement ça pouvait être vrai ! La première éclaircie, depuis leur arrivée.

Dès leur arrivée chez Robertson et Cole ils avaient senti que leurs affaires s'annonçaient mal. Bon sang ! Où étiez-vous fourrés ? s'étranglait Cole. Trois ans ! Le géant adipeux hochait la tête, incrédule, prenait son partenaire à témoin : comment avaient-ils pu être aussi patients ? Est-ce que quelqu'un, sur cette terre, se rendait seulement compte de l'argent immobilisé par cette folie ? Son visage s'était crispé comme sous l'effet d'une brusque douleur. S'ils avaient su… Robertson, aussi maigre et taciturne que Cole était rond et volubile, avait hoché gravement la tête. S'ils avaient su ! Osa et Martin avaient échangé un coup d'œil inquiet. La dernière fois qu'ils s'étaient vus, au départ de leur expédition, les deux forbans avaient organisé en leur honneur un grand dîner à l'hôtel Astor, conclu par la surprise d'un spectacle d'Houdini le magicien, et ils étaient alors les rois, dignes enfants de pionniers porteurs dans les contrées lointaines des valeurs éternelles de l'Amérique… Martin calmement avait fait front : ils savaient. Pour la simple raison que les engagements pris avaient été respectés. Point par point : ils avaient filmé les Big Nambas réducteurs de têtes, trouvé le peuple-singe de Lambumbu Bay, réussi à capter les images d'un festin cannibale, sur l'île de Tammane, 50 000 pieds de pellicule avaient été ramenés dans les délais. Les délais ? Colc, pour lc coup, était resté la bouche ouverte, puis, dans un gémissement : mais c'était en novembre 1919, à Sydney – il y avait juste un an ! Osa, à son tour, avait protesté : mais enfin, c'était eux qui leur avaient demandé de repartir sur-le-champ à Bornéo ! « Des animaux, il nous faut des animaux, finis les sauvages, tout le monde s'en fout ! » – ils s'en souvenaient, de ça ? Est-ce qu'ils imaginaient, par hasard, que les animaux se laissaient filmer comme dans un zoo ? Robertson, de mauvaise grâce, avait grommelé que oui, peut-être, mais que l'idée était mauvaise… Martin avait bondi. Comment ça, mauvaise ? Ils n'avaient même pas vu les images ! Les images ! On n'en était plus là. Pendant que Martin et Osa prenaient des vacances, si, si, des vacances, Dieu sait quand ils seraient rentrés si en juillet dernier ils ne leur avaient pas coupé les vivres en exigeant le retour au plus vite de la pellicule. En juillet ! Et on était en novembre ! Et pendant ce temps-là, en juillet justement, Universal avait lancé *Naufragés parmi les cannibales*, réalisé par le propre neveu du patron de la firme, et tourné où ça ? À Bornéo ! Grillé, le sujet était grillé. Tout ça parce qu'eux pendant ce temps musardaient par le chemin des écoliers – et Cole avait répété d'un air gourmand « par le chemin des écoliers » comme s'il s'étonnait d'avoir inventé un si joli mot.

Martin avait accusé le coup. Pendant des semaines il devait répéter qu'on ne l'y reprendrait plus – il avait baissé la garde, ils s'étaient laissé tous deux aspirer dans le temps immobile des mers du Sud, en oubliant la course du monde. Mais pour l'heure il s'agissait de sauver les meubles, de rassurer le duo, de lui arracher encore l'argent nécessaire au montage, à l'écriture des cartons. Pour une série de films éducatifs, oui, à la rigueur, avaient concédé les financiers : en limitant les frais, ils pouvaient espérer récupérer une part de leur mise, mais rien au-delà – ils auraient dû arrêter cette folie depuis longtemps.

Trois ans – une éternité : le monde, entre-temps, avait basculé. Défaits, Martin et Osa s'étaient précipités chez Rothafel. Lui au moins était un ami, qui saurait les aider ! L'entreprenant propriétaire du Rivoli avait fait du lancement de *Among the Cannibals* un vrai succès, la foule, une semaine durant, s'était pressée à son théâtre, la presse unanime saluait un chef-d'œuvre, mais Rothafel, après les avoir serrés dans ses bras, avait cette fois poussé de gros soupirs : il n'avait rien oublié, bien sûr, mais… sans Robertson et Cole pour financer le montage que pouvait-il, lui, projeter ? D'autant qu'il traversait une passe délicate. Et puis les films d'exploration se multipliaient depuis quelque temps, la concurrence se faisait rude… Les temps changent, répétait-il, l'argent brûle, l'argent file, les fortunes se font et se défont, les gangsters dînent à la table des politiciens, tout le monde veut tout, tout de suite. « Ici et maintenant » ! C'était le mot d'ordre général. Demain ? Ce serait un autre jour. Si Robertson et Cole voulaient se dégager ? Pardi ! C'était pour relancer les dés, à leur tour, à la roulette de la vraie vie. Un fleuve d'alcool coulait sur l'Amérique, que les policiers écopaient distraitement avec des dés à coudre, et c'était de l'or, de l'or liquide pour les malins.

– Vous n'auriez pas un pharmacien, par hasard, dans votre famille ? avait-il demandé brusquement. Tenez, j'échangerais bien mon théâtre, moi, contre deux ou trois pharmacies.

Et comme Martin et Osa ouvraient des yeux inquiets :

– Hé ! Vous êtes à New York, maintenant, pas à Bornéo !

À New York où la consommation d'alcool n'était plus autorisée que *sur prescription médicale*.

– Revenez vite me voir. Vous devez en avoir, des choses à me raconter ! Oui, oui, il faut que vous me racontiez tout ça, vos aventures, ça doit être passionnant. Et puis vous me ferez voir vos films. Hein ? Vous me les ferez voir ?

Tout en parlant, il les poussait vers la porte, l'esprit ailleurs, pressé de saisir au vol le temps présent, sans doute déjà à quelque projet nouveau, où il leur avait semblé, tandis que la porte se refermait dans leur dos, qu'ils n'avaient pas de place.

Asia Magazine, au moins, avait pris sans hésiter les articles de Martin sur les Big Nambas : « Et si vous en avez d'autres, bon sang, je suis preneur ! Jamais vu de photos pareilles ! » Louis « Big Fat » Froelich, le rédacteur en chef, lui avait, d'émotion, signé un chèque royal, mais quand Martin avait évoqué l'idée de rassembler ces textes, plus quelques autres, en un volume, il avait fait la grimace. « Autant vous dire, mon vieux, que vos textes, hum, sont un peu… raides. Vous voyez ce que je veux dire ? Vous faudrait, hum, un bon nègre, vous voyez, ha-ha, du genre de Nagapate. Nagapate ! Ha-ha, elle est bonne, celle-là ! » Les plis de son vaste embonpoint avaient oscillé un moment puis, sérieux tout à coup : « Laissez tomber, ça ne marchera jamais. Vous, c'est la photo. Le cinéma. Point. M'ferez pas croire que vous ne le savez pas ? » Têtu, Martin était revenu à la charge, un jour que Big Fat évoquait l'idée d'une exposition de ses œuvres : des photos, il pouvait lui en proposer bien d'autres ! Du jamais-vu. Au cœur de l'Afrique. Et il lui avait exposé son grand projet, caressé depuis le départ de Sydney : un grand voyage du Cap au Caire, avec une livraison, texte plus photos, pour chaque numéro de la revue pendant un an – si *Asia Magazine*, bien sûr, acceptait de financer l'expédition.

– Eh bien, vous, au moins, vous ne manquez pas d'air ! Remarquez, j'aime ça, mais…

Big Fat avait hoché la tête, tout en farfouillant dans la montagne de dossiers en équilibre instable sur les étagères. Bon, l'Afrique n'était pas précisément dans sa zone géographique, mais ce n'était pas l'essentiel. En soufflant, il avait posé une pile de journaux devant Martin :

– Le problème avec vous c'est – mais regardez d'abord les journaux, vous comprendrez. Bon sang, je ne sais pas ce qui se passe : au moins une expédition par semaine ! Et du lourd, croyez-moi. Va falloir s'accrocher, c'est moi qui vous le dis…

La gloire de son magazine tenait à la rareté : chaque récit, du coup, tournait à la légende. Mais s'il en paraissait un par semaine, dans les plus grands journaux ?

– De l'exceptionnel ! Je ne peux plus prendre que de l'exceptionnel. Et encore – mais lisez, lisez-moi ça d'abord, vous comprendrez !

Il y avait toujours un « mais » dans les phrases de Big Fat Froelich – hélas, dans la réalité, aussi. Martin avait lu, et compris. Une frénésie nouvelle semblait s'être emparée de l'Amérique. Toujours plus loin, toujours plus haut, dans l'inconnu du monde – la nouvelle frontière devenait la planète tout entière. Les journaux bruissaient de projets fantastiques, Arctique, Antarctique, montagnes, jungles, déserts, et le ciel lui-même, et les profondeurs marines, rien ne paraissait devoir résister à la curiosité nouvelle, brasseurs d'affaires, industriels, milliardaires mégalomanes, c'était à qui affirmerait sa puissance, sa foi en l'avenir, par des dépenses extravagantes, ou le soutien tapageur à quelque projet fou, record ou exploration. Osa s'étonnait des airs chagrins de Martin : n'était-ce pas, pour eux, le moment ou jamais, l'âge de l'exploration ? riait-elle, ravie : profitons-en ! Martin grommelait. Il avait compris, lui, le message de Froelich : les aventuriers que la presse acclamait étaient tous archéologues, paléontologues, naturalistes, ou alors techniciens, ingénieurs, aviateurs. L'aventure de la science devenait la grande affaire du monde nouveau. Qu'allait-il leur rester à eux, saltimbanques, si les savants sortaient de leurs laboratoires pour jouer aux aventuriers ?

C'est ainsi qu'ils avaient découvert Roy Chapman Andrews. Le play-boy de l'aventure, le prince des naturalistes, la gloire du Muséum d'Histoire naturelle. Les revues étaient pleines de ses exploits, les rubriques mondaines ne manquaient aucune de ses apparitions, détaillaient les toilettes ébouriffantes d'Yvette Borup, sa femme, lui posait le Colt à la ceinture, les yeux fixés sur les lointains, la séduction même. Roy Chapman le héros de son collège, champion de base-ball, coqueluche des filles, risque-tout échappé par un effort surhumain à la noyade, à l'âge de seize ans, dans les eaux glacées de Rock River, tandis que son professeur était emporté par le courant furieux. Roy Chapman, après quelques mois au Muséum d'Histoire naturelle de New York, courant déjà les mers du Sud, Bornéo, l'Indonésie, le Japon, pour étudier les baleines, explorant les forêts de la Corée presque inconnue, drainant au retour des foules émerveillées à chacune de ses conférences. Roy Chapman nageant au milieu des requins, survivant aux pires dangers, aux maladies mystérieuses, aux animaux exotiques, se sauvant de typhons, et modeste toujours : « En quinze années sur le terrain je n'ai pas frôlé la mort plus d'une dizaine de fois ; deux à cause de typhons, une quand notre bateau fut chargé par une baleine blessée, une quand des chiens sauvages se mirent en tête de nous manger, ma femme et moi, une du fait de lamas fanatiques, deux pour cause de chute depuis de hautes falaises, une due à l'amabilité d'un python gigantesque, et deux seulement du fait de bandits assassins » – « Poseur ! » enrageait Martin, en froissant le journal, avant d'y revenir, fasciné –, Roy Chapman épousant Yvette Borup, la coqueluche des cours princières, la reine des nuits new-yorkaises, mais aussi la sœur d'un des compagnons de Peary dans sa conquête du pôle Nord, et leur lune de miel extravagante, dix-huit mois d'aventures au cœur de la Chine et du Tibet, réapparaissant quand on les croyait perdus, avec trois mille spécimens destinés au Muséum, après avoir affronté les tigres mangeurs d'hommes. Et comme si cela ne suffisait pas, Roy Chapman, héros de guerre, agent secret menant des opérations d'une folle audace à Pékin, en Sibérie, en Mongolie, Roy Chapman et Yvette revenant tout juste d'une nouvelle aventure en Corée et déjà annonçant un fabuleux projet en Mongolie… La mine de Martin s'allongeait, à chaque article : il n'était pas de taille. Jamais il n'aurait ses titres, jamais il n'écrirait comme lui. La phrase irritée de Big Fat Froelich, lorsqu'il tiquait à certaines corrections de ses textes, pourtant évidentes – « mais enfin, Martin, vous êtes sûr d'être allé à l'école ? » –, prenait désormais de douloureuses résonances. Non, il n'était guère allé à l'école, et à vrai dire le moins possible, n'avait que des notions vagues de grammaire, et ne trompait personne quand il priait d'excuser la frappe défectueuse de telle ou telle secrétaire : le monde au-dehors était si vaste, à Lincoln, dans le Kansas ! Dehors, franchis les murs de l'école, il y avait l'Ouest immense, la rumeur encore des convois de chariots, les attaques d'Indiens, et la nature, inépuisable, et les récits des coureurs de prairie. Dehors, il y avait Bernie, les frères Everett, Elias, Howard, Jack Rees, tous vauriens patentés, pieds nus et paille dans les cheveux, qui l'attendaient en trépignant pour battre la campagne – et les heures passées alors dans une cache sous les saules, près du moulin des Rees, les bouchons de leurs lignes dansant dans le courant, les longues somnolences et les mille aventures, au plus près de la nature sauvage, tous émules sans le savoir de Tom Sawyer et d'Huckleberry Finn ! Cancre, désespoir de son père, fugueur impénitent dès l'âge de 10 ans, la faute aux rails de chemin de fer, expliquait-il quand on le reprenait, aux rails à ce point une promesse qu'il les empruntait à chaque occasion. Pour aller où ? Il ne le savait même pas : pour partir, simplement – il y avait juste cette urgence, en lui, ce tourment des lointains qu'il ne comprenait pas. Et c'est sans doute pour cela que Jack London, un jour, s'était reconnu en lui – en cet échalas venu un jour lui proposer ses services comme cuisinier pour la croisière du *Snark*.

Mais cela ne suffisait plus. Et il avait beau tourner et retourner en tous sens le problème, il ne trouvait pas de parade.

Chaque matin, il partait, la rage au cœur, travailler au montage de ses petits films éducatifs. Trois années de sa vie ne pouvaient s'achever ainsi, en cette pantomime dérisoire, par le caprice de financiers frileux ! Il avait imaginé les premiers jours de monter en parallèle le film dont il rêvait en rognant sur les temps de montage des bobines documentaires, mais le monteur, ayant reçu des ordres, se montrait intraitable. Chaque image coupée, du coup, lui devenait une souffrance. Il tenait là son plus beau film, il le savait un peu plus chaque jour, et c'était comme si quelque roi aveugle le contraignait par obscure vengeance à devenir l'orchestrateur de son propre massacre. Pas plus Robertson que Cole – par crainte de se laisser troubler ? – n'avait daigné venir visionner la moindre image.

Restaient les autres, s'était un temps obstiné Martin, les plus petits investisseurs qui s'étaient impliqués dans l'aventure de la Martin Johnson Company, souvent plus par passion que par calcul, mais il les avait trouvés sur la réserve, amers, « avant de réclamer à nouveau de l'argent, il ferait mieux de songer à rembourser les gogos abusés », avait ricané l'un d'eux. Et il avait compris que Robertson et Cole étaient passés avant lui, et cherchaient depuis des mois à revendre leurs parts… Les 10 000 dollars reçus à Londres pour solde de leurs droits sur *Among the Cannibals* risquaient d'être les derniers avant longtemps.

Il en venait à imaginer de tourner un documentaire de « dépannage » sur New York – un film d'explorateur, expliquait-il en affectant d'en rire : après tout, ne lui était-il pas devenu plus étranger que Bornéo, et les *flappers* plus exotiques que les Big Nambas ? Mais les producteurs approchés restaient évasifs. Il inondait Charmian London de lettres, non pour lui demander explicitement de l'aide – et d'ailleurs, laquelle ? Jack était mort, elle vivait seule à Glen Ellen sans grande fortune ni influence –, que pour maintenir à sa plus haute intensité le lien avec son mari en allé, comme si son exemple, son énergie, sa rage de vaincre lui étaient encore aujourd'hui nécessaires, pouvaient seuls le sauver, une fois encore.

Osa, pour la première fois, prenait peur. Il fallait restreindre leur train de vie, quitter cet hôtel Astor qui les ruinait, faire un temps le dos rond – ils avaient déjà vécu à la dure sans plus mal se porter. Martin s'était cabré, très pâle, la voix tremblante : « Alors, toi aussi ? » Après un silence, il avait crié, presque « Jamais ! Tu entends ? Jamais ! » C'était accepter la dégringolade, donner de soi la pire image. « Plutôt… plutôt… » il serrait les poings de rage, sans trouver ses mots. D'ailleurs, Jack London aurait fait de même, il en était sûr. Osa avait soupiré. Eh bien, elle jouerait sa partie, comme d'habitude, à ses côtés. Et depuis c'était chaque soir un tourbillon de spectacles, il fallait se montrer, briller, donner le change, sourire, surtout sourire – apprivoiser cette ville, la séduire, enfin.

Tout voir, ils devaient tout voir, insistait Martin, sérieux comme jamais – et se faire voir « jusqu'à trouver la clé ». Osa riait, bousculée, étourdie par sa frénésie appliquée. Comment diable allaient-ils s'y prendre ? Le seul Manhattan comptait plus de théâtres que les onze plus grandes villes d'Amérique réunies, répétait glorieusement Little Joe Burnett, le groom de l'hôtel devenu leur fournisseur attitré, jamais avare de conseils : à six « shows » par semaine, il leur faudrait un an et demi pour en faire le tour ! Sans compter les night-clubs, les bars, les *speakeasies*, les *grog-shops*, les mélodéons, les dancings, cent mille au bas mot, ajoutait le loustic, en leur suggérant, avec le clin d'œil complice de rigueur, les services discrets de certain guide de ses amis, expert en lieux particulièrement crapuleux. New York était un poème écrit dans toutes les langues de la terre, un rêve de chanson, un air de danse, New York était une drogue, une nuit qui ne finissait pas, New York était le cœur géant de l'humanité : ici, toutes les couleurs, toutes les saveurs, toutes les croyances de la Création se mêlaient, comme agitées dans quelque shaker par la main d'un dieu ivre, pour le plus explosif des cocktails. Pas moins de soixante-dix nationalités et à peu près autant de religions recensées dans le seul Manhattan, dont Rian James, le journaliste prince des nuits de la ville, soutenait que le nom venait de l'indien « Man-ha-ta », « rendez-vous des ivrognes célestes » : bouddhistes et brahmanes, catholiques et disciples de Confucius, juifs, protestants, mahométans, animistes, luthériens, taoïstes, shintoïstes, adorateurs du Soleil, de la Lune, de la Terre mère, ici se côtoyaient, se heurtaient, se mêlaient en un extravagant tohu-bohu et c'était une même respiration, pourtant, une pulsation unique, de plus en plus rapide, qui se faisait musique. La musique ! À chaque pas, elle sortait par bouffées des soupiraux, des portes, des fenêtres, mystérieuse, violente, mêlée aux bruissements des conversations affairées, aux cris, aux rires aigus, elle débordait de mille, de dix mille, de cent mille bars, dancings, théâtres, night-clubs, à la fois, envahissait les rues en un fleuve de lumière qui embrasait la ville, faisait vibrer les corps, se fondait dans le rugissement des moteurs, le crissement des pneus, que rythmaient, frénétiques, les klaxons des taxis lancés à tombeau ouvert et l'on aurait dit que la foule tout entière, serrée sur les trottoirs ne marchait plus mais dansait, dansait à perdre haleine. Chicago avait ses Chicagoans, Boston, ses Bostoniens, New York avait des Irlandais, des Allemands, des Français, des Italiens, des Syriens, des Turcs, des Suédois, des Chinois, des Hindous, des Russes, des Texans, des Géorgiens, des Californiens, des Mexicains, des Portoricains, des Canadiens, des Cajuns, des Eskimos, des Tchèques, des Cubains, des Espagnols, des Portugais, des Lituaniens, des Grecs, des Arabes, mais chacun, fût-il vêtu de ses habits traditionnels, soucieux de ses coutumes, se revendiquait new-yorkais, comme si les plus grands chefs de la planète avaient envoyé ici leurs épices les plus fines pour rehausser le goût de ce grand « pot-au-feu » – chacun, pressé de se donner en spectacle, se revendiquait acteur de cet immense « show » qu'était devenue la ville. New York, le théâtre du monde ! New York, comme un défi lancé au reste de l'univers, pris dans l'ivresse de son insolence affichée, avide de briser tous les tabous, heurter les préjugés, affirmer son éclatante jeunesse : ici, proclamait chaque lumière, chaque affiche, chaque fronton de théâtre, les modes se faisaient et se défaisaient en une journée, les idoles aujourd'hui encensées seraient brûlées demain, les gratte-ciel tout juste érigés étaient déjà les gravats sur lesquels s'inventeraient d'autres formes, plus hautes, plus audacieuses encore.

New York, la seule place au monde où, le pied à peine posé sur le trottoir, vous sentez que tout, à chaque instant, est possible ! psalmodiait Little Joe collé à leurs talons, ouvrant la porte de l'ascenseur, ou leur livrant des « rafraîchissements », épuisant à force d'enthousiasme : « Vous ouvrez l'œil, le matin, et vous savez déjà que quelque chose de merveilleux va vous arriver ! » Martin, agacé, avait failli lui demander pourquoi, dans ce cas, il était encore groom, mais un rapide calcul mental l'avait retenu : intermédiaire obligé pour tout l'hôtel des bootleggers du quartier, les revenus du loustic ne devaient pas être éloignés de ceux du propriétaire des lieux – à moins qu'il n'y eût entre les deux hommes, sur cette question, quelque arrangement discret. Peut-être était-ce à lui qu'il fallait proposer de financer le film, avait risqué Osa ? Mais non : Joe était un businessman avisé, et le vrai business, ici, était le *booze*, l'alcool, le tord-boyaux. Le *booze* et les girls.

Ils s'étaient jetés dans la cohue, à l'aventure, et New York était passé sur eux comme une vague brûlante, les emportant dans son tumulte. Les lumières de Broadway, déjà, les appelaient comme un phare au milieu des tempêtes. Et ils avaient compris pourquoi on l'appelait la Grande Voie Blanche : ce n'était pas la couleur de la rue, non, le marbre ou les pierres des immeubles, mais la profusion délirante des lumières, « la seule rue au monde plus claire la nuit que le jour ! » répétait Little Joe, enthousiaste. Elles ruisselaient depuis le cœur de la nuit, envahissaient la chaussée, les trottoirs, tournoyaient, bouillonnaient, jaillissaient en fontaines, en gerbes, en geysers, déferlaient vague après vague, montaient à l'assaut des façades, ondoyaient sur les toits, incendiaient les gratte-ciel jusqu'à leurs orgueilleux sommets, dressés comme des torches au-dessus de la foule grouillante pour la guider vers les célestes portes, s'insinuaient dans les moindres recoins, ruelles, impasses, comme s'il ne devait pas rester la moindre place aux puissances de l'ombre. Quand le Seigneur avait énoncé : « Que la lumière soit », il pensait déjà à Broadway, c'était chose assurée, soutenait le chroniqueur mondain de *Globe* – n'était-ce pas le lieu de tous les miracles, et de tous les mirages ? Ici, les voix paraissaient plus claires, les yeux plus brillants, les corps plus intenses, ici, l'on venait soigner son âme aux rayons électriques, prendre des bains tonifiants de lumière, ici la fée électricité chassait les pensées amères, distillait l'oubli, l'oubli de la solitude, de la pauvreté, des quotidiens sans joie, ici était la lumière promise aux pèlerins depuis le fond des temps, qui libérerait les âmes captives et les corps, dans l'évidence d'un monde devenu de part en part spectacle, dont chacun était l'acteur dans l'artifice revendiqué de la nuit. Et le joyau en cet écrin, proclamait la presse unanime, répétaient les panneaux sur le dos des crieurs de rue, étaient les *Ziegfeld Follies* de l'incomparable, de l'extravagant Florenz Ziegfeld, en son Jardin de Paris…

Les Ziegfeld Follies où aurait dû triompher Mistinguett, qui avait mis Paris en ébullition l'année précédente avec « Paris qui jazze ». L'inimaginable scandale faisait la « une » des journaux, divisait l'opinion : Florenz Ziegfeld, au vu des répétitions, n'avait pas retenu la star française. Lui qui par amour pour sa femme, la « soubrette parisienne » Anna Held, avait conçu son show en hommage à la France, aux Folies-Bergère, à leur mélange d'élégance raffinée et d'érotisme canaille supposé en mettre « plein la vue » aux rustauds d'Amérique, lui qui avait rebaptisé son New York Theatre Roof le Jardin de Paris avait dû constater, amer, que la France, désormais, était loin derrière l'Amérique, que la pulsation, le « beat » était ici, à Broadway : « Faisait pas le poids face à mes girls. Autant de rythme qu'une courge, parole ! » Suprême insulte, il avait même confié « Mon homme » devenu « My man » à celle qu'on annonçait déjà comme la révélation de l'année, Fanny Brice ! « Adieu Paris, c'est l'heure de New York ! » titrait un chroniqueur en vue. Les *Follies* ? Le point de départ obligé, assurait Little Joe. Va donc pour les *Follies* avait soupiré Martin, sans se douter de ce qui l'attendait.

C'était moins les chansons qui les avaient cloués sur leurs fauteuils que le surgissement des girls, dans un tourbillon de plumes, de fourrures, un pétillement de lumières multipliées à l'infini par l'éclat des bijoux sur le satin des peaux nues, la salle avait explosé à leur apparition, leur rythme d'enfer emportait tout sur leur passage, le plancher tanguait, était-ce une illusion dans le montré-caché des plumes, mais non, elles étaient nues, les hommes debout trépignaient, les femmes gloussaient, les yeux brillants, le feu aux joues, fascinées, troublées, tandis que les girls déferlaient sur la scène de plus en plus nombreuses, superbes d'impudeur. Osa, paniquée, s'était sentie rougir jusqu'à la racine des cheveux, si elle avait pu elle se serait enfouie sous terre, ses tempes battaient violemment, la voix de Martin lui était parvenue à travers un épais brouillard : « Après tout, elles n'étaient pas beaucoup plus vêtues, chez les Big Nambas ? » Elle s'était accrochée à lui, comme une naufragée à une bouée. Et c'était peut-être moins le ballet des girls déchaînées que le visage des femmes autour d'elle, leurs lèvres entrouvertes, leurs yeux vagues, qu'elle voulait fuir en cet instant…

Ce n'était rien encore, avait prévenu Little Joe. À un bloc de là, *Scandals*, la revue concurrente, proposait depuis une semaine des numéros d'une incroyable obscénité, et la foule se bousculait déjà, hommes et femmes, toutes classes mêlées, pour être du spectacle. Foin des chichis parisiens, tonnait George White, le directeur, transfuge des *Follies* : ici, tout était américain, franc et direct, musique, danse et girls ! La musique, dès l'entrée, vous frappait au creux du ventre, énorme, sauvage – « l'incarnation du jazz ! » annonçait le *Times*, signée du jeune Gershwin, l'auteur du « hit » « Swanee » – qui vous précipitait dans un état second, toute pensée en suspens, au pied de la scène où des danseurs aux airs de voyous, la lippe méprisante, tourbillonnaient sur le martèlement implacable de la rythmique, s'écartaient tout à coup et c'était au tour du *bootlegger*, du *mobster*, du policier, du juge et du politicien de rentrer dans la danse, jusqu'à finir bras dessus bras dessous sous les applaudissements, des titis dans la salle lançaient leurs véritables noms, mais chacun déjà les avait reconnus, le scandale était encore tout frais, d'ailleurs les modèles étaient là, au premier rang, qui riaient aux éclats d'avoir été si bien croqués, mais la musique couvrait tout dans un grondement de tonnerre, un rugissement de déferlante, les girls bondissaient dans la lumière, remplissaient toute la scène dans un bouillonnement de plumes multicolores, et ce n'était qu'un cri, tandis que les danseurs revenus entamaient avec certaines d'entre elles des figures audacieuses et que les autres, feignant d'oublier leurs plumes en chemin, s'enfonçaient dans la salle, provocantes, aguichaient les hommes sous les vivats, caressaient les femmes avec des mines gourmandes, clin d'œil, avait expliqué Little Joe, à leurs collègues lesbiennes de la *Greenwich Revue* qui débutait à peine mais déjà refusait du monde, et dont un des « clous » était le lent et complet déshabillage d'une jeune femme dans une fontaine, référence explicite, à l'en croire, au scandale causé par Zelda Fitzgerald, la reine des *flappers*, l'épouse scandaleuse de Scott Fitzgerald, qui s'était baignée nue un jour dans la fontaine d'Union Square – et c'est ainsi qu'ils avaient pour la première fois entendu parler de Francis Scott Fitzgerald, devenu riche et célèbre en un jour avec *L'Envers du Paradis*, la bible des temps nouveaux…

Au Music Box Theatre, sur la 45e Rue, Irving Berlin lançait sa *Music Box Revue*, et les frères Shubert, au Winter Garden, un *Passing Show*, mais un nouveau venu menaçait de tout emporter sur son passage : Earl Carroll annonçait au fronton de son théâtre « par ces portes passent les plus belles filles du monde » et c'était chaque soir l'émeute pour voir de plus près son « rideau vivant » de filles dévêtues ondulant comme vagues de la mer, et le « bain au champagne », sur scène, de Joyce Hardley, sa star parmi les stars, avant que la police n'intervienne, Prohibition oblige, parce qu'elle allait intervenir, ça n'était pas possible autrement, jamais on n'avait vu sur scène pareille obscénité, et dès les spectacles finis une marée humaine envahissait dancings et night-clubs, personne ne semblait plus pouvoir dormir : danser, danser jusqu'à s'étourdir, s'écrouler de fatigue ou escalader le ciel, jusqu'aux étoiles ! Au Reinsenweber's on dansait sur trois étages, au Roseland Ballroom les hommes seuls achetaient pour 10 cents le droit de danser avec n'importe quelle femme présente, le Murray's proposait une piste tournante pour se griser plus vite encore, à l'exemple du Dreamland de Chicago, le Casanova avait imaginé d'incruster dans le parquet de petites lampes qui éclairaient les pieds des danseurs, et donnaient l'impression de danser dans la Voie lactée, et le Midnight Frolic avait répliqué par une piste de verre, qui permettait à la clientèle du sous-sol d'admirer les dessous des femmes, et depuis celles-ci se bousculaient pour être de la fête. Au Montmartre, au Graphic, au Little Club, après un regard appréciateur sur les formes d'Osa on leur avait proposé à mi-voix, « pour mieux apprécier la musique », le recoin discret des « kissing rooms », au cinéma Cameo sur la 42e Rue, ils avaient vu des femmes littéralement faire l'amour dans la salle, les yeux mi-clos, gémissant doucement, avec la nouvelle idole de l'écran, Rudolf Valentino dans *Le Sheik*, tout en grâce animale, véritable bête de sexe, yeux de biche, yeux de fauve, dans le *Times* le juge Ben Lindsey annonçait la sexualité comme la « nouvelle frontière » de l'aventure américaine, qui allait faire franchir à l'humanité le dernier stade de l'évolution, régénérer l'ordre social mis à mal par la guerre : « Regardez bien ces nymphes folles de leur corps, insistait-il : elles ont le visage des anges ! » Les passagers effarouchés du *Pan Handle State* étaient bien au-dessous de la réalité…

Osa et Martin rentraient chaque nuit épuisés, étourdis, sous l'œil narquois de Little Joe qui les guettait comme harponneur suit sa proie, dans l'attente du moment propice. Et chaque nuit, serrée contre Martin, elle aurait voulu crier grâce, le supplier de suspendre cette course folle, qu'ils rentrent chez eux, enfin – ce monde-ci n'était pas pour eux. Les heures blanches s'égrenaient alors, une à une, interminables, Martin près d'elle s'agitait dans son sommeil, la ville grondait au-dehors, vaguement menaçante, tandis qu'elle tentait de ressaisir encore et encore, le cœur navré, comme on voudrait retenir des grains de sable filant entre ses doigts, quelques moments des heures insouciantes de Chanute, les odeurs chaudes de la cuisine, les escapades avec son père. Les lettres des siens s'accumulaient, inquiètes, qui lui parlaient d'un monde lointain, de plus en plus lointain, lui semblait-il, auxquelles elle ne savait plus que répondre. Grand-mère Nancy avait presque perdu la vue, et radotait un peu, toujours ses histoires d'Indiens et de chariots. Millie s'obstinait à fumer ses cigarettes, malgré l'avis du docteur. Quant à papa, il se faisait un sang d'encre, comme d'habitude. Le chien des Sturges s'était cassé la patte en sautant en marche de la camionnette du boulanger, où il bâfrait en douce des pâtisseries. Wilbur Œil-de-Braise s'était marié à la grosse Bertie, qui le menait à la baguette, plus question de jouer au joli cœur ! Et Averell poussait toujours de gros soupirs en passant devant la maison… Le temps tout doucement effaçait le Chanute qu'Osa avait connu, écrivait Belle, d'une écriture un peu plus tremblée ces derniers temps, que se passait-il donc, pour qu'ils ne reviennent pas ?

Depuis Sydney, il ne s'était pas passé de nuit sans qu'elle rêve à ce retour, l'imagine dans ses moindres détails, et peu à peu les contours s'en étaient brouillés. Seule, dans la nuit de New York, elle en venait à penser qu'elle ne reverrait plus Chanute. Les royaumes de son enfance s'en étaient allés, pendant ces trois années, New York était une île qui avait rompu ses amarres, elle en était à jamais prisonnière. Des bouffées de désespoir lui venaient qu'elle se reprochait aussitôt : Martin, lui aussi, aurait tellement voulu rentrer ! Sa mère était morte pendant leur équipée à Bornéo et il ne se consolait pas d'avoir été absent, laissant son père seul – mais lui comme elle savaient que s'ils lâchaient maintenant c'en serait fini de leurs rêves, toutes ces années de galères n'auraient servi à rien. Un jour, comme il la voyait déprimée, les yeux rouges, il lui avait suggéré, après de longs raclements de gorge, de partir seule à Chanute puis à Independence, rassurer leurs parents. Il saurait bien tenir sans elle une dizaine de jours ! Elle avait refusé avec une véhémence qui l'avait surprise. C'est ensemble qu'ils s'en sortiraient, ou pas. Et qui pendant ce temps soignerait Bessie et Kalowatt ? Il avait besoin d'elle, ils le savaient tous deux : elle était sa carte de visite, à lui si raide, si peu mondain, son « atout charme ». Elle avait sursauté, la première fois, quand il lui avait conseillé d'élargir à nouveau sa garde-robe à des vêtements, hum, plus audacieux, dans le goût du jour, si elle voyait ce qu'il voulait dire. « Mais enfin, Martin, on a pillé les magasins il n'y a pas une semaine ! » Oui, sans doute, mais elle avait manqué, hum, un peu d'audace, non ? Il avait piqué du nez sur sa tasse de thé, les jeunes femmes ne portaient plus guère… enfin, tu sais bien, de ces choses, des soutiens-gorge, tout ça. « Ma parole, mais il veut que je m'habille comme les girls des Follies ! » avait-elle songé, interloquée. Lui si prude, si conservateur, sorti de son travail ! Et puis elle avait compris : il avait raison, bien sûr – des deux, elle était la seule à pouvoir paraître en phase avec l'esprit du temps, il fallait qu'elle soit sa *flapper*, sa girl des Follies, si nécessaire, l'image en toute situation de la jeunesse triomphante, si elle voulait être la clé leur ouvrant à tous deux les portes de la ville.

La première fois, elle s'était sentie nue sous les regards des hommes, dans un mélange de honte et d'excitation qui l'avait troublée – il est vrai qu'elle n'avait pas fait dans la demi-mesure, cheveux à la garçonne, corps libre, jupe légère ultracourte, visage fardé, cigarette à la main. Et puis elle avait appris à en jouer. Où qu'ils aillent, elle aimantait les regards, des hommes comme des femmes, et si Martin avait le génie de croiser qui il fallait à chaque entracte, journaliste, producteur, directeur de théâtre, mécène potentiel, c'était à elle, aussitôt, de prendre le relais, « mélange irrésistible d'innocence et de sensualité », avait noté le chroniqueur du *Sun* – dont le billet avait confirmé à Martin qu'ils étaient sur la bonne voie. Mais la nuit, à l'hôtel, elle s'agrippait à lui comme si elle craignait d'être emportée. Elle avait tellement besoin de lui ! Elle lui faisait l'amour avec une violence, une audace qui parfois lui faisaient peur : qu'allait-il penser d'elle ? Peut-être était-ce New York qui s'insinuait en eux. Mais, non, il était là, près d'elle. Il avait besoin d'elle.

D'elle, et des deux singes. Kalowatt et Bessie, privées de leurs performances transatlantiques quotidiennes, menaient la vie dure au personnel de l'étage et à leurs parents, par la même occasion. Au retour de leur visite à Robertson et Cole, Martin et Osa avaient trouvé l'hôtel en effervescence, une foule affolée se bousculait à l'étage, des bruits sourds résonnaient dans le couloir, une dame en larmes assurant que « quelque chose », ou quelqu'un, pris au piège, cognait à coups redoublés dans la cheminée de sa chambre. Ils n'avaient fait qu'un bond jusqu'à la chambre des « enfants » : vide. La grosse malle tirée par Martin devant la cheminée pour éviter que Bessie ne réédite les escapades qui avaient fait de leur bref séjour londonien une course-poursuite affolée sur les toits était poussée, et les deux chipies envolées. Des employés, chez la voisine, dévissaient la plaque condamnant la cheminée quand les coups avaient cessé. Le voleur s'était sans doute enfui. Que faisait la police ? « Peut-être est-il mort ? » s'interrogeait une vieille dame avec des airs gourmands, quand Osa avait vu la porte d'une autre chambre s'ouvrir doucement, et deux boules noires hirsutes filer vers l'escalier. Par chance, la porte à tambour avait bloqué les fugueuses. Quelques pourboires avaient ramené le calme mais Osa ne passait plus le hall d'entrée sans se sentir coupable, suivie par le regard chaque jour plus sombre du gérant. Et les bruits qui, depuis, retentissaient derrière la porte close étaient de ceux qui préludaient d'ordinaire aux grandes dévastations. Confier les deux bêtes à un zoo ? Elles en mourraient, c'était certain. Et puis, elles n'étaient pas des singes, protestait Osa. Quand elle regardait Kalowatt dans les yeux, c'était… eh bien c'était Kalowatt. Point. Martin, déjà, réfléchissait : dans ce cas, il fallait transformer leur galère en atout… Son visage, tout à coup, s'était éclairé. Comment n'y avait-il pas pensé plus tôt ? L'image ! Plus rien ne comptait à New York que l'image, la mode, l'art de monter des « coups », New York inaugurait l'ère de la publicité. À preuve, l'impact déjà du billet de l'*Evening Standard* sur les apparitions d'Osa : pas moins de trois propositions de causerie dans des cercles mondains ou de charité ! Son premier réflexe avait été de les refuser, faute de temps. Avant de se raviser. Comment n'y avait-il pas pensé plus tôt ? Osa se débrouillerait très bien sans lui. Et comme Osa allait protester : sans lui, mais avec Bessie, ou Kalowatt. Osa et Bessie ! Il en riait déjà : c'était le succès assuré. Osa, elle, restait silencieuse : sur toute la longueur de Broadway, dès la porte de l'hôtel franchie, allaient et venaient des gamins, la tête dépassant à peine d'énormes panneaux vantant les spectacles du moment – en somme, il lui demandait d'en faire autant… Le succès assuré ! répétait Martin.

Il ne croyait pas si bien dire. Et lui comme elle étaient loin, alors, d'imaginer les conséquences de son idée…

– Vous ne m'avez toujours pas dit comment vous avez rencontré ce sacripant d'Akeley !

Stefansson lui avait repris la main. Osa n'était plus très sûre, ou bien était-ce le champagne, qu'il n'y avait dans son geste rien que de très paternel, mais, bah ! il était si sympathique… La voix de Roy Chapman, charmeuse, lui parvenait par bouffées à travers le brouhaha, et les murs de la pièce, par magie, s'éloignaient, chaque mot éveillait des mondes, seule, la reine des *flappers*, comme frappée de stupeur, demeurait tête baissée, penchée sur son verre. De longues caravanes avançaient dans le poudroiement d'or du couchant et il y avait, dans le regard des chameliers, quelque chose encore des vastitudes mystérieuses du désert, des Mongoles à la peau brune, au port altier, les cheveux couronnés de bijoux, détaillaient du coin de l'œil la dernière mode de leurs sœurs russes, Chinois, Tatars, Mandchous, flânaient entre les échoppes poudreuses des étroites ruelles, un brusque affolement les jetait sur les bas-côtés quand passaient au galop des cavaliers superbes, dans un tourbillon d'étoffes rouge, pourpre, safran, de chapeaux pointus surmontés de plumes de paon, mais tous s'écartaient devant les rangs serrés des moines en longues robes rouge et or, et c'était Urga, la ville du Bogdo Gegen, le Bouddha vivant, réfugié en l'un de ses trois palais sur le fleuve Tuul, parmi ses collections de vieilles voitures et de gadgets commandés sur le catalogue Sears and Roebuck, que protégeaient des moines aux regards furieux, prêts à tuer les indiscrets – Urga, au carrefour des mondes, la porte de la Mongolie mystérieuse, berceau peut-être de l'humanité…

– Et j'ai su, là, précisément, que j'avais trouvé mon pays. Le seul, l'unique pour lequel j'étais né ! Quelque part, dans les profondeurs du désert silencieux, m'attendaient les reliques du passé que j'étais venu chercher.

Si intenses étaient ses accents qu'elle en eut le cœur serré. Et elle, d'où était-elle ? Y avait-il un pays, ainsi, qu'elle pouvait dire le sien ? Chanute et ses royaumes d'enfance ? Les images qui lui revenaient, de plus en plus insistantes, étaient pourtant de matins clairs dans les mers du Sud, les lanternes vénitiennes aux portes des maisons de Sandokan, le soir, se multipliant dans la mer, les gobongs glissant sous la voûte des arbres du fleuve Kinabatangan, l'éclat rouge vif, ou jaune, tout à coup d'une fleur dans la profondeur végétale… Une nuit, sur l'île Vao à quelques encablures de l'île de Nagapate et des Big Nambas, ils étaient descendus sur la grève, après dîner, la croix du Sud brillait dans le velours sombre du ciel, la lune tremblait doucement sur les eaux lisses, la respiration paisible de la nuit remplissait l'espace, un requin avait glissé, laissant derrière lui une traînée phosphorescente, et il leur avait semblé, oui, qu'en cet instant le monde passait à travers eux, qu'ils ne faisaient qu'un avec lui. Une part d'elle-même était restée là-bas, se dit-elle, où elle ne retournerait pas. Serait-elle condamnée à rester ainsi entre deux mondes sans plus trouver sa place ?

– Regardez-le, le vieux coquin…

Elle sursauta, revint à Stefansson qui lui montrait Akeley et Martin.

– Il ne lâche pas Martin une seconde. Donnerais cher, parole, pour savoir ce qu'il mijote…

Il se pencha vers elle :

– Il ne parle plus que de Martin, depuis un mois ! Et de vous, hé-hé, ces derniers temps, mais ça… Vous savez que c'est un sacré coureur de jupons ?

Ils partageaient un appartement avec Herbert, un ami archéologue, depuis que Carl avait quitté sa femme, Mickie – et tous avaient la tête pleine des aventures des Johnson. Martin fuguant, adolescent, Martin vagabond sur les routes d'Europe, Martin engagé par Jack London, Martin enlevant Osa, Martin dans les mers du Sud. Carl, d'ordinaire, avait l'enthousiasme difficile, mais là…

– Sacré nom ! Je comprends ça. Jamais vu des images pareilles !

La projection de *Parmi les cannibales des mers du Sud*, un soir, au Club, avait laissé l'assemblée sans voix. Avec, en sus, les articles dans *Asia Magazine* la cause avait été vite entendue : celui-là était des leurs.

– De toute façon, on ne résiste pas longtemps à Carl Akeley…

En somme, se dit Osa, si Martin était là ce soir, c'était grâce à Bessie. Sans elle, aurait-elle seulement rencontré Akeley ?

– Bessie ?

– Oh ! Je veux dire : notre orang-outang.

La *flapper*, brusquement ranimée, leva une paupière. Un orang-outang à New York ? Ça au moins c'était « hip » ! Le visage de la gamine s'était éclairé :

– Mais alors le coup de la 5e Avenue, c'était vous ?

Et comme Osa acquiesçait, elle l'avait regardée avec un nouvel intérêt.

Pour être « hip », ça avait été « hip ». Martin avait vu juste. Son arrivée à la Bibliothèque municipale, sur la 5e Avenue, portant dans ses bras Bessie deux fois plus lourde qu'elle, avait fait sensation. Le chauffeur de taxi était resté indifférent aux mimiques de la luronne, mais la montée des marches, quelque peu hasardeuse, vu qu'Osa n'y voyait goutte, le nez enfoui dans la poitrine de Bessie, avait bloqué quasi instantanément la circulation sur l'avenue. Les dames de la Société philanthropique poussaient des cris effarouchés, un énorme singe tout velu étranglait une jeune femme à la porte de la Bibliothèque ! Posée à terre, Bessie les avait rassurées, et serrait les mains avec une telle dignité que la secrétaire, surprise, lui avait donné du « madame » – la causerie, ensuite, avait été un triomphe. Mais comme Bessie s'agitait, en se frottant le crâne, Osa avait jugé plus prudent de rentrer sans s'attarder en politesses : la pauvre bête donnait tous les signes d'un mal de tête. Un mouchoir humide l'avait un peu calmée, mais elle l'avait perdu au premier coup de vent et gémissait, lamentable, quand elle avait avisé, à hauteur de la 34e Rue, un agent qui réglait la circulation à grands moulinets. En un élan, elle avait foncé, sauté, subtilisé sa casquette, qui d'ailleurs lui allait à ravir. La tête du brave flic irlandais, lorsqu'en se retournant, furibard, il s'était trouvé nez à nez avec un orang-outang ! La lutte – féroce, on n'est pas irlandais pour rien ! – s'était terminée par une casquette en deux morceaux. Le juge, clément, avait simplement exigé… le remplacement du couvre-chef, mais l'affaire avait fait le bonheur de la presse pendant quelques jours. Et c'est ainsi que Carl Akeley avait appris le retour de Martin Johnson, dont il avait vu quelques mois plus tôt *Among the Cannibals*. Le trouver, ensuite, avait été un jeu d'enfant.

La *flapper*, sourcils froncés, poursuivait un lent cheminement intérieur.

– On peut en trouver où, des orangs-outangs ?

Sa voisine, peut-être sa mère, poussa un soupir exaspéré.

– Mais dans la jungle, chérie ! Tu sais bien, cette chose horrible, toute moite, avec des marécages, des sangsues et des crocodiles ! Et puis des serpents, aussi.

La fille avait eu une moue dégoûtée. Dommage. Un orang-outang, ça aurait été « hip ».

Quelques jours après l'exploit de Bessie, Martin était rentré à l'hôtel, surexcité. Un certain Carl Akeley avait fait irruption dans la salle de montage, accompagné de Big Fat Froelich. Il voulait tout voir, tout savoir, « découvrir le nouveau génie du cinéma ».

– Si, si, parole, c'est ce qu'il a dit ! Je lui ai montré quelques bobines…

Il riait : si le monteur n'avait pas roulé des yeux inquiets, il lui aurait même tout projeté ! Akeley secouait la tête, répétait qu'il n'avait jamais rien vu de tel…

– Tu te rends compte ? La gloire du Muséum d'Histoire naturelle ! Ça fait plaisir, à force. Je devenais cinglé, moi, tout seul à monter mes bobines avec l'espion de Robertson et de Cole !

La sommité mondiale de la taxidermie. L'inventeur de génie. L'explorateur de l'Afrique des Grands Lacs. En quelques jours, Martin savait tout de lui.

– Après tout, on n'est pas si différents, lui et moi ? Tu sais qu'il est né dans une ferme du Vermont ? Où il fallait se bagarrer, pour survivre. Et question école…

Question école, elle avait été tout aussi buissonnière que celle de Martin, faite d'interminables escapades par les bois et les collines, dans l'approche émerveillée de la nature. Martin exultait : « Juste comme moi ! »

La taxidermie, Akeley l'avait découverte dans un livre, à l'âge de 13 ans, comme lui, Martin, avait appris la photographie sur le tas. Et à 19 ans il avait fui sa famille pour suivre sa voie. Comme Martin. Le reste – le reste était l'histoire d'une lutte acharnée pour faire accepter ses techniques révolutionnaires, vaincre la morgue des « savants », s'imposer, lui l'autodidacte, comme le plus grand taxidermiste de son temps – en saisissant sa chance, aussi, quand elle s'était présentée. N'avait-il pas été, au grand dépit des « spécialistes » impuissants, le seul à relever le défi de naturaliser Jumbo, l'éléphant star de Barnum, tué par une locomotive ? Le reste était la révélation, pendant la guerre, d'un talent insoupçonné d'inventeur, bricolant une caméra révolutionnaire, un nouveau blindage pour les tanks, un réflecteur de campagne surpuissant en papier mâché ou un projecteur de ciment à air comprimé. Le reste, surtout, était la grande aventure africaine, ses rocambolesques expéditions en Somalie, au Kenya, dans les Grands Lacs, son invraisemblable audace, laissé pour mort après une charge d'éléphants, ou tuant un léopard à main nue...

– Un miracle, s'il s'en est sorti. J'ai vu les photos, chez Froelich... Une momie sous ses bandelettes.

Pendant que le léopard lui mâchouillait le bras gauche, Akeley avait réussi à rouler sur l'animal, à lui enfoncer ses genoux dans la poitrine jusqu'à lui briser les côtes, tout en l'étranglant proprement de sa main droite – en calculant, avec un détachement qui l'avait, après coup, étonné, qu'il fallait y parvenir très vite, car il n'allait pas tarder à s'évanouir.

De jour en jour, il prenait les dimensions d'un géant.

Et pourtant, insistait Martin décidément sous le charme, il restait le plus modeste des hommes. Tout le contraire en somme du flamboyant Chapman Andrews, l'autre enfant chéri du Muséum…

Mais pourquoi diable s'intéressait-il tant à eux ? Martin avait sursauté :

– Peut-être parce qu'il aime mes films, tout de même ?

Elle avait insisté : mais enfin, il doit bien avoir une idée en tête ! Martin avait eu une moue embarrassée. Lui si prompt d'ordinaire à forcer sa chance, cette fois n'osait pas, comme s'il craignait que s'évanouisse un matin ce qu'il tenait jour après jour comme un miracle. Le plus important était cette amitié naissante. Bien sûr Akeley pouvait être l'introduction qui lui manquait jusqu'ici, mais les choses viendraient naturellement. Ou ne viendraient pas…

– Et s'il a un projet en tête, eh bien, il finira bien par le dire un jour ou l'autre !

Il vaudrait mieux qu'il ne tarde pas trop, songeait Osa, de plus en plus inquiète : l'argent filait à une vitesse que Martin s'obstinait à ignorer.

Lorsque Akeley les avait enfin invités à dîner, la conversation avait roulé sur Bessie et Kalowatt. Quand pourrait-il les voir ? Bavarder avec elles ? Après tout, ils s'étaient trouvés grâce à Bessie, le moins qu'il pût faire était de l'en remercier ! « J'ai – il avait hésité, baissé la voix – un rapport spécial avec les singes. » Et comme Osa protestait drôlement que ni Bessie ni Kalowatt n'étaient des singes, il avait paru s'abîmer dans une longue songerie, puis :

– Entre eux et nous… Ah ! C'est là que se tient le grand mystère !

La profondeur songeuse du regard des gorilles… Qui l'avait éprouvé, insistait-il, en était marqué à jamais – et l'on aurait dit qu'une lumière s'éveillait en lui, à l'évocation des grands singes. Tous, savants et chasseurs, s'accordaient à les dire vicieux et brutaux, attaquant les hommes, enlevant les femmes et les violant – il était, lui, persuadé qu'il s'agissait au contraire de créatures paisibles. Et il entendait bien le prouver un jour prochain au monde entier ! Osa, captivée, observait sa métamorphose : il rayonnait. Le premier abord l'avait déçue : devant elle se tenait un presque vieillard, le cheveu clairsemé, la barbe en broussaille, le visage barré d'une vilaine cicatrice, « souvenir d'une discussion un peu vive avec un éléphant colérique », avait-il expliqué, surprenant son regard – et voilà que tout à sa passion il se redressait, peu à peu, rajeunissait. En fait, il avait un charme fou…

Après son départ, ils s'étaient regardés, perplexes. Après tout, peut-être avait-il eu juste envie de parler des singes. Je ne sais pas ce qu'il en est des gorilles, avec glissé Martin, en souriant, mais il t'a dévoré des yeux pendant tout le repas. Ça, elle l'avait remarqué, en effet.

– Tu sais qu'il a la réputation d'un don Juan ?

Et en plus, ça le faisait rire…

Stefansson hocha la tête.

– M'étonne pas, pour votre Bessie. La meilleure introduction possible ! Entre les singes et lui, il y a une histoire très spéciale. Tragique, aussi. Je vous raconterai. Mickie, sa femme, a failli y laisser la peau. Mais rien n'y fait. Il m'a dit : « Un jour, en regardant un gorille dans les yeux, je me suis vu, jusqu'au tréfonds de mon âme… » Depuis, cette vision l'obsède. C'est elle qu'il va rechercher en Afrique, dans quelques mois.

Le cœur d'Osa fit un bond. Akeley, une expédition en Afrique ?

– Au pays des gorilles, oui. Dans le Congo belge, à ce que je sais, quelque part entre les monts Virunga et le lac Kivu…

Stefansson gloussa :

– Il ne vous en a pas parlé ? Le vieux loustic ! Il voulait peut-être vous tester avant. M'est avis qu'ils sont pile en train d'en parler, là…

Il fit la moue :

– S'il parvient à la monter.

La gloire du Muséum, se voir refuser une mission ? Allons donc ! Osa quêta, en vain, le regard de Martin toujours en discussion avec Akeley. Un picotement lui parcourut l'échine. Pour ces deux-là, le monde alentour avait cessé d'exister – c'était donc bien qu'ils étaient ailleurs. En Afrique ? Oui, c'était cela. Toutes ces discussions sur Kalowatt et Bessie ! Elle allait connaître de nouveau la fièvre du départ, la bousculade des paquetages, les cartes lues et relues, l'angoisse et l'excitation. New York bientôt ne serait plus qu'un souvenir. Et Robertson, et Cole. Et les malins démons qui s'acharnaient contre eux depuis leur retour.

– S'il y parvient…

Il y avait dans sa voix une telle âpreté qu'elle tourna la tête, surprise. La concurrence est rude, soupira le vieux Viking. « Et pour trouver des fonds, dans la cohue, on écrase pas mal d'orteils, forcément. » D'un geste du menton il montra Roy Chapman Andrews :

– Vous l'avez vu ? Toujours occupé à se vendre ! Un sacré numéro, notez bien, mais enfin, si quelqu'un l'étranglait discrètement, là, dans un couloir, j'en connais qui ne pleureraient pas.

Et comme Osa paraissait choquée :

– Akeley n'est *qu'un* des deux chouchous d'Osborn, le patron du Muséum. L'autre, c'est Andrews. Et là où Akeley, ou moi, ou Beebe, mendions un dollar, lui, d'emblée, en exige 1 000 ! Et il les obtient. Le bel Andrews ! Sauf qu'après lui…

Il fit le geste de se serrer la ceinture.

Des rires fusèrent, une femme opulente, ruisselante de bijoux, gloussait, penchée vers Andrews :

– Mon Dieu, comme c'est romanesque ! D'une seule balle ?

Andrews opina :

– C'était lui ou moi. Et dans ces cas-là…

Un gros homme aux traits brutaux, aux doigts couverts de bagues, hocha la tête, sentencieux :

– Toujours su, moi, que ces histoires d'évolution étaient des conneries !

Il rit, un long hululement qui se termina en gargouillis :

– Sérieusement, qui peut croire ça, que l'homme descend du singe ?

À le regarder, tout le monde, songea Osa – et elle surprit un clin d'œil complice d'Yvette Borup. L'homme reprit sa respiration :

– Y en a même qui croient qu'on descend des nègres. Si, si ! J'ai lu ça : l'Afrique, berceau de l'humanité !

Il leva son verre :

– Bon sang, si vous prouvez que le berceau, c'est votre machin, enfin, la Mongolie, c'est ça ? L'Orient, quoi, vous rendrez un sacré service au pays ! L'Afrique, non, mais quelle idée…

Osa faillit crier. Sans s'en rendre compte, Stefansson, furieux, lui broyait la main :

– Vous avez compris l'enjeu ? La supériorité de l'homme blanc ! Le grand dada d'Osborn. Andrews n'en croit pas un mot, mais il laisse faire – mécènes obligent. Alors le pauvre Carl, avec son Afrique et ses gorilles…

Une brusque rumeur à l'entrée de la salle, des vivats, des bruits de verre firent se tourner les têtes. Des serveurs en procession venaient gravement « renouveler le ginger ale » et les « jus de fruits ». Les plus atteints, brandissant une ordonnance, réclamaient leur « sirop pour la toux », la reine des *flappers*, têtue, réclamait du *booze*, du tord-boyaux, du gin de baignoire, du qui râpe et qui brûle, le vin c'était bon pour les bourges. Sa mère protesta, enfin merde, chou chéri, un clos de vougeot ! C'est du moins ce que prétendait l'étiquette, mais la gamine s'obstinait, dans l'indifférence générale. Un bruissement de voix venu de l'entrée montait comme coup de vent sur mer calme. Des journalistes se regroupaient devant l'hôtel. C'était pour le Club, à coup sûr. Pour Martin et Osa. Ou alors pour Andrews ? Quelqu'un lança : et pourquoi pas une descente d'Izzie et de Moe ? C'était bien dans leur style, d'ameuter la presse ! Un frisson d'excitation secoua l'assemblée. Ils allaient tous se retrouver au poste, peut-être en prison. L'idée fut saluée par une salve de rires, c'était à qui éclairerait Osa sur le jeu favori des New-Yorkais, enjoliverait la légende d'Izzie Einstein et de Moe Smith, les incorruptibles agents de la Prohibition, les deux seuls qui se démenaient jour après jour pour faire un barrage de leurs corps, qu'ils avaient larges, à la montée du torrent clandestin du gin et du whisky, sous les hurlements de joie de la ville éméchée. Pas un jour sans que les journaux relatent un de leurs exploits – vains, évidemment, puisque les loustics arrêtés la veille, et presque aussitôt relâchés, croisaient en sortant Izzie et Moe, pas découragés pour autant, venus livrer leur nouvelle fournée sous les crépitements des flashs de photographes hilares. Moe et Izzie ! Qu'allaient-ils encore inventer, ces deux-là ? James Shevlin, le grand boss, avait d'abord pris de haut la candidature d'Izzie : 40 ans, chauve, 1,60 m, 120 kg, non, ce n'était pas exactement le profil recherché. Justement, avait objecté Izzie, je tromperai mon monde ! Et muni de son insigne il était sorti ingénument faire sa première arrestation. Ses collègues lui avaient donné une adresse : vu le nombre de gens entrés à jeun qui en sortaient ivres, et les odeurs de moûts de bière et de whisky qui flottaient dans la rue, sur un demi-bloc alentour, le doute n'était pas permis – sauf qu'aucun agent n'avait réussi à y entrer pour un flagrant délit. Le cerbère, à l'entrée, avait l'œil trop aigu. Izzie, lui, avait simplement frappé à la porte :

– Qui va là ?

– Izzie Einstein. Je voudrais juste boire un verre.

– Ah ouais ? Et qui t'envoie ?

– Mon patron. Je suis un agent de la Prohibition. Tout juste nommé.

La porte s'était ouverte sur un énorme éclat de rire. Le gorille lui avait allongé une tape dans le dos à lui luxer trois vertèbres. Bon sang ! celle-là, c'était la meilleure blague qu'on lui avait jamais faite.

– Joe ! Sers à boire à mon ami. C'est un agent de la Prohibition !

Le *bartender* et la dizaine de clients avaient ri de bon cœur. Et au deuxième verre, prenant un air sérieux, Joe lui avait demandé si par hasard il avait un insigne. Et comment ! Il était passé de main en main. Pas à dire, on aurait dit un vrai. Izzie avait fini son deuxième verre, avant de mettre tout le monde en état d'arrestation.

– Mais personne ne lui en a voulu. Hé ! Faut savoir apprécier une bonne blague !

Depuis, avec son copain Moe, encore plus gros que lui, ils s'étaient juré de fermer tous les bars clandestins, *speakeasies*, night-clubs, restaurants de New York. Pas un barman, pas un cerbère qui n'avait leurs photos ! Mais rien n'y faisait : leur imagination paraissait inépuisable, comme leur génie du déguisement.

Et s'ils étaient déjà là, dans l'assemblée, lança quelqu'un. Il y eut un moment de silence. Déguisés en explorateurs ? Non : plutôt en bienfaiteurs. On se recompta, les regards convergèrent vers l'admirateur d'Andrews, défenseur de la race blanche. Qu'il avoue : il était Moe Johnson ! Le maître d'hôtel apparut, jovial. Que nul ne s'inquiète ! Le procureur Jennings, le juge Pearson dînaient à côté avec quelques amis « fournisseurs » – dont celui du président Harding, il n'y avait rien à craindre. Les bouchons de champagne sautèrent en pétarade. Martin et Akeley n'avaient même pas levé la tête pendant tout ce tapage. Andrews continuait à travailler au corps le contempteur du darwinisme. La plus grande expédition de l'histoire de l'humanité. Cinq années d'exploration, pour exhumer tout le passé de l'Asie centrale, géologie, climat, végétation, fossiles, les plus grands savants rassemblés, dans chaque discipline. Des collections uniques promises au Muséum, qui deviendrait du coup le plus grand du monde. Il ne pouvait pas ne pas en être !

– Des civilisations presque inconnues rencontrées. Des paysages sublimes.

– Et un grand film.

– Par le meilleur réalisateur d'aujourd'hui.

– Ça ! Il fera le tour du monde ! Une date, dans l'histoire du cinéma !

Au mot « film » Osa avait dressé l'oreille. Tandis qu'ils parlaient, les regards d'Yvette et de Roy Chapman allaient de Martin à elle – ou elle se trompait fort, ou cela ressemblait à une invite…

– Et le berceau de l'humanité ? Hein, vous me ramènerez le berceau ?

Yvette et Andrews se regardèrent, interloqués. Yvette eut un geste d'excuses en direction d'Osa. Promis, oui. Le berceau. C'était même le but ultime. Le grand projet. Mais il fallait rester discret. Le bienfaiteur potentiel de l'humanité blanche opina d'un air entendu.

– Parce qu'un grand-père négro, moi, pas question !

Non mais, vous entendez, gronda Stefansson, 250 000 dollars ! On parle de 250 000 dollars de budget ! Pour un projet à l'aveuglette. Pas la moindre preuve, pas le moindre indice. Juste une dent de rhinocéros trouvée par un Russe, il y a trente ans, sur une piste de caravanes…

– Et pendant ce temps-là on me fait les pires emmerdes parce que je n'ai pas tenu la comptabilité de mon expédition. J'aurais bien voulu les voir, par - 40°, ces culs de plomb ! Et Akeley a un mal de chien à monter son affaire.

Les mots du Viking lui parvenaient dans un demi-brouillard. Oui, c'était bien à Martin qu'ils pensaient, elle en aurait juré. Stefansson avala d'un trait son verre plein, vacilla sous le choc.

– Tout juste s'ils ne m'accusaient pas d'avoir dépensé leurs sous chez les putes ! Remarquez, hé-hé, quand j'y pense, au retour… Après quelques mois dans le grand silence blanc, ça vous démange tout de même un peu.

Asie ou Afrique ? Chapman ou Akeley ? Qu'importe, se surprit-elle à penser, s'ils s'arrachaient enfin à cette poisse où ils s'engluaient depuis des semaines. Martin avait raison : le Club allait être leur chance. À saisir à pleines mains. Grâce, au fond, à Bessie…

La voix d'un Stefansson fin saoul monta, glorieuse :

– Du gin, de la musique et… Parce que, bon, les Esquimaudes, faut bien dire, c'est tout de même un peu comme limer dans une motte de beurre !

Le hennissement sauvage de la *flapper* figea de stupeur l'assemblée. Le coup de la motte de beurre, hoquetait-elle ! Ça, c'était envoyé. Du coup, elle semblait considérer l'exploration d'un œil neuf. Osa retint un éclat de rire. Le tangage de la salle avait repris, les visages des convives paraissaient déformés, engagés dans une danse étrange. Moi aussi, j'ai trop bu, eut-elle le temps de penser, avant de s'agripper discrètement au bras de son voisin. « Déconne pas, j'ai une touche avec la petite », bégaya le Viking, l'œil un rien vitreux. Elle glissa vers lui un regard en biais. Quel âge avait-il au juste, ce vénérable grand-père ?

Elle n'eut pas le temps de s'en rendre compte. Un cortège de fêtards en habit faisait irruption dans la salle. Et derrière eux, depuis les profondeurs de l'hôtel, on entendait monter la rumeur d'un orchestre s'accordant. Allez, venez tous, criaient à tue-tête les lurons titubants. Henry Busse, le trompettiste de Paul Whiteman, était là, avec les autres cadors de l'orchestre, les girls de Ziegfeld rappliquaient pour un extra ! Pas du tout, on vient se réfugier ici, soutenait un géant comateux, il y a une descente des flics en bas – « paraît qu'Izzie et Moe… » Mais non, Joe, corrigea celui qui vaille que vaille le maintenait debout, c'était une blague ! Ah bon ? s'étonna l'autre, avant de s'effondrer sur le dos de la dame aux bijoux : « Bon Dieu, je tiens une mufflée… Sais pas ce qu'il met dans son *booze*, mais… » « Y a de la résine », hoqueta un troisième. Un roulement de batterie, des cris, des salves d'applaudissements annonçaient Paul Whiteman lui-même, les premières mesures retentirent de « Wang Wang Blues », son tube de l'année, et c'était Broadway qui entrait dans la salle, la foule qui accourait des théâtres voisins, les girls de Ziegfeld, de George White, d'Earl Carroll qui déferlaient dans un bouillonnement de plumes et derrière elles, en rangs serrés, les noceurs des *speakeasies*, des *grog-shops*, des caves de l'East Side, de Little Italy, de Brooklyn – New York tout entier qui faisait trembler les murs, submergeait la salle.

Stefansson, retrouvant ses esprits, se dressa, redevenu le président de l'Explorers' Club le temps d'annoncer d'une voix forte que dans un salon spécial cigares et remontants attendaient les membres et invités pour une projection du film de Martin, « le plus grand cinéaste de notre temps, et notre nouveau membre ! » Une ovation salua l'invite, Martin enfin leva les yeux, se redressa, confus, tandis qu'Akeley le prenait dans ses bras. L'ovation redoubla. « Messieurs, mesdames, le plus grand cinéaste de notre temps ! »

III

Si elle avait osé, elle aurait dansé dans la rue. Dansé dans le fleuve de lumières de Broadway, dansé dans les étoiles qui tombaient en fine pluie dorée des profondeurs silencieuses de la nuit. Les trottoirs luisaient, les nappes ondoyantes de gouttelettes démultipliaient à l'infini le clignotement frénétique des enseignes, la ronde grondante des phares de voitures, et les badauds en goguette, crieurs de rue, rabatteurs de lieux discrets tournoyaient autour d'elle, emportés vers les cieux dans un pétillement irisé de bulles de champagne. Légère ! Elle se sentait légère, bulle de champagne elle-même, perle de pluie qui allait s'envoler si Martin ne la retenait pas – mais Martin déjà hélait un taxi, la prenait dans ses bras. Dès la portière poussée, elle se lova contre lui, câline. Qu'avaient-ils donc à se dire de si important, Akeley et lui, toute cette soirée ? Pas une seule fois il n'avait levé les yeux vers elle, pauvre petite chose abandonnée, seule, livrée toute crue aux loups ! Lui, d'un air faussement détaché :

– Tu avais pourtant l'air du dernier bien avec ton Eskimo, non ?

Le grand bêta ! Ainsi il l'avait espionnée – mais non, c'était un prétexte, une ruse, il n'allait pas s'en tirer comme ça, il fallait qu'il lui dise, là, tout de suite, d'ailleurs, elle connaissait des recettes infaillibles pour le faire parler. Elle roula sur lui, lui mordillait l'oreille, descendait dans le cou tandis que sa main glissait sous sa chemise, il poussa un gémissement étouffé, enfin, Osa tu es folle, le taxi fit une brusque embardée, on n'est peut-être pas tout à fait seuls…

Débarrassés des importuns agglutinés, bras et jambes lancés dans toutes les directions, autour de l'orchestre de Paul Whiteman, la séance de projection, au calme des salons du Waldorf, avait été un moment merveilleux. Elle avait vu *Parmi les cannibales* des dizaines de fois, se rappelait chaque détail de leur triomphe au Rivoli – quand la foule à la fin s'était levée, réclamant que Martin monte sur la scène, et il l'avait prise par le bras, le film était leur œuvre à tous les deux – mais jamais les images ne lui avaient paru si belles. Yvette Borup s'était penchée vers elle :

– Martin ne m'a pas l'air d'un naturel, hum, très expansif, mais la manière dont il vous filme…

La femme du monde l'avait regardée, d'une manière qui l'avait fait rougir, détaillant la courbe de sa nuque, la naissance des seins :

– Chacune de ses images est une déclaration. Vous le savez, n'est-ce pas ?

Comment ne l'avait-elle pas vu avant ? Yvette Borup avait raison. C'était par ses images, et seulement par elles, que Martin communiquait avec le monde. Et sans doute était-ce la raison de leur force, s'était-elle dit. Par ses images et à travers moi, avait-elle corrigé aussitôt, et elle s'était sentie tout d'un coup inondée de bonheur.

Les questions avaient fusé, dès les lumières rallumées. Sur leur dernière expédition. Sur le film qu'il allait en tirer. Sur son voyage de jeunesse avec Jack London. Chacun s'était installé confortablement, les uns sortaient la pipe, faisaient circuler le tabac, d'autres sortaient des flasques de remontant, William Beebe brandissait une bouteille de vieux cognac, arrivée de France solidement arrimée dans une sculpture africaine.

– Mon vieux, faut vous rendre compte que nous sommes tous jaloux ! La croisière du *Snark*… Bon sang, mais c'est une légende ! Racontez-nous un peu…

Et Martin avait commencé à parler, comme jamais peut-être il ne l'avait fait. De Jack London. Du mystère que restait encore pour lui ce qui avait conduit l'écrivain de plus en plus loin au cœur de la sauvagerie, lors même qu'il disait chercher le secret de la beauté du monde. Sept années pour un grand tour du globe, répétait l'écrivain en empilant les cartes devant Martin. Ils mettraient d'abord le cap sur la Chine, et remonteraient le Yang Tsé, avant de visiter les comptoirs de l'Inde et d'explorer le Nil. Puis ce serait le Danube jusqu'à Vienne. La Tamise jusqu'à Londres. La Seine jusqu'à Paris, où ils jetteraient l'ancre au pied de Notre-Dame, face au Quartier latin. À moins qu'après avoir flâné en Méditerranée ils remontent jusqu'à Lyon et gagnent le Nord par les canaux, avant de traverser l'Atlantique. Leur resterait encore à sillonner les Grands Lacs, il avait toujours rêvé de sillonner les Grands Lacs. Et de descendre le géant Mississippi, bien sûr, comme les héros de Mark Twain vers le golfe du Mexique : au bas mot, une aventure de sept années ! Et lui, Martin Johnson, grand escogriffe de 23 ans engagé comme cuisinier il ne savait par quel miracle, hochait la tête, émerveillé : quinze ans, vingt ans, toute une vie s'il fallait ! Mais au lieu de la Chine et des trésors de l'Inde, London avait choisi de vivre un temps parmi les lépreux de Molokaï, avant de s'enfoncer dans les ténèbres des Salomon, fasciné par la folie meurtrière des cannibales coupeurs de têtes, leur faciès épouvantable, la ronde infernale de ces démons placés dans des décors de Paradis par quelque plaisanterie incompréhensible de la Création, il fallait rester armé jour et nuit, la proue tournée vers le large, pour se garder de leur menace. À Penduffryn, dans l'île de Guadalcanal, l'écrivain pris dans son vertige s'était même embarqué sur un navire négrier – ou peu s'en faut, les formalités de « location de main-d'œuvre » se réduisant le plus souvent au rapt déguisé –, les uns après les autres tombaient malades, ruinés par les fièvres, ou victimes du pian. Les mains de Jack pelaient, peut-être était-ce la lèpre, s'inquiétait Charmian, après leur folie de Molokaï, ulcères, hémorroïdes, fièvre jaune, malaria, abcès dentaires, psoriasis, sciatique, le corps de l'écrivain partait en loques et pourtant il s'obstinait, comme s'il approchait de quelque grand mystère. C'est ainsi, rendus à la dernière extrémité, qu'ils s'étaient retrouvés tous les trois, Charmian, Jack et lui, à l'hôpital de Sydney alités un bon mois. Le géant avait voulu chevaucher la tempête, braver les cyclones, affronter les puissances cosmiques pour mieux les dominer, mais c'étaient elles en fin de compte qui l'avaient brisé…

– Et pourtant jusqu'à ses derniers jours il disait « notre merveilleux voyage ». Quand il avait fallu abandonner le *Snark*, Charmian pleurait toutes les larmes de son corps…

– Mais vous, Martin ? Vous ? C'est bien là-bas, aussi, que vous avez choisi de retourner ?

Martin avait hoché la tête, sans répondre. Tous avaient écouté son récit, pensifs, comme si quelque chose s'était dit là de leur propre mystère, de ce qui les avait fait s'aventurer toujours plus loin dans l'inconnu – et qui, par-delà les mots, les réunissait ce soir au Waldorf. Oui, Martin et elle étaient bien de la famille…

Les photos parues dans *Asia Magazine* les avaient tous frappés. À quand le film de leurs nouvelles aventures ? Et leurs projets – quels étaient leurs projets ? Martin, en showman avisé, leur avait réservé à tous – et même à Osa – une surprise : une courte bobine grappillée sur les moments d'inattention du monteur espion, condensé de quelques-uncs des meilleures scènes du voyage. Quand Akeley, qui devait être dans la confidence, avait rallumé les lumières, l'assemblée était resté un moment silencieuse, avant d'applaudir à tout rompre. C'était… tout simplement extraordinaire. L'annonce d'un chef-d'œuvre ! Dans combien de temps, la suite ? Et quand Martin avait exposé l'impasse où il se trouvait, les cris d'étonnement avaient fusé, c'était à qui proposerait ses services, ses contacts, une solution. Osborn connaissait tout le monde, il fallait qu'il se bouge ! C'était bien le diable si parmi les milliardaires de Chapman Andrews… D'une manière ou d'une autre le film se ferait, tout le Club allait se mobiliser !

Martin s'agitait sur le siège, à demi étouffé.

– Tu ne m'as toujours pas dit, pour ce satané Eskimo… M'en vais lui casser la gueule, moi, pas plus tard que demain !

Encore ? Pas question. Qu'il lui dise d'abord, pour Akeley, lui annonce la grande nouvelle ! Il était donc sans cœur, de la faire languir ?

– Dis vite ! Alors on part avec lui ? Au pays des gorilles ?

La voiture, décidément, multipliait les embardées. Martin roula des yeux affolés en désignant un point derrière elle. Elle se retourna, pour découvrir les yeux exorbités du chauffeur figés sur le rétroviseur – il est vrai, constata-t-elle avec un détachement qui la surprit, qu'elle agitait son postérieur à peu près à hauteur de sa nuque.

Elle se laissa glisser sur le siège en pouffant, se blottit contre l'épaule de Martin, sans ôter sa main de sa chemise défaite, elle avait besoin de sentir, là, tout de suite, sa peau frémir sous ses doigts.

– Des gorilles ? Et tu sais ça comment ?

Par son Eskimo, pardi ! Il ne savait donc pas que Stefansson et Akeley vivaient ensemble – enfin, qu'ils partageaient avec un autre le même appartement ?

Non, il ne savait pas. Il essayait en vain de la rajuster un peu, en grommelant – avec ces vêtements modernes, si on essayait de cacher un bout, ça découvrait l'autre…

– Dis donc, chuchota-t-elle, c'est tout de même toi qui m'as choisie en *flapper*, non ?

Il l'assit tant bien que mal, sans répondre. Lui-même avait un peu forcé sur les liquides prohibés, convint-il, le monde autour de lui s'obstinait à flotter doucement.

La voiture évita de justesse un passant, les précipita contre une portière.

– Eh, mon vieux, vous prenez votre voiture pour un shaker ? protesta Martin.

Un râle lui vint du siège avant : et en plus il parlait de shaker…

Il reprit ses esprits. Non, ils ne partaient pas. Enfin, pas avec lui. Osa se redressa, dégrisée dans l'instant.

– Mais Stefansson disait…

Eh bien *son* Stefansson se trompait. Akeley y avait bien songé, d'abord. Et puis, il s'était ravisé. Ravisé ? Elle se dressait déjà, griffes sorties.

– Oui, à force de visionner mes images. Il pense que j'ai… Enfin, oui, mon œuvre à construire.

Il hésitait tout à coup, intimidé par ses propres mots.

– Enfin, que j'ai ma vision à imposer, tu comprends ? Et que ça ne peut être que mon aventure à moi, ça. Pas la sienne. Ou celle de quelqu'un d'autre…

Une tristesse affreuse l'envahit, si soudaine qu'elle en resta désemparée. Alors, ils ne partaient plus ?

– Non, enfin, si…

Il bégayait, pris de court par sa réaction, s'excusait presque.

– Il va m'aider, je t'assure ! M'apporter le soutien du

Muséum. Il veut qu'on s'épaule l'un l'autre… Le plus vite possible : il nous attend demain, au Muséum !

Comme Osa restait figée, sourcils froncés, il la prit par les épaules, se força à l'enthousiasme :

– Tu te rends compte ? Le soutien du Muséum !

Demain. Après-demain. Plus tard. Toujours plus tard. Peut-être. Il ne voyait donc pas qu'ils n'avaient plus le temps ? Des larmes lui vinrent, qu'elle ne parvenait pas à contenir. Elle s'était imaginée tellement loin d'ici, les soucis oubliés ! En Afrique, ou ailleurs. Elle faillit évoquer Chapman Andrews, se retint. À quoi bon ? Martin venait de fermer cette porte par avance. Elle hoquetait à gros sanglots, et lui, consterné, la serrait dans ses bras, lui caressait les cheveux, embrassait ses larmes, il l'avait crue si heureuse ! Elle le bourra de petits coups de poing. Comment pouvait-il être bête à ce point ? Bien sûr, qu'elle était heureuse ! C'était même le plus beau jour de sa vie ! Elle était heureuse, et triste à mourir en même temps, voilà, ce n'était tout de même pas difficile à comprendre ! Chacune des images projetées ce soir lui avait serré le cœur, chaque image lui avait rappelé comme ils avaient vécu chaque seconde de ce voyage ensemble, seuls tous les deux dans leurs rêves, seuls dans leur île déserte – loin de New York, et du reste. Les baisers devenaient de plus en plus passionnés, il lui avait tellement manqué, toute cette soirée ! Elle riait tout en pleurant, lui arrachait presque sa chemise, pourtant il aurait juré que son Eskimo…

– Idiot ! Il pourrait être mon grand-père !

– Ton grand-père ? Merci ! Il a… Veux-tu arrêter ! Il n'a pas cinq ans de plus que moi !

Elle éclata de rire. Le loustic ! Il l'avait bien eue avec ses cheveux blancs – mais lui, Martin, allait voir si c'était son Eskimo qu'elle avait en tête à cette heure…

Martin se redressa. Eh ! Sauf erreur, c'était la deuxième fois qu'ils passaient devant l'Astor ! Le chauffeur freina, avec un soupir désolé, risqua une marche arrière. Il s'en serait voulu d'interrompre leur, hum, conversation…

Pensif, il la suivit des yeux tandis qu'elle esquissait sur le trottoir des pas de danse entre les flaques d'eau où se reflétaient les lumières de la ville. Et comme Martin cherchait quelque monnaie au fond de ses poches :

– Laisse tomber, vieux. J'ai déjà eu mon pourboire…

Il dominait la masse en mouvement d'un barrissement furieux, les défenses dressées, tout son corps massif saisi à l'instant d'un fantastique arrachement, et il était en cet instant le maître, la puissance première du monde, venu du fond des temps. Un jeune mâle, à l'arrière, se tournait à demi comme s'il protégeait la horde d'une menace invisible et l'on aurait juré que le groupe, piétinant le socle qui le retenait, déboulait dans la salle du Muséum, droit vers Central Park, ils étaient des centaines, des milliers à déferler derrière le géant, les murs s'écartaient, s'écroulaient sous sa poussée – c'était toute l'Afrique qui se déployait devant Martin et Osa, effaçait le Muséum, envahissait New York. Il était l'unique, clamait-il, triomphant, le mastodonte primordial, celui que Carl Akeley, pourri de fièvre et d'ulcères, laissé pour mort par ses guides kikuyu, à demi écrasé par une charge furieuse, ses côtes brisées, au point de ne plus savoir s'il était le chasseur ou la proie, avait traqué pendant trois années, du mont Kenya aux plateaux d'Uasin Gisha, du fleuve Nzoia aux profondeurs de Masindin. Le géant était là, il le sentait, presque à portée de fusil, qui toujours pourtant lui échappait, fantôme prodigieux qui hantait ses cauchemars, l'habitait peu à peu, il entendait son souffle derrière la barrière hostile de la forêt, sa mastication puissante, la nuit, au plus près des tentes, Mickie épouvantée se dressait, mais non, il n'y avait rien, que des branches écrasées, des troncs effondrés autour d'eux au matin, mais il savait bien que le monstre et lui avaient rendez-vous quelque part, ou bien cette aventure n'aurait plus aucun sens – et puis, un matin, un matin de délivrance après une nuit d'attente et d'effroi, cerné par les bruits de branches brisées, de souffles rauques qui semblaient venir de partout à la fois, il était monté sur un promontoire rocheux pour découvrir que toute la forêt, au-dessous de lui, craquait, tremblait, littéralement bouillait. Aux grondements des éléphants invisibles se mêlaient les rauquements des léopards, le babil coléreux des petits singes, les glapissements des babouins, les cris presque humains des chimpanzés dérangés. Puis le vent se levant avait fait s'ébranler le troupeau, sept cents éléphants au moins rassemblés là, c'était une folie, bien sûr, mais Akeley avait dévalé les éboulis rocheux malgré les cris d'angoisse de Mickie, couru vers les pachydermes qui déjà s'éloignaient comme s'il voulait les retenir, prolonger cet instant, et tout à coup il s'était dressé devant lui, formidable, le plus grand qu'il lui avait été donné de voir en toutes ces années, si énorme qu'il s'était senti un nain, face à lui, si petit qu'il avait couru vers le refuge d'un amas de roches, et c'est seulement quand il avait distingué dans le nuage de poussière sa masse écroulée, au milieu d'une demi-douzaine de femelles et de jeunes mâles affolés, qu'il avait compris que, sans même s'en rendre compte, il avait épaulé, tiré, et l'avait abattu… Sa voix s'était brisée sur un long silence :

– Elles pleuraient. Vous imaginez cela ? Elles essayaient de le remettre debout avec leurs trompes et elles pleuraient ! Elles l'ont veillé jusqu'à ce qu'il meure et alors seulement elles sont parties, et le troupeau entier qui attendait sous les arbres avec elles. Elles sont parties, en me laissant seul, face à lui…

L'impression laissée par cette horde recréée était formidable, d'une majesté écrasante : l'hommage de Carl Akeley au géant abattu. D'émotion, Osa lui avait pris le bras – et elle sentit qu'il tremblait. Martin, stupéfait, restait silencieux. « Ma vision », leur avait dit le savant, en les invitant à découvrir son projet de grand Hall africain, au Muséum – et devant cette création, ils comprenaient que le mot était à entendre au sens strict.

La pièce, dans la clarté blafarde tombant des hautes fenêtres, tenait du chantier à l'abandon et du débarras, où deux silhouettes à demi englouties dans la grisaille d'un recoin paraissaient dépecer, ou vouloir maîtriser, un énorme animal renversé sur le dos dont les pattes s'agitaient de mouvements sporadiques. Un poêle rougeoyant, qu'un vieillard engoncé dans un énorme cache-nez alimentait de débris de bûches, achevait de donner à l'ensemble l'allure d'un campement de survivants rassemblés dans les ruines d'un palais. Tout ici retournait peu à peu à la poussière, et la neige fine des particules de plâtre en suspension dans les rais de lumière achevait l'illusion d'un lieu égaré hors le temps – comme Carl Akeley lui-même, avait songé Osa, quand il était sorti de la pénombre, hirsute, mal rasé, dans une blouse maculée qui lui tombait aux pieds. Où était ce matin l'aventurier charmeur avec qui elle avait dîné ? Sur le mur, au-dessus de lui, on pouvait lire, punaisé : « *Qui est aimé des dieux meurt jeune*, ne signifie pas que celui-là meurt quand il est jeune, mais qu'il est *jeune* quand il meurt. » Une phrase pour Roy Chapman Andrews, cela, avait-elle pensé, vaguement dépitée, en donnant un coup de coude à Martin. Ainsi c'était là que vivait « son » grand Akeley, dans un hall pour hiboux en habits de poussière ? Pendant que le bel Andrews, probablement, jouait au golf ou au polo sous le crépitement des flashs des photographes, en compagnie de quelques milliardaires… Mais quand le savant avait écarté la bâche qui dissimulait une partie de la salle, elle avait retenu un cri : le groupe d'éléphants, devant elle, était si colossal qu'il effaçait dans l'instant les murs autour de lui, la poussière et les ombres. C'était, tout simplement, un chef-d'œuvre…

Une vision, oui, qui s'était imposée à lui, répétait-il d'une voix hésitante, comme si après tant d'années il en demeurait étonné. Une vision d'une absolue netteté, lumineuse, apaisée, alors qu'il agonisait depuis des semaines, grelottant de fièvre, son corps et son âme brisés, dans un campement de fortune au pied du mont Kenya. Les porteurs kikuyu ne lui prêtaient plus attention – n'était-il pas déjà mort ? Il sombrait peu à peu dans un tourbillon confus, des nappes soudaines d'angoisse le submergeaient, qui le laissaient chaque nuit en nage, agrippé à la main de sa femme Mickie, c'était peut-être cela, cette main tenue, qui lui avait donné malgré tout la force de lutter contre le chaos où il se perdait – et tout à coup *il avait su*. Sa voix était montée brusquement, si intense que Martin et Osa avaient sursauté. Oui, *su* avec une aveuglante clarté le sens de ce voyage, *su* ce qu'il y était venu chercher, *su* quelle était sa mission : non pas une simple chasse à l'éléphant pour les besoins d'une banale exposition au Muséum, mais un monument à dresser. Un monument à la gloire de l'Afrique sauvage. Au miracle d'une nature première menacée de disparaître sous les coups des chasseurs et les avancées de la « civilisation ». Un monument qui battrait en brèche les clichés faciles, les peurs et les fantasmes sur un « continent noir » en proie au déferlement d'une férocité primordiale. Mais un monument *vraiment*, insistait-il, en soulignant chaque mot d'un geste de la main, et son regard allait de l'un à l'autre, sourcils froncés, comme un maître d'école s'assurant qu'il est bien suivi, pas quelques trophées de plus pour la salle africaine du Muséum où s'entassait déjà un bric-à-brac : le déploiement du principe rassemblant dans une forme unique l'énorme prolifération africaine, la mise en évidence des relations nécessaires entre les animaux, puis entre les animaux et leur milieu, bref, du *système* capable de rendre compte de cette diversité – ou, s'ils préféraient, de l'alphabet avec lequel écrire le poème de la nature. « Le monde en son état premier ! Dans sa gloire et son mystère ! » On ne pouvait pas laisser disparaître cela – il fallait en garder quelque part le témoignage, pour les générations futures…

– Pas une simple collection, non, non ! Mais le *système* unissant toutes les pièces. Vous comprenez cela ?

Il s'échauffait, pris par sa passion, se retournait vers eux, les yeux brillants :

– Hein ? Vous comprenez ? La sculpture m'a appris ça. Le mystère, oui, il n'y a pas d'autres mots, le mystère de l'art. *D'être une représentation finie de l'infini.* Ça ! Mais il faut trouver la forme. La forme, vous comprenez ? C'est la clé de tout !

Elle n'était pas très sûre de comprendre, mais elle acquiesça prudemment. N'était-ce pas ce qu'elle ressentait devant le géant dressé ? Celui-là n'était pas un éléphant générique, mais un individu, particulier, à nul autre pareil, et en même temps tous les éléphants, et plus encore, la vision d'Akeley, et Akeley lui-même, et l'Afrique entière… Le cœur battant, intimidée, elle profita d'un moment où le savant avait le dos tourné pour caresser de la main une des pattes du grand mâle. Comment Akeley avait-il réussi à en conserver l'élasticité ? Sous sa paume, l'animal vivait…

Un immense Hall africain, dans un espace à construire par le Muséum, voilà ce qu'il avait imaginé, poursuivait-il, et elle rougit comme gamine en faute quand elle vit qu'il avait surpris son mouvement : voilà ce qu'il avait poli, façonné mentalement, pièce après pièce, sur son lit de camp, alors que le moindre mouvement lui arrachait des cris de douleur, et chaque élément s'insérant dans l'ensemble avait été une victoire contre le chaos qui tentait de s'emparer de lui.

– Quand j'ai fini de le construire, enfin, je veux dire en esprit, chaque élément imbriqué dans tous les autres, quand j'ai senti que j'avais trouvé... oui, trouvé la *forme*... eh bien, j'étais guéri. Crénom ! On peut dire que je revenais de loin.

Et encore aujourd'hui il ne comprenait pas les chemins empruntés – imposés – par cette douloureuse initiation.

Il parlait tout en marchant, la tête baissée, comme très loin en lui-même. « Mon bureau », dit-il, en poussant une tenture. L'homme au cache-nez, penché sur ses appareils dans le fond de la pièce, fit un bond au plafond, laissa filer, en retombant, un soupir de soulagement – ce n'était donc pas une descente des incorruptibles Izzie et Moe. Les odeurs de colle et de solvants – de vieille urine, aussi, nota Osa, les sourcils froncés – ne parvenaient pas à masquer celles, piquantes, poivrées, d'un moult d'orge maltée en pleine distillation. Et derrière la peau de lion tendue sur un fil se devinait le cuivre sombre d'un *pot still* : le personnel du Muséum résistait à sa manière aux temps de sécheresse imposés. Akeley déplaça quelques ballots, des peaux de léopard, dégagea trois fauteuils bancals pendant que l'assistant enrhumé sortait un cruchon de sous une poterie. Des statues en cours d'exécution, un groupe d'éléphants soutenant un vieux mâle, enserré dans leurs trompes, où Osa reconnut la scène du face-à-face qui avait bouleversé le vieil homme, un lion dressé, majestueux, d'autres éléphants encore qui paraissaient jouer au ballon, et, surprenantes de blancheur dans la grisaille générale, des reproductions de la *Vénus de Milo* et du

Discobole émergeaient d'un invraisemblable désordre de paniers africains, de lances, de boucliers et de masques ramenés de ses expéditions. Des croquis et des maquettes s'entassaient sur une table, couverts d'une fine pellicule de poussière. Les draps défaits d'un lit de camp dépassaient d'un paravent. Un gros ménage s'imposait d'urgence – et les services d'un éboueur, calcula Osa, en réprimant un frisson d'horreur. Ainsi donc c'était ici que Carl Akeley passait ses nuits quand, absorbé par son travail, il oubliait les heures… De toute évidence le ménage n'était pas son souci premier. « Tu laisses un homme sans femme et en un mois t'as plus rien qu'un vieux dégueulasse alcoolo », soutenait tante Millie, qui en avait connu de rudes sur la frontière : nul doute qu'à sa place elle aurait retroussé ses manches d'autorité. Elle voulut interroger Martin du regard – mais celui-ci, très à l'aise, paraissait prodigieusement s'amuser de l'état des lieux. Tante Millie, là-dessus, avait aussi son opinion : « Tous pareils. »

L'assistant sortit quatre verres douteux, versa des rasades généreuses – surtout si l'on considérait l'heure matinale – et sans façon vida sa ration d'un trait, avant de retourner à ses travaux pratiques. Le *pot still* fumait comme une locomotive sur le départ.

– C'était… Ah ! Le temps passe si vite ! C'était, oui, il y a un peu plus de dix ans, au pied du mont Kenya…

Chacun saisit son verre, et s'installa. Au ton du vieux savant on devinait qu'allait débuter une de ses longues histoires qui avaient fait le bonheur de son éditeur – quand, désespérant de le voir prendre la plume, celui-ci avait eu l'idée de placer une dactylo dans la pénombre du salon de l'Explorers'Club : la simple transcription de ses causeries, l'année dernière, avait fait un malheur en librairie.

– J'étais en Afrique depuis un an déjà, en quête d'éléphants pour une exposition. L'affaire de quelques mois, avait estimé Osborn, le patron du Muséum : les éléphants, ce n'était pas ça qui manquait, en Afrique de l'Est ! Mais les choses s'avéraient plus compliquées que prévu. Tout paraissait vouloir aller de travers. Et l'on se dit dans ces cas-là, hein, vous connaissez cela, vous, qu'on est marqué par la malchance. Mais non, croyez-moi, c'est juste qu'on s'égare, qu'on n'est pas là pour ce qu'on croit, qu'il faut laisser au voyage le temps de se révéler à vous, de vous défaire de ce qui vous encombre, et de vous faire… Bref, j'avais quitté le camp principal avec quelques hommes, deux jours auparavant, pour une mission d'exploration. Le froid m'avait réveillé tôt. Une vapeur bleue dissolvait tout contour, comme si nous flottions, silencieux, dans une parenthèse du monde. Et pas un bruit, rien, dans ce cocon ouaté. Le froid était si vif que je m'étais arrêté à la lisière d'une forêt de bambous pour me réchauffer les doigts. Et c'est alors que j'avais senti un souffle glacé, dans mon dos. Le temps de me retourner…

Il frissonna, avala d'un trait son tord-boyaux. L'éléphant était là, de nouveau, qui lui faisait face dans la petite pièce du Muséum, chargeait… Et Osa eut l'intuition qu'il en était ainsi, depuis dix ans.

– Un grand éléphant mâle, surgi de la brume ! Dans pareils instants on a de ces réflexes, parfois, allez savoir pourquoi… Au lieu de m'écarter, de tenter de m'enfuir – et dans ce cas je ne serais pas là pour vous le raconter –, j'ai fait face, saisi au vol une défense à pleins bras, agrippé l'autre avec mes jambes…

L'animal, surpris, avait barri, secoué la tête, en vain, puis, d'une pesée énorme de tout le corps, il avait enfoncé ses défenses dans le sol, déterminé à l'écraser.

– Et tout ce temps, pendant que je mourais, il me regardait. Des petits yeux, à quelques centimètres des miens. Avec, en eux… Bon Dieu, je ne vous souhaite pas de connaître ça. Une fureur démente, absolue. Et puis… je me suis endormi.

Endormi ? Osa et Martin se regardèrent, intrigués. Carl, le menton sur la poitrine, paraissait absent, perdu de nouveau dans sa forêt de bambous au pied du mont Kenya. Puis il s'ébroua, l'air égaré, comme s'il émergeait en un lieu inconnu. Il les fixa un instant avec une telle épouvante dans les yeux qu'Osa frissonna. La suite, reprit-il après un silence, d'une voix hésitante, avait été recomposée bien plus tard, en croisant les témoignages des quelques porteurs qui ne s'étaient pas enfuis : ses côtes brisées, enfoncées, avaient perforé les poumons, il allait périr broyé, quand une des défenses avait dû buter sur une roche. Le mastodonte s'était arcbouté une dernière fois, et comme les porteurs accouraient en hurlant, il s'était arraché du sol avec un grondement de dépit, pour se tourner vers eux…

– Et au passage une des défenses m'a fait…

Il passa sa main sur la balafre qui lui partageait le visage.

– Ce n'était pas joli-joli, à ce qu'on m'a dit. La joue entaillée – paraît même qu'on voyait l'os de ma mâchoire. L'arcade sourcilière éclatée, un œil presque crevé, le cuir chevelu ouvert…

Il avala son verre d'un trait, frissonna sous le choc – les menuisiers du Muséum travaillaient sur des tonneaux de chêne, mais on ne s'improvise pas tonnelier, et en attendant, c'était du raide…

– Trois mois. Trois mois pour m'en remettre ! J'aurais dû déguerpir dès que rétabli, rentrer à New York, oublier toute cette histoire. Et au lieu de ça…

Il eut un geste du bras, embrassant l'espace autour de lui :

– Au lieu de ça… cette vision.

Une vision ? Elle faillit protester, se retint. Une vision d'illuminé, oui ! Il était allé aussi loin qu'il était possible, au cœur de la sauvagerie, plus même, jusqu'à l'inimaginable, et il n'en était pas revenu, elle en aurait juré, il vivait encore avec cette épouvante en lui. Comment pouvait-il parler ainsi d'« Afrique lumineuse », de « sauvagerie paisible », d'« harmonie naturelle » ? Son corps brisé, chacune de ses cicatrices, son énorme balafre, proclamaient le contraire. Se rendait-il seulement compte que chaque phrase de son récit, chaque moment de son voyage disait l'Afrique des ténèbres qu'il prétendait dénoncer ? Elle eut envie, tout à coup, de s'enfuir, de retrouver l'air pur au-dehors, la rumeur affairée de la rue, les gens normaux. Elle prit le bras de Martin, voulut l'entraîner, mais il demeurait là, figé, fasciné, buvant les paroles du maître comme autant de révélations. Comment pouvait-il s'aveugler à ce point ? Toute cette affaire était sans autre perspective qu'un naufrage collectif. Personne ne pouvait aider Akeley. Personne jamais ne pourrait entrer dans son rêve. Cet homme aux yeux si doux était tout simplement fou.

« Ma vision », répétait-il, têtu, en fourrageant dans le désordre de son bureau. Où était-elle passée ? Il s'inquiétait déjà, un tremblement exaspéré dans la voix, quand il la dénicha sous une peau de léopard jetée à même le sol – une maquette, déjà bien fatiguée, qu'il posa sur la table avec mille précautions.

– Un grand hall, cinquante mètres sur vingt, minimum. Avec le groupe des éléphants, là, au centre. Un groupe de rhinos blancs à un bout, des rhinos noirs à l'autre… Vous me suivez ? Autour, au rez-de-chaussée et dans une galerie à l'étage, de grands boxes vitrés. Quarante en tout, pas un de moins, pas un de plus, ah-ah, j'avais eu assez de temps pour tout calculer, hein, pile-poil, quarante ! Tous les milieux de la vie sauvage, flore et faune. Du Maghreb au Cap, de l'Afrique de l'Ouest à celle de l'Est ! Le mont Kenya, les plaines de Somalie – faudra que je vous raconte mon expédition en Somalie, un jour, bien failli y rester, nom d'un chien, s'en est fallu de peu qu'elle me bouffe, cette femelle léopard, et j'aurais pas foutu un coup de flingot au cul des chameliers qu'ils nous auraient laissés crever, les saligauds – il rit, cligna des yeux comme s'il s'agissait d'une bonne blague, poursuivit : les hippos du fleuve Tana, avec les impalas descendant boire. Dans l'angle, là, les babouins sur les rochers. Dans l'autre coin, la forêt du Congo, avec les okapis et les chimpanzés…

On s'éclipserait qu'Akeley, tout à son rêve, ne s'en apercevrait pas, songea Osa.

– Et le désert, vous allez me dire ? Le désert, dans le quatrième coin, avec une girafe buvant à un point d'eau…

Le projet était colossal. Martin, pensif, s'agitait depuis un moment dans son fauteuil, une question au bord des lèvres, mais Akeley l'interrompit d'un geste.

– Tout ! J'avais tout ça en tête quand j'ai pu enfin me lever !

Il ricana, d'un rire nerveux, regarda une fois encore la maquette et, se levant brusquement, il la jeta sur un tas de détritus, dans un coin. Le geste était si inattendu, si contraire aux précautions prises quelques minutes auparavant que Martin et Osa en restèrent bouche bée.

– Les lettres d'Osborn s'empilaient : « Qu'est-ce que vous fabriquez ? » « Rentrez, ou je vous coupe les vivres ! » Mais pas question. Pas question !

Il marchait de long en large, fébrile, agitant les bras comme s'il poursuivait à distance quelque dispute avec son président.

– Ma vision ! Il me fallait l'éléphant principal, le plus grand, le plus beau, qui tenait tout le projet. Sinon, j'allais vivre avec le souvenir de celui qui avait failli m'écrabouiller. Deux ans ! J'ai passé deux ans à le traquer, il m'échappait sans cesse, jusqu'à ce jour au pied du mont Kenya que je vous ai raconté. Plus trois bons mois pour préparer sa peau, la ramener à New York…

Il était arrivé à New York déterminé à se battre, à imposer ses vues. C'était un projet pharaonique, d'accord, bien au-delà des possibilités du Muséum, il savait tout cela. Mais il savait aussi que c'était le moment ou jamais. Vingt ans plus tôt, les techniques de la taxidermie n'auraient pas permis de recréer ces animaux. Dans vingt ans, une partie des espèces auraient disparu, au rythme des dévastations actuelles. Et il était le seul, lui, Carl Akeley, à pouvoir relever le défi de les conserver, de les recréer comme vivants, sans protection, à l'air libre !

À sa grande surprise, Osborn s'était enthousiasmé. Et le conseil d'administration pareillement. Ce serait le début d'une nouvelle ère pour le Muséum, qui le placerait loin devant tous les autres de par le monde ! Le coût serait monumental ? Eh bien, ils allaient mobiliser tous les passionnés de chasse, tous les mécènes d'Amérique ! On allait lui trouver un appartement près du Muséum, dégager une grande salle pour démarrer, mobiliser les architectes. Sacré bon sang ! Ça au moins, c'était un projet !

Martin fit mine de compter sur ses doigts, regarda autour de lui.

– Mais, Carl, c'était en… 1912, n'est-ce pas ? Il y a… près de neuf ans !

Akeley eut une grimace douloureuse. La guerre ! La guerre avait tout arrêté. Et la malchance. Barton Hepburn, le patron de la Chase National Bank, était venu le voir un après-midi, tandis qu'il travaillait à son groupe d'éléphants, pour l'assurer de son soutien. Il allait mobiliser ses amis influents, voir Osborn, faire un don conséquent : le projet de Hall devait être relancé de toute urgence…

– Il traverse la rue à grandes enjambées, la tête à son projet… et un camion lui passe dessus !

Peu après c'était son ami Roosevelt, son plus fidèle soutien, qui disparaissait. Roosevelt qui avait chassé avec lui en Afrique. Roosevelt, à qui il voulait dédier le Hall. Il avait mis du temps à s'en remettre. Et puis…

– Le monde change… Vous avez vu, cette frénésie ? Tout découvrir, tout de suite ! Dix expéditions en cours, appuyées ou financées par le Muséum ! Et Chapman Andrews, bien sûr… Il soupira. Le Hall reste une priorité, mais…

Mais il n'était toujours pas en construction. On avait bien dégagé pour lui et sa maigre équipe une partie du 2e étage de l'aile Est, là où ils étaient en ce moment, on avait même poussé les poissons dans le hall des oiseaux. Mais pour combien de temps ?

Martin et Osa se regardèrent : neuf ans pour le seul groupe des éléphants ! À ce rythme-là, le Hall ne verrait jamais le jour.

– … Et je reçois tous les mois des lettres de Blayney Percival, mon vieil ami de Nairobi. C'est pire encore, là-bas, que ce que l'on pouvait imaginer ! Tous ces safaris… Une boucherie ! Un trésor de l'humanité en train de disparaître… Et moi… moi tout seul ici !

Il se pencha vers Martin, le prit par l'épaule, regarda Osa intensément :

– Vous m'aiderez, n'est-ce pas ? J'ai… tellement besoin de vous ! Vous verrez… Ah ! J'ai imaginé quelque chose… Mais il fallait que vous voyiez le groupe, d'abord. Mes éléphants…

Les deux hommes qu'ils avaient entrevus en entrant, en discussion tumultueuse avec un animal, dans la pénombre du hall, poussèrent la tenture, couverts de poussière de plâtre. Ça y est, la peau de l'hippopotame était prête. Mais, Tabarnak ! Ils avaient les papilles en feu. Tandis qu'ils se présentaient en riant, Pierrots lunaires aux cheveux poudrés comme sapins de Noël, l'assistant au cache-nez, s'arrachant à son *pot still*, fit circuler le cruchon. Akeley, lui, restait figé sur sa phrase en suspens, son regard tourné vers Martin, en muette interrogation. Tout ceci était irréel, se répétait Osa, une porte poussée, et le monde normal allait reprendre ses droits, le hall disparaître en quelque bois dormant, sous les toiles d'araignée. Non seulement cet homme était fou, mais il était totalement désespéré. Et c'était avec lui que Martin tenait à faire affaire ?

La porte franchie, Martin partit à si grands pas, dans les bourrasques glacées, qu'elle faillit trébucher. Et comme elle protestait, le souffle court, ce n'était tout de même pas sa faute si son génie de la taxidermie était un rien fêlé, il se retourna d'un bloc, le front soucieux. Sûr, ce n'était pas gagné… *Gagné ?* Elle sursauta, incrédule. C'était perdu, oui, perdu depuis des années, perdu sous la poussière ! Le Muséum l'avait oublié, c'était aussi simple que ça ! Il l'entraîna sans répondre, puis, alors que le flot des voitures les bloquait à un carrefour, comme s'il poursuivait un monologue intérieur, dans un nouveau soupir :

– Et pourtant, c'était un bon plan…

Dire qu'ils avaient passé toute la soirée de l'Explorers' Club à en mettre chaque détail au point ! Mais qui essayait-il de convaincre tandis qu'il y revenait encore et encore ? Sauver ce qui pouvait l'être de l'Afrique des premiers âges, l'un par l'image, l'autre par son Hall. S'épauler mutuellement, Akeley en lui ouvrant les portes du Muséum et des mécènes, lui, en suscitant par ses films le mouvement d'opinion qui relancerait le projet de grand Hall. Il secouait la tête : ça pouvait encore marcher. Et elle, exaspérée : des mécènes, le Muséum – mais il était donc aveugle ? Le Muséum avait laissé tomber Akeley depuis longtemps ! Elle cria, pour dominer le bruit de la circulation :

– Pas un sou ! Ils ne lui donnent plus un sou ! Tu as vu ? Il n'arrive même pas à boucler le budget de son expédition !

« Vas-y, chérie ! » gloussa une grande bringue court-vêtue, bleuie de froid, qui serrait contre elle une *flapper* en lourd manteau de ragondin, « secoue-le un bon coup ! » Martin, surpris, s'arrêta net au milieu de la rue, et Osa lui dit là tout de go, bousculée par la foule des piétons, griffée par le vent aigre, ce qu'elle taisait depuis l'autre soir, les sommes colossales que drainait Andrews, les enjeux pour certains de son expédition en Asie, pourquoi l'Afrique, pour ceux-là, n'avait plus si bonne presse – ah, elle comprenait mieux maintenant les confidences de Stefansson ! Ce nid de poussière dont ils sortaient prouvait que l'heure d'Akeley était passée…

Martin accusa le coup, gronda que décidément le nom de cet Andrews lui revenait souvent, comme un caillou dans sa chaussure…

– Promets-moi, au moins… (Elle bégayait, surprise d'oser le bousculer.) On ne peut pas, tu m'entends ? On ne peut plus prendre de risques. Oh, promets-moi de garder les deux fers au feu ! (Et dans un souffle, craignant sa réaction :) Andrews pense à toi, j'en suis sûre.

Un concert d'avertisseurs les précipita vers le trottoir, lui évitant de répondre. De toute façon, il y avait le film d'abord, le film à monter, avant tout projet de départ.

– Si j'abandonne maintenant, je suis mort, tu comprends ?

Toutes ces années pour finir cameraman de quelqu'un d'autre ? Pas question ! Il avait raison, bien sûr, mais elle en eut le cœur déchiré – elle désirait tant repartir, là, tout de suite, et qu'ils se retrouvent, tous les deux ! Elle avait oublié le film…

Il lui prit le menton, voulut effacer d'une caresse sa moue dépitée.

– Promis. Là, promis, je te dis… J'en garderai autant que tu voudras. Deux fers. Dix fers, s'il faut ! Allez, souris ! On va s'en sortir, tu vas voir. Tout va aller très vite, maintenant, je sens ces choses-là…

Ils étaient de nouveau seuls au monde, la foule avait disparu, et les voitures, et New York, et l'hiver qui pesait ce matin sur la ville – dans le fond, songea-t-elle, les casaniers se trompaient du tout au tout sur l'aventure, la soif de l'inconnu, l'héroïsme face aux dangers. C'était tout le contraire, au loin, une fois les amarres rompues, les choses devenaient simples, le monde se réduisait à l'essentiel. Il rit de bon cœur à l'exposé de sa théorie – surtout, qu'elle ne la formule pas trop haut, ça ruinerait leur business !

Ils marchèrent un moment l'un contre l'autre, sans rien dire. Chanute devait être blanc de givre à cette heure, le sol sonnait sous ses pas quand elle accompagnait son père jusqu'à la rivière gelée, les gâteaux, à leur retour, s'empilaient, ronds et chauds, au sortir du four… Martin le premier rompit le silence :

– Il n'y a pas que le Muséum…

À son ton lointain, elle comprit que, tout ce temps, il n'avait pas dévié une seconde de son monologue intérieur.

– Son Hall est en panne depuis… depuis le début, en fait. Ce n'est pas juste une histoire de crédits. Il y a quelque chose d'autre. Et c'est en lui…

Il vit le pli au front d'Osa, s'excusa d'un sourire.

– Filmer le Paradis, juste avant la Chute, mince, on n'y renonce pas comme ça !

– Sauf, bougonna-t-elle, que le paradis d'Akeley

ressemblait furieusement à l'enfer, non ? Ses histoires d'éléphants étaient épouvantables !

– Oh, ça ? répondit-il, d'un air distrait : C'est… Oui : exactement comme Jack London.

Autant dire que c'était ce qui l'attirait…

IV

Les événements semblaient vouloir se précipiter. Une pile de lettres, des fiches d'appels téléphoniques les attendaient à la réception de l'hôtel. Little Joe, toujours attentif à leurs aventures, leur avait même préparé, et ce ne devait pas être sans raison, une liasse des journaux du matin. Ignorant le regard sombre du gérant, ils filèrent vers leur chambre, pressés d'en savoir plus. Au retour du dîner, l'autre nuit, ils avaient trouvé l'hôtel sens dessus dessous, le personnel égaillé dans les couloirs, traquant Kalowatt échappée on ne savait comment. Les mines chagrines, depuis, annonçaient que les temps de mansuétude tiraient à leur fin. Mais bah ! On verrait bien demain. Martin sauta sur le lit, les lettres à la main, déjà Bessie et Kalowatt secouaient la porte mitoyenne, les cacatoès y allaient de leurs croassements, et quand Osa leur ouvrit ce fut un instant de folie, d'étreintes passionnées, de petits cris et de mots doux. C'était trop cruel, de les tenir ainsi, emprisonnés ! Oui, mais comment faire ? Osa n'était pas seule, dans la grande famille, à réclamer qu'ils reprennent au plus vite la route, retrouvent les grands espaces. Et c'est avec Bessie sur la poitrine, à demi étouffé, que Martin ouvrit les lettres tandis qu'Osa disputait les journaux à Kalowatt.

Des félicitations. D'invités au dîner du Waldorf. De bienfaiteurs de l'Explorers' Club excusés ce soir-là.

D'inconnus qui se souvenaient de *Parmi les cannibales*. William Beebe leur avait trouvé une conférence sur Bornéo, ou sur tout autre sujet à leur convenance – 500 dollars, toujours bons à prendre, « ensuite à vous de jouer », avait griffonné l'aventurier, « la salle sera remplie de femmes de *tycoons* riches à millions ! ». Martin se redressa brusquement, envoyant bouler Bessie. Rothafel ! Rothafel venait de téléphoner, demandait qu'ils le rappellent d'urgence. Rothafel qui les avait pratiquement virés à leur arrivée à New York... Martin allait et venait dans la pièce, surexcité. L'Explorers' Club commençait à produire ses effets ! On pouvait dire ce qu'on voulait de Rothafel, qu'il était un tiroir-caisse ambulant, que son amitié était indexée au box-office, il n'empêche : c'était lui qui avait orchestré autrefois le succès de *Parmi les cannibales*, au Rivoli. S'il appelait, c'était qu'il avait une proposition à faire... Martin, hilare, boxait le vide.

– Avec Rothafel derrière moi... Ah ! Personne ne pourra plus m'empêcher de monter le film !

Il était déjà à la porte quand il jeta un regard sur les enveloppes qu'il tenait encore à la main. La première portait l'en-tête du Muséum. Osborn, le grand patron du Muséum, s'excusait de n'avoir pu être là, mais souhaitait les voir au plus vite « pour discuter de leurs projets avec l'ami Akeley ». « L'ami Akeley ! » Hein, qu'est-ce qu'elle disait de ça ?

Pour l'heure, elle avait le nez plongé dans les journaux. Le *New York Times* saluait la brillante prestation du grand explorateur, « le fils que Jack London aurait aimé avoir ». Le *Morning Telegraph*, après les compliments à Martin, insistait sur la présence « explosive » d'Osa : « À la manière dont les hommes la dévoraient des yeux, on comprenait qu'ils auraient trouvé dommage que le chef Nagapate l'ait dégustée en pot-au-feu – ou bien que chacun aurait aimé être à la place du cannibale ! » Martin, tout de même interloqué, dressa la tête, mais Osa, prudente, était déjà passée au *Sun*, où le journaliste disait l'émotion qui s'était emparée des membres de l'Explorers' Club à la projection de *Parmi les cannibales*, le choc des quelques images projetées de leur dernier voyage, « le plus grand cinéaste du moment ! » avaient déclaré Akeley et Chapman Andrews – il fallait que leurs producteurs soient de furieux imbéciles pour hésiter à monter pareil film : « qu'ils passent la main, s'ils se sentent incapables ! » Robertson et Cole allaient apprécier. C'est probablement ce qui avait fait réagir Rothafel… « Torride », « délicieux mélange d'innocence et de sex-appeal », « l'ingénue au royaume des *flappers* » : Osa sautait, confuse, les passages la concernant, c'était un peu comme si elle se trouvait déshabillée en public, et puis il serait toujours temps d'y retourner plus tard. Elle répétait les éloges faits à Martin, retint une exclamation devant un article du *Daily Chronicle* qui annonçait en titre… que les Johnson seraient de la grande expédition projetée par Chapman Andrews – juste à temps. Martin, au même moment, brandissait une lettre : les Andrews les invitaient à déjeuner avec « Big Fat » Froelich, à la date de leur choix. Dès demain, si possible.

Et devant la mine inquiète d'Osa :

– Bon, bon ! Promis, nous irons…

Une lettre du rédacteur en chef d'*Asia Magazine* redoublait l'invitation des Andrews, et annonçait un « superbe projet » à leur présenter. Décidément, beaucoup de gens s'agitaient depuis le dîner. S'il n'en sortait pas quelque chose…

La pile de courrier réservait encore quelques surprises. Une invitation à dîner de Stefansson :

> « Cher Martin, j'ai essayé de séduire votre épouse, l'autre soir, en vain. Le plus vexant est qu'elle ne s'en est même pas

aperçue. Du coup, j'ai une furieuse envie de partager un verre avec l'heureux mari ! »

Akeley serait là, bien sûr. Et Herbert, le troisième locataire de leur appartement. Martin, l'œil rieur, affectait un air revêche, eh bien, il ne manquait plus que ton damné Eskimo, quand il pâlit soudain, ouvrit fébrilement la dernière enveloppe, resta figé un long moment. Et comme Osa, inquiète, l'interrogeait du regard, il lui tendit la lettre :

« Mon garçon, comme tu ne sembles pas te souvenir de la route d'Independence, j'ai décidé d'aller à toi. Depuis la mort de maman, tout s'est figé, ici. Et comme je n'imagine pas que ton ambition soit de te fixer à demeure, j'ai mis en vente la boutique. Je n'avais plus la tête au commerce, de toute manière. J'ai découvert ce que veut dire vieillir : ce ne sont pas tellement les rhumatismes, ou les artères – encore que… – c'est sentir le passé vous envahir, vous submerger, vous pétrifier peu à peu. Un peu d'air me fera du bien. Ta mère n'est plus là, mais comme ça j'aurai des choses à lui raconter au retour. Elle qui n'arrête pas de me dire que je dois mettre le nez dehors…

Je te connais assez pour savoir que comme d'habitude tu seras plongé du matin au soir dans tes projets. Ce n'est pas grave : j'aurai Osa pour moi tout seul plus longtemps. Mon garçon, je n'ai toujours pas compris comment tu t'y es pris, empoté comme tu es, mais… elle est la jeunesse même, et le plus beau cadeau que la vie t'ait accordé : surtout, prends-en soin ! »

Il y avait un deuxième feuillet :

« Belle et William ont décidé de m'accompagner. Je crois que Belle prépare aujourd'hui même une longue lettre à Osa. Les deux familles réunies, on va faire une fête de tous les diables ! Si j'en crois les journaux, New York est devenu un lieu de perdition peuplé de filles dévêtues, où l'alcool coule à flots. Ça va me changer d'Independence. Depuis qu'elle sait mes projets, Mme Templeton, la femme du pasteur, se signe à chaque fois qu'elle me croise… Je brûle d'impatience ! »

Les parents à New York ! Elle tourna la page : dans une semaine, exactement. Ils s'assirent, jambes coupées, au bord du lit : Chanute, Independence, tout ce qu'ils avaient laissé derrière eux depuis si longtemps, venait brusquement de faire irruption dans la pièce, Osa, sans trop savoir pourquoi, pleurait à chaudes larmes, Martin, comme d'habitude, restait silencieux. « Eh bien, finit-il par résumer, toujours pratique, va falloir rudement se bouger. »

Il martelait son programme comme un boxeur répète ses gammes, crochets, jabs, uppercuts. Voir Rothafel, tout de suite. Secouer Robertson et Cole. Monter le film coûte que coûte. Jouer la carte du Muséum, d'Osborn, d'Akeley. Et même, bon, d'accord, celle de Chapman Andrews. Et puis trouver des financiers pour leur prochaine expédition. Où ça ? On verrait bien. Ce coup-ci, fini le bricolage, il fallait voir grand. Ah, il oubliait : quitter l'hôtel dare-dare. Louer un appartement. Assez grand pour leurs deux familles, plus Kalowatt et Bessie. Depuis le temps qu'il guettait l'ouverture !

Le temps d'une nuit, l'Explorers' Club avait été le couronnement de sa carrière. Le lendemain, au réveil, il en était le point de départ. Oubliées les galères ! Il jouait désormais dans la cour des grands.

Osa, étourdie, se laissait emporter dans le tourbillon – Martin n'était jamais aussi à l'aise qu'ainsi, lancé à pleine vitesse, dans la frénésie des choses à faire. « Mener sa vie comme la course de quarante chevaux menés de front » – il avait fait sien l'idéal de Jack

London, répétait après lui : « Le but de l'homme n'est pas d'exister, mais de vivre ! » Il revivait… Mais dans les heures d'attente, quand il tardait à rentrer de ses obscures tractations, Osa se remémorait les mots de Charmian London, le jour de leur première rencontre, à Glen Ellen, tandis que Jack et Martin, après une folle cavalcade jusqu'aux profondeurs de la vallée, croisaient les gants dans la cour du ranch : « Ah ! Il est bien comme Jack ! Cette frénésie… Mais de quoi ont-ils peur, tous les deux ? » Peur ? Mais de rien ! avait-elle répliqué, bravache. Charmian avec un sourire las avait changé de sujet. Après toutes ces années il lui semblait deviner ce qu'elle avait voulu dire. Et puis Martin arrivait, vibrant d'énergie, et elle se rassurait. C'était cette attente qui lui mettait des idées noires en tête. Martin, comme d'habitude, parviendrait à ses fins.

John paraissait si seul, immobile dans la cohue du hall de Grand Central, que son cœur se serra, dès qu'elle le vit. La foule allait, venait, le bousculait sans ménagement, et il restait là, les épaules rentrées, les yeux dans le vague – un vieillard perdu, songea-t-elle, consternée, je retrouve un vieillard après trois ans à peine. Martin, fendant le flot des banlieusards pressés de s'engloutir dans le ventre rugissant de la Grosse Pomme, le héla du haut de son double mètre, et le visage de son père s'éclaira au son de la voix familière, redevenu dans l'instant le jovial Papa John, yeux pétillants, tout en rondeurs, bon Dieu, les enfants, je commençais à me demander si je ne m'étais pas trompé de gare, Osa, déjà, se précipitait dans ses bras, sans pouvoir retenir ses larmes – lui restait, obsédante, l'image entrevue une seconde d'un homme hagard, les traits défaits, c'était donc cela, la vieillesse, quand une part de vous s'en est allée, déjà plus de ce monde. Ce n'était pas seulement la guerre qu'ils avaient manquée, le devoir d'être là, avec les autres, mobilisés contre la barbarie, c'était aux leurs qu'ils avaient fait défaut, quand ceux-ci avaient eu besoin d'eux, et d'abord au pauvre John, à la mort de Lucinda. Comment avaient-ils pu être à ce point indifférents, seulement occupés de leurs films et de leurs Big Nambas ? Osa, entre ses larmes, hoquetait des mots incohérents, Martin, plus ému qu'il ne le laissait paraître, se raclait le gosier, en grommelant de vagues excuses, le retard d'un taxi, les embouteillages devant la gare, de sorte que ce fut à John de jouer aux bougons en leur tapotant le dos, eh bien, ça n'a pas l'air d'aller, les enfants, il était temps que j'arrive pour vous consoler ! Osa se moucha, non, c'est juste qu'ils étaient si contents… Elle se redressa tout à coup, traversée par un affreux pressentiment, regarda autour d'elle : où était Belle ? Et son père ? Où était son père ?

– Restés à Chanute, soupira John, les yeux baissés. William se sentait fatigué, ces derniers jours et…

– Fatigué ? Il est malade, c'est ça ? Il est malade ?

On lui cachait quelque chose, elle le sentait bien ! Elle criait presque, désemparée, elle avait tellement attendu ce moment, John, maladroitement, lui tapotait les mains, tentait de la calmer, quelle drôle d'idée, mais non, j'ai juste dit fatigué, ils seront là dans quelques jours, et on fera la fête tous ensemble, pour rien au monde ils ne voudraient manquer l'occasion, d'ailleurs j'ai une lettre de Belle quelque part dans ma valise – il regarda Martin, interloqué :

– Elle est souvent comme ça ?

Martin, perdu comme d'habitude en ce genre de situation, secouait la tête. Non, ce devait être les nerfs, Chanute représente tellement pour elle, depuis leur dernière lettre elle compte les jours, les heures – mais Osa déjà reprenait le dessus, se tamponnait les yeux, ce sont les nerfs, bien sûr, les femmes sont comme ça… Elle rit.

Et s'ils cessaient tous de se donner en spectacle dans la gare ? John approuva bruyamment : à lui, New York ! Après un bon bain et un verre de raide, s'ils voyaient ce qu'il voulait dire. Il fit trois pas en arrière, détailla Martin et Osa, surtout Osa, des pieds à la tête, comme s'il les découvrait :

– Eh bé, y pas à dire, vous auriez du succès tous les deux, à Chanute. Ou à Independence, ça, c'est sûr… Mme Templeton, au moins, ne se signerait plus pour rien !

Osa rougit, confuse. Ce matin, elle avait prévu une tenue discrète, mais Martin, à sa grande surprise, avait protesté : autant mettre les choses au point dès le départ, ils étaient à New York, sur leur terrain à eux, jouaient selon leurs règles, ils n'allaient pas se plier à celles de Chanute ! Là, tout à coup, malgré ces belles paroles, elle se sentait toute nue, au milieu de la foule. Mais John déjà clignait de l'œil, complice :

– Surtout ne change rien, ma fille, tu es splendide…

Elle le prit par le bras comme s'il avait besoin d'aide et il se laissa faire, accentuant même sa lourdeur, ravi de sentir contre lui la tiédeur élastique de son corps. Martin, loin devant, traversait le hall à grandes enjambées, un porteur sur les talons, en quête d'un taxi.

– Tu as vu son allure ? Hé, c'est qu'il est devenu un monsieur ! Si seulement sa mère avait pu le voir comme ça… « Finira dans l'ruisseau, not' grand flandrin ! » Remarque, je pensais la même chose. Comme quoi… J'en discute souvent avec elle, ces temps-ci. Peut-être bien qu'on n'a pas fait ce qu'il fallait.

Ces temps-ci ? Il sourit, d'un air entendu.

– Avant, tu comprends, elle me coupait tout le temps. Maintenant, elle est obligée de m'écouter. Alors, je me rattrape…

Il chuchota, en confidence, comme s'il craignait que son fils, à l'autre bout de la gare, ne l'entende, dans l'énorme brouhaha :

– Quand je pense qu'on a tout fait pour le décourager… Toujours par monts et par vaux. Jamais à l'école. À se demander où il a appris à lire ! Même la photo : je m'étais dit que ça le fixerait à la boutique. Comme quoi…

Né en Suède, il avait roulé sa bosse un peu partout, et surtout là où l'on ne mangeait pas tous les jours, conducteur de mules dans les Black Hills, chasseur de bisons, soldat sous les ordres de Custer, Lucinda, elle, avait connu les convois de l'Ouest, ils ne rêvaient tous les deux que d'une bonne maison, d'un emploi stable, et que leur enfant, surtout, n'ait pas à revivre leurs souffrances…

– Alors oui, c'est sûr, on ne l'a pas beaucoup encouragé à trotter dans la nature…

La clameur de la ville déferla sur eux, les enveloppa, les engloutit. John, sous le choc, resta un moment bouche bée. Le chauffeur de taxi éclata de rire, d'un geste ample du bras, déploya devant lui le fabuleux spectacle de la rue, comme s'il en avait été le secret ordonnateur :

– New York, mon vieux ! New York !

Même après plusieurs mois, le choc, pour elle aussi, était le même chaque matin, souffla Osa. John hocha la tête : sûr, ça valait le coup d'être vu ! Et ça changeait d'Independence…

À l'instant de monter il se pencha vers Osa :

– Les enfants ne devraient jamais écouter leurs parents…

Et elle sentit qu'il était très fier de son flandrin de fils.

Le nez à la portière, il s'émerveillait de tout, voulait tout voir, tout comprendre, comme s'il s'était trouvé, naïf explorateur, projeté dans quelque Nouveau Monde.

Autour de lui pulsait par toutes les artères le sang lourd de la ville, sur les trottoirs dansait la foule innombrable – le « beat » de New York, que martelait sur son volant le chauffeur en extase. Ils avaient été comme lui, le premier jour, essayait-elle de se raisonner, tandis qu'il la harcelait de questions – mais elle avait tellement attendu ce moment, nom d'une pipe, sapristi, comment donc allaient Gail, et Lydia, et Annette, ses amies, comment Belle et tante Martha, tout le petit clan de Chanute ? John haussait les épaules. Au diable Chanute ! Gail avait grossi, et Lydia, et Annette, probablement. Il ne se passait jamais rien, à Chanute. Les femmes grossissaient, et puis on vieillissait, c'est tout. C'est bien pour ça qu'elle en était partie, non ?

Un éléphant déboucha d'une rue adjacente en barrissant, suivi d'un autre, et d'un autre encore, la foule à leur suite envahit la chaussée, et tout à coup ils virent, qui menait le cortège sous un tonnerre d'applaudissements, un orchestre improbable sorti droit d'un conte des *Mille et Une Nuits*. Derrière lui, au pied des mastodontes placides, de jeunes houris cambrées, lascives, vêtues seulement de légers voiles, ondulaient aux rythmes lancinants des datts et des darbuccah que dominaient les stridences aigres des violons et des flûtes : Oscar Templeton Jr. promettait ce soir au Belvédère la révélation de tous les péchés d'Orient – et même de quelques autres…

– Templeton, ça, c'est la meilleure ! Sûrement un neveu de ma bigote ? Dis donc, fiston, on dirait qu'on ne s'embête pas, chez toi ?

Martin, les yeux dans le vague, ne réagit pas. L'avait-il seulement entendu ? Depuis la gare, il n'avait pas dit mot.

– Il est sur un coup, c'est ça ? Quand il a une idée en tête, celui-là, plus rien n'existe. Pas même son père. Déjà, quand il était tout gosse… C'est pour ça que vous étiez en retard à la gare, hein ?

Le coup de coude d'Osa arracha au « fiston » un gémissement de douleur. Il regarda autour de lui, étonné, avec une telle expression d'égarement qu'Osa haussa les épaules, exaspérée : oui, c'était *exactement* pour ça.

Une heure de retard ! Elle quittait l'appartement, entre colère et larmes, jamais elle n'arriverait à temps à la gare, comment Martin avait-il pu lui jouer un pareil tour ? Il lui avait juré, pourtant, quand il avait surgi sur le palier, essoufflé et penaud. Rothafel, c'était à cause de Rothafel, il allait tout expliquer, il ne pouvait pas faire autrement, si seulement elle voulait l'écouter – mais elle se fichait de Rothafel, le jour de l'arrivée de leurs parents, elle ne lui pardonnerait jamais d'avoir tout gâché. Et lui, dans le taxi, s'obstinait, la submergeait de paroles qu'elle ne voulait pas écouter, mais qu'elle entendait malgré tout, à travers ses larmes, en le détestant encore plus d'être distraite à son tour. Martin baissait la tête. Oui, mais Rothafel…

Rothafel. Il l'avait trouvé exubérant, bouillonnant de projets. À se demander s'ils n'avaient pas rêvé leur rencontre de l'automne. Un malentendu, avait grommelé le gros homme. Il avait des soucis, sa fille devenue la reine des *flappers* de son collège s'était entichée d'une sorte de poireau boutonneux, et puis les affaires marchaient mal, bref, il broyait du noir, mais c'était du passé, tout ça, certaines spéculations hardies (il avait cligné de l'œil, complice) l'avaient remis en selle, il serait bientôt le seul, l'unique propriétaire du Capitol, il allait en faire pas plus tard que tout de suite LA salle de cinéma de Broadway ! Avec Martin Johnson en superstar de l'aventure.

– Mince, mon vieux, je ne sais pas si vous vous rendez compte, mais avec Osa vous faites un foin de tous les diables, ces temps-ci ! S'il n'y a pas un coup à jouer, là, je ne suis plus Rothafel…

Sur le bureau s'empilaient coupures de presse, numéros d'*Asia Magazine* : le bouillant manager du nouveau Capitol ne s'engageait jamais qu'après mûre réflexion. Mais une fois lancé plus rien ne l'arrêtait.

– Je vois déjà l'affiche : *Aventures dans la jungle* ou quelque chose comme ça, *Mangée par les cannibales*, enfin un truc dans le genre, on a le temps de voir. Et puis des grands singes en cage tout le long de Broadway pour la publicité. Ou bien, doit y en avoir d'apprivoisés, non ? en liberté sur toute l'avenue, déguisés en hommes, enfin, en singes-sandwichs ! Avec des portraits d'Osa dans sa marmite. Hein, qu'est-ce que vous en dites ?

Martin en avait dit qu'il fallait d'abord convaincre Robertson et Cole, mais Rothafel avait balayé le problème d'un revers de main : ou ils suivaient, ces deux-là, ou ils passaient la main. Lui, Rothafel, se faisait fort de trouver les financiers nécessaires. La balle était dans le camp de Martin. Quand pourrait-il livrer le film ? Parce que tout dans ce métier était une question de moment. Et c'était le moment. Là, *maintenant*.

– Maintenant, Osa, tu comprends ? Il n'y a pas une seconde à perdre. Tout est en train de se jouer, pour nous !

Elle comprenait. Elle comprenait aussi qu'ils arriveraient en retard à la gare. Et qu'il en serait toujours ainsi.

Le dernier éléphant disparut au carrefour, libérant d'un coup la circulation. Martin toussota : et si, hum, on passait par Broadway, histoire de voir l'affiche du Capitol ? Apparemment, il ne s'était rendu compte de rien. Osa fronçait déjà les sourcils, mais John la retint d'un sourire :

– Ni toi, ni moi, ni personne ne le changera jamais.

Une bonne douche à l'hôtel, un remontant, et s'ils pouvaient passer une soirée tranquille ce soir, tous les trois... Tout, c'est qu'il voulait tout savoir, lui, les Salomon, Bornéo, New York ! Sa mine s'allongea quand il apprit qu'ils venaient de quitter l'Astor : il y avait là-bas, à en croire leurs rares lettres, certain garçon d'étage dont la conversation était d'un grand profit, et il s'était fait une joie… Osa éclata de rire : qu'il ne s'inquiète pas ! Ils étaient restés en relations d'affaires. Mais ils avaient dû quitter l'hôtel avant d'en être chassés à cause de Bessie et de Kalowatt. Et Martin avait trouvé un appartement à louer, non loin, à l'angle de la 39e et de la 5e Avenue : huit pièces, une salle de bains en zinc à l'épreuve de leurs deux galopins, et toute la place pour la famille…

– Vos singes, hein ? M'ôterez pas de l'idée que quelque chose ne tourne pas rond, chez vous ! Vous êtes-vous rendu compte, seulement, que vous en parlez comme de vos enfants, de ces foutus animaux ?

Comment ça, foutus animaux ? Mais c'étaient des enfants, enfin, des êtres humains comme les autres ! Avec des sentiments, de la conversation ! Devant le front uni, reformé en un éclair, John leva les yeux au ciel – à quoi bon discuter avec des fous furieux ?

Il faut croire que les deux diablesses s'étaient donné le mot, ou qu'elles avaient une conscience aiguë de la famille, ou qu'elles avaient deviné qu'il leur faudrait se tenir à carreau, toujours est-il que deux anges d'innocence, deux timides jeunes filles battant des cils leur ouvrirent la porte, deux fraîches jouvencelles qui firent une quasi-révérence au nouveau venu interloqué, avant, le prenant par la main, de lui faire l'honneur de sa chambre. Des éclats de rire bientôt fusèrent de la salle de bains, les bruits d'une conversation animée mêlés aux éclaboussures – l'opération séduction avait été menée de main de maître.

Ils se regardèrent : déjà un souci de moins. Martin sifflota : « bienvenue chez les fous » mais Osa se détourna aussitôt, lissa un napperon sur le dos d'un fauteuil, saisit un gilet oublié sur un accoudoir, cette maison était un vrai foutoir, huit pièces, est-ce qu'il se rendait compte seulement du travail… Elle s'arrêta, le front posé contre un mur, et aux tressaillements de ses épaules il comprit qu'elle pleurait.

– Ça te tracasse, n'est-ce pas ?

Juste un coup de fatigue, avait dit John, pas de quoi s'inquiéter, mais elle pleurait maintenant à gros sanglots, comme s'il lui fallait se vider, d'un coup, de son trop-plein de larmes. Elle avait tellement rêvé de ces premières retrouvailles, quelque chose lui disait maintenant qu'elles n'auraient jamais lieu, qu'une part d'elle-même s'était perdue à jamais.

– Et si tu faisais un saut à Chanute, demain ? Tu resterais là-bas le temps que William se remette, et vous reviendriez tous ensemble. Hein, qu'est-ce que tu en penses ? John et moi on se débrouillera très bien tout seuls, pour quelques jours. Je m'occuperai de lui !

Elle se retourna, bouche bée. Les rires montèrent du fond de l'appartement, et les bruits d'eau : la baignade virait à la bataille navale. La porte s'ouvrit et Kalowatt parut dans le couloir, hilare, ruisselante, couverte de mousse de savon des pieds à la tête.

– Tu veux dire que je le laisse tout seul, ici, avec les harpies ?

L'épisode de la gare contenait la réponse : jamais Martin n'aurait le temps, même si en cet instant il y croyait vraiment. Il y aurait toujours des imprévus. Le film à monter. Des mécènes à trouver. Des négociations à mener. Chapman, Akeley à voir, ils comptaient sur lui. Le directeur du Muséum. Rothafel. Tant de choses se jouaient !

Il avait besoin d'elle, ici.

Comme toujours…

V

Les tapis kazakh venaient du Bayan Ulgii, le pays des chasseurs d'aigles, et le sceau d'or du roi des Khan, signe d'amitié, marquait les selles de bois et de cuir vert jetées sur des peaux d'antilope. Des cartes roulées sur une table basse, des malles, des sacs de voyage débordant de vêtements disaient l'abandon d'un retour, ou l'effervescence d'un prochain départ. Ici, chaque objet, sacoches usées par d'innombrables galops, sceaux de marquage aux motifs de flamme, de lune et de soleil, tissus brodés aux couleurs des steppes et des montagnes, arcs et flèches sur les murs, aux pointes en cornes de chèvre, bruissait d'histoires, de légendes, d'aventures que Roy Chapman Andrews évoquait au passage et c'était toute sa vie qui se déployait devant eux : ces brûle-encens disaient son entrée dans Urga, la Cité interdite du Bogdo Gegen, le Bouddha vivant, et les prières marmonnées devant les statues de terre cuite par des moines aux robes jaunes et rouges, les armures aux formes brutales, les hampes à crinières noires annonçaient la guerre, aux confins de la Chine, les bijoux, les poteries grises aux dessins géométriques venaient du fond du temps, à l'époque des Zhou, dix siècles au moins avant le Christ : n'eussent été le parc aux grands arbres, dehors, la façade du manoir à l'anglaise, le moutonnement paisible des collines jusqu'aux eaux brillantes de la Bronx River, on se serait cru dans un autre monde, et dans un autre temps.

– C'était au sortir de la forêt des démons, dans la vallée de Tumen, quand Paik-tu-san, la Longue Montagne Blanche, se dressa devant nous, comme un nuage posé sur le ciel…

– Et nos porteurs, d'allégresse, se mirent à chanter…

Les voix de Roy et d'Yvette se croisaient, lointaines, comme portées par un songe, perdues dans la pénombre et les masques silencieux souriaient, mystérieux, sur les murs peints en rouge, témoins de multiples voyages, mais toujours ils revenaient vers le seul qui dans l'instant importait, leur découverte de la steppe, des longues caravanes de chameaux aux yeux profonds et vagues montant sur l'horizon, et des passes à franchir si hautes qu'il fallait saigner les chevaux aux naseaux pour les faire respirer – du vide où il leur avait semblé se dissoudre, jusqu'à ce que le monde même passe à travers eux comme un souffle léger.

– La poussière d'or de la steppe, sous les pas des chevaux, et le rire sec des chameaux…

– C'était plus loin qu'Urga, le temps alors ne comptait plus, absorbé, dissous dans l'immensité…

– Vous saviez cela, vous, que l'espace peut dissoudre le temps ?

Andrews eut un petit rire d'excuse :

– Je crains que nos âmes, voyez-vous, ne soient restées là-bas, captives.

Et elles aspiraient à y retourner au plus vite, se dit Osa, troublée. Ici n'était qu'une halte, une étape obligée, le prix à payer pour pouvoir se perdre de nouveau dans l'inconnu immense et la science, se surprit-elle à penser, tout ce qu'elle avait lu dans la presse de leur projet n'était en l'affaire qu'un prétexte : c'était ce frisson du grand dehors qu'ils recherchaient, tous deux. Comme tous les autres, au Club.

Elle prit le bras de Martin, quêta son regard : lui aussi, malgré ses préventions, était impressionné.

Il avait fallu un coup de gueule de Big Fat Froelich, pourtant, et l'insistance d'Osa, pour qu'il se rende à leur invitation. Carl Akeley lui-même s'était mis de la partie : nul, et surtout pas Martin, ne pouvait se permettre une brouille avec *Asia Magazine*, et encore moins d'indisposer Osborn, l'impérieux conducator du Muséum, ami intime des Andrews. Que risquait-il à rencontrer l'explorateur ? Il resterait libre de son choix ! Martin acquiesçait, mais différait sans cesse, l'urgence de son film, tel autre rendez-vous. Tout le long du trajet de Grand Central à Bronxville, il avait affiché une mine d'enterrement. De découvrir le village, réplique idéale d'un hameau anglais, enfoui dans la verdure, à 15 miles à peine de Manhattan, n'avait pas adouci son humeur. Devant les grilles du parc des Andrews, au sommet de la colline, il aurait rebroussé chemin si John, exaspéré, n'avait mis le holà. Mais ils ne comprenaient donc pas, tous les deux, que ces gens-là n'étaient pas de son monde, grommelait-il en traînant les pieds dans l'allée qui sinuait entre les massifs de rhododendrons d'Himalaya – aventurier, savant et homme du monde c'était un peu trop pour lui, ces gens-là étaient habitués depuis l'enfance à ce qu'on les serve, ils cherchaient des employés, pas des partenaires. Si seulement Jack London avait été là, il serait venu, lui, avec des gants de boxe… Ma parole, protestait John, voilà qu'il parle maintenant comme un socialiste ! Osa elle-même se sentait moins sûre d'elle. Était-ce le seul souci du lendemain, au cas où leur projet africain viendrait à capoter, qui l'avait conduite là, ou une curiosité de midinette, le désir d'approcher de plus près les gloires du moment ? Elle se reprochait déjà d'avoir mis Martin dans l'embarras quand les Andrews débouchèrent de l'allée, bras dessus bras dessous – de manières si simples qu'elle se sentit à l'aise dès l'abord. Martin lui-même, au bout de quelques minutes, avait perdu de sa réserve. Et c'est sans façons, en riant eux-mêmes de leur désordre, manière, avait glissé Yvette, de lutter contre la solennité de l'endroit, loué pour eux par leurs parents, qu'ils leur firent les honneurs de leur maison.

– D'aussi loin qu'il m'en souvienne, je n'ai jamais eu d'autre idée en tête que : partir…

Comment expliquer, interrogeait Andrews, que certains naissent ainsi, rongés de nostalgie, à croire qu'une part d'eux-mêmes leur manque, sans laquelle ils ne peuvent vivre, et qu'il leur faut traquer, en vain, jusqu'au bout du monde ? Le jour, doucement, s'éteignait dans une rêverie sereine, les nuages dans le ciel paraissaient en attente, les premières pénombres qui gagnaient le salon, éloignant les visages, donnaient à ses paroles une résonance singulière. Comme personne ne brisait le silence, il insista : pour Yvette, sa femme, cela pouvait se comprendre, son père avait été officier d'ordonnance dans les Territoires, avant de faire carrière dans la diplomatie, en poste à Paris, à Londres, à Potsdam, à Berlin. S'il avait rêvé de faire de sa fille une parfaite femme du monde, il lui avait surtout inoculé le virus de la bougeotte, comme à son frère cadet George, engagé en 1908 dans l'expédition polaire de Peary. Mais pour lui, né dans une paisible famille de sédentaires installée à Beloit, dans le Wisconsin ? À moins, soupira-t-il, que nous ne naissions tous avec cette morsure au coin de l'âme mais que la plupart, par peur ou par sagesse, et c'était cela qu'on appelait grandir, n'en voulaient rien savoir…

Qui pouvait répondre à cela ? Le silence s'était fait autour d'Andrews. Par le bow-window, on voyait briller, entre les arbres centenaires, la ligne serpentine du fleuve que troublait seul le sillage irisé d'un convoi de chalands lourdement chargés. Le dernier d'entre eux disparut lentement derrière le rideau d'arbres. Martin, pensif, ou perplexe, ne disait mot, mais c'était bien sûr à lui qu'Andrews s'adressait. Il a dû deviner ses réticences, se dit Osa, il veut lui montrer qu'il n'est pas le dandy hâbleur montré dans les journaux, qu'ils sont semblables, tous les deux, avec les mêmes rêves. Leur hôte se pencha, saisit un petit livre sur une table basse.

– J'ai là un livre étrange… Oh ! Une simple nouvelle de Robert Louis Stevenson, découverte par hasard, *Will du moulin*. Je la lis et relis depuis des semaines, sans en épuiser les mystères. Et pourtant…

Il s'éclaircit la gorge, toussa, comme pour s'excuser par avance de ses médiocres talents de lecteur.

– C'est l'histoire très simple d'un gamin, Will, tenaillé par l'appel des lointains. Un jour il demande au meunier qui l'élève où s'en va la rivière qui fait tourner les pales du moulin… « Elle va vers les plaines et irrigue les grandes terres à blé et traverse nombre de belles cités (à ce qu'on dit) où des rois vivent seuls dans de grands palais, avec une sentinelle qui fait les cent pas devant la porte, répond le brave homme, et elle passe sous des ponts surmontés d'hommes de pierre qui regardent l'eau en souriant d'un air curieux, et des gens bien vivants qui se penchent accoudés au parapet pour regarder aussi. Et elle file et file toujours plus loin, descend à travers marais et sables jusqu'à se jeter enfin dans la mer où sont les bateaux qui rapportent des perroquets et du tabac des Indes. »

Il leva la tête, en prenant tour à tour ses auditeurs à témoin. Avaient-ils jamais entendu plus belles phrases sur ce tourment de l'inconnu ?

– Et dès lors, écrit Stevenson, Will fut rempli « d'espoirs et d'aspirations nouvelles » : « Ce vieux mal poignant de l'humanité, d'où sortent les grandes réussites et tous les misérables échecs, cette divine inquiétude qui déploya les ailes d'Icare et entraîna Colomb parmi les solitudes de l'Atlantique. Toutes ces aspirations, cependant, n'égalaient pas l'intensité du désir qui attirait Will vers la plaine : il était exilé en terre étrangère et il avait le mal du pays, il était comme un être enfermé dans les ténèbres informes d'une existence larvaire… »

Martin fixait Andrews comme s'il le découvrait. Oui, c'était *exactement* cela ! Quelqu'un avait trouvé les mots qui lui avaient manqué, pour dire ce qui l'avait agité, dès l'enfance. Et avait donc agité Andrews…

– Ne l'écoutez pas ! s'écria Yvette, mutine. Il me ressasse cette histoire depuis une semaine. Je n'en peux plus !

Pendant que Roy lisait, elle avait étalé sur la table basse quelques photos de leurs expéditions communes. En 1916 dans le Yunnan en guerre infesté de bandits, à la poursuite du tigre bleu mangeur d'hommes, neuf mois de folie, 2 000 miles parcourus et elle enceinte de sept mois à l'arrivée, et puis leur équipée jusqu'à Urga, la découverte des steppes mongoles, de ce désert de Gobi dont ils étaient tombés amoureux. Elle avait pris des leçons de photographie de son père d'abord, puis des meilleurs professeurs à Londres, à Paris, à Berlin, mais…

– Martin, c'est toujours un peu intimidant de faire des compliments, et puis on peut les prendre pour de la simple politesse, mais j'ai été stupéfaite de la splendeur de vos photos dans *Asia Magazine*. Et bouleversée par la force du film que vous avez projeté au Club, l'autre soir. Voilà, c'est dit !

Elle voulait des conseils, lui montrer ses appareils, et qu'il visite son laboratoire, tout à l'heure, au sous-sol – et pourquoi pas tout de suite ? Martin, embarrassé, regardait ses chaussures comme d'habitude quand il était ému. Roy le tira d'embarras en protestant : il voulait tout savoir, d'abord, de lui et d'Osa ! Et surtout comment diable il s'était débrouillé pour que London l'engage…

– Vous n'avez pas été très disert là-dessus, l'autre soir. Vous vous rendez bien compte que nous sommes des milliers à vous jalouser furieusement ? Jack London ! Mais j'aurais tué père et mère pour le suivre !

– Remarquez, glissa John d'un air innocent, c'est pratiquement ce qu'il a fait…

Martin sursauta : Hé ! Il avait juste répondu à un article de journal, Jack avait retenu sa lettre parmi des centaines d'autres, c'était aussi simple que cela ! John haussa les épaules.

– Pour une place de cuisinier ? Tu parles ! Tu ne savais même pas casser un œuf ! Même que j'ai dû te flanquer en stage accéléré chez Jess Utz, le cuistot du coin de la rue. Et, hum, sans vouloir te vexer, fiston…

Non, il y avait autre chose que London avait deviné, le lisant : qu'il était un fichu vagabond, un traîne-savates, un hobo. Comme lui. Et John, ignorant ses regards courroucés, entreprit, l'œil brillant, de narrer quelques-uns des tours pendables de son gaillard. Un vieux serviteur chinois – en pareil décor, pouvait-il en aller autrement ? – glissa en silence dans la pièce, portant des rafraîchissements, dont un vieux malt d'Islay en provenance directe de la Rum Row, et chacun prit ses aises pour écouter le vieil homme tandis que l'ombre gagnait les profondeurs de la vallée.

– Vous savez tous, bien sûr, comme les parents s'inquiètent, toujours, pour leurs enfants… Au début, Lucinda et moi, pour parler franc, nous l'avions cru un peu dérangé. Impossible de le garder à l'école ! L'institutrice tournait le dos, hop, il n'était déjà plus là. Parti courir dans les prairies, pêcher à la rivière, poser des pièges vers la forêt. Mais enfin, Martin, dis-nous au moins pourquoi ? Il ne savait pas. Tout d'un coup, il en avait eu tellement envie qu'il s'était trouvé dehors sans comprendre… Ça lui passera, disait Lucinda, pour se rassurer : la leçon de la vie, pour elle, était que tout, toujours, passait pour tout le monde, on oubliait ses rêves, on rentrait dans le rang et dès lors la vie coulait, paisible, chaque jour si semblable… Sauf que pour Martin, ça ne passait pas. S'enfuir ! C'était son obsession. Enfin, Martin, tu n'es pas en prison, ici ! Bien sûr que non, papa. Tu as vu l'état de ta mère ? Oui, papa. Mais rien à faire. À 13 ans, il fonçait à la gare, sautait dans les trains de marchandises. Martin, qu'est-ce qui t'a pris ? Je ne sais pas, la porte du wagon était ouverte, c'était juste pour voir où ça me mènerait… Son record, cette année-là : trois jours d'un train à l'autre jusqu'à Kansas City ! Un employé l'avait retrouvé caché dans un recoin de la gare de marchandises. Sa seule explication : je voulais voir un cirque. Un cirque !

– Papa, je t'en prie…

Martin, au supplice, s'était levé, et, le dos tourné, penché à la fenêtre, paraissait s'absorber dans la contemplation du parc. L'ombre montait vers eux de plus en plus vite. Était-ce cette paix du soir qui portait ainsi aux confidences ? C'est tout Will du moulin, s'écria Yvette. Martin n'était-il pas l'illustration de ce qu'évoquait Roy, de cet irrépressible besoin de s'en aller ? Roy renchérit :

– Là, mon vieux, vous m'en bouchez un coin… À côté de vous, j'étais un enfant sage ! Qui rêvait peut-être un peu trop en lisant *Robinson Crusoé*, et traînait le soir le long de la rivière. Partir ! J'y ai rêvé, ça oui, tous les jours de mon enfance. Mais rêvé, seulement…

– Et encore ce n'est rien, glissa John d'un air entendu.

Tous se tournèrent vers lui. Sauf Martin, qui semblait attendre, nota Osa du coin de l'œil, que l'ombre les submerge une bonne fois, imposant le silence.

– Non, rien ! J'avais bien cru, pourtant… cette année-là, aussi, il avait découvert la photo. C'est simple : quand il n'était pas en vadrouille, je le trouvais dans sa chambre le nez dans les prospectus. Tout ! Il voulait tout savoir. Je n'avais jamais imaginé qu'il prendrait ma suite à la bijouterie, mais photographe peut-être ? J'avais commencé, mine de rien, à développer un rayon photo…

Il soupira :

– Et voilà qu'un jour il me dit, il avait tout juste 16 ans : « Papa, j'ai décidé de vivre de la photo. » Bien, mon fils, juste ce que j'espérais ! Oui, je vais profiter des vacances scolaires pour me faire photographe ambulant. Dans un chariot, tu vois, de ville en ville. Et c'est ce qu'il a fait. Lucinda pleurait en le regardant partir. Comme d'habitude. Et comme d'habitude elle a pleuré, à son retour, dépenaillé. À 16 ans ! On rêve d'un enfant, on l'élève, quand il vient, du mieux qu'on imagine, on se sent prêt pour lui à tous les sacrifices, on veut le protéger, et on n'élève jamais qu'un étranger. Qu'on blesse sans le savoir, qu'on tient sans le savoir en cage. Dans la cage de nos projets pour lui, forcément, et puis forcément dans celle de nos préjugés. Mais comment, dites-moi, faire autrement ? Pour tous les parents, quand ils regardent leurs enfants, le monde est une menace. Pour les enfants, c'est une promesse…

Sa voix s'était brisée sur un silence. L'émotion, dans la pièce, était palpable. Martin avait posé une main sur l'épaule du vieil homme – pour l'interrompre, encore, ou en signe de tendresse ? Jamais elle n'avait entendu John parler ainsi, se dit Osa, la gorge serrée – Martin non plus, probablement. La mort de Lucinda avait été pour John une terrible épreuve, et un temps de questions…

– Ce n'est rien, encore…

Décidément, il ne pouvait, ou ne voulait plus

s'arrêter. Pourquoi donc confiait-il tout cela à de quasi-inconnus ? Sans doute pour dire à Martin, comprit-elle tout à coup, quelque chose qu'il n'avait jamais pu lui dire, ou que Martin n'avait jamais voulu entendre…

– Ça lui pendait au nez, à force ! Deux ans après, il s'est retrouvé à la porte de son collège. Puisque de toute manière il se sent mieux dehors que dedans, autant en tirer les conséquences, avait tranché la directrice. Et voilà, hop, qu'il disparaît dès le lendemain. J'ai essayé de rassurer sa mère : avec seulement 4 dollars en poche, il ne risque pas d'aller bien loin, m'est avis qu'on ne va pas tarder à le revoir revenir ! Les jours passent : rien. Lucinda était folle d'inquiétude : John, je sens que cette fois-ci il va faire une bêtise… Et voilà qu'un matin on reçoit une lettre griffonnée à New York sur un papier à en-tête du Waldorf Astoria. Martin nous annonçait tout tranquillement qu'il partait… pour Liverpool convoyer 28 chevaux de prix ! Comment, à son âge, a-t-il pu faire ? Mystère… De mois en mois on recevait des cartes. De Londres. Puis de Bruxelles. De Stockholm. De Brest. De Paris. Du Havre. On essayait sur une carte de suivre son périple. Et puis plus rien… Deux ans ! Vous imaginez ? Deux ans…

John poussa un soupir :

– Ça, il nous a bien brisé le cœur, allez ! J'avais transformé mon magasin, encore agrandi le département photo, installé un laboratoire. Je me disais qu'un jour il reviendrait, et que ce serait pour lui – Martin Johnson, le photographe d'Independence ! Un jour, on a vu arriver un chat sauvage, tout maigre, hirsute : « Pardon, madame, vous n'auriez pas une tasse de café pour un pauvre vagabond ? » C'était lui – dans quel état ! Mais pour le magasin… Je t'en fiche ! Le temps de se remplumer et il gambergeait déjà, projetait un grand tour du monde, quand il est tombé sur l'article de Jack London.

Deux vagabonds, je vous dis ! Et c'est pour ça qu'ils se sont reconnus…

Roy siffla doucement, impressionné. Là, il devait s'avouer battu.

– Pas de contestation possible, mon vieux, la place vous revenait de droit, à bord du *Snark*…

John resta un instant silencieux, puis :

– Un étranger, oui, pendant toutes ces années. Depuis je me dis : et si c'était aux enfants, plus tard, d'éduquer leurs parents ? Finie, la bijouterie. Ça prendra le temps qu'il faudra, mais j'ai décidé de faire connaissance avec mon fils…

Lu, le serviteur, apparut, portant haut des chandeliers. Tous les regards se tournèrent vers Martin, debout derrière son père. Il eut un petit rire qu'il voulut dégagé et, se tournant vers Roy, comme s'il s'agissait simplement de reprendre le fil de leur conversation :

– Mais, hum, Roy, vous ne nous avez pas dit, au juste, ce qui arrive à ce Will du moulin ?

Ce n'était pas encore ce soir, constata Osa, déçue pour le vieux John, que Martin laisserait libre cours à ses sentiments… Roy reprit le livre, avec un sourire malicieux.

– Nous y sommes, Martin, nous y sommes en plein ! Car la suite est pour vous, John, vous allez voir… Hélas, ses parents adoptifs insistent pour qu'il les aide à l'auberge. Comment pourrait-il refuser, après leurs sacrifices ? À force d'être réprimés, ses rêves d'ailleurs se teintent de mélancolie, puis d'appréhension. Un jour passe un voyageur qui le convainc de la vanité de ses songes : les plaines, au loin, ne sont pas ce qu'il croit, toutes peuplées de gens rêvant à sa montagne et à ses vallées. Tous les ailleurs, sous nos pas, ne se transforment-ils pas en un éternel ici, et dans ce cas, à quoi bon ? En somme, constate Will, nous sommes faits comme des rats dans une trappe ! « Quelque chose comme ça, répond le voyageur. As-tu déjà vu un écureuil tourner dans sa cage ? Et un autre philosophiquement assis à croquer ses noisettes ? Inutile de te demander lequel te paraît le plus sot… »

Il referma le livre d'un coup sec.

– Vous voyez, c'est l'histoire de votre magasin de photos. Sauf que Will, lui, se le tiendra pour dit. Il s'en convaincra même au point de garder l'auberge quand ses parents viendront à disparaître, et de renoncer à la fille du pasteur qu'il aime, pourtant, et dont il est aimé, parce qu'il se croit plus heureux de songer à elle que d'être à ses côtés. Trois années plus tard, la fille épouse quelqu'un d'autre et meurt peu après, laissant Will tout seul avec sa philosophie du contentement de peu…

Osa eut un petit cri de déception. C'était trop triste ! Martin fit une grimace comique : lui non plus ne s'attendait pas à si triste conclusion. Et franchement il ne pouvait croire que Roy et Yvette… John resta longtemps songeur :

– Tout à fait moi, cet aubergiste, vous voulez dire ? Mais Will tout aussi bien, vous savez… J'ai chassé le bison, jadis, j'ai fait les guerres indiennes aux côtés de Custer, j'ai eu des rêves, aussi. D'ailleurs, qui vous dit que les parents adoptifs de Will n'en ont pas eu, eux aussi, des rêves ? Qu'ils n'ont pas été Will, à leur manière, avant de choisir de rester ? Et peut-être, allez, de rester, justement, pour élever le petit Will ? Vous m'auriez lu ça il y a quelques années, j'aurais trouvé votre fin très heureuse. Mais là, maintenant… Vous voulez me scier le moral, ou quoi ?

Lu parut à la porte, silencieux comme toujours, et Yvette annonça que le dîner était servi. En se levant, Roy eut un petit rire mystérieux :

– Mais ce n'est pas *tout à fait* la fin de l'histoire…

À l'exception du vin français, seule concession à l'Occident qu'Yvette et lui s'autorisaient, le dîner serait mongol et tibétain, annonça Roy. Après tout, c'était encore la meilleure manière qu'ils avaient trouvée de se projeter là-bas sans plus attendre… Les préparatifs de l'expédition étaient si lourds qu'il leur semblait parfois qu'ils ne parviendraient jamais à lever l'ancre – il leur suffisait alors de se retrouver ici, dans leur refuge, pour oublier dans l'instant ces tracas, Lu arrivait avec un thé au beurre de yak salé, un plat de petits *buzz* fumants et ils étaient de nouveau sous le ciel étoilé, autour d'un feu de bouse de yak, dans la steppe sans limite, en route vers Urga…

Devant chaque convive était posé un étui de cuir ouvragé ou d'ivoire incrusté de pierres précieuses, contenant un couteau effilé et des baguettes. Porté traditionnellement à la ceinture, expliqua Yvette, le couteau servait à découper les pièces de viande, quand elles étaient posées entières au milieu de la table, et à poignarder votre voisin, à l'occasion, si vous le jugiez trop gourmand. Tandis que John s'essayait, circonspect, au maniement des baguettes, la table se couvrit de petits plats odorants, raviolis farcis de viandes et de légumes, relevés d'épices, certains cuits à la vapeur, d'autres frits, qu'Yvette appelait *shemog* et Roy *momo*, accompagnés de coupelles de soja et de bols de soupe claire *kongpo tchuri*, à base d'orge grillée, galettes frites *sheshabaleb*, farcies de viande de bœuf, boulettes *baktsa* arrosées de beurre fondu aux saveurs pimentées, *hushuur* et *buuz* en forme de chausson aux pommes exhalant leurs arômes par un petit orifice, *bansh* bouillis, tous amuse-gueules traditionnels à grignoter, en attendant le plat principal.

– Ne croyez surtout pas que ce sera notre régime quotidien, dans le désert !

Penché sur son épaule, Roy, l'œil malicieux, s'amusait de l'effarement d'Osa, devant la profusion des plats.

Des boulettes de farine d'orge grillée, du thé au beurre de yak salé, un morceau de fromage-caillou de loin en loin, ou un bol de lait fermenté à la rigueur, seraient plus tard leur ordinaire.

– Mais les Mongols savent recevoir, aussi, et faire la fête…

D'un geste preste il captura au bout de ses baguettes une boulette *momo*, la trempa dans un peu de soja avant de la lui tendre – et ce fut dans sa bouche une explosion de saveurs, où le piment, exactement dosé, exhaussait au lieu de les masquer les saveurs fraîches des herbes, coriandre, persil, ciboulette, et menthe…

– Imaginez que ce dîner a été donné, un soir, si, si, je vous assure, à la cour du roi des Khan… C'était bien le moins, pour vous honorer tous les deux !

Sa première rencontre avec l'Orient, expliqua-t-il, avait été un coup de foudre. C'était en 1909, il avait tout juste 25 ans et il n'avait pas compris par quel miracle lui qui, faute de mieux, s'était introduit trois ans plus tôt, dès sa sortie du collège de Beloit, comme balayeur au Muséum avait réussi à se faire engager à bord de l'*Albatros* pour une mission océanographique dans le Pacifique Sud – à charge pour lui de rejoindre l'*Albatros* quelque part vers les Philippines. Aujourd'hui encore il gardait en mémoire chaque seconde de son arrivée à Yokohama, la foule grouillante, les marchés débordant de fruits étranges, la paix des temples shintoïstes et la grâce subtile de leurs jardins, les femmes en kimonos et les filles de 12 ans à peine de la Rue de la Joie, le club Number 9 aussi, où se pressaient espions, mercenaires en quête d'engagements, contrebandiers, officiers de toutes les marines du monde, militaires, politiciens et trafiquants divers, menés d'une main ferme par la mystérieuse Maman Jésus, devenue son amie – il avait eu bien des occasions de la revoir, plus tard, pendant la guerre, quand lui-même jouait aux espions pour le compte du gouvernement américain. Puis il avait découvert la Corée, la Mongolie, le désert de Gobi, mais c'est là, à Yokohama, le premier jour de son arrivée, que l'Orient s'était emparé de lui, pour ne plus le lâcher…

– C'est curieux, n'est-ce pas ? Je ne parlais pas la langue, je ne savais rien de sa culture, c'était en somme le pays qui m'était le plus étranger… et jamais je ne m'étais senti aussi bien, aussi pleinement moi quelque part ! Peut-être est-ce la finalité de tout voyage, je veux dire de ces voyages où vous avez le sentiment d'engager jusqu'aux tréfonds secrets de votre âme, que de se rendre étranger à soi-même. *De découvrir l'étranger en soi.* Lu croit fermement en la métempsycose. Et moi-même… Ne serait-il pas concevable qu'en des strates que nous ne faisons que soupçonner, nous gardions en nous la mémoire de l'humanité ? Il est en chacun de nous bien des mondes inconnus – et c'est l'inconnu du monde qui nous entoure, nous enveloppe, nous traverse, qui parfois, agissant comme révélateur, nous fait approcher l'étranger que nous sommes à nous-même…

– Jack London à Hawaï disait la même chose…

Osa leva la tête, surprise : ce n'était pas souvent que Martin se risquait à un échange philosophique, aussi tâtonnait-il, cherchait ses mots, sourcils froncés.

– Oui, la même chose. Enfin, je crois… Jack passait ses journées à lire et à relire le livre de ce Carl Jung, vous savez, le psychologue, et c'était pour lui, disait-il, comme s'il comprenait enfin le mystère de ce qu'il appelait « l'appel de la force », « la force obscure » – la plus grande menace, disait-il, et en même temps notre force de création. Il avait l'impression d'une clé, tout à coup, et à partir de là, ce sont les visages de cette « force obscure » qu'il n'a eu de cesse de chercher, en nous entraînant avec lui, de plus en plus loin, jusqu'au cœur de la sauvagerie. J'ai essayé de lire Jung, depuis, et son livre, je dois dire, m'est tombé des mains. Pas compris un traître mot ! Mais à chaque fois, dans les Salomon ou à Bornéo, que je me demandais bon sang, Martin, pourquoi t'es-tu fourré exprès dans ces galères, oui, je repensais à ce que Jack me disait en ce temps-là…

– Vous savez qu'à quelques mois près nous aurions pu nous rencontrer ?

Shanghai, qu'il avait détesté, Hong Kong et la merveille de ses collines vertes tombant droit dans la mer, les Philippines après trois jours de typhon et un mal de mer de tous les diables… Il fallait tout de même qu'il se préoccupe du Muséum, mais l'*Albatros* n'était plus là, et il avait négocié une mission d'attente sur une île déserte, non loin, où il s'était trouvé abandonné avec ses deux assistants à la suite d'une méprise. Trois semaines de pur bonheur à rejouer Robinson Crusoé, vivant de poissons et de crabes, avant de retrouver enfin l'*Albatros* pour le voyage de tous les rêves, où la science à dire vrai n'avait qu'une faible part, Manille, Bornéo, les Célèbes, puis d'île en île jusqu'à Nagasaki… C'était en 1909. Le *Snark*, lui, avait croisé en 1908 dans les eaux des Salomon, des Fidji, des Nouvelles-Hébrides, de Guadalcanal. Roy et Martin, chacun de son côté, recomposaient leur chronologie, oui, c'était bien ça : un peu plus d'un an d'écart. Ils s'étaient manqués de peu…

– Et puis Bornéo ! Il faudra que vous me parliez de votre Bornéo. Vous savez que votre rêve a été mon pire cauchemar ? En voyant vos images, l'autre soir, au Club… Bon sang ! J'ai cru étouffer. La chaleur, les bestioles, les serpents… Les serpents ! Ma main à couper que c'est l'horreur de la jungle qui m'a fait aimer le désert, après !

En essayant de pénétrer dans la jungle du nord de Bornéo, où l'avait laissé l'*Albatros*, il s'était trouvé pris dans des lianes, chaque geste resserrait leur emprise, il allait périr étouffé quand des sauvages l'avaient sauvé de justesse, à coups de machettes, puis il avait failli périr d'insolation, et enfin il avait frôlé sans le voir un python de la taille d'un tronc d'arbre, abattu de justesse par son guide – il avait *horreur* des serpents ! Martin avait éclaté de rire. Des galères, il en avait connu du même calibre, avec Osa, dans cette fichue jungle !

– Mais alors pourquoi diable vous y plonger avec cette volupté ? Ne me racontez pas d'histoires, j'ai vu vos images !

Martin resta un instant silencieux, puis :

– Peut-être bien, justement, pour trouver la réponse.

Roy leva le pouce, beau joueur. OK, il était battu. Et Martin entreprit à son tour de raconter leur équipée à Bornéo, la remontée sur 420 miles du fleuve Kinabatangan, jusqu'aux rapides où ils s'étaient installés en quête de grands singes à filmer, les profondeurs de la jungle s'agitant chaque nuit de présences invisibles, les arbres, couverts de lichens et de lianes, s'ouvrant devant eux comme les rideaux d'un théâtre sur des profondeurs obscures et angoissantes, la sensation d'entrer dans un énorme ventre en gésine où plus rien, terre, eau et ciel, végétaux et animaux, ne se distinguait plus, remontant toujours plus haut vers le grouillement énorme, obscène de la vie naissante – et l'idée leur venait, tandis que la marée verdâtre, gluante, montait à leur rencontre, les étouffait, qu'ils allaient, eux aussi, se trouver bientôt absorbés dans l'universelle digestion.

– C'était… effrayant. Et fascinant, sacrément ! Beau ? je ne sais plus… Quand j'aurai fini de monter les images. Peut-être.

L'un peut être aussi introverti, secret, que l'autre est expansif, séducteur, comédien, il n'empêche, songeait Osa, ils sont semblables : le même âge, la même minceur, la même blondeur et le même début de calvitie, la même passion totale, exclusive, surtout, les mêmes rêves. Et ils sont en train de s'en rendre compte…

– Et vous, petite Osa, qui ne dites rien ?

Elle sursauta, paniquée comme jadis à l'école de Chanute quand Mlle Illingsworth interrompait ses rêveries. Yvette la regardait, souriante, avec la même expression complice que l'autre soir au Club. Rien à voir avec Mlle Illingsworth.

– Oh, moi, vous savez, Martin m'a enlevée quand j'avais à peine 16 ans !

Elle se sentit aussitôt submergée par la honte. Pourquoi diable avait-elle fait cette réponse idiote ? Roy se pencha vers elle, intéressé, avec, pour le coup, le même regard qu'à l'Explorers' Club à certaine évocation des intentions de Nagapate…

– Rassurez-moi : il vous a demandé votre avis, au moins ?

– Euh, non.

Et devant la mine effarée de ses hôtes :

– Enfin, si. Je veux dire : dans ces cas-là, vous savez, on n'a pas trop le temps de réfléchir…

La table partit d'un vaste éclat de rire. Vrai, elle était impayable ! Idiote, oui, pensa-t-elle, en se sentant misérable. Roy salua bien bas Martin, impassible.

– Mon vieux, là, franchement, vous commencez à m'impressionner !

Son cœur battait à tout rompre. Elle entendit, très loin, la voix d'Yvette, amicale :

– Mais vous, Osa, étiez-vous aussi comme le jeune Will du haut de son moulin ? À les écouter, tous les deux, on croirait que c'est juste une affaire d'hommes !

Elle repensa à la jeunesse de Belle, à tante Millie la reine des saloons, à grand-mère Nancy faisant le coup de feu contre les Indiens. Ah ça, oui ! Elle en avait rêvé, de prendre la route, comme elles, de vivre mille aventures ! Mais il y avait l'autre Osa, aussi, toujours présente…

– Oh, moi, vous savez, je me sens très bien partout.

D'où sortait-elle encore une phrase pareille ? Dans le

genre aventurière héroïque, décidément, elle se posait un peu là. Quelqu'un me répond « j'aime un peu tout », je lui fends le crâne à coups de poêle, se dit-elle – mais je ne peux tout de même pas leur parler d'Osa n° 1, d'Osa n° 2, et de leurs discussions…

– Oh ! J'ai bien des coups de cafard de temps en temps. Et puis je me dis que ça vaut tout de même mieux de vivre ça que de ravauder des caleçons à Chanute…

– Bien, Osa !

Yvette, ravie, applaudit bruyamment. Elle s'enhardit :

– À notre premier départ, ma mère levait les bras au ciel, j'allais finir dans une marmite après avoir été violée par toute une tribu, Martin était un fou furieux à arrêter tout de suite – remarquez, il m'est arrivé de le penser, moi aussi – mais là je m'accrochais à l'idée que si Charmian London l'avait fait, je le pouvais aussi… Surtout, ne pas faire honte à Martin ! N'empêche qu'à bord du bateau, dès le deuxième jour, tout le monde était sur le flanc, avec le mal de mer, équipage et Martin compris, il faut dire que ça secouait dur, il ne restait que moi et le capitaine de valides à bord ! Et puis, après… Peur ? non, je n'ai jamais vraiment eu peur. Tout était si nouveau, si beau ! Et puis… j'aime les gens, vous comprenez ? Et les sauvages, si vous les regardez bien, ce sont des gens.

Ça y est, j'ai encore dit une bêtise, pensa-t-elle, au silence qui s'était fait à la table. Mais non : tous l'écoutaient avec attention, Yvette approuvait de la tête.

– Les coloniaux, les missionnaires, les trafiquants poussaient de hauts cris quand on exposait notre projet de film. L'île de Malaita ? Vous êtes fous ? Des cannibales ! Des brutes ! Des crétins épouvantables ! Vao ? Ils enterrent vivants leurs malades – et les visiteurs, à l'occasion. Malekula ? Personne n'en revient ! Et pourtant nous nous y sommes risqués. Et je n'ai pas eu peur. Mais peut-être est-ce plus facile pour les femmes ?

Et devant l'air étonné de Roy :

– Les hommes… Ils sont toujours en train de mesurer la longueur de… Enfin, vous voyez ce que je veux dire – non ?

Elle rougit, chercha un soutien du côté d'Yvette, franchement amusée.

– Je veux dire, toujours à se faire la guerre, à se faire peur, à avoir peur, non ? Entre femmes, c'est plus facile. Au bout de dix minutes on papote, on se moque des hommes, je leur montre mon rouge à lèvres, je leur mets de la poudre de riz sur le nez, les gosses s'agrippent à moi. Et si on reste quelque part un moment, comme j'ai toujours des graines sur moi, je sème, je sarcle, je jardine, je fais mes légumes… Bien sûr, que je rêve moi aussi de courir le monde ! Mais ça ne m'empêche pas de me sentir partout chez moi.

– Martin, je ne me permettrais pas, mais, Roy, tu gagnerais à méditer ce qu'Osa vient de dire…

En encore songea celle-ci, en remerciant Yvette d'un sourire, tout étonnée encore de s'être ainsi livrée, elle s'était bien gardée d'ajouter que ça avait été sa petite revanche sur Martin, après les dernières années de tournées en Amérique, où elle s'était sentie de plus en plus inutile, confinée à l'hôtel. Dans ces mers du Sud que pendant sept ans, tous les soirs, elle avait entendu décrire sur les scènes d'Amérique, c'est elle, néophyte, qui s'était révélée la plus prompte à établir le contact, à se faire accepter, à rassurer les guerriers inquiets, la plus rapide aussi à apprendre les rudiments de « bêche-de-mer », cet improbable jargon né du mélange de toutes les langues des îles. Leur aventure, ils l'avaient vraiment vécue à deux…

– Pas de doute, vous faites une jolie paire, Martin et vous…

Jack London et Charmian, Martin et Osa, lui-même et Yvette… Ce n'était pas si fréquent, poursuivit Roy après un silence songeur. Et c'était assurément, pour Martin comme pour lui, une immense chance.

– Si nous restons dans les mémoires, ce sera peut-être à cause d'elles. Pour de multiples raisons. Froelich dirait parce que ça fait une belle histoire pour les journaux. Et que sans belle histoire, on ne trouve plus de mécènes. Oui, bien sûr. Mais c'est la preuve qu'une autre époque s'annonce pour les femmes.

Egales ? Evidemment. Et différentes. Complémentaires. Ce que venait de dire Osa, Yvette aurait pu le dire. Mot pour mot.

– Vous savez qu'elle aussi a toujours des graines sur elle, en voyage ? Nous, Martin, laissés seuls, nous serions juste des prédateurs nomades. Vous, toutes les deux, vous êtes la vie. Si, si, ne riez pas. Cette présence au monde, cette manière d'en faire partout votre demeure, peut-être après tout est-ce le privilège des femmes…

Les petits plats avaient dû disparaître par quelque enchantement, Lu glissait, fantôme dans la pénombre, discret ordonnateur, et pas un bruit ne marquait sa présence, mais les flacons de bourgueil se renouvelaient quasi spontanément devant un John hilare, et par bouffées venaient des profondeurs du couloir des senteurs intrigantes, signe d'intense activité dans les cuisines. Tout à coup il apparut, après une brève absence, et les conversations s'arrêtèrent tandis qu'il s'avançait dans la lumière, poussant devant lui sur une desserte un monumental récipient de cuivre ouvragé, cadeau d'un prince mongol, sous lequel rougeoyait un lit de braises ardentes, et le flamboiement du cuivre, dessinant des ombres fantastiques au plafond, éclairant par-dessous son visage impassible, donnait l'impression, n'eussent été les vapeurs épicées sortant du récipient, où dominait le marsala, qu'il portait avec lui un plateau enflammé. Chacun applaudit à la féerie du spectacle : la potée Ta Pin Lou, la fondue mongole dite « bataille autour du feu », servie chez les princes mongols à l'occasion des grandes fêtes ! Les Andrews, décidément, avaient le souci de leurs invités.

Une petite épuisette fut posée devant chaque convive, et des plats, bols et coupelles à foison, feuilles de chou blanchi, épinards émincés, curry, sambal, tofu, purée de piments, champignons, sauces rehaussées de ciboulette, de persil, de coriandre, de câpres, d'oignons et de sésame, lamelles fines de chair d'agneau, de volaille, de poisson dans de larges assiettes et ce serait à chacun, expliquaient Roy et Yvette, de composer ses sauces à sa guise, puis de plonger avec son épuisette les tranches de la chair de leur choix dans l'odorant bouillon, enrichi de pas moins de trente épices différentes – les légumes auraient leur usage dans un deuxième temps…

Il y eut comme un petit moment d'éternité, dans le seul affairement des baguettes et des épuisettes, le chuintement du bouillon, les craquements des braises. Le peuple capable d'une telle cuisine ne pouvait être que de haute culture, soupira Roy, rompant le premier le silence. Ah ! Ça le lavait de la cuisine américaine – et du caviar ingéré à la louche, jour après jour ! Dorothy Straight, la richissime propriétaire d'*Asia Magazine*, s'était mise en tête de mobiliser pour lui les moghols de la place, *tycoons* de la finance, capitaines d'industrie, dans ce projet de toute évidence à leur seule mesure, et c'était, depuis, un tourbillon de réceptions dans ses salons, de dîners chez tous les grands noms de la ville, de conférences, de cocktails, de galas de charité…

– Trente-deux dîners d'affilée, vous imaginez un

peu ? Avec trente-deux fois leur inévitable montagne de caviar, trente-deux fois leur foutue soupe à la tortue !

Osa et Martin échangèrent un regard rapide : enfin, il y venait… Et Osa gardait en mémoire les propos peu amènes de son cher Stefansson.

– Je sais bien les reproches de mes collègues de l'Explorers' Club, reprit-il, comme s'il avait lu dans ses pensées. *Mais je n'ai pas le choix*. La plus grande expédition du siècle ! Et la plus chère. Avec un Muséum sans grands moyens. C'est vrai, je risque d'assécher toutes les sources de financement possibles, dans cette affaire. J'espère juste que Carl Akeley parviendra à monter son expédition et à relancer son Hall africain. Je lui dois tellement ! C'est un génie, vous savez, et Osborn le soutient, mais… Il a de tels problèmes personnels ! Et puis il n'a pas compris que nous changeons d'époque. J'ai vu votre bout de film, l'autre soir : je sais que vous, vous l'avez compris. Et vous êtes peut-être le seul, avec moi…

L'image, répéta-t-il plusieurs fois : ils étaient entrés depuis la guerre dans l'ère de l'image. Du cinéma. De la radio. Et du même coup, ce qu'on n'avait pas encore compris, semble-t-il, du règne du grand public – *de l'homme ordinaire de la rue*. Monter des expéditions allait coûter de plus en plus cher. Bien sûr la caution du Muséum restait nécessaire. Mais ça ne suffisait plus. L'argent était dans la poche des Morgan, des Rockefeller, des Colgate, des Ford, des Eastman – et pour les mobiliser il allait falloir apprendre à vendre ses projets, à se vendre, et pour cela, se construire une image, raconter une histoire. Terminée, l'époque des comités de savants tout-puissants, mais terminée, aussi, l'époque des mécénats discrets : l'argent irait désormais aux plus célèbres, le vrai pouvoir, qui dicterait sa loi aux magnats, était donc paradoxalement dans la rue, dans la foule qui faisait les triomphes des revues à Broadway. Le cinéma allait tout bouleverser.

– Vous voulez des mécènes ? Devenez une star !

Il s'échauffait, Martin, sans s'en rendre compte approuvait de la tête chacune de ses paroles – n'était-ce pas ce qu'il répétait lui-même depuis leur retour des mers du Sud ? Tout juste Osa s'étonna-t-elle, sous le flux des paroles, d'une pointe d'amertume. Ce rôle qu'il jouait si bien, jour après jour, lui pesait-il à ce point ? Roy se tourna vers elle :

– Vous avez vu, l'autre soir, les mécènes invités à la soirée ? Ce n'étaient pas les Big Nambas qui les intéressaient, sauf, hum, la jeune *flapper* devant vous, c'était vous Osa, au péril d'être mangée par eux, qui fasciniez tout le monde ! Raconter une histoire, on ne sort pas de là. Yvette et moi nous l'avons compris quand nous sommes partis pour notre première expédition en Chine : il y avait plus de journalistes que le jour de notre mariage ! « Lune de miel chez les seigneurs de la guerre, dans la Chine interdite ». Ça, ça faisait vendre du papier ! À Shanghai… Vous vous rendez compte ? À Shanghai ! Ils étaient là, pour couvrir notre départ. Et il y en avait même un qui voulait qu'Yvette pose en robe de mariée ! Nous qui rêvions de silence, de grands espaces, de monde premier, loin de cette agitation… C'était le prix à payer, en somme, pour notre liberté – nous prêter à cette comédie. Je sais : c'est aussi grâce à elle que je trouve de l'argent aujourd'hui.

Il se pencha, et à voix basse, comme s'il allait proférer des paroles sacrilèges, ou craignait des oreilles indiscrètes :

– Je vais vous dire : la plupart de nos collègues, s'ils m'entendaient, se boucheraient les oreilles, Osborn hurlerait au scandale, mais l'image, l'image que vous saurez donner de vous dominera tout le reste. Vous voulez partir au bout du monde ? *Soyez à la mode !* Rockefeller vous aidera, peut-être, s'il voit votre nom dans le journal, si Mme Rockefeller le matin lui dit : « Tu as vu, chéri, ils sont tellement glamour ! » et s'il attend en retour un effet d'image, d'avoir rendu l'aventure possible. C'est en somme la masse qui décidera de plus en plus des expéditions à financer, pas les experts. Et il n'y aura plus de films ethnographiques, scientifiques, tout ce que vous voudrez, si à côté d'eux vous ne tournez pas une belle histoire pour le public : *votre* histoire ! Garder la maîtrise de notre histoire : voilà l'enjeu des temps qui viennent. J'ai appris des arts mariaux d'Orient qu'il vous faut, avant toute chose, utiliser la force de l'adversaire, la retourner contre lui. Mais à dire vrai, je ne sais pas si nous y arriverons. À voir ce qui s'écrit sur Yvette et sur moi, je ne sais pas si c'est seulement possible. Peut-être, au bout du compte, serons-nous dévorés. Qui peut juger aujourd'hui de la force que prendront demain les images ? Je ne sais qu'une chose : *nous n'avons pas le choix.*

Il y avait une telle intensité dans sa voix qu'Osa frissonna. N'aurait-on pas dit qu'il évoquait un pacte avec le diable ? Oui, c'était exactement à cela qu'il pensait en cet instant : le pouvoir sur les esprits, en échange de son âme… Martin, songea-t-elle, n'avait sur ces questions, et depuis le début, guère d'états d'âme.

– Et c'est pour cela, Martin, que j'ai besoin de vous. Nous sommes peut-être les deux seuls à avoir compris cela. Oui, j'ai besoin de vous pour que cette aventure entre dans la légende…

Tandis qu'il parlait, Lu avait prestement glissé les légumes, le tofu émincé et le vermicelle de soja dans le bouillon frémissant, ranimé les braises, couvert le récipient et maintenant, rentré dans l'ombre, il attendait, les bras croisés, immobile. Le dernier acte obligé du rituel, chuchota Yvette : une fois les viandes consommées, le repas se terminerait par un bol de bouillon avec ses légumes juste attendris.

Une flamme jaillit, soudaine, creusant les traits des visages. Osa retint un cri, les yeux de Roy, dans la pénombre, avaient brillé, un instant, comme des boules de feu, son visage se crispait dans un ricanement – comme sur certaine gravure qu'elle avait vue jadis dans un livre de classe, d'un certain docteur Faust. Puis les feux s'éteignirent, il n'y eut plus que des braises à peine rougeoyantes, et ce fut le Roy qu'elle connaissait, souriant, charmeur, qui lui tendit un bol d'où montaient des fumées odorantes.

Elle trempa ses lèvres dans le liquide brûlant : c'était comme un bouquet délicatement ouvert de saveurs fraîches, piquantes, d'odeurs de steppe et de plein vent. Martin, devant elle, eut une mimique gourmande.

Ils dînaient ce soir à la cour du roi des Khan.

Des cartes criblées d'épingles, zébrées de tracés multicolores, avaient été punaisées aux murs sans égard pour les boiseries précieuses, d'autres, roulées, débordaient d'une grande table de travail, les livres s'empilaient à même le sol, récits de voyageurs, traités d'hydrologie, ou de géologie, catalogues en tous genres, des fusils de guerre à la passoire à thé, et sur le bureau s'entassaient des lettres par centaines, la plupart encore non ouvertes : la bibliothèque avait tout du bureau d'un état-major en campagne – jusqu'au lit de camp, posé dans un recoin, témoin sans doute de bien des nuits passées à peaufiner l'expédition. Roy déploya sur la table encombrée une carte qu'ils calèrent avec leur verre à whisky. Seul John, après une hésitation, préféra garder le sien bien en main.

– Et maintenant, je vais tout vous dire, de notre grand projet…

L'idée initiale avait été lancée par Henry Fairfield Osborn lui-même, dès 1900, dans un article retentissant. Attendu que l'on retrouvait les mêmes espèces de mammifères, élans, orignaux, caribous, bouquetins, en Europe et en Amérique, ne pouvait-on pas supposer que ces espèces avaient migré depuis un même point, probablement situé à mi-distance ?

– Si l'hypothèse est fondée, il faudrait donc supposer que le berceau de ces mammifères se situe quelque part par là…

Et Roy posa le doigt sur le grand plateau d'Asie centrale.

– Mais ce n'est rien encore…

Il y a de cela cinq ans, un paléontologue, William Diller Matthew, était allé plus loin. En corrélant les études sur l'évolution du climat et celles sur les grandes migrations, il avait montré que ces dernières avaient pu s'effectuer par le détroit de Béring, quand les deux continents se touchaient, et par l'isthme de Panama. À quoi il fallait ajouter qu'en 1891 un médecin hollandais avait découvert à Java le squelette d'un être incontestablement humain, vieux de six cent mille ans, aussitôt baptisé *Pithecanthropus Erectus*, beaucoup plus ancien donc que les hommes de Cro-Magnon et de Néandertal en Europe, plus ancien que tout ce que l'on savait de l'Afrique…

– Si l'on rassemble tous ces faisceaux d'indices, alors il devient de plus en plus vraisemblable que c'est là aussi que se trouve le berceau de l'humanité. Dans cette zone encore aujourd'hui à peu près inconnue…

La théorie était séduisante. Bougrement séduisante, même, convint Martin, mais avait-on trouvé quelques indices matériels pour l'étayer, des sites, des restes fossiles ?

– Rien. Si : une dent de rhinocéros. D'une race aujourd'hui éteinte. Trouvée sur une piste de caravanes, en 1894. Mais elle peut aussi bien être tombée d'un lot apporté par des trafiquants. Les « os de dragon » valent des fortunes dans les échoppes des guérisseurs chinois…

Ce n'était pas étonnant : jamais aucune exploration sérieuse n'avait été entreprise à ce jour. Trop difficile. Trop dangereux, dans une zone infestée de bandits. Les quelques aventuriers à s'être risqués l'avaient fait à dos de chameau, sans s'éloigner des pistes des caravanes. Et jamais les techniques modernes de fouilles n'avaient été utilisées.

– Nous savons que ce berceau a forcément existé. Il n'a été trouvé nulle part ailleurs, alors que tous les indices nous poussent vers la seule zone encore inexplorée.

Il y en avait d'autres indices. Beaucoup d'autres. William Diller Matthew allait même plus loin : *là, probablement, était le berceau des civilisations*.

– N'est-ce pas frappant ? Tenez, regardez ! On les trouve sur tout le pourtour du haut plateau d'Asie, à peu près en même temps : Chaldée, Asie Mineure, Egypte, à l'ouest, Inde au sud, Chine à l'est. Et au centre, ce grand vide, inconnu : le désert de Gobi… Alors, dites-moi, d'où viennent-elles ? Qui les a fécondées, portées ? Prenez les mouvements de grandes migrations. Dans la préhistoire. Aux âges classiques. Au Moyen Âge. Déferlant telles les vagues de la mer, les unes après les autres. Chaque tribu se jetant sur les frontières de celle qui l'avait précédée. Elle-même déjà poussée dans les reins par la suivante… En Europe, elles venaient de l'est. En Inde, du nord. En Chine, de l'ouest. En Amérique, toutes les vagues sont passées par le détroit de Béring et l'Alaska, se bousculant les unes les autres, jusqu'à la Terre de Feu. Oui, d'où venaient-elles, dites-moi – sinon de ce grand blanc sur la carte ? Messieurs, c'est là que nous allons. Pour la plus grande mission d'exploration de tous les temps !

Il était magnifique, le buste droit, l'œil lançant des éclairs, général à la veille de la mère des batailles. Pas étonnant si Osborn mobilisait pour lui tous les moyens du Muséum ! C'était une chance unique de voir confirmer sa propre intuition. Et la promesse, en cas de succès, d'une gloire immense, pour lui comme pour son Muséum…

Voilà pourquoi, poursuivit Andrews tout à son idée, pareille aventure n'avait de sens que si on rassemblait tous les moyens, techniques et humains d'une étude globale. Voilà pourquoi il n'avait pas le choix, quoi que puissent en penser ses amis du Club. C'était tout ou rien, il fallait recomposer l'histoire du grand plateau d'Asie centrale, sa géologie, son climat, ce que furent sa flore, sa faune, cartographier toutes les zones encore inconnues, collecter toutes les espèces vivantes, mammifères, oiseaux, poissons, reptiles, insectes, plantes, pour les comparer utilement aux fossiles exhumés par les paléontologues. Tous les moyens possibles, pendant des années, ou rien.

Martin, pensif, se pencha sur la carte. C'était une armée, à mettre en marche ! Avec des problèmes énormes de logistique, dans un milieu a priori hostile, en tout cas inconnu. Comment assurer l'approvisionnement d'un pareil groupe, l'alimentation non seulement des hommes, mais surtout des chameaux – herbe et eau ? Plus l'expédition grossissait plus elle devenait lente, exposée aux dangers extérieurs…

Roy approuva, l'air moqueur. C'était bien raisonné, et vite ! Mais c'était là, précisément, qu'il innovait du tout au tout… « Une révolution ! » répéta-t-il, l'œil brillant, sûr de ses effets, en déployant une carte de la Chine intérieure.

– Mon idée ? Les voitures ! Un chameau parcourt

10, au mieux 15 miles par jour, OK ? Une voiture, elle, peut en parcourir 100…

D'un geste de la main, il prévint l'objection de Martin :

– J'ai fait l'expérience, jusqu'à Urga et retour. J'ai croisé tous les témoignages, rassemblé les études géologiques, même partielles, dont nous disposons : c'est possible, le sol s'y prête !

Son plan, détaillé sur un grand diagramme, consistait à lancer en avant-garde une grande caravane de chameaux avec l'essentiel du personnel, les guides, les ouvriers, et puis le matériel lourd, l'essence, les pièces détachées, les vivres, avec pour mission d'installer un premier camp de base qu'ils rejoindraient plus tard en voiture.

– Des Dodge, pour les voitures légères, et pour les camions des Fulton, les plus solides sur le marché. Et la plus formidable publicité pour notre industrie, non ? C'est bien pour ça que nous les aurons gratuitement…

De là, l'expédition se diviserait en trois ou quatre unités autonomes, deux camions par équipe, plus une voiture légère, transportant les savants et leurs assistants, avec assez d'essence et de vivres pour deux semaines d'autonomie, de sorte que plusieurs études pourraient être menées de front. Pendant que d'autres caravanes viendraient régulièrement réapprovisionner le camp de base. Une aventure prévue pour durer cinq années au bas mot.

Walter Granger, du Muséum, le plus grand paléontologue peut-être du moment, Charles Peter Berkey, de l'université Columbia, géologue de réputation mondiale, qu'assisterait Frederick K. Morris, lui aussi de l'université Columbia et qui parlait chinois, ayant enseigné à Tsientsin, Ralph Chaney, le géologue, l'archéologue Nels C. Nelson, le topographe Roberts… ce n'était pas seulement tout l'argent disponible qu'avait collecté Andrews pour son projet de visionnaire, mais aussi les plus grands savants du moment, dans chacune des spécialités retenues. L'Amérique, au sortir d'une guerre qui avait bouleversé l'ordre des choses, affirmait sa puissance, intellectuelle, financière, technique, à la face du monde.

C'était grandiose. Et ça pouvait marcher.

Et c'est à Martin Johnson que Roy Chapman Andrews proposait de filmer cette épopée.

Ils restèrent un moment silencieux tandis que la voiture glissait dans la nuit. Derrière le rideau d'arbres brillaient les eaux du fleuve. Un virage, de loin en loin, découvrait l'horizon qu'embrasaient vers le sud les lumières de la ville. Roy, au volant, gardait les yeux sur la route sinueuse. Et chacun, comme écrasé par l'énormité du projet, s'absorbait dans ses pensées. Martin, probablement, hésitait, songeait Osa. Roy l'avait pris à part après son exposé, pour un long conciliabule, pendant qu'Yvette tentait auprès d'elle d'en apprendre un peu plus. Martin était si réservé ! Ils savaient, bien sûr, leur projet africain, mais Akeley était en grandes difficultés, et il serait toujours temps pour eux de retrouver l'Afrique, après l'odyssée en Asie : la célébrité de Martin serait telle, alors, que toutes les portes s'ouvriraient. Et il aurait pour lui la gratitude d'Osborn. Comment lui expliquer qu'elle, Osa, n'en savait pas plus qu'eux ? Après bien des vicissitudes, Martin allait se plonger dans le montage de son film. Dans ces périodes-là plus rien ne comptait, il devenait inaccessible. Son film n'était surtout pas un problème, avait insisté Yvette : Roy et elle ne partiraient pas avant deux mois, et ils seraient probablement retenus cinq bons mois encore à Pékin par l'organisation du périple :

Martin et elle pourraient toujours les rejoindre là-bas, une fois leur film achevé…

La voiture fit une brusque embardée : la circulation devenait plus intense, tandis que la ville, peu à peu, envahissait le ciel dans un crépitement de forêt en flammes. Osa, lovée contre Martin, tenta de saisir un regard, une expression. Pourvu, pourvu qu'il penche pour Roy ! Elle se voyait déjà sillonnant la steppe immense, elle avait senti sa présence, de pièce en pièce, chez les Andrews, vibré à leurs récits, elle aurait une amie, là-bas, dans les moments de solitude. Comme ils étaient loin de la folie sombre d'Akeley ! Jamais le malheureux ne ferait le poids face à la machine mise en route par Roy. Son temps était passé, son Hall africain un projet avorté que nul ne songeait plus à ranimer. Agacée, elle pinça cruellement Martin sans parvenir à lui arracher autre chose qu'un sourire lointain. Dehors, la foule débordait des trottoirs, joyeuse, se pressait aux portes des théâtres ruisselants de lumières. New York, seul, était à la démesure d'un si grandiose projet…

– Ce sont eux, là dehors, qu'il va falloir séduire ! lança Roy, comme s'il avait lu les pensées d'Osa. Ce sont eux, ou pas, qui feront le succès de la pièce…

John, qui paraissait jusque-là somnoler, rompit le premier le silence.

– C'est curieux, Roy. Vous ne nous avez jamais dit le fin mot de l'histoire de ce pauvre Will…

– Oh ! J'attendais simplement votre question. Mais peut-être, sans le savoir, n'avons-nous fait qu'en parler, ce soir. Et vous avez sans doute touché au cœur de la nouvelle, en imaginant que les aubergistes, geôliers inconscients, furent eux-mêmes d'autres Will en leur jeunesse…

Il resta un instant silencieux, comme fasciné par le spectacle de la rue, puis reprit d'une voix songeuse :

– Non, l'histoire n'est pas finie. Le brave Will, croissant en sagesse avec l'âge, devient fameux pour son stoïcisme. Mais à ceux qui viennent le voir il sourit d'un air entendu : « Vous arrivez trop tard. Je suis mort à présent : j'ai fini de vivre. N'est-ce pas l'objet des longues vies, de faire que l'homme cesse de se soucier de la vie ? Lorsque j'étais petit, cela m'intriguait beaucoup de savoir si c'était moi ou le monde qui était digne d'intérêt. Maintenant, je sais, et je m'en tiens là. »

– Hmm, grommela John, c'est tout ? Suis pas bien sûr d'être vraiment content…

– Un écrivain, Henry James, y a pourtant vu un exemple admirable de cette précieuse vérité – je cite de mémoire – que « nous pouvons venir à bout de nos impatiences ». Il appelait ça les « beautés de la Temporisation ».

– Mais enfin, Roy, crénom, vous ne me ferez pas croire que c'est votre idée de la vie, *à vous* ?

Roy eut un sourire malicieux :

– Oh ! L'histoire n'est pas finie. Et je crois que cet Henry James ne l'a pas lue jusqu'au bout. Car voilà qu'un visiteur, un jour, tient à Will des propos bien étranges : « Êtes-vous médecin ? » interroge ce dernier, surpris. « Le meilleur qui fut jamais, réplique l'autre, car je guéris à la fois le corps et l'âme par la même ordonnance. » Will alors comprend qu'il s'agit de la mort : « Que ne le disiez-vous pas plus tôt ? Je vous attends depuis tellement d'années. Donnez-moi la main, et soyez le bienvenu ! »

Une ronde de fêtards déborda sur la rue, bloquant le flot des voitures. Un jovial rubicond flanqué d'une grande bringue en tenue obligée de *flapper*, manteau de ragondin sur jupe ultracourte laissant voir ses cuisses maigres et même un peu plus, frappa à la portière, en quête de bon *booze* – et c'était la vie, se dit Osa qui battait là dehors, où le brave Will ne se serait sans doute pas retrouvé. Roy se dégagea souplement, reprit d'une voix songeuse :

– En sorte que ce que James voit comme un éloge du renoncement peut aussi bien être lu comme l'histoire d'une damnation, puisque le prix à payer par Will pour le meurtre de ses rêves, pour l'extinction en lui de tout élan, de tout désir, pour le refus de l'inconnu, aura été sa vie elle-même. Devenue une simple attente de la mort. Et déjà une mort par anticipation…

Il s'arrêta dans une zone plus calme, en bordure de trottoir, se tourna vers ses passagers, comme pour les prendre à témoin :

– Voyez-vous, c'est ça qui me fascine : une histoire si parfaite qu'elle peut s'interpréter de deux manières exactement opposées, sans qu'on ait à en changer un seul terme. Comme si elle gardait en elle, exactement enclos, le mystère même de l'existence humaine. Oui, pourquoi partons-nous ?

Yvette et John, silencieux, approuvaient de la tête. Osa, elle, le regardait, pensive : n'était-ce pas l'histoire de ses deux Osa, et de leurs disputes, qu'il venait de lui résumer là ?

Seul Martin, penché à la vitre, paraissait n'avoir pas entendu. Les yeux brillants, il fixait les gerbes de lumières qui devant lui proclamaient la gloire éternelle du Capitol…

VI

La course était lancée. Robertson et Cole s'étaient fait un peu tirer l'oreille, mais Rothafel, en mouvement, tenait du bulldozer. Avec quelques investisseurs de ses amis qui cherchaient, hum, à placer les fruits de certaines spéculations hardies à caractère pharmaceutique, dont un certain Little Joe Burnett, groom de leur connaissance et fournisseur respecté sur la place, la toute nouvelle Exceptional Picture Corporation avait pris le contrôle de la Martin Johnson Company. L'apport d'un partenaire de dernière minute, recommandé par Andrews, avait vaincu les dernières réticences. Du coup, les nouveaux actionnaires exigeaient le film au plus vite. Comment ? Il n'était pas encore monté ? Et ça prenait combien de temps, ces choses-là ? Dehors battait le pouls de la ville, impatient, péremptoire : tout, tout de suite, demain était déjà aujourd'hui ! Martin passait ses journées et ses nuits en salle de montage, épuisait tour à tour deux monteurs, que Little Joe, en actionnaire avisé, alimentait en *booze* premier choix, tout juste arrivé par la Rum Row. Il harcelait Arthur Hoerl, le meilleur titreur de la place, bref, faisait au plus vite, mais ça prendrait tout de même quelques semaines. Des *semaines* ? Oui, enfin, deux ou trois mois. Rothafel levait les bras au ciel, John, lui, avait glissé dans un soupir qu'il ne fallait pas perdre espoir – il finirait bien par voir son fils un jour. Ou une nuit. Et puis comme cela, au moins, il avait Osa pour lui tout seul. Ou presque…

Osa. Martin retiré du monde, tous se tournaient vers elle. Akeley et John prenaient des airs innocents quand elle les surprenait au salon, allongés sur les tapis, victimes consentantes des facéties de Kalowatt et de Bessie – mais elle sentait leurs regards posés sur elle, en interrogation muette, tandis qu'elle allait et venait. Non, Martin ne lui avait rien dit. C'était mal le connaître, d'imaginer qu'elle pouvait l'influencer. Oui, elle rappellerait à Martin qu'il avait promis de dîner avec Stefansson et la petite tribu de ses amis, « histoire de faire le point, sur leurs affaires ». Mais d'abord elle avait rendez-vous. Avec Yvette Borup. Et à ce seul nom elle sentait le visage d'Akeley se crisper – chacun, pour ses projets, jouait de ses atouts.

Dès le lendemain de leur dîner, Yvette était passée la prendre. Juste pour quelques emplettes, elle n'avait plus rien à se mettre, la mode changeait si vite ! Osa, elle en était sûre, serait de bon conseil. Et puis, même sans achat, y avait-il plus grand plaisir entre femmes que de causer chiffons ? Yvette virevoltait entre les rayons, légère, visage aigu, infiniment grande dame, s'en excusait, d'un rire de gorge troublant, et l'instant d'après pouffait comme une gamine, complice, ses yeux marron pétillants de malice. Il fallait profiter des dernières semaines, Roy était déjà dans les malles et les cartons, demain ce serait la rudesse du désert, l'eau rare, la chaleur de plomb, les corps ruisselants, les vêtements poisseux. Elles hurlaient de rire en échangeant des horreurs devant les vendeuses effarées, les tiques, les sangsues logées aux endroits les plus tendres, les jours sans eau pour se laver, la crasse, la puanteur, les cheveux gluants, les poux, les cancrelats, les araignées, les serpents et les rats, ah ! les rats… – allons ! elles avaient mérité quelques compensations. Mais elles s'accordaient sur ce point, revenues dans la rue, que les barracudas, les tigres, les serpents les plus dangereux étaient ici, à New York, la jungle urbaine.

– Ça ferait un beau thème de film, pour Martin, tu ne trouves pas ? Une bête sauvage, la pire, un vrai monstre, faisant irruption dans la ville – et qui se révélerait un agneau devant la férocité des « civilisés », finirait en charpie, lynché, assassiné ?

Elle avait hésité :

– Enfin, après notre expédition, j'espère…

Pékin, d'abord. Pékin et ses jardins mystérieux, ses marchés aux fleurs débordant de variétés inconnues, les troupes à chaque carrefour de jongleurs ambulants, d'acrobates et de magiciens, l'envol lourd des pigeons siffleurs, la splendeur désertée de la Cité interdite où Pu Yi, le dernier empereur, vivait coupé du monde. On s'immergeait dans le silence des siècles accumulés, et dix pas plus loin on débouchait dans le rugissement d'une rue surpeuplée, grouillante de coolies, de conducteurs de rickshaws se faufilant parmi les caravanes de chameaux mêlées au flot des automobiles… Ah ! Ce serait le choc de leur vie, à Martin et à elle, après les sauvages des Nouvelles-Hébrides et la jungle de Bornéo. Et puis ce serait l'expérience du désert, l'espace ouvert à l'infini. Elle lui disait encore, la voix sourde, comme en songe, l'odeur du désert à l'éveil du matin, le lent balancement des caravanes millénaires, le regard vague des nomades qu'on aurait dit venus d'un insondable au-delà, aussi vieux que la poussière des pistes sous les pas des chameaux. Et puis leurs aventures pendant la guerre, au Japon, leur Nouvel An au Number Nine de Mother Jesus à Yokohama. Roy lui en avait tellement parlé, de ce repaire où se mêlaient contrebandiers, mercenaires, espions, marins de navires improbables, militaires prêts à vendre leurs secrets, ou à se vendre ! La maison débordait de fleurs et de guirlandes colorées qui tournaient lentement dans la lumière sourde des lanternes, des ombres passaient, chuchotantes, et les geishas dansaient entre les tables, accompagnées par des flûtes invisibles – c'est seulement vers minuit qu'elle avait compris qu'elle était dans un bordel très chic, aux filles à 5 dollars la nuit, petit déjeuner compris. Et puis Shanghai, Foochow, la remontée de la Min River sur des sampans, leur quête du tigre bleu, le Yang Tse… Elle lui avait apporté *Campements sur les pistes de Chine*, leur dernier livre, dont elle avait écrit six chapitres, et quelque chose en Osa se déchirait tandis qu'Yvette parlait, parlait encore, chacune de ses photos était comme une invite. Si forte était la nostalgie de son amie qu'il lui semblait l'éprouver avec elle. Que pesaient les récits inquiétants d'Akeley face à ces merveilles ?

– Et puis j'ai pensé… Tu pourrais prendre Kalowatt et Bessie avec toi, bien sûr. Après tout, mon fils George viendra bien avec moi et il n'a pas 3 ans. Dis, qu'en penses-tu ? On pouponnerait ensemble !

Que lui répondre ? Martin ne parlait guère, quand il rentrait, épuisé, de la salle de montage. S'il parlait, c'était du film, bien sûr, de leur retour parmi les Big Nambas, à Malekula, des jours passés à Bornéo ou de leur descente du Kinabatangan et à travers ses phrases, rares, elle devinait la marche du film, ses hésitations, ses trouvailles. Tout juste avait-il lâché, après leur soirée à Bronxville, que « ça faisait rudement rêver, leur aventure, à ces deux-là » avant de grommeler : « Oui, mais c'est leur aventure. » Ne pouvait-elle pas devenir la leur, aussi ? Seule, tandis qu'elle cherchait le sommeil près de Martin assoupi, ce n'étaient plus les images de Bornéo qui lui venaient, mais celles des récits d'Yvette, les vastitudes du Gobi, Urga surgie d'un autre temps… Leurs voix se mêlaient, insistantes, Monsieur Lu glissait, fantôme, dans la pénombre seulement éclairée par la lumière des bougies, les flamboiements des braises sous le bassin de cuivre de la potée Ta Pin Lou. « C'était au sortir de la forêt des démons, dans la vallée de Tumen, quand Paik-tu-san, la Longue Montagne Blanche, se dressa devant nous, comme un nuage posé sur le ciel… » Que n'aurait-elle donné, en ces instants, pour se retrouver là-bas, à leurs côtés ! Ce serait à coup sûr l'expédition du siècle, chacun de ses membres deviendrait une légende, c'était une voie royale offerte à Martin pour la suite. Pourquoi diable se montrait-il à ce point fasciné par les plus effrayants des récits d'Akeley ? Et qu'avait-il cherché lui-même dans les îles cannibales durant toutes ces années, sur les pas de London ? Et elle ? À quoi tenait ce besoin de se plonger avec Martin dans l'inconnu, de sentir son cœur battre d'impatience et de peur, tout en soupirant après une vie paisible à Chanute près des siens, qui, elle le savait bien, la précipiterait aussitôt dans des rêves de lointains ? Elle repensait à la nouvelle de Stevenson. Se pouvait-il que chacun fût à l'image de ce Will du Moulin, pris entre deux élans, la nostalgie des bateaux chargés de perroquets et de tabac des Îles, glissant à l'horizon, et la tiédeur immobile de Chanute ?

Chanute ! Son cœur se serrait, de seulement y penser. Son père, toujours fatigué, appréhendait un voyage à New York, du coup elle ne croyait plus guère à la venue de Belle et de Millie, Elle aurait dû, elle aurait pu se précipiter à Chanute, après tout John saurait s'occuper de Bessie et de Kalowatt, qui ne le quittaient plus, Martin vivait dans sa bulle, sans besoin de quiconque – qu'est-ce donc qui la retenait à New York ?

Yvette. Yvette, qui à l'instant lui prenait le bras, câline :

– En attendant que Martin revienne parmi nous, petite Osa, je vais être ton *chaperon* !

Elle prononçait « chaperon » en français, avec un air comique. Il restait à Osa tant de facettes de la Grosse Pomme à découvrir ! Les *tycoons* qui menaient la ville, bien sûr, sans eux on ne pouvait plus grand-chose, mais c'était plutôt le domaine de Roy, et il avait en tête d'introduire Martin dans leur cercle. Et puis ceux qui étaient « derrière la scène », faisaient et défaisaient l'opinion, les carrières, les réputations – ceux-là, elle allait les lui faire connaître. Il *fallait* qu'elle les connaisse.

C'était en somme le marché, par-delà l'affection : les introduire tous deux dans leur univers, à Roy et elle, des *tycoons* mécènes et des faiseurs de mode, s'ils acceptaient d'être de l'expédition : un passeport pour l'avenir.

– C'est ça, ma petite, ou se faire manger toute crue !

Les bohémiens de Greenwich Village, le cercle des lesbiennes de chez Jo's – elle avait éclaté de rire devant les airs épouvantés de son amie –, les bandes du Pirate's Den, du Club Montmartre, là où s'agitaient, se croisaient, s'aimaient, se déchiraient les jeunes artistes, peintres sans le sou, rimailleurs, romanciers, crève-la-faim un jour, célèbres le lendemain – le Quartier latin américain, en quelque sorte. Tout, elle allait lui faire tout découvrir.

Et d'abord, ses amis du « Cercle Vicieux ». Dits encore du Gonk, dits de la Table ronde, selon l'humeur.

Ils n'avaient pas plus de 25 ans mais déjà prenaient le pouvoir dans les principaux journaux de la ville. Pourris de talent, ou faisant comme si, arrogants et fragiles, exaspérants et attachants, tous la dent dure, qui n'adoraient rien tant que de se mettre en morceaux les uns les autres dans leurs rituelles réunions de l'hôtel Algonquin, au point que c'en était devenu un spectacle, autour d'une table ronde que le propriétaire de l'hôtel avait eu le génie d'installer dans son plus grand salon – mais ils sortaient griffes et crocs si l'un d'eux se trouvait attaqué par quelque philistin extérieur. Pas encore 25 ans, et les dents déjà plantées dans la Grosse Pomme, bien décidés à la croquer sans attendre, les stars de demain et déjà d'aujourd'hui, par eux-mêmes proclamés les arbitres du goût, insupportables et nécessaires. Un monde nouveau naissait, qui ne voulait plus rien savoir de l'ancien, mort et enterré en Europe sur les champs de bataille, c'était désormais le triomphe de la jeunesse, de la jeunesse à tout prix, de la jeunesse en toutes choses, sans plus de repères, sans plus de critères, sinon de rejeter tout ce qui les avait précédés, ces oripeaux hypocrites dans lesquels s'étaient trop longtemps drapés leurs sentencieux aînés. La jeunesse sans autre valeur qu'elle-même, fût-elle égoïste, futile, désespérée, inconséquente, intolérante dans sa rébellion contre un temps qui déjà filait entre leurs doigts, fanait les corps et les cœurs. La jeunesse pressée de se détruire avant que ne la rattrape et ne l'use le tic-tac des horloges. Il fallait de nouvelles plumes pour dire ce tumulte, cette fureur, ce mal-être, imaginer des repères, des codes, des modes jamais osées, capter la parole vive de ce cratère en éruption qui grondait chaque nuit en se réinventant sans cesse, brûlait aujourd'hui ce qu'il adorait hier, la jeunesse par essence était ce qui ne durait pas, ne rien savoir de la vie, de l'histoire, du monde, de ce fatras appelé culture par les pions et les doctes, ne rien savoir du tout, mais vibrer, n'être plus que rythme, pulsation devenait une valeur : qui seraient les médiums de ce monde en gésine, les porte-voix de la foule, impatiente, là-dehors ? Eux, les nouveaux chevaliers de la Table ronde…

Osa ralentissait à mesure que croissait l'enthousiasme

d'Yvette. Dans quel guêpier l'entraînait-elle ? Son amie s'était retournée, la tirait doucement par le bras :

– Tous misogynes, en plus, à commencer par les femmes du premier cercle !

Elle éclata de rire devant la pauvre mine de sa compagne, la détailla de la tête aux pieds :

– Allez, viens ! Fais-moi confiance, tu as... tous les arguments nécessaires. Il faut que tu les connaisses. Ah ! Ils vont être bluffés. Eux qui n'ont quasiment jamais mis les pieds hors de New York !

Tout était parti, expliquait-elle dans un flot de paroles où Osa se noyait, de l'exaspération de trois jeunes plumes de *Vanity Fair*, Dorothy Parker, Robert Benchley et Robert Sherwood, bien décidés à « allumer » le critique Aleck Woolcott jugé un rien sentencieux depuis son retour d'Europe, avec sa manie de commencer ses histoires par : « Depuis mon poste d'observation, sur le théâtre des opérations... » Rendez-vous avait été pris dans le Salon rose de l'Algonquin. Finalement le repas avait été si joyeux, plein de bons mots et de blagues vachardes, que l'un d'eux avait lancé l'idée d'en faire un rendez-vous quotidien, histoire pour chacun de se chauffer les méninges avant de rédiger son papier. Après tout, leurs bureaux étaient à deux pas ! C'était devenu presque un rituel, suivi par une foule de plus en plus dense – où la vie et la mort d'un spectacle, d'un livre, d'un auteur, étaient suspendues à un bon mot...

Les applaudissements, les rires, s'entendaient depuis le hall de l'hôtel, que les « branchés » n'appelaient plus que le Gonk. *Morituri te salutant*, ricana le groom, à l'entrée :

– Je ne sais pas ce qu'ils ont mis dans leur *booze* aujourd'hui, mais le sang coule à flots !

Osa esquissa aussitôt un demi-tour, ce n'était pas pour elle, cela, ce n'était pas son monde, mais Yvette la tirait, la poussait, d'autorité, fendait la foule groupée à l'entrée du salon.

– Tu as vu le monde ? On dirait que ça chauffe…

Ça y est, songea Osa, le cœur battant et déjà rouge de honte, je vais encore passer pour une idiote…

Ils étaient une dizaine, autour de leur table ronde, et la couleur des joues de certains, le brillant des regards, suggéraient que, malgré les étiquettes, le liquide ambré qui coulait des bouteilles n'était pas du plus pur ginger-ale.

– Tout de même, Dorothy, tu es un peu dure ! Il paraît qu'elle parle dix-huit langues…

Les tirs se concentraient, semblait-il, sur une certaine Clare Boothe Luce…

– Ah ? En tout cas, elle ne sait dire « non » dans aucune d'elles.

– Et Bob assure qu'elle est charmante avec ses inférieurs.

– Ah bon ? Et elle a réussi à en trouver où ?

La suite se perdit dans un tonnerre d'applaudissements, tandis que la tête de la pauvre Clare Boothe roulait dans la sciure. Le petit gros à lunettes qui parlait était Alexander Woolcott dit « Vitriol et violette » chuchota Yvette, et la jeune femme si prompte à dégainer, malgré ses airs inoffensifs, Dorothy Parker, qui avait fait longtemps les beaux jours de *Vanity Fair*.

– On a de la chance, ils sont presque tous là !

Franklin Pierce Adams, dit F.P.A., Robert Benchley, Heywood Broun, George Kaufman, Harold Ross, Alexander Woolcott, elle énumérait ces noms avec dans la voix des frissons extatiques : les chasseurs de scalps, les coupe-jarrets, les faiseurs de rois du *New York Times*, de la *Tribune*, de *Vanity Fair*, de l'*Herald Tribune*, du *Post*, du *World* ! Et pour moi tous de parfaits inconnus, se disait Osa, dans un demi-coma. Deux femmes, à l'opposé de la table, les joues en feu, riant trop fort, et très artistement dévêtues, se jetaient des regards de fauves en chasse qui n'étaient pas sans rapport avec le malheureux coincé entre elles deux.

– Attention à ces deux-là, glissa Yvette. Si tu t'approches, arme ton fusil ! Tallulah Bankhead, l'actrice, elle a joué dans la *Vamp vertueuse*, d'Anita Loos. Zelda, la reine des *flappers*. La panthère et la tigresse. Entre elles deux, George Nathan, leur amant. Enfin, un de leurs amants. D'ici qu'elles le découpent en deux tout vif sur la table. Ou lui arrachent les…

Le ginger-ale donne soif, c'était bien connu, et un garçon au faciès de croque-mort, ou d'étrangleur, renouvela les bouteilles, tandis qu'Yvette se faufilait, embrassait l'un, saluait l'autre, étreignait Dorothy.

– Yvette ! On parlait de toi à l'instant…

– Au juste, chérie, c'est dix-huit ou dix-sept langues que tu parles ?

– Chipie ! C'est Claire que vous allumiez, n'est-ce pas ? Qu'est-ce qu'elle vous a fait, la pauvre ?

Et pourtant cette Dorothy a quelque chose de triste dans le regard, songeait Osa, tandis qu'Yvette chuchotait à l'oreille de son voisin.

– Le pot-au-feu du cannibale ! C'est ça ?

Tous les regards se tournaient vers Osa. Et pas moyen de fuir, la foule s'était refermée dans son dos, la laissant dans l'arène.

– Pas de doute, il avait bon goût.

– Le pot-au-feu ?

– Mais, non, *sucker* ! Le cannibale !

– Comme quoi, Dorothy, New York n'est pas le seul temple du goût…

– Culinaire ?

– Attention les lascars, susurra Yvette, elle a déjà affronté les grands fauves, les crocodiles, les serpents venimeux.

– C'est curieux, pourtant, on ne l'a jamais vue ici… Il y en a ailleurs ?

– Et en plus c'est mon amie.

– La fille aux singes ! Mais bien sûr, j'ai lu vos exploits.

Ça y est, se dit Osa : la soirée de l'Explorers' Club qui recommence. En pire.

– En somme, vous êtes venue nous comparer à votre ménagerie ?

La tigresse Zelda, la moue méprisante, la foudroyait du regard – mais ce regard-là, elle connaissait, c'était celui des filles, au collège, quand les garçons se pressaient autour d'elle. Du coup, elle se sentit rassurée.

– Oh ! fit-elle en regardant la muraille des spectateurs serrés tout autour d'eux, la différence, c'est que la mienne est en liberté…

Le groupe applaudit.

– Pas mal ! Zelda, tu l'as bien cherché…

Yvette embrassait Osa en riant. Adoptée…

Une tête de gargouille, perchée de travers sur un cou de dindon – F.P.A., glissa Yvette, Franklin Pierce Adams, un des fondateurs de la Table ronde, et le plus redoutable chroniqueur de New York –, sortit d'un nuage de fumée en poussant un terrifiant cri de guerre. Les poignards étant affûtés, le poison distillé, il était peut-être temps pour chacun de rendre sa copie, mais pourquoi ne pas se retrouver ensuite au Sardi's pour dîner, c'était jour de bouillabaisse ? Avant, pour les plus crapuleux, de s'arsouiller au Pirate's Den dont le déplorable propriétaire, Don Dickerman, promettait des « nuits en haute mer »…

Et c'est ainsi qu'Osa, entraînée par Yvette, se laissait emporter dans le tourbillon des jeunes loups du Gonk.

Ils étaient jeunes, fantasques et séduisants, futiles et graves, cruels et désespérés, voulaient que la vie soit un jeu, perpétuellement recommencé, loin des codes convenus et des préjugés, dont chacun fixait librement les règles, et si, sous les rires affichés, se devinait souvent l'angoisse du temps, du temps qui fuyait, du temps qui usait, puisque jeunesse nécessairement passerait, jeunesse passait déjà, au moins ils étaient vivants, se rassurait Osa. Avec eux il lui semblait qu'elle retrouvait un peu de sa jeunesse manquée, l'effervescence, la drôlerie, les émotions de son âge qu'elle n'avait pas connues. C'était à qui trouverait le « mot du jour » que dix journaux le lendemain répercuteraient, le mot, le trait d'esprit, sinon le « mot de la fin ». Tout devait s'y résumer, pour se conclure par un éclat de rire. Et foin des pesantes théories, de l'esprit de sérieux des aînés, de leurs hypocrites logorrhées. Le tranchant d'une lame, le brillant, la dureté du diamant, la légèreté d'une bulle de champagne – le style, en toutes choses. Le style, comme si l'on voulait croire qu'à lui seul il pouvait dissoudre les aspérités du réel, le rendre malléable, le plier à sa forme. Le style, comme seule morale. Restait à savoir, avait confié un soir Dorothy Parker, déprimée par sa vaine défense de Sacco et Vanzetti, si le mot d'esprit était vraiment une arme, ou seulement un bouclier. Et Osa avait eu l'impression que la jeune femme, dans le fond, connaissait la réponse…

Des enfants joueurs, des enfants gâtés. Mais qu'importe ! Cette insouciance la changeait des angoisses, de la folle tension, de l'énergie de Martin toujours tendue vers un seul but. C'était à qui, autour d'elle, inventerait un nouveau pied de nez au bourgeois, proposerait le divertissement le plus extravagant. Un jour, Robert Benchley avait lancé que la marche à pied était d'un banal à pleurer, qu'Arthur Mecken, le vénéré rédacteur en chef du *Smart Set*, mangeait sa choucroute chez Luchow, un peu plus bas, et qu'ils allaient l'y retrouver en marchant sur les mains. F.P.A., George Kaufman, Harold Ross, s'étaient exécutés avec un sérieux qui ne permettait pas d'écarter totalement l'hypothèse d'une légère euphorie éthylique, et Zelda, imperturbable, les avait imités, corps de gymnaste, nerveuse.

– Tiens, tu portes une culotte ? s'était étonnée Dorothy Parker, un rien acide. Décidément, Zelda, tu t'embourgeoises.

À Westport, sur les rives du Sound, où l'été n'avait été qu'orgies tous les soirs, soûleries, baignades à minuit, les amants de la tigresse avaient appelé les pompiers au secours – et aux braves garçons qui s'inquiétaient de trouver le lieu de l'incendie, Zelda avait retroussé ses jupes, montré son postérieur. Ou sa poitrine, elle ne s'en souvenait plus très bien. Une chose au moins était certaine…

– En ce temps-là, elle ne portait pas de culotte. Pour que ça sèche plus vite, prétend Bob Benchley, mais il ne dit que des horreurs, c'est bien connu.

Zelda. Les genoux d'Osa s'étaient dérobés sous elle quand Yvette lui avait glissé qu'elle venait rien moins que de tenir tête à Zelda Fitzgerald. L'épouse de Scott Fitzgerald. La grande prêtresse des *flappers*. Le modèle de Rosalind, l'héroïne de cet *Envers du Paradis* qu'elle avait lu dans le trouble et l'émoi comme la nouvelle Bible de la jeunesse. Elle l'observa à la dérobée. Belle ? Du charme, en tout cas, avec ses cheveux blonds coupés court, séparés par une raie médiane, ses reins cambrés et cette flamme de défi, toujours, dans ses yeux bleu lavande. Belle, n'eût été l'expression butée de son front, qu'accentuait le pli des lèvres. Qu'est-ce donc qu'ils lui trouvent tous ? « Son cul », dit Dorothy, placide, comme si elle avait deviné le cours de ses pensées.

– Toutes les femmes se posent la même question, dès qu'elles la voient...

Zelda prête à tout pour se placer toujours au centre du jeu, sous les regards des hommes, actrice, mais de sa propre vie, à défaut de l'être sur les planches. Zelda, qui organisait des fêtes dans la suite de Nathan, au Royalton Hotel, à deux pas de l'Algonquin, quand Tallulah n'avait pas pris les devants, dans sa propre chambre au Gonk, et c'était à qui prendrait le pas sur l'autre dans l'extravagance. Quand Zelda, un tantinet pompette, s'était mis en tête, malgré le temps frisquet, de rejouer la célèbre scène de son mariage, où Scott et elle s'étaient baignés dans la fontaine d'Union Square, Tallulah, aussi brune que l'autre était blonde, l'avait aussi sec imitée, et les deux jeunes femmes, éparpillant leurs vêtements sur le trottoir, prestement ramassés par une foule en délire, s'étaient précipitées, nues, dans l'eau glacée. Le nom de Zelda avait couru dans la foule, comme une risée sur l'eau annonce une bourrasque, une jeune efflanquée avait poussé un cri aigu avant d'arracher ses rares vêtements, suivie d'une autre, et d'une autre encore, un garçon en knickers avait suivi le mouvement et ça avait été dès lors la ruée, un enchevêtrement, dans la fontaine, de corps exubérants, la foule applaudissait, hilare. Vrai ! Zelda était inimitable ! Les garçons de l'Algonquin, moins hardis, ou moins fiers de leurs attributs, avaient gardé leur caleçon. F.P.A., raide saoul, était même entré dans l'eau tout habillé, n'acceptant de se dévêtir que de son cigare, remis en dépôt au groom de l'Algonquin qui ne tétait du bâton que le strict nécessaire pour le maintenir allumé. L'arrivée de la police n'avait pas manqué de pittoresque.

– Décidément, la pauvre fille a un problème avec ses vêtements, avait juste commenté Dorothy, dont le regard noir avait dissuadé toute invite à se joindre aux baigneuses.

Mais où donc était Scott Fitzgerald ? Dorothy avait haussé les épaules. Dans sa chambre, probablement, fou de jalousie.

– Ring Lardner dans une chronique a tout dit : « Scott fait des romans, Zelda fait sensation. »

– Comme Martin et toi, glissa Yvette.

Osa, un instant, resta interloquée. Elle, comparée à Zelda ?

– Martin fait des films, tu fais sensation. Non ?

C'est un peu ce que voulait Martin, elle le savait bien – mais il ne la mettait pas en scène, et c'était toute la différence. Pas en scène ? Si, un peu, tout de même… En tout cas, se dit-elle, qu'on ne compte pas sur moi pour sauter dans la fontaine.

– Ça ne vaudrait pas plutôt pour Roy et toi ?

– Il voudrait bien ! Disons que nous sommes les esclaves consentantes de nos époux…

– Mais il ne tardera pas à sortir de sa tanière, poursuivait Dorothy. Fin saoul et furieux, probablement.

Zelda, dont il notait soigneusement frasques et bons mots dans ses carnets, était la matière de ses livres.

– Si Zelda est à l'appartement, Scott ne peut pas travailler…

– Mais si elle n'est pas là il ne peut pas non plus, coupa Bob « Rabbit » Benchley, fine moustache et œil malicieux, en prenant le bras de Dorothy. Parce que le pauvre devient fou à se demander ce qu'elle fait. Ce qui est notre sort à tous, pauvres hommes, par les temps qui courent…

– Imbécile, fit Dorothy, en lui tirant l'oreille.

– C'est même étonnant qu'il ne soit pas encore arrivé…

Deux policiers, les joues en feu, essayaient de cacher de leurs vestes, et de leurs bras, ce que Zelda et Tallulah tenaient à toute force à faire admirer au plus grand nombre, tandis que leurs collègues s'égaillaient en tous sens à la poursuite des baigneuses et des baigneurs – surtout des baigneuses. F.P.A., très digne et ruisselant, tout droit près de la fontaine, tirait sur son cigare avec des airs de grand seigneur. Zelda, changeant brusquement de tactique, étreignit amoureusement son policier, qui se débattit en gargouillant.

– Hmm, fit Benchley, vaudrait mieux, après tout, que Scott traîne un peu en route…

Le sexe était la grande affaire de l'heure, la « nouvelle frontière » de la jeunesse américaine, qui allait ouvrir, comme jadis les pionniers rêvant de Jérusalem nouvelle s'enfoncèrent dans des terres inconnues, un continent nouveau fait de grâce légère et d'innocente pureté, loin des hypocrisies anciennes. La bourgeoisie, au siècle dernier, avait lancé une grande révolution industrielle, et la face du monde en avait été changée – eh bien ! l'époque vivait le choc d'une deuxième révolution, plus radicale encore, dont ils étaient, tous, dans la salle, les premières avant-gardes : le sexe, enfin libéré, sans autre loi que celle de son désir, réconcilierait l'homme avec lui-même et nul ne mesurait encore où cela conduirait l'humanité, la jeunesse vibrait d'une énergie sexuelle trop longtemps contenue par les fausses morales, la pruderie des parents, la répression fanatique des bigots, voici qu'elle explosait enfin, bouleversait l'ordre social jusque dans les tréfonds, ébranlait les familles, fissurait le carcan du mariage, cet esclavage déguisé, comme un torrent emportait tout sur son passage et sur le limon déposé germeraient de nouvelles semences, les femmes libres de leur corps, libres de leur sexe, ivres de jouissance sans plus d'entrave effondreraient l'ordre ancien, seraient la matrice palpitante où s'enfanterait le nouveau monde et il n'y aurait alors plus de guerre, d'exploitation de l'homme par l'homme et de la femme par l'homme, tous les problèmes, tous les malheurs de la vieille Amérique tenaient à cette hypocrisie, au refoulement de la pulsion sexuelle, particulièrement féminine, les femmes enfin découvraient qu'elles étaient d'abord vibrations charnelles, désir de jouissance, et tout, du coup, recommençait avec elle. L'Amérique avait reposé sur la femme pionnière, la femme mère, pilier de la famille, le monde qui naissait reposerait sur la femme amoureuse et d'abord d'elle-même, de son corps, de son sexe, tout s'ordonnerait aux caprices de son désir, et viendrait alors la nouvelle aurore pressentie par Darwin, l'accession de l'humanité au dernier stade de l'évolution…

La voix de l'orateur enflait, tonnait, roulait sur l'assemblée, vibrait d'extase contenue, il était le prédicateur d'un nouvel Évangile, aimez-vous les uns les autres, là, tout de suite, et les *flappers*, dans la salle, accompagnaient le ressassement de ses litanies par des gémissements de bonheur, oui, c'est bon, encore, vas-y ! Et lui, la tête rejetée en arrière, fixant le plafond de la salle comme si le ciel, là-haut, lui soufflait son message, poursuivait sans jamais reprendre son souffle – une technique qu'il avait dû apprendre des joueurs de cornemuse écossais, imaginait Rabbit Benchley, fasciné. Dorothy, éberluée, fixait son visage convulsé. Anita, comme toujours, pouffait de rire.

– Oui, mes amies, le stade ultime de l'évolution !

– Les singes ! applaudit Anita. Ça y est, j'ai tout compris !

Et comme deux *flappers*, devant elle, se retournaient, outrées :

– C'est pas les singes ? Oh… Pourtant c'est bien eux, non, qui s'enfilent les uns les autres du matin au soir ?

– Tu n'y es pas, ma pauvre fille, corrigea Dorothy,

professorale : les escargots ! Et en plus, les salauds, ils sont hermaphrodites…

Ensemble, elles devenaient intenables. Limite pas sortables, avait soupiré Rabbit Benchley qui sentait venir la bagarre. Zelda avait presque entraîné de force tout son monde à la conférence de Timothy Willis, l'auteur scandaleux de la *Révolution par le sexe*, qu'organisait au Q.G. des lesbiennes, dans la salle enfumée de Jo's, le beau Floyd Dell. Maître à penser de Greenwich Village, il venait de publier de son côté *L'Amour à l'âge du machinisme*. Le spectacle était au moins autant dans la salle que sur l'estrade, autour de laquelle se pressaient lesbiennes et homosexuels aux tenues extravagantes, travestis hyperboliques, aux ongles peints interminables, le visage violemment fardé, qui poussaient pour le principe de petits cris hystériques, simples jeunes du Village en chemises à jabots, pantalons bouffants, fardés, poudrés, « de vraies jeunes filles », avait ricané Anita, émules énamourés de Rudolf Valentino – auprès d'eux le Cercle Vicieux paraissait un congrès d'enfants de chœur, avait grommelé George Kaufman, qui bouchait les oreilles de sa femme « pour qu'elle n'entende pas ces horreurs » et celle-ci, jouant le jeu, couinait de loin en loin : « qu'est-ce qu'il dit, le monsieur ? »

– Congrès d'enfants de chœur ou congrès de vieux cons ? avait soupiré Benchley. George, il faut qu'on se parle…

Osa, à l'entrée, avait rougi jusqu'aux oreilles sous les regards des filles déjà présentes. En était-elle, ou n'en était-elle pas ? De toute évidence, elle n'en était pas…

– Faudra t'y faire. Ici nous sommes des hétéroploucs, avait ricané Dorothy.

– Cramponne-toi à moi, avait chuchoté Yvette, ça donnera peut-être le change. Il fait sombre…

Anita Loos, près d'elle, gloussait, ravie, qu'Osa

dévorait discrètement du regard. D'où lui venait cette incroyable aisance ? Elle rentrait tout juste d'Hollywood, cheveux courts, œil revolver, lèvres pulpeuses, adorable pipelette – à l'âge de 20 ans elle écrivait déjà des scénarios pour D.W. Griffith, fréquentait Mary Pickford, Lionel Barrymore, Douglas Fairbanks. Et débitait les pires horreurs avec des airs d'innocente collégienne. Le monde, pour elle, était la gigantesque plaisanterie d'un Dieu rentré chez lui fin saoul.

– Ma parole, avait chuchoté Dorothy, le pauvre va avoir une attaque…

Court, bouffi, serré dans son petit costume, le prêcheur paraissait bien loin des *flappers* qui buvaient ses paroles.

– J'aimerais voir à quoi ressemble sa femme. Tu l'imagines, la pauvre, avec ça sur elle qui s'agite ?

– C'est bien la première fois que je vois quelqu'un se masturber en public, juste en parlant…

– Anita !

– C'est peut-être parce qu'il a un tout petit zizi…

– Ou alors qu'il a les bras trop courts ?

– Tu veux que j'aille voir ?

Le pauvre Timothy, mis en pièces à son insu par les femelles déchaînées, brandissait un livre tout juste paru : Marx était dépassé, et pareillement Freud, ce qu'il tenait là, il en faisait le pari, serait la Bible des temps nouveaux, qu'on se souvienne de son titre, *Femmes amoureuses*, et de son auteur David Herbert Lawrence ! Déjà tous les bigots se liguaient pour l'abattre, mais il serait plus fort, dénonçant comme pas un la déshumanisation de l'âge industriel, et en appelant à un monde phallique – « et je dois ajouter : clitoridien, oui, clitoridien » – où la sexualité pourrait enfin se déployer dans un retour aux cultes priapiques des Grecs anciens. Marx avait tort de tout interpréter à travers les critères politiques, sociaux, économiques, la vraie révolution ne serait pas l'œuvre, demain, des prolétaires brisant leurs chaînes, mais aujourd'hui, là, maintenant celle des femmes faisant l'amour, la vraie matrice de l'oppression n'était pas la division en classes, elle était d'abord la famille ! Les idéologues vous promettaient le paradis demain, après-demain, à la fin de l'histoire, les curés vous le promettaient pour votre vie future à condition d'avoir vécu la première à genoux, mais le paradis était là, à portée de mains, de lèvres, de sexe ! Des grèves ? Des bombes ? Des fusils ? Allons donc ! La bombe véritable était sexuelle. Les véritables bombes de la révolution nouvelle étaient là, dans la salle ! Et le mot d'ordre révolutionnaire n'était pas « Prolétaires de tous les pays, unissez-vous ! » mais : « Femmes de tous les pays, jouissez sans entrave… »

– Ça, ça ne va pas plaire à Floyd Dell, souffla Dorothy. Lui qui ne jure que par papa Karl !

Le « Bambi de Greenwich aux yeux de velours », le « faune sur les barricades », comme l'avait appelé Sinclair Lewis, était l'âme du groupe des théâtreux du Village, pour lesquels il avait dû écrire une centaine de pièces, et le chéri des dames, qui se pâmaient à chaque battement de ses longs cils, mais il était aussi un militant socialiste pur et dur, tout juste sorti de deux procès, l'un parce que hostile à la guerre, en violation de l'Espionage Act, l'autre pour amitiés prosoviétiques, avec son ami John Reed. Comment, protestait-il, séparer ainsi le sexe de la révolution sociale ? L'oppression sexuelle, elle aussi, découlait des rapports de production ! Mais le digne Timothy était un coriace, qui déjà ricanait. Et puis quoi, encore ? Le vrai clivage n'était pas entre les classes, ni même entre les races, mais entre les vieux et les jeunes, qu'une guerre avait séparés à jamais ! D'ailleurs, question sexe, il n'y avait pas plus réactionnaires que les prolétaires. Et il faudrait attendre la chute du capitalisme pour faire l'amour à sa guise ?

On risquait d'attendre longtemps ! Non, c'était fini, cela, avec la guerre, les rasages gratis aux calendes grecques, plus tard, toujours plus tard : demain nous serons morts, vivons donc au présent. Et pas besoin d'attendre la grève générale pour s'envoyer en l'air !

En quelques instants la discussion était devenue générale. Apostrophes, mots d'ordre fusaient de tous côtés, l'esthétique désormais serait la seule morale ! Les homos, les travelos, ou l'esthétique du sexe ! La pornographie seule était révolutionnaire ! Timothy avait raison : le cul, tout de suite, ici même ! Anita, d'une torsion résolue de ses testicules, calmait les ardeurs d'un gaillard pressé de faire la révolution en sa compagnie, dis poupée, t'es pas cool, Osa, bousculée à son tour, cherchait Yvette du regard, qui scandait comme les autres, les joues rouges : « le cul ! Le cul ! » Sur quelle planète s'était-elle égarée ?

New York. C'était bel et bien New York autour d'elle, et c'était la jeunesse d'Amérique. Dorothy lui avait mis entre les mains les « livres qu'il fallait avoir lus pour avoir l'air à la coule », Freud, dont le peu qu'elle avait compris lui avait mis le feu aux joues, *Ce que veut la jeunesse* de George Cole, *L'Amour à l'âge du machinisme* de Floyd Dell, *La Banqueroute du mariage* de Calverson, *La Révolte de la jeunesse* du juge Lindsey, lui aussi adepte, semblait-il, de la fornication généralisée, qu'elle avait lu en cachette, revenue chez elle. Du sexe, du sexe partout, mais pas beaucoup d'amour, avait-elle risqué un jour et Tallulah l'avait regardée comme on regarde une demeurée. Il fallait croire que Cole, Calverson, Lindsey, étaient dans le vrai de l'époque. Journaux, revues, toute la presse ne parlait que de la « crise de la jeunesse », pour la maudire ou pour l'encenser. Et le plus étonnant, dans le fond, était que tous s'accordaient sur les détails du diagnostic, à ceci près que le signe ultime de l'infamie, la preuve définitive de l'abjection, l'évidence de la décadence pour les uns était aussitôt repris par les autres comme les étendards de leur révolte, la preuve de nouvelles avancées. Frivoles ? Irresponsables ? Malpolis ? Incivils ? Bien sûr, répliquaient les *flappers*, et vive la frivolité ! Aucune morale ? À bas la morale ! Plus de religion, plus de dieux ? Plus de dieux, sinon ceux du stade et de la scène, plus de dieux, sinon les stars du cinéma, du sport, de la musique ! Une musique de sauvages, juste du bruit, pour abrutir ? Exactement ! Juste le rythme, la pulsation, les vibrations, et surtout pas de pensée ! Plus de vrais hommes, virils et responsables ? Plus de vrais hommes, le droit pour tous aux cosmétiques, aux parfums, aux dentelles, et vive l'unisexe ! Travailler ? Jamais – ou alors, sur la scène, pour la scène : être star, ou rien ! Jusqu'où irait la surenchère ? Seuls se lamentaient, dépassés par les événements, les militants « sérieux » de la première heure, les féministes qui avaient tant lutté pour les droits civiques, et voyaient les gamines s'en foutre éperdument, revendiquer comme valeurs affichées les injures dont les malheureuses avaient été jadis accablées, contre lesquelles elles s'étaient tant défendues.

Le terrible Timothy, insensiblement, prenait le pas sur Dell. Une féministe qui se battait pour un centre d'aide sociale à Brooklyn s'était presque fait huer. D'ailleurs, martelait Timothy poussant son avantage, la salle ne lui donnait-elle pas raison ? Pendant que le dernier carré des sérieux débattait encore, les autres s'activaient déjà à mettre en pratique ses mots d'ordre. Dans la pénombre, des corps s'agitaient, des râles montaient. Finalement j'aimerais bien la connaître, la femme de notre Timothy, avait soupiré Anita, songeuse : quel homme !

C'était la jeunesse américaine, c'était New York, songeait Osa, dans le tumulte. Elle avait juste manqué un épisode de l'histoire, tandis qu'elle courait le monde. Restait à savoir si elle le regrettait vraiment.

Les « veuves joyeuses », avait lancé un jour George Kaufman, le scénariste favori de Broadway, en les voyant arriver bras dessus bras dessous – puisque de toute évidence leurs maris avaient disparu corps et biens. Toute la question qui tenait les jeunes mâles en haleine était de savoir quand se terminerait leur période de deuil… En attendant, elles se laissaient emporter, insouciantes, dans leur tourbillon. F.A.P., honneur insigne, s'était mis en tête d'initier Osa au poker dans l'arrière-salle du Blue Bar de l'Algonquin, où son Thanatopsis Literary and Inside Straight Club (il devait être fin saoul, le jour où il avait imaginé ce nom stupide) menait un jeu d'enfer, qui tenait parfois ses membres éveillés tout le week-end. Comme Osa protestait qu'elle n'avait pas d'argent, qu'elle allait y perdre sa chemise, Aleck Woolcott avait susurré que l'argent n'était pas important, sa chemise suffirait largement – ou celle d'Yvette, bien sûr. Mais quand elle avait ajouté, timide, qu'elle avait juste joué avec les chercheurs d'or de Black Hawk où elle se produisait dans un saloon, l'enthousiasme avait touché au délire – et, hum, elle avait gardé sa tenue de l'époque ? Puis la bande se retrouvait aux Beaux-Arts, au Puncheon Bar, chez Tony Soma ou au Jungle Club, gardé par un gorille qui ne laissait entrer que les plus jolies filles, en sorte que les *flappers* s'y pressaient en gloussant, espérant être élues. On y dansait le toddle, le black bottom, jusqu'à sentir se rompre toutes les amarres qui vous rattachaient encore au monde. Et il n'y avait plus rien, alors, plus de souci, plus de projets, juste la folle intensité du moment présent.

Elle rentrait les yeux brillants, le souffle court, vaguement honteuse. Les embrassades de Kalowatt et de Bessie lui étaient une commode diversion, dès la porte franchie, pour éviter de répondre aux regards du vieux John. Dans les premiers temps, elle avait veillé à lui consacrer au moins un jour sur deux. C'était un plaisir, courant de musées en spectacles, de le voir reprendre vie. Curieux de tout, déjà il se mettait au rythme de la ville, négociant des arrangements discrets avec Little Joe Burnett, « un gentleman qui gagnait à être connu ». Mais quand Yvette avait pris l'habitude de passer la prendre le soir, elle avait bien senti le pauvre John se faire un peu pensif – précisément parce qu'il commençait à deviner la ville, et quelques-uns de ses dangers. Sans compter qu'il penchait de plus en plus pour Carl Akeley. Comme Kalowatt et Bessie. Les relations nouvelles qu'elle nouait au-dehors compteraient plus tard pour Martin, se défendait-elle, c'était le sésame qui lui ouvrirait les portes des journaux, à la sortie du film, c'était sa manière à elle de l'aider. Elle lisait à John les chroniques de ses nouveaux amis. Heywood Broun, en retard à un dîner avait trouvé comme excuse : « Pardonnez-moi, j'étais dans votre cuisine en train de convaincre votre maître d'hôtel de faire grève pour un salaire décent. » Robert Sherwood avait exécuté Tom Mix d'un : « On m'a dit qu'il montait comme s'il faisait partie de son cheval, mais on ne m'a pas précisé de quelle partie il s'agissait ». À un agent qui gémissait, « mais enfin, que dois-je faire pour qu'on parle de ma protégée dans vos foutus journaux ? » Kaufman avait suggéré, suave : « Tuez-la ? »

F.P.A. avait tiré d'affaire Beatrice, la femme de George Kaufman, alors que sa chaise s'était effondrée sous elle dans une soirée mondaine, la laissant au sol, les fesses à l'air : « Je vous l'ai déjà dit cent fois, Beatrice, ce n'est pas drôle ! » John pleurait de rire : sûr, ses nouveaux amis étaient de rudes loustics, il fallait qu'un jour elle les lui présente ! Mais quand la roue du manège s'était mise à tourner plus vite, de plus en plus vite, elle s'était montrée moins prolixe.

Les récits d'Yvette eux-mêmes n'éveillaient plus en elle que de faibles échos, auxquels elle se surprenait à répondre par des phrases convenues, promis, elle ferait l'impossible pour convaincre Martin, oui, ce serait merveilleux, elle brûlait d'en être – mais comme Urga paraissait loin, un peu plus loin chaque jour, et les vastitudes du désert ! Leurs aventures à Bornéo, et jusqu'au film de Martin, lui paraissaient maintenant irréelles.

Plusieurs fois, elle était rentrée titubante des soirées du Cercle Vicieux, le cœur au bord des lèvres, comme une collégienne en faute. Elle buvait trop, elle le savait, elle buvait trop depuis longtemps, depuis les jours et les nuits d'attente pendant les années de galère, depuis les nuits d'insomnies quand le mal du pays la rongeait, à Bornéo ou en Australie, Martin n'était pas rentré, ou il était reparti pour une nuit de montage, John ne dormait pas, elle en était sûre, et elle aurait à affronter son silence au matin mais comment lui dire que c'était bon, tout simplement, et sans plus de conséquence, de se sentir jeune, et désirée ? Le pire était qu'elle pressentait que c'était exactement ce qu'il avait deviné, et qui l'inquiétait – pour Martin, mais surtout pour elle.

Elle en venait à espérer quelque catastrophe qui l'arracherait à cette spirale. Elle se tournait et retournait dans son lit, cherchant le sommeil. Qu'est-ce qui lui arrivait ? Pendant que Martin se battait pour eux deux, et leurs rêves… Si seulement il avait été là ! Elle avait tellement besoin de lui, et qu'il la retienne, la secoue, au moins l'écoute quand il était encore temps ! Mais il n'était pas là, ou s'il apparaissait, c'était pour s'écrouler, abruti de fatigue, avant de repartir. Mais oui, Osa, bien sûr, Osa, c'est très bien, Osa…

Un soir de folles danses au Pirate's Den, alors que des jeunes gens, de toutes parts, se pressaient contre elle et qu'elle se laissait faire, les repoussant seulement au dernier moment, Dorothy lui avait confié, et peut-être était-ce une manière de la mettre en garde sans y paraître, que des paris couraient sur la durée de sa « période de deuil », autrement dit sur sa vertu, jugée par certains franchement excessive. Elle venait de s'écrouler près d'elle, essoufflée, rouge, les vêtements en désordre :

– Et toi, Dorothy, tu as parié ?

– Sûr ! Dix dollars…

– Pour ?

– Toi ! Que tu tiendras bon !

Elle s'était penchée, menaçante :

– Et ne t'avise pas de me faire perdre mon blé !

Rentrée chez elle, Osa avait pleuré, seule dans le noir. Tout cela finirait mal, elle le sentait.

Mais le lendemain elle se jetait dans la ronde de nouveau. C'était si simple de ne plus penser à rien…

VII

L'affaire d'une semaine au plus, avait-elle balbutié à travers scs larmes, en répétant ses instructions sur le régime à suivre par Bessie, depuis quelque temps la pauvre prenait du poids, sur le linge à retirer chez M. Liu, le blanchisseur, Martin allait se trouver, sinon, à court de chemises, sur les notes en souffrance, laissées sur le bureau, et c'est presque de force que John l'avait poussée dans le train. Comme s'il n'était pas capable de se débrouiller seul ! Entre Bessie et lui, c'était déjà une histoire d'amour, par moments, parole, elle lui rappelait Lucinda – quant à Martin, Dieu seul savait quand il se déciderait à sortir de la salle de montage. Chanute allait lui remettre les idées en place, et ça ne ferait pas de mal à son dadais de fils de s'inquiéter un peu de son absence. Il pleuvait, des paquets de pluie froide qui cinglaient les visages, éparpillaient la foule sur les trottoirs devenus des rivières, à l'approche de la gare tout se confondait dans un brouillard jaunâtre, comme si, avant même le départ, la ville déjà se retranchait, s'éloignait d'elle et quand, sa place trouvée, elle s'était penchée à la vitre, elle n'avait pas retrouvé John sur le quai, dans la bousculade des retardataires. La pluie l'avait enveloppée de nouveau, au sortir de la gare, noyant tout contour au-dehors, un long tunnel de pluie dans lequel s'enfonçait le train, la laissant seule, perdue dans des pensées, et les rares échappées entre les averses ne dévoilaient qu'un paysage gris et froid, désolé.

Elle s'était réveillée un matin en sursaut, prise d'une soudaine angoisse. Il fallait que son père soit plus malade qu'il n'avouait pour avoir renoncé au voyage à New York. Comment avait-elle pu laisser passer tant de temps ? Les jours étaient devenus des semaines, puis des mois, Chanute s'éloignait d'elle, bientôt s'effacerait si elle n'y prenait garde, les lettres de Belle disaient à mi-voix les jours en allés, le chagrin de l'absence, un fil était en train de se rompre, de plus en plus ténu, qui la reliait aux siens, et à une part d'elle-même – il fallait qu'elle parte. Bien sûr, ma chérie, avait approuvé distraitement Martin, en avalant son café, l'esprit déjà dans sa salle de montage, quelque part du côté de Bornéo. Oui, mais alors tout de suite, avait renchéri John en l'embrassant, ça faisait un bout de temps qu'il attendait ça ! Depuis l'angoisse ne l'avait pas quittée : qu'allait-elle trouver au bout du voyage ?

Le grincement des roues, dans les gerbes d'eau sale, les sifflets pressés des contrôleurs, les cris des vendeurs de sandwichs sur les quais lui parvenaient à chaque halte, lointains, comme à travers un voile de brume, puis elle prit conscience du va-et-vient des voyageurs autour d'elle. La coupe des vêtements, les visages eux-mêmes changeaient à mesure que New York s'éloignait. Deux femmes chuchotaient, dans un coin du compartiment, en jetant sur elle des regards furtifs. Une gamine la dévorait des yeux, malgré les remontrances de sa mère. Elle avait pourtant ressorti pour l'occasion sa garde-robe d'avant New York, mais les vestons étriqués, les lourds manteaux, les robes corsetées des nouveaux arrivants étaient d'une autre époque, quand elle était encore gamine à Chanute. Avec quelque chose de différent, pourtant, qu'elle ne parvenait pas à définir, et qui la mettait mal à l'aise. Les visages eux-mêmes paraissaient pâles, fatigués, sans l'énergie joyeuse de la rue new-yorkaise. Ce voyage était d'abord une remontée dans le temps.

Rien n'avait changé. Un feu l'attendait au salon, comme autrefois au retour de l'école, ou de ses courses folles, l'hiver, jusqu'aux étangs gelés, quand elle rentrait les joues rouges, les doigts gourds, les cheveux hérissés de givre et c'étaient les mêmes odeurs qui l'avaient accueillie, à peine la porte poussée, de vieux cuir, de fleurs séchées et de bonne encaustique. Le lourd balancier de l'horloge, dans l'entrée, égrenait toujours son tic-tac incertain – au rythme d'un quart d'heure de retard par journée, quel temps enfui, de quelle année, s'obstinait-il à marquer, aujourd'hui ? Le fourneau familier au vieil émail bleu ronflait dans la cuisine, sur lequel mijotait ce qui devait être une potée aux choux – avec, elle en aurait juré, la bonne saucisse de Morteau de M. Charles, le charcutier savoyard. Les senteurs de cannelle disaient un gâteau tout juste sorti du four, et c'étaient les mêmes gravures aux murs, les mêmes photos jaunies sur les commodes cirées, Belle en costume de scène blottie contre un William jeune homme, un rien poseur, grand-mère Nancy en pionnière, l'œil farouche, devant son chariot bâché, tante Millie en tenue de rodéo, le cigare au coin des lèvres, et puis la photo d'elle, Osa, prise par Martin, qui avait changé le cours de sa vie, elle encore et Gail en courge et en carotte géantes, l'air parfaitement stupides avec leurs incisives manquantes, à la fête des écoles, les mille petits riens qui tissent la trame d'une vie – arrêtée, semblait-il, le jour de son départ. Jusqu'au gros matou roulé en boule sur son coussin, près du feu, qui avait entrouvert un œil endormi, exactement comme Toto, autrefois, quand elle faisait irruption dans le salon en poussant des cris de guerre indiens, avant de le secouer en tous sens. C'était toujours Toto, comprit-elle tout à coup et elle retint ses larmes à grand-peine, Toto juste un peu plus gros, et les oreilles un peu plus en dentelle, mais Toto, il n'y avait pas de doute. « Rien n'a changé, se dit-elle, avec un pincement au cœur, sauf moi. »

Elle le lisait dans les yeux qui la fixaient, intimidés, si semblables à ceux des passagers du train. Qui voyaient-ils ? Plus la petite Osa aux genoux écorchés chaque printemps, en tout cas. Une gravure de mode ? Une étrangère ? Et comment pouvaient-ils retrouver l'Osa qu'ils connaissaient, si elle-même l'avait perdue ?

Rien n'avait changé – sauf eux. Presque rien. La voix de Nellie devenue plus chevrotante, mon Dieu, qu'elle paraissait frêle, sur le quai de la gare, le tremblement discret des mains de Nancy, sa peau presque diaphane, et elle avait senti à travers le manteau la maigreur nouvelle de son père, William, tandis qu'elle l'étreignait à la descente du train – il se remet doucement, avait chuchoté Belle tandis qu'il appelait un porteur, mais le début de l'hiver a été difficile. Belle, la seule inchangée, semblait-il, Belle sur laquelle tout reposait, depuis si longtemps. Mais dans la lumière plus vive du salon elle notait pour la première fois ses rides au coin des yeux, comme le dos creusé de son père, le pardessus ôté. Malgré ses efforts désordonnés, l'horloge de l'entrée n'avait pas réussi à retenir la fuite du temps…

Chanute ? Qu'est-ce qu'elle voulait qu'on lui raconte, sur Chanute ? Il ne se passait rien, à Chanute, on vieillissait, c'est tout, grommelait tante Millie. Tandis qu'elle…

– Mince ! C'est vrai ce qu'on raconte, ton histoire de cannibale – que tu as failli, hé-hé, passer à la marmite ?

Et devant les airs courroucés de Belle :

– Ben quoi ? Elle s'en est tirée, non ?

Les sauvages, tous pareils, avait tranché Nancy en agitant fourchette et couteau d'un air farouche :

– Un bon coup de fusil, pftt… terminé ! Ça me rappelle sur le Santa Fe Trail… Ce grand escogriffe d'Indien qui m'avait sauté dessus, quand je préparais des côtelettes. Le temps qu'il fourrage dans mes jupons… hé-hé, un coup de tranchoir dans les roubignolles et il faisait déjà moins le fier !

En ce temps-là, sûr, on ne perdait pas son temps en bavardages inutiles.

– Bon, et alors, tu nous les racontes, tes sauvages ?

Mais Osa secouait la tête, non, eux d'abord, elle était revenue à Chanute pour les retrouver, elle voulait tout savoir de ce qui s'était passé en son absence. Et eux, contenant leur impatience, égrenaient pour elle les petits riens du quotidien de Chanute, ces petits riens, songeait Osa, qui étaient l'humanité même, faisaient le prix de l'existence. Après tout, on n'avait pas besoin d'être chargé tous les jours par un buffle sauvage… Le chien des Sturges, malgré sa patte dans le plâtre, avait réussi à engrosser, allez savoir comment, Choupinette, l'insupportable caniche de Mme Glenkinchie, pourtant enfermée à double tour, et depuis la brave voisine, qui n'avait jamais commis le péché de la chair, tentait de cacher à tous l'état de sa ribaude, le gros Averell, dont la langue – et le reste, avait ricané Millie – traînait par terre à chaque fois qu'il passait devant la maison, avait fini par trouver femme, à la surprise générale, Tom Jenkins, le fermier de Turkey Creek, avait failli laisser la main droite dans sa scierie, il était arrivé, à pied, chez le toubib, tenez, docteur, vous pourriez pas me recoudre ça, des fois ? Et de jeter deux doigts sur le bureau, le troisième, il avait bien fouillé dans la sciure, mais il ne l'avait pas retrouvé, peut-être bien que le chien l'avait boulotté ? Les paysans, il leur manquait toujours un bout de quelque chose, doigts, orteils, oreilles, c'est même à ça qu'on les reconnaissait, heureusement, ils ne sentaient rien, c'était connu. Quinze jours après, à Topeka, William avait entendu l'histoire d'un paysan qui avait jeté son bras droit entier sur le bureau du toubib – pourriez pas m'le recoudre, des fois ? – mais renseignement pris c'était Tom, il n'y avait pas qu'au Texas qu'on savait raconter une histoire. Mme Illingsworth avait toujours bon pied, bon œil, pour elle la retraite n'avait rien changé, elle prenait les gamins en difficulté le soir chez elle et ils filaient droit, vite fait, récitaient leurs conjugaisons en roulant des yeux épouvantés, elle avait toujours le coup de règle aussi facile. Les voix autour d'Osa se croisaient, bourdonnaient doucement, Toto sur ses genoux ronronnait ventre à l'air, Williams riait, peut-être après tout n'avait-il eu qu'une mauvaise grippe, dont il se remettait, tout à l'heure elle retrouverait sa chambre, ses vieux livres, sa grosse couette, et demain matin la réveilleraient les odeurs de pancakes et de chocolat chaud montant de la cuisine, comme autrefois. Non, rien, finalement, n'avait changé, à Chanute, dans le Kansas.

Blottie, sous sa couette, avec Toto et Nestor, vieux débris de peluche retrouvé dans un tiroir, elle relisait fiévreusement *Le Magicien d'Oz*, *Les Aventures de Huckleberry Finn*, *Les Quatre Filles du docteur March*, classait et reclassait les photos de son album, Gail et Osa, Osa et Gail, pas de doute, elles avaient l'air toutes deux de parfaites chipies sur les photos de classe, la grosse dinde à couettes, ce devait être Bertie, si l'on avait dit aux filles énamourées, alors, que « leur » Wilbur Œil-de-Braise finirait dans les bras de cette dondon ! Belle, agacée, remuait des meubles dans la chambre voisine, allait et venait entre cuisine et salon, tante Millie maugréait au pied de l'escalier, ce n'était pas la peine de venir, si c'était pour s'enfermer dans sa chambre ! Mais comment leur expliquer que rien n'était plus important, pour l'heure, que de reprendre pied, d'habiter de nouveau les instants enfuis de son adolescence, de retrouver la *note perdue ?*

La cabane au fond du jardin, où elle avait passé tant d'heures hors le monde à se rêver Robinson, pirate, coureur des bois, et la cambuse alors se faisait navire de haut bord, wigwam, radeau qu'emportaient les rapides, n'était plus que nid de poussière, triste débarras qu'elle avait entrepris de remettre en ordre, mais chaque objet retrouvé la plongeait dans d'interminables rêveries ou des crises de larmes, la maison entière lui devenait comme un immense mandala qu'il lui fallait reparcourir, pour remettre en forme son existence. Et elle ne trouvait de répit au tourbillon de ses pensées que dans la cuisine, où elle brassait farine, beurre, œufs, avec une énergie de cantinière aux armées, empilant sur la table les gâteaux qu'elle sortait à la chaîne du four brûlant, Belle tournait autour d'elle en grommelant, il faudrait bien qu'un jour elle décide de mettre le nez dehors ! Ou sinon elle allait épuiser les réserves de farine de la ville – d'ailleurs, qui, au juste, était supposé manger tout ça ?

– Bientôt on va te retrouver jouant à la poupée ! Qu'est-ce que je vais dire au maire, moi ? Que tu retombes en enfance ?

Au maire ? Devant sa mine consternée Belle avait levé les bras au ciel. Qu'est-ce qu'elle imaginait ? Qu'elle allait passer inaperçue ? Osa Johnson, l'enfant de Chanute, la reine de l'aventure, retour des mers du

Sud ! Toute la ville l'attendait, bien sûr, pour lui faire fête.

– Et moi qui répète tous les matins « Osa est fatiguée », « Osa est malade » ! J'ai l'air de quoi ? Ça commence à jaser…

Le visage d'Osa s'était figé. Oh non, surtout pas une fête ! Elle avait besoin d'un peu de temps, encore. Tellement besoin… Les deux femmes s'étaient retrouvées en larmes, dans les bras l'une de l'autre.

– Je le sentais bien, que ça va pas, ma fille. Tu es malheureuse, c'est ça ?

Non, pas malheureuse : perdue. Tellement perdue ! Et elle avait tenté d'expliquer ce sentiment de perte de soi qui la rongeait. Elle avait presque fait le tour du monde, découvert des merveilles qu'elle n'imaginait pas, mais que lui restait-il, au retour ? Un vide immense – comme si le prix à payer du monde était de s'y perdre…

– Tu t'en souviens ? Quand j'étais petite, tu me disais toujours qu'il y avait deux Osa, en moi, qui se disputaient : Osa la casanière, Osa l'aventurière…

Belle avait opiné, en la berçant comme autrefois. L'Osa qui avait tant besoin de nid douillet, de famille, de chez-soi, oui, et puis l'Osa qui mourait de nostalgie devant la ligne d'horizon des Grandes Plaines…

– Même sans Martin, l'aventurière n'aurait pas mis longtemps à prendre le pas sur l'autre !

– Oui, eh bien je crois que je me suis perdue, dans le vaste monde… À moins qu'à force de courir après lui, il ait tout pris de moi.

En tout cas, il lui semblait, de retour au pays, qu'il ne restait plus rien d'elle, plus rien d'aucune des deux Osa… Parler des mers du Sud ? Mais elle se sentait si vide, sans la moindre image à partager !

Belle avait soupiré. Nancy, Millie, et puis elle-même, avant d'épouser William…

– Je crois, ma pauvre fille, que tu as hérité de la

maladie familiale. En pire. Avec Martin en prime, sûr, ça ne pouvait pas arranger les choses…

Ils s'étaient glissés tels des voleurs dans Chanute endormi, ombres fugitives que pas même les chiens ne devinaient. Le hangar des Ferguson dressait toujours sa carcasse décatie au sortir de la ville, où Wilbur Œil-de-Braise, jadis, avait ses habitudes de joli cœur. Ils y reprirent leur souffle, en pouffant – personne ne les avait vus. Devant eux luisaient encore les flaques de l'étroit sentier qui menait jusqu'au coude de la Neosho où pendant des années, week-end après week-end, ils avaient lancé leurs lignes, et William n'était pas le moins pressé de retrouver ce qui avait été leur jardin secret, il y avait pensé toute la semaine, au bureau, avait passé des heures dans son atelier, le soir, en préparatifs, et chaque pas vers la Neosho était pour lui aussi une remontée du long fleuve des souvenirs…

La haie d'orangers osages où William avait un jour coupé une branche bien droite pour lui en faire un arc aussi grand qu'elle était devenue un bosquet massif, aux troncs noueux. Elle éprouva la souplesse d'un surgeon entre ses doigts, émue – tant de souvenirs affluaient, d'un coup ! Pour les Indiens qui lui avaient donné leur nom il n'était de meilleur bois pour les arcs de guerre, ce qu'avaient pu confirmer les voisins, bientôt criblés de flèches jusqu'au fond de leurs jardins par Gail et Osa déchaînées. À l'attache d'une feuille une goutte blanchâtre perlait, poisseuse, qu'elle étala sur le dos de sa main. Dans l'été les fruits et les jeunes branches étaient gorgés de latex, dont tous les gamins se badigeonnaient le visage, pour des peintures de guerre dont les adultes feignaient d'avoir grand-peur, et c'étaient par les ruelles et les chemins creux attaques et embuscades pontuées de féroces « you-you » : les Osages scalpeurs étaient de retour ! À l'automne, les branches hautes se courbaient jusqu'au sol, chargées de boules d'or à l'odeur forte d'orange et elle passait des heures le nez dans l'herbe rousse à guetter les écureuils venus se gaver en famille des petites graines contenues dans le fruit. Ils disparaissaient au moindre geste dans des froissements effarés de feuilles sèches, l'air bourdonnait de chaleur, autour d'elle insectes, oiseaux, rongeurs, tous s'activaient en prévision de l'hiver qui viendrait d'un coup, comme toujours, et elle aurait voulu étreindre le sol, se fondre en lui, ou bien toucher les nuages du ciel au-dessus d'elle : la véritable église était ici, autour d'elle, et c'était le monde même…

Le ciel s'éclaircit, rosit, un soleil pâle montait à l'horizon. Une belle journée, enfin, après des semaines de pluie et de grisaille à vous ruiner le moral ! répétait William, ragaillardi. Elle reconnut « son » bosquet de sycomores, non loin, fantômes blancs décharnés, aux branches contournées qui bougeaient dans le vent comme des bras de suppliants, où elle s'amusait à dénicher les ratons laveurs endormis dans des trous discrets – combien d'histoires elle avait pu imaginer, blottie à l'ombre rare de leur feuillage, ils étaient des morts-vivants, revenus de la Prairie pour avertir les imprudents, des pionniers écorchés vifs par les Indiens, ou bien des trolls qui allaient l'emporter si elle s'endormait… Son cœur battit plus vite : la longue ligne des cottonwoods, devant elle, indiquait les berges de la Neosho, et leur anse secrète. « Les monarques de la Prairie », disait d'eux Nancy, avec vénération : pour les convois de pionniers perdus dans l'immensité de la Prairie, où il semblait à chacun qu'il se dissolvait peu à peu dans l'illimité, ils étaient comme la fumée d'une auberge pour les voyageurs égarés. Enfin de l'ombre pour se reposer de la fournaise, du bois en place des bouses de bison pour se chauffer et cuire les aliments, et plus important que tout, de l'eau, puisqu'ils ne poussaient qu'en bordure de rivière ! Le feu qui montait alors dans la nuit de la Prairie leur était comme un point d'ancrage dans l'immensité du monde. Sans la consolation des cottonwoods, répétait Nancy, jamais elle n'aurait survécu à l'épreuve des Grandes Plaines...

Des buissons d'épineux avaient envahi le terre-plein, leur jardin secret était retourné à la friche, mais William avait étendu une grande bâche sur la partie encore herbeuse. Il ne venait plus très souvent, comme elle pouvait voir. En fait, avait-il bougonné, il n'y était pas revenu depuis son départ, à elle. C'était leur coin à tous les deux, n'est-ce pas ? Il avait continué à pêcher, mais un peu plus bas, près de la butte du vieux Harry. Où il avait surpris un jour Gail et Osa très studieusement occupées à recoudre un bouton du pantalon du brave homme.

– Du pantalon ? Tu veux dire de la braguette, oui ! Et... à même l'animal, en plus !

– Tu n'aurais pas voulu qu'il l'enlève, en plus ?

Harry ne pensait sûrement pas à mal. Pas plus qu'elle, d'ailleurs, ou Gail. À leur âge ! Harry, grand braconnier devant l'éternel, s'était mis en tête de « lui apprendre le métier » – contre une modeste contribution, qu'elle lui apportait consciencieusement, dans une innocente bouteille de sirop pour la toux, jusqu'à ce que Belle, intriguée par la baisse rapide de ses réserves, mette le bourbon sous clé.

Ils avaient sorti les cannes à pêche, mis les bouteilles de bière à fraîchir, le soleil grimpait, triomphant, dans le ciel clair, William chantonnait en appâtant sa ligne. Tout était bien. Ils avaient tellement de choses à se dire que ça pouvait attendre. Ce qui importait était d'être ensemble, de nouveau.

Elle en prit conscience en rentrant, dans l'après-midi finissant : ce n'était pas seulement l'effet de la grisaille, à son arrivée, quand elle s'attendait au gel ou à la neige, Chanute avait changé. Les champs paraissaient à l'abandon, les clôtures étaient effondrées à l'entour des pâtures. William avait opiné : la crise. La crise avait frappé Chanute de plein fouet. Et pas seulement Chanute…

– À New York, à force, vous ne nous voyez plus, nous autres ! La nouvelle Amérique… Eh bien, il y a l'autre. Qui ne rigole, pas, crois-moi !

L'arrêt de l'effort de guerre avait sinistré des pans entiers de l'industrie. L'Europe exsangue était bien en peine d'acheter quoi que ce soit, les stocks s'accumulaient. Et le retour des soldats avait multiplié le nombre des chômeurs, fait chuter les salaires. Sans parler du flot des émigrants pressés de fuir leurs pays dévastés. Un travailleur sur cinq au chômage, personne n'aurait cru pareil record possible ! Et le désastre était pire encore dans les campagnes. Le manque de main-d'œuvre, le soutien des prix du maïs et du blé avaient poussé les fermiers à investir dans des machines. Ne fallait-il pas nourrir les peuples du Vieux Continent en guerre ? Et tout s'était effondré. D'un coup. Le soutien des prix. Et les exportations.

– Toutes les Grandes Plaines sont ruinées. C'est aussi simple que ça ! Et les vautours des banques arrivent déjà, prêts à reprendre les terres.

Tous ici attendaient du président Harding qu'à son entrée en fonction, en mars, il vienne à leur secours. Mais le ferait-il ?

Les conversations à bord du *Pan Handle State* lui revenaient à la mémoire, les vitupérations de l'éleveur texan, fierté de l'Amérique, les visions d'Apocalypse du pasteur. Comment avait-elle pu les oublier ? Elle avait vécu dans une bulle, à New York. Mais New York n'était pas l'Amérique. Un nouveau monde était peut-être en gestation, mais il abandonnait l'ancien en chemin. Elle repensa aux regards dans le train. Il n'y avait pas seulement de l'étonnement, en eux, devant l'apparition d'une extraterrestre. Il y avait de la rancune, aussi – de qui devinait, même confusément, que sa splendeur à elle se payait de leur misère…

Chaque jour, elle se risquait plus loin dans la Prairie, recomposait pas après pas la géographie secrète de son enfance, et c'était comme si les étendues mornes et grises de l'hiver finissant reprenaient vie, bruissaient de mille histoires, éveillaient pour elle seule une musique oubliée. Ici, un été, sur les rives de la Turkey Creek elle avait construit une cabane, avec Gail et l'aide fortement arrosée de Harry, dans les branches d'un vieux sycomore refuge d'opossums, d'écureuils, de piverts, de hérons bleus, et là, le nez plongé qui dans *Les Robinsons suisses*, qui dans *Les Aventures de Huckleberry Finn*, elles s'étaient senties les reines du monde, libres, merveilleusement libres. Les poissons-chats frais pêchés grillaient sur la braise, au-dessous d'elles, demain elles construiraient un radeau et descendraient le fleuve jusqu'à la mer. Là, sur la Neosho, dans la crevasse d'un cottonwood, elle avait capturé Herbert, le coléoptère géant, huit centimètres et demi de long avec les antennes, le corps strié de bandes bleues, qui crachait et pinçait en agitant ses énormes mandibules – Herbert qui ne la quittait plus, enfermé dans sa boîte, et qui au bout d'une semaine sifflait doucement quand lui venait l'envie d'une feuille de laitue… Salamandres-tigres, tortues-boîtes ornées, criquets, coléoptères, sa chambre, cette année-là se serait transformée en zoo si Belle n'y avait mis bon ordre. « Enfin, Osa, tu deviens une sauvageonne ! » « Osa, enlève la paille de tes cheveux ! » « Osa, ce n'est pas possible, on va finir par te prendre pour une Indienne ! » Mais le monde était si beau, au-dehors, riche de tant de mystères !

Là-bas, vers l'ouest, commençaient les Grandes Plaines, où rien n'arrêterait plus le regard jusqu'aux Rocheuses : un océan d'herbe à perte de vue, si grand, avec le ciel au-dessus de soi, où tournoyaient des oiseaux inconnus, que l'on s'y trouvait pris de vertige, parfois jusqu'à perdre la raison. Nancy s'y était aventurée au temps des convois de chariots, et ses récits mettaient l'esprit d'Osa en feu. Elle se plongeait dans les *dime-novels* que lui rapportait William de ses tournées, pleins d'Indiens scalpeurs qui la réveillaient, la nuit, hurlant de terreur, mais qui lui faisaient aussi battre le cœur. Des sauvages, peut-être, mais n'étaient-ils pas les vrais princes de la Prairie ? Parfois, elle s'éveillait en sursaut : ce grondement au loin dans la plaine, comme une rumeur d'orage, le galop de milliers de bisons ? Elle courait le lendemain à perdre haleine, jusqu'au dernier corral, et elle restait là, en attente, face à l'horizon vide. Mais non, c'était seulement le vent qui jouait dans les hautes herbes, le vent qui l'appelait à lui, et c'était comme si une part d'elle-même se déchirait : un jour, oui, un jour elle aussi irait là-bas, de l'autre côté de l'horizon…

Tout lui revenait avec une intensité qui la laissait parfois étourdie. Les deux Osa étaient nées ici, elles y avaient grandi ensemble. C'était ici que l'aventure, pour elle, avait commencé, ici, qu'elle avait ressenti pour la première fois l'appel des lointains. « Je suis rentrée chez moi », se dit-elle un matin, au réveil. Les odeurs de chocolat et de pancakes montaient par l'escalier, Toto ronronnait sous la couette, une pluie froide cinglait les vitres au-dehors et, à sa grande surprise, c'est alors que lui étaient venues, pour la première fois depuis des mois, des images des mers du Sud, Martin et elle dans la nuit de Vao, sous la Croix du Sud et le grondement des tambours de la fête cannibale, le cri strident des perroquets dans les profondeurs de Tenggara, les gobongs glissant sur les eaux vertes du fleuve Kinabatangan, le timbre aigu des voix dans les rues de Bornéo, mêlés à la musique obsédante des temples chinois et malais, les odeurs grisantes des épices aux portes des échoppes et les fruits inconnus sur les tables des marchés. Oui, c'est bien elle qui avait vécu tout cela. Comme s'il lui avait fallu retrouver ses royaumes d'enfance pour renouer les fils rompus de son histoire. Les mers du Sud, et demain l'Afrique. Ou l'Asie ? Le royaume de Nulle Part, en tout cas, dont elle avait dessiné la carte ici même, dans la cabane du jardin.

Elle avait surgi sur le palier, ébouriffée, serré Millie dans ses bras, à l'étouffer.

– Je suis rentrée, Millie ! Je suis rentrée !

Et Millie, bougonne :

– Tiens ? Tu t'en es aperçue ? Ça ne fait jamais que quatre semaines…

VIII

Nancy avait sorti pour l'occasion châle et fines dentelles qui lui donnaient un air de petite fille, Millie arborait un de ses chapeaux extravagants du temps de sa vie d'artiste dans le « Wild West » et Belle avait dû la raisonner pour qu'elle n'y ajoute pas son costume de scène. Toutes deux, au premier rang, rayonnaient en lançant alentour des regards triomphants : c'était leur gamine, là, sur l'estrade, et ils allaient voir, tous, ce qu'ils allaient voir !

Elle avait été accueillie aux accents altiers, même si un peu hésitants, de la fanfare, le maire y était allé de son discours en lui remettant la médaille de la ville, la chorale des écoles avait suivi par les mêmes chansons qu'au temps de sa jeunesse et il en irait probablement ainsi tant que Mme Illingsworth vivrait. Près de Belle et de William la vieille institutrice hochait la tête, sévère : c'est qu'elle lui en avait fait voir, jadis, la gamine ! Est-ce qu'elle se souvenait, au moins, de ses conjugaisons ? Le rougeaud, au fond, qui lui faisait des signes timides, ce devait être Averell, Wilbur, lui, regardait ses pieds, penaud, près de la grosse Bertie qui plastronnait en écrasant son entourage de regards de défi, c'était elle et nulle autre qui avait eu raison du joli cœur ! Même Mlle Glenkinchie, sans Choupinette retenue à la maison, s'était déplacée. Penchée vers Mme Spencer elle devait lui raconter le jour où une flèche avait traversé sa cuisine pour se planter dans le mur, juste quand elle se baissait pour la pilule de son chien, sans cela, oui, ma chère, elle serait morte à l'heure qu'il est – cette Osa, un vrai garçon manqué ! Charlie le charcutier, Tom Jenkins, le fermier aux doigts coupés – le docteur avait jeté les doigts dans sa poubelle en haussant les épaules, qu'est-ce qu'il voulait qu'il en fasse, ils étaient coupés, mais Tom les avait récupérés, eh, c'est mes doigts, mis dans un bocal de formol, et depuis il les montrait à chaque visiteur –, ils étaient tous là pour elle. Avec elle.

Quelques jours plus tôt, la houle des visages l'aurait fait fuir. Il lui semblait aujourd'hui que chacun d'eux portait une parcelle de son histoire, elle avait grandi au milieu d'eux, s'était lue, construite à travers leurs regards, elle portait en retour quelque chose d'eux tous, se disait-elle, émue. Eux aussi avaient dû sentir, un jour, leur cœur se serrer à l'appel du Grand Dehors. Et sans doute étaient-ils là pour qu'elle leur fasse entendre de nouveau cette musique oubliée…

Un instant, elle se revit en tutu hawaïen, près de Martin conférencier. Eh bien, se dit-elle, c'est à moi, cette fois. Après tout, ce n'était pas pire que se jeter dans le vide, du haut d'un immeuble…

D'abord, elle s'était abandonnée au pur émerveillement des matins clairs sur la mer sans limite, à la caresse du soleil sur sa peau, aux battements de cœur de l'attente quand des îles neuves montaient à l'horizon. Des grains passaient au large à toute vitesse et c'était une explosion de lumière sur les barres de corail, avant l'émeraude des lagons, l'accueil des indigènes – un autre monde, étrange et fascinant, mélange de raffinement et de sauvagerie, où il lui semblait renaître. Mais Martin avait d'autres idées en tête, ou plutôt une seule : reprendre la quête de Jack London là où il avait dû l'abandonner, parmi les cannibales et les réducteurs de têtes des Salomon – les plus dangereuses des mers du Sud, lui répétaient les hommes d'équipage en roulant des yeux inquiets. Un caboteur branlant, pourri de cancrelats et chargé à ras bord d'ouvriers taciturnes et hostiles destinés aux plantations de coprah, les avait conduits de Sydney aux Salomon. À la première bestiole tombée dans son assiette, le premier soir, elle avait compris que les vacances se terminaient. Mais elle tiendrait bon, s'était-elle juré, comme Charmian London aux côtés de son mari. De retour dans sa cabine, elle avait serré un instant, comme un talisman, le fusil de Jack London, un Marlin 30.30 donné par Charmian sur le quai de départ, à San Francisco.

Tulagi, Luanguia, Malaita, Guadalcanal, à ces seuls noms égrenés des mondes s'éveillaient, explorés au hasard des schooners, des goélettes, des navires improbables de trafiquants, où semblaient s'être donné rendez-vous tous les rebuts de la civilisation, forbans, rôdeurs de grève, baleiniers, déserteurs. Puis était venue la découverte, malgré les efforts des autorités pour les en éloigner, de tribus sauvages aux mœurs étranges et violentes dont à sa grande surprise elle n'avait pas eu peur. Tout l'émerveillait, quelques minutes suffisaient pour qu'elle se lie avec les femmes, les enfants grimpaient spontanément sur ses genoux, et elle n'avait pas mis longtemps à comprendre, ne serait-ce que par la vitesse à laquelle elle assimilait les rudiments de « bêche-de-mer », comme elle pourrait faciliter le travail de Martin, servir d'intermédiaire, faire oublier la caméra. Après tout, elle avait de qui tenir, ajouta-t-elle en se tournant vers Nancy et Millie qui approuvaient de la tête vigoureusement, et la salle gronda de plaisir – le temps des pionniers, dans l'Ouest, n'était pas si lointain.

Pendant des mois, ils avaient filmé ainsi la vie des natifs en leurs villages, les scènes de marché, leurs fêtes, leurs rituels, une cérémonie sacrée de tatouage et même, coup de chance, quelques séquences dans un cimetière où officiaient des prêtres, parmi les statues de bois sculpté. Mais elle voyait bien que Martin, au fil des jours, cachait mal sa déception. Trop civilisé, tout cela ! Des réducteurs de têtes, il lui fallait des réducteurs de têtes ! Et des cannibales. Il fallait que son film soit le plus beau, le plus fort jamais tourné sur les mers du Sud !

– Des réducteurs de têtes, nous avons fini par en trouver, dit-elle d'un air innocent, et le silence se fit immédiatement, tous se penchaient vers elle, les yeux écarquillés:

Vers Tommane, une petite île des Nouvelles-Hébrides.

– À peine séparée du corps, la tête est trempée dans une décoction d'herbes. Ça durcit la peau et l'ignifuge. Puis on la tourne et la retourne dans la fumée jusqu'à ce qu'elle ait rendu toute sa graisse, on la fait cuire et on laisse le temps achever le travail…

Elle leur détaillait la recette avec des gourmandises de cuisinière.

– Eh bé, souffla le maire, avec un frisson d'horreur.

– Mais toujours pas de cannibales, poursuivit Osa…

– C'est vrai, ça, toujours pas de cannibales, marmonna le maire, et elle nota du coin de l'œil que son regard sur elle avait changé.

Les guides et les planteurs des îles, interrogés, se faisaient évasifs. Des cannibales ? Oui, bien sûr. Vers Malaita, peut-être, ou Luanguia… Et, à chaque fois, des journées de voyage sur la foi de simples racontars, pour de nouvelles déceptions. À croire, s'exaspérait Martin, que le monde entraperçu avec Jack London au temps du *Snark* s'était déjà évanoui, domestiqué par les curés et les planteurs !

Coup de chance : un homme, un soir, avait évoqué devant eux les terribles Big Nambas de Malekula, dans les Nouvelles-Hébrides. Des brutes effroyables, sournoises et meurtrières, à peine sorties de l'animalité, répétait leur interlocuteur. Cannibales ? Oui, certainement. Pas plus tard que l'année précédente avaient couru sur eux quelques histoires passablement épouvantables. Les Big Nambas ! C'était donc là qu'il fallait aller. Tous, autour d'eux, s'étaient récriés. Ils n'y pensaient pas sérieusement ? Seule l'armée, et encore, avec des canonnières…

Peine perdue : ils étaient déjà en route. Leurs cœurs s'étaient mis à battre très fort quand l'île était montée devant eux, sombre, massive, noyée vers les hauteurs dans un brouillard verdâtre. Le soleil se levait sur des eaux de cristal, leur parvenait, lointain, le soupir des vagues mourant sur les longues plages blanches, le pépiement des oiseaux dans les profondeurs immobiles de la forêt. D'y repenser, elle en frissonnait encore : cette muraille végétale, presque verticale, qui se perdait dans le brouillard avait quelque chose de terrible, malgré les eaux claires, le sable blanc, la transparence de l'air…

À peine avaient-ils sauté à terre que dix gaillards aux yeux farouches, la barbe et les cheveux en broussaille, un cartilage humain passé en travers du nez, avec pour seul vêtement une ceinture de paille tressée et, hum, un, oui, enfin, un étui pénien, étaient sortis de la forêt. Eh bien, ils les avaient, leurs sauvages ! Martin, l'œil déjà collé à l'objectif, grommelait de satisfaction. Pendant qu'elle multipliait les sourires pour tenter, sans succès, de les amadouer. Puis l'un d'eux, dans un rictus effroyable qu'elle avait essayé de prendre pour un sourire, les avait « invités » à rencontrer leur grand chef Nagapate, vers les hauteurs de l'île. Dans un brouillard d'épouvante, elle avait entendu Martin accepter.

– Mais Martin, ça fait des mois qu'aucun Blanc n'en est revenu…

– Justement ! Tu te rends compte ? On n'aura pas fait tout ce voyage pour rien !

Pas de doute : il était fou… Mais, bon, c'était son mari.

– Et nous devons suivre partout nos maris, n'est-ce pas ? fit-elle, avec un clin d'œil en direction des dames.

Sûr, gronda la salle – mais l'acquiescement des femmes restait quelque peu évasif.

Ils s'étaient enfoncés sous les grands arbres, le cœur serré, suivis de trois hommes d'équipage portant leur matériel, qui poussaient à chaque pas des soupirs apeurés. Des lianes les frôlaient, visqueuses, une odeur âcre de pourriture montait de la vase, puis, alors qu'ils commençaient à s'inquiéter, la piste avait emprunté une pente escarpée, parmi les broussailles et les bambous, et ils avaient pu voir dans une trouée en contrebas leur baleinière échouée sur le sable, la mer turquoise, au loin, paisible.

La clairière, d'un coup, s'était remplie de gaillards hurlants, brandissant des fusils, la houle des corps allait les submerger… Tout s'était arrêté net, sur un ordre bref. Un hercule de près de deux mètres s'avançait – Nagapate lui-même, le chef des Big Nambas, la terreur de Malekula ! Et tandis qu'elle lui tendait, en se forçant à sourire, carottes de tabac, calicot, allumettes, elle pouvait entendre près d'elle Martin tourner la manivelle de la caméra en poussant des gloussements de jubilation. Elle l'entendait toujours, clic-clic-clic, tranquille, quand Nagapate, négligeant la pacotille, avait commencé à la fixer avec un intérêt de plus en plus évident…

Une, deux, elle ne savait plus, dix minutes interminables avant que Martin, d'un calme olympien, se redresse pour serrer vigoureusement la main du sauvage. Et elle avait cru bien faire, en la lui serrant, à son tour… Nagapate avait sursauté. À l'éclair qui avait brillé dans son regard elle avait compris quelle erreur elle venait de commettre. Car il entendait bien garder ce qu'elle venait de lui offrir. Et même le reste. Déjà, il lui caressait l'avant-bras, la nuque, les joues…

Tous les visages, dans la salle, étaient tendus vers elle, suspendus à ses lèvres. « Ils m'écoutent », se dit-elle, étonnée, « Martin ne ferait pas mieux ! » Elle hésita, luttant pour trouver ses mots malgré la vague d'émotions, d'images, d'impressions qui la submergeait. C'est parce qu'on « n'en revient pas », parfois, d'avoir accompli un voyage qu'il nous faut l'écrire, en tirer un livre, ou un film, lui avait glissé Stefansson, au dîner de l'Explorers' Club : pour en revenir, justement, ne pas être défait par lui, « en avoir le cœur net ». Et elle eut un pincement au cœur, de ne pas avoir le talent de Martin, pour dominer dans un récit le chaos de ses impressions – mais n'était-ce pas à sa manière ce qu'elle tentait ce soir ? Pas question, en tout cas, de leur dire ce qui s'était passé alors, dans l'échange des regards, la montée du désir, chez lui, un désir brutal, violent, d'une puissance qui n'admettait pas de résistance, et le trouble qui s'était emparée d'elle un bref instant et qu'il avait perçu, avant que la panique la submerge. « Dis-leur juste le minimum, ma fille », s'encouragea-t-elle…

Déjà Nagapate l'attirait à lui, des hommes entouraient Martin et les trois hommes d'équipage, ils allaient l'avoir, leur festin cannibale, avait-elle pensé dans un tourbillon affolé, mais pas en spectateurs – quand un murmure était passé sur la foule des Nambas, des guerriers agitaient les bras vers le large et à travers le feuillage en contrebas, miracle, ils avaient aperçu un patrouilleur anglais pénétrant dans la baie. « Ils viennent pour nous ! Pour nous ! » avait hurlé Martin, en se dégageant, Nagapate hésitait, le patrouilleur avait bien l'air de mettre un canot à l'eau, des Nambas criaient, brandissaient des fusils, couraient dans tous les sens. Martin et elle avaient pris leurs jambes à leur cou, suivis des trois marins portant le matériel. Et jamais ils n'avaient couru aussi vite ! Une cavalcade folle, épouvantée, un coude brusque de la piste leur avait découvert de nouveau la baie, au-dessous d'eux, le navire anglais s'éloignait déjà, les Big Nambas eux aussi l'avaient vu, des cris furieux retentissaient dans les hauteurs, de plus en plus proches – c'est d'un souffle à peine qu'ils leur avaient échappé, les mains des premiers sauvages s'agrippaient déjà au plat-bord, quand la baleinière avait réussi à se dégager.

La salle eut comme un hoquet étranglé. Ouais, bravo ! fit une gamine de la chorale en applaudissant, tandis que Mlle Glenkinchie se signait, les yeux au ciel. La conversation devint générale, il fallait que chacun se libère de son trop-plein d'émotions.

– Et tu n'as pas eu l'idée de lui tordre son machin, là, son étui ? lança Nancy, incorrigible. Moi, je ne sais pas si je vous l'ai déjà raconté, quand ce fichu Indien a essayé de me trousser, eh bien je lui ai filé un bon coup de…

Non, pas ça ! Belle, d'autorité, lui mit la main devant la bouche et ses derniers mots se perdirent dans le brouhaha. Mince, Osa, elle avait eu tout de même un sacré courage ! Mais quelle drôle d'idée, aussi, d'aller se fourrer chez ces sauvages !

– Pas si sauvages que ça, risqua Osa.

Quoi ? Elle n'en avait pas eu assez ?

– C'est juste qu'ils étaient en colère…

En *colère* ? Ça, c'était la meilleure !

En révolte contre les trafiquants d'esclaves qui faisaient des razzias chez eux, pour les plantations des Fidji, tenta-t-elle d'expliquer. S'ils avaient su, Martin et elle, ils y auraient regardé à deux fois avant de s'y risquer ! Encore qu'avec Martin on ne pouvait jurer de rien.

– Ouais, fit le maire, eh ben on ne m'ôtera pas de l'idée, malgré tout, que c'est rien que des sauvages.

– À coups de fusil, renchérit Nancy, ils ne comprennent que le fusil !

Prudemment, Osa omit d'ajouter qu'un an auparavant, en représailles d'exactions commises par un planteur, les Nambas avaient attaqué celui-ci par surprise, à l'heure du dîner, et l'avaient exécuté, avec ses quatre fils. Un des corps avait été emporté jusqu'à leur village, cuit, et un morceau envoyé à chacun des chefs des tribus de l'île. S'en était suivie une vague de meurtres et de scènes de cannibalisme, puisque la coutume commandait à chacun d'offrir en retour le même présent. La répression avait été terrible : trois cents soldats avaient massacré une cinquantaine de Nambas, pendant qu'une canonnière pilonnait les villages. Et précisément depuis la baie où Martin et elle s'étaient aventurés…

– Remarquez, coupa Osa, ça ne nous a pas empêchés d'y retourner quelques mois plus tard…

Retourner ? Les gens, dans la salle, se regardaient, interdits. Pas de doute, ces deux-là avaient une case en moins.

À dire vrai, elle avait failli s'évanouir quand Martin en avait émis l'idée, quelques mois plus tard. Il voulait la filmer tranquillement, violée par Nagapate, c'est ça ? Il n'avait pas vu comme il la regardait ? Violée, violée, tout de suite les grands mots, avait grommelé Martin avant de revenir à la charge, le soir. Avec une escorte armée, ils ne risqueraient pas grand-chose. Et puis, à en croire le résident général aux Nouvelles-Hébrides, le calme était revenu dans l'île. Rentré à Sydney, Martin avait développé et monté le film : les images étaient superbes. Et une idée lui était venue, qu'il trouvait chaque jour plus géniale : leur montrer le film, là-bas, et enregistrer leurs réactions.

Un triomphe. La salle du Rivoli debout, la presse dithyrambique. Nagapate avait fait trembler Broadway, se pâmer les femmes dans la salle – il avait sa carrière d'acteur assurée s'il voulait, avait même risqué un journaliste. Mais, habité par leurs images des mers du Sud, c'est à peine si le couple avait vu New York. Martin n'avait qu'une idée en tête : repartir. Retourner à Malekula.

Et c'est ce qu'ils avaient fait. Sous la protection de vingt-six hommes armés jusqu'aux dents, recrutés à Vao. Effet de leur escorte ? Nagapate les avait accueillis sur la plage comme on retrouve de vieux amis – même si ses yeux brillaient toujours quand il se tournait vers elle, même s'il cherchait obstinément son regard, et, jetant à peine un œil aux carottes de tabac et à la bimbeloterie que lui tendait Martin, avait tenu à la couvrir de cadeaux, ignames, fruits de l'île, noix de coco. Un soir, sur le pont de leur goélette, alors que Nagapate et quelques-uns de ses hommes étaient assis en cercle avec Martin, prise d'une soudaine impulsion, elle avait sorti son ukulélé et entamé un vieil air hawaïen. À la surprise générale le féroce géant avait accompagné le rythme en balançant la tête, avant d'entonner à son tour un chant de sa tribu. On leur avait changé le gaillard !

La projection du film, le soir suivant, sur la plage, avait été un moment presque irréel. Martin avait installé le grand écran et le générateur en lisière de forêt, les Nambas allaient, venaient, curieux de tout, touchaient les caméras, l'appareil de projection, et à la nuit tombée, ils allaient regagner leur village, dans les hauteurs, quand un faisceau lumineux avait troué les ténèbres. Passé le premier affolement, et comme Osa s'installait aux côtés de Nagapate, ils étaient sortis des buissons pour se rassembler autour d'eux, mais il avait fallu toute l'autorité du chef pour qu'ils ne s'éparpillent pas de nouveau dans la nature, aux premières images. Et ce fut bientôt un concert de cris et de rires quand ils se reconnurent, les uns après les autres. Mais le silence se fit quand apparut sur l'écran l'un des leurs, mort depuis peu : ces étranges visiteurs pouvaient ressusciter les morts ! Le silence se prolongea quand vinrent les images de New York, des voitures, et de la foule, énorme, dans les rues : comme l'île des hommes blancs paraissait vaste ! Pendant tout ce temps Martin filmait les spectateurs en les éclairant au magnésium…

Osa resta un instant silencieuse, très loin en elle-même. Stefansson avait raison, elle avait vécu au jour le jour dans la succession des peurs et des émerveillements, l'urgence des choses à faire, jusqu'à n'être plus qu'un kaléidoscope d'impressions. Il fallait ordonner ce chaos au moins en un récit pour ne pas se perdre en lui. C'est ce que j'essaie de faire aujourd'hui, se répéta-t-elle. Mais tant de choses se bousculaient en elle – et elle manquait tellement de mots ! La salle, devinant son émotion, se taisait. La gamine qui l'avait applaudie peu avant rompit la première le silence :

– Et après, madame ? Vous êtes restés longtemps chez le monsieur ? Chez les… Nambas ?

La petite se tenait droite sur sa chaise, sourcils froncés, terriblement sérieuse. Quel âge pouvait-elle avoir ? 12 ans ? Les garçons autour d'elle pouffaient, l'air idiot. Décidément les pauvres, à cet âge-là, n'étaient pas aidés, songea-t-elle. Comme disait Gail à l'époque, en prenant des airs d'actrice de cinéma, « il faut bien faire avec ». Haussant les épaules à leurs moqueries, elle répéta sa question :

– Dites, madame…

Oui, petite fille, longtemps… Le lendemain matin, alors qu'ils pliaient bagage, un Big Namba était arrivé, tout essoufflé et gesticulant, et ils avaient fini par comprendre que Nagapate leur faisait l'honneur rare de les inviter dans son village « pour chanter dame encore ». Grimaces des vingt-six gardes. Là-haut ? Franchement, non merci. Martin avait dû hausser le ton pour qu'ils obtempèrent, non sans maugréer. C'était bien leur veine, d'avoir été engagés par un malade mental !

Pas un signe d'émotion, rien. Parvenu au terre-plein où ils avaient failli perdre la vie, tandis qu'elle sentait ses genoux se dérober sous elle, Martin avait juste suggéré une pause, « le temps de quelques plans complémentaires ». Ce qui s'était déroulé là n'avait jamais été, pour lui, que des images, une séquence choc qu'il voulait enrichir par deux ou trois plans de coupe…

Puis la piste s'était faite de plus en plus raide, la jungle plus oppressante. Vers midi ils avaient débouché de nouveau à l'air libre, au-dessous d'eux la houle en cascade des grands arbres plongeait presque à pic dans les profondeurs ténébreuses des ravins, sur lesquelles tranchaient, çà et là, les taches plus claires de prairies herbeuses, et très loin, où la mer ne se distinguait plus du ciel, en sorte qu'ils paraissaient flotter dans les airs, on devinait les taches minuscules de leurs bateaux. Ce coup-ci, pas question de fuite : l'île se refermait sur eux en piège.

Une demi-heure plus tard, passé un dernier coude, ils avaient débouché sur le village, un amas de cases misérables dans une vaste clairière, et comme ils s'étonnaient de le trouver vide, une foule de guerriers avait surgi des sous-bois, deux cents au bas mot, armés de lances et de fusils, qui roulaient des yeux effrayants. Aux mains des Nambas, de nouveau ! Des appels de trompe retentirent, sinistres, les guerriers grondaient, en frappant le sol du pied comme s'ils allaient charger – « superbe ! » s'était écrié Martin en posant la caméra sur son trépied, déjà il tournait la manivelle quand un ordre bref fendit la foule en deux, et Nagapate apparut, royal. D'un geste, il les invita à s'asseoir près de lui, pour la fête qu'il entendait donner à ses amis blancs.

Ce n'était pas encore aujourd'hui qu'ils seraient mangés.

Ils étaient restés à Malekula une bonne semaine, filmant à leur gré scènes de la vie quotidienne, scènes de chasse et de pêche, rituels. En faisant le tour de la clairière, le premier soir, elle avait eu le sentiment d'une présence, derrière un buisson, puis d'une autre, toute proche, et, se précipitant, elle avait découvert des femmes terrorisées serrant contre elles leurs gamins et elle avait dû attendre presque la nuit tombée pour qu'elles osent enfin se montrer, ombres misérables se glissant dans les cases. Passé les premières frayeurs, elles s'étaient habituées à eux, au point de ne plus leur prêter attention, à la différence des hommes qui, semblant avoir compris ce que faisait Martin, jouaient de bonne grâce les acteurs et même en redemandaient comme Rambi, le bras droit de Nagapate, qui multipliait les pitreries et les cabrioles devant l'objectif. Quant aux gamins, ils s'étaient agglutinés en grappe autour d'elle quand elle avait entrepris de leur montrer comment jouer aux billes – au bout de trois jours, ils la battaient tous à plate couture.

Mais elle sentait bien que Martin s'impatientait. Il lui fallait de l'action, à lui, des scènes chocs, Broadway n'allait pas se déplacer juste pour les voir éplucher des navets ! Un matin, Nagapate était arrivé, radieux : que dirait Martin d'une petite guerre avec la tribu voisine, juste pour rigoler ? Avec un peu de chance, il y aurait beaucoup de têtes coupées. Enfin, c'est ce qu'avait cru comprendre Martin de son « bêche-de-mer » approximatif. Il était temps de partir, d'autant que la pile de cadeaux augmentait chaque matin devant la tente d'Osa, à proportion des soupirs de Nagapate.

Il y avait eu une grande fête le soir, et une fête

encore le lendemain sur la plage, Nagapate avait même tenu à passer la dernière nuit sur le pont de leur goélette – et elle s'était sentie plus émue qu'elle ne l'aurait cru, quand le chef était retourné à terre, campé droit à l'arrière de la baleinière, ne la quittant pas des yeux…

« On nous a changé le gaillard » – elle entendait encore le petit rire de Martin, qui l'avait agacée, sur le coup : les Nambas leur avaient fait confiance, pourvu, songea-t-elle, qu'il leur rende cette confiance ! Il était si facile de se moquer d'eux, le soir de cette projection – quand elle gardait, elle, le souvenir d'un moment magique, de deux mondes se rencontrant, dans les rires partagés. Pourvu, oui, pourvu qu'il leur rende leur confiance…

– Et après ?

Osa tressaillit. Voilà qu'elle se laissait aller de nouveau à ses songeries ! Mais la gamine, penchée en avant, la fixait, insistante. Mon Dieu qu'elle est jeune, se dit Osa, est-ce que je lui ressemblais, à cet âge ?

Après… Elle hocha la tête, reprit son récit. Après, petite fille, il y avait eu le retour à Vao, où les malades, lorsqu'on les jugeait condamnés, étaient enterrés vivants, et où l'on coupait les tendons des filles qui tentaient d'échapper à leurs mariages imposés, et puis la découverte à Vila, dans les Nouvelles-Hébrides, du *Snark* en triste état, tout juste récupéré après deux mois sous l'eau – un fantôme inattendu se dressant devant eux, survivant d'un temps englouti, vaguement menaçant, dont l'image l'avait hantée pendant des jours. Dans Lambuma Bay le capitaine de leur goélette leur avait fait rencontrer ce qu'il prétendait être des hommes-singes. Vers Espiritu Santo, Martin avait pu filmer enfin un festin cannibale. Et, à Tommane, encore, des enfants mâles dont on pressait la tête entre deux planches pour les aplatir. Le mélange d'horreurs et de merveilles qui faisait la magic et le mystère inépuisables des mers du Sud.

Et puis, l'inattendu, quand ils s'apprêtaient au retour : un message, à Sydney, de leur commanditaire, les pressant de prolonger leur voyage. Le public de New York ne jurait plus que par les films animaliers, pourquoi ne pas faire en plus un tour du côté de Bornéo ?

Bornéo… Les rivières grouillantes de crocodiles, les jungles inextricables d'arbres géants, gluants de mousses, de vignes vierges et de lianes, le vacarme des singes dans les profondeurs végétales, singes roux, singes verts, singes gris, singes à gros nez et museau très long, petits singes jacasseurs, singes par milliers, les troupeaux de buffles dans les marais toujours prêts à charger, les serpents sous leurs pieds à chaque pas, les sangsues cachées dans les feuillages qui vous tombaient dans le cou, se collaient partout, nuque, aisselles, poitrine, les pirates tapis dans le labyrinthe connu d'eux seuls des rivières et des marécages, la chaleur moite, les piqûres de moustiques, les cris de détresse d'animaux dans la nuit, et les bruits de mastication énormes, épouvantables et puis la boue, partout, la pourriture qui rongeait les films, s'insinuait jusque dans les caméras, cette impression de se trouver pris dans un énorme ventre, peu à peu aspiré, dissous, dans les sucs visqueux d'une monstrueuse digestion – Bornéo avait failli les engloutir.

Elle s'interrompit tout à coup, devant les visages consternés devant elle, éclata de rire. Un enfer vert ! Mais cela était une autre histoire. Pleine de dangers, de souffrances, mais aussi de merveilles. Une histoire que Martin était en train de monter à New York – et qu'elle ne voulait pas déflorer. Pour une bonne raison, se dit-elle : j'aurais bonne mine si je racontais une autre histoire que lui, dans son film… Mais c'était une promesse, elle reviendrait, avec Martin.

– Eh bien, dit le maire, je crois que nous pouvons tous lui faire une ovation ? Bon sang, Osa, il n'y a qu'une vraie femme de l'Ouest pour affronter ça !

Les questions fusaient, mêlées aux applaudissements. Quand repartaient-ils ? Où ? Quand verrait-on leurs films ? Autour de Mlle Glenkinchie des femmes hochaient la tête : ce n'était tout de même pas la place d'une femme. Était-ce vrai, donc, que ces sauvages étaient tout nus, vraiment tout nus ? Spencer, lui, s'interrogeait : ça rapportait gros, ce business ? Mais elle ne voyait que la gamine qui la dévorait des yeux, pensive.

– Dites, madame… Pourquoi ?

Pourquoi ? Dans le fond, personne, jamais, n'en savait rien. Elle caressa la joue de la gamine :

– Et toi ? Que veux-tu faire plus tard ?

– Comme vous ! Partir. Vers… là-bas.

Et elle montra l'ouest, les Grandes Plaines.

Comme elle paraissait grave, en cet instant ! Pour elle, bien sûr, il n'y avait rien de plus important.

– Et tu le sais, toi, pourquoi ?

La gamine avait secoué la tête en signe de dénégation.

Mais elle pense que moi je sais, se dit Osa. Que je saurai expliquer ce qui la tourmente, ne lui laisse pas de répit, l'appelle. Si elle savait ! J'ai été comme elle, se répéta-t-elle, le cœur serré. Pourvu que je ne l'aie pas déçue !

Il aurait fallu qu'elle lui dise mieux la beauté du monde. Pourquoi, quand on évoque un voyage, n'en raconte-t-on d'abord que les épreuves ? Alors que ce qui vous reste, à vous, le plus souvent, ce sont des moments où il ne se passe rien, où le monde vous vient comme une offrande – à la condition de se rendre transparent. Peut-être parce que ce reste-là, la seule chose vraiment importante, était indicible.

William et Belle l'étreignaient. Formidable ! Elle avait été formidable !

– Mais maintenant on ne vivra plus quand on te saura par là-bas…

Elle jeta un regard derrière elle tandis que la foule des amis l'emportait. La petite fille, immobile, la regardait toujours.

C'était elle, enfant, qui la regardait jusqu'au fond de l'âme. Elle, qu'elle n'avait pas le droit de décevoir.

Un vent chaud avait bousculé les nuages, chassé la grisaille, qui portait avec lui des senteurs de mers caraïbes, épices, fleurs capiteuses. C'était aussi cela, les Grandes Plaines, cette alternance, parfois en quelques heures, du froid polaire et des tropiques, si plates, ces plaines, que rien, du golfe du Mexique au Groenland, n'arrêtait la course du vent : vous vous couchiez emmitouflés de neige, les vitres griffées de gel, le ciel comme un étau et au matin des eaux claires bondissaient dans les ruisseaux, les oiseaux faisaient des loopings dans les airs en chantant à tue-tête et c'était le printemps ou même l'été, tant qu'à faire, pourquoi bricoler dans les demi-mesures, vous sortiez en chemisette et soudain un rugissement venait du nord, des clameurs d'ours et de loups, et le froid vous frappait à coups de marteau – mais pour l'heure, elle ne voulait croire qu'en la lumière revenue. La ville retrouvait ses couleurs, les arbres, les buissons frissonnaient d'une énergie nouvelle, la sève partout s'éveillait, courait le long des branches, portait avec elle une griserie légère, comme une invite à se perdre dans la nature offerte.

Elle pressa le pas à hauteur du hangar des Ferguson, comme si quelqu'un là-bas l'attendait et que le temps pressait, l'eau gazouillait dans les prairies, le soleil naissant jouait dans les herbes, donnait envie de courir. Une fille de Chanute, avait dit Dorothy Parker. Même elle, Osa, n'avait pas mesuré à quel point.

Elle avait reçu une lettre de Martin, et elle devinait sous l'humour affiché son inquiétude. Après tout, partie pour quelques jours, elle l'avait purement et simplement abandonné. Mais il n'en disait rien, sinon que Bessie et Kalowatt avaient élu domicile sur le maigre poitrail de John, condamné du coup à vivre allongé sur la moquette. Et il n'évoquait qu'en une ligne le film en cours de montage. Tant de souvenirs affluaient, en son absence ! Une nuit, à Vao, où ils avaient eu le sentiment que la respiration du monde passait à travers eux, les matins calmes de Bornéo, quand leur maison flottante glissait sur les eaux lisses du Kinabatangan. Des larmes lui étaient venues quand il s'était souvenu de leur premier Noël, après leur départ d'Independence, le hachis arrosé de jus de dinde, la purée et la tarte aux pommes achetés 25 cents à Denver… Et puis Malekula, bien sûr.

> « Au juste, j'avais oublié de te le dire à l'époque, la veille de notre départ de Malekula, Nagapate m'avait proposé une centaine de ses femmes. Contre toi, bien sûr. Une conversation entre hommes, si tu vois ce que je veux dire. Et comme il sentait bien que j'hésitais un peu il avait eu un geste large, bof, et puis tant qu'à faire ne chipotons pas : tu les prends toutes ! Deux cents, au bas mot. Figure-toi que j'ai refusé… »

Elle était prête à rentrer.

En lisière du bois son cœur battit plus vite : le bosquet de cèdres rouges se parait d'une myriade de points roux, comme des bougies allumées dans un sapin – les premiers arbres à fleurir dans la Prairie, à la fin de l'hiver ! Le vent bientôt disperserait le pollen en fins nuages. Elle saisit une branche. Gamins, c'était à qui arriverait le premier pour « fumer » l'arbre en le secouant, et elle se retrouva, toussant, pleurant, les cheveux et les vêtements couverts de poussière dorée. Elle se frotta les yeux : les gainiers, à deux pas, étaient en fleur, eux aussi, grappes roses sur le vert sombre des cèdres – bientôt les collines se couvriraient de rose, puis viendraient le blanc des cornouillers, l'éclat fragile des primevères du soir, si fragiles qu'elles ne s'ouvraient le soir que pour mourir le lendemain, les nappes blanches ou jaune pâle des immortelles. Elle cueillit quelques grappes de fleurs de gainiers. Avant son départ, demain, Belle les préparerait en beignets, avec les pancakes.

Je suis de retour, se répéta-t-elle. Pas seulement à Chanute. Pour la première fois depuis leur arrivée à New York les fils se renouaient de leur aventure commune. Martin ! La prochaine fois, à Chanute, ce serait avec lui, avec John, avec Kalowatt et Bessie – quel succès elles auraient, ces deux-là ! Mais pour l'heure ils l'attendaient, à New York. Où elle repartirait demain. Après tout, Martin avait refusé de l'échanger contre deux cents femmes…

IX

Bessie et Kalowatt, d'un même élan, l'avaient plaquée au sol sous leurs embrassades, disputant à John et à Martin le moindre carré de peau, Martin si ému, et la voix enrouée, qu'elle l'avait deviné au bord des larmes, lui, l'éternel empêtré dans ses sentiments, et Carl Akeley avait suivi, et Herbert, et Leslie, Yvette déjà téléphonait, et tous les membres du Gonk, en avalanche, comme si elle revenait d'un périple lointain, après bien des années. Elle s'était attendue, pleine encore des émotions de Chanute, à s'éprouver quelque peu étrangère. À sa grande surprise, c'était tout le contraire. New York, elle le sentait bien, restait la clé de tout. D'elle-même, du sens qu'elle cherchait à sa vie, si elle savait garder le trésor retrouvé à Chanute. De leur avenir, à Martin et à elle, qui se jouerait au plus près du cœur battant de la grande cité. Mais un New York plus vaste que celui de ses amis du Gonk – leur monde, malgré les rires et la tendresse, ne serait jamais exactement le sien. Un New York qui pourrait être comme l'écran de leurs rêves, à Martin et à elle : un New York aux dimensions du vaste monde. Et sans doute avait-il fallu ce retour sur elle-même, pour qu'enfin elle le découvre, là où elle ne l'imaginait pas…

Un soir, Martin était arrivé hors d'haleine, alors qu'elle s'apprêtait à sortir. Carl Akeley ! Ils étaient supposés dîner ce soir chez lui, il venait juste de s'en souvenir, pour une fois le monteur de nuit aurait à se débrouiller seul – mais à la vue d'Osa poudrée, fardée, déjà habillée, il avait bredouillé, penaud, s'excusant presque, bien sûr, si elle avait d'autres obligations… Et elle, le prenant par le bras, quel bêta il faisait, depuis le temps qu'elle attendait ça, une soirée ensemble, tous les trois ! Yvette l'avait juste invitée à une vague première de Floyd Dell, à Greenwich Village, ils ne s'apercevraient même pas de son absence. Alors, qu'attendait-il ? Ils étaient en retard !

Elle chantonnait, joyeuse, dansait autour de lui, le criblait de bourrades, si radieuse que les visages des badauds s'éclairaient à son passage, Martin feignait de s'inquiéter : était-elle vraiment sûre de s'être habillée ? Et elle, mutine, qu'allait-il imaginer, un énorme manteau et trois fois rien dessous, c'était le dernier chic du Village ! John bougonnait, ravi, estime-toi heureux, fiston, d'avoir encore une femme ! et prenant par la taille Osa, il esquissa des pas de valse. À l'éveil du printemps la rue paraissait prise d'une ivresse lègère. Quand donc allait-il finir son fichu film, qu'ils revivent un peu ? Ils étaient loin de se douter du tour qu'allait prendre la soirée et de ses conséquences…

Depuis le couloir on entendait leurs rires, des bruits de vaisselle, ou de bouteilles heurtées. Mais le silence se fit dès qu'ils frappèrent à la porte. Il y eut des chuchotements, des bruits d'objets traînés au sol avec précaution, de loquets qu'on tirait. Et la porte enfin s'entrouvrit, laissant passer une tête de troll hirsute…

– Bon sang ! On peut dire que vous nous avez flanqué une sacrée frousse…

Stefansson ouvrit la porte en grand, et Osa poussa un cri. Un masque africain, suspendu au plafond, barrait l'entrée, bouche ouverte sur des crocs menaçants, et ses yeux lançaient des éclairs. Leur ami fit les présentations : au plafond, Alfie le sorcier, grand effrayeur d'huissiers, puis, sortant de la salle de bains en bras de chemise, les deux meilleurs spécialistes des Indiens d'Amérique, le vénérable Herbert Spinden, gloire du Muséum, accessoirement colocataire des lieux avec Carl et lui, suivi de Leslie Brown, professeur à l'université de Washington, venu remuer quelques souvenirs des temps passés ensemble au Muséum. Professeur ou pas, les joues rouges et les cheveux en désordre, ils avaient tous trois plutôt l'air de bootleggers pris sur le fait, se dit Osa. Ou de collégiens se dandinant à la sortie du cours des filles… Herbert, aux allures d'escogriffe, dissimulé derrière d'énormes lunettes, devait avoir la quarantaine. Quant à Leslie, blond, souple, les yeux rieurs, il était rudement joli garçon, nota-t-elle. Ils étaient en pleine expérimentation scientifique, poursuivit Stefansson, lorsque…

– Hé ! Vous venez pour le dîner, c'est ça ?

Eh bien, oui, en quelque sorte. Mais, d'évidence, il y avait maldonne. Le troll partit d'un vaste éclat de rire. Maldonne, en effet ! Carl était dans le Maine. En stage d'entraînement avec l'équipe qui allait l'accompagner chez lez gorilles.

Mais qu'importe, ils allaient rester, bien sûr : les meilleures fêtes étaient celles qu'on improvisait ! Il était en affaires avec une épicerie italienne tout près, des pizzas, des bouteilles de la réserve secrète de Pepe, le patron, sur laquelle il avait encore quelques droits de prélèvement, le tour serait joué…

Il poussa son monde dans le couloir, envoya valser à coups de pied un phoque et un léopard enlacés qui bloquaient le passage. Le temps d'empiler leur ménagerie dans un coin et ils finiraient bien par dénicher des sièges.

– Martin, j'ai tout tenté, le soir de l'Explorers' Club, vous savez ? J'en ai l'ego encore meurtri. Faudra m'expliquer comment vous vous y êtes pris, vous…

– Tiens ! fit Osa, moi qui croyais que vous aviez des vues sur une *flapper*…

– Misère ! Aussi pulpeuse qu'une arête de poisson. Et côté conversation…

– Un auguste vieillard, hein ? glissa Martin à l'oreille d'Osa.

Il fallait bien reconnaître qu'il faisait plus jeune qu'elle n'avait cru.

Statues, masques africains, peaux de lion, raquettes, pipes et coiffes indiennes, dents de morse débordaient de toutes les pièces, encombraient le couloir. Une peau d'ours blanc était négligemment jetée sur un fauteuil, des défenses d'éléphant commandaient l'entrée de la salle à manger. Osa renifla, sourcils froncés, tandis que Leslie, rouge brique, courait d'un siège à l'autre, ramassait en hâte vêtements, chaussettes et caleçons jetés çà et là. La théorie de tante Millie sur les hommes laissés à eux-mêmes se vérifiait une fois de plus…

Elle passa le nez dans la cuisine, ouvrit quelques placards. C'était bien une cuisine de vieux garçons ! Est-ce que ça leur arrivait, des fois, de faire la vaisselle ? Mais elle finit par dénicher une huile de Florence toute fraîche, des oignons, un paquet de riz Arborio : du chorizo, un peu de mascarpone, et si, en plus, ils lui trouvaient des coques ou des palourdes, elle bricolerait quelque chose…

Pendant que certains feraient les courses, les autres pourraient peut-être poursuivre cette expérimentation, comment dire, scientifique ? risqua John, qui avait tout compris. Et ils prirent donc ainsi leur premier cours pratique de fabrication de « gin de baignoire » – alcool à

90° dénaturé coupé d'eau, qu'il s'agissait de « renaturer » à l'aide d'adjuvants quelque peu incertains. Toute la subtilité, soupira Stefansson, tenait ensuite à la manière d'y infuser les baies de genièvre, cadeau d'un ami forestier. En tout cas, ils calculaient large, apprécia John : une demi-baignoire, ils avaient de quoi voir venir…

Herbert et Leslie revenaient déjà, les bras chargés. Et pendant que Herbert disposait sur la table les « petites bricoles à grignoter » – barquettes de poivrons grillés dans l'huile, bresaola, cacciatorini de la vallée d'Aoste, capocollo d'Ombrie, coppa des Marches, et certain vin d'Ombrie dont il n'était pas peu fier, Pepe avait bien fait les choses, sans compter trois livres de coques récupérées chez le beau-frère poissonnier, et, cadeau de Mme Scaloni, un tiramisu moelleux à souhait –, Osa, aidée en cuisine par Leslie, entreprit un risotto. Ne jamais arrêter de remuer le riz, tout en le mouillant du jus des coques était la clé du succès pour un risotto à la fois crémeux et *al dente*, dans les règles de l'art, expliquait-elle, mais comme Leslie soupirait n'avoir jamais imaginé jusque-là que les mouvements d'une cuisinière pouvaient égaler un show des Ziegfeld Follies, elle le chassa en riant à coups de torchon.

Les yeux de John brillaient : depuis combien de temps n'avait-il pas bu pareil vin ? Martin hochait la tête, ravi. Tout de même, ça faisait sacrément du bien, de mettre le nez dehors ! De se détendre enfin, après ces semaines de folie, soulignait crûment sa fatigue, les cernes sous les yeux, ses traits tirés. Et moi, qu'ai-je fait tout ce temps ? se demandait Osa, honteuse. On porta des toasts à l'absent, souhaita son retour. Le pauvre vieux ne doit pas rigoler, à l'heure qu'il est, avec ses équipiers, grommela Stefansson. Et comme Martin s'étonnait :

– Vous ne le saviez pas ? Il part avec des amateurs. Bon sang ! Et quels amateurs… Jamais mis les pieds en Afrique ! Martha, sa secrétaire. La pauvre n'en dort plus depuis des semaines. Sa plus grande aventure jusqu'ici a été de capturer une taupe dans son jardin. Herbert Bradley, son avocat, avec sa femme, Mary. Le genre bourges chic de Chicago. À force d'entendre Carl décrire la jungle comme le paradis sur terre, ils y ont cru. Le plus beau : ils partent avec leur gamine de 5 ans – et sa nurse, Priscilla. Aux dernières nouvelles, ils insistent pour emporter leurs vélos.

Et Carl ne les avait pas calmés ?

Stefansson haussa les épaules.

– Il a fini par y croire lui-même !

– Et puis il a besoin d'argent, coupa Herbert. Désespérément besoin d'argent…

25 000 dollars, pour six mois d'expédition. Osborn, du Muséum, ne lui en accordait que 10 000. Et encore, à la condition qu'il termine d'abord l'installation de son groupe d'éléphants. Ce qui pouvait se comprendre, après huit années de tergiversations… Du coup, il avait vendu tout ce qu'il pouvait vendre, ses collections les plus précieuses, et même les images de ses films, à des aigrefins soucieux de pimenter le récit de leurs supposés exploits. Comme cela ne suffisait pas, il avait emprunté le maximum consenti par la banque. Pas assez pour l'expédition. C'est alors qu'il s'était tourné vers les riches Bradley…

– Cette histoire de vélos l'a tout de même alerté. Sans un minimum de précautions, il allait dans le mur…

« Un stage de survie, façon militaire », avait-il décrété, en partant pour le Maine. Stefansson gloussa, en imaginant la pauvre Martha invitée à faire de l'escalade, ou à franchir une rivière suspendue à une corde…

– Et puis, ajouta Leslie, resté jusque-là silencieux,

cette histoire lui plaît. Trois femmes au pays des gorilles…

Des monstres, assuraient mille récits, un cyclone de fureur bestiale, broyant tout sur son passage. Qui enlevait les femmes et les violait. Comment mieux démontrer la fausseté de cette vision qu'en emmenant avec soi trois femmes et une enfant ?

– Et elles en pensent quoi, les femmes ?

– Ça excite beaucoup Mary Bradley – car, en plus, elle est écrivain : « Moi et mon gorille », vous voyez le genre ! Les autres, je crois qu'elles n'ont pas encore très bien compris…

– Carl, conclut Leslie, a une relation particulière avec les singes…

– J'en sais quelque chose, s'écria John : dès qu'il passe la porte Kalowatt et Bessie lui sautent au cou ! C'est bien simple, il les rend folles !

À peine arrivé, il fallait qu'il joue avec elles, qu'il s'allonge par terre, qu'elles lui sautent dessus… Herbert acquiesça. Carl leur parlait souvent des deux bêtes…

– Quelque part, il se sent singe. Et puis, ça lui fait un tel bien, après la catastrophe…

Quelle catastrophe ? Les trois compères se regardèrent. Après tout, ils ont droit de savoir, dit Stefansson. Le drame de Mickie et de J.T. Jr…

Et tandis qu'Osa se glissait tout contre Martin, il lui sembla que tous les occupants de la pièce, masques, sculptures, trophées de chasse, tendaient l'oreille eux aussi…

– C'était avant la guerre… En 1909, pendant sa grande expédition africaine, avec Mickie, sa femme, où il avait failli périr. Ils avaient adopté un singe vervet, J.T. Jr. – un nom idiot, vu que c'était une femelle, mais bon, ils avaient voulu faire un clin d'œil à un de leurs amis, J.T. MacCutcheon. Ils en étaient vite devenus amoureux. Vous pouvez comprendre cela, tous les deux, n'est-ce pas ? Mais les choses ont dérapé. Oui, salement dérapé…

Stefansson se versa un verre de vin, le contempla un instant, pensif. Pour lui aussi, cela ravivait bien des souvenirs, et peut-être des blessures… Il reprit, la voix nouée :

– Oh ! Ce n'était qu'un jeu, au départ. Mickie s'était amusée à lui donner un boy qui la protégeait du soleil avec une ombrelle ou lui cueillait des fleurs, pour la distraire. Puis Mickie lui avait fait faire un collier en argent, avec son nom gravé, et avait décidé qu'elle ne voyagerait plus sans elle. Vous aussi n'est-ce pas, vous emmenez Kalowatt et Bessie avec vous ? Mais c'est après, que ça a pris une drôle de tournure. J'ai bien connu Mickie dans ces années-là, vous savez, c'était une fille formidable, mais… Il y avait une douleur en elle… Trop de pression, je suppose, le fait qu'elle s'épuisait à décharger Carl de tous les soucis. La femme toujours parfaite, vous voyez ? Sans jamais d'échappatoire… Bref, J.T. Jr. a commencé à devenir méchante. Oh ! De brusques accès de rage, de loin en loin, la tente qui abritait la cuisine dévastée, un jour, des vêtements lacérés. Mickie se contentait de rire. Carl, lui, ne voyait rien, comme d'habitude. Son affaire à lui, c'était les éléphants. Et, bon Dieu, j'ai souvent pensé à *Moby Dick*, en l'écoutant : il a été Achab, vous comprenez ? Et il ne s'en est jamais vraiment remis… Alors, voir ce qui se passait autour de lui ! Et puis leur retour a été un tel triomphe ! Toute la presse en parlait, le Muséum a organisé un grand dîner en leur honneur au Blackstone Hotel, ils étaient demandés partout. Mais Carl avait d'autres soucis en tête. Sa vision ! Il ne pensait qu'à elle, qu'à son projet de Hall africain, c'était l'intuition de sa vie, il en était persuadé, plus rien ne comptait, pas même Mickie. Il s'était installé un lit de camp dans un coin de l'atelier pour ne pas perdre de temps. Sans se douter du drame qui couvait…

Mickie, de son côté, s'isolait de plus en plus. Dieu m'est témoin, j'ai essayé, nous avons tous essayé de la sortir, de prévenir Carl, mais plus rien n'intéressait Mickie, que J.T. Jr. – qui nous regardait d'un air furieux quand on passait à l'appartement. Ce regard ! La haine à l'état pur. Démente. Mickie, on a une place pour toi au théâtre. Ou au concert. Viens, ça nous ferait tellement plaisir ! Mais non : elle vivait à quatre pattes, courait avec son singe dans l'appartement, riait de tous ses mauvais coups. C'est seulement après, au moment du drame, qu'on a su les détails…

J.T. Jr. la tenait prisonnière. Ou chacune était prisonnière de l'autre, allez savoir, dans une sorte de course à l'abîme. Je ne sais pas comment Carl réagirait à ce que je vais vous dire, mais… Je crois que Mickie avait fait de J.T. Jr. sa soupape de sûreté. Elle prenait un plaisir pervers à ses destructions, comme si le vervet était devenu une part d'elle-même, sa part sauvage, la projection de son inconscient, comme diraient Freud, ou Jung. Ces déprédations, je crois aujourd'hui que c'était aussi un message de la pauvre Mickie à un Carl trop absent. Ou peut-être à elle-même : se sortir du rôle où elle s'était figée, ou se détruire elle-même. Remplacez « J.T. Jr. » par « inconscient » et c'est terrifiant, les abîmes que ça ouvre – terrifiant, oui, de penser que c'est peut-être avec elle-même que Mickie se débattait, seule, dans son appartement…

Ils restèrent tous silencieux, longuement. Osa s'était lovée contre Martin, lui avait pris la main. Stefansson toussa, puis d'une voix sourde :

– J.T. Jr. la tenait réellement prisonnière. Tous les vêtements réservés aux sorties étaient mis en charpie. Du coup, les journées de Mickie passaient à cacher les dégâts de J.T. Jr., à faire en sorte que personne ne s'en doute, ni la femme de ménage, ni Carl, qui espaçait de plus en plus ses venues. Jusqu'à ce que J.T. Jr. commence à la battre. Puis carrément à la passer à tabac. Là, Carl, enfin a réagi ! Mais Mickie l'a supplié : c'était un accident, juste un manque de compagnie pour J.T. Jr. qui la rendait parfois dépressive… Le fou ! Il a cédé, trouvé un petit singe, Patch, au musée du Bronx, que J.T. Jr. a commencé à dorloter, jusqu'à faire une montée de lait, mais le petit animal était trop mal en point pour survivre. Et là, l'enfer s'est réellement déchaîné…

Un jour, J.T. Jr. s'est jetée sur Mickie avec vraiment l'intention de faire mal. Mickie a pu se traîner jusqu'à son lit, un genou salement amoché, les tendons presque sectionnés. Le lendemain, sa jambe avait doublé de volume. Et Carl ne l'a découverte ainsi qu'au bout de trois jours. Il fallait l'opérer d'urgence, ou elle allait perdre sa jambe. Eh bien, elle s'est tellement débattue, elle a tellement pleuré, hurlé que jamais elle ne s'éloignerait de J.T. Jr. que… l'opération a été faite dans l'appartement ! Avec l'animal qui l'observait, comme s'il guettait le bon moment.

Tous se regardèrent, figés d'horreur.

– Trois mois. Elle a mis trois mois à se remettre. Je n'y ai pensé que plus tard, mais… Au jour près, c'est le temps que Carl avait mis à récupérer après sa blessure en Afrique. Au jour près ! Je ne suis pas psychologue, mais…

Leslie siffla doucement entre ses dents, Herbert servit à boire et chacun, silencieux, attendit la suite.

– Elle avait peur, maintenant, ne se déplaçait plus sans une canne. Mais à chaque fois que Carl insistait pour qu'ils se séparent de J.T. Jr. c'étaient les crises de larmes : elle mourrait si J.T. Jr. s'en allait, elle était devenue comme « la chair de sa chair », « une part de mon âme », disait-elle. Je crois qu'elle avait raison. Tellement raison… Un jour qu'elle avait baissé sa garde – oh ! juste un instant – le vervet a sauté sur elle. Pour tuer, clairement. Si Carl n'était pas arrivé à temps… La pauvre Mickie avait la poitrine déchirée, des nerfs sectionnés, une veine ouverte. Là, c'était trop. Pendant que sa femme était à l'hôpital, inconsciente, il s'est débarrassé de J.T. Jr. Dans un zoo, à Washington.

Il s'arrêta, les regarda à tour de rôle, ménageant ses effets.

– Je vous raconte ça en cinq minutes, mais cette histoire, elle, a duré huit ans. Huit ans ! Ça paraît fou, n'est-ce pas ? Tant d'années ! Ça explique peut-être les retards du Hall africain…

Mais ce n'était pas la fin de l'histoire…

– Mickie est entrée en profonde dépression. Elle répétait entre ses larmes qu'on l'avait amputée d'elle-même. Et Carl mesurait combien cette histoire avait dévasté leur couple. Carl et Mickie les inséparables, Bwana et Bibi, le duo de légende de la grande aventure africaine…

Stefansson eut un geste fataliste de la main.

– Un jour, Mickie a tout vendu, ses collections, ses défenses d'éléphant, ses peaux de lion et en juillet 1918 elle s'est envolée pour Nancy, en France, où elle s'est engagée dans les forces expéditionnaires américaines. J'ai pu la voir, avant son départ. Elle m'a dit, vous pensez si je me souviens de chaque mot : « Il y a un puits noir, en Carl. Je l'ai sauvé tellement de fois quand il allait glisser de l'autre côté que c'est moi qui ai fini par y tomber. Servir en France, c'est encore ce que j'ai trouvé de mieux pour me retrouver – peut-être. »

Il soupira :

– Ça, Carl ne l'a jamais compris, ou admis. Et depuis la fin de la guerre, depuis le retour de Mickie, ils se déchirent à qui mieux mieux. Sans plus de J.T. Jr. entre eux. Carl lui a laissé l'appartement. Et c'est comme ça qu'Herbert et moi habitons ici, avec lui…

Osa, timide, risqua la question qui la taraudait depuis un moment : qu'était devenue J.T. Jr. ? Le visage du vieux troll se plissa dans un rire silencieux :

– J'en étais sûr ! C'est que vous êtes un numéro, dans votre genre ! Peur de rien, c'est ça ? Se soucier de ce foutu vervet… Eh bien, je n'en sais fichtre rien. Mais je repense souvent à elle, figurez-vous… La pauvre bête ! Je crois qu'elle se débattait comme elle pouvait pour se sauver, elle aussi. Des barreaux de la cage que Mickie avait dressée autour d'elle. Ça n'est pas facile non plus, pour une bête sauvage, d'être envahie par l'inconscient d'un être humain ! Elle s'est débattue comme elle pouvait, pour ne pas être engloutie, dévorée, envahie. Mais on peut aussi poser le problème autrement : est-ce la part sauvage de J.T. Jr. qui a tenté de tuer Mickie, ou bien le meurtrier était-il l'inconscient de Mickie, qu'elle avait réussi à projeter en l'animal, pour le retourner contre elle-même ?

Qui pouvait répondre à pareille question ? Martin et Osa échangèrent un long regard, pensif, que surprit Stefansson, tout à coup embarrassé :

– Surtout, Martin, ne prenez pas ça pour vous et vos bêtes. Rien à voir !

– N'empêche, fit Martin, ça donne à penser.

– Ce qui est sûr, ajouta John, c'est que nos deux gamines deviennent comme folles, dès qu'elles le voient. Il les surexcite…

– Tout ça tourne dans la tête de Carl, vous savez, quand il passe chez vous. La manière dont vous vous y prenez avec elles. Le fait que ça se passe si bien. Du coup, il est persuadé qu'avec vous ça marchera, son projet sur le monde sauvage. « Ils ont le don » : il n'arrête pas de me le répéter : le don ! C'est autant vous, Osa, avec Bessie et Kalowatt, qui l'avez convaincu que vous, Martin, avec vos images. Et chaque fois qu'il va chez vous, c'est avec cette question : qu'est-ce qui a raté, dans notre histoire avec J.T. Jr., était-ce J.T. Jr., était-ce Mickie et moi ? Il pense que c'est eux – que c'est lui. C'est pour ça qu'il repart. Pour s'en expliquer avec le plus grand singe : le gorille. Et c'est pour ça qu'il veut vous convaincre de partir au Kenya : pour que vous, aussi, répondiez à ses questions.

Le risotto d'Osa, un temps, avait chassé les idées noires. Martin détaillait avec gourmandise l'avancée de son film. Depuis combien de temps ne s'était-il pas confié ainsi ? Herbert et Stefansson multipliaient les anecdotes sur les petits secrets de l'Explorers' Club, et sur la frénésie qui s'était emparée du Muséum, où, à les en croire, les plus doctes, brusquement enragés, s'étaient plongés dans l'étude de la distillation, la subtilité des lentes maturations en fûts, de sorte que la digne institution, des caves aux greniers, n'était plus qu'une gigantesque distillerie clandestine, appelée d'ici peu à inonder la ville et, qui sait ? à apporter au Muséum des ressources nouvelles pour ses multiples projets – ce qui avait conduit à de profondes réflexions sur l'inépuisable ingéniosité des êtres humains, en tous lieux, dans toutes les cultures, à fabriquer de l'alcool à partir de n'importe quoi, ou des drogues à fumer, à respirer, à mâcher, comme s'il fallait de toute urgence fuir ce bas monde où nous étions tombés par erreur, ce n'était pas explicable autrement, et retrouver le paradis dont nous étions issus. Les Écossais découvrant grâce aux Irlandais les vertus spirituelles du whisky n'y avaient-ils pas consacré, d'enthousiasme, la totalité, deux ans de suite, de leur récolte d'orge, avec pour conséquence, vécue stoïquement, une sévère famine ? Mais qu'importe ! D'une nature impatiente, ils tétaient directement au tuyau de l'alambic, sans s'attarder comme certains efféminés à vieillir leur nectar en fût. La timide dégustation d'une version antérieure de leur gin de baignoire, supposée accompagner le tiramisu un peu chargé en sucre, s'étant conclue par la constatation qu'ils n'avaient plus le gosier des highlanders, ils s'emparèrent des dernières bouteilles de vin d'Ombrie, et passèrent au salon.

– La question du sauvage, vous verrez, sera la grande affaire du siècle…

Le bout rougeoyant d'une cigarette, seul, indiquait la place d'Herbert, assis sous le faciès grimaçant d'un Baron Samedi, *loa* vaudou. Un esprit du Panthéon vaudou, avait chuchoté Leslie à l'oreille d'Osa, l'équivalent des dieux grecs, ou des saints chrétiens : Baron Samedi était le maître des morts, le passeur du royaume d'Hadès, et l'affreux jojo grimaçant, contre lequel John s'appuyait, était Ogoun Ferraille, maître des forgerons, du feu et de la guerre, l'esprit de toutes les batailles. Installés dans le salon peuplé de statues et de masques, grandes ombres silencieuses, ils s'étaient laissé peu à peu engloutir dans les ténèbres, et par la baie vitrée ils avaient vu la ville s'illuminer comme un immense arbre de Noël. « Rudolf Valentino », « The Sheik », « Music Box Revue – Irving Berlin » « Shubert's Passing Show », clignotaient les enseignes au sommet des immeubles face à eux, en sorte que ces figures fantastiques, closes sur leurs rêves de pierre ou de bois, surgissaient par à-coups de l'obscurité – si intenses qu'Osa, un instant, crut que c'était l'une d'elles qui venait de parler.

Des bouffées de musique montaient vers eux, mêlées au grondement des voitures, une autre vie commençait là-dehors – « les fauves chassent la nuit », murmura une voix qu'elle ne reconnut pas. La jungle urbaine ! Et ici, dans un appartement discret de Manhattan, les dieux des anciens âges rassemblés, attendant leur heure… Que se passerait-il, quand ils s'éveilleraient ? Les éléphants de Carl Akeley sortiraient eux aussi de leur songe immobile, surgiraient au grand jour, et derrière eux, les portes du Muséum effondrées, tout le monde sauvage d'Afrique, d'Asie, d'Amérique, les hordes de bisons déferleraient sur Broadway et la 7e Avenue, piétinant les voitures, suivis de Leslie et de ses amis Algonquins venus reprendre possession de Manhattan. Les mots d'Yvette lui revinrent. Qui aurait le dernier mot, qui serait le plus barbare, cruel, des bêtes ou des fauves urbains ? Osa se pelotonna contre Martin. La partie était déjà jouée, le monde sauvage, bientôt, ne serait plus qu'objet d'exposition dans les musées, les dieux anciens étaient morts, ou moribonds, et cet appartement ne leur était plus guère qu'un mouroir, ou une infirmerie. Rudolf Valentino éclaira brusquement la foule silencieuse des dieux et des *loas* et elle tressaillit. Un instant, elle aurait juré que l'un d'eux avait ouvert les yeux, la fixait. Et son regard n'était pas hostile. Martin dut sentir son trouble, la serra contre lui un peu plus fort.

À table, Herbert les avait fait rêver avec ses récits du Grand Nord. Il avait été cheminot dans sa jeunesse, poseur de rails pendant cinq ans dans le Dakota, avant de tenter sa chance en Alaska. Chercheur d'or ! À ces seuls mots ses yeux brillaient encore d'une joie sauvage, toute réserve doctorale oubliée. Leslie débutait tout juste dans la carrière, mais avait vécu parmi les Indiens des Plaines et de la côte Ouest, assisté à leurs rituels les plus secrets. Stefansson racontait comme il avait cru sa dernière heure venue, parmi les Eskimos, lors de son premier voyage, quand ils s'exaspéraient de le voir inutile, bouche de trop à nourrir. Heureusement, les femmes s'étaient liguées pour le sauver.

– Elles prenaient un vif intérêt, comment dire ? à mon patrimoine génétique…

Les Eskimos, heureusement, avaient sur la propriété des femmes des vues très libérales. Il s'était donc dévoué comme si sa vie en dépendait – ce qui était d'ailleurs le cas. Depuis, des légendes sur ses exploits couraient la banquise… L'effronté coquin ! Je vois mieux à quoi j'ai échappé, glissa Martin. Osa lui prit la main – il y avait si longtemps qu'ils ne s'étaient pas retrouvés ainsi… Elle était bien. Dieux, *loas*, compagnons de cette soirée, ils participaient du même monde. Ce soir, elle retrouvait quelque chose comme sa famille.

Les trophées d'Akeley accrochés au mur, ses masques et ses statues, au fil du temps, s'étaient imprégnés de lui, jusqu'à lui dérober un peu de son âme, et son ombre, chacun le sentait avec force, rôdait parmi eux dans la pièce.

– Pas seulement de Carl, reprit Herbert, comme s'il avait deviné le cours de leurs pensées : du siècle.

La guerre avait tout changé. Ce qui n'avait été auparavant que l'aventure, la folie, ou l'intuition de quelques-uns partant dans les mers du Sud, Stevenson, Gauguin, Warren Stoddard, prenait un sens prémonitoire.

– Ce sentiment… oui, d'un épuisement du monde occidental. De ses valeurs. De sa capacité de création. Ça ne vous frappe pas ? Un quart de siècle avant la guerre, ce besoin de se ressourcer au contact d'autres cultures. Et de la nature, aussi. Retrouver quelque chose que nous avions perdu. Bon sang ! Rétrospectivement, quelle leçon… La guerre ! Il nous aura fallu, à nous, la guerre pour nous ouvrir les yeux. Et maintenant…

Les *flappers* au Village, les showmen de Broadway, les Indiens qui reprenaient leur « danse du soleil » interdite, mais aussi bien les forcenés de la Prohibition, les salopards du Ku Klux Klan, autant de réactions à la sensation de vaciller au bord d'un gouffre. Cette crise, fallait-il la comprendre comme un accident, qui appelait un retour aux « vraies » valeurs – et quelles valeurs, si l'on considérait leurs défenseurs encagoulés ! – ou bien était-elle comme un puits noir au cœur même de notre civilisation, où tout, pan après pan, allait disparaître ? Rome, après tout, s'était écroulée au moment où elle s'imaginait immortelle ! Dès lors, chercher ailleurs devenait une exigence majeure. Ailleurs étaient peut-être d'autres valeurs de vie, d'autres civilisations, d'autres cultures qu'il était urgent de sauver avant qu'elles disparaissent – parce que nous avions enfin des questions à leur poser.

– S'il a raison, dit Stefansson, commence l'âge d'or de l'ethnologie.

Herbert s'arrêta, surpris par sa longue tirade. Comme les masques et *loas* que les lumières extérieures révélaient par à-coups paraissaient approuver, il reprit d'une voix plus sourde, hésitante, qui semblait venir des masques eux-mêmes.

– Bon sang ! Quand je suis rentré d'Alaska… J'avais failli y laisser mes doigts, gelés, et même ma vie, mais ces années-là, même aujourd'hui, je ne les échangerais contre aucune autre. Un chat maigre, le ventre vide, oui, peut-être bien, mais riche, ça oui, riche de me sentir vaste comme le vaste monde… La beauté du monde ! Vous le savez bien, vous autres, quand elle vous a ébloui un jour, celle-là, elle ne vous lâche plus. Et vous ne vivez plus que pour l'éprouver de nouveau, comprendre son mystère. J'ai travaillé comme un forcené, retour des placers – vous voyez, Martin, London n'a pas été le seul – pour rentrer à l'Université. Avec une seule idée en tête : le Muséum d'Histoire naturelle. Et c'est comme ça que j'ai découvert l'ethnologie. Dixon, Putman, Tozzer : ils m'ont ouvert des mondes. La première fois que

Tozzer m'a montré une statue maya… J'ai su dans la seconde qu'elle venait de décider de ma vie. La beauté absolue – comment, après ça, pouvait-on parler d'art « primitif », de « peuple de sauvages » ?

– Pour mieux les exterminer ! coupa Leslie, avec une intensité qui surprit Osa.

Il avait d'abord eu un mouvement de recul, poursuivit le jeune homme, en découvrant les Indiens dans leur réserve. Une telle misère, et une telle déchéance ! Comment pouvait-on vivre ainsi, dans la crasse, l'alcool, sans la moindre dignité ? Ça, les « nobles Indiens » de Fenimore Cooper qui l'avaient fait rêver, enfant ? Il était resté, pourtant. Jusqu'à ce qu'il commence à comprendre. L'horreur de ce qu'ils avaient subi. Et la grandeur de leur culture.

– C'était en Colombie-Britannique. Dans la tribu haisla, à 500 kilomètres au nord de Vancouver. Des totems de 7 à 9 mètres de haut. Sublimes, il n'y avait pas d'autre mot. Un peuple capable d'une telle beauté n'était pas un peuple de « sauvages » ! Je suis resté. Et d'une certaine manière, je n'en suis pas encore revenu.

Il était resté, pour comprendre dans quel système de pensée, quelle cosmogonie, s'inscrivaient ces œuvres d'art. La vision indienne de la nature était à peu près opposée à la nôtre : qu'avions-nous à apprendre d'elle ? Indiens des Plaines, Indiens de la côte Ouest, son voyage, depuis, n'avait pas cessé…

– Tout est devenu clair, pour moi, en 1914, reprit Herbert. D'un côté il y avait la guerre, qui se déclarait en Europe, un monde, là-bas, s'autodétruisait, et presque en même temps, à New York, la grande exposition Braque-Picasso chez Alfred Stieglitz. Tozzer m'avait fait lire Apollinaire :

Fétiches d'Océanie et de Guinée […]
Christ d'une autre forme et d'une autre croyance.

Mais, bon, c'était juste un poème. Là… Stieglitz avait placé des masques, des statues africaines parmi les toiles. L'art occidental le plus moderne, le plus novateur, dialoguait avec l'art africain, s'inspirait de lui ! J'ai repensé à Stevenson dans les Samoa. Ah ! Je suis sorti de là bouleversé…

Après, il avait tout lu, bien sûr. Derain découvrant un masque fang en 1906, Picasso et Matisse se précipitant au Musée d'ethnographie, peintres et sculpteurs courant à Marseille « acheter du nègre » chez les brocanteurs.

– On m'a montré un journal français, au Muséum, il y a deux jours. Un critique appelle l'art nègre le « sperme vivificateur du XXe siècle ». Ils avaient deviné, Gauguin, Stevenson, les autres – mais c'est le rôle des vrais artistes, n'est-ce pas, d'annoncer le monde qui vient ? Eh bien : il est là…

– Mais pourquoi « sauvage » ? Il s'agit d'autres cultures, vous dites. Différentes, mais cultures quand même. Non ?

Au ton de sa voix, elle comprit que Martin, qu'elle avait cru plongé dans ses songes, ou peut-être revenu à son film, écoutait, au contraire, sourcils froncés, buvant chaque parole.

– Oh ! Il faut entendre « sauvage » différemment, bien sûr. Comment dire ? Si une statue africaine, par exemple, nous bouleverse, il faut bien supposer que quelque chose en elle transcende la culture dans laquelle elle est née, non ? Transcende sa fonction, religieuse, guerrière, domestique, transcende ses contextes, son époque, puisqu'il y a en elle quelque chose qui nous parle au présent, malgré les différences de culture. D'accord ?

Il se penchait vers Martin, le visage tendu, la voix vibrante de passion, à ce point possédé par son sujet, nota Osa, qu'il en devenait beau, malgré ses grosses lunettes, ses allures d'échalas empêtré dans son corps.

– Ou pour le dire autrement : chaque artiste se sent plus ou moins l'héritier d'une tradition, n'est-ce pas, qu'il lui faut digérer ? Il apprend le dessin, la perspective, l'histoire de l'art, des savoir-faire, les querelles d'écoles… le poids de la culture ! Pourtant, d'autres artistes, ailleurs, ont créé des œuvres aussi admirables, qui ne savaient rien de cette histoire-là, ou de ces savoir-faire. La vraie question que posait cette exposition est la suivante : si ce n'est pas dans la trame charnelle de sa culture, où chaque artiste puise-t-il sa force de création, dans quels tréfonds, *dans quel en deçà de la culture ?* Voilà ce que j'appelle la « part sauvage ».

Il s'échauffait, lui qu'on imaginait si peu sauvage, d'ordinaire :

– Et justement, ce qu'elles ont en commun, ces cultures « primitives », ce qui les sépare de la nôtre, c'est leur rapport à la nature. Par le biais des mythes, qui sont comme des ponts tendus entre les puissances à l'œuvre dans la nature et les puissances à l'œuvre en nous – une manière, en somme, d'habiter le monde. À travers des récits, des jeux de formes. C'est peut-être ça que nous avons perdu : la puissance de mythologisation du monde ! Alors, oui, c'est bien du « sauvage », et du sauvage en nous qu'il s'agit ! Du mystère de ce qui nous lie aux puissances du monde – du mystère, en nous, de la naissance des formes.

Comme Osa frissonnait, Herbert avait craqué une allumette sous les quelques bûches de la cheminée, et la nuit avait aussitôt reflué, les rumeurs de la ville parvenaient plus lointaines. John s'était assoupi dans les bras d'un Ogoun Ferraille surpris par cette marque d'affection. Assis à même le sol, autour des flammes dansantes, on aurait pu croire à un parti d'explorateurs, dans quelque forêt peuplée d'esprits, se réchauffant par les récits de leurs aventures antérieures, tandis que tournait la dernière bouteille.

– Et ça veut dire quoi, en Amérique d'aujourd'hui ? risqua Osa. La révolte des *flappers* ? Au Village, j'ai entendu Floyd Dell soutenir que…

– Les *flappers* ! coupa Stefansson, en haussant les épaules.

Changer le monde ne consistait pas à faire n'importe quoi, ou juste le contraire des parents. C'était tenter d'élargir sa vision de l'être humain.

– Reste à savoir, dit Herbert, si l'Amérique est capable de s'ouvrir à d'autres cultures que la sienne, sans les détruire…

– Le jazz, dit Leslie.

Eh bien quoi, le jazz ? Ça n'était pas la musique des *flappers* ? Jazz, flirt, alcool et cigarettes pour les filles, c'était bien le programme de ce Scott Fitzgerald dont on parlait tant, non ? Rien à foutre des *flappers*, répéta Stefansson.

– Tu as tort, intervint Herbert. C'est important. Mais peut-être plus un symptôme qu'une réponse…

– Le jazz, répéta Leslie.

Et comme ils le regardaient d'un air perplexe :

– Après tout, il est né de l'esclavage, non ? D'enfants d'esclaves africains. Devenus américains. Non ? L'Afrique et l'Amérique. Le télescopage des musiques, des rythmes africains et de la musique occidentale. Leur métissage. Non ? Rappelez-vous : la part sauvage !

Il secoua la tête, constata en soupirant :

– Non. Vous n'avez pas la moindre idée de ce que c'est…

Osa faillit protester. Qu'est-ce qu'il croyait ? Qu'ils débarquaient tout juste de Papouasie ?

Et lui, comme s'il l'avait devinée :

– Oh ! Rien à voir avec vos sucreries de Broadway,

Whiteman, ces conneries… Ah, vous allez avoir le choc de votre vie !

Il se leva, revint triomphant en brandissant un disque tout juste acheté, dit-il, dans l'après-midi.

– La musique du XXe siècle ! Vos *flappers* n'ont qu'à bien se tenir !

Ils seraient depuis longtemps oubliés, que resterait cette musique. Non, ils n'avaient pas la moindre idée de ce qui se tramait à quelques blocs de là, au cœur de Harlem. Il marmonnait, surexcité, en agitant la manivelle du gramophone. « Le sperme du XXe siècle », ça vous avait un petit air de fantasme sexuel, mais, bon, ça lui plaisait bien, elle s'imposerait à l'Amérique, cette musique, irriguerait le monde. Notre part sauvage. Oui, elle s'imposerait, forcément s'imposerait…

Il posa l'aiguille sur la galette brillante.

– Messieurs-dames, Mamie Smith et ses Jazz Hounds, dans *Crazy Blues* ! Le premier disque de jazz noir. Ou de blues, comme ils disent.

Et la voix monta, sombre, vibrante, sauvage, bloc de douleur et de colère.

Sometimes I sit and sigh
And then begin to cry
'Cause my best friend
Said his last goodbye.

Elle sentit un frisson lui parcourir le dos, une boule lui serrer la gorge. Mon Dieu ! Cette douleur-là était la douleur de toutes les femmes, de toutes les amantes blessées, l'infinie douleur de la solitude, du vide, de la vie brisée – et elle était la colère grondante, montant comme une déferlante, son homme était mort, abattu par un flic, la trompette clamait, sauvage, l'appel à la révolte, les glissandos rauques du trombone soulignaient chaque phrase, le saxophone enveloppait la chanteuse, avançait, implacable, et c'était le monde même qu'il soulevait.

I'm gonna do like a Chinaman
Go and get some hop
Get myself a gun
And shoot myself a cop

Jamais, elle n'avait jamais entendu pareille musique. Martin lui-même s'était redressé, stupéfait. John brusquement arraché à Ogoun Ferraille roulait des yeux effarés. Ce n'était plus Broadway, cela, ce n'était plus Paul Whiteman, ou les Ziegfeld Follies, c'était l'âme du monde.

Sauvage. Et totalement moderne. L'Afrique, disait Leslie, dialoguant avec l'Amérique. L'Afrique, au cœur de l'Amérique.

Leslie avait raison : les dieux s'étaient réveillés. Et déjà ils dansaient, quelque part vers Harlem.

X

Elle se tenait droite au milieu de la scène, les yeux mi-clos, comme très loin en elle-même. Il y avait là, serrés presque à la toucher, les pires voyous de Harlem, les yeux brillants, encore surexcités, lourds de désirs brutaux, mais le silence se fit presque aussitôt. Un frisson passa dans la cave bondée, Osa se serra entre Herbert et Leslie. Tous, ils étaient tous là pour celle dont le nom depuis des semaines mettait Harlem sens dessus dessous : Ethel Waters la panthère noire, tout en griffes et caresses, la nouvelle reine du blues, belle à se damner, mais elle, comme indifférente, s'était simplement avancée sur la scène, attendant le silence. Les girls, peu avant, avaient déclenché la tempête, dans un tourbillon de jambes nues, de reins cambrés, de chiffons et de plumes, multipliant les figures les plus extravagantes tandis que montait le rythme, haletant, frénétique, sous les hurlements du public – et quand le groupe avait explosé, dans un crescendo furieux, Edna Wilson, la star des *honky tonks*, avait jailli, corps de liane, jambes interminables, plus vite, toujours plus vite, les hommes, debout, applaudissaient, des jeunes gens avaient bondi sur scène, « des *tap dancers* ! » avait crié Leslie, « les meilleurs du Sugar Cane ! », qui virevoltaient autour d'elle dans un crépitement forcené de claquettes, la frôlaient, la provoquaient, en passant lui ôtaient un à un ses vêtements avec des prestesses de magiciens, miracle des boutons pressions récemment inventés, et le rythme accélérait encore, fondu avec les cris en une seule pulsation. La musique s'était arrêtée net, sur un grand écart d'Edna. La salle explosait de joie, les *tap dancers*, le visage ruisselant, l'avaient relevée sous les vivats, et elle était passée de bras en bras, entre les tables, tandis que les hommes lui glissaient des billets entre les seins, ou sous l'élastique du petit chiffon moussu qui lui tenait lieu de culotte. Osa avait rougi quand elle s'était penchée vers Leslie en la fixant d'un air de défi :

– Tu viens lui chauffer son petit cul blanc, chéri ?

Le brouhaha, les cris, les rires stridents des femmes, les odeurs puissantes de sueur et de parfums mêlées, la fumée qui lui piquait les yeux… Elle s'était cramponnée au bras de Leslie, inquiète : dans quel coupe-gorge l'avaient-ils entraînée, tous les deux ? Les visages qu'elle avait trouvés si pittoresques à l'entrée, voilà qu'ils tournoyaient devant elles, menaçants – de parfaites figures d'assassins. « Les rois de Harlem », avait glissé Leslie, en lui tapotant la main, rassurant : Johnny Preston, Rudolf Brown, les maîtres des loteries clandestines, Mississippi, l'ex-gloire des rings qui dodelinait de la tête dans son coin, comme s'il revivait encore et encore le combat qui l'avait envoyé au tapis pour le compte, Jazz Lips Richardson, Yum Yum Parker au plastron étincelant, cousu de fins diamants, Casper Holstein, Richard Morgan, Bert Hall, Barron Wilkins, la fine fleur des joueurs, bootleggers, racketteurs, *mobsters* et politiciens du quartier. Eux présents, on ne risquait rien : ils venaient là pour prendre du bon temps. Le gandin couvert de bagues et de bijoux, entouré de filles gloussantes, était Bert Williams lui-même, le seul acteur noir des Ziegfeld Follies. Que Broadway se déplace dans un pareil bouge était un événement : tous, ils étaient tous là pour découvrir la nouvelle étoile de Harlem.

Harlem ! La première fois, elle avait esquissé un mouvement de recul, à l'instant de traverser la 130e Rue, comme si quelque invisible frontière se dressait devant elle. Et c'étaient les mêmes immeubles, pourtant, qu'un peu plus bas, de briques sombres, de pierres massives, les mêmes voitures, la même ville. Troublée, elle avait surpris les regards entendus qu'échangeaient Leslie et Herbert. Tant de légendes couraient sur Harlem devenu un ghetto, sinon un coupe-gorge, empire de tous les vices, livré à la loi des gangsters ! Déjà elle haussait les épaules, bravache, qu'allaient-ils imaginer, il en fallait plus pour l'inquiéter, ou alors elle ne se serait jamais risquée chez les Big Nambas, quand l'idée l'avait traversée que c'était autre chose, de bien plus subtil que la peur, qui l'avait retenue. Et elle avait pressé le pas, fâchée contre elle-même, plongé comme en défi dans la foule affairée.

Ils s'étaient donné rendez-vous à Central Park. Dans le halo doré de l'après-midi finissant, les pelouses piquetées de bourgeons de pissenlits embaumaient l'herbe fraîche, l'air vif, pétillant comme une coupe de champagne, donnait envie de danser, de s'embrasser, de s'aimer. Si seulement Martin avait été là ! Mais non, toujours son fichu film… L'arrivée des deux amis, bien vite, avait balayé son petit accès de mélancolie. En route pour Harlem, l'Amérique africaine ! s'était écrié Leslie et elle leur avait pris le bras à tous deux. Ce soir, promis, elle serait les yeux et les oreilles de Martin.

Sur la 7e Avenue les bourgeons commençaient tout juste à éclore – comme les seins des jeunes filles à l'éveil du printemps avait soupiré Leslie, décidément poète. Mais les phrases du jeune homme parvenaient à Osa, toute encore à son trouble, comme lointaines, simples bruits de fond. Qu'est-ce qui l'avait prise, tout à l'heure ? Et soudain elle avait compris : devant elle, autour d'elle, il n'y avait que des Noirs. Pas besoin de barbelés, pas besoin de murailles : la 130e Rue tranchait net l'avenue. D'un côté les Blancs allaient, venaient, se pressaient sans jamais tourner la tête. De l'autre, où elle se trouvait, tous, sauf eux trois, étaient noirs. Le métissage rêvé par Leslie tenait encore du vœu pieux.

Noire, la houle des visages qui montaient à sa rencontre, de toutes les couleurs du noir, teints mats, cuivrés, teints brillants, d'ébène ou d'anthracite et, entre les deux, teints doux comme noisette, profonds comme acajou, teints brun chocolat, chaleureux, peaux de soie et de satin, aux blondeurs caramel, et c'était un tourbillon de toilettes aux couleurs vives, matrones à turbans et à boubous, la poitrine généreuse, dandys précieux des Caraïbes aux chaussures vernies bicolores, portant gants et canne à pommeau, gamines sages aux jupes bleues plissées, socquettes et corsages blancs, jouant à la marelle, coquettes court-vêtues, émules des *flappers*, les yeux brillants, filles-fleurs, filles-lianes au port de reines, nourrissons noyés dans la dentelle, trônant dans leurs landaus poussés par leurs grands frères, que suivaient les mères chargées de provisions, couples prenant le frais, bras dessus bras dessous en bons bourgeois paisibles, tirés à quatre épingles, des filles passaient, les yeux immenses et vagues, laissant dans leur sillage des senteurs capiteuses, que détaillait Leslie, en connaisseur – n'était-il pas ethnologue ? – Dja-Kiss, Brown Skin, Fougère, et l'on aurait dit qu'elles dansaient au rythme de la rue, dans le va-et-vient des voitures : la vie grouillante d'une avenue américaine, au soir tombant. Noire. Et elle avait pris conscience de ce qui la troublait : leurs regards.

Quelques mètres plus bas, ils glissaient, l'air absent, fuyaient le contact, ne vous regardaient pas. À Bornéo, à Malekula, dans les mers du Sud, parmi les tribus les plus farouches, elle avait croisé leurs regards, ils s'étaient parlé, et s'étaient vus. Tout à coup, elle se rendait compte que pas une fois depuis son retour à New York elle n'avait croisé le regard d'un Noir. Pire, ça ne l'avait pas choquée. Ils étaient là, ils travaillaient, vous parlaient, mais une part d'eux-mêmes était ailleurs, comme s'ils se retranchaient. Ici, passé la 130e Rue, les regards étaient droits, rieurs. Ici, les Noirs étaient chez eux.

Ç'avait été le rêve d'un homme, avant de devenir celui d'un peuple : Philip A. Payton J.R., venu de Westfield, dans le Massachusetts, pour une vie de galères à New York, jusqu'à ce qu'il trouve en 1900 une place, modeste, dans une agence immobilière et maîtrise en un rien de temps les ficelles du métier. New York sortait à peine, sonnée, d'une semaine de chasse aux Noirs – une semaine de haine folle, viscérale, des milliers de Blancs massacrant tout ce qui avait le teint foncé, hommes, femmes, enfants, à coups de battes, de gourdins, de barres de fer, parce qu'un Noir avait prétendu défendre sa femme de l'agression d'un policier, qui pouvait encore croire à une intégration par le seul mérite ? Des voix commençaient à s'élever de toutes parts : il leur fallait un lieu bien à eux, un lieu décent, où s'affirmer, se forger une identité, se réinventer. Enfants naturels, sans doute, de l'Amérique, mais noirs, d'abord.

Et là-dessus Philip A. Payton J.R. avait son idée. Géniale, tout simplement.

Harlem.

Ce devait être le nouveau New York de la bourgeoisie blanche. Opéra monumental, cathédrale gothique, université Columbia, rien n'y manquait – sauf le métro promis. Du coup, une bonne moitié des immeubles restaient inoccupés…

Rien de tel que la perspective d'une faillite prochaine pour faire tomber les préventions raciales : bon gré, mal gré, les promoteurs avaient cédé aux propositions de ce Philip Payton surgi on ne savait trop d'où.

Son calcul ? Qu'une famille noire dans un immeuble suffisait à le vider de ses occupants blancs, comme on fuyait au Moyen Age la peste ou les guerres, et plus ceux-ci s'enfuyaient, plus les prix s'effondraient… Quand les résidents blancs commencèrent à s'inquiéter, il était déjà trop tard, le mouvement était lancé, gagnant de proche en proche, un, deux immeubles, sur la 134e Rue, puis dix, déjà la vague déferlait vers l'ouest, passait Lenox Avenue, les églises noires, à leur tour, mobilisaient toutes leurs ressources, c'était à qui économiserait sou après sou pour louer, parfois même acheter : la première possibilité offerte de vivre dans des logements neufs ! Menaces, contre-feux, rien n'y avait fait. Les Noirs avaient pour eux la force de leur rêve. Et quand les riches hôtels particuliers entre 138e et 139e Rues, dessinés par les meilleurs architectes, furent à leur tour investis par des médecins, des notaires, des avocats noirs, ce qui avait été appelé Striver's Row, le Coin des Parvenus, devint le symbole du nouveau Harlem : un lieu à soi, où se réinventer.

S'inventer, même, carrément, s'enthousiasmait Herbert. Avec Leslie, il y passait l'essentiel de ses soirées, courait d'improbables tripots en clubs peu ou prou clandestins, conscients tous deux de vivre un moment historique. Dans des soupentes infâmes ils avaient entendu des poètes déclencher la foudre de vers jusque-là inouïs, découvert dans des garages abandonnés des musiciens par dizaines, dont le moindre faisait pâlir les étoiles de Broadway, croisé dans les salons des artistes célèbres, venus de Londres ou de Paris découvrir le cratère où s'inventait le nouveau monde : ce qui se jouait à Harlem dépassait l'affaire d'une identité noire, valait pour l'Amérique entière…

Eh bien, s'était écriée Osa un soir que les deux compères, survoltés, les submergeaient, Martin et elle, d'anecdotes sur leurs récentes virées, qu'est-ce qu'ils attendaient pour leur faire découvrir cette nouvelle Mecque de la culture ? Sans moi, avait soupiré Martin, qui ne s'était libéré ce soir-là que dans l'espoir de rencontrer Akeley, mais celui-ci, trop pris par ses préparatifs, leur avait fait de nouveau faux bond. Sans moi, avait soupiré John. Depuis quelques jours il se perdait dans de longues songeries, et le matin même il avait pour la première fois évoqué le jour prochain où il lui faudrait rentrer au pays.

C'est ainsi qu'Osa s'était retrouvée seule au rendez-vous.

Ils avaient d'abord dîné au Vesuvio, un petit restaurant italien sur la 128e sentant fort l'ail et les pepperonis. Les juifs et les Italiens, expliquait Herbert, étaient les seuls qui restaient dans Harlem, sans doute par fraternité des bas-fonds. Ils avaient grandi avec leurs copains noirs du Lower East Side et de Tenderloin, les quartiers de la misère, le partage s'était fait selon les talents de chacun…

– Copains mon cul ! l'avait coupé Lucio, un serveur aux allures de brigand sicilien, en posant devant eux un plat fumant de *seppie al nero*. Gamins, on s'est mis sur la gueule, tous autant qu'on pouvait !

Ils s'étaient fait la guerre entre bandes et il n'avait pas été le dernier à foutre une branlée aux blackos et aux youpins, ça ! il y en avait même qui devaient encore s'en souvenir, s'ils ne comptaient pas déjà les asticots. Mais il fallait reconnaître que, question musique, ces fils de pute touchaient leur bille…

La mine d'Herbert s'était allongée : un serveur bavard, c'était bien sa veine. L'albana de Romagne, frais et sec à souhait, l'avait un temps rasséréné.

– Remarquez, avait glissé leur nouvel ami en servant un deuxième verre à Herbert, sans doute pour l'amadouer, ça n'empêche pas que face aux « autres », enfin, les flics et les fils de bourges des beaux quartiers, on se retrouve côte à côte. Rivaux, OK, mais tous de l'East Side !

Bref, avait repris Herbert, profitant de l'irruption bruyante d'un groupe de *flappers* et de *tophats*, c'était aujourd'hui les juifs et les Italiens qui tenaient les *speakeasies*, les *honky tonks*, et les night-clubs du quartier où se produisaient les meilleurs musiciens noirs. Une manière aussi d'écouler directement leur meilleur *booze*…

– Sûr ! À commencer par le Connie's, juste à côté, sur la 132e…

Lucio, saisissant une chaise, s'était invité sans façon à leur table. Le temps que les jeunes gens, à côté, discutent leurs menus, de toute façon les *flappers*, ça ne mangeait rien, et encore en faisant des manières, tout ça allait se terminer par une branche de céleri et un verre d'eau, ou de jus de navet, il n'allait pas gâcher ses bonnes bouteilles avec cette engeance… Il en était où, déjà ? Ah oui, le Connie's. Il n'y avait pas à discuter, s'ils aimaient le jazz, le vrai, et ils avaient la tête à ça, c'était par le Connie's qu'il fallait commencer.

– Il y a un musicien là-bas… Bon Dieu ! C'est juste un gosse, mais il va tout casser. Jamais entendu un trompettiste comme ça !'Sais foutre pas d'où il sort des sons pareils, celui-là, mais Joe Dunn, le « King », n'a qu'à bien se tenir…

À la mine dépitée de Leslie, Osa avait compris que c'était là, probablement, qu'il avait projeté de les conduire. Ce gosse devait être le prodige à propos duquel il faisait tant de mystères depuis quelques jours, « l'annonciateur d'une révolution musicale ». Son nom ? Pas question ! Ce serait la surprise, sur place, au dernier moment. Mais Lucio n'avait pas de ces coquetteries :

– Bubber Miley ! Ouais. Retenez son nom : celui-là, croyez-moi, il ne va pas rester inconnu longtemps !

S'il ne mourait pas de cirrhose, ou même s'il en mourait, foi de Lucio, on se souviendrait encore de lui dans un siècle.

Eh bien ! Qu'est-ce qu'on attendait pour écouter ce Bubber Miley ? avait lancé Osa, d'un air innocent. En tout cas, elle votait pour la découverte de Lucio !

Personne jusqu'ici n'avait eu l'idée de l'assassiner, celui-là ? disaient les yeux de Leslie, tandis qu'Osa lui prenait le bras. Eh bien, avait-il soupiré, ce soir serait donc celui de la gloire de Lucio…

Dehors les attendait la surprise d'un autre Harlem, trépidant, ruisselant de lumières, comme si, le temps du dîner, quelque metteur en scène avait changé le décor de la pièce, ainsi que les acteurs. Jusqu'à l'air de la rue qui paraissait chargé d'une énergie nouvelle. La foule bon enfant avait disparu, des voitures rutilantes sortaient des groupes en grande tenue, des femmes en fourrure, au rire haut, des Blancs venus s'encanailler, avait grommelé Leslie, exaspéré, depuis quelques mois Harlem devenait à la mode, mais les Noirs descendant des limousines ne le cédaient en rien pour le chic des costumes, qui se mêlaient en princes dédaigneux au tout-venant des amateurs. La 7e Avenue étincelait d'enseignes de cinémas, de dancings et de clubs, des odeurs sortaient des ruelles adjacentes, de poulet grillé à la façon du Kentucky, ou boucané à la jamaïquaine, d'igname confit, de travers de porc grillé et de saucisses, de tartes aux patates douces, de maïs à la vapeur et de pieds de porc bouillis, qui disaient une tout autre histoire d'une tout autre Amérique que Broadway pourtant à quelques blocs de là – mais c'était la même intensité, le même « beat » disait Herbert, des bouffées de musique sortaient des soupiraux presque sous les pas, âpres et stridentes, une voix s'élevait, comme un sanglot, couverte dix mètres plus loin par un rythme entraînant, la rue devant eux dansait dans les flaques de lumière, entre rires et larmes, et c'était Harlem, cela, Harlem aux mille facettes qui s'éveillait dans la nuit tombée, sous la baguette de Mister Jazz.

Au Connie's – une cave sombre où l'on descendait par un escalier presque à pic, au risque de se rompre le cou – les clients clairsemés faisaient grise mine, indifférents au pianiste qui maltraitait sans conviction son instrument. « Il » n'était pas là, ce soir. Ivre mort, comme d'ailleurs toutes les nuits, plus ou moins, « il » s'était engueulé avec le patron, qu'il avait planté là. Qui ça, « il » ? Leslie se tordait les mains de déception : Bubber Miley, bien sûr, celui dont il entendait leur faire la surprise. Osa avait voulu le consoler, ce n'était pas grave, il y avait d'autres musiciens, ailleurs, mais lui s'obstinait : comment ça, « d'autres » ? Non, c'était celui-là qu'elle devait écouter, après leur conversation de l'autre soir, lui, qui allait la convaincre et convaincre Martin ! Un videur, derrière eux, s'était raclé la gorge avec dans les yeux cette innocence qui appelle le don d'un dollar ou deux, plutôt deux, et leur avait confié sous le sceau du secret, en rangeant ses billets, que le gamin ferait probablement un saut chez Edmond, cette nuit. Leur nouvelle chanteuse, là-bas, avait joué toute une semaine avec Joc Dunn, le trompettiste de Mamie Smith, et le petit gars s'était mis en tête de montrer une bonne fois qui était le meilleur. Joe jusqu'ici l'avait évité, mais une nuit prochaine ils allaient s'affronter, sûr et certain… Leslie, déjà, grimpait quatre à quatre l'escalier. Avec pareil videur, le patron du Connie's n'avait pas de souci à se faire sur l'évolution de son chiffre d'affaires.

Il y avait déjà un attroupement devant chez Edmond, dans l'étroit escalier qui menait à la cave, une queue impatiente contenue par deux malabars farouches, campés derrière une solide chaîne, mais Leslie, prêt à se ruiner s'il fallait, savait l'art de séduire les cerbères. Ethel Waters et Bubber Miley ensemble, bon sang, ils ne pouvaient pas manquer ça !

Elle se tenait, droite, au milieu de la scène minuscule, les yeux mi-clos, attendant le silence, qui se fit aussitôt.

I hate to see the evening sun go down
hate to see the evening sun go down…

« Saint Louis Blues » – et la salle disparut aussitôt, ses murs miteux couverts de photos jaunies des gloires passées du sport et de la danse, ses guirlandes ridicules de chrysanthèmes pendant du plafond sale, il n'y avait plus qu'elle et cette plainte immense, elle d'une grâce infinie, fragile, comme soulevée, tenue debout par sa voix rauque, voilée, une voix qui venait, aurait-on dit, de plus loin qu'elle, et qui la traversait, la déchirait, la détruisait et en même temps la soulevait, une voix de milliers de voix accumulées, de milliers de larmes, de milliers d'heures de solitude.

Cause my baby, he done lef this town
Feelin' tomorrow like I feel today
Feelin' tomorrow like I feel today

Elle sursauta, et la salle avec elle : une voix venait de lui répondre, depuis le fond de la pièce, sauvage, qui n'avait plus rien d'humain, toute de plaintes, de cris, de grognements, de clameurs furieuses. Un long frisson passa sur la foule stupéfaite, Leslie serra la main d'Osa, très fort, le jeune homme, presque un adolescent, qui s'avançait entre les tables, courbé sur sa trompette, était celui qu'ils espéraient, Bubber Miley lui-même…

Déjà Ethel répondait, toutes griffes dehors, cassait sa voix, feulait, tandis que le garçon montait à ses côtés.

Feel tomorrow lak Ah feel today
I'll pack my trunk make ma get away

Jamais, non, jamais personne n'avait tiré pareils sons d'une trompette. De sa main gauche il modulait l'ouverture du pavillon avec ce qui ressemblait fort à la ventouse d'un débouche-évier et son chant éclatait, triomphant, pour se briser soudain en rauquements, éclater en sanglots à vous déchirer l'âme, clameurs de révolte et de guerre, Ethel, transfigurée, tirait de sa gorge des effets déchirants, elle allait se briser la voix,

St. Louis woman wid her diamon' rings
pulls dat man roun' by her apron strings
'twant for powder an' for store bought hair
de man I love would not gone nowhere

leurs phrases se répondaient, s'enlaçaient et chacun dans la salle retenait son souffle, conscient de vivre un moment rare. Non, songeait Osa, la gorge serrée, personne n'avait chanté, personne n'avait joué de la trompette ainsi, avec cette sonorité mate, cassée, elle était dans la moiteur, encore, de Bornéo, elle était en Afrique, cette voix-là était celle de la jungle elle-même, qui répondait au barrit des éléphants, au feulement des félins, au rugissement des lions, elle était tous les bruits de la jungle, alentour, et le grondement des tambours, au cœur de la forêt, la clameur des chants de guerre et de chasse, elle était l'universelle douleur et la joie, aussi, gagnée sur la douleur, elle était la voix du monde en ses premiers instants.

Got dem St. Louis Blues Im as blue as Ah can be
dat man got a heart lak a rook cast into de sea
or else he wouldn't have gone so far from me

D'une totale sauvagerie étaient ses contre-chants, qui la soulevaient, la remuaient en ses tréfonds, comme ils soulevaient Ethel Waters, transfigurée, tout à la fois panthère et Mater Dolorosa – et en même temps d'un extrême raffinement, parfaitement maîtrisés. Leslie avait raison. Dans le tourbillon qui l'emportait, malgré sa gorge nouée, les larmes qui lui venaient, elle était assez musicienne pour comprendre qu'avec celui-là une autre époque commençait – au lieu de jouer comme les autres sur le temps, il découpait ses phrases en jouant avec la barre de mesure, plaçait ses accents en avant ou en arrière du temps et ses décalages subtils, jamais identiques, dégageaient une dynamique, une expressivité extraordinaires. Sauvage et relax. Le cyclone des forces premières de la Création déchaînées sous ses doigts – avec un art de dentellière.

Oh ashes to ashes and dust to dust,
I said ashes to ashes and dust to dust,
If my blues don't get you my jazzing must

Les deux voix se brisèrent sur un murmure. Et ce silence, alors, dans la salle enfumée – comme si nul ne voulait rompre le charme, comme si chacun, plongé très loin en lui-même, avait besoin de temps pour revenir à lui… Le premier à se lever fut Bert Williams, la star de Broadway, et tous l'imitèrent. Osa frissonnait de tout son corps. Oui, Leslie avait raison. C'était exactement cela. Et dans cette musique il y avait assez de force pour envahir le monde. Demain, elle déferlerait sur l'Amérique. Quelque chose ici était en train de se jouer dont ses amis de l'Algonquin n'avaient même pas idée. L'Afrique, au cœur de New York. L'Afrique, demain, au cœur du siècle.

XI

L'Afrique. Osa revenait de ses explorations frémissante d'émotion, pressait Martin de laisser là montage et monteurs, ne serait-ce qu'un soir, qu'il juge par lui-même. Et lui, abruti de fatigue, les yeux pleins encore des images de Malekula ou du Kinabatangan, hochait la tête, absent, oui, bien sûr, chérie, un de ces soirs, mais tu sais, la musique et moi… Impatiente, elle le secouait, ah non, il n'allait pas s'en tirer comme ça, sourd ou pas à la musique, il comprendrait, il avait toujours eu un sixième sens pour ça, et lui, déjà à demi assoupi, mais oui, chérie, bien sûr… Ah ! Elle l'aurait tué ! Mais de gré ou de force, foi d'Osa, il viendrait.

Leslie et Herbert – surtout Leslie, notait-elle avec une malice qui n'allait pas sans battements de cœur, parfois – s'étaient institués ses guides, ses chaperons et c'était comme une géographie secrète de la ville qui se révélait à elle, chaque jour un peu plus, où il lui semblait renouer les fils de son existence vagabonde, déchiffrer quelques-uns des motifs qui l'avaient précipitée dans le vaste monde, aux côtés de Martin. J'ai changé, se disait-elle, troublée. Cette ville où elle s'était sentie si étrangère, à son arrivée, perdue, vestige malgré son âge d'une époque révolue, voilà qu'elle la découvrait, en ses profondeurs secrètes, agitée par des rêves étrangement accordés aux siens, cette urgence à s'inventer au plus près de sa part sauvage qui faisait de Harlem un lieu magique, à nul autre pareil. Le tourbillon où elle s'était plongée semaine après semaine, jusqu'à l'ivresse, jusqu'à l'oubli, l'avait emportée, traversée, envahie au point de faire d'elle une éponge, vibrant aux mille voix de la grande cité – malgré les efforts d'Yvette pour la reprendre dans ses rêves d'Orient, New York, au bout du chemin, ici même, à Harlem, lui indiquait où Martin et elle devaient se rendre.

Pas seulement l'Afrique, avait risqué un jour Leslie, alors qu'elle évoquait le projet d'Akeley – mais tout aussi bien, et peut-être plus encore, l'Amérique des Indiens. Cette part d'elle-même que l'Amérique avait refusée, massacrée, refoulée dans des réserves, au fur et à mesure de son avancée.

– La Conquête de l'Ouest ! Qui peut nier que si l'Amérique ne ressemble à aucun autre pays, c'est par ce rapport si singulier à l'Ouest ? L'Ouest ! Autrement dit sa part sauvage…

Qui ne cessait depuis de la hanter. De hanter chaque Américain… L'Amérique ne se réconcilierait avec elle-même, en cette période où elle se cherchait, que si elle retrouvait sa part indienne : l'esprit de l'Ouest.

Leslie s'enflammait, les yeux brillants – mon Dieu, qu'il est jeune, s'était dit Osa, attendrie – c'était son grand projet, ce serait l'œuvre de sa vie : renouer avec les cultures indiennes. Çà et là, secrètement, des jeunes se rassemblaient autour des hommes-médecine pour célébrer la danse du soleil interdite. Il avait déjà enregistré les visions d'un vieux Sioux Oglagla. Il y avait là, il le pressentait, une spiritualité d'une force rare, jusque-là insoupçonnée, née de l'habitation des vastitudes de l'Ouest !

Il l'avait, d'enthousiasme, presque prise dans ses

bras. Comme il aurait aimé l'emmener avec lui, lui faire partager sa passion, découvrir cet univers ! Et elle, malicieuse :

– C'est une proposition ?

Il avait rougi, bégayé, tandis qu'elle se dégageait, mutine. Pas question, pour elle, c'était l'Afrique ! Mais elle lui avait glissé à l'oreille, prise d'une brusque impulsion qu'elle devait regretter par la suite :

– Si tu restes sage, je veux bien t'emmener avec moi…

Le Pod's and Jerry, la Bamboo Inn, l'Edmond's Cellar, le Small's, le Green Cat, le Bucket of Blood, pas moins de cent night-clubs, cafés, *speakeasies*, bars clandestins, *grog-shops*, caves, salons discrets, lounges, tavernes, gargotes, tripots, grills, restaurants, cantines à côtes de porc ou poulet grillé, plus dix théâtres et huit salles de bal dans l'étroit territoire compris entre la 7e et Lenox Avenue, la 130e et la 135e Rue, s'émerveillait Osa, et partout de la musique, des torrents de musique, sans parler des églises tanguant comme des dancings, des appartements, et de la rue, tout simplement, quand l'enthousiasme débordait certains soirs, comme si Harlem n'était pas assez vaste pour contenir en lui toute sa musique, que son cœur, de battre trop fort, se dilatait tout à coup aux dimensions de l'univers et c'était une vague brûlante qui déferlait alors, brassant les rires, les larmes, la colère, mille thèmes se heurtaient dans son ressac, s'épousaient et c'était une seule musique, pourtant, qui était Harlem.

Crazy Cat Charlie, l'industrieux portier du Connie's, s'était fait leur conseiller, prompt contre un billet discret à les mettre sur les bons coups, dans ce tumulte où se croisaient les noms inconnus un jour, célèbres le lendemain, qui les précipitaient avec des fous rires de collégiens dans d'invraisemblables coupe-gorge, à la découverte de solistes ou de groupes sans cesse défaits et recomposés, aux noms improbables, Joy Whooping Sultans of High Speed Syncopators, Kings of Harmony, Slapstick Crazy Teachers of the Boo-Boo Kiss, Sweet Killers of the Jazz Band Craze, Chocolate Dandies of the Voodoo Hulla Hoop, un murmure passait, risée sur le vaste océan, mon vieux au Sugar Cane il y a un gars qui tutoie les étoiles, Tricky Sam Nanton, les gars, c'est le nouveau king, et ils couraient, grisés, il y avait dans l'air une ferveur qui les soulevait de terre, dilatait les poitrines, ils se surprenaient à épouser le parler syncopé de la rue, comme si tout, ici, devenait danse, musique. La ville entière commençait à le savoir, les Blancs se bousculaient, de plus en plus nombreux, certains clubs, déjà, n'acceptaient plus qu'eux, Leslie, décidément optimiste, rétorquait à Osa et Herbert indignés que ça n'aurait qu'un temps, que demain, après-demain, bientôt, ce serait au tour de Harlem d'envahir Broadway : ce qui se passait ici était assez fort pour briser toutes les digues !

En attendant, Crazy Cat Charlie les avait confiés à son copain Lippy, un petit rondouillard au regard malicieux, grand ordonnateur de *rent-parties*, ces soirées bon enfant organisées pour payer le loyer de tel ou tel, où chacun arrivait les mains pleines, qui avec un poulet grillé, qui avec un jambon en croûte, des côtes de porc, ou une salade de pommes de terre – et du *booze*, bien sûr, ici nul agent ne se risquait à contrôler quoi que ce soit. Les musiciens s'installaient, banjoïstes, pianistes si piano il y avait, le batteur mettait une couverture sur ses caisses et la fête démarrait dans des odeurs de cuisine, d'épices et de ganja, portes et fenêtres ouvertes pour que tous en profitent, ils étaient les seuls Blancs mais l'aval de Lippy valait passeport et tous bientôt hurlaient de rire quand l'austère Herbert, survolté, s'agitait en tous sens, virevoltait, passait les jambes par-dessus la tête ou s'écartelait dans une démonstration de bump, de grind, de monkey hunch. La fête était complète quand arrivaient les copains attitrés de Lippy, le Lion, la Brute et le Puant – William Henry Joseph Bonaparte Bertholoff, dit Willie Smith the Lion, lion il ne savait plus trop pourquoi, James P. Johnson, la star du clavier et son élève, son dauphin, son protégé, un gamin de 17 ans à peine, obèse, portant chapeau rond et tétant déjà le cigare, Tom « Fats » Waller, aux allures de clown : la musique ruisselait de leurs doigts, les blagues fusaient à la vitesse de la lumière, les voisins, les passants hurlaient de plaisir jusque dans la rue, les portes s'ouvraient dans tout l'immeuble, on se bousculait dans l'escalier et l'on aurait dit, dans l'épaisse fumée des cigares, que les trois gaillards, géants aux cent bras, aux mille doigts, jouaient avec la foule comme d'un immense orchestre, qui était Harlem tout entier…

Il fallait que ses amis du Gonk la suivent, écoutent, prennent la mesure de ce qui naissait là ! N'étaient-ils pas faiseurs de modes ? Elle n'avait déjà que trop tardé… Mais à son grand dépit ils restaient réticents. Trop installés dans leurs rôles respectifs, esthètes de la dérision, tenant la superficialité pour la seule profondeur tolérable, comment, mesurait-elle tout à coup, auraient-ils pu prendre quelque chose au sérieux ? Et venant des nègres, en plus, avait ironisé Dorothy Parker, la seule attentive à l'enthousiasme d'Osa, l'antiracisme de l'assemblée, s'exaspérait-elle, n'allait pas jusqu'à imaginer que les Noirs puissent être les fers de lance de la création contemporaine. Les uns et les autres avaient protesté à grands cris. Qu'est-ce qui les prenait, toutes les deux ? Dorothy encore, passons, on savait ses lubies, mais Osa ? On leur avait changé Osa, virée suffragette, vrai, c'était d'un triste ! Ou alors il y avait autre chose. Des émois printaniers, avait risqué F.P.A. Mais oui, bien sûr : elle était amoureuse. Mais de qui ? Avec quel bellâtre les avait-elle trompés, tous autant qu'ils étaient ? Allez, qu'elle avoue, elle serait à demi pardonnée ! Surtout, hé hé, qu'il y avait pas mal d'argent en jeu, sur la question de sa vertu ! Elle s'était défendue, en rougissant si fort – de colère ou de confusion ? – qu'on avait échangé des regards entendus. De plus en plus entendus, à mesure qu'elle protestait, au point que Dorothy elle-même, prise d'un soupçon, s'était enquise de l'avenir de ses 10 dollars. D'ailleurs, avait glissé George Kaufman, qui étaient-ils, pour qu'elle les cache, ces amis qui lui avaient fait découvrir le paradis ? Il y avait bien anguille sous roche…

Fâchée, elle espaçait ses visites, évitait leurs soirées – preuve qu'elle était en main, avait décrété l'assemblée, dévorée de curiosité. Dorothy, seule, lui avait promis de l'accompagner un prochain soir dans cet intrigant Harlem. Yvette, elle, se plaignait doucement : n'étaient-elles plus amies ?

C'est ainsi qu'elle s'était retrouvée un après-midi dans leur demeure de Bronxville, transformée en Q.G. En quelques semaines, l'aimable désordre des préparatifs avait fait place à un colossal chaos de caisses de toutes tailles, de montagnes de boîtes, au milieu desquelles Roy, un crayon sur l'oreille et un bloc à la main, dirigeait la manœuvre des hommes de peine avec des airs affairés de général en campagne. Seul, le vieux Lu, indifférent à cette agitation, surgissait entre les ballots pour disparaître aussitôt, toujours silencieux. La roue tournait de plus en plus vite, dans le tourbillon des porteurs affairés, qui demain allait les précipiter, les uns et les autres, à l'autre bout du monde, ils n'étaient ici que de passage – et cette griserie si particulière des départs, quand les liens du quotidien se rompent l'un après l'autre, l'avait alors submergée, la laissant étourdie.

En tous les cas, pour John, le choix ne faisait aucun doute. Chaque jour qu'Osa passait à l'Algonquin, ou Dieu sait où, il retrouvait l'ami Akeley pour une partie avec Bessie et Kalowatt, ou des conversations quelque peu arrosées dans son labo du Muséum, après deux ou trois verres il devenait magique, ce type était un vrai génie, un peu dérangé, sûr, mais génial, ça oui. L'esprit embrasé par ses histoires, il avait pris l'habitude de flâner dans les salles du Muséum, ou de piocher dans son immense bibliothèque. D'ailleurs, des bouquins sur l'Afrique, il y en avait partout dans l'appartement, elle en prenait pour la première fois conscience. À croire que c'était lui qui préparait son voyage. John avait pris un air innocent qui aurait dû lui mettre la puce à l'oreille :

– Oh ! Comme ça, je pourrai mieux vous suivre en pensée, quand vous serez là-bas !

Les pénombres silencieuses du Muséum l'apaisaient, où elle prenait l'habitude de se perdre en longues rêveries. John très vite s'éclipsait, pour de mystérieux conciliabules avec ses amis distillateurs, et il lui semblait alors, seule dans les salles immenses, que tous les âges de la terre venaient à sa rencontre, et avec eux les récits d'Akeley devant le groupe de ses éléphants, mais toute peur l'avait quittée, ne lui restait plus que le sentiment d'une paix immense, à partager. Rentrée à l'appartement, elle se plongeait dans les livres accumulés, récits de chasse et d'exploration, sommes sur la flore et la faune : dans les savanes immenses du Kenya leur voyage serait d'abord une formidable machine à remonter le temps…

Depuis sa visite à Bronxville elle se sentait en partance. Comme si une part d'elle-même absente tout ce temps, restée très loin, là-bas, de l'autre bout du monde, l'appelait à elle, lui ôtait le sommeil. Si seulement elle avait pu se confier à Martin ! Mais il avait oublié jusqu'à leur existence, à tous les deux, grommelait John. La seule chose dont le vieil homme était sûr, c'est que toute cette affaire se prolongerait en Afrique. Pourquoi, feignait de s'étonner Osa ? Eh, parce que l'idée ne l'avait même pas effleuré d'ouvrir un livre sur l'Asie – Martin n'allait tout de même pas faire un coup pareil à son vieux père !

L'Afrique, plus encore qu'elle ne l'avait imaginé jusque-là, au cœur de l'Amérique nouvelle… Leslie avait tant insisté qu'elle avait fini par le suivre, en s'inquiétant tout de même un peu de se retrouver seule avec lui. Musique, danse, mais aussi théâtre, poésie, littérature, peinture, sculpture, mode, tout ce qui comptait à Harlem se pressait dans les salons d'A'Lelia Walker, la grande prêtresse du nouveau Harlem, l'héritière d'un empire de cosmétiques, et la première millionnaire noire, pour y rencontrer les plus grands artistes, venus du monde entier. Black Elk, le chef sioux, de passage à New York, l'avait fait inviter, il fallait qu'elle voie ça au moins une fois !

L'appartement était immense, d'un luxe extravagant, décoré d'objets d'art océaniens et de masques africains qui veillaient sur les invités tels des dieux tutélaires. Africaine paraissait la maîtresse des lieux, longue et mince, au visage de princesse éthiopienne, à la grâce nonchalante, les yeux lointains, et la conversation roulait sur l'Afrique, autour d'un petit homme volubile qui leur jeta un regard furieux dès leur arrivée. Celui-là tenait les Blancs, tous les Blancs, pour ses ennemis, songea Osa, en se réfugiant, discrète, dans un recoin. Le temps était venu, insistait l'homme avec des accents d'évangéliste, pour tous les Noirs d'Amérique de retourner en Afrique et d'y fonder la Grande République Noire – en faisant sauter la barrière qui les en avait empêchés jusque-là : l'homme blanc. L'homme blanc allait devoir rendre ce qu'il occupait indûment, de la terre ancestrale, le temps venait enfin, de l'Homme Noir. Il agitait les mains, qu'il avait fines, en tous sens, affectait un air précieux, mais ses épaules larges, son absence de cou, les brusques crispations de son visage, suggéraient une violence rentrée, inquiétante. Marcus Garvey, chuchota Leslie, et Osa l'observa plus attentivement : depuis quelque temps on ne parlait que de lui dans Harlem, arrivé de la Jamaïque pendant la guerre, devenu peut-être le Noir le plus puissant du moment, capable en quelques heures de jeter dans la rue des dizaines de milliers de partisans. Des jeunes gens, aux carrefours, haranguaient les passants, qu'ils viennent écouter le prophète au Liberty Hall, on s'arrachait son journal *Negro World*, et l'on avait le sentiment qu'une force le traversait, le soulevait, tandis qu'il parlait, la voix brève, tendue, lui si commun d'apparence – un tribun, et un fou dangereux, jugea-t-elle, qui surfait sur les sentiments confus de la foule, dehors. La sublime A'Lelia s'était étirée lentement. Troublée par la photo d'un bas-relief où il lui avait semblé se reconnaître, elle projetait un voyage en Éthiopie, où l'avait invitée l'impératrice Waizeru Zauditu. Une fuite en avant, quand il fallait lutter sur place, avait interrompu un jeune poète aux allures de chat maigre. Une folie, avait renchéri un jeune homme au teint blond, en qui Osa avait reconnu Eugene O'Neill, la nouvelle coqueluche de Greenwich Village. Les Noirs d'Amérique étaient plus américains désormais qu'africains, leur futur à tous s'écrivait ici, et si Afrique il y avait, il fallait qu'elle soit, ici, le levain d'une Amérique nouvelle ! La conversation était devenue générale quand Garvey, plutôt que de répondre, avait quitté la pièce en roulant des yeux furibonds. Cet homme-là est le pire danger que court la cause des Noirs, avait soupiré un vieil homme solennel, resté jusque-là silencieux, que Leslie avait tout à coup reconnu : W.E.B. Du Bois lui-même, le militant légendaire, la grande conscience noire. Dangereux, peut-être, avait coupé une jeune femme, mais il a senti plus fort que tout autre ce désir d'Afrique qui travaille le monde nègre. Pas seulement nègre s'était emporté un dandy nonchalant aux cheveux presque blancs. « Primitif et futuriste » était le mot d'ordre déjà de l'art moderne, de Braque à Picasso, le monde nègre avait rendez-vous avec l'histoire, ici et maintenant. Et pourquoi les Noirs devraient-ils être les sauvages de service pour la consolation de l'homme blanc fatigué ? s'était emporté un autre. Pourquoi ne seraient-ils pas violonistes classiques, eux aussi, pianistes, chanteurs d'opéra et pas seulement de blues, chefs d'orchestres symphoniques, à l'égal des Blancs ? Parce que le jazz était déjà, serait demain, la grande musique du siècle s'était écrié le dandy blond que le voisin d'Osa avait dit être Carl Van Vechten, le critique musical du *New York Times*. Claude McKay, le chat maigre, dit un poème, *If we must die*, dont chaque vers était un cri de rage,

If we must die, let it not be like hogs
Hunted and penned in an inglorious spot,
While round us bark the mad and hungry dogs,
Making their mock at our accursed lot.
[...]
Like men we'll face the murderous, cowardly pack,
Pressed to the wall, dying, but fighting back!

suivi par un jeune homme timide et grave qu'A'Lelia présenta comme Langston Hughes, retour de Mexico, « le plus sûr espoir les lettres noires, avec Claude McKay et Curtis Cullen ». Walter Francis White, le Noir albinos, James Weldon Johnson, Alan Locke, c'était un tourbillon, un ballet enfiévré, la répétition en accéléré de ce que Leslie s'était mis en tête de lui faire découvrir, à croire qu'ils s'étaient tous donné le mot ce soir-là. Plus ou moins consciemment elle avait vu dans les Noirs des danseurs et des musiciens, mais il y avait là des poètes, des philosophes, des professeurs, des politiques : un mouvement bien plus puissant qu'elle ne l'avait imaginé, dont l'Amérique blanche ne se doutait pas encore. Il allait, demain, déferler sur l'Amérique. Il déferlait déjà.

C'est au sortir de la soirée, alors qu'elle lui prenait familièrement le bras, que Leslie l'avait embrassée.

XII

Branle-bas à Jimtown. Steve et Sam, copropriétaires d'une épicerie, se livrent, sous les protestations d'éternelle amitié, une guerre sans merci pour la conquête du siège de maire. Chacun n'a-t-il pas promis à l'autre le poste de chef de la police s'il vient lui-même à être élu ? Mais les deux amis-ennemis sont de fieffés escrocs qui piochent l'un l'autre dans la caisse pour financer leurs tours pendables – et s'attacher les services d'un détective afin de surveiller son concurrent, sans se douter bien sûr qu'ils se sont adressés au même loustic. Qui des deux triomphera – à moins que le brave Henry Walton, l'honnêteté faite homme, mette au jour leurs combines ? La salle bondée grondait de plaisir, hurlait de rire à chaque bon mot, trépignait à chaque déferlement sur scène des girls, Jazz Jasmines, Happy Honeysuckles, Syncopating Sunflowers, Majestic Magnolias, avait-on jamais vu pareil tourbillon sur Broadway ? Les chorégraphes des Ziegfeld Follies se succédaient soir après soir, disait-on, pour déchiffrer les affolantes virevoltes des deux danseurs vedettes, Charlie Davis et Lawrence Dear, voilà tout à coup que les girls des Ziegfeld paraissaient empotées, vrai ! « Un knock-out musical », s'était enthousiasmé *Variety*, aussitôt repris par tous : Broadway au tapis pour le compte !

Osa observait Martin du coin de l'œil. Penché en

avant, sourcils froncés, il ne perdait pas une miette du spectacle – lui qui se disait volontiers fermé à toute musique. Elle l'avait arraché d'autorité à sa salle de montage, quelques jours auparavant : Bubber Miley venait de réapparaître avec une Mamie Smith survoltée au Bucket of Blood, de gré ou de force il fallait qu'il l'écoute, s'il voulait comprendre ce qui s'éveillait, dans les profondeurs de la ville. Et le charme, de nouveau, avait opéré. Le pauvre Miley était ivre mort, toussait à faire peur, maigre, la poitrine creuse, mais dès la première note, la peur, la douleur et la joie étaient revenues comme si une force supérieure le transperçait et l'on aurait dit que le malheureux s'accrochait à sa trompette pour ne pas tomber – ce qu'il avait fait, d'ailleurs, pantin disloqué dès la dernière note. Martin était resté longtemps pensif, au-dehors. Le style *jungle*, n'est-ce pas ? avait-il enfin grommelé, comme s'il s'arrachait à de longues réflexions. Bon Dieu ! Jamais entendu musique pareille. Et il avait hoché la tête, encore incrédule.

– Herbert a raison. Je veux dire… sur l'Afrique, non ?

Herbert ? Elle l'aurait battu. Et elle, alors, qui depuis des jours le harcelait, guettant un signe, une réaction, elle ne comptait plus ? Elle en venait à détester ce film, qui n'en finissait pas d'être monté. Herbert ! Décidément, Martin n'en ratait pas une…

À quelques phrases lâchées de loin en loin, quand il passait en coup de vent entre deux séances de montage, elle devinait que cette soirée l'avait impressionné, plus qu'il n'était prêt à l'avouer, et c'est sans discuter qu'il l'avait suivie au théâtre de la 63e Rue : il ne pouvait pas manquer ça ! Le spectacle de l'année, la première comédie musicale noire qui prenait Broadway d'assaut, mettait K.-O. New York, *Shuffle Along*, de Noble Sissle et Eubie Blake… C'était miracle s'ils avaient trouvé des places. De théâtre, pourtant, le lieu n'avait que le nom, vaste hall décati, aménagé à la sauvette, faute d'avoir trouvé mieux. Et cela renforçait la légende colportée par les gazettes, les premiers rodages de ville en ville, dans le New Jersey et la Pennsylvanie, spectacles fauchés dans des salles pourries, auditoriums, cinémas, granges même parfois, la quête quotidienne des dollars pour reprendre la route le lendemain, les nuits passées à cinq par chambre, les premiers frémissements, deux semaines à Washington, deux autres au Dunbar Theatre de Philadelphie, les dettes accumulées, la troupe si pauvre que le producteur avait dû récupérer les costumes d'une autre comédie, vieille de deux ans, et trouver refuge dans cette salle déglinguée sur la 63e Rue – le bouche-à-oreille, enfin, prenant les critiques de vitesse, mais aussi, pourquoi se seraient-ils déplacés pour une comédie noire, impensable à Broadway, et cette lame de fond chaque jour grossissante, Noirs et Blancs mélangés se pressant devant les caisses, dans la rue : personne n'avait jamais vu ça ! La salle bruissait d'excitation, la houle des visages se perdait dans la pénombre, elle surprit deux sièges derrière elle un regard de Leslie, qui se détourna aussitôt. Troublée, elle se serra un peu plus contre Martin. Le brave garçon ! Elle avait senti le sol se dérober sous elle l'autre soir, tandis qu'il l'embrassait et qu'elle s'abandonnait, le cœur battant à tout rompre. Une vague brûlante l'avait enveloppée, elle s'en allait, tout le reste oublié, et rien à quoi se raccrocher, si seulement John avait été là mais non, il avait brusquement décidé de partir, la laissant seule, une affaire de deux ou trois semaines, le temps qu'il redonne signe de vie, là-bas – il faut que je pense à nourrir Kalowatt et Bessie avait-elle pensé tout à coup, si seulement Martin… Martin ! Non, elle ne pouvait pas. Elle repoussa doucement Leslie, lut la déception, puis la gêne, dans son regard. Non ! Elle ne pouvait pas perdre

Leslie ainsi, il était son seul vrai ami, son compagnon, son complice, il allait partir, cette gêne allait les séparer – elle répondit à son étreinte, après tout personne n'en saurait rien, ça serait leur secret, n'importe quelle fille du Gonk aurait déjà cédé, la belle affaire, tout le monde couchait avec tout le monde, Dorothy Parker allait perdre son pari, 10 dollars, ça n'était pas le bout du monde, elle sentait la peau de Leslie contre elle, le battement affolé de son cœur, ou bien c'était le sien, elle se raccrocha à lui pour ne pas tomber, surtout ne pas le perdre ! Personne ne saurait. Sauf elle. Et elle était une fille de Chanute, dans le Kansas, pas de New York. C'était impossible. Martin et elle ne faisaient qu'un, il allait lui revenir, ils n'étaient ici que de passage. Elle embrassa une dernière fois Leslie, passionnément, se recula, et à la crispation de son visage, à son regard chaviré, elle sut qu'il avait compris. Elle secoua la tête, non, ce n'est pas possible, je t'en prie et comme elle le sentait perdu, consterné par ce qu'il avait osé, elle se cramponna encore une fois à lui, lui chuchota à l'oreille d'une voix rauque qu'elle ne reconnut pas : ne me laisse pas, je t'en prie, ne me laisse pas ! Et ils s'étaient éloignés titubants, elle serrée contre lui, tous deux les yeux vagues, encore secoués par la tempête qui les avait emportés. Mais une gêne malgré tout restait, elle le mesurait ce soir, une détresse dans le regard qui lui pinça le cœur. Martin avait-il deviné quelque chose, lorsque rentrée à l'appartement elle l'avait secoué, en lui ordonnant de la suivre ? Non, se rassurait-elle, vaguement honteuse, il ne se doutait jamais de rien. Il était encore parmi ses Big Nambas – et elle lui en avait voulu, de l'avoir laissée seule, tant de semaines. Vrai, tout cela était de sa faute ! Toujours est-il qu'il avait obtempéré, sans grommeler cette fois.

L'attaque de l'orchestre l'arracha presque de son fauteuil. Crazy Cat l'avait prévenue : tout Harlem s'était mobilisé, il n'y avait peut-être pas de fosse, les musiciens occupaient simplement les premiers rangs, juste devant les spectateurs, les décors étaient réduits au minimum, et les costumes, pour l'essentiel, de récupération, mais les meilleurs étaient là, tous sans exception, danseurs, chorus girls, musiciens, chacune des sections aurait fait se pâmer n'importe quel chef, qui mélangeaient musiciens de jazz et concertistes de haut vol, Charles Davis et Lawrence Deas étaient les plus extravagants virtuoses de Harlem, vainqueurs de toutes les joutes de danseurs. Dès l'ouverture, « Election Days », la salle entière était debout, emportée par le rythme d'enfer, « I'm just full of jazz », le premier numéro, s'était achevé sous un tonnerre d'applaudissements et Charles Davis improvisait des figures de plus en plus folles comme porté, grisé, par la vague des applaudissements, les Syncopating Sunflowers, du coup, étaient montés sur scène et c'était à qui surpasserait ses voisins, mais tous relevaient le défi, Gertrude Sanders, la délicieuse ingénue, tout en grâce adolescente, était revenue elle aussi, pour un « bis » délirant tandis qu'Eubie Blake sans crier gare accélérait le tempo, accélérait encore, impitoyable, mais tous suivaient, comme en transe, dans un déluge sonore, encore, encore, criait la salle – le maelstrom s'était arrêté net après un crescendo diabolique. La comédie, lancée comme un boulet de canon, reprenait ses droits et c'était une cascade de répliques, de bons mots, de blagues à double ou triple sens. Elle avait assisté à de ces joutes verbales entre gamins dans la rue, ou dans les *rent-parties*, partout sur les trottoirs des gamins pareillement multipliaient les figures de danse et c'était à qui surpasserait l'autre, ce n'était pas l'Université, non, ni les académies de danse ou les conservatoires, c'était la rue nègre virtuose, ce soir, qui déboulait sur la scène, soulevait la foule d'enthousiasme, et cette folie, pourtant, restait contrôlée, à chaque instant, dans ses improvisations les plus audacieuses, le relax, mon chou, lui avait répété le petit Fats Waller en éparpillant des gerbes de notes sans avoir l'air d'y toucher, le secret du swing c'est le relax, c'était lui qui donnait cette sensation d'extraordinaire dynamique, tout en souplesse, comme si on se jouait, tout Broadway dans la salle, avait-elle songé, prenait la claque de l'année dans le tourbillon des numéros – et tout à coup le silence s'était fait, un murmure étonné avait passé dans la salle, l'orchestre reprenait son souffle, tout en retenue, sur tempo lent, tandis qu'un couple de jeunes gens s'avançait sur la scène.

Love will find a way
Though skies now are grey
Love like ours can never be ruled.

Elle sentit la salle hésiter, un bref instant, et elle sut que c'était ici l'épreuve de vérité, pas dans les virevoltes – après tout, les Noirs étaient jusque-là dans leur rôle, on savait le nègre exubérant par nature, comme les singes, ou les chiens, mais là… Pas de doute, c'était une chanson d'amour. Passionnée, émouvante, infiniment tendre entre deux êtres humains. Humains ? Noirs. Deux jeunes gens noirs – dans des rôles réservés aux Blancs, supposés les seuls à éprouver ces sentiments élevés. La voix de Lottie Gee montait, cristalline, voix de pur soprano et vrai, elle était à croquer, la frêle gamine, d'une beauté, d'une fraîcheur à faire fondre les plus rudes. Roger Matthews, son Roméo, avait ôté son maquillage grotesque, plus de grosses lèvres blanches, plus de suie sur le visage, juste un jeune homme de couleur, au naturel, chantant son amour. Le cœur d'Osa faisait des bonds : Noble Sissle et Eubie Blake avaient réussi une merveille de chanson d'amour, c'était ici qu'ils gagnaient, ou perdaient. Le silence de la salle, à force, devenait angoissant. Elle sentit les larmes lui venir, sa gorge qui se serrait. Il y eut quelques secondes de silence encore, quand les voix se turent, que mourut la dernière note, puis ce fut un crépitement d'applaudissements qui enfla en tonnerre. Osa, se cramponna de toutes ses forces au bras de Martin. La grande victoire à laquelle ils venaient d'assister n'était pas seulement musicale. Martin hochait la tête, conquis, scrutait les visages dans la pénombre.

La suite avait été un pur délire de joie tout à coup libérée, et c'était le plus rare, cela, des professionnels de haut vol s'amusant comme des gamins sur scène, entraînant une salle complice, « Bandana Days », « I'm just wild about Harry », « Gypsy Blues », demain ces chansons seraient sur toutes les lèvres, elles étaient déjà sur celles des spectateurs. Et quand Eubie Blake avait déchaîné son « Baltimore Buzz », en forme d'apothéose, avec toute la troupe tourbillonnant sur scène autour de Davis et de Deas déchaînés, volcan en éruption, lave sonore brûlante, elle crut que le théâtre tout entier allait s'arracher du sol, escalader le ciel. Les Syncopating Sunflowers devenus les Jimtown Jazz Steppers envahissaient la salle, Davis, aérien, voltigeait sur le piano de Blake, entraînant Lottie Gee, bondissait de plus en plus haut, s'arrachait à la pesanteur et toute la troupe avec lui et les spectateurs transportés, tous battant d'un seul cœur.

Le succès de l'année ! prophétisait Herbert en risquant dans la rue quelques pas de monkey hunch. C'était Harlem qui envahissait Broadway, le public blanc était conquis, et qui disait Broadway disait l'Amérique, disait le monde ! Il pouffa soudain :

– Vous avez entendu ? L'avant-dernier morceau ? Il s'appelait « African Dips » ! Qu'est-ce que je vous disais, hein, qu'est-ce que je vous disais ?

Osa se tourna vers Martin, resté jusque-là silencieux :

– Et toi, dis enfin quelque chose !

Il sourit, les yeux tout à coup pétillants de malice :

– Hum. Avant de partir tout à l'heure… Tu ne m'as pas laissé le temps de placer un mot. Je voulais te dire : le film est fini. Enfin, presque. Je voulais te le montrer. Et puis…

Son film ! C'était bien le moment ! Il se fichait d'elle, ou quoi ? Elle allait lui refiler un bon coup de pied dans les chevilles quand elle comprit. Fini ? Oui, fini.

Il la prit par la taille :

– On dirait que New York nous indique la direction à suivre, non ?

C'était dit : cap sur l'Afrique, désormais.

XIII

Journal de Winnie

Sans cesse Osa revenait sur ces mois à New York, se perdait en rêveries sur les quelques photos préservées, ou les coupures de presse que je lui apportais, comme si tout s'était joué là, par des voies sur lesquelles elle s'interrogeait encore. J'avais pris possession de ma petite chambre près de l'immeuble de Lippincott et chaque matin me retrouvait, consciencieuse archiviste, dans la salle de visionnage. Puis je gagnais le bureau que le tyran au cigare m'avait alloué sous les toits, où la douce Jodie, ma documentaliste, rassemblait déjà les livres, articles et photos réclamés la veille et c'était une sensation grisante que d'ainsi pénétrer peu à peu dans l'intimité de quelqu'un, de recomposer fiche après fiche, image après image, le déroulé de son existence, jusqu'au moindre détail. Au moindre détail ? Je suivais, impatiente, les multiples tournées d'Osa, inaugurations de collèges, conférences, promotions en tous genres, guettais chacun de ses retours malgré les regards sombres de son agent-cerbère qui me suivaient jusqu'à son refuge. Je crois qu'elle-même m'attendait, tout aussi impatiente de se replonger dans sa « vraie » vie. Une part d'elle-même était morte avec Martin – c'est moins le disparu qui vous manque, que la part de vous-même qu'il a emportée avec lui, répétait-elle, avec dans la voix, parfois, ce qui m'avait paru des accents de rancune. Et c'était cette part en allée, qui seule lui importait, c'était cette part qu'elle tentait de retrouver. Pour moi ? Pour elle, plutôt, à travers moi. Que vient-elle encore chercher, grommelait Clark Getts dans mon dos : n'avais-je pas tout, déjà, à ma disposition, qu'il suffisait de mettre en musique ? Mais justement : me manquait la musique – l'Osa qu'il me semblait parfois deviner dans ses monologues, ou qu'elle livrait par à-coups quand elle avait trop bu.

J'arrivais, brûlant d'en savoir plus sur ses aventures africaines, son périple des mers du Sud, mais toujours elle glissait, dans un sourire, plus tard, ma petite Winnie, plus tard, ça peut attendre, avant de feuilleter son album new-yorkais, où elle se perdait en de longs silences avant de pouffer brusquement, prélude à un tourbillon d'anecdotes qui se terminaient à tous coups par des soupirs ou par des larmes. Pareille époque avait-elle existé, ou bien se jouait-elle de moi, crédule provinciale ? Elle y mettait une telle insistance que j'en étais venue à suspecter quelques regrets, ou quelque secret – comme s'il s'en était fallu de peu que sa vie, alors, épouse un autre cours.

New York ! Je n'en avais voulu connaître, d'abord, que le trajet de mon hôtel à mon bureau, l'épicerie chinoise au coin de la rue, la laverie proche : tout paraissait si grand, si brutal, menaçant ! Les voitures fonçaient sur vous dans un rugissement furieux et gare, si vous aviez un pied en dehors du trottoir, la foule vous bousculait sans même vous voir s'il vous prenait l'idée de rebrousser chemin, elle s'engouffrait, masse aveugle, dans la gueule ouverte des métros, chaque rue était comme un torrent en crue. Seule, réfugiée dans ma chambre, comme me paraissaient loin les prairies et les ciels clairs de Wyaconda ! Puis je m'étais surprise à mettre mes pas, timides, dans ceux d'Osa, retour des mers du Sud. À l'hôtel Astor on se souvenait encore de leur couple flamboyant, et des dévastations de leurs deux singes. Little Joe Burnett ? Suite à quelques « spéculations heureuses », il vivait comme un prince, fortune faite, au soleil de Californie – ceux qui, des temps de la Prohibition, n'avaient pas fini sous les verrous, ou six pieds sous terre, étaient vénérés à l'égal de ces héros auxquels la *vox populi* prête des exploits surhumains. L'Algonquin, à en croire le portier, était toujours le rendez-vous des billettistes, mais ceux-ci semblaient jouer un rôle trop grand pour eux, devant les badauds de passage, et tout, décors, caricatures, portraits, disait la nostalgie d'un temps déjà enfui, Dorothy Parker faisait les beaux jours de Hollywood, Bob Benchley triomphait désormais comme acteur. Mon cœur avait fait un bond, dans le salon de la Table ronde, oui, c'était bien Osa sur une photo au mur, entre Dorothy Parker et Anita Loos, Osa qui éclipsait tous les autres, rayonnante, sensuelle, l'esprit même de la jeunesse. Pourquoi m'étais-je sentie écrasée de tristesse, presque aussitôt ? Laissant là mes livres sur la flore et la faune d'Afrique, je m'étais plongée dans les chroniques des années folles, Scott Fitzgerald, Dorothy Parker, Ring Lardner, Damon Runyon, et j'entendais à travers eux les rires et les larmes d'Osa, et ses brusques silences, jusqu'à glisser parfois dans leur époque, entrer dans la peau de mon personnage. Et sans doute est-ce là que commença le dérapage – si dérapage il y eut…

L'Afrique l'avait certes révélée à elle-même, conduite au plus près de ce qu'elle appelait le « grand inconnu » mais c'était New York, non l'Afrique, qui les avait faits stars, Martin et elle. Stars, autrement dit incarnant à un moment donné l'esprit encore informulé de leur époque, de sorte que chacun, en s'y reconnaissant, découvrait une part de lui-même restée jusque-là sans visage, avait écrit quelque part Ring Lardner, ou bien était-ce Damon Runyon ? En tous les cas, ses mots m'avaient à ce point frappée que je les avais pris en note. Stars, poursuivait-il, autrement dit manifestant aux yeux de chacun, tels les dieux antiques, l'énigmatique unité de l'intime et du collectif dans la trame d'un récit mythologique – et comme cela s'appliquait bien à mes personnages ! Il leur avait d'abord fallu pour cela s'imprégner peu à peu du plus secret de l'esprit de New York, la ville-monde, jusqu'à ne faire plus qu'un avec elle – jusqu'à, en somme, ne plus s'appartenir. Et c'étaient les étapes de cette imprégnation, ou, si l'on préfère, de cette dépossession, qu'elle tentait de reparcourir avec moi.

Que restait-il de ce New York-là ? Années folles, années jazz, années rugissantes, décennie prodigieuse, la crise de 1929 avait tout emporté. Gangsters et bootleggers ne survivaient plus qu'à Hollywood, par acteurs interposés. La Prohibition était entrée dans la légende, une autre Amérique prenait ses marques. Quinze ans déjà, et c'était un continent englouti, effacé, oublié, que tentait de ressusciter Osa, un monde où elle avait laissé la meilleure part d'elle-même, dont je me prenais à mon tour à rechercher les traces dans les rues de la ville.

Et d'abord ce mystérieux Bubber Miley, disparu semblait-il corps et biens. J'avais acheté quelques-uns de ses disques – ou plutôt de l'orchestre de Duke Ellington, où il avait fait ses débuts, m'avait expliqué un vendeur sentencieux, et je m'étais gardé de le corriger : « East Saint Louis Toodle OO », « Black and Tan Fantasy », « The Mooche », comment avais-je pu ignorer jusque-là pareils chefs-d'œuvre ? Les clameurs du trombone de Tricky Sam Nanton répondaient à ses appels, le saxophone de Johnny Hodges, royal, se dressait face à lui, la clarinette de Barney Bigard tentait de l'enlacer, mais il emportait tout sur son passage, imposait à tous son rythme, sa voix. Bubber Miley ! À chaque fois que je m'interroge sur la quête d'Osa, sur ce qui la guidait, l'appelait jusqu'au plus profond de l'Afrique je fais retour, depuis, à ces accents, à cette folie d'une jungle recréée en plein cœur de Harlem…

Peut-être étaient-ce aussi les fragments perdus d'une *autre* Osa qu'elle tentait de rassembler au fil de nos rencontres, d'une Osa qui avait failli naître, dans le cratère brûlant de New York. La jeune femme se laissant emporter dans le tourbillon des premières de Broadway, des fêtes de l'Algonquin, des *rent-parties* de Harlem, n'était aucune des deux Osa, l'une casanière, l'autre aventurière, qu'elle avait la curieuse manie d'opposer comme deux entités étrangères, mais une Osa qui s'était découverte privée de sa jeunesse, d'une jeunesse semblable à celle de toutes les autres filles, du temps des flirts et des danses, de l'insouciance et des émois, des nuits passées à refaire le monde avec ceux de son âge.

J'en venais à prendre Martin en grippe. Comment avait-il pu laisser Osa ainsi, livrée presque à elle-même ? J'imaginais un monstre d'égoïsme, indifférent à tout ce qui n'était pas le succès de son film, y compris à sa femme. Ce grand escogriffe, bien en peine de communiquer autrement que par ses images, avait certes trouvé en elle la plus formidable des « antennes », capable de se lier avec n'importe qui, en empathie avec le monde entier – la moitié qui lui manquait, en somme, pour devenir star – et il en avait joué très consciemment, mais pouvait-on encore parler d'amour, quand il l'abandonnait à toutes les tentations, après l'avoir utilisée ? Le chaudron de New York n'avait rien à envier à celui de

Nagapate. Et cette séquence fameuse en disait long sur ses ressorts profonds…

À moins d'être une sainte digne des Évangiles, ce que démentaient quoi qu'elle pût prétendre les photos de l'époque, elle avait dû avoir au moins une aventure, et sans doute, me murmurait une voix insistante, était-ce la raison pour laquelle elle s'attardait ainsi. Après tout, il l'aurait bien cherché, me disais-je et je multipliais les ruses pour grappiller ses confidences, mais à chaque fois qu'une intonation ou un silence le laissait supposer, les phrases suivantes venaient le démentir. Et peut-être, coquette, jouait-elle simplement avec moi, dont elle avait deviné les attentes…

Leslie. S'il est des signes que savent deviner les femmes, alors ce devait être Leslie. Quelque chose de plus fort que l'amitié avait dû la lier à ce garçon, quand Martin vivait cloîtré en sa cabine de montage. Leslie, l'esprit même de la jeunesse, tendre et malicieux, ethnologue passionné, son guide dans Harlem… « Il était amoureux de moi, vous savez ? » avait-elle glissé un jour, mutine, sur un ton où passait comme un regret – « pauvre Leslie ! » Et dans un soupir : « Il était si joli garçon… » J'avais commencé à écrire, plus vite, plus facilement que je ne pensais, l'épisode new-yorkais. Les scènes qu'elle m'avait évoquées prenaient forme sous ma plume, je les *voyais*, et plusieurs fois, ayant imaginé tel ou tel détail manquant, j'avais eu le bonheur de le voir plus tard confirmé par Osa. Il fallait bien supposer quelque vertu divinatoire à l'écriture. Une phrase venait, si exactement rythmée, si parfaite qu'elle ne pouvait qu'être juste – et déjà elle portait en creux la suivante. À croire que le texte se mettait à vivre par lui-même, imposait sa voix, me résistait quand je me fourvoyais et me mettait à tous coups sur le bon chemin. J'apprenais à guetter ces moments où « quelque chose » venait – d'où ? Bien malin qui pouvait répondre mais j'ai pensé souvent, quand Osa évoquait le frisson de l'inconnu, sa sensation d'être traversée par le monde même, que c'était exactement ce que j'éprouvais avec les mots. Et rien n'était plus exaltant que ces instants – si brefs, presque aussitôt évanouis – où j'avais le sentiment de surfer sur la crête d'une vague qui déroulait sous moi l'histoire que je découvrais à mesure, dont je n'étais en somme que la *ghostwriter*, écrivain fantôme traquant les fantômes de mon héroïne. Osa esquivant mes prudentes questions sur ses soupirants, et sur ce Leslie si joli garçon, j'en étais venue à penser que la fiction, l'impérieuse nécessité des phrases et des situations, allait agir comme le révélateur de ce qu'elle me taisait, et auraient raison en fin de compte de ses silences. Et je *sus* qu'elle avait bien eu une ébauche d'aventure avec ce Leslie quand les mots vinrent tout seuls, mon chapitre sur sa plongée dans Harlem ne tenait que s'il en était ainsi, mon Osa de papier et de mots l'exigeait, devenue pour moi plus vraie que mon modèle – plus exactement sa vérité cachée. Et qui, dès lors, enfermait l'autre dans le filet serré de ses histoires ?

Chasseuse de fantômes… Mark, résigné à ce détour new-yorkais imposé par Osa, mais soucieux de hâter le mouvement, s'était fait mon chaperon et je me laissais mener, avec le vain espoir que son dévouement n'avait pas seulement pour but la bonne fin du livre. Mon premier chèque était passé en garde-robe nouvelle et les frusques supposées dernier cri de Liza Burnett, au *Bonheur des dames* de Hannibal, avaient fini leur carrière en boule au fond d'une armoire. Coiffeur, manucure – enfin, j'allais ressembler à une vraie New-Yorkaise, une de ces créatures que les dames de Wyaconda fusillaient du regard, en cachant leurs enfants dans les plis de leurs jupes. Chaque matin je guettais dans l'escalier les pas de Mark, sa phrase rituelle quand il poussait la porte du bureau, alors les filles où en sommes-nous ? Il parcourait mes notes, penché sur mon épaule, je fermais les yeux pour ne pas défaillir, mais déjà il plaisantait avec Jodie qui gloussait, l'air idiote, cet imbécile n'avait-il donc rien vu, ma coiffure nouvelle, mon petit chemisier ? Peine perdue, il repartait suivi par les hennissements énamourés de Jodie. Aussi j'avais rougi jusqu'aux oreilles le jour où il m'avait proposé de me montrer « quelques-uns de ces lieux dont Osa vous rebat les oreilles ». Il me restait des progrès à faire pour devenir une vraie New-Yorkaise, aux répliques revolver. Inutiles d'ailleurs, car le beau Mark, en toutes circonstances, se comportait en parfait gentleman. Ma seule revanche, le matin, était de prendre des airs mystérieux, les yeux perdus dans de lointaines rêveries, qui faisaient crever de jalousie la pauvre Jodie. Jusqu'à ce jour où, évoquant devant lui le choc qu'avait été pour Osa et pour moi la découverte du style « jungle », il m'avait invitée, avec dans le ton cette note d'indifférence feinte qui met en alerte toutes les filles du monde, même celles de Wyaconda, tiens à propos, pendant que j'y pense, ça vous dirait de découvrir le Cotton Club ? Bubber Miley était mort, détruit par l'alcool et la drogue, mais l'orchestre de Duke Ellington, depuis quelques semaines, faisait là-bas un malheur…

Le club n'était plus le symbole chic de Harlem. Harlem, d'ailleurs, n'était plus Harlem : brisé par la Grande Dépression, ce qui avait été le grand rêve de la communauté noire s'était replié en ghetto, gangrené par la violence, où les Blancs ne se risquaient guère, et le Cotton Club, après les émeutes de 1935, avait dû fermer ses portes pour émigrer en plein cœur de Broadway. Mais il avait conservé son décor de jungle stylisée, ses palmiers et ses lianes, ses draperies suggestives, et la célèbre piste sur laquelle tant de stars s'étaient succédé – en sorte que l'on gardait le sentiment, passé la porte, d'entrer encore dans la légende. Rien n'avait changé, depuis le temps où se pressaient là *mobsters* et bootleggers, répétait chaque détail du décor, soulignaient les mimiques distantes des garçons, supposés en avoir vu d'autres, jadis. Big Frenchy DeMange attendait toujours à sa table favorite en battant les cartes, Herman Stark, le directeur, passait de loin en loin la tête par une porte discrète, massif, paupières tombantes, mâchonnant son éternel cigare, et Owney Madden, l'ancien patron du Gopher Gang, le roi de la bière clandestine, aujourd'hui paisible propriétaire du Club, accueillait les clients, aussi mince et vif-argent que Stark paraissait lent, mais les cimetières étaient pleins, disait-on, des naïfs qui avaient ignoré la bosse sous l'aisselle du lourdaud, réputé le défouraillleur le plus rapide de Hell's Kitchen, les girls tourbillonnaient les jambes nues et le reste à l'avenant « pour que les instincts primitifs, réveillés, fassent tomber nos inhibitions, à nous, civilisés », disait un prospectus à l'entrée – comment se déprendre du sentiment que le Club n'était plus qu'un décor, dans lequel chacun jouait son rôle, y compris les clients, pour suggérer une époque depuis longtemps évanouie ? À moins qu'il n'en eût toujours été ainsi, dans ce club réservé dès le départ aux Blancs…

Des couples en toilettes brillantes se pressaient autour de nous, des femmes parlaient haut, les yeux brillants, couvertes de bijoux, ces hommes en habit qui les serraient trop fort étaient-ils notables ou gangsters ? Les deux, avait chuchoté Mark, à l'aise en tous lieux, quand j'aurais voulu, moi, me faire petite souris et voir sans être vue, Cendrillon au carrosse hélas resté citrouille, égarée dans un bal de princesses. Et bien sûr il avait choisi une table en pleine lumière, en bordure de la piste, mais comment reculer ? Une bouteille de champagne était apparue comme par magie tandis qu'il commandait steak et homard. Lippincott avait-il vraiment donné son accord à pareilles dépenses ? Au deuxième verre, je me posais déjà moins la question, et au troisième plus du tout, souris peut-être mais affamée, malgré la légère oscillation du plancher et la succession des numéros annoncés en amuse-gueules. Mae Johnson avait fait hurler la salle de rire par son imitation de Mae West dans « I'm a Lady », les Four Steps Brothers et les Three Chocolateers lui avaient succédé, puis les Peters Sisters, un bon quintal et demi chacune, mais un entrain d'enfer dans « Swingtime in Honolulu », comment faisaient-elles pour paraître si légères, multipliant les virevoltes, avant le tourbillon de Rufus, 7 ans, et de Richard, 5 ans, les « mitraillettes volantes », petits princes du *tap dancing* embauchés par Owney Madden un soir qu'il les avait vus sur le trottoir distraire les clients pour quelques cents, prélude à démonstration de Peg Leg Bates, le seul danseur à la jambe de bois. C'était le Cotton Club, tel qu'en lui-même inchangé. Je scrutais les visages autour de moi, que Mark me nommait à voix basse, suivais le ballet des garçons. Ici, en d'autres temps, Al Capone retrouvait les survivants des Brooklyn Rippers et des Five Points de Frankie Yale, quand sa guerre avec Bugs Moran, à Chicago, lui laissait quelque répit, ici les quatre Indomptés, Lucky Luciano, Frank Costello, Meyer Lansky et Bugsy Siegel, venaient applaudir Bill Robinson et Cab Calloway le roi du « hi-de-ho » aux côtés des banquiers qui les saluaient bas, des juges et des édiles municipaux, et nul agent, pas même Mo et Izzie, ne se serait risqué à un contrôle de mauvais goût. Ici, les Washingtonians de Duke Ellington étaient devenus le Jungle Band avant de signer leurs chefs-d'œuvre de 1927. Ici Osa, à son deuxième retour d'Afrique, avait reçu, aux côtés de Martin, un accueil de star. Ici se disaient encore, pour qui tendait l'oreille, l'âme, la fièvre, les rêves d'une époque si proche et déjà en allée…

Un frisson d'excitation était passé sur la salle, un petit bonhomme à la voix suraiguë, couvrant le brouhaha, annonçait « the Duke himself », des girls déferlaient sur la piste dans un concert de cris surexcités, sous le crépitement virtuose des *tap dancers*, la salle applaudissait à tout rompre mais je n'avais d'yeux que pour celui que *Life* avait classé parmi les « vingt Noirs les plus éminents d'Amérique », le Duke lui-même, immobile à son piano, élégant jusqu'à l'afféterie. Ses musiciens, en rang derrière leurs pupitres, avaient des airs de gros chats assoupis, un saxophoniste, la tête sur la poitrine, dormait carrément, un tromboniste gominé s'absorbait dans la contemplation d'une énorme bague à son auriculaire – où étaient les sauvages survoltés de mes disques fétiches ? Puis le saxophoniste endormi, au visage de vieux sage oriental, s'était avancé, les yeux mi-clos, comme très loin en lui-même, et le maître, d'un hochement de tête, avait lancé l'orchestre, toute sa masse, toute son énergie, son martèlement d'airain, contre ce petit homme seul sur scène devant lui, qui n'avait pas bougé d'un cil sous l'impact. Dès ses premières notes je m'étais redressée : impérial, solaire, rayonnant de majesté, dominant comme en se jouant la masse sonore – le relax, baby, c'est tout le secret, avait dit Fats Waller, un soir, à Osa – oui, j'avais reconnu ce son à nul autre pareil, il était déjà dans mes disques de 1927, face à Bubber Miley, c'était bien le Johnny Hodges qui lui tenait tête dans « The Mooche » pour un dialogue de titans, Hodges qui jouait seul ce soir, seul de bout en bout. Dans la salle il y avait eu à la fin du morceau ce silence qui suit l'évidence d'un chef-d'œuvre – et dans cet instant recueilli, sur un geste du Duke, un trompettiste aussi massif que Bubber Miley était fluet, s'était avancé à son tour. « Echoes of

Harlem » ! Il n'était pas le clone impossible de Miley : dans le déploiement saisissant du thème, à la trompette bouchée, sur les basses obsédantes du piano, il s'imposait, massif, son de nuit, son de ville grondante, appel aussi, d'une majesté comparable, versant nuit, à celle, solaire, de son prédécesseur. Dans les cris enthousiastes qui le saluaient, j'avais distingué son nom : Cootie Williams. Du passé au présent, mais sans rompre la chaîne : ce soir, l'orchestre de Duke Ellington annonçait qu'il revenait, vivant, inventant la musique d'aujourd'hui – le tonnerre premier du monde, sur un claquement de doigts.

L'émotion qui m'avait soulevée alors devait être l'égale de celle qui avait jadis emporté Osa, – et c'était pour moi, m'étais-je dit le cœur battant, en tous les cas c'était un signe, que Duke Ellington, après un « Braggin' in Brass » à faire se dresser un impotent, enchaîne sur un « Harlem Speaks », inspiré, avait-il expliqué par un des films sur l'Afrique qui l'avait le plus impressionné : *Africa Speaks*. Même Mark avait poussé un cri d'étonnement quand le Duke avait ajouté : « Avec le *Congorilla* de Martin Johnson ! » Harlem, l'Afrique, le lien décidément tenait toujours, que Duke Ellington devant moi, pour moi, venait de renouer.

C'est au sortir du Cotton Club que Mark m'avait embrassée.

J'avais bien cru, un soir, toucher au but. Je l'avais trouvée seule, déjà titubante, et la tension encore perceptible dans l'appartement laissait supposer quelque dispute récente avec Clark Getts. Je m'excusai, confuse, pressée de m'éclipser, mais elle avait insisté, comme on se raccroche à la première bouée venue, et je l'avais aidée à se coucher tandis qu'elle hoquetait des mots incohérents. Un linge frais sur les tempes l'avait calmée.

J'esquissais une prudente retraite quand elle s'était redressée.

– Qu'est-ce qu'il sait de Martin, ce crétin ? Hein, qu'est-ce que vous en savez tous ?

J'avais tiré un fauteuil près d'elle, lui avais pris la main.

– Qu'est-ce que tu en sais, toi, petite Winnie ?

J'aurais pu me contenter de quelques banalités. Quel démon m'avait alors poussée à murmurer :

– Tout de même, il vous avait laissée bien seule, à New York…

Elle m'avait fixée longuement, surprise. Honteuse, je balbutiais déjà des excuses, mais elle, sans même m'entendre :

– Le grand imbécile ! Ce soir de *Shuffle Along*, j'ai bien failli lui arracher les yeux… J'étais tellement contente ! Enfin, je l'avais convaincu ! Et lui, tout à trac : Oh, tu sais, j'avais fait mon choix dès le premier soir, à l'Explorers' Club. La soirée chez Akeley lui avait fait juste comprendre qu'il était pile dans l'air du temps. Pour lui, Chapman Andrews n'avait jamais été qu'un pis-aller. Et moi qui m'étais prise pour une exploratrice en mission !

– Tout de même, vous avoir laissée ainsi…

Elle était restée un moment silencieuse, avant de sourire à travers ses larmes :

– C'était tout lui, ça. Il avait piqué du nez, comme d'habitude, observé ses pieds. Tiens ! Juste la tête qu'il avait le jour où il m'a fait vendre mes cadeaux de mariage pour prendre la route. Et il avait fini par bredouiller qu'il avait compris, dès les premiers jours à New York, – bon sang, que ça avait du mal à sortir ! – bref qu'il m'avait peut-être privée de ma jeunesse. Bref, il s'était mis en tête… qu'il devait me laisser choisir ma vie, cette fois en connaissance de cause. Ou New York ou lui, en somme. Et si c'était lui : ou l'Afrique ou l'Asie. Pauvre Martin ! Il n'y avait pas plus nul que lui pour exprimer ses sentiments. Bref, il m'avait épousée trop jeune, ces années de galère sur les routes, puis ces années loin de tout chez les sauvages, ce n'était pas une vie pour une jeune femme, dans le fond jamais il ne m'avait demandé mon avis, mais quand il avait vu toutes ces jeunes filles, à New York… Voilà : c'est mon choix à moi, qu'il attendait. Et si c'était avec lui, mais en Asie, eh bien ! Ça aurait été en Asie. Entre nous, je suis moins sûre de ça, mais bon… Sur le coup, je pense qu'il le croyait. Et plus je prenais un air fâché, plus le pauvre se décomposait, se raclait la gorge, c'était sa spécialité, ça, se racler la gorge : « J'ai eu tellement peur ! Chaque jour je me disais, c'est sûr, je vais la perdre. À la fin je n'osais même plus sortir de la salle de montage. Ces deux dernières semaines, j'avais même cru que… » Leslie ! Il s'était imaginé qu'entre Leslie et moi… Remarque, s'il n'avait tenu qu'à Leslie !

Elle riait maintenant de bon cœur, les nuages envolés.

– Va t'en savoir… C'est peut-être pour ça que je l'ai aimé. Le côté grand nigaud. Bon sang ! Pas un seul jour, tout ce temps, je n'avais imaginé…

Elle avait cligné de l'œil, complice.

– Au réveil, vers midi, je me suis dit qu'on devrait se disputer plus souvent…

Elle avait éclaté en larmes de nouveau, mais ses pleurs étaient sans plus de douleur ni d'amertume – juste d'un cœur qui reprenait vie…

Pour elle, un trait semblait tiré, après ces confidences. Je la retrouvai le lendemain, lumineuse et gaie, sans rien qui évoquât la nuit passée, mais pressée d'en finir – nous avons perdu trop de temps, tu ne trouves pas ? Allez, Winnie, je t'emmène en Afrique ! C'est moi, du coup, qui tentais de la retenir. Tant de choses restaient en suspens ! Elle avait ri : ça avait été un tel tourbillon, après *Shuffle Along* ! Sans le temps de dire « ouf » elle s'était retrouvée sur le pont du bateau, agitant son mouchoir…

Le brave Rothafel, à l'annonce que le film était enfin prêt, avait poussé un rugissement. Ah ! On allait voir ce que l'on allait voir ! Papa Rothafel savait y faire. Il avait exposé son plan, en agitant son cigare comme une épée. Une guerre ! La publicité était exactement comme une guerre : sans communication, demain plus rien ne vaudrait. Tout allait de plus en plus vite. De plus en plus d'images, de plus en plus de spectacles, de plus en plus de sons. Pour se distinguer il faudrait inventer, surprendre, se distinguer, encore et toujours.

– D'abord, je prends une demi-page de publicité dans tous les quotidiens de la ville pendant une semaine. Ok ? *Tous* les quotidiens. Avec une annonce différente à chaque fois. Croyez-en papa Rothafel, surprendre, c'est la clé de tout ! Et puis, je vois de grandes toiles peintes à partir des photos de Martin, hein, qu'est-ce que vous en dites ? Dans les vitrines de tous les magasins sur six blocs à la ronde. Ça va en jeter, non ? Et puis des cages avec dedans des oiseaux exotiques. Vivants ? Bien sûr ! Accrochés le long du trottoir. Et puis, sous l'auvent de l'entrée. Dans le hall, aussi. Vos singes, ça serait marrant non, en cage près des caisses ? Non ? Bon, tant pis, pas de singes. J'ai même pensé à des petites étiquettes… oui, sur tous les articles de sport et les fusils dans les magasins du coin. Hein ? Vous en dites quoi ? Papa Rothafel n'en a pas, de l'idée ? Ça va marcher, moi je vous le dis !

Il *fallait* que ça marche. Pendant toutes ces semaines, avec Carl Akeley, Martin avait multiplié les listes des matériels nécessaires. Tout était consigné dans ses carnets, calculé au plus juste. Mais le cœur d'Osa avait fait un bond, quand il lui avait montré l'addition. Et ils faisaient comment, pour trouver pareille somme ? Le Muséum, d'abord. Osborn, beau joueur, avait masqué sa déception de ne pas le voir suivre les Andrews, et félicité Akeley pour son obstination : Martin pourrait compter sur son appui sans faille. Et si la somme que le Muséum pouvait débloquer restait modeste, nul doute que ses lettres de recommandation lui ouvriraient bien des portes. Martin était sorti furieux : le Muséum lui imposait ses choix, des films « à visée scientifique, sans effets racoleurs », le truc à faire fuir les spectateurs, mais n'apportait que 10 % à peine du nécessaire ! L'Explorers' Club s'était mis, lui aussi, en branle, Morton Merriman, un magnat du textile, se déclarait intéressé, Bayard Dominick, un agent de change influent de la place, grand chasseur, fou d'Afrique et administrateur du Muséum, prenait des actions de la Martin Johnson African Films. Et pour le reste, il avait des contacts, certes, mais il devenait clair au fil des jours que le succès du film déciderait de tout.

Bessie et Kalowatt, inquiètes, devenaient insupportables, John leur manquait à toutes deux – et pas seulement à elles. Depuis son départ de New York il ne donnait guère de nouvelles, Osa en venait à craindre une brutale déprime à son retour dans la maison d'Independence. Un petit mot – mais pourquoi si laconique ? – l'avait à demi rassurée : il serait avec eux pour la première du film. Et toute la famille également, avait assuré Belle, William, tante Millie, et même grand-mère Nancy viendraient, « avec quelques amis de Chanute… »

Le matin de la première, le cigare de Rothafel tremblait un peu entre ses doigts. « C'est que j'ai misé gros, les enfants ! Si je me plante… » Mais aussi quel démon tentateur lui avait fait abandonner le business lucratif, sans risque, du *booze* clandestin pour ce fichu métier de patron de théâtre ?

– C'est nous qui avons dû le rassurer ! Enfin, Martin, parce que moi… J'entendais Martin, dans une sorte de brouillard : « Mais non, rassurez-vous, la publicité a fait un effet bœuf ! C'est l'événement de la semaine. Le public ? Il va suivre, vous verrez ! »

Mais le pauvre Rothafel, aussi éteint que son cigare, regardait les cendres froides tomber au sol en songeant que ce serait peut-être lui, ce soir, qui tomberait en poussière sur le tapis.

– Quand nous sommes arrivés au Capitol – en limousine, avait décidé Rothafel : quitte à mourir, autant mourir dignement ! – et que nous avons vu la queue dans la rue, sous les immenses affiches d'*Aventures dans la jungle*… Jamais tout ce monde ne pourrait rentrer ! Rothafel était bien un génie de la publicité. Mais il en fallait plus pour le dérider : et demain les enfants ? Hein ? Demain ? Ça ne tiendra plus que par le film. Attendons qu'ils voient le film !

Le film était superbe. Plus qu'elle n'avait imaginé, sachant les difficultés affrontées. Elle n'avait pas voulu le voir avant ce soir, pour le bonheur d'un premier choc à partager avec la foule. Les rapides du Kinabatangan, la charge des buffles, sur les rives du fleuve, la rencontre avec les pirates malais, la descente du fleuve sur leur maison flottante, elle sentait la salle vibrer à l'unisson, retenir son souffle – comme elle vibrait aux murmures étonnés devant la splendeur des images, chacune d'elles, le mouvement des séquences, leur montage serré, disait le génie de leur auteur. Rothafel les avait secoués brutalement : eh ! ils se prenaient pour des spectateurs ? Il les voulait en poste, prêts à monter sur scène dès la dernière image !

– Ce moment ! Je crois que je m'en souviendrai toujours. La salle nous avait accueillis gentiment à la présentation du film, avait applaudi Martin et ses explications. Mais là… Le grondement, dans l'obscurité, pendant que nous montions sur scène. Et puis l'explosion tout d'un coup, dans la lumière. C'était… oui, comme des vagues ! Qui montaient, montaient, de plus en plus fortes, nous soulevaient, nous traversaient. Je sentais contre moi le bras de Martin qui tremblait. Tu sais, quand tu donnes tout de toi et que le public te répond… Tu la sens, leur émotion, qui entre en toi. Et ça, quand tu y as goûté…

Tous, ils étaient tous debout, le visage rayonnant, qui n'en finissaient pas d'applaudir. John, au premier rang, les yeux brillants, Belle, William, tante Millie, grand-mère Nancy, en larmes, et Mlle Illingworth, l'institutrice de Chanute, et Gail, avec Dick son mari, et Charley Kerr, de l'aventure du Snark d'Independence, et puis la bande au complet de l'Algonquin, qui lui faisait de petits signes, et près d'eux Yvette et Chapman Andrews, « Big Fat » Froelich et toute l'équipe d'*Asia Magazine*, et Carl Akeley avec Stefansson, Herbert et Leslie et Little Joe Burnett venu suivre sans doute « l'évolution de ses investissements », et Crazy Cat Charlie, le portier du Connie's avec son ami Lippy, et la belle A'Lelia Walker entourée de sa cour, tout le staff du Muséum autour d'Osborn, debout lui aussi, Merriman, Dominick, et même oui, dans le fond, penauds, Robertson et Cole qui applaudissaient eux aussi, eux qui les avaient jetés à leur arrivée à New York – New York, qui leur faisait un triomphe.

C'est ce soir-là, alors qu'ils le serraient dans leurs bras, que John leur avait annoncé la grande nouvelle, ce pourquoi il s'était absenté si longtemps : sa bijouterie était vendue, et, crénom ! bien vendue, « une envie, comme ça, d'investir dans la Martin Johnson Company ».

– À condition que vous m'acceptiez juste pour un petit tour en Afrique. Histoire de voir un lion d'un peu plus près. Et de le comparer à celui du hall du Booth Hotel…

Il avait chuchoté la somme à l'oreille de Martin. Et celui-ci avait tressailli avant de le serrer dans ses bras. John, avant de périr étouffé, avait eu le temps de bredouiller :

– Bon, alors, qu'est-ce qu'on attend, on y va ?

« Chef-d'œuvre. » « Fantastique ! » « Et, rayonnante, Mme Osa Johnson, intrépide casse-cou… » « Incroyable prouesse technique ! La qualité d'un studio de cinéma en pleine jungle… » « Stupéfiante beauté ! Et au cœur de la pire sauvagerie, le piquant sourire d'Osa Johnson. » « Mais quel culot de risquer sa propre femme dans pareilles aventures ! Toutes les vertus d'une pionnière de l'Ouest sous les traits d'une star. » « La grande aventure. Mais, cette fois, dans le monde réel. » « Le Jack London du cinéma ! » Dans le flot des commentaires, les complices de la Table ronde n'avaient pas marchandé leurs louanges…

Elle avait rangé les coupures de presse dans la boîte toilée, refermé sur elles le couvercle décoré d'une photo où elle posait aux côtés d'un Nagapate patibulaire, un os belliqueux planté en travers du nez, et c'était comme si elle refermait du même coup la malle aux souvenirs – déjà elle s'en allait, vers ce Kenya où l'attendait la gloire.

Le reste ? Elle avait eu un geste négligent de la main, esquissé un sourire. Le reste : la fièvre des départs, les listes faites et refaites, les fournisseurs à relancer, les papiers toujours manquants ou incomplets, les assurances – la routine. Les amis de l'Algonquin leur avaient réservé la surprise d'une grande fête, et elle craignait un peu le pire, Martin n'était pas précisément un mondain new-yorkais, virtuose de la joute verbale, mais la soirée avait été toute simple, et chaleureuse, comme celle qui avait suivi à l'Explorers' Club. Pour la première fois elle avait lu dans les regards posés sur lui par ces professeurs de cynisme quelque chose comme de l'admiration. Pardi, avait glissé Dorothy à son oreille, ils sentent tous qu'il a en lui le vaste monde !

Ils partaient. L'apport inattendu du brave John couvrait à lui seul près d'un tiers du budget. Le succès du film faisait le reste, même si, répétait Martin, il faudrait être économe, prévoir la part de l'inexpérience. Les caméras miracles inventées par Akeley pendant la guerre restaient trop chères pour eux, mais ils avaient en main assez d'atouts pour réussir. Martin aurait pu se détendre un moment, savourer ce succès, mais non, dès le lendemain de la première il s'était tout entier projeté dans leur aventure africaine. C'était sur ce film-là que tout se jouerait, répétait-il, soucieux.

Ils partaient. Et New York s'éloignait d'eux, chaque jour un peu plus, comme si le départ s'opérait d'abord sur place par la rupture, les uns après les autres, des fils tissés au quotidien, jusqu'à vider les lieux les plus familiers de votre présence, vous les rendre étrangers.

L'annonce du départ de Roy et d'Yvette les avait pris de court. Le temps filait de plus en plus vite, tout à coup faisait un bond, la dernière soirée passée en leur château fantôme de Bronxville avait eu quelque chose de poignant. Leurs caisses étaient dans les soutes du *Golden State*, masques, statues, mobilier s'entassaient quelque part chez un garde-meubles, et avec eux s'en était allée l'âme de la maison, demain les Andrews s'embarqueraient pour un périple qui les tiendrait peut-être des années en Orient lointain, eux aussi étaient déjà partis en imagination. Chacun, du coup, s'abandonnait à de longues rêveries dont il s'arrachait avec des sourires d'excuses. Roy ne perdait pas pour autant l'espoir de les retrouver quelque jour à ses côtés, en Chine : *Aven-*

tures dans la jungle l'avait convaincu que Martin était l'homme de la situation. Ils en auraient pour cinq mois au minimum, un an peut-être, de tractations subtiles, de tracasseries multiples, avant de quitter Pékin. Qui sait ? Martin aurait peut-être terminé alors son film africain. L'Asie après l'Afrique, et les mers du Sud : n'était-ce pas un défi propre à entrer dans la légende ? Il attendrait jusqu'à la dernière limite, avait répété Andrews à plusieurs reprises et une dernière fois encore alors qu'il les raccompagnait en voiture. Martin avait hoché la tête. Oui, cela pouvait s'imaginer. Yvette et Osa s'étaient embrassées en pleurant : l'an prochain, qui sait ? à Pékin ou à Urga…

Ils partaient. La roue du temps s'emballait, qui ne leur laissait plus de répit. La semaine suivante, c'était au tour d'Akeley de s'embarquer. Bessie et Kalowatt s'étaient agrippées à lui toute la soirée en poussant de petits gémissements, comme si elles pressentaient quelque événement grave. Lui-même avait versé une larme en les embrassant sur le pas de la porte. Le lendemain, devant l'échelle de coupée du *Baltic*, Martin, John et Osa étaient restés éberlués devant son étrange équipe. Herbert Bradley et sa femme Mary avaient des allures de citadins partant à la campagne, la nurse Priscilla, folle de terreur, se signait en marmonnant de confuses prières, Martha, la secrétaire d'Akeley, ne desserrait pas les dents – seule la gamine, qui n'avait pas cinq ans, gazouillait, inconsciente. Herbert avait entrepris d'expliquer à la cohue de journalistes que le vélocipède allait révolutionner l'exploration de l'Afrique, Mary minaudait sous les flashs des photographes. Depuis qu'un journaliste avait lancé qu'Akeley emmenait avec lui des femmes pour attirer les gorilles mâles en rut la presse faisait ses gros titres sur l'expédition et le pauvre Akeley, bien sûr, n'intéressait personne quand il tentait d'expliquer le caractère pacifique des gorilles. Mary gloussait, ravie, quel sujet de roman ce serait, que l'amour d'un gorille ! D'autant qu'avec Herbert à ses côtés elle n'avait rien à craindre, n'est-ce pas, chéri ?

Dans quel pétrin Akeley s'était-il fourré ? « L'argent », avait répété Stefansson, une fois rentrés en ville. Mais c'est une semaine plus tard seulement, au détour d'une conversation, qu'ils avaient eu le fin mot de l'affaire : Akeley, pour décider le Muséum à supporter Martin, lui avait fait discrètement attribuer la moitié de sa propre subvention, le laissant, lui, pieds et poings liés à la merci de ses mécènes illuminés. Le brave cœur n'avait pas hésité à se mettre en péril pour aider le projet qui lui paraissait le plus essentiel. Et son ombre, désormais, allait les suivre tout au long…

Tout départ, fût-il vers les terres bienheureuses, s'accompagne de larmes. Ne disent-elles pas tout à la fois la perte et l'espérance ? Vous laissez derrière vous parents, êtres chers, habitudes, une part de vous-même, et dans le vide creusé par cette perte, demain, pourra venir le monde, toute la beauté du monde et ce frisson de l'inconnu qui, vous en faites déjà le pari, vous conduira vers une part de vous-même que vous ignoriez. Demain – mais aujourd'hui dans le temps suspendu de l'entre-deux, il n'est que les larmes, pour combler en vous ce vide immense…

Des larmes, il y en avait eu quand il avait fallu se rendre à l'évidence : Bessie, vu sa taille, ne pourrait pas les suivre. Bessie ! Elle était comme l'enfant d'Osa. Ne l'avait-elle pas dorlotée, cajolée, veillée quand elle était malade, bercée de comptines quand une brusque inquiétude l'agitait ? Et cette émotion, quand tout à coup elle venait se serrer contre sa poitrine, ou lui pressait la main, doucement… Elle était son enfant. Qu'il lui fallait maintenant abandonner. Elle avait argumenté, supplié, en vain. Martin cachait mal son désarroi, mais comment agir autrement ? Et c'est en larmes qu'elle avait fait le tour de New York, avant de la confier au zoo de Central Park, en larmes qu'elle lui avait dit adieu.

– Le regard de Bessie ! La pauvre savait. Elle était là, derrière ses barreaux, droite, silencieuse, qui nous regardait, jusqu'au fond de l'âme. On dit que certains animaux ont des regards presque humains… Presque ? Non : *plus* qu'humains. Parce qu'offerts, totalement offerts, sans défense. Il y avait une flamme, en elle. Et puis, tout à coup, celle-ci s'est éteinte. Et c'était comme si elle mourait. Là, devant moi…

Tant d'années après, Osa pleurait de nouveau devant moi, bégayait entre ses larmes :

– C'était comme… un sacrifice, tu comprends ? L'Afrique qui exigeait de moi, en droit d'entrée, que je sacrifie mon enfant.

Et le jour du départ, tandis que sur le quai la famille de Chanute réunie agitait les bras, c'est le visage de Bessie, encore, qu'elle voyait devant elle. L'Afrique déjà lui avait pris Bessie, que lui prendrait-elle encore ? Et que lui donnerait-elle en échange ?

DEUXIÈME PARTIE

La beauté du monde

Kenya, 1921-1922

I

Kalowatt, près d'Osa, gémissait doucement. Des bruits de voix arrivaient par bouffées, que rythmait le halètement des machines. Puis elle perçut l'odeur entêtante, pimentée, lourde de senteurs humaines – « l'odeur de l'Afrique », lui avait glissé un passager du *Leviathan*, à l'instant où la côte apparaissait à l'horizon, et les îles de cocotiers ondoyants qui annonçaient Kilindini, le port de Mombasa. L'Afrique ! Elle avait frissonné d'excitation, en se serrant contre Martin, mais celui-ci n'avait pas répondu à son étreinte, déjà à terre, comptant les caisses, avait-elle songé, déçue, ou bien se disputant par avance avec la douane. John, rouge brique sous son casque, avait secoué son fils d'une bourrade, détends-toi, mon garçon, demain sera demain, ce moment, sacré bon sang, tu ne le revivras plus ! Martin s'était excusé, de ce sourire de gamin pris en faute auquel elle n'avait jamais su résister. La côte s'était frangée d'écume, des pirogues chargées de régimes de bananes, de papayes, de mangues, qui portaient à leur proue des perroquets criards, convergeaient vers eux, le médecin maritime montait déjà à bord, au loin, des boutres aux voiles rouges et vertes glissaient, indifférents, vers des pays lointains, chargés d'or et d'épices – et la chaleur, peu à peu, les avait enveloppés, suffocante. Le palais rose du sultan de Zanzibar montait à l'horizon, et les murailles ocre du fort Jésus. L'Afrique, enfin !

Elle s'agita dans un demi-sommeil. Non, l'odeur n'était pas tout à fait celle de Mombasa : plus sèche, avec de loin en loin des bouffées de thym et d'herbes brûlées. Et tout lui revint d'un coup, le départ de Mombasa, la bousculade à la gare, la frénésie des porteurs, Martin serrant ses pellicules dans un wagon réfrigéré. Elle se redressa, retint un cri de douleur : les banquettes du Lunatic Express, pour être de première classe, n'en étaient pas moins de bois.

Martin et John, penchés à la fenêtre, paraissaient pétrifiés. Tirée, poussée par une Kalowatt impatiente, elle les rejoignit, les yeux encore mi-clos – et resta bouche bée. Ils avaient changé de monde. Ou plutôt ils flottaient dans une vapeur bleuâtre dissolvant tout contour. Le jour se levait à peine, des arbres aux branches contournées se devinaient çà et là, d'autres plus grands surgissaient de la brume comme les gréements d'improbables navires, des formes glissaient, furtives, dans les sous-bois, ou bien, immobiles, mufles levés, observaient le passage du train. Ils retinrent un cri quand un troupeau de buffles sortit, cornes dressées, regards pensifs, des derniers replis de la nuit, avant de disparaître tel un songe. Il n'y avait plus rien, ni rails, ni poteau, ni remblai qui suggérât quelque repère, le train errait, sans plus d'attaches, dans un monde fantôme, devenu lui-même fantôme. Toute une vie formidable se devinait, pourtant, dissimulée presque à portée de main. Même Kalowatt, impressionnée, demeurait silencieuse.

Puis une nappe d'or ondoya au ras de l'horizon, la lumière d'un coup déferla, balayant les pénombres, réveillant l'ocre des collines, incendiant les buissons, allumant des gerbes de perles aux branches encore humides. Un long frisson parcourut l'étendue, léger comme un soupir, et ce fut comme si les rideaux de quelque théâtre fantastique s'ouvraient à leur approche.

La savane africaine, déployée presque à l'infini… Et dans les herbes maigres, entre les buissons épineux, sous les acacias, des milliers, des dizaines de milliers d'animaux vaquant en troupeaux, paissant, jouant, se mêlant, aussi paisibles que vaches en leurs prairies. « L'Arche de Noé ! » murmura John. Il y avait en effet, en cet instant, comme une grâce, une paix, une innocence des premiers âges. L'air immobile était d'une incroyable légèreté. Le temps lui-même avait cessé de s'écouler. Des zèbres aux fesses rebondies broutaient parmi les gnous à la barbe blanche, aux pattes grêles, que surveillaient les calaos à longs becs rouges campés tels des bergers sur les troncs d'arbres morts. Des girafes timides, aux yeux immenses et vagues, se dépliaient, graciles, jusqu'au toit plat des acacias qu'elles effeuillaient d'une langue soyeuse se jouant des épines. Des phacochères bougons, hérissés de poils raides, de cornes et de pustules, fouillaient le sol, agenouillés, indifférents au va-et-vient alentour. Un brusque effroi précipitait bubales et antilopes en tous sens, leurs queues blanches dressées, puis le calme revenait, des autruches, curieuses, tendaient vers le train leurs cous roses. Des topis au corps de cerf et à la tête de chèvre somnolaient au sommet d'une butte. Dans les arbres proches jacassaient des grappes de singes indistincts, qu'ignorait superbement Kalowatt, des oiseaux lançaient leurs trilles vers le soleil naissant. Un instant, elle crut voir un groupe de lions endormis sous un énorme baobab, à un bond à peine d'antilopes broutant paisiblement. L'Arche de Noé, ou le jardin d'Eden. Qu'il pût y avoir tant d'animaux sur terre défiait l'imagination. Jamais, non jamais elle n'oublierait ce moment : l'Afrique leur souhaitait la bienvenue.

Ils avaient quitté Mombasa dans l'après-midi, traversé dans un nuage de fumée le pont qui reliait l'île au continent, longé des bananeraies, des plantations de sisal, de cocotiers, de manguiers, de papayiers. Le train s'arrêtait à chaque village dans un concert de sifflets, pris d'assaut par les habitants pressés de vendre fruits et lait. Puis de violentes trépidations avaient fait comprendre aux plus rétifs pourquoi un panneau à la gare conseillait aux porteurs de dentiers de les ôter dès le départ : sur l'essentiel de son parcours la ligne avait été construite à même le sol, sans ballast. Quand s'était-elle endormie ? Le train, pendant la nuit, avait dû traverser le désert de Taru, il commençait maintenant sa lente ascension vers Nairobi, ces collines, au loin, devaient être celles de Taita, les buissons allaient se faire plus rares, le ciel plus grand encore, vers Voi et les étendues de Tsavo…

– Je comprends mieux Carl Akeley ! s'écria soudain Martin.

Le corps à demi sorti du compartiment, on aurait dit qu'il voulait tout embrasser, faire entrer en lui l'immensité déployée devant eux. Il se retourna :

– Toute cette… Cette beauté, ça fait peur, non ?

Elle lui caressa doucement la main, en réponse. Elle aussi en avait eu le cœur serré, sans comprendre d'abord pourquoi. Ce miracle-là était hors du temps des hommes, il ne pouvait durer. Elle prit conscience de l'énormité de la tâche que leur avait confiée Akeley. « En garder au moins le témoignage, et que l'on sache, plus tard, que ce miracle fut. » C'étaient ses mots exacts – mais comment rendre pareille profusion, splendeur si écrasante ? Ils ne savaient rien de l'Afrique… Elle se serra contre Martin, très fort, devinant ses pensées. John avait raison, demain serait un autre jour. En cet instant, ils étaient seuls au cœur du monde.

Le raclement de gorge les fit sursauter. Le jet de salive grasse fila droit dans le crachoir, qui tinta sous l'impact. Ils avaient oublié leur voisin, un vieux broussard monté à Mariakan. Kalowatt, indignée, protesta bruyamment, le bras tendu, accusateur.

– Ma parole, mais elle m'engueule ! Elle parlerait pas, en plus, votre bestiole ?

Depuis le début, le gaillard gardait sur elle un œil suspicieux. Les singes, ça se balançait dans les arbres, on les mettait en cage, ou on leur tirait dessus un coup de flingot quand ils faisaient du boucan, ça ne mangeait pas avec une fourchette. Un coup de flingot ? Osa, déjà, sortait ses griffes. Kalowatt, c'était spécial !

– Et encore, vous avez de la chance. Si j'avais pu, j'amenais Bessie… Oui, mon orang-outang.

Un orang-outang ? L'homme avait hoché la tête, dégoûté : tout ça était plus que louche. Depuis, calé dans son coin, il suivait d'un œil narquois les enthousiasmes de ses compagnons de voyage.

« Non, mais, tu as entendu ? Il nous prend pour des pieds tendres ! » avait grogné John, excédé. Lui John Alfred Johnson, chasseur de bisons, soldat sous les ordres de Custer, vétéran de Little Big Horn, pris de haut par ce vieux saligaud poitrinaire ? Pieds tendres ! Et puis quoi, encore ? Il avait tâté le terrain, d'un air détaché :

– Ça me rappelle les bisons, vers les Black Hills, au temps de Custer. Comme les vagues de la mer, oui, jusqu'à l'horizon. Et quand ils partaient en *stampede*…

Mais l'autre l'avait contré, d'un crochet sournois :

– En somme, z'êtes jamais venu en Afrique.

John s'était cabré, les joues rouge brique :

– Vous savez qui vous avez devant vous ? Martin et Osa Johnson ! Les stars de l'aventure ! Bon sang ! Ils ont fait plusieurs fois le tour du monde, affronté les coupeurs de têtes des îles Salomon, la jungle à Bornéo !

– C'est bien ce que je dis : vous ne connaissez rien à l'Afrique…

Martin s'était interposé, avant que son père n'en vienne au pugilat. Cet *old timer* tanné comme vieux cuir, à la barbe en broussaille, l'air revenu de tout, lui plaisait bien, à lui – si semblable à ceux qui le fascinaient, dans son enfance, derniers témoins du temps de la Frontière qui, contre un verre, ou une chique, vous transfiguraient le monde en légende. « Pas trop tôt », avait eu l'air de dire le chasseur, ravi de tenir enfin un auditeur. Il s'appelait Dirk Sanders, rentrait en Ouganda. Il aurait dû le faire depuis longtemps : Mombasa, décidément, n'était pas fait pour les Blancs. Ville de miasmes, ville de fièvre – l'époque du vrai grand trafic s'achevait. L'Islam étendait silencieusement son pouvoir, un jour les Britanniques seraient boutés dehors sans avoir vu le coup venir. Nairobi ? Une ville de culs pincés qui se la jouaient façon gens du monde. Non : la vraie vie, c'était en Ouganda. Où personne n'avait encore eu l'idée de venir l'emmerder.

S'il y avait là-bas autant d'animaux que dehors ? Il avait haussé les épaules, dédaigneux. Beaucoup plus ! Et du gros. Ça, il y avait du fric à se faire ! L'ivoire des éléphants, les peaux de crocos, les cornes de rhinos pour les ramollis de la braguette qui croyaient qu'en poudre ça les ranimerait. Et puis tous ces richards venus s'offrir le grand frisson, qui se prenaient pour des cadors de s'être fait quelques dizaines de lions, d'éléphants ou de rhinos ! Un vrai carnage. Et pour lui toujours plus d'argent, pour mener la vraie vie. Sans compter que leurs femmes, généralement, s'ennuyaient ferme…

Osa s'était rebellée. Toute cette beauté ne méritait pas d'être préservée ? L'autre l'avait regardée, interloqué :

– Préservée ? Eh ! Vous vous croyez où ? Au jardin d'Eden, ce genre de conneries ? Dehors, ma petite dame, c'est la guerre ! Le grand carnage, toutes les nuits ! Dehors, la paix, ce matin, c'est juste la sieste des assassins repus !

Il allait cracher, à l'appui de ses dires, quand il avait croisé le regard de Kalowatt. Il s'était retenu, en grommelant.

– M'est avis que si vous voulez survivre ici, va falloir vous secouer. Et puis, bordel de Dieu, dites-lui, à votre bestiole, que ce n'est pas elle qui va me commander !

Un vrai chasseur, chaque muscle, chaque neurone, parfaitement adapté à l'Afrique, avait songé Martin. Qui allait tout détruire, sans états d'âme. Et lorsque toute la faune de l'Ouganda aurait été par lui transformée en alcool, en cigares, en orgies dans les bordels de Nairobi et d'ailleurs, il s'en irait. En Tanzanie, ou au Congo. Dans l'instant, Martin n'aurait su dire si le lascar le dégoûtait, ou s'il le fascinait…

Osa, elle, lui avait tourné le dos. Personne n'allait lui gâcher la splendeur de ce premier matin ! Se sentant observée, du coin de l'œil elle vit qu'il avait le regard posé sur son postérieur, tandis qu'elle se penchait à la fenêtre. Elle se retint de lui dire son fait, hésita. Et comme en défi, le cœur battant, et se demandant bien comment elle pouvait oser cela, elle se pencha plus encore, en accentuant la cambrure de ses reins. Et un trouble l'envahit quand elle entendit un soupir monter du fond du compartiment.

Voi, leur première halte du matin, se résumait à deux baraques au milieu de nulle part, faites de tôles récupérées, et d'un restaurant en fer galvanisé tenu par deux Hindous en uniforme kaki et fez rouge vif. Une foule bigarrée se pressait sur la voie, brandissant lait, fruits, victuailles dans des récipients improbables, la cloche de la gare tintait frénétiquement tandis que les wagons se vidaient en tumulte, des grappes de corps se déversaient par les fenêtres – à Mombasa, Osa s'était demandé comment il était possible d'entasser tant de passagers et tant de ballots dans des voitures si étroites, après douze heures de cahots les malheureux étaient à l'agonie, prêts à tout pour un peu d'air, le flux paraissait ne jamais devoir s'arrêter, à croire que tout Mombasa, le soir précédent, avait pris place dans le Lunatic Express, des gosses s'agrippaient à ses vêtements, « pstt », « pstt », « memsahib », en lui tendant ce qu'elle crut être du lait dans des boîtes rouillées, ou de vieilles bouteilles de gin, un Noir gigantesque se dressa devant elle que le broussard écarta d'une poussée – le restaurant surchauffé lui parut, par contraste, un havre de paix. « Tout à fait les cantines Harvey des bleds du Kansas, non, vous ne trouvez pas ? » s'écria Martin en se jetant sur une chaise. Ils éclatèrent de rire. Absolument ! Et ce fut dès lors à qui trouverait d'autres ressemblances. « La cloche ! » souligna John, hilare : la cloche de la gare sonnait *exactement* comme celle du vieux tortillard de la ligne de Santa Fe. « Les Noirs », ajouta Osa, pensive. Ceux qui les attendaient, à Voi, venaient d'un autre monde que ceux de Mombasa. Droits, la tête haute, une lance à la main, ils portaient leur quasi-nudité comme une parure. Chasseurs, bergers, ils étaient de la savane, accordés à elle – comme les Indiens à la Prairie. Et comme eux de parfaits dandies, se surprit-elle à dire, moins attachés à leur semblant de vêtements, peaux jetées négligemment, ou serrées à la taille, qu'à l'art subtil des ornements, bracelets, perles, plumes, crânes rasés, touffes artistement dégagées, ou chevelures prodigieuses enduites d'argile rouge et de graisse. Martin, étonné, approuva. Il n'y avait pas pensé, mais oui : des artistes d'eux-mêmes, à leur manière. Comme les Indiens de son enfance qui surgissaient de loin en loin autour des cantines Harvey du Santa Fe Railway…

– Un poste frontière, ça, vous pouvez le dire, renchérit le vieux Dirk, devenu tout à coup très disert, qui s'était invité sans façon à leur table.

L'ancienne frontière allemande se trouvait à une soixantaine de miles, et la jonction avec le chemin de fer allemand avait été ici l'enjeu majeur de la guerre : cinquante-huit attaques de l'ennemi en deux ans sous les ordres du colonel von Lettow pour empêcher que les Anglais n'atteignent la côte…

– Un foutu salopard génial, celui-là ! Juste une poignée d'hommes sous ses ordres. Et il a trouvé le moyen de bloquer 250 000 hommes pendant quatre ans. Empêchés de rejoindre le front, en Europe.

Trois ans plus tôt la région était encore un champ de bataille où avaient péri 5 000 hommes… Aujourd'hui, les quelques pionniers qui s'étaient accrochés tentaient de lancer la culture en grand du sisal – avec le café, probablement la chance du Kenya de demain.

– C'est tout de même curieux, commença John, et chacun leva la tête, attendant la suite.

Dehors, les employés du Lunatic Express s'activaient à charger le bois pour la locomotive, dans un ballet de torses luisants, sur le pas de la porte des gamins aux yeux sombres observaient en silence les nouveaux venus.

– Comment se fait-il qu'en contrée étrangère on soit plus impressionné, dans le fond, par ce qu'on retrouve de chez soi que par les choses vraiment nouvelles ?

Le petit déjeuner fut apporté, si exactement britannique qu'ils éclatèrent de rire. Un bruissement étonné monta de la porte lorsque Kalowatt, installée sur les genoux d'Osa, piqua sa fourchette dans une saucisse. En un instant la foule se pressa, intriguée, incrédule, enthousiaste, pour découvrir le phénomène. Seul Martin, les sourcils froncés, le nez dans son assiette, paraissait indifférent à l'agitation alentour, ruminant l'interrogation de son père restée sans réponse.

C'est seulement au-dehors, tandis qu'il aidait Osa à monter dans le train, que son visage s'éclaira :

– John a raison, tu sais ? Je me demande si ce n'est pas ça l'idée, pour notre film : la nouvelle Frontière ! La légende de l'Ouest qui se prolonge !

– À tout hasard, je te signale qu'on est là pour filmer des animaux.

– Et que, question protection des animaux, on a fait mieux que dans l'Ouest. Crois-en un chasseur de bisons, ajouta John en se rengorgeant.

– Justement ! La deuxième chance à ne pas rater. Ferons-nous subir aux éléphants le même sort qu'aux bisons ? Oui, c'est ça l'idée…

John et Osa échangèrent un regard entendu. Décidément, Martin ne perdait jamais le fil.

Ce que le vieux dur à cuire traduisit à sa manière :

– Y pense jamais à la bagatelle, votre mari ?

Le train s'ébranla dans un nuage de fumée. Les Noirs couraient sur la voie, sautaient pour toucher la vitre, hilares. Très digne, à la fenêtre, Kalowatt salua une dernière fois la foule de ses admirateurs.

Plus tard, ils diraient, de ces premières heures irréelles, qu'ils n'avaient encore rien vu…

À peine étaient-ils sortis de Voi, après les dernières plantations de sisal, qu'il surgit, nimbé de l'or du matin, immobile tel un bloc de roche, perdu dans quelque rêve. Osa poussa un cri qui les précipita tous à la fenêtre. Rouge était l'éléphant, de stature gigantesque. Et rouges les trois autres qu'ils découvrirent, passé la première courbe. Ils restèrent silencieux jusqu'à ce qu'ils disparaissent, tels d'improbables songes. « Latérite », dit le broussard, plus impressionné qu'il ne le laissait paraître – et ils se souvinrent que Carl Akeley l'avait évoqué un soir, comme les éléphants de Voi et de Tsavo se roulaient dans la terre rouge jusqu'à en être entièrement recouverts. Mais ce n'était pas seulement ce rouge, fantastique, cette masse, énorme, qui les retenaient à la fenêtre de leur compartiment : il y avait la mémoire, en ces montagnes de chair, d'un âge d'avant le temps des hommes.

Puis la pente se fit plus raide, dévoilant les vastitudes des hautes plaines de Tsavo, griffées de loin en loin de bosquets noueux d'acacias ou de mimosas. L'ondulation d'une ligne de bosquets, parfois, un filament brillant deviné entre les herbes dans le miroitement de la chaleur, révélaient la course d'un maigre ruisseau, et jusqu'à l'horizon sans cesse élargi se déployaient les hordes serrées de tous les animaux de la Création mêlés, si denses qu'elles paraissaient devoir engloutir rails et train comme le jusant efface les traces sur le sable. Des autruches penchaient la tête, intriguées, avant de s'élancer à côté de leur voiture – jusqu'à ce que, lassées par la lenteur du train, elles regagnent la plaine d'un brusque élan, éparpillant un troupeau de zèbres affolés. Une famille de babouins attendait sagement le train, alignée le long de la voie, comme des clients s'apprêtant à y monter. Après le passage du train ils les virent traverser en file indienne. Une dizaine de girafes, immobiles, leurs longs cous ployés, se laissèrent frôler sans le moindre signe de crainte.

– La semaine dernière le train en a percuté une. Sans parler de celles qui se coincent la tête dans les fils du télégraphe ! expliqua le chasseur, pris soudain de velléités pédagogiques.

Le train sifflait presque sans discontinuer pour dégager la voie encombrée de troupeaux somnolents. Par moments il n'avançait plus qu'au pas, et dut même s'arrêter quand un flot serré de gnous se mit en tête de passer – si étranges, avec leur corps de chevaux surmontés d'une tête de bœuf plantés sur des pattes grêles d'antilope, et l'arrière-train si fuyant qu'ils donnaient l'impression, sur le plat, d'escalader un raidillon.

– Encore heureux que ce soit pas des éléphants, grommela Dirk. La dernière fois, on a été bloqués pendant deux heures par un troupeau en migration. Et pour enlever une idée d'un crâne d'éléphant…

Des rhinos levaient la tête aux sifflets du train, vaguement irrités, esquissaient une ruée, sans conviction excessive, puis gagnaient l'ombre d'un acacia.

– Quand les femelles sont en chaleur, eh-eh, c'est une autre paire de manches ! Sont complètement bigleux, les saligauds, mais sacrément jaloux ! Une fois, un vieux lascar a pris la loco pour un concurrent. La loco n'a rien eu. Mais le vieux a dû se payer un sacré mal de tête pendant un bout de temps.

L'air se faisait plus vif, malgré le soleil levé. Un virage, parfois, révélait, très loin, à main gauche, le sommet étincelant du Kilimandjaro, avant que le train ne dévale une nouvelle colline, et reprenne, soufflant, sifflant, l'interminable ascension vers Nairobi. Ils comprenaient mieux, maintenant, pourquoi les premiers passagers l'avaient nommé le Lunatic Express…

Une folie, dès le départ. Dans l'esprit de ses promoteurs, en 1896, il s'agissait de relier l'Ouganda, tenu pour la perle de l'Afrique de l'Est, à la mer et à Mombasa, loué aux Britanniques par le sultan de Zanzibar – et de contenir ainsi la poussée des Allemands. Sans la moindre idée, il est vrai, des difficultés à affronter. Le Kenya n'était encore qu'un entre-deux à peu près inconnu, les cartographes progressaient en fait au rythme des voies. Peste, dysenterie, malaria, septicémie, choléra, chiques qui conduisaient à tous coups à l'amputation des orteils, moustiques, sécheresses terribles, pluies diluviennes – soixante-dix centimètres en novembre 1896 –, inondations soudaines emportant sur leur passage ponts et viaducs fraîchement construits, succession de déserts, de jungles, de montagnes abruptes, grèves, émeutes, l'affaire avait vite tourné au cauchemar. Les fonctionnaires du Foreign Office, à Londres, s'arrachaient les cheveux : cette entreprise allait tout simplement ruiner la Couronne ! Les Noirs des tribus alentour refusant pour la plupart de jouer aux terrassiers, il avait fallu importer depuis l'Inde une main-d'œuvre de plus en plus nombreuse au fil des mois, trente-deux mille au total, employés, charpentiers, maçons, terrassiers, coolies qui tombaient comme des mouches, deux mille cinq cents morts et six mille invalides avant de toucher enfin aux rives du lac Victoria, le 20 décembre 1901. Vingt et un ponts, trente-cinq viaducs, mille deux cent quatre-vingt-un petits ponts ou tranchées et tunnels, une montagne de près de trois mille mètres à escalader – une folie, oui, de 5 millions et demi de livres ! Alors qu'à l'époque il n'y avait guère plus de douze Européens à tenter de cultiver la terre dans tout le Kenya…

Calé au fond du compartiment depuis qu'Osa avait discrètement repoussé ses élans pédagogiques, le broussard était intarissable. John, en face de lui, était aux anges : n'était-ce pas tout à fait l'épopée de l'Ouest américain, ça, quand le « cheval de fer » affrontait la Prairie, perçait les Rocheuses, défiait les Indiens – ou que le bataillon des Mormons ouvrait le Santa Fe Trail, à travers le désert. Ah ! C'était le bon temps !

– Et il y avait aussi, euh, enfin… des dames ? Je veux dire, des saloons ?

– Des putes ? Et comment ! Et puis des maisons de jeux dès que le camp était établi…

Martin regardait son père, éberlué. Jamais il ne l'avait vu ainsi ! Malgré la poussière, la chaleur, les cahots, il paraissait rajeunir à chaque tour de roue.

– D'ailleurs, si je te disais qu'à l'époque de Custer les petites Indiennes des Black Hills…

Dirk avait haussé les épaules. Non, rien n'avait approché la démesure de l'épopée du Lunatic Express…

– Et encore ce n'est rien… commença le chasseur, alors qu'ils étaient descendus se dégourdir les jambes pendant que les employés chargeaient du bois. Pire que la malaria, pire que la peste, il y a eu les lions mangeurs d'hommes…

Martin dressa l'oreille. Dirk tendait la main vers un repli de terrain long d'un demi-mile, où poussaient des herbes coupantes qui arrivaient à hauteur d'épaules.

– Vous voyez pas ? Y a des lions, là-bas !

Les occupants des autres wagons, empilés les uns sur les autres, couverts de poussière, la bouche ouverte à la recherche d'un peu d'air, n'avaient pas bougé.

– Eh ! Ils savent bien l'histoire, eux ! Préfèrent crever de chaud plutôt que d'être mangés !

Les herbes frissonnèrent, un léger feulement monta des profondeurs du vallon, une lionne apparut, puis une autre. Apparemment indifférentes, elles disparurent aussitôt.

– Tout a commencé au centième mile, à Voi…

Le superviseur O'Hara dormait dans sa tente quand un lion avait surgi et l'avait emporté, sous les yeux de sa femme et de son fils, pour le dévorer à quelques pas du camp. Personne n'avait osé intervenir. Arrivés à la rivière Tsavo, en février, les coolies affolés refusèrent d'aller plus loin, la nuit retentissait de rugissements furieux qui faisaient trembler la terre, un vent de terreur passait sur le camp, tous se serraient autour des feux. En vain : un ou deux hommes manquaient chaque matin, dont on retrouvait les restes non loin. Vingt-huit coolies avaient été tués avant que le colonel Patterson décide d'user des grands moyens. Le calme revint quand il eut abattu deux lionnes, après des jours de traque. Pas pour longtemps. À Kima, un mangeur d'hommes emporta le superintendant Ryall venu tout exprès pour l'abattre. On le retrouva un matin égorgé, éviscéré, une jambe manquante. Du coup, tous les chasseurs du Kenya, alléchés par les primes, se mirent de la partie. Douze lions furent abattus en quelques semaines – mais à Simba l'horreur recommença. Les hommes, à bout, refusèrent tout net de continuer : ce continent ne voulait pas d'eux, rassemblait toutes ses énergies, ses magies, ses mystères, pour les repousser. Six hommes avaient été emportés quand un riche prince hindou amateur de trophées se présenta au camp, sûr de lui. Il repartit le lendemain… La nuit venue, à l'heure où tous dînaient, un lion avait jailli dans le cercle de lumière et emporté un des hommes, puis à quelques pas, au vu de tous, avait entrepris de le manger. Une pluie de balles s'était abattue sur le tueur, dont celles du prince qui ne manquait jamais sa cible, preuve s'il en fallait que c'était un esprit qu'ils avaient là devant eux, un démon, l'esprit même de l'Afrique venu les refouler ! Le lion, agacé, s'était contenté de reculer de quelques pas, dans le noir. Et chacun avait pu entendre, entre les vaines détonations et les feulements du fauve, les craquements des os broyés…

– Ils procèdent toujours de la même manière, expliqua Dirk, d'un ton détaché. D'abord ils lèchent leur victime, et leur langue est si râpeuse qu'ils leur arrachent la peau. C'est seulement lorsqu'ils ont bu tout le sang qu'ils attaquent les chairs. Toujours par les pieds. Et puis après, les jambes, les bras, avant les boyaux…

Le train repartait quand un grand lion apparut en lisière des herbes. Osa aurait juré qu'il les avait fixés, intensément.

– Et… ils mangent les hommes encore aujourd'hui ?

Dirk haussa les épaules :

– À mon avis, c'était de la faute des coolies. Règlements, primes, je t'en fiche ! Ils refusaient d'enterrer leurs morts. Sûr, c'était plus vite fait de les abandonner à l'écart, et que les vautours fassent le boulot. C'est comme ça que les lions ont commencé à goûter la chair humaine…

– Le gibier habituel ne leur suffisait donc pas ? s'étonna Martin : des milliers de gnous, d'antilopes, ils n'avaient qu'à se servir !

Dirk sourit.

– Eh ! C'est tout le mystère. Peut-être bien que les coolies avaient raison. Toutes les forces de l'Afrique s'étaient juste liguées pour arrêter l'invasion qui allait la détruire.

– La détruire ?

– Ou bien alors, c'est qu'ils préféraient la chair humaine. Parce qu'elle est plus salée que la meilleure pièce de venaison…

Osa sursauta, et chuchota, dans le dos de Martin :

– Demande-lui donc comment il sait ça.

Dirk la regarda, narquois, un sourire entendu aux lèvres, mais ne répondit pas.

– Curieux, non, que ce soit toujours les tueurs qu'on trouve les plus beaux ?

Osa protesta avec une vigueur qui la surprit. C'était bien d'un chasseur, cela ! La beauté du monde, elle l'avait approchée avec Martin, dans les îles des mers du Sud, dans certains matins clairs quand leur bateau paraissait flotter dans les airs, ce pouvait être une fleur, un oiseau magique, c'était la course lente des girafes tout à l'heure, c'était la paix de la savane, depuis des heures… L'autre haussa les épaules :

– Foutaises ! On dit ça. Jusqu'à ce qu'on se trouve face à face avec un lion. Alors là, ma petite dame, sauf votre respect, vous sentez vos burnes vous remonter dans le gosier. Et quand il charge, droit sur vous…

Il baissa la voix, et tous se penchèrent vers lui, impressionnés :

– Alors là, vous *voyez*. Tout. Exactement tout. Chaque seconde, chaque fraction de seconde… bon Dieu, on dirait qu'elle se dilate aux dimensions…

Il hésita, tendit le bras d'un geste qui agrandit leur voiture jusqu'au fond de l'horizon.

– Ouais, de l'univers entier. Et chaque millimètre de peau, chaque gramme de muscle, chaque nerf, vous les voyez en mouvement, et c'est le mouvement *exact*, il n'y en a pas d'autre possible, et en cet instant-là vous ne faites plus qu'un avec le lion, vous ne faites plus qu'un avec le monde, oui, le monde, exactement. Ah ! Si seulement j'avais les mots ! Mais vous verrez, Finch Hatton, lui, il les a. Vous le rencontrerez à Nairobi, forcément. Et là vous comprendrez. Parce qu'un lion chassé à pied, il vous charge à partir de trente mètres. Trente mètres ! Ça vous laisse deux secondes pour tirer. Trois, au maximum, s'il est un peu mollasson. Deux secondes, ma petite dame, pour savoir ce que c'est, la… oui, la beauté du monde.

Osa secouait la tête. Non, la beauté, c'était la vie, au contraire. Et, nom d'une pipe, qu'il cesse de prendre ces airs supérieurs, la mort, elle l'avait frôlée chez les Big Nambas cannibales, et ça n'avait rien d'exaltant ! Kalowatt, dans les bras d'Osa, avait foudroyé le broussard d'un air menaçant.

– Le léopard n'est pas mal non plus, remarquez, poursuivit l'autre, perdu dans ses pensées. Deux fois plus étroit que le lion, de face, et encore plus vite. Juste un éclair de lumière jaune et il est sur vous. Eh bien cette seconde-là, elle dure sacrément longtemps, croyez-moi ! Parce qu'avec lui… Un lion, encore, si vous restez calme, il vous mâchouille juste un bras, une jambe, et puis il se casse. Enfin, des fois. Tandis qu'un léopard… Direct au visage, les griffes dans les yeux, les crocs dans la nuque, pendant qu'il vous éventre avec les pattes arrière ! Bon Dieu, il est peut-être encore plus beau que le lion, le saligaud !

Combien de fois faudrait-il lui répéter qu'ils venaient filmer des animaux, pas les tuer ? Mais le vieux lascar était du genre têtu :

– Parce que c'est pas la même chose ?

Et comme elle paraissait ne pas comprendre :

– Vous comptez les filmer comment, vos bêtes ? Comme des vaches dans un pré ? Le temps de sortir une caméra, là-dehors, il n'y aura plus personne ! Le seul moyen, vous verrez, c'est de les faire charger. Et là, vous aurez intérêt à savoir tirer…

La cloche tinta, annonçant une halte. Trois huttes de tôles, une cantine Harvey surgirent des tourbillons de fumée, répliques exactes de celles de Voi. « Kiu », disait le panneau – dernière station avant Nairobi. Dirk se pencha à la fenêtre :

– Quand je vous parlais de tueurs…

Ils se tenaient droits, immobiles, d'allure si fantastique qu'Osa, surprise, ne put retenir un cri. Les hanches étroites, les jambes interminables, aux attaches fines, leur minceur les faisaient paraître gigantesques, mais leurs épaules larges, leur cou puissant disaient une force féline. Vêtus d'une cape couleur de terre, la lance à la main, les traits d'une finesse extrême, ils posaient, les yeux dans les lointains, avec la grâce insolente des seigneurs.

– Les Massaï…

Et pour une fois, il y avait dans la voix du chasseur quelque chose comme de la crainte. Personne n'avait jamais pu les asservir. L'administration britannique s'était bien gardée de s'y frotter. Bergers, nomades, terribles guerriers, ils professaient un absolu mépris pour tout ce qui n'était pas eux. La terre entière était leur royaume – et Dieu leur avait fait don, aux origines des temps, de tous les troupeaux de la Création, descendus pour eux sur la courbe d'un arc-en-ciel. Voleurs de bétail ? Ils se servaient, simplement, chez les uns et les autres, dans ce qu'ils tenaient pour leur bien de droit divin. Ils se nourrissaient exclusivement du lait de leurs troupeaux, et du sang qu'ils prélevaient par une incision à la carotide de leurs bêtes, prestement refermée par un morceau de bois. Certains soutenaient que leur stature tenait à leur régime alimentaire. D'autres leur prêtaient des origines fabuleuses, caucasiennes, celtiques, tribu perdue d'Israël, derniers Atlantes : comment comprendre autrement cette beauté ? Ceux-là ne pouvaient pas être tout à fait de ce monde…

– Des « moranes », chuchota Dirk. Des guerriers sur la piste !

Ils n'esquissèrent pas un geste, restèrent sans expression quand Osa et John passèrent devant eux. À se demander s'ils les avaient seulement vus. Que voulaient-ils, au juste, demanda John, qu'attendaient-ils ainsi ? Dirk eut un geste d'ignorance. Qui pouvait comprendre un Massaï, sinon un autre Massaï ?

Pendant une dizaine d'années, au sortir de l'adolescence, les jeunes Massaï, devenus « moranes », vivaient loin du reste du village, protecteurs du bétail, razzieurs à l'occasion chez les voisins, chasseurs, guerriers surtout, au rythme d'une longue et cruelle initiation – jusqu'à l'épreuve ultime, qui témoignerait de leur virilité : l'affrontement avec un lion. Armé d'une sagaie…

La seule chose qui les intéressait, en dehors de ça, poursuivit le broussard, était leur beauté. Leurs cheveux longs, mêlés de fibres de sisal tressées en natte autour d'une cordelière, tenus au front par une lanière de cuir, leurs bijoux, leurs bracelets, les perles qu'enfilaient pour eux les jeunes filles leur donnaient un chic fou. Les nomades entrevus à Voi, en comparaison, paraissaient de maladroites esquisses…

– Le plus difficile a été l'installation du télégraphe. Quand il a fallu leur expliquer que les fils n'étaient pas là pour qu'ils en fassent des bracelets. Enfin, expliquer… disons que ça s'est négocié autour de quelques centaines de têtes de bétail. Pensez : renoncer à des kilomètres de bijoux !

Leur initiation, le raffinement de leurs ornements, leurs armes décorées de plumes n'étaient que des figurations du combat à venir, leur manière d'apprivoiser la mort, se surprit-elle à penser, de l'épouser en l'enserrant dans un jeu de formes, des rituels complexes. Le vieux Dirk l'avait bien prise au piège de ses théories…

John et le vieux Dirk s'installaient bruyamment dans la salle, appelaient à la rescousse le garçon hindou, Martin, sur la voie, vérifiait que le wagon frigorifique où étaient stockées ses pellicules fonctionnait toujours. Osa s'attarda sur le pas de la porte. Trois jeunes moranes s'éloignaient, d'une démarche raide et pourtant aérienne, les autres restaient immobiles. « Pour eux, nous n'existons même pas », se dit-elle, troublée et un peu dépitée. Ce port de tête, cette manière de poser tout en étant ailleurs : ils étaient clos, dédaigneux, sur la certitude de leur perfection. Des statues vivantes. Elle tenta d'accrocher leur regard, mais leurs yeux étaient de pierre. Leur cape de peau, attachée sous les omoplates, cachait seulement le devant de leur corps. Elle s'enhardit, s'attarda sur le dessin de leur dos, la cambrure de leurs reins, le galbe de leurs fesses nues, étroites et hautes, l'attache de leurs cuisses. Il y avait en chacun d'eux une violence totalement maîtrisée, et du coup chaque pose, chaque esquisse de geste prenait des airs de défi. Des fauves, exactement. Et les plus beaux hommes qui lui aient été donné de voir... Un des moranes, le regard absent, fit deux pas vers elle avec une grâce insolente, avant de se figer. Une folle envie lui vint de caresser cette peau au grain de soie, de sentir sous ses doigts tressaillir ces muscles fins – comme on caresse un chat, se dit-elle, pour contenir son trouble. Son cœur fit un bond, battit la chamade, si fort qu'elle dut s'appuyer à la porte pour ne pas défaillir. L'homme, une fraction de seconde, l'avait regardée. Comme on regarde une femme. Elle se sentit nue, à son tour. Dans un bourdonnement affolé, elle entendit Martin s'approcher, s'écrier qu'il leur faudrait un jour filmer une chasse au lion par les Massaï, Dirk, derrière elle, répétait, avec son petit rire exaspérant :

– La beauté des tueurs !

Elle eut l'intuition que c'était l'Afrique elle-même qui l'avait regardée. Ce voyage-là ne serait pas simplement un périple de plus dans leur vie déjà aventureuse...

II

Exactement Wichita, dans le Kansas, décréta John, en rajustant son dentier, sur le quai de la gare. Après les échoppes aux odeurs de poivre et de cannelle, les mosquées blanches et les palais de Mombasa, après les stations fantômes du Lunatic Express, voilà qu'ils débarquaient en Angleterre, ou aux États-Unis, ramenés par magie à leur point de départ. Ni casques coloniaux ni vêtements de brousse, ni ces épaves épuisées de chaleur et d'alcool rencontrées tant de fois dans les mers du Sud : devant eux des hommes aux allures d'employés de bureau vaquaient à leurs affaires en gilet et complet-veston. Dans la grande salle où se croisaient des porteurs en chemises kaki à pans flottants, des vitrines exposaient les articles de luxe qu'on trouverait en ville chez les meilleurs commerçants. Un kiosque à journaux, un restaurant, complétaient l'illusion. Nairobi était peut-être une ville frontière, vieille de vingt-cinq ans à peine, mais au dernier chic anglais. Le vieux Dirk avait haussé les épaules : des culs pincés, oui ! Il lui tardait maintenant de rejoindre son Ouganda. Ici, il n'y avait plus guère que Happy Valley où l'on pouvait retrouver l'atmosphère des premiers temps – même si ce n'était pas précisément pour les dames.

– Enfin, vous voyez ce que je veux dire. Encore

que… bon Dieu, m'est avis que la vôtre est une sacrée bougresse !

Martin avait éclaté de rire. Pour Dirk, de toute évidence, c'était un compliment.

L'illusion se prolongea dans la rue, où s'allongeait une file de taxis. Devant eux se déployait une ville moderne, pavée et éclairée, des bâtiments de pierre grise à étages, des magasins, des bureaux. Quelques officiers britanniques, le dos raide dans leurs uniformes kaki, la badine sous le bras, déambulaient parmi les colons et les commerçants en costumes de ville. Des Anglaises en toilettes, ombrelles à la main et l'air en représentation, s'attardaient devant les vitrines rutilantes, suivies par des servantes noires portant leurs enfants sur le dos. Des fermiers boers en culottes de cheval et chapeaux à larges bords, de toute évidence en visite, paraissaient gauches et empruntés devant elles. Kalowatt, ravie de retrouver l'atmosphère citadine, s'installa d'office près du premier chauffeur, après un salut quelque peu protecteur en direction de Dirk, tandis que John et Martin tentaient d'ordonner le ballet des porteurs.

« Le pire choix possible pour un camp permanent », avait rapporté le médecin-chef Boedeker en 1896, alors que commençaient les travaux de l'Uganda Railway. Rien qu'un point d'eau boueux fréquenté par les Massaï, entouré de marais fétides, infestés de moustiques, de chiques, ravagé par la malaria – et malgré cela, malgré la peste, les incendies, les attaques des fauves, « enkara nyarobi », le lieu des eaux froides, avait supplanté Mombasa en quelques années comme capitale du Protectorat Britannique d'Afrique Orientale, devenu depuis quelques mois la colonie du Kenya. Peut-être était-ce pour cela, pour repousser au plus loin la sauvagerie initiale du lieu, suggéra Martin, que les nouveaux colons s'étaient obstinés à reconstituer un petit bloc d'Angleterre…

À moins que ce ne fût qu'un décor dressé là pour l'accueil des nouveaux venus. Passé le premier carrefour, les bâtiments en pierre faisaient place peu à peu à des constructions de tôle, et les pavés à la poussière. La grosse chaleur de midi s'estompait, la population jusque-là confinée dans la pénombre des bureaux reprenait possession de la rue, une lumière rase baignait toute chose dans un halo cuivré. Bientôt le taxi dut avancer au pas, bloqué par la cohue bon enfant. La ville anglaise perdait à chaque tour de roue son aspect compassé, cédait sous la pression de tout ce qu'elle avait jusque-là tenté de contenir, Hindous en pantalons bouffants serrés aux genoux, femmes aux yeux sombres, aux gestes gracieux, dans leurs saris multicolores, portant bracelets et bijoux avec des airs de reines, Arabes dédaigneux en turbans, femmes voilées sans regard glissant tels des fantômes, soldats noirs paradant en uniformes kaki et fez rouge, serviteurs en « kouzas » blancs pareils à des chemises de nuit, femmes kikuyu chargées de piles de fruits et de légumes et c'était un tohu-bohu de chariots, de carrioles attelées à des mules, de rickshaws tirés par des Noirs en chemises flottantes et longs shorts fonçant à toute allure dans les foule des piétons, c'était toute l'Afrique submergeant l'Angleterre, s'écria John en riant de bon cœur. Une bicyclette montée par un Noir gigantesque à demi nu, les cheveux en pyramide enduits de terre glaise, se jeta presque sous les roues du taxi, le contraignant à piler dans un tonnerre de jurons. Osa éclata de rire : un « bobby » noir, au carrefour, tentait en vain d'ordonner la circulation avec des airs de dignité offensée. Pour un peu on se serait cru à Piccadilly Circus.

Le Norfolk Hotel, déjà, était une légende : le rendez-vous obligé des chasseurs et des sportsmen, « le Claridge de Nairobi », avait résumé Carl Akeley, le prolongement du Ritz et du Savoy pour tous les membres de la gentry en mal d'aventures, lassés des salles de jeux de Biarritz et de la neige de Saint-Moritz, du polo et du yachting. Mais c'était aussi le lieu où l'on savait trouver, retour d'expédition, les grands chasseurs professionnels sans lesquels aucun safari n'était concevable, les Finch Hatton, Bror Blixen, Philip Percival, J.A. Hunter, dont on se répétait les exploits avec emphase. Et ce mélange de raffinement et de brutalité frappait le nouveau venu dès l'entrée, dans le hall décoré d'une telle accumulation de trophées qu'on aurait dit que ces animaux sauvages accrochés aux murs menaçaient à chaque instant de reprendre vie, et de déferler en rugissant parmi les meubles délicats, les porcelaines fragiles, les coupes de champagne. À moins que ce ne fût l'inverse, se surprit à penser Osa : que la sauvagerie fût l'envers de cette affectation de raffinement…

Tandis que Martin et John s'inquiétaient à la réception de la garde des caisses de matériel empilées à l'entrée, elle s'aventura dans les pièces du rez-de-chaussée, salle à manger surchargée de glaces, de lustres étincelants, salle de billard, salons aux cuirs profonds, aux bois sombres – et elle recula sous le regard des hommes présents, redevenue, devant leur chic négligé et tout ce qu'il suggérait d'aristocratique insolence, la petite provinciale de Chanute qui courait se cacher à l'arrivée des visiteurs. Le vieux Dirk n'avait pas tort : ceux-là n'étaient pas du même monde qu'elle…

– Mais, monsieur, nous gardons les bagages de nos clients en safari pendant des mois ! Et jamais, je vous assure…

Le gérant paraissait sidéré qu'on pût mettre en doute la garantie de l'hôtel. Martin, guère impressionné, s'obstinait : à quelle température pourraient être conservées ses pellicules ? Osa fit à John un clin d'œil complice. Martin ne laissait jamais rien au hasard. Pour l'heure, elle-même n'aspirait plus qu'à un bain chaud, et à un bon lit. Le voyage l'avait brisée. Et Kalowatt, qui la tirait depuis un moment par la manche, partageait son point de vue. John, quant à lui, dodelinait de la tête, en luttant contre le sommeil. Le lit ? Ce sera pour plus tard, annonça Martin. Osa était même priée de se faire belle sans tarder. Blayney Percival les faisait prévenir qu'il n'avait pu se rendre à la gare, mais qu'il aurait le plaisir de leur souhaiter tout à l'heure la bienvenue, autour d'un verre. Et Carl Akeley lui avait assez répété que le succès de leur mission dépendrait largement du soutien que voudrait bien leur apporter Arthur Blayney Percival…

Il était bien tel que décrit par Akeley : grand, sec, les manières brusques et le ton sarcastique, mais une pointe de malice dans le regard démentait son apparente rudesse. Osa, qui d'abord avait imaginé de se mettre au diapason du lieu par quelque toilette, se félicita d'avoir choisi la simplicité : Percival avait gardé sa veste de chasse, ses habits de broussard, qu'il portait avec une suprême élégance dans le tourbillon de poses affectées, de toilettes extravagantes du bar. Martin, lui, n'avait d'yeux que pour les photographies et les trophées aux murs.

– C'est un peu comme être reçu une deuxième fois au Club des Explorateurs…

D'ici étaient partis Theodore Roosevelt, Radclyffe Dugmore, C.G. Schillings, Kearton, Paul Rainey, Carl Akeley, tous ceux qui avaient tissé la légende du Kenya. Percival haussa les épaules.

– C'était autrefois, cela. Avant la guerre. Si vous aviez connu cette époque ! Un peu folle, sûr. Le commissaire de police, en face, a dû s'arracher les cheveux bien des fois…

Il rit, et rajeunit dans l'instant de dix ans. Ses yeux étaient incroyablement bleus. Lord Delamere qui s'obstinait, chaque samedi, dès qu'un peu éméché, à descendre à la carabine, depuis la véranda, toutes les lampes de la rue, à commencer par celles du poste de police, Charles « Buffalo » Jones déboulant un jour dans la rue principale avec ses cow-boys mexicains tenant un rhinocéros capturé au lasso, Pearson, qui sautait à cheval pardessus la table de la salle à manger sans briser un seul verre : des gamineries, oui…

– Mais la vie, alors était… plus large. Aujourd'hui…

– Décidément, il est écrit que partout j'arriverai trop tard ! Vous savez que j'ai failli être de l'expédition de Roosevelt ? J'étais de l'aventure du *Snark* dans les mers du Sud quand Jack London, malade, a dû renoncer à poursuivre. J'avais écrit à Roosevelt. Malheureusement, ma lettre est arrivée trop tard, son équipe était déjà formée…

Une lueur amusée dans le regard de Percival fit taire Martin. Akeley, incorrigible bavard, avait dû raconter tout cela… Akeley ! Où était-il, à cette heure, sur la piste de ses gorilles ?

– Oh ! je viens juste de recevoir une lettre de lui, dit Percival. Postée le 20 août à Capetown. Elle est pour vous, aussi. Il partait le lendemain avec sa fine équipe. En train, jusqu'aux chutes Victoria. Histoire, sans doute, de faire plaisir à son mécène. De là, il comptait gagner Elisabethville, puis Bukama, toujours en train, remonter la Lualaba, et atteindre Albertville sur le lac Tanganyika. Après, cap sur le lac Kivu, et les monts Virungas. Tout allait bien, il paraissait d'humeur joyeuse, ils n'avaient pas encore sorti – Percival eut une moue dégoûtée – les bicyclettes. Sacré Carl ! Des bicyclettes… Mais vous savez, pour une page sur lui, il y en avait dix sur vous deux. Mes instructions ! Crénom, une vraie mère poule…

Un groupe de jeunes gens pénétra dans la pièce en menant grand tapage. Une femme, pommettes rouges, trébucha contre leur table et son rire fusa, haut perché. « Champagne, violons et barbarie », grommela Percival :

– C'est la guerre, qui a tout changé ! La guerre qui se poursuit ici…

Et comme ses interlocuteurs ne paraissaient pas comprendre :

– Non, pas celle menée contre von Lutow : la grande guerre, dans les tranchées d'Europe. J'ai mis du temps à le comprendre : ce vertige de destruction, c'est la guerre, entrée en eux… La guerre qui continue.

Il eut un petit rire, grinçant :

– Au son des bouchons de champagne.

Le Kenya avait déjà connu des hécatombes de gibier. Pendant les dix mois de son voyage de Mombasa aux sources du Nil, les fusils de Roosevelt n'avaient pratiquement pas cessé de gronder. Près de 300 lions, éléphants, rhinos, abattus par le bouillant colonel, des milliers d'autres, de près de 200 espèces différentes, par le reste de l'expédition. La science, dans l'affaire, avait eu bon dos ! Mais aujourd'hui il n'y avait plus ce désir de s'éprouver au contact du monde premier : juste l'exigence brutale d'une boucherie sans limite. D'ici à une décennie ou deux, le miracle du Kenya ne serait plus qu'un souvenir.

Une décennie ? Osa et Martin se regardèrent, perplexes. Percival en rajoutait, pour les impressionner, comme tout dur à cuire face à des pieds tendres. Ils avaient encore les yeux pleins de la marée des animaux vers Voi et au-delà. Autant soutenir que l'océan pouvait se trouver un jour asséché !

Percival insistait : déjà des régions entières étaient dévastées. Au Département, il faisait ce qu'il pouvait, imposait des permis limités, se battait pour créer des réserves d'animaux, comme celle qu'avait traversée le Lunatic Express, après Voi, mais tous ces efforts seraient vains s'ils ne trouvaient pas un écho au-dehors. Il fallait déclencher un mouvement d'opinion. Sinon…

– Akeley a beaucoup misé sur vous. Vous le savez, n'est-ce pas ? Pour lui, vous êtes le meilleur. Celui qui peut toucher l'opinion.

Martin esquissa une grimace. C'était beaucoup de poids sur ses épaules. Et sans doute Akeley les imaginait-il trop larges…

– Il compte aussi énormément sur vous, cher Percival ! Parce qu'Osa et moi, nous ne savons rien, mais alors ce qui s'appelle rien, de l'Afrique. Pour être tout à fait franc, je n'ai même pas la moindre idée de la manière dont on peut filmer des animaux…

Leur unique expérience, à Bornéo, avait failli tourner au désastre. À croire que les animaux s'étaient donné le mot pour disparaître à l'instant où il déclenchait sa caméra. Percival, brusquement, lui tendit la main, avec un large sourire :

– Crénom ! Je préfère ça. À… ces freluquets qui croient tout savoir. Akeley ne s'est pas trompé, vous verrez. Et vous pouvez compter sur moi. Mais – son visage s'allongea – je n'en sais pas plus que vous, sur la manière de filmer ces satanées bestioles. À propos, j'oubliais : tous mes amis m'appellent Blayney…

Une cascade de rires couvrit sa voix. Un jeune noceur s'était mis en tête de chevaucher un des serveurs noirs – lequel s'était figé, tout droit, à ce point indigné que le gandin s'était reculé, embarrassé. « Crénom ! S'il ose, je lui botte le cul ! » gronda Percival. Il se levait déjà quand un remue-ménage, à l'entrée, détourna l'attention. Ce fut une ruée, on se pressait autour des nouveaux venus, on leur faisait fête. Avec eux, la soirée allait pouvoir enfin commencer ! Mais, ignorant le tumulte, ils foncèrent droit vers Percival.

– Blayney ! Vieux brigand ! Que diable fichez-vous ici ?

Les deux hommes, l'un grand, mince, le front dégarni, les yeux clairs, avec cette distance amusée qui disait son Anglais d'Eton ou de Cambridge, l'autre trapu, le teint hâlé, les cheveux courts, n'étaient de toute évidence pas à leur premier verre. Percival fit les présentations :

– Denys Finch Hatton, le meilleur chasseur du Kenya, et…

– Et l'amant de ma femme, coupa l'autre, en riant. Mon meilleur ami ! Je ne sors plus sans lui. C'est le moyen le plus simple que j'ai trouvé pour… Enfin, vous me comprenez !

– Le meilleur, avec le baron Bror Blixen, soupira Percival, en prenant par l'épaule l'homme aux cheveux courts.

– Et avec Philip Percival, ajouta Finch Hatton en se tournant vers Martin et Osa. Arthur ne vous l'a pas dit ? Les fauves qu'il protège, son frère Philip s'empresse de les tuer !

Percival fit mine de le frapper d'un crochet dans les côtes.

– Et vous, reprit Bror, précédant Percival, vous êtes Osa et Martin Johnson, n'est-ce pas ? Depuis le temps qu'il nous parle de vous ! Arthur, vous serez à l'amende, pour ne pas les avoir conduits d'abord au Club…

Le Muthaiga Club, expliqua Percival, avait été créé par un de leurs amis, Berkeley Cole, afin de pouvoir de nouveau boire un verre entre amis sans être importunés. Du coup, les chasseurs professionnels ne venaient au Norfolk que pour rencontrer leurs clients…

– D'ailleurs, si je m'en souviens bien, soupira Finch Hatton, c'était la raison de ma visite…

Bror fouilla la foule du regard.

– Eh ! Qu'il parle pour lui ! Quant à moi, j'avais engagé hier, avec certaine jeune fille, une conversation des plus philosophiques que je tiens à poursuivre…

Il revint vers la table, déshabilla Osa du regard avant de se pencher vers Martin.

– Dites-moi, est-il vrai que vous avez filmé madame quasiment en train de cuire dans la marmite d'un anthropophage ?

Martin resta de marbre.

– Comme vous venez de le constater, j'ai arrêté avant l'ébullition…

Bror éclata de rire :

– Mince, alors ! Vous, au moins, vous êtes un rude gaillard !

Il salua, et avant de se plonger dans la cohue :

– Avouez que c'eût été dommage !

Finch esquissa un geste désolé de la main.

– Excusez-le… Il se pourrait bien que nous ayons un peu bu, ce soir. Mais c'est aussi qu'Arthur est bavard, parfois. Et Carl Akeley prolixe, quand il s'agit de vous !

La foule le happa, un tumulte de cris monta de la pénombre. Bror, assis sur le bar, menait la danse.

– Deux braves cœurs ! Un peu excentriques, mais c'est le Kenya qui veut ça. Vous verrez… On avait bien cru que Finch ne reviendrait pas, après la guerre. Mais il faut croire qu'on ne le quitte pas si aisément. Crénom ! Il faut que je vous fasse découvrir le vrai Nairobi !

Osa vit un nuage passer dans le regard de Martin. Il n'était pas venu filmer Nairobi, ou les excentriques du Kenya, risqua-t-il après un silence, mais les animaux sauvages. Et chaque jour allait compter.

Percival hocha la tête, un peu narquois.

– Rien ne vous détourne de votre but, hein ? J'aime ça. Carl Akeley a bien choisi, décidément. Mais…

Il se leva :

– Vous allez devenir des vrais Kényans, à votre tour.

Plus vite que vous ne pensez. On n'échappe pas au Kenya ! Ou bien il vous rejette, ou bien il entre en vous. Et il ne vous lâche plus.

Elle se réveilla en sursaut. Martin n'était plus à ses côtés. Elle le chercha des yeux, le découvrit à la fenêtre, immobile. À quoi pensait-il en cet instant ? À ce qui l'attendait dès demain ? Aux merveilles découvertes dans la journée ? Dans ce cas, songea-t-elle, vaguement agacée, il doit déjà se demander comment les filmer…

Elle le rejoignit à la fenêtre, se glissa sous son épaule. À quoi pensait-il ? Il la prit dans ses bras, hésita – il n'était pas précisément de ceux qui se perdent en effusions :

– Je pensais à toi, figure-toi. À la gamine de Chanute qui m'a fusillé du regard, si, si, la première fois. À nos années de galère. Et au prix qu'il a fallu payer pour se retrouver ici…

Elle sentait son cœur battre contre sa joue, sa peau contre sa peau. Le prix ? Elle faillit lui demander quel était le prix des choses sans prix, mais tout près d'eux, si près qu'ils tressaillirent, un lion rugit – et sa voix était profonde comme la nuit. L'Afrique, là, dehors, les attendait.

Mais à l'image du lion se superposait, obsédante, celle d'un guerrier massaï aux yeux de pierre…

III

Dès qu'elle la vit, noyée sous les roses et les bougainvillées, entourée de grands arbres, elle décida qu'elle serait leur demeure. Les oiseaux de paradis, en façade, se mêlaient aux lantaniers et aux hibiscus, les ancélias tachetés de brun aux immortelles, et à d'autres encore que nommait le notaire amusé, superbes de Malabar, crinières de lion, boules de feu. À l'arrière, un potager à la terre fraîchement retournée, longé par une plantation d'ananas, paraissait l'attendre. C'est ici, je le sais, je le sens, répétait-elle en dansant entre les massifs multicolores, comme si elle avait voulu s'enfouir dans la prolifération végétale.

– Peut-être faudrait-il demander l'avis de Martin avant de s'engager ? risqua John.

Osa avait haussé les épaules en riant. Martin, s'intéresser à une maison ? Sorti de son laboratoire…

– Je veux dire… Au moins, visiter l'intérieur ? Vérifier l'état des pièces. L'eau. L'électricité. Enfin, ce genre de futilités ?

Il ne tenait pas à subir les foudres de Martin. S'il n'avait pas été explorateur, celui-là, il aurait été parfait en général, soupirait-il depuis le matin. Il n'aurait pas détesté, lui, prendre le temps de découvrir ce Nairobi « excentrique » évoqué par Osa au petit déjeuner. Mais non : avec Martin, il n'y avait jamais une seconde à perdre, il fallait d'urgence courir les bureaux, d'urgence former une équipe, collecter les informations utiles, compléter leur matériel, établir un compte à rebours, pour gagner la savane au plus vite. Le plus important, avait insisté Martin, pendant que lui-même verrait Blayney Percival, était pour Osa et John de trouver une maison à louer, où stocker le matériel, installer un laboratoire. Depuis le matin ils couraient donc Nairobi. En vain. Jusqu'à ce bungalow annoncé de huit pièces, presque à la sortie de la ville…

Osa, déjà, sortait en trois bonds de la maison. C'était parfait. *Exactement* ce que souhaitait Martin. Devant la mine suspicieuse de son beau-père elle éclata de rire. Les hommes !

Ils retrouvèrent Martin à l'hôtel, qui laissa là ses comptes, ses cartes, ses calculs de chariots et de porteurs pour foncer chez le notaire, au bras d'une Osa euphorique. Visiter la maison ? Il jeta un œil surpris à son père. À quoi bon ? Ce n'était pas ce qu'ils venaient de faire, tous les deux ? S'il y avait l'eau et l'électricité, pour lui, c'était bon… L'affaire fut bouclée dans la demi-heure – tout juste fit-il ajouter au bail une clause l'autorisant à entreprendre des travaux, pour peu qu'à son départ il restitue les lieux en leur état premier.

– Une bonne chose de faite ! s'écria Martin sur le pas de la porte, en se frottant les mains. Et maintenant, il n'y a pas…

– Une seconde à perdre, c'est ça ? termina John.

Pas une seconde à perdre, chantonnait Osa en préparant ses bagages, le lendemain, quand on frappa à la porte. Un Noir de grande taille, vêtu d'une gandoura blanche immaculée et coiffé d'une calotte, pénétra dans la chambre, portant un plateau qu'il déposa devant elle en grande cérémonie.

– Ton petit déjeuner, *memsahib*.

Un majordome anglais n'aurait pas été plus impressionnant. Comment se faisait-il qu'il ne portât pas l'uniforme de l'hôtel ?

– Aloni, se présenta-t-il. Valet de chambre pour toi.

Pour elle ? Le Norfolk Hotel faisait bien les choses, mais à ce point…

– Pour toi seulement. Pour maison après.

Après ? Sur le coup, elle en resta bouche bée, esquissa un geste vers la sonnette. Puis se retint d'éclater de rire. Un culot pareil, ce n'était tout de même pas fréquent ! Quand elle raconterait ça à Martin… Voyons, se dit-elle, que ferait une vraie *memsahib* dans cette situation ? Sourcils froncés, elle le regarda de nouveau. Il lui sembla discerner sous son imperturbable raideur comme une lueur d'humour. Décidément cet Aloni lui plaisait bien. Le moins que l'on pût dire est qu'il était débrouillard. Et puis il avait quelque chose de franc dans le visage. Sans compter qu'il parlait anglais. Eh bien, c'est d'accord, s'entendit-elle prononcer. Aloni remercia d'un signe de la tête, très digne. Mais lui comme elle savaient qu'il n'aurait pas pu en aller autrement.

À peine eut-elle posé le pied dans la rue qu'une vingtaine de Noirs se précipitèrent vers elle. Elle voulut rebrousser chemin, mais déjà ils l'entouraient, la pressaient, en brandissant des bouts de papier. Et pas un bien sûr ne parlait un mot d'anglais. Elle chercha de l'aide autour d'elle, un groom, un Blanc de passage, mais la rue était vide. Elle se força au calme : ses assaillants arboraient de larges sourires. Elle prit un des bouts de papier qu'on lui tendait : « Kimani a été à mon service pendant trois mois, il a fait ce qu'il a pu. » Un autre : « Bukhari est très propre. » Un autre encore : « Mohammed est un excellent cuisinier : je ne l'ai jamais vu voler quoi que ce soit. » Un cuisinier, ce pauvre hère ? « Tu es Mohammed ? » lui demanda-t-elle. L'autre secoua la tête énergiquement : « Non, non, Khaled ! » dit-il en se frappant la poitrine. Un jeune homme, presque un gamin, parvint jusqu'à elle après force coups de coude, brandissant une poignée de papiers. Il y en avait au moins une dizaine, aux noms les plus divers. De toute évidence le commerce des recommandations allait bon train… Comment dire non à tous ? Du coin de l'œil elle vit un pousse-pousse déboucher dans la rue, se dégagea d'une bourrade, courut à sa rencontre. Derrière elle, immobiles, les hommes la regardaient s'éloigner, et il n'y avait nulle gaieté dans leurs yeux, juste une grande fatigue. Ceux-là ont faim, songea-t-elle, ils se battent pour survivre. Elle se sentit écrasée de honte.

Aloni l'attendait sur le pas de la porte, les bagages rangés à ses pieds. Comment diable avait-il fait ?

– Beaucoup ménage, dit-il, toi montrer où bagages.

Où ? Elle n'avait même pas eu le temps d'inspecter la maison ! Et Martin devait la rejoindre avec John à l'heure du déjeuner…

Dans l'enthousiasme de la découverte elle n'avait jeté qu'un coup d'œil distrait sur l'aménagement des lieux – au point que le soir elle s'était trouvée incapable de les décrire à Martin. S'il y avait de l'eau courante pour le laboratoire ? Oui, bien sûr ! Dans le fond elle n'en savait rien. Elle courut d'une pièce à l'autre, le cœur battant. Non, elle ne s'était pas trompée. Une maison, d'abord, était affaire de vibrations. Celle-ci, elle l'avait bien senti au premier contact, était une vraie demeure… Quand elle tourna le robinet de la cuisine, un jet d'eau noirâtre finit par en sortir après d'inquiétants gargouillis. Elle fit la grimace : bon, peut-être faudrait-il tout de même prévoir quelques travaux. Et donner un sérieux coup de balai…

Aloni l'attendait toujours sur le pas de la porte. Avec à ses côtés une jeune femme, ravissante dans sa robe fraîche en coton imprimé, le visage ouvert, mais morte d'inquiétude. Sa femme, Amina, expliqua Aloni en montrant le fond du jardin, où il fit découvrir à sa *memsahib* une case à demi cachée par la végétation. Ils y avaient déjà installé un lit, des tapis, quelques ustensiles de cuisine et, sur une table basse, un service à thé en porcelaine de Chine. La jeune femme, restée silencieuse, fixait Osa d'un regard implorant. Dès que celle-ci lui sourit en signe d'acquiescement, son visage s'éclaira, et elle fila vers le bungalow un balai à la main.

– Crénom ! s'écria Blayney, à ce rythme-là vous allez embaucher la moitié de la ville !

Martin et John avaient été quelque peu surpris d'être accueillis par « le valet de chambre de la *memsahib* », puis de tomber sur son épouse lavant à grande eau la cuisine, mais Osa le fut encore plus lorsque, descendant de l'étage pour leur faire l'honneur des lieux, elle découvrit Toto, aux côtés d'Aloni – Toto, le fils d'une première femme, à ce qu'elle comprit de ses explications elliptiques. « Lui porter courses de la *memsahib* », résuma sobrement Aloni. Osa allait crier grâce, mais le gamin, de 12 ans tout au plus, en short kaki et chemise blanche empesée, faisait de tels efforts pour se donner un air important qu'elle ne put résister. Martin se contenta de hocher la tête : elle était libre de ses choix. Et la maison lui convenait parfaitement. Le jardin ? Il était sûrement très bien. Mais il avait en vérité l'esprit ailleurs, imaginait déjà l'emplacement de la chambre noire, des salles annexes, de la resserre où stocker matériel et vivres. Pour un peu il aurait occupé ainsi toute la maison si John ne lui avait pas fait remarquer qu'avec huit pièces ils n'étaient pas *obligés* de dormir dans la rue. Mais il partit d'un énorme éclat de rire quand Osa lui raconta sa rencontre avec Aloni. Seule Kalowatt, qu'ils avaient récupérée à l'hôtel, restait sur une prudente réserve. Après le luxe des palaces et des paquebots, cette maison devait lui paraître d'une sobriété par trop spartiate. Osa, amusée, nota que, mine de rien, elle jaugeait du coin de l'œil le nouveau venu. Prête à tout pour le séduire, ou déjà décidée à le faire tourner en bourrique ? Peut-être soupesait-elle, simplement, l'avantage d'avoir, elle aussi, un valet de chambre à son service.

– Avec pareille installation vous n'êtes pas partis de sitôt ! s'amusa Blayney, arrivé sur ces entrefaites.

Osa lui détaillait les semis qu'elle allait entreprendre, radis, salades, choux, carottes. Martin, de pièce en pièce, rêvait tout haut au laboratoire qu'il allait aménager, le plus grand, le plus beau de toute l'Afrique orientale. Quand diable trouveraient-ils le temps de préparer leur safari ? Martin protesta : il avait étudié les photographies de ses prédécesseurs, Dugmore, Schillings, les films de Rainey, il avait lui-même suffisamment souffert à Bornéo : ce qui leur avait manqué, à tous, était une solide base arrière, un laboratoire digne de ce nom sur place. La différence se ferait d'abord sur la technique. Osa renchérit, avec des mines indignées : sarcler, biner, semer, était chez elle une seconde nature. Partout, à Bornéo comme dans les îles Salomon, elle avait réussi à produire ses légumes frais ! Blayney avait levé les bras en signe de reddition – après tout, ce devait être ça, l'esprit américain…

Mais on sentait qu'il restait de la vieille école, pour laquelle une bouilloire et du thé suffisaient, en toutes circonstances.

Ils n'étaient pas au bout de leurs surprises. Joanna, la cuisinière qui se présenta le lendemain, recommandée par le Bureau des Affaires indigènes, s'avéra être un solide gaillard au sourire radieux, mais quelque peu péremptoire sur ses prérogatives. Engagé dès que mis à l'essai, et rebaptisé 'Mpishi – cuisinier, en swahili –, il précisa tout net que ses gages étaient à proportion de ses talents, soit 16 dollars, quand les mieux payés du reste du personnel ne dépassaient pas les 6 dollars. Puis, ce détail réglé, qu'il lui fallait évidemment deux aides : un pour éplucher les légumes, l'autre pour laver la vaisselle, tâches trop subalternes pour lui. Ma parole, enrageait Martin, mais ils sont pires que les syndicalistes américains ! Aussi efficaces, en tout cas, comprenait Osa, prompte à prendre leur défense. S'ils observaient une si tatillonne division des tâches c'était aussi par solidarité de gens en lutte constante pour survivre. Après tout, au total, ils ne coûtaient pas plus cher qu'un domestique au Kansas. John levait les yeux au ciel. Avec un pareil raisonnement ils n'allaient pas tarder à en avoir dix dans la maison !

Trois jours suffirent. S'ajouta d'abord Zabanelli, un Swahili vif comme argent, maître d'hôtel, messager, interprète, le seul en fait à parler anglais avec Aloni, toujours disponible, sauf pour porter quoi que ce soit. Puis deux jardiniers kikuyu : Dumo, à peu près incapable et qu'Aloni considérait comme un franc abruti, mais l'ami du deuxième, Karoda, qui le protégeait en travaillant pour deux. Et enfin le vieux Mohammed, aux cheveux blancs, à la voix douce, engagé comme gardien, qui passait ses journées entouré d'une nuée d'enfants auxquels il racontait d'interminables histoires. Dix, donc, exactement, et au milieu d'eux, rayonnante, Osa qui dirigeait la manœuvre avec aisance…

« Une vraie femme d'intérieur ! » s'émerveillait John. Des rires clairs montaient de la cuisine, 'Mpishi, amadoué, devait discuter d'une sauce ou d'un menu avec Osa, ou bien on trouvait celle-ci à genoux dans le jardin, aux côtés de Karoda, les bras dans la terre meuble, pendant que Dumo ricanait d'un air égaré, Martin avait-il songé qu'avec un poulailler au bout du potager ils auraient des œufs frais pour toute la maisonnée ? Toto arrivait, une ceinture rouge passée sur sa chemise immaculée, un panier à la main, c'était l'heure du marché, pour la *memsahib* – elle était partout, infatigable. Martin hochait la tête, pensif. Cette aisance à faire de sa demeure le monde même, cette présence aux choses, cette plénitude sereine lui serrait parfois le cœur, et il se demandait alors si elle n'aurait pas dans le fond souhaité une autre vie que celle qu'il lui offrait…

« Pas une seconde à perdre ! » Entre John et Osa, c'était devenu un mot de passe, échangé avec des mines complices à chaque fois qu'ils se croisaient dans la maison, ou que Martin tournait le dos, après les avoir accablés sous l'avalanche des urgences à traiter. Pas une seconde à perdre, en effet – mais des jours, oui. Tout semblait se liguer pour les retenir à demeure, sous l'œil ironique de Blayney. Martin lui-même finissait par en rire, parfois.

D'abord, il y avait eu l'eau. Boueuse, crachotant dans des giclées soudaines des débris d'herbes et de feuilles, avant de s'étrangler en filaments visqueux, elle les avait plongés dans la perplexité. Impossible de développer des films dans pareille saloperie, avait décrété Martin, sans se soucier apparemment de la question urgente de ses usages domestiques. Ce devait être les canalisations, avait risqué John, ou alors le puits qui n'avait pas été curé. Les mines s'étaient allongées en découvrant que non, qu'il s'agissait bien de l'eau de la ville, pompée directement dans les marais, et que chacun filtrait plus ou moins. Filtrer ? Ça prendrait un temps fou ! Non, il fallait trouver un autre système, recueillir les eaux de pluie – et Martin s'était mis en quête d'un artisan capable de lui confectionner de larges gouttières en zinc, tout autour de la maison, et de grands réservoirs reliés directement aux bacs de son laboratoire. Un ferblantier était parti, plein d'entrain, avec ses plans, pas de problème *sahib*, ce serait fait demain, un artisan était sur le pied de guerre pour une installation d'urgence. Depuis, Martin arpentait la ville à leur recherche. Pourquoi cette impatience ? avait argué le ferblantier retrouvé par hasard. Il était un homme de parole : il avait dit demain. Sur la question du demain de quel aujourd'hui il était resté plus évasif. Et depuis la maison vivait d'espérances, tout en filtrant l'eau dans tous les récipients possibles. D'ailleurs, à quoi bon s'énerver, puisque les artisans réquisitionnés pour l'aménagement du laboratoire – les trois plus belles pièces de la maison, il fallait au moins ça pour les bacs de développement, de 200 litres chacun, les tambours de séchage géants, les agrandisseurs, le matériel de projection, les armoires de stockage – s'étaient évanouis, après avoir à demi cassé les murs ? Parfois il leur semblait que Nairobi n'était que l'immense territoire d'un pittoresque jeu de cache-cache, Martin lancé tôt le matin à la poursuite de fantasques lutins s'égaillant en tous sens à son approche, réapparaissant, fugaces, quand il se décourageait, pour s'esquiver à nouveau, dès la course relancée. Le reste du temps, il arpentait les couloirs des bureaux de l'administration, d'où il revenait inévitablement exaspéré. Ce Kenya qui se donnait si volontiers des airs de Far West était décidément aux mains des fonctionnaires jaloux de leurs prérogatives, qui se vengeaient de travailler dans des bureaux surchauffés en noyant les imprudents quémandeurs dans un océan de paperasse, un ténébreux maquis de règlements. Les pouvoirs de Blayney lui-même, avait confessé celui-ci, s'arrêtaient aux portes austères de l'administration, chaque employé protégé par l'énorme anonymat de la machine, que confortait encore la distance d'avec la mère patrie. Le temps qu'un rapport arrive dans un bureau de Londres, plus personne ne savait de quoi il retournait, et l'on pouvait donc le confier sans remords au travail apaisant de la poussière : l'important était que la machine continue de tourner, même à vide, pour témoigner d'un même mouvement de la toute-puissance du fonctionnaire et de la gloire de l'Empire…

Sanctuaires de chasse, terres réservées aux indigènes ou aux fermiers, animaux plus ou moins protégés selon les espèces et les zones, permis à quémander pour le moindre pas hors de Nairobi, interdictions en tous genres que les employés prudemment réfugiés derrière leurs bureaux détaillaient d'une voix suave, non dénuée parfois d'une pointe d'ironie : il aurait fallu un livre de la taille d'une bible pour les enregistrer toutes, fulminait Martin. Mais cela eût été trop facile, et aurait privé le plus modeste représentant de la Reine de son pouvoir discrétionnaire. Le changement, en juin de l'année précédente, du statut de protectorat en celui de colonie n'avait pas simplifié les choses, Conseil législatif, Gouvernorat, Bureau des Affaires indigènes, pris dans un maquis de règles contradictoires, s'épuisaient en chamailleries, dont les malheureux quémandeurs faisaient les frais. Du coup la moindre mesure, même de protection, prenait un air suspect.

En bon Américain tenant de la libre entreprise Martin s'indignait à tout propos. Ainsi, chaque détail des relations entre maîtres et employés faisait l'objet de règlements supposés défendre les plus faibles – mais n'était-ce pas à la condition préalable de l'asservir ? Ainsi, tout Noir engagé comme porteur dans un safari ne devait pas porter plus de soixante livres, ni marcher plus de

15 miles par jour, sous peine d'amende pour son maître. De même, il se voyait garanti par contrat une cantine, une couverture et deux livres de farine de maïs par jour, en sus de ses gages. Fort bien. Mais le revers de la médaille était que tout Noir engagé par un Blanc devait être enregistré au Bureau des Affaires indigènes et garder par-devers lui dans une petite boîte d'étain un document portant son nom, le nom de sa tribu, le nom de son père, celui de son dernier employeur et la raison pour laquelle il avait quitté son précédent travail. Chaque boîte, pour prévenir échange et fraude, était authentifiée, ainsi que le document, par les empreintes digitales de son propriétaire. De même, déserter pendant un safari était un délit puni d'emprisonnement, ce qui pouvait se comprendre compte tenu des dangers courus, mais si le déserteur prouvait qu'il n'avait pas été traité selon les règles en vigueur, la sentence était levée – ce qui à ce jour n'était jamais arrivé, avait aussitôt ajouté l'employé comme si Martin, sur ce point, devait être rassuré… Martin rentrait le soir bouillonnant de fureur. La protection des gens, dans ce fichu pays ne semblait pouvoir s'accorder qu'en échange de leur servitude préalable ! Avec en sus une bonne dose de la légendaire hypocrisie britannique… Il n'y avait, décidément, pas une seconde à perdre.

Kalowatt, n'ayant pas de ces soucis, nageait dans le bonheur. Le temps d'un round d'observation avec Aloni, conclu par un pacte réciproque de non-agression, et elle avait pris possession avec enthousiasme de son nouveau royaume. Elle qui n'avait guère connu jusque-là, pour donner libre cours à ses talents de voltigeuse, que les chandeliers des chambres d'hôtel, découvrait l'ivresse des grands espaces – pas moins d'un demi-hectare de terrain tout à elle ! – et l'altitude vertigineuse des grands arbres. Aussi passait-elle ses journées à bondir de l'un à l'autre, en se gorgeant de fruits, poursuivie par l'airdale d'un voisin, éperdu d'amour, nez en l'air et queue frétillante, qu'elle prenait un malin plaisir à semer pour, descendue subrepticement, lui tirer la queue par-derrière avant de bondir à nouveau. Et quand elle se fatiguait du chien pour seul public, elle proposait des imitations du personnel de maison qui attiraient bientôt une foule hilare dans la rue, gamins bouche bée d'étonnement, femmes revenant du marché, chargées de grains et de légumes, Indiens conducteurs de rickshaws, domestiques du voisinage, gandins kikuyu et belles dédaigneuses qui, oubliant leurs poses, se tapaient sur les cuisses en pleurant de rire. C'en était au point que la gueuse ne voulait plus descendre des lieux de son triomphe. Son lit, son oreiller, jadis les marques de son statut, lui paraissaient désormais indignes de sa gloire. Osa l'aurait volontiers laissée passer la nuit à la belle étoile, perchée sur quelque branche, si elle n'avait craint l'irruption d'un prédateur en maraude. Martin, inquiet lui aussi, avait trouvé un moyen sûr de la piéger : il suffisait que les domestiques feignent de les attaquer à coups de bâton ou de cravache, Osa et lui, et elle surgissait, vengeresse, écumante de rage, prête à griffer, mordre, bourrer de coups de poing les agresseurs. Ce n'est qu'après les avoir mis en déroute, et reçu les remerciements mérités, qu'elle acceptait, princière, de regagner pour la nuit ses appartements…

Pas une seconde à perdre, certes, mais ce n'était pas moins la première maison d'Osa – celle dont, jeune mariée, elle avait rêvé, à Independence, et qui lui avait été refusée –, leur base permanente, leur quartier général pendant la durée de leur séjour, où ils feraient retour après chaque expédition. Pour l'heure, elle était tout au bonheur d'en faire un nid douillet. 'Mpishi, sur ce point, ne lui avait pas laissé de répit, ayant lui-même des idées arrêtées sur ce que devait être une cuisine digne de ses talents. Elle avait trouvé en Amina une précieuse assistante pour l'aménagement des trois pièces concédées par Martin, et elles passaient des heures ensemble à monter des rideaux, choisir le tissu des coussins, composer des bouquets de fleurs, en pouffant de rire de se comprendre si bien sans parler la même langue – quand Osa réussissait à envoyer Aloni à l'autre bout de la ville. Les rires ou les disputes de Dumo et de Karoda lui arrivaient par les fenêtres ouvertes. Bientôt elle aurait des radis, il fallait déjà songer à repiquer les laitues, les haricots et les pois, jaillis de terre, paraissaient grossir à vue d'œil, persil, coriandre, cerfeuil levaient. Ce serait merveille que ce jardin de fleurs et de légumes mêlés, où pêches, prunes et poires voisinaient avec citrons et oranges, ananas et goyaves…

Et puis il y avait Nairobi, tout proche, dont la rumeur venait jusqu'à elle, mystérieuse. Chaque matin, les ordres donnés, elle courait avec John au marché, suivie du fidèle Toto, fier comme Artaban, prompt à jouer les protecteurs, et qui ne laissait à personne le soin de porter les paniers, fussent-ils plus gros que lui. 'Mpishi lèverait encore un sourcil étonné devant la profusion des denrées rapportées, mais comment lui expliquer que c'était moins la nécessité qui l'avait motivée que l'impatience de s'engloutir dans la foule, de la sentir vibrer, rire, gronder, de se laisser envahir par les odeurs des étals ? Ici, elle sentait battre le cœur vivant de Nairobi. John et elle remontaient bras dessus bras dessous Government Road à l'ombre des eucalyptus et des jacarandas, l'air était vif et odorant, les étals des boucheries, brillants de propreté, débordaient de tous les gibiers imaginables, mais aussi de viande d'élevage, gigots d'agneau, pieds de cochon en gelée ou noix de veau. Puis ils passaient le bazar indien, en répondant d'un sourire aux « psstt, psstt » des gamins qui tentaient de les attirer dans leur bric-à-brac, avant d'affronter l'énorme carrefour toujours embouteillé où le policeman, plus anglais que jamais, les saluait désormais d'un discret sourire, et ils se pressaient alors à travers un amoncellement de fleurs, lilas, delphinium, roses, violettes, pois de senteur, dahlias, penstémons, verges d'or, œillets, vers le grand jeu du « marché blanc », dont leur parvenaient déjà des échos passionnés. En existait-il seulement un autre comparable ? Tout, ici, beurre, œufs, légumes, fleurs et fruits apportés par les fermiers boers et anglais, aussi bien que les meubles, l'outillage et la quincaillerie, se vendait aux enchères.

Les dames de Nairobi arrivaient en grand équipage, austères femmes de pionniers jetant autour d'elles des regards dédaigneux de propriétaires – n'étaient-ce pas elles, le fusil à la main, qui avaient fait ce pays et continueraient de le faire ? –, élégantes femmes du monde en toilettes choisies, dentelles, gants et ombrelles, qui paraissaient se croire à quelque garden-party à Eton ou Cambridge, jeunes filles fardées au regard et aux charmes provocants, malgré les fatigues visibles de la nuit, et chacune prenait sa place, depuis longtemps convenue, comme dans le chœur d'une pièce de théâtre bien réglée. Les prix, dès la compétition lancée, grimpaient à proportion des cris et des invectives jusqu'à l'hystérie d'une bataille rangée où, tout « chic » oublié, les harpies s'apostrophaient crûment, jetant en pâture au public ravi les turpitudes des unes et des autres, ou les détails anatomiques de tel ou tel époux prétendument fidèle – et c'est avec des airs de gladiatrice triomphante que telle belle de nuit, ignorant les quolibets sur l'usage qu'elle en pourrait faire, sortait de la mêlée en brandissant une botte de poireaux achetée à prix d'or, une paille, assurait-elle, au regard de la fortune que lui avait laissée au petit matin l'époux de sa malheureuse adversaire. Déjà le jeu se relançait pour un panier de poires que la pionnière un moment terrassée entendait enlever, avec du bon argent qui n'avait pas été volé, lui, aux habitants à la différence de certaine, là, en face d'elle, qui se reconnaîtrait. Et les enchères s'envolaient au rythme du grand déballage perpétuellement recommencé qui tenait lieu ici de sport national.

Puis, tandis que John évoquait quelque nouveau prétexte pour flâner vers les lieux accueillants du centre-ville, Osa retrouvait « Jack », l'épouse de Blayney, d'apparence rugueuse, ce qui lui avait valu son prénom d'homme mais vrai cœur d'or. Son visage de jeune fille, joues pomme d'api, yeux bleus et boucles blondes ébouriffées surprenait, sur ses larges épaules. Toujours flanquées de Toto, elles gagnaient ensemble le marché indigène, plus à l'écart, où les jardiniers noirs et indiens proposaient leurs produits à des prix dérisoires. Les constructions de tôle laissaient la place à des huttes grossières, de planches, de bidons martelés, une fine poussière montait sous le piétinement pressé de la foule, nimbant le marché d'un halo doré, des femmes noires passaient, toutes droites, regard lointain, portant sur leur tête des sacs de grains ou des régimes de bananes. Aux odeurs âcres de terre se mêlaient les senteurs aigres des fientes des poulets maigres qui s'agitaient, attachés en grappe par la patte, et celles, douceâtres, de déchets végétaux abandonnés sur les bas-côtés. Dans les profondeurs d'échoppes de fortune des hommes aux regards de feu, leurs têtes rapprochées, se perdaient en de mystérieux conciliabules, les élégants saris frôlaient les rudes vêtements en peau de chèvre des nomades de passage, et des vieillards tannés comme un vieux cuir, adossés à une planche branlante, portant le turban vert des pèlerins de La Mecque, fumaient de longues pipes, les yeux vagues, indifférents aux passants qui se bousculaient entre les montagnes de légumes et de fruits, posées sur des nattes à même le sol, en variétés plus abondantes que sur les étals new-yorkais, ou s'apostrophaient en des langues qu'elle ne comprenait pas et que Jack lui nommait, kikuyu, luo, gujerati, hindustani, swahili, aux syllabes gutturales ou chuintantes, mêlées aux bêlements affolés des agneaux, au meuglement profond de vaches, au glougloutement inquiet des dindons, en un brouhaha qui la laissait comme ivre : ici était l'Afrique, se disait-elle, à des distances incommensurables du marché blanc qu'elle venait de quitter…

Plus loin, au sortir de la ville, vers Muthaiga, Jack lui avait fait découvrir le quartier swahili, bruyant, affairé, grondant d'une violence sourde, où des regards fiévreux, ou colériques, sortaient de loin en loin des niches de tôles et de paille tressée et le silence s'était fait à leur approche, de sorte qu'elle avait eu l'impression d'avancer dans une bulle de silence. Les femmes, les yeux baissés, retenaient leurs enfants ou s'esquivaient dans les profondeurs du village. Plus loin encore, Jack l'avait un jour conduite dans la voiture crachotante de Blayney vers le village somali. Les dernières rumeurs de la ville s'étaient éteintes, il n'y avait plus devant eux qu'une étendue grise et sèche, désertique : le village était alors apparu, comme planté dans le vide, ses cahutes jetées au hasard, sans la moindre organisation apparente. Des ânes gris étaient venus à leur rencontre, le front baissé, des chameaux accroupis dans la poussière n'avaient pas bougé un cil, dédaigneux, un troupeau de vaches maigres, aux longues cornes, paraissait figé dans une interminable rêverie. Les Somalis nomades s'en iraient demain s'il leur en venait la fantaisie, ils marchaient, minces, très droits, ou plutôt ils glissaient, silencieux, avec une souplesse de fauve entre les huttes misérables d'où sortait le rire cristallin des femmes. Et comme Jack ramenait chez lui le petit Tom, pour lequel elle s'était prise d'affection, au point de le garder en semaine et de faire son éducation, Osa avait eu la surprise de découvrir dans la cahute de ses parents la richesse des tapis posés sur le sol, des couvertures jetées sur les lits, des plateaux de cuivre luisant dans la pénombre aux odeurs d'encens, des épées aux pommeaux d'ivoire sculpté accrochées aux murs. Elle avait observé ses hôtes à la dérobée, tandis qu'on lui servait le thé, les femmes aux yeux rieurs, et la grâce infinie de leurs gestes, comme si chaque mouvement relevait d'un rituel secret, la superbe des hommes, courtois et lointains, infiniment – ils étaient comme le vent du désert, avait-elle songé, ils étaient le vent…

– Nous nous agitons pour transformer le monde, le faire et le défaire, comme un lit qui ne nous conviendrait pas, nous nous agitons pour occuper le temps, ou parce que nous n'avons pas le temps, lui avait dit Jack dans la voiture, un peu plus tard. J'ai mis le temps à le comprendre, mais… Tout cela, pour eux, n'a strictement aucun sens. Nous, nous ne faisons jamais que passer. Ils le savent : demain, dans dix ans, un siècle, un millénaire, qu'importe ? nous ne serons plus là. Eux si. Le temps les indiffère : ils occupent l'espace. Ils habitent le monde comme nous ne saurons jamais.

Elle avait roulé un moment en silence, puis :

– Ne vous méprenez pas. Pour eux, nous n'existons tout simplement pas.

Au retour, elles avaient trouvé dans le jardin une gazelle affolée, distribuant des ruades en tous sens. Chaque nuit on entendait rouler au cœur des ténèbres les rugissements des grands fauves. Ils étaient là, tout proches, qui faisaient le siège de la ville. Un matin, on avait trouvé en pleine rue un cheval sorti par un lion de son paddock, à demi dévoré. Ou bien c'était un léopard qui avait étripé un chien. Ou un rhino que l'on découvrait à un carrefour tournant sur lui-même en soufflant, fou de colère, chargeant brusquement, corne baissée. Un soir, Martin avait vu glisser sous leur fenêtre l'ombre d'un léopard, et depuis ils gardaient dans l'entrée deux fusils chargés. Blayney, un jour qu'ils parlaient un peu légèrement à son goût des dangers supposés de la ville, les avait tirés presque de force jusqu'au cimetière proche : « Si vous voulez comprendre l'Afrique, c'est encore le meilleur endroit pour commencer ! » Ils y avaient compté neuf tombes portant la mention : « Tué par un lion » – dans les rues mêmes de la ville… Nairobi était comme une coquille de noix dans le grand océan sauvage de l'Afrique. Les races ici ne se mêlaient pas, comme elle l'avait cru d'abord, mais se côtoyaient. La vie sauvage rôdait aux lisières de la ville, elle montait, là, dehors, comme mascaret furieux – puis Osa se rassurait, serrée contre Martin : resterait cette maison, son île, au milieu des flots où ils se risqueraient demain, son havre, son port d'attache. Peut-être après tout, se disait-elle, prise dans la respiration de la nuit kényane, était-ce ici que les deux Osa trouveraient enfin à s'entendre…

IV

Les trois mousquetaires n'étaient pas quatre, comme il est de règle, mais accidentellement deux, se désolaient Bror et Finch Hatton. Le troisième, et le meilleur d'entre eux, Berkeley Cole, gisait dans une aile du Club, cloué sur un lit de camp par une crise d'arthrite, conséquence prévisible d'une vie dissolue. Un brusque mouvement de la foule poussa Osa tout contre Bror.

– Remarquez, glissa Bror à son oreille, ça fait un concurrent de moins, dans la course…

– La course ?

– Hé ! Celle à qui vous séduira le premier, bien sûr…

Décidément, songea-t-elle, pas plus fâchée que cela en le repoussant gentiment, il n'avait pas perdu le fil depuis leur rencontre, le premier soir, à l'hôtel Norfolk. Bror et Finch Hatton, les princes des nuits de Nairobi ! Avec Berkeley Cole. À chaque évocation de leurs noms, « Jack » Percival levait les yeux au ciel en marmonnant des phrases confuses d'où se distinguaient en général les mots « mécréants » et « suppôts de Satan ». Osa, pourtant, se découvrait ravie de les retrouver, souriants, amicaux – les seuls visages qu'elle connaissait dans la foule qui les accueillait, Martin et elle, au Muthaiga Club.

Blayney était arrivé à la maison deux jours plus tôt, bougon comme d'habitude :

– Écoutez, mon vieux, je sais bien qu'il n'y a que les lions et les éléphants qui vous intéressent, mais il va falloir tout de même que vous vous montriez un peu. Tout Nairobi ne parle que de vous ! De vous et de votre femme, pour être juste…

Il avait pensé à une petite soirée chez lui, histoire de leur présenter quelques amis, mais le Muthaiga Club l'avait devancé. Bref, Martin et Osa étaient invités à venir dans deux jours prendre un verre au Club, à la bonne franquette, sur le coup de six heures.

– Tout le gratin de Nairobi ! Pas ceux que vous avez vus l'autre soir au Norfolk : ceux qui ont fait le Kenya !

Et comme Martin marquait par une moue son enthousiasme pour les mondanités – il avait déjà présenté ses respects au gouverneur le lendemain de son arrivée, n'était-ce pas suffisant ? – Blayney l'avait coupé d'un geste de la main. Au Club, il comprendrait que le gouverneur et Nairobi, ça faisait deux…

– Sacré nom, Martin ! Vous pouvez avoir besoin d'aide ! Et même… – il avait apprécié d'un coup d'œil l'état des travaux dans le laboratoire – vous en avez rudement besoin, non ?

Nairobi était un village. Tout le monde se tenait. Et cette invitation était un signe fort. Blayney était revenu sur ses pas, après avoir pris congé :

– Vous savez que c'est même un événement ? Martin et Osa Johnson ! En principe, le bar est strictement interdit aux femmes, de six à huit. Je ne sais pas ce que Finch et Bror ont pu raconter sur vous, enfin, je veux dire sur Osa, enfin si, hé hé, j'imagine très bien. En tout cas… Crénom ! C'est exceptionnel.

Juste un lieu sympathique où boire un verre entre amis sans être dérangés, avait dit Blayney. Aussi s'attendaient-ils à une sorte de relais de chasse sans prétention, une de ces cabanes, aux États-Unis, où les amis se retrouvent au bord d'un lac pour une partie de pêche ou un barbecue, en buvant des bières. Blayney n'avait rien fait pour les détromper, tandis qu'au sortir de la ville ils traversaient en cahotant dans des gerbes d'eaux sales les villages kikuyu. Il avait plu dans la nuit et toute la matinée, la piste de terre rouge n'était plus que flaques de boue creusées de fondrières, et ces traînées sanglantes projetées sur les murs accentuaient encore l'aspect sinistre des lieux. Les hommes, immobiles sur le bas-côté, les regardaient passer en silence sans qu'on pût deviner sur leur visage la moindre expression. Puis les arbres les enveloppèrent, la désolation du dernier village disparut, et il n'y eut plus que la splendeur reconquise du paysage. Les lumières rases de l'après-midi nimbaient d'or le vert sombre des bosquets, un fin brouillard bleuâtre noyait les lointains, et l'espace se déploya, d'un coup, devant eux, l'air se fit plus vif: « Le Club », dit Blayney, sûr de son effet.

En fait de cabane, c'était tout simplement un palais. « Dans le plus pur style kényan », ajouta-t-il, en s'amusant de leur stupéfaction. Construit par un architecte indien en pierres de taille massives crépies d'un enduit de chaux rosie, décoré en façade de colonnes doriques, l'édifice, dans ses moindes détails, voulait signifier l'insolence du luxe. Un serviteur noir à gants blancs vint leur ouvrir la portière. D'autres voitures, que gardaient des chauffeurs blancs portant leur casquette à la main, étaient rangées sous une allée de jacarandas. « Une pâtisserie rose à la crème ! » lança Osa comme dans un réflexe de défense. Elle vit passer une ombre dans le regard de leur ami. Ce lieu, pour eux tous, signifiait beaucoup de choses, comprit-elle : en tout cas, une idée du Kenya, et d'eux-mêmes…

Des boxes pour les chevaux, toute une aile, derrière, réservée aux célibataires qui voulaient y loger, une bibliothèque, des salons, un restaurant, une salle de bal, la meilleure cave d'Afrique…

– Berkeley Cole et Denys Finch Hatton font partie du comité de sélection des vins. Crénom ! De sacrés palais, faut bien dire. Finch Hatton a même été envoyé en France, avant la guerre, pour faire sur place le meilleur choix ! Château d'Yquem et Chambertin…

Et puis, entre les bosquets, l'éclat vert sombre des pelouses que le soleil déjà avait quittées, un golf, un terrain de polo, un autre de cricket, des courts de tennis…

– Une pâtisserie rose ! Mais vous savez que là-haut ils vous lyncheraient ?

Piqué au vif, Blayney avait tenu à leur donner un rapide aperçu des alentours du Club. Cette débauche de luxe, après la misère exposée des Kikuyu, avait quelque chose d'irréel. Comme s'ils avaient tous voulu placer en plein cœur de la nature sauvage, dans la plus grande splendeur de ses paysages – pour y goûter le repos, ou en défi inconscient ? –, le sommet par eux imaginable du raffinement civilisé.

– Savez-vous que Cole n'aime rien tant que s'isoler parmi les grands arbres là-bas, seul face aux lointains, et s'y faire servir, à onze heures tous les matins, une coupe de champagne ? Dans la coupe du plus fin cristal, bien sûr, par un domestique en gants blancs. Ah, c'est un excentrique, vous verrez ! Mais rudement attachant…

Deux gamins jouaient sur une pelouse. Ils avaient roulé dans l'herbe en mimant une lutte, mais voilà qu'ils semblaient en venir aux poings, de plus en plus durement.

– À moins, murmura Martin en se tournant une dernière fois vers les gosses bagarreurs, que l'une ne soit que l'envers de l'autre ? Je veux dire : que votre raffinement soit le masque de la sauvagerie ?

Surpris, Blayney ne répondit pas.

– Blayney, vieux brigand !

– Nous finissions par nous dire que Blayney et Jack vous gardaient pour eux seuls !

– Ou que Martin, en strict pratiquant de l'Islam, séquestrait son épouse…

– Remarquez, mon vieux, je vous comprends. À votre place, je ferais de même !

– Madame, votre présence est un honneur pour le Club.

Ils se pressaient autour d'eux, gueules tannées, barrées de cicatrices, faciès à monocles, trognes d'amateurs de whisky, vieux briscards et dandys d'Eton ou de Cambridge mêlés, que Blayney leur présentait, sous une grêle de bourrades amicales, dans un tourbillon de noms dont chacun était pour eux une légende. Toute l'histoire du Kenya, ou peu s'en fallait, était rassemblée ce soir. Charles Cottar, le terrible dur à cuire américain, qui avait traversé la Prairie au temps des chariots, Texas, Oklahoma, Colorado, avant de tout plaquer pour le Kenya, Charles Cottar en train de se tailler un empire, et près de lui l'un de ses fils, Mike, yeux tendres et doux sourire, mais aussi rude que son père ; John Hunter le chasseur des lions mangeurs d'hommes de l'Uganda Railway ; Alan Lindsay Black, mince, tout en nerfs, fine moustache, peau sombre sous la cascade de ses cheveux bouclés, qui avait été le chasseur de Paul Rainey – Martin avait ouvert de grands yeux, de Paul Rainey, l'auteur des *Rainey's African Hunt*, de *Common Beasts of Africa* ? et ça avait été un éclat de rire : tous, C.G. Schillings, Radcyff Dugmore, Paul Rainey, Cherry Kearton, les plus grands photographes ou cinéastes avaient eu pour guide l'un ou l'autre des chasseurs présents, il suffisait qu'il fasse son choix ; Stanley Taylor, enfin, du Bureau des Affaires indigènes…

– Stanley ! Il faut que vous donniez un coup de main à notre ami. Quelques-uns de vos employés ont décidé de le faire tourner en bourrique…

Richard John Cunningham, chasseur de baleines en Arctique, à sa sortie de Cambridge, naturaliste en Laponie, convoyeur de chevaux en Afrique du Sud – Martin s'était arrêté : R.J., le chasseur de Carl Akeley ? Le visage du lascar s'était illuminé, du massif broussailleux de sa barbe était sorti un gloussement ravi.

– Exactement, c'était dans les Aberdare, et nom d'un chien, je ne risque pas d'oublier !

Il fallait qu'ils se voient, tout à l'heure, ils avaient mille choses à se dire. Autour d'un verre.

Un verre ! Mais qu'attendait-on, exactement ? Un colosse hindou, turban rouge et longue tunique blanche, ouvrit les portes du bar – et ce fut devant une haie bon enfant que lord Cranworth en fit les honneurs à ses invités. Un toast fut porté aux deux « héroïques explorateurs » et à leur « grand projet ». Martin y répondit, avec des mots simples, sans cacher son émotion. Le Kenya, ce soir, leur souhaitait la bienvenue. Mais en quel honneur ? semblaient dire en même temps les regards intrigués qu'il jetait à Osa.

Carl Akeley, bien sûr. C'était à croire qu'il avait alerté tout Nairobi, et au-delà, agrandi le projet de Martin aux dimensions de l'épopée, fait d'Osa et lui des personnages de roman. Trop modeste Akeley ! Pas une seconde ils n'avaient imaginé, en l'écoutant à New York, qu'il pût avoir ici une telle renommée. C'était lui, en fait, qu'on honorait ce soir.

– Qui pourrait oublier ? Il venait tout juste d'être écrasé par un éléphant fou furieux, et ce coup-ci, pas de blague, il lui fallait…

– Le plus incroyable, c'est tout de même quand il a tué ce léopard à mains nues… Connais personne qui a réussi ça. Sauf toi, peut-être, Cottar ?

– Un grand savant. C'est bien simple, à la fin, quand il a voulu me payer je lui ai dit : pas question, monsieur Akeley, ça a été un honneur pour moi…

– J'ai eu de ses nouvelles l'autre jour, dit soudain Lindsay Black.

Tous se tournèrent vers lui.

Il prit le temps de bourrer sa pipe :

– Par un chasseur qui venait d'Ouganda…

Et comme Martin l'interrogeait, anxieux :

– Il allait bien, à ce que disait le gars. Qui tout de même m'a paru un peu bizarre. À l'en croire, ils faisaient… hum, de la bicyclette sur la piste du lac Kivu. Et une petite fille blanche était avec eux, portée dans un panier.

Des bicyclettes ? Une fillette dans un panier ? Ainsi donc, c'était vrai… Martin leur expliqua la situation d'Akeley, et tous hochèrent la tête, perplexes. Certains d'entre eux avaient déjà emmené leurs enfants en safari, mais au pays des gorilles, dans la jungle épaisse, c'était une autre paire de manches.

– D'après un autre, Akeley a installé son camp de base à Lulenga, chez des Pères blancs, au pied du mont Mikeno. Il n'était pas content de ses guides, mais le sultan du coin lui en avait promis d'autres. En tout cas, il est à pied d'œuvre, c'est sûr.

Ce cher Carl ! Qui percerait jamais son mystère ? Osa, d'abord, l'avait mal jugé, alors qu'il faisait discrètement passer le projet de Martin avant le sien. En forçant sur la note pour lui obtenir sur place des appuis. Tout le monde ici semblait déjà connaître leurs aventures, comme le nom de Nagapate, ou la supposée férocité des Big Nambas. Blayney, oubliant sa réserve, tapa sur l'épaule de Martin en apprenant qu'il avait apporté une copie de ses films, crénom, Martin ! Il faudra nous montrer ça un de ces jours ! Martin hochait la tête, promettait, évidemment, avec plaisir, le temps d'achever les travaux, mais elle devinait dans sa voix une pointe d'inquiétude. Après ce que leur en avait dit Akeley, ne risquaient-ils pas d'être déçus ?

Chacun des hommes présents aurait pu remplir

plusieurs livres de ses aventures, infiniment plus héroïques et dangereuses que les leurs. Pourtant ils les regardaient tous les deux, les yeux brillants, comme s'ils sortaient d'un roman de Rider Haggard, ou de Horatio Alger, sinon des aventures de Peck le garnement. Il y avait, quelque part, erreur sur les personnes. Aucun ne réalisait donc qu'ils avaient tout à découvrir de l'Afrique ? Osa posa sa main sur celle de Martin, sentit sa tension. Depuis le départ, il se répétait qu'Akeley attendait trop de lui. Et devant tous ces durs à cuire rassemblés, il percevait ce soir à quel point il se lançait dans l'inconnu…

D'ailleurs, pourquoi diable se passionnaient-ils pour un projet de préservation des animaux, eux qui les décimaient avec ardeur ? La conversation roulait sur les grands fauves, certains étaient carrés dans les profonds fauteuils de cuir sombre, les autres familièrement assis sur les accoudoirs, d'autres encore sur le tapis, réunis par la même passion, un verre à la main que les garçons noirs à gants blancs remplissaient régulièrement. Un feu clair dans la cheminée éclairait par à-coups les visages, et derrière eux l'or des vieux cuivres, les acajous profonds, les trophées aux murs qui paraissaient écouter, pensifs, les récits des conteurs. Martin buvait leurs paroles, les pressait de questions, ce ne serait pas tous les jours que se trouveraient ainsi rassemblés les meilleurs spécialistes ! Osa, n'y tenant plus, posa celle qui lui brûlait les lèvres et c'est Finch Hatton qui lui répondit, avec un sourire amusé, ce sourire lointain qu'elle devait apprendre à connaître :

– Mais, ma chère, parce que nous sommes nous-mêmes une espèce en voie de disparition…

Charles Cottar au même moment racontait, et sa voix grondait comme celle d'un vieux lion, à quel point il s'était senti à l'étroit en Amérique, Texas, Oklahoma, Colorado, il était allé toujours plus loin vers l'Ouest, mais les « hommes de l'Est » à chaque fois arrivaient avec leurs lois et leurs barbelés, aussi, à la lecture de Roosevelt, il avait tout laissé, femme et enfants, et à Nairobi, devant l'espace sans limite, il avait su qu'ici était la vraie vie, qu'ici était son vrai pays : le grand dehors.

– Vous l'entendez ? C'est ce pays-là, c'est cette vie-là qui sont en train de disparaître…

Et devant l'air interrogateur d'Osa :

– La guerre, ma chère ! C'est la guerre qui a tout changé. Ou qui nous a changés…

Il y avait en lui une telle mélancolie qu'elle se tourna vers Bror Blixen.

– Ne l'écoutez pas ! Denys est né pessimiste. Comme il est très fâché de ne pas être né Dieu, il trouve toujours quelque chose à redire à la Création. À la fin de la guerre, il nous a quittés. Du jour au lendemain. Vendu son domaine. Voyez ! Il vient juste de rentrer. On ne se détache pas du Kenya si facilement ! Ou bien c'est parce que ma femme s'ennuyait de lui…

Un léopard et un buffle côte à côte, se dit-elle. Finch Hatton, mince, blond, les attaches fines, assis sur un accoudoir avec une suprême nonchalance, les yeux mi-clos, qu'on pouvait croire lointain, indifférent, comme les félins, à l'instant de bondir. Bror Blixen, court, ramassé, visage carré, le cou large, tout en puissance compacte, mais les yeux rieurs, avide de mordre dans la vie. À quoi pouvait donc ressembler l'autre membre du trio ?

– Ne l'écoutez pas, poursuivait Bror. Nous le savons tous, n'est-ce pas, que le miracle ne pouvait pas durer ? Regardez-nous, Osa : allez, pas d'histoires, tous autant que nous sommes nous sommes des exclus. D'Eton, de Cambridge, de nos familles, de notre milieu. Des insultes vivantes au monde moderne ! Qui peut croire qu'il nous laisserait tranquille, celui-là ? Les petits hommes gris se vengent toujours, dirait Delamere. Qui de nous a gardé sa ferme ? Je ne prétends pas être un modèle, mais toi, Lindsay ? Toi, Cunningham ? Toi, Cottar ? Chasseurs blancs, jusqu'à ce qu'il ne reste plus rien de nous. Mais jusque-là… Tant que je pourrai me réveiller, moi, avec l'espace grand ouvert devant moi, m'endormir au cœur du monde, jouer le grand jeu ! Tout, au jour le jour. Chaque jour, comme si c'était le dernier. Sans idée d'avenir. Hein ? Qu'est-ce que vous en dites ? Et, qui sait ? Un lion ou un rhino, un jour, réglera la question pour nous. En attendant… nous aurons vécu !

Il éclata d'un rire strident, but son verre d'un trait. Les visages, autour de lui, s'étaient faits pensifs. Lindsay Black, accoudé à la cheminée, jeta deux bûches dans le feu, qui s'embrasèrent en crépitant, s'absorba dans la contemplation des flammes, Cottar eut un mouvement irrité, Cunningham ouvrit la bouche, mais aucun ne dit mot. Finch Hatton, les yeux dans le vague, paraissait très loin. Il y eut des raclements de gorge. Puis la conversation finit par reprendre. Et Finch, s'éveillant tout à coup, se pencha vers Martin :

– Je ne lis pas beaucoup les auteurs modernes, et Dieu, s'il s'intéresse à la littérature, sait que celui-là maltraite assez rudement la syntaxe, sans rien dire de ses idées, hum, sociales, mais chez votre ami Jack London, Martin, j'ai trouvé une idée, une idée forte que je croyais oubliée depuis longtemps. Bref, l'idée même qui animait un Shakespeare, un Marlowe, un Walter Raleigh : que c'est en une part sauvage, en nous, que gît notre puissance de création… Il aurait compris le Kenya, j'en suis sûr. Même si nous nous serions disputés sur bien des points.

Il sourit, proche tout à coup, chaleureux :

– Martin, c'est ce que nous espérons de vous : soyez notre Jack London !

Un murmure passa sur le groupe. Oui, c'était bien ça. Même Cottar, qui, en bon yankee, professait un total dédain pour les manières des « gentlemen d'Eton », grogna son approbation.

– Tous, ici, nous y avons cru, intervint Blayney. C'est même ce qui nous retient au Kenya. Je veux dire : l'idée d'une… crénom, d'une harmonie possible. Je ne sais fichtre pas si vous êtes porté sur la Bible, Martin, mais, oui : au jardin d'Eden. Le rêve que nous serions capables de vivre au cœur du monde sauvage. Vous, Finch, vous diriez une civilisation, et pardon pour les grands mots, ce doit être le whisky, *une civilisation accordée à ce que vous appelez notre part sauvage*. En tout cas, dites-moi, est-ce que je suis un vieux fou radoteur, ou bien c'est ce qui a été, pendant toutes ces années ? Ça n'a pas été facile, ça non ! Et même, hum, parfois assez héroïque. Mais, dites-moi, la vie n'a-t-elle pas été plus large, alors ?

Martin lançait en direction d'Osa des regards perplexes. Il avait accumulé les informations sur les animaux, visionné bien des films, étudié les photos de ses prédécesseurs, mais rien, délibérément rien sur les êtres humains, ou l'histoire du Kenya : ils ne seraient pas dans son film, avait-il décrété. Voilà tout à coup que tremblaient les frontières qu'il s'était lui-même fixées…

– Rassurez-vous, Martin, personne ici n'essaie de vous impliquer dans nos querelles ! Mais, pour nous, ce n'est pas seulement la vie des animaux sauvages qu'il s'agit de préserver, dit un colosse resté jusque-là silencieux, dans le fond de la pièce. C'est *toute* la vie sauvage. *Notre* vie sauvage. Celle des Massaï. Des Kikuyu. À travers elle, le Kenya lui-même, sacrément en péril ces temps-ci.

Sir Northrup MacMillan, du Conseil législatif, glissa Bror à l'oreille d'Osa, décrété par les Kikuyu le plus gros *msungu* du monde, cent soixante kilos au bas mot.

– Mais ne vous fiez pas à son tour de taille : il y a de ça vingt ans à peine il a remonté le Nil seul, traversé le désert à dos de chameau, puis gagné Nairobi à pied…

Tout allait de pair, insistait Northrup. L'afflux des

jeunes fortunés pressés d'abattre tout ce qui bougeait pour tromper leur ennui. L'arrivée de nouveaux colons. Avec cette décision de la Reine d'attribuer des terres supposées libres aux vétérans de la guerre, ceux-ci débarquaient par bateaux entiers, livrés à eux-mêmes, ruinés dès le départ par l'effondrement des cours, ne sachant rien de l'histoire du pays. L'immigration massive des Indiens, enfin, qui réclamaient des droits comparables à ceux des Blancs. Et puis le nouveau statut du Kenya, devenu une colonie, écrasée par le poids de l'administration de Londres.

– J'imagine, Martin, que vous devez vous sentir très loin de ces questions, mais croyez-moi : faites un grand, un beau film sur la vie sauvage et non seulement vous aiderez à la sauver, mais vous aiderez aussi le Kenya !

Le groupe approuva bruyamment. Soyez notre Jack London ! répéta Lindsay Black. Osa retint un sourire : elle ne savait trop si beaucoup, autour d'elle, avaient lu Jack London, mais aucun probablement n'imaginait l'effet de ces mots sur Martin…

– C'est tout de même curieux, lança-t-elle, et dans l'instant elle sut qu'elle s'aventurait sur un terrain glissant, vous êtes tous exactement comme Carl Akeley : vous chantez la paix du monde sauvage, mais vos histoires ne sont que de plaies et de bosses…

Les visages se tournèrent vers elle, attendant la suite. Elle s'obstina, malgré les signaux silencieux de Martin :

– À vous écouter, il n'y a pas de plus ardents défenseurs des espèces que vous, qui passez votre temps à les chasser…

Ses derniers mots tombèrent dans un silence pensif. Elle toussota, avec une moue d'enfant penaud :

– Mon papa me disait toujours qu'il ne faut jamais critiquer la chasse devant un chasseur…

– Et c'était un homme sage, dit Finch Hatton, en souriant.

– N'empêche, reprit Bror, elle n'a pas tort. Qui d'entre nous n'a pas été pris dans l'ivresse de tuer – de tuer encore, toujours plus ? Et cette sensation de puissance, alors, nom de Dieu, maîtres sur la terre offerte ! L'homme, le plus grand prédateur…

– Et puis un jour, à force de sang versé, nous est venue une grande fatigue, répondit Blayney d'une voix douce. Qui de nous ne l'a pas ressentie ? Même toi Cottar, qui t'es mis à la caméra… À moins que ce ne soit de le sentir tout à coup en péril, notre monde, qui nous a rendus un peu plus sages. Qui peut savoir ?

Martin hésita, puis, se tournant vers Finch Hatton, d'une voix hésitante :

– Jack London ne disait pas seulement que notre force de création réside dans cette part sauvage. Il insistait surtout sur l'idée – c'était à l'époque où il découvrait ce psychologue, Carl Jung – que cette force était *indifféremment de destruction et de création*. Que l'une n'allait pas sans le *risque* de l'autre. Surfer sur la crête de la vague ! C'était sa phrase favorite, à Hawaï… L'artiste, pour lui, était celui qui parvenait à contenir cette force dans une forme. Mais c'était Jack London…

Une voix sortant de l'ombre les fit sursauter :

– Mon cher Martin, c'est bien ce que j'ai entendu de plus profond depuis longtemps…

Des exclamations joyeuses accueillirent Berkeley Cole, maigre, les traits tirés par la douleur, les yeux brillants de fièvre. On voulut le faire asseoir, il refusa d'un geste. Il avait tenu simplement à saluer ses invités, mais à parler franc il souffrait le martyre, et retournait de ce pas s'aliter.

– En tout cas, si vous le permettez, Martin, j'aimerais bien passer chez vous, à l'occasion, pour bavarder de tout cela, poursuivit-il, la voix altérée par la douleur.

Si vous tenez ce fil de bout en bout, vous ferez à coup sûr un grand film…

Finch Hatton s'était levé pour le raccompagner, mais il n'était plus là, comme effacé par l'ombre de la pièce, fantôme déjà évanoui. Berkeley Cole, le dandy du monde sauvage, sur lequel couraient tant de légendes, dont on disait qu'il s'esquivait du Club chaque nuit pour rejoindre sa femme somalienne dans une maison secrète, Berkeley Cole, le chef de bande qui avait monté pendant la guerre une troupe d'irréguliers somaliens, les « éclaireurs de Cole », rétifs à toute discipline, machines à tuer qu'il était le seul à pouvoir mener, Berkeley Cole, le noceur qui après avoir essayé un hôtel louche sur la frontière avait trouvé avec ce club à déployer ses rêves d'esthète, Berkeley Cole, le double de Finch Hatton, le troisième mousquetaire…

Cottar attira l'attention par un formidable toussotement. Tout ça c'était bien beau, mais comment Martin comptait-il s'y prendre ? Têtu comme une bourrique, son père filmait tout seul, son fusil à portée de la main, expliqua Mike. Et quand le lion chargeait, il lâchait la manivelle juste six secondes avant l'impact. Trois pour épauler, tirer, l'abattre. Et trois pour qu'il roule juste à ses pieds.

Martin, prudent, se tourna vers Lindsay Black.

– Vous avez été le chasseur de Paul Rainey, n'est-ce pas ? J'ai vu tous ses films. Et il y a dedans de belles images…

Le chasseur secoua la tête, sourcils froncés. Oui, certes, il avait travaillé avec Paul Rainey, mais il l'avait quitté. Un faiseur, grommela-t-il. Riche à millions. Acharné à se construire une image de héros de roman. Il était arrivé au Kenya en 1911, avec l'idée de chasser le lion à cheval, en le rabattant avec des chiens dressés.

Toute une équipe à son service, dresseurs, cinéastes, taxidermistes, pour lui mâcher le travail, plus des chasseurs pour prendre des risques à sa place. Trente-sept lions abattus en trente-cinq jours ! Une boucherie. Mais il en voulait toujours plus. Toujours plus de risques, toujours plus de spectacle !

– J'ai refusé. Par dégoût. Alors il s'est tourné vers Fritz Schindelar. Le plus extraordinaire tireur qu'on ait jamais connu au Kenya. Et un cœur d'or. Vous l'avez tous connu. Il cachait son passé. On a su depuis qu'il avait été commandant d'un régiment de hussards hongrois. Et qu'il était de sang royal. Un risque-tout. Mort de la folie de Paul Rainey !

Mort pour une escroquerie, gronda-t-il, sous les hochements de tête approbateurs : cette vision du monde sauvage destinée à faire frissonner les citadins, peuplée de bêtes féroces, de brutes immondes, de fous meurtriers chargeant tout ce qui bougeait, de tueurs sanguinaires qu'il fallait abattre sans attendre. Et plus sanguinaires étaient montrées ces bêtes, plus dangereuses la savane ou la jungle, plus héroïque paraissait le chasseur mis en scène ! C'était cette vision qui précipitait ici, en hordes serrées, les jeunes crétins pressés d'abattre un lion ou un léopard pour poser près de leur dépouille, preuve de leur virilité.

– Oui, mais vous feriez comment, vous, pour le montrer autrement, ce monde ? insista Cottar.

– J'ai vu des photos d'un Allemand, Schilling, dit prudemment Martin. En plaçant des animaux, chèvres ou vaches, comme appâts, il a réussi de belles photos de nuit avec des flashs au magnésium… Dugmore, lui, a eu l'idée de câbles électriques connectés à des flashs. Dès qu'un animal les touche…

– C'est une idée, oui, convint Cottar.

– Et puis j'ai vu tout de même des images dans un

film de Rainey… des images prises dans le nord du Kenya, depuis des caches, près d'un trou d'eau.

– Mmm, ça c'est moins évident, grommela Cottar. Là-bas, peut-être. Et encore : en saison sèche. Quand les animaux n'ont pas le choix. Parce que sinon, croyez-moi, ils feront plusieurs miles pour vous éviter, jusqu'à un autre point d'eau. Martin, va vous falloir une sacrée patience…

Un tonnerre de vivats éclata au-dehors, il y eut une bousculade, des rires, et un vieillard superbe s'encadra dans la porte, crinière blanche, une jambe raide, devant lequel tous se levèrent. Lord Delamere lui-même, chuchota Blayney à l'oreille d'Osa, la légende vivante du Kenya ! Le père fondateur. La bête noire du Colonial Office.

– Eh bien, ce n'était pas prévu. Mais pour le coup, c'est le Kenya lui-même qui vient vous voir ce soir !

Elle s'attendait à un géant : il était de taille moyenne, mince, claudiquait légèrement, souvenir d'une rencontre inopinée avec un lion. Malgré ses cheveux blancs qui tombaient en boucles sur ses épaules, lui donnant des airs de patriarche, il dégageait une impression de puissance formidable. Et tandis qu'à l'entrée du bar il répondait aux uns et aux autres, elle l'observa, fascinée. Colérique, extravagant, noceur, chassé d'Eton à peine entré, honte de sa famille, il avait cherché fortune en Afrique, et après mille aventures, trafics, mystérieuses expéditions chez les marchands d'esclaves abyssiniens, il avait émergé un jour sur les hauts plateaux du Kenya pour n'en plus repartir. Un coup de foudre, l'éblouissement d'une terre promise, inviolée, protégée par les montagnes et le désert. N'était-ce pas la terre rêvée par Rider Haggard dans *Les Mines du roi Salomon*, le royaume caché des Koukouana ? Il n'y avait personne, alors, en ces contrées, pas même de Noirs. Les Massaï y passaient de loin en loin, sans conviction, préférant les terres basses. Et il y avait installé son empire, 142 000 acres dans la vallée du Rift, vivant avec sa femme dans des huttes de boue séchée, aux toitures d'herbe, sans fenêtre, semant, plantant, important des troupeaux, luttant contre les maladies, et devenant l'ami fidèle des Massaï. Ils étaient venus peu à peu à lui, et lui à eux, le soir les retrouvait dans sa hutte, assis autour du feu sur des peaux à même le sol, ou serrés sur le siège du buggy tiré pour l'occasion à l'intérieur. C'étaient alors d'interminables histoires de chasse, de lions et de bétail, ou comment les troupeaux étaient descendus du ciel sur un arc-en-ciel pour le seul usage des Massaï – et de Delamere, concédaient-ils en riant. Les flammes éclairaient contre le mur les porcelaines de lady Delamere, et l'argent de ses cuillers, souvenirs d'un temps devenu irréel. Les quelques bergers restés dehors à surveiller le bétail s'enveloppaient dans les couvertures dont leur avait fait cadeau leur ami. Au jour naissant d'autres les relèveraient, perchés sur une seule jambe, tenant au-dessus d'eux, avec des airs de princes, les ombrelles offertes pour les protéger du soleil. C'était su, et admis : le plus grand ami de Delamere était son chasseur somalien Abdullah Ashur, qui jadis l'avait sauvé des griffes d'un lion, au péril de sa vie – et gare à qui lui manquait de respect ! Le capitaine d'un navire, dans le golfe d'Aden, en savait quelque chose, que le vieux broussard avait fait passer par-dessus bord, pour lui apprendre les bonnes manières. Et il préférait de loin la compagnie de ses Massaï à ces habitants de Nairobi en qui il ne reconnaissait plus la folie pionnière des premiers âges – même s'il faisait de loin en loin de fracassantes descentes au Norfolk Hotel, ou au Muthaiga Club… N'avait-il pas eu l'idée géniale, pour protéger tout à la fois les animaux sauvages et les territoires de transhumance des Massaï de l'appétit prévisible des colons, de décréter réserves de chasse ces territoires, du même coup une bonne fois délimités ?

Comme Northrup MacMillan lui parlait à l'oreille, il leva les yeux vers Martin et Osa, traversa vivement la salle, suivi de sa cour bruissante. Les protégés de Carl Akeley ! S'il avait su plus tôt… Mais il était en réunions tous ces derniers jours, le gouverneur était rentré de Londres avec des nouvelles inquiétantes, lui-même s'apprêtait à y partir croiser le fer avec le Colonial Office. Il avait une rencontre d'ultimes mises au point ce soir, au Club, avec ses amis du Comité – comme il aurait aimé se joindre à eux, sinon ! Mais à son retour il les verrait sans faute. Déjà il repartait, cyclone en mouvement, quand il se retourna :

– Le monde sauvage, ce ne sont pas seulement les animaux, mais tous ceux qui y vivent ! Voyez les Massaï, voyez les Kikuyu. J'ai été… Ah, j'aurais tout dévasté, dans ma jeunesse ! Et puis j'ai appris. Grâce à eux. Pensez aux Massaï ! Et venez me voir…

C'était lord Delamere, passant tel un roi sans couronne – mais les vrais rois n'avaient pas besoin de couronne, glissa Finch Hatton lové dans son fauteuil, tandis que Blayney invitait les présents à un dîner frugal dans la salle attenante.

La question indienne menait le Kenya au bord de l'explosion – peut-être demain à la guerre civile, expliquait Blayney. Les indépendantistes, en Inde, avaient habilement trouvé ce coin à enfoncer dans l'édifice du Commonwealth, et encourageaient, du coup, une émigration massive au Kenya, en prenant au mot le Colonial Office : droits égaux à tous les membres du Commonwealth et liberté de circulation à l'intérieur de l'Empire.

Le Kenya comptait 9 000 Blancs, 23 000 Indiens et trois millions de Noirs. 23 000 Indiens, et toujours plus qui affluaient, sans éducation, sans travail, réclamant, poussés par les partis indiens, les mêmes droits que ceux des Blancs, mais en oubliant soigneusement les Noirs dans l'affaire. Autant dire que c'était la fin du Kenya actuel, de son histoire, de sa culture, de ses idéaux – la perspective demain d'un État indien. Comment ceux qui avaient bâti ce pays de leurs mains, de leur sang, pourraient-ils l'accepter ? Mais le Colonial Office cédait toujours, pour ne pas fournir en Inde des arguments aux trublions. Après tout, que pesait le Kenya face aux menaces de sécession de l'Inde ? Et il semblait bien, à entendre Delamere, que le gouverneur revenait avec de mauvaises nouvelles.

Quelqu'un, à Londres, comprenait-il seulement la situation ? Aucun colon blanc n'accepterait de capituler. Et tous ces vétérans de la guerre, déjà à demi ruinés, représentaient en cas de guerre civile une force militaire considérable.

– Et ça, reprit Blayney, en pleine crise des marchés du lin, du café, du sisal… Pour tout arranger, au moment où on prétend nous ôter tout pouvoir sur le pays que nous avons créé !

Bror fit tinter son verre. Voilà, c'était dit. Leurs amis savaient maintenant dans quel guêpier ils s'étaient fourrés. Et si l'on passait enfin aux choses sérieuses ? Le Club avait une réputation à tenir ! Le chef ramené de Goa par Berkeley Cole était d'un tempérament ombrageux, et certains faisaient sur leur cave des compliments qui demandaient à être vérifiés…

C'était à qui évoquerait les épisodes les plus extravagants de ces années d'avant la guerre, quand ils étaient jeunes encore, et insouciants. Comme la vie paraissait large, alors ! Robert Foran, le chasseur d'ivoire, tout juste arrivé, avisant dans Main Street un chasseur qui vérifiait son arme, dites-moi mon garçon vers où ai-je la meilleure chance de trouver un lion à abattre dans le coin ? Et l'autre, sur le même ton, eh bien, juste derrière vous.

– Foran se retourne… juste à temps pour découvrir un lion qui le chargeait. En pleine rue !

Le docteur Milne dévalant la rue à bicyclette, en pédalant comme un forcené, la bouche ouverte sur un hurlement d'épouvante, suivi par un lion qui s'était arrêté juste en face du poste de police, écœuré, langue pendante. Lady Nesta Fitzgerald déboulant à cheval dans le bar alors bondé du Norfolk. Le capitaine Jackie Lethbridge, qui se promenait partout en ville, suivi à deux pas par un lion apprivoisé, retour d'une incroyable odyssée, 1 500 miles à travers le désert pour convoyer 40 poneys de polo jusqu'à Addis Abeba, destinés à l'empereur Ménélik, Lethbridge, qui avait quitté le Kenya en 1911 parce qu'il le trouvait « décidément trop civilisé ». Lord Delamere, décrétant, entêté, que c'était trop facile de sauter à cheval par-dessus la grande table du Norfolk, et qu'il allait céans la franchir *dans le sens de la longueur*. Et en plein dîner, encore…

– Et alors ?

– Il a payé sans broncher la table en miettes…

Des enfants joueurs, dans le jardin de toutes les merveilles… Comme l'étaient peut-être tous les aventuriers ? Martin fit rire aux larmes l'assemblée par le récit de ses premiers temps en compagnie de Jack London, lui le gamin monté en graine, faux cuisinier tremblant d'être renvoyé par le grand homme, comment avait-il pu imaginer pouvoir faire illusion ? Il avait découvert, en fait de grand homme, un collégien attardé à peu près irresponsable, et sa femme Charmian exactement du même calibre. Le capitaine Roscoe Eames n'avait piloté de navire qu'au bar du Yacht-Club. Les charpentiers n'en faisaient qu'à leur tête, ayant repéré le pigeon idéal. Quand ils avaient levé l'ancre les coutures du pont, jamais arrosées, s'étaient ouvertes, le bastingage n'avait pas été huilé, la coque fuyait par toutes ses jointures, les réservoirs d'essence avaient fait de même, souillant les vivres. Dès sa mise en route le moteur avait brisé ses attaches, trop faibles sur un bois trop tendre, ne restaient que les voiles pour avancer. Roscoe n'avait pas la moindre idée de l'usage d'un sextant, et de toute manière ne savait pas lire une carte. Arrivés à Hawaï par un miracle que nul ne s'expliquait, Jack, qui prétendait savoir jauger un homme d'un seul coup d'œil, avait troqué Roscoe contre un séminariste qui avait joué les « monsieur muscles » dans un cirque français, lui-même remplacé peu après par un assassin en fuite. Cette croisière entrée depuis dans les classiques de la mer avait été à ses débuts celle, en zigzag, d'une bande de dangereux cinglés. Lui-même, de cuisinier incompétent, avait gagné le grade de mécanicien, alors qu'il ne savait rien des moteurs…

– Et pourtant, comment comprenez-vous cela, vous autres ? Il est des voyages dont on se dit qu'ils vous font, vous révèlent à vous-mêmes, dont vous ne revenez jamais vraiment, comme s'ils tenaient en eux le sens même de la vie – et vous ne cessez jamais de les refaire, ensuite, à travers vos autres voyages.

Tous, autour de lui, approuvaient de la tête. Les bouteilles défilaient, le Chambertin était sublime, Finch Hatton, en réponse à Martin, leva son verre à l'esprit de jeunesse : « “Qui est aimé des dieux meurt jeune”, ne signifie pas que celui-là meurt quand il est jeune, mais qu'il est *jeune* quand il meurt. » Osa tressaillit. N'était-ce pas la phrase inscrite au mur d'Akeley ? Bror se pencha vers elle en gloussant : aimé des dieux, il ne savait pas, mais jeunes, ça, oui, à commencer par ce polisson de Delamere ! Ils étaient tous restés des gamins, venus ici précisément pour le rester, étudiants pitoyables, virés d'Eton ou de Cambridge, désespoirs de leurs familles, galopins effrontés qui avaient un jour découvert qu'ici ils pouvaient le rester. Lui, Bror, baron Bror Frederick von Blixen-Finecke, né en Suède, avait été le plus déplorable élément de la famille, dissipé, bagarreur, rêvant de plaies et de bosses, et c'est peut-être pour ne plus voir le portrait sévère de son père, la sinistre, l'insupportable galerie de portraits de ses aïeux qui à chaque passage le fusillaient du regard, qu'il s'était mis en tête avec Karen, sa femme, de se faire fermier au Kenya. En choisissant bien sûr la mauvaise culture, le café, au mauvais endroit. Ce qui l'avait conduit, conclusion provisoire de sa lamentable existence, à se faire chasseur, guide pour amateur de safaris, profession qui n'était pas sans quelques consolations annexes… Qui, à cette table, pouvait dire qu'il n'avait pas été rejeté, peu ou prou, par sa famille, par son milieu, par la société ? Finch Hatton, comiquement, leva de nouveau son verre « aux paroles du grand sage ». L'aventure était bien le monde des enfants indociles. Là, le monde redevenait simple, réduit à la nécessité de la survie, à l'urgence de la quête, sans plus les tourments des adultes englués dans la grande fourmilière, bardés de conformismes, écrasés de soucis. Tous autant qu'ils étaient ils gardaient quelque chose de Peter Pan au royaume de Neverneverland. On se disputa un peu, occasion d'introduire le dessert qu'accompagnait un Château d'Yquem, sur la question de savoir qui était à cette table le capitaine Crochet. Pour ce qui était du crocodile, on n'en manquait pas, et ils avaient cette fois la chance d'une sublime fée Clochette, ajouta Bror en saluant Osa.

V

Les accents d'airain de la trompette d'Henry « Hot Lips » Busse éclatèrent, triomphants, qu'elle reconnut dès les premières notes, dominant les voltes capricieuses des clarinettes, les glissandos rauques des trombones, mais le martèlement oppressant de la rythmique déjà revenait, emportant tout sur son passage, pliant chaque voix à sa loi : « Wang Wang Blues », le « tube » de l'année, qui avait porté au pinacle Paul Whiteman. Saisis, tous se turent, et la rumeur les enveloppa, que tout à leur conversation, dans le refuge de leur salle à l'écart, ils n'avaient pas perçue : piétinements pressés, bruits de verres, éclats de rire, le Club s'était rempli à leur insu, chasseurs, fermiers, jeunes fêtards, la limite des vingt heures passée, les dames de Nairobi étaient là, elles aussi, accompagnées ou seules, dans un concours de toilettes extravagantes, fardées, les yeux brillants, parlant haut. Un instant, Osa se crut à la soirée de l'Explorers' Club, à New York et sans qu'elle comprît pourquoi une vague de tristesse lui serra le cœur. Ou bien était-ce le souvenir de tout ce qu'elle avait laissé là-bas ? Des images lui revenaient, Ethel Waters chez Edmond, tandis que Bubber Miley serré contre elle arrachait à sa trompette « wa-wa » des sons qu'elle n'avait jamais entendus auparavant, et la main de Leslie, alors, avait pris la sienne, mais non, elle n'avait rien laissé derrière elle, elle était tout entière ici, à l'orée de la grande aventure dont elle avait tant rêvé, avec l'homme qu'elle aimait…

I got those Wang Wang blues
He's got the blues
Those awful Wang Wang blues
Those dirty blues

Dans la salle qui jouxtait le salon où ils dînaient quelqu'un appelait à la danse. Finch Hatton eut un sourire moqueur :

– Voyez, vous avez gagné ! Broadway à Nairobi…

L'effet de surprise avait été total. La conversation depuis un moment roulait sur New York, New York sens dessus dessous, New York de la Prohibition et des sunlights, New York qui s'affirmait comme le centre du monde, le lieu où s'inventait le siècle. Bror voulait tout savoir des dernières modes, des girls et des *flappers*, des succès de Broadway, Blayney ne se lassait pas des histoires de juges et de bootleggers, les exploits de Moe Smith et Izzy Einstein avaient fait rire aux larmes, Finch Hatton, seul, avait surpris par sa mélancolie : cette génération sans mémoire, sans racines, sans repères, qui croyait tout réinventer en se revendiquant ignare, allait selon lui se fracasser contre l'acier du siècle.

Ce qu'il retenait de la lecture du livre de ce Scott Fitzgerald, idole des *flappers* s'il avait bien compris, ce n'était certes pas les idées, si naïves, non plus que la construction ou le style, disons encore juvéniles, mais le sentiment fragile du temps qui passait, du temps qui usait, du temps qui déjà brisait les rêves et les êtres, le sentiment inéluctable de la fin avant même l'ébauche d'un début, cette lente déchirure qui peu à peu séparait chacun de soi-même. Le monde de l'argent, du travail, des petits hommes gris occupait déjà toute la place, la guerre comme toujours avait gagné, la guerre de masse produisait aujourd'hui l'homme de masse, auquel les moyens nouveaux allaient donner le pouvoir, la masse qui bientôt forcerait chacun en ses royaumes secrets, dicterait par la mode ses goûts et ses dégoûts, la radio, le cinéma lentement façonneraient des hommes tous semblables. Ce Scott Fitzgerald, soupira-t-il, était attachant parce qu'il se savait perdant, se choisissait perdant, attachant par ce sentiment qui courait de page en page qu'il écrivait tout à la fois le rêve d'une autre vie et le mot de la fin…

– Peste, avait grommelé Bror, je t'ai connu avec le vin plus gai !

Osa se surprit à protester vigoureusement. Scott Fitzgerald et Zelda peut-être, elle ne les connaissait pas suffisamment pour en juger, même si elle avait encore à la mémoire la morgue de Zelda, les phrases assassines de Dorothy Parker, mais ce n'était pas tout New York. Dès son arrivée, là-bas, elle avait d'abord senti la joie, dans la rue, l'énergie qui soulevait la foule, débordait comme un fleuve en crue, emportait chacun dans son tumulte, la vie qui semblait tout à coup plus intense, tous les possibles ouverts. Les vieux préjugés s'effondraient sous la poussée de la jeunesse, les femmes brisaient leurs chaînes, prenaient en main leur vie, la ville battait comme un cœur gigantesque, comment ne percevait-il pas cette énergie qui soulevait le monde, au sortir de la guerre, le goût de l'aventure, la fièvre des inventions ? Au printemps, Einstein était venu à New York exposer sa théorie révolutionnaire, Freud, Jung, Havelock Ellis à ce que l'on disait bouleversaient ce qu'on croyait savoir des êtres humains, des projets se montaient partout d'exploration du monde, avions, autos, électricité, radio, cinéma : oui, c'était bien une révolution ! La jeunesse du monde qui prenait le pouvoir !

Elle s'était arrêtée, confuse, consciente, tout à coup,

du silence autour de la table, des regards étonnés. Pourquoi diable s'était-elle enflammée ainsi ? Finch Hatton avait eu un léger sourire, mais c'était plus de lui que d'elle qu'il se moquait, dans l'instant :

– Quant à la joie et la tristesse, chère Osa, cela dépend de quel côté on se sent, du monde qui vient, ou de celui qui meurt…

Et c'est à ce moment-là, précisément, qu'avaient retenti les premières mesures de « Wang Wang Blues »…

Bror s'ébroua : les jeunes, à côté, dansaient tandis que les vieux impotents philosophaient. Comme toujours…

– Que disais-tu, Finch, que les dieux meurent jeunes ? En bien soyons jeunes, une fois encore !

Il se tourna vers Osa, mais celle-ci, qui l'avait deviné, s'échappait déjà, mutine : elle avait promis une danse à Martin depuis si longtemps ! Une femme mariée, danser avec son mari, ici, au Club ? Bror protestait : ça allait faire jaser ! Martin, un peu étonné, s'était exécuté, avec application. Pas de blague, lui avait-elle chuchoté à l'oreille, on va leur montrer à tous ce qu'est New York ! Déchaînée comme une girl de revue, elle avait multiplié les figures les plus risquées, tourbillonnant autour de lui, focalisant tous les regards – à la dernière note Martin, le souffle coupé, se retenait de crier grâce. Il y eut un tonnerre d'applaudissements, un bruissement de murmures passa, on découvrait enfin le mystérieux couple d'Américains, la femme qui avait été mangée, ou presque, par des anthropophages. Un groupe d'honorables ladies exigeaient d'être présentées à Martin, qui pour l'heure essayait surtout de retrouver sa respiration. Osa, du regard, cherchait dans la foule un visage connu, Blayney, Finch, Bror, quand une jeune fille maigre, aux airs de chat sauvage, coiffée à la garçonne, l'aborda brusquement :

– Vous couchez avec votre mari ?

Sur le coup, Osa resta sans voix. Celle-là, on ne la lui avait jamais faite. Elle se reprit, bredouilla :

– Euh, oui, bien sûr !

L'autre eut une moue dubitative, sinon désapprobatrice.

– Vous voulez dire que vous faites encore l'amour avec lui ?

– Encore assez souvent, oui.

– Et vous ne le trompez pas ?

– Mais non, enfin !

C'était assez, cette petite morveuse avait surtout besoin d'une bonne paire de claques.

– Ne vous fâchez pas ! Je me documente !

L'inconnue réfléchit, le front baissé, têtue :

– Moi, j'ai trompé mon mari tout de suite… Mais c'est une nouille.

Les yeux brûlants, la bouche gourmande malgré la moue boudeuse, tout en brusquerie, elle était jolie, en garçon manqué. Et même très jolie, se dit Osa, notant son corps mince, aux muscles longs, ses hanches étroites.

– Vous savez les trois A de Nairobi ? Non ? Altitude, Alcool, Adultère. Vous savez la première formule d'accueil des femmes, ici ?

Non, elle ne savait pas.

– « Êtes-vous mariée, ou habitez-vous à Nairobi ? » En dehors des vieux tas, tout le monde trompe tout le monde, ici !

– Eh bien, merci pour le vieux tas. Si tout le monde appliquait vos principes, la ville serait vite dépeuplée !

Osa, agacée, esquissait un mouvement de repli, quand la gamine se pencha vers elle, en désignant du menton les hommes qui discutaient dans un coin, les femmes en grande conversation dont les regards sans cesse revenaient vers elles :

– Vous savez ce qu'ils font ? Ils parient sur vous !

– Sur moi ?

– Oui, pour savoir qui couchera le premier avec vous.

Ça suffisait. Elle lança un appel silencieux au secours en direction de Finch Hatton, qui arrivait, une lueur amusée dans le regard.

– Oh, mais je vois que notre petite peste a déjà planté ses griffes sur vous ? Beryl, qu'est-ce que tu fiches dehors à cette heure ?

Elle s'était échappée. Son mari était Dieu savait où, sans doute en train de pleurer sur lui-même dans un verre de whisky, Ruta, son frère presque, était chez ses oncles pour trois jours, elle avait eu envie de compagnie, où était le problème ? Avec quelques dizaines de mâles fin saouls errant dans les couloirs, pas question de rester dormir au Club, avait tranché Finch, l'air sévère. Et pas question non plus de rentrer de nuit, seule, à la ferme ! La chipie avait haussé les épaules : une botte de paille suffirait dans le box de son cheval. Finch, à grands gestes, appelait à lui Blayney, il aurait bien une place cette nuit, chez lui, pour Beryl ? Surtout, qu'il n'hésite pas à l'attacher avec une bonne corde ! Elle, narquoise :

– Mais tu t'inquiètes pour moi ! Hein, c'est ça ? Dis que tu t'inquiètes pour moi !

Finch avait poussé un soupir exaspéré :

– Ah, je plains le premier malheureux sur lequel tu mettras vraiment le grappin !

L'œil de la tigresse avait brillé :

– Alors, plains-toi. Parce que ce sera toi…

Pitié, avait lancé Finch, elle devenait chaque année de plus en plus intenable.

– Tu verras… On parie ? Ou alors ce sera personne. Qui sait ? Ou bien Bror… Non ! Bror ce sera après toi. Si je dois te tuer.

– Bon sang, Blayney, délivrez-moi de cette calamité !

Beryl Clutterbuck, l'enfant chérie, trop chérie du Kenya, avait expliqué Finch en la suivant des yeux d'un air attendri. Elle avait 2 ans quand sa famille s'était installée près du domaine de Delamere, à Njoro, dans la vallée du Rift. Sa mère, effrayée, était presque aussitôt rentrée en Angleterre avec son fils, les laissant seuls, elle et son père. Et comme celui-ci ne pensait qu'aux chevaux, les Africains du domaine, les Luo, Nandi, Kikuyu, et même Massaï, l'avaient élevée. Un an auparavant, elle avait épousé le capitaine Jock Purves, un brave garçon au demeurant, pour prendre ses distances d'avec son père qui avait fait faillite et filé à Cape Town. En quelques mois elle avait fait de Jock une loque et s'était mis en tête de reprendre le métier d'entraîneur de son père.

– Sa première langue a été le swahili ! Pour elle, son vrai père est Arap Maina, et son frère, Ruta. Des Kikuyu. Elle a été initiée par eux comme un garçon. Autrement dit, comme un guerrier. Elle passe la moitié de son temps près d'eux, dans une hutte de boue séchée. Et le reste, dans une maison que lui a donnée Delamere. Sa seule école a été le bush, sa seule loi, la survie. Elle connaît mieux le bush que n'importe lequel d'entre nous : elle en fait partie. Prenez garde ! La jeune fille de bonne famille est aussi un guerrier kikuyu…

Elle était au centre d'un groupe de jeunes gens admiratifs, ou intrigués par son allure, qui ressemblaient comme deux gouttes d'eau à ceux qu'Osa avait pu voir, à son arrivée au Norfolk, venus en Afrique tromper leur ennui, et elle, ravie, riait avec eux de bon cœur comme n'importe quelle gamine de son âge. Un disque de jazz remplaça la valse nostalgique qui avait rassemblé les seniors. Les jeunes gens, d'autorité, prirent possession de la piste. Deux des garçons entreprirent de lui enseigner les subtilités du cake walk.

Pour tous ici, poursuivit Finch Hatton sans la quitter

des yeux, elle était le symbole de ce que pourrait devenir le Kenya : la fusion de deux cultures, de deux civilisations dans le creuset commun de la vie sauvage. Restait à savoir si la greffe tiendrait. Et quels fruits elle donnerait. Tous, ils faisaient des prières : elle était un peu leur enfant à tous…

– En attendant, quel foutu caractère !

Un mélange instable, toujours au bord de l'explosion, songea Osa. Une enfant trop tôt devenue femme, mais une enfant encore, perdue entre deux mondes séparés par des millénaires. Trop lourd, bien trop lourd pour ses frêles épaules. Un des garçons se pencha à son oreille, en se serrant contre elle – la seconde suivante il était à genoux, se tenant la joue, la main en sang, tandis que Finch, jurant, courait déjà vers elle. Une guerrière kikuyu, avait-il dit. Si rapide que ni l'un ni l'autre n'avaient vu son geste. L'enfant Beryl était, en cet instant, une bête fauve, frémissante, défiant le groupe effaré. Et elle aurait aussi bien pu tuer le garçon à ses pieds, se dit Osa, si Finch ne l'avait pas ceinturée…

Le malheureux promptement évacué, la musique reprit comme si de rien n'était.

– Hé, autant caresser une tigresse en rut !

Bror, hilare, émergea du tourbillon des danseurs. Ça lui ferait des souvenirs, à ce garçon : son premier safari, en plein bal ! Et comme on repassait le trépidant « Baltimore Buzz » il tira Osa par le bras, sans façon. Son obsession maritale était certes admirable, et tout à fait exotique à Nairobi, mais ne l'empêchait tout de même pas de lui accorder cette danse ? Et cette autre encore, s'empressa-t-il d'ajouter quand suivit « Love Will Find a Way », la valse torride de *Shuffle Along*. Elle chercha Martin du regard, le vit plongé, près de la porte, dans une intense conversation avec le vieux Cottar, probablement sur le mode d'emploi de sa caméra, et elle se laissa entraîner par Bror, s'abandonna à la musique, chaque pas effaçait l'image de Beryl toutes griffes dehors. Bror l'étreignit un peu plus fort, chuchota à son oreille :

– J'ai envie de faire l'amour avec vous.

C'était dit sur un ton si naturel qu'à sa propre surprise elle éclata de rire. Ah non ! protesta Bror, fâché, ne riez pas ! Le rire était pire que tout !

– Vos… enfin, je me comprends, votre… vos lèvres, vos yeux, bon sang il n'y a pas un centimètre carré de votre corps qui ne crie pas quelque chose que vous êtes la seule à ne pas entendre !

– Qu'est-ce que vous en savez ?

Beryl surgit devant eux, souriante, comme si de rien n'était, simple gamine heureuse de valser entre les bras de Finch Hatton, quant à lui un rien fataliste. La danse les rapprocha, le temps d'un murmure à l'oreille d'Osa, déjà le tourbillon l'emportait :

– Vous en faites, une tête ! Qu'est-ce qu'elle vous a dit ?

– Oh ! Rien. « Bror favori sur les courtes distances, Finch, pour le steeple. » Des paris, qu'on fait sur moi, paraît-il. À qui me sautera le premier.

La mine de Bror s'allongea :

– Ça n'a pas l'air de vous émouvoir spécialement ?

Elle lui raconta les folles semaines parmi les chercheurs d'or à Black Hawk. Après ça, on ne craignait plus rien…

– Je ne vous fais pas peur, c'est déjà ça…

– Vous ? Oh non ! Avec vous je me sens… en confiance. J'ai tort ?

Elle gloussa :

– Je… En fait, je vous aime bien. Ça vous embête ?

Elle n'allait tout de même pas lui faire le coup de l'amitié homme-femme ! Si ? Misère, il fallait que ça tombe sur lui… Il la fixa, sourcils froncés, mais ne put s'empêcher de sourire.

– D'accord. Mais alors, promis, vous ne direz rien ? C'est que j'ai une réputation, ici…

Il s'arrêta :

– N'empêche… Vous êtes tout de même un sacré numéro !

Et dans un chuchotement :

– Mais je ne renonce pas !

La voix de Lorrie Gee s'éleva, dans « I'm just wild about Harry ». Quelqu'un avait dû apporter ce soir tous les airs de *Shuffle Along*. Et c'était comme un fil ténu, un pont tendu entre New York et Nairobi juste pour leur arrivée – le signe, aussi, envoyé par quelque dieu malicieux, qu'ils ne s'étaient pas trompés…

Un vacarme de tous les diables interrompit net les conversations. Des tables s'effondraient, des chaises, des meubles, des verres se brisaient par dizaines, un gaillard, à l'entrée de la pièce, hurla : les Muthaiga Maulers ! Tous se précipitèrent. Lord Delamere entrait en action, on allait enfin rigoler ! Un lampadaire s'effondra sur le parquet, des garçons en gants blancs se précipitèrent, le visage impassible. Le pack des anciens d'Eton avec Delamere en demi de mêlée contre le reste de la colonie ! Les dignes représentants du peuple, en bras de chemise, le cou gonflé, liés en pack de rugby, se défoulaient après leur rude séance sur l'avenir du Kenya, rentraient en bélier dans leurs adversaires, têtes baissées, dans un craquement de vertèbres et de muscles. Les meubles, autour d'eux, n'étaient plus que menues brindilles. Delamere plongea pour son demi d'ouverture, le drop imparable explosa en mille éclats le dernier lampadaire. Ah ! Ça commençait bien ! Delamere déjà se redressait, la chemise déchirée, quand le poing velu d'un géant le coupa dans son élan, la bagarre devint générale. C'était comme ça tous les week-ends ou presque, cria Bror, rayonnant. Mais Delamere à chaque fois payait rubis sur l'ongle, un hangar était plein de meubles de remplacement – la force de l'habitude. Quand il serait fin saoul, la partie se prolongerait sur les toits du club, au prix de quelques chutes, et de membres brisés – avant de s'égailler derrière les buissons complices du golf pour satisfaire les dames, déjà rouges elles aussi, essoufflées, qui vociféraient leurs encouragements, tout vernis en allé. Des rugissements montaient du plus profond de la nuit dont elle n'aurait su dire s'ils venaient des hommes en furie ou des lions attirés par le bruit. Plusieurs fois des couples s'étaient trouvés attaqués en pleins ébats, ça rajoutait du piment à la chose, riait Bror, qui déjà ôtait sa veste pour se joindre à la fête. Cette nuit, juré, allait s'ajouter à la légende du Club ! Il disparut dans le tumulte. Elle vit Martin qui la cherchait, courut vers lui. La plus raffinée des beautés en plein cœur de la sauvagerie, avait rêvé Berkeley Cole, en créant le Club. Mais où, la beauté, où la sauvagerie ? Ou bien l'une n'était-elle que l'envers, la condition de l'autre ?

VI

Son cœur fit un bond en même temps que la vieille Ford quand elle quitta la route pour s'engager sur la piste de terre rouge. Kalowatt, sur les genoux du pauvre John, trépignait d'enthousiasme. L'aube se levait à peine lorsqu'ils avaient quitté la maison, les deux voitures chargées à ras bord, Osa en éclaireur, Martin au volant de la deuxième Ford. Au sortir de la ville endormie ils avaient longé des fermes, puis les champs de sisal. Dans la pénombre froide on devinait des animaux, zèbres, gazelles, qui broutaient en bordure de la route, traversaient sans crier gare comme si le convoi pour eux n'existait pas, puis, passé les dernières huttes de boue séchée, la lente ondulation des hautes herbes de la plaine s'était déployée devant eux jusqu'aux lointains noyés dans un brouillard bleuâtre. Des lambeaux de nuit grise s'accrochaient encore aux bosquets de mimosas, un liséré rouge soulignait juste la ligne de crête des montagnes, si sombres à leur pied qu'il leur semblait avancer vers quelque mer inquiétante. Chacun, perdu dans ses pensées ou encore somnolent, demeurait silencieux. Amina, Toto, Dumo, Karoda, le vieux Mohammed, serrés les uns contre les autres devant la grille du parc, les avaient regardés s'éloigner sans mot dire. Seul Toto, blotti contre Amina, n'avait pas caché son désarroi : qui allait faire les courses de la *memsahib*, les jours prochains ? À l'excitation de l'aventure à venir était venu se mêler un petit pincement quand elle avait vu la maison disparaître dans son rétroviseur. Qu'allaient devenir ses légumes, ses fleurs, en son absence, ce nid où elle avait pris tant de bonheur à se lover – sa première maison, enfin ? Mais, bah, s'était-elle surprise à penser, c'était juste l'affaire d'une semaine ou deux…

Ferraragi, derrière elle, émit un grognement en tendant le bras. La première piste sur la droite, après les champs de sisal, avait dit Blayney. Elle obliqua sans lever le pied, dans un crissement de pneus. La voiture tangua, grinça, en une succession de cahots si violents qu'ils lui arrachèrent le volant des mains, la projetant contre le toit. Dans un brouillard lointain elle entendit John hurler « moins vite, crénom ! », reprit sans savoir comment le contrôle de la voiture. Pas de doute, ils entraient dans un autre monde. Ici, se dit-elle avec une intensité qui la fit trembler de tous ses membres, ici, exactement, commençait l'aventure.

Quelqu'un, là-haut, avait dû l'entendre, ou l'attendait. Le ciel pâlit, rosit, une nappe de lumière grossit sur les hauteurs, déferla sur l'étendue en une longue coulée, l'inondant comme une mer en crue, et chaque buisson, chaque arbre, les vagues d'herbes hautes, s'éveillaient à son approche, dans un scintillement de perles irisées, elle montait, montait toujours, venait à sa rencontre – tous ces mois de négociations, de doutes, d'espérances, de quête de financiers à New York, toutes les semaines passées à Nairobi n'avaient été que pour cet instant-là. La Ford ralentit en hoquetant sans qu'elle y prenne garde, cala. Et le grand silence de la plaine la submergea, la lumière passa sur elle comme une onde bienfaisante. L'air frissonnait, vif et joyeux.

Un klaxon enroué l'arracha à sa rêverie. Martin arrivait déjà, dans un nuage de poussière. « Pas une seconde à perdre », soupira John, narquois, et ils éclatèrent de rire, tandis qu'elle tentait de redémarrer. Pas une seconde à perdre, en effet, avant de dresser le campement, sur les rives de l'Athi. Mais il fallut que Martin descende de voiture pour relancer le moteur – juste une affaire de quelques jours pour l'avoir bien en main, avait dit le vendeur, avec ce qui leur avait semblé un soupçon d'ironie. Après tout, voulut-elle se rassurer, c'était seulement la première fois qu'elle se risquait seule depuis l'épisode incertain de son examen. Elle reprit le volant, s'appliquant à ne pas caler de nouveau, sous le regard pensif des passagers, et poussa un cri quand elle leva la tête : la plaine, à perte de vue, s'était couverte de hardes d'animaux surgis comme par miracle des replis de la nuit, zèbres fessus, gazelles dont John énumérait les variétés, fier de son savoir neuf, gazelles de Thomson, aux flancs striés de noir, gazelles de Grant, plus élancées, impalas, antilopes, gnous aux fronts têtus, qui paissaient comme vaches au pré, groupes erratiques d'autruches éberluées, aussi placides que celles croisées un mois plus tôt dans le train de Mombasa. Martin devait jubiler, pensa-t-elle : filmer serait un jeu d'enfant. Et, au moins, on ne risquait pas de manquer de viande fraîche. Le premier « tour de chauffe » pour tester équipe et matériel s'annonçait bien. Non seulement les bêtes ne marquaient nul effroi, mais elles paraissaient d'humeur joyeuse, comme prises elles aussi dans l'excitation du jour naissant, de la paix revenue. Un groupe de zèbres occupés à brouter presque au ras des roues démarra derrière eux dans un tonnerre de sabots, se porta à la hauteur des portières comme pour leur souhaiter la bienvenue, elle pouvait voir leurs muscles jouer sous la peau, qui dégageaient une impression de suprême aisance – et puis, quand ils se lassèrent, ils laissèrent la voiture sur place, d'une accélération foudroyante… pour les attendre un peu plus loin, sagement rangés sur le bas-côté, dans un ordre parfait, comme des badauds assistant à quelque course. Cela devint bientôt un jeu pour toute la plaine. À croire que chaque animal voulait voir de plus près ces chevaux de fer, les accompagner un temps pour le plaisir de les laisser sur place, ou bien, d'humeur taquine, de leur couper brusquement la route avant de disparaître. Les autruches, en particulier, arrachaient des cris de joie à Kalowatt, avec leur long cou dressé, déplumé, leurs pattes cagneuses qu'elles croisaient en d'improbables entrechats au plus fort de leur accélération sans jamais trébucher, sautillant et courant tout à la fois, dans une sorte de dégringolade convulsive, toujours rattrapée. Prise au jeu, Osa accélérait, la voiture sautait, gémissait, bringuebalait, et elle riait toujours, comme si elle voulait se mettre à l'unisson de l'universelle gaieté, Kalowatt, enragée, l'encourageait avec la fureur d'un parieur au Derby, les passagers s'agrippaient à ce qu'ils pouvaient pour ne pas se fracasser le crâne, John, qui depuis un moment avait ôté son dentier, gargouillait des cris étranglés mais elle accélérait, accélérait encore – jusqu'à ce qu'enfin elle perçoive les coups de klaxon exaspérés de Martin.

Le fleuve fut bientôt en vue, puis, à l'ombre de mimosas aux troncs noueux, le campement indiqué par Blayney. Martin sauta à terre, furieux :

– Mais tu es folle ? Il n'y a pas d'hôpital, par ici ! Et pas de mécanicien ! Bon sang, tu as failli nous rompre le cou !

Elle se dressa sur la pointe des pieds, l'embrassa en riant. Folle ? Non, elle était heureuse. Juste heureuse.

Précieux Blayney ! Avec celles du Muthaiga Club s'étaient ouvertes, semblait-il, toutes les portes de la ville. C'était à qui donnerait un coup de main pour marquer qu'ils étaient des leurs, désormais. Dès le lendemain matin, une Ford menaçant ruine s'était arrêtée devant leur grille, d'où était sortie une rude matrone, les bras chargés d'ustensiles divers, dont une batterie complète de cuisine, « les hommes ne pensaient jamais à ces choses-là », et Osa avait compris qu'Anita Cottar venait juste voir de plus près cet étrange couple de compatriotes. La gaillarde avait inspecté les lieux, les mains sur les hanches, en hochant la tête d'un air approbateur, avant de grommeler qu'il allait tout de même falloir ramener par la peau du cul ces foutus ouvriers. Tout le portrait de tante Millie – dont, en vieille pionnière de l'Ouest, elle partageait l'opinion sur les hommes en général, et sur les siens en particulier, qu'elle menait d'une main de fer. En y incluant d'ailleurs John qu'elle avait jugé du premier coup d'œil quand il était apparu encore endormi et la bouche visiblement pâteuse. Osa s'était retrouvée peu après dans la cuisine de sa nouvelle amie, les bras dans la farine jusqu'aux coudes, tandis qu'Anita sortait du four, tout chauds, d'énormes chaussons aux pommes. Mike et Bud, ses flandrins de garçons attirés par l'odeur (« à cet âge-là, ils ne sont encore que des boyaux »), étaient arrivés dans la cuisine, en se dandinant d'un air gourmand – mais, avait noté Osa, amusée, peut-être pas tous les deux gourmands de la même chose, Mike n'était plus seulement un boyau – et « Ma » les avait chassés à coups de torchon, ils ne voyaient donc pas qu'elles avaient des choses à se dire entre femmes ? Ça, elle en avait vu des rudes en Oklahoma et dans le Colorado !

– Et v'là t'y pas qu'un jour mon homme y file en Afrique, rapport à un article qu'il avait lu dans le journal. Plus de place ici pour respirer, qu'il disait. J't'enverrai un mot. Un an ! Un an avant qu'il revienne. « Anita, on fait les bagages. Là-bas… Ah ! Tu verras par toi-même. » Et j'ai vu. Nom de Dieu ! Que le Seigneur me pardonne mais je ne vois pas d'autre mot, j'aurais jamais cru que ça pouvait être si dur. Ça, pour être tranquilles, on était tranquilles : il n'y avait rien ! Ni personne.

Osa était de retour dans la cuisine de Chanute, les voix se mêlaient, s'entrecroisaient, Anita répondait à Millie, Belle s'esclaffait, elles avaient vécu tant de choses semblables ! Et maintenant, c'était son tour à elle, Osa, de vivre les temps de la Frontière.

– Au moins vous, ma petite, vous n'êtes pas comme toutes ces *fumelles* !

Fumelles, putes, gourgandines, garces, plus expertes avec leur cul qu'avec leurs mains – Anita n'avait pas sa langue dans sa poche et Osa, bouche bée, avait été informée céans, dans les moindres détails, des turpitudes de toutes les femmes de Nairobi. C'était l'altitude, à ce qu'on disait, ou l'alcool, ou les deux, en tout cas pas une ne résistait, tout le monde couchait avec tout le monde. Des foutaises, tout ça ! Juste des excuses commodes, la preuve c'est qu'elle avait tenu bon :

– Même lorsque ce grand saligaud de Jim Walsh a essayé, il est reparti, hé hé, le caleçon aux chevilles et à moitié scalpé à coups de fouet !

Le *rawhide* de cuir vert ramené du Colorado était toujours là, accroché au mur, et elle était encore capable d'arracher une cigarette à dix mètres, Charles savait ce qui l'attendait s'il venait à fauter, d'ailleurs elle lui faisait jurer sur la Bible toutes les semaines – Osa faillit éclater de rire en imaginant le géant terrible, au visage d'auroch en furie, chaque dimanche à genoux jurant sur la Bible son innocence, Anita près de lui, le fouet à la main. Anita avait regardé Osa :

– Non, vous, je crois que vous tiendrez le coup…

Elle l'avait regardée une deuxième fois des pieds à la tête.

– Mmm, ouais, mais ça sera plus difficile pour vous que pour moi…

Martin l'attendait, trépignant d'impatience. Il fallait qu'elle vienne, vite ! Il avait peut-être trouvé les hommes qui lui manquaient. Stanley Taylor avait tout arrangé, le temps des tracasseries semblait oublié, le Bureau des Affaires indigènes n'était plus que sourires. Mieux : un des deux hommes proposés par Taylor avait été de l'expédition de Roosevelt. Roosevelt ! Ah, c'était un signe, exultait-il, en allongeant ses enjambées, obligeant Osa à courir pour le suivre – Roosevelt qu'il avait manqué de quelques jours, au sortir de l'aventure du *Snark*…

L'homme de Roosevelt, dès l'abord, l'avait intimidée. Quelle autorité auraient-ils, novices en toutes choses, sur quelqu'un habité à ce point du sentiment de son importance ? Grand, droit et le regard lointain, impeccablement vêtu de kaki, Jerramani arborait sur la poitrine, avec la grâce indifférente d'un prince simplement de passage, la médaille gagnée pendant la guerre contre les Allemands. Elle tenta, en vain, de capter son regard. Celui-là ne donnerait jamais rien de lui. Il était là, simplement, semblait-il dire, c'était à prendre ou à laisser. D'un autre côté, un expert pouvait leur être précieux, essaya-t-elle de se rassurer. Elle savait que pour Martin le seul nom de Roosevelt avait valeur de talisman – comme un lien mystérieux soudain noué avec son premier projet, à la descente du *Snark*. Le meilleur, insistait Taylor, qui avait noté son hésitation : il dirigerait le groupe des porteurs, vérifierait la conformité des ballots, superviserait l'installation du camp, s'occuperait des fusils et de leur entretien, jouerait le rôle de guide, bref, il était la garantie d'une expédition sans souci. Un 'Mnuwesi du Tanganyika, ajouta-t-il, et cela, à ses yeux, semblait suffire. Comment le récuser, après pareils éloges ? Mais Jerramani, lui aussi, avait noté la réserve d'Osa. Son œil, un bref instant, avait étincelé, son visage, nez plat, lèvres énormes, s'était crispé en une expression d'une telle sauvagerie qu'elle avait eu un mouvement de recul. Mais non, elle avait dû rêver. Après tout, se rassura-t-elle, ce serait surtout à Martin de le diriger… Ferraragi, venu du Nyasaland, était tout son contraire, aussi lui plut-il aussitôt. De taille moyenne, souriant, il paraissait le prototype du gaillard sans problème. Presque aussi bon que Jerramani, et recommandé par Blayney, avait ajouté Stanley Taylor – le second idéal ! Autant dire qu'il avait été engagé aussitôt. Une bonne chose de faite, répétait Martin dans la rue en se frottant les mains. Tu te rends compte ? L'homme de Roosevelt ! Les choses, enfin, prenaient tournure. D'autant que Tarleton, de Tarleton, Whetham & Burtman, leur avait trouvé deux Ford, l'une neuve, l'autre d'occasion, à des prix devenus tout à coup raisonnables. Elles suffiraient, dans un premier temps. Mieux valait se risquer d'abord en de courtes expéditions sans porteurs, avait suggéré Blayney, et cela avait paru la voix de la sagesse, le temps d'éprouver les hommes et le matériel. Le temps aussi pour Martin de mieux apprécier comment utiliser ses caméras. Il serait temps plus tard d'acheter un camion, pour transporter tout le monde jusqu'au camp de base à partir duquel rayonner avec des porteurs. Avec Charles Cottar, un soir, à la maison, ils avaient souligné les meilleurs lieux où faire ses classes – et d'abord sur les rives de l'Athi, d'où ils pourraient revenir en une demi-journée en cas de problème…

Il fallait croire aux miracles – et Anita ne devait pas être étrangère à celui-là : au petit jour, le lendemain, Charles Cottar était apparu, poussant devant lui l'artisan que Martin n'espérait plus. « J'avais dit demain ! Mpusi toujours tenir parole », protestait ce dernier, soucieux de ne pas perdre la face, mais ses regards toujours revenaient vers Cottar qui le fixait en roulant des yeux terribles. Et la maison, comme par enchantement, était devenue un chantier bourdonnant, pour la plus grande joie de Kalowatt, ravie de se gagner un nouveau public. Les maçons, arrivés sur les pas du couvreur, travaillaient vite et bien, la gouttière et les cuves étaient presque montées. Cottar se faisait expliquer les subtilités jusque-là insoupçonnées de sa caméra, tout en gardant un œil sur les ouvriers, tandis que Bud, regard d'enfant mais corps d'athlète, travaillait dans la cour à l'aménagement des deux Ford, tout en multipliant les sourires en direction d'Osa. Tous allaient, venaient, l'air affairé, se croisaient en marmonnant comme il sied à des gens absorbés par l'urgence de leur tâche, et ce d'autant plus s'ils n'avaient rien à faire, comme Dumo et Karoda. Seuls, Aloni, 'Mishi et Zabanelli affichaient des mines moroses depuis qu'ils se savaient de l'expédition sur l'Athi : la perspective de quitter le confort douillet de la maison leur paraissait une déchéance, l'effondrement soudain de leur statut. Vivre à la dure ! Dehors ! C'était bien là des idées de Blancs.

Sir Edward Northey, le gouverneur, leur avait fait la surprise d'une visite impromptue. Tardive, s'était-il excusé, pour cause de problèmes sur lesquels, fonction oblige, il restait discret, mais qu'ils devinaient l'un et l'autre : Delamere le vieux lion rugissant était en route pour Londres, dans certains bars on avait même entendu des risque-tout parler de prendre les armes, le Kenya paraissait au bord de l'explosion. Northey avait approuvé leur sagesse, de débuter par une répétition générale sur les rives de l'Athi, mais, curieusement, seule une partie de son visage souriait – et ils s'étaient alors souvenus qu'à la suite d'une partie de polo, peu après son arrivée, il avait perdu l'usage d'un œil.

Il venait à peine de les quitter, sur la promesse que Martin lui ferait un jour prochain le plaisir d'une projection, quand Berkeley Cole et Finch Hatton s'étaient annoncés dans un concert de klaxons. Berkeley avait sorti du coffre de leur voiture une caisse contenant bouteilles de champagne et service de cristal. Finch Hatton, au lieu de son fusil, portait en bandoulière une guitare, et ils avaient passé ensemble une soirée délicieuse. Plus question de chasses ou d'aventures, la conversation avait roulé sur les royaumes d'enfance tandis que le soleil mourait derrière les grands arbres dans un océan pourpre, découpant devant eux des ombres fantastiques. Osa s'était montrée incollable sur la sorcière de l'Est, Dorothy Gale et son chien Toto au magique royaume d'Oz, Martin s'était peu ou prou identifié à Huckleberry Finn, Finch Hatton connaissait encore par cœur des pages de *Le Morte d'Arthur*, de Thomas Malory. Combien de fois avait-il sauvé Camelot assiégé avec son épée de bois et une chaise pour destrier ? Berkeley Cole avouait une tendresse particulière pour Puck, des collines du Sussex si chères à Kipling. Qu'adviendrait-il du monde si les fées n'existaient pas, comme le prétendaient les adultes ? Peut-être était-ce cela qui avait fait d'eux les moutons noirs de leurs familles, avait glissé Finch Hatton. Un dieu malin, ou distrait, les avait fait naître dans un mauvais siècle, où l'on ne croyait plus au *petit peuple*…

La nuit, silencieusement, les avait enveloppés, et ils avaient chanté, lovés comme des chats l'un contre l'autre, des lieder de Schubert, *Im Walde*, *Sehnsucht*, *Der Lindenbaum*, infiniment nostalgiques, qui disaient la blessure des âmes, la douleur et la douceur de la solitude, l'étrange sentiment de se sentir partout étranger ici-bas en quête, toujours vaine, d'un royaume perdu. Finch s'accompagnait à la guitare, et Osa, en les regardant, avait songé, troublée, plus qu'à une paire d'amis, à un couple lié par quelque mystérieux secret. Ils ne venaient pas d'un quelconque « chez soi » où ils retourneraient, ils étaient là, avec une totale plénitude, le temps de leur présence, comme des félins, ou des nomades. Tout à l'heure ils disparaîtraient comme ils étaient venus. Puis ils reviendraient, reprendraient possession des lieux. Avec eux, elle se sentait bien.

Serrée contre Martin elle les avait regardés s'éloigner dans l'allée, deux elfes joueurs et désespérés, prisonniers d'un temps qui n'était pas pour eux.

– Tu n'as pas l'impression d'être ici depuis toujours ?

– Depuis un mois, avait-il grimacé.

Un mois sans la moindre image, un mois bloqué à Nairobi.

Un mois peut-être, mais ne touchaient-ils pas au but ? Les gouttières étaient en place, le laboratoire pratiquement installé, les guides trouvés, les voitures équipées grâce à Bud !

Blayney, un matin, leur avait posé une question inattendue. Il venait d'inspecter le laboratoire, sécheuse, tireuse, distribution d'eau, avec ce sourire qu'Osa avait appris à déchiffrer : pourquoi diable fallait-il toujours aux Américains un équipement de QG de corps d'armée, là où une bouilloire à thé suffisait ? Et un bon fusil, évidemment.

– Au juste, Martin, vous savez tirer, j'imagine ?

– Tirer ?

Quelle drôle de question ! Oui, bien sûr. Enfin, il savait se servir d'une arme. Osa, à Bornéo, avait tué un cobra d'une balle en pleine tête. Avant, pour être juste, de manquer un cochon sauvage presque à bout portant.

Et John avait chassé le bison, à ce qu'il disait, il y avait une quarantaine d'années… De toute manière, ils venaient pour filmer les animaux. Pas pour les abattre. Les yeux de Blayney s'étaient agrandis, comme s'il les voyait tous les deux pour la première fois.

– Non : *tirer vraiment* ! Sur des bêtes féroces qui foncent sur vous. Sur des antilopes qui s'égaillent dans tous les sens, le temps de lever un sourcil. Vous voyez ce que je veux dire ? Crénom, il va bien vous falloir tuer du gibier, tout de même, pour vous et vos hommes !

Il les avait regardés un moment d'un air abattu :

– Écoutez : il vous *faut* un chasseur. Quelqu'un, tenez, comme le petit Bud.

– Et ça me coûterait combien ?

– Oh, il faut compter 100 dollars par mois.

– Quoi ?

Martin avait secoué la tête. L'argent filait trop vite, il fallait qu'il essaie de s'en passer. Au moins, au début. Et puis, si problème il y avait, il pourrait toujours faire un saut à Nairobi ?

Ces Américains ne doutaient décidément de rien. Blayney s'éloignait en marmonnant quand, pris d'un doute, il était revenu sur ses pas.

– Puisque nous en sommes aux surprises : bien sûr vous avez votre permis de conduire ?

Non, ils n'avaient pas. Ils ignoraient même qu'il en fallût un. Blayney était parti d'un vaste éclat de rire : ça, c'était la meilleure ! Si tout le monde conduit, avait répliqué Martin, vexé, ça ne doit tout de même pas être sorcier ! Une heure ou deux d'entraînement devraient suffire, non ?

Certainement, avait gloussé Blayney, l'air innocent. Il avait tenu, hilare, à assister à l'examen. Les employés de Tarleton qui leur avaient donné des cours en accéléré étaient là, eux aussi. En fait de permis, l'officier de police, un peu pressé pour cause de mariage d'un ami, avait proposé de s'en tenir à l'essentiel : démarrage et arrêt de la voiture, marche avant, marche arrière, virage à gauche, virage à droite. Martin, un peu crispé, s'en était tiré haut la main, il est vrai à l'allure d'un escargot. À cette vitesse, feriez peut-être mieux d'aller à pied, non ? avait grommelé l'officier en lui tendant le précieux document.

Osa, plus détendue, avait enclenché la marche avant d'un geste sûr – droit dans un arbre. La faute du frein, avait-elle bredouillé. La marche arrière avait à demi enfoncé le mur du poste de police. Toujours le frein, bien sûr.

– Mais ça y est, je l'ai trouvé ! Vous allez voir, je recommence !

L'officier avait poussé un cri inarticulé :

– Et si je vous le donne, votre permis, là, tout de suite, vous me promettez de ne pas recommencer ?

Blayney, réjoui, s'était frotté les mains :

– Eh bien, m'avez tout l'air d'être prêts pour la grande aventure !

Ils inspectèrent rapidement les lieux. La chaleur était déjà forte dans la plaine, mais l'ombre des grands mimosas était reposante et fraîche, l'herbe douce. Entre les troncs aux formes contournées brillaient les eaux du fleuve, au nord se dressait, plus sombre, la silhouette d'une falaise escarpée. Blayney leur avait choisi le lieu idéal pour un premier contact…

Jerramani et Ferraragi, avec des gestes précis, installaient déjà le campement. Plutôt que de dresser une tente, ils tirèrent depuis le toit d'une des Ford un grand carré de toile d'avion, en guise d'auvent. Les autres boys, serrés les uns contre les autres, les regardaient faire en silence, l'air sombre et les bras ballants. D'un coup de coude Osa alerta Martin : quelque chose semblait clocher. 'Mpishi se détacha enfin du groupe, le front buté, suivi de Zabanelli pour faire office de traducteur. « M'a tout l'air d'un délégué syndical, celui-là », chuchota Martin.

– Comment 'Mpishi pourrait-il faire la cuisine, s'il n'a pas de bois ? s'enquit le cuisinier, d'un ton plein de morgue.

– Eh bien, tu en ramasses ! Ce n'est pas ça qui manque !

'Mpishi, outragé, se redressa. Il était cuisinier, pas porteur.

– Si ce n'est que ça, je vais le chercher, ce bois, fit John, accommodant. Le feu, hé-hé, ça me connaît ! Et puis ça me rappellera mon temps dans la Prairie…

– Pas de ça ! gronda Martin, tu cèdes une fois, c'est fini !

Et chacun de ses mots à l'adresse de 'Mpishi claqua comme une gifle. Les yeux du cuisinier lançaient des éclairs, mais il s'exécuta et chacun de ses coups de hache résonnait comme une protestation. Il revint vers Martin, sarcastique, dès que le feu brûla clair. Et comment allait-il faire maintenant, sans eau ? Martin, les mâchoires serrées, appela Jerramani et Ferraragi, qui se cabrèrent sous l'insulte. Chercher de l'eau, eux ? C'était pour les petits porteurs, ça ! Mais Martin, du haut de son double mètre, refusait de céder. Jerramani, frémissant de colère, se redressait en une posture de défi, le visage convulsé de fureur, Ferraragi, craignant le pire, finit par se saisir du seau du bout des doigts, d'un air dégoûté.

Le bonheur de l'arrivée s'était évanoui. Quelque chose était cassé, elle le sentait bien, se désolait Osa. Martin se saisit d'un fusil, lui fit signe de le suivre. Marcher lui calmerait les nerfs, et il fallait prendre quelques marques pour le lendemain. John, épuisé par la chaleur – ou bien voulait-il garder un œil sur le campement ? –, choisit de rester à l'ombre des mimosas.

Ils longèrent le fleuve un moment sans dire mot. Qu'avaient-ils manqué, qui avait aussi échappé à Blayney, dans leur préparation ? Elle aurait dû suivre son premier sentiment, se reprochait-elle, Jerramani semblait vouloir engager une épreuve de force avec Martin. C'est normal, pensa-t-elle : ils nous testent, tous. Ça ira mieux demain. Martin, mâchoires serrées, donna un coup de pied dans une motte sèche, et elle devina aisément le cours de ses pensées. Son accès de colère, même justifié, lui laissait un goût amer, le sentiment vague d'être coupable. Les roseaux, tout près d'eux, s'agitèrent violemment, il y eut des bruits de lutte, puis plus rien, les eaux de la rivière glissaient, paisibles, seul le bourdonnement d'insectes au-dessus des buissons troublait le silence. Il n'y avait pas de place dans pareille beauté pour les regrets et les humeurs moroses. Elle passait sur vous comme un philtre d'oubli, qui ne laissait subsister que la splendeur du présent.

Une petite anse, un peu plus bas, dans la courbe du fleuve, avait des airs de paradis. Ils allaient s'y précipiter, quand Martin s'arrêta net. Des marques récentes, des centaines de marques d'étroits sabots montraient que les bêtes y venaient boire, nombreuses. Ils firent un large détour pour arracher plus loin des brassées de buissons d'épineux, et un détour encore, avec mille précautions, pour aménager une cache, à bonne distance. Ils reviendraient demain, tenter de filmer les animaux s'abreuvant…

Combien de temps passèrent-ils ainsi, au bord du fleuve ? Tout paraissait en attente, accordé à la somnolence de l'après-midi. Les animaux avaient disparu, sans doute en quête d'ombre. L'air pesait, torpide, les lointains se dissolvaient dans une vibration de chaleur, eux-mêmes, bientôt en nage, s'étaient allongés à l'ombre d'un sycomore. Ils restaient là, les yeux mi-clos, comme s'ils avaient craint que quelque mouvement inconsidéré, rompant le charme, laisse s'enfuir l'instant précieux. Martin avait eu un petit rire : cet instant-là était à eux, rien qu'à eux. À peine arrivait-il à y croire. Après tant d'efforts ! Elle s'était glissée contre lui : rien qu'à eux deux, oui. Ils firent l'amour, tout doucement, et c'était le monde, alors, qui les traversait, les soulevait, les unissait dans une même vibration…

La fraîcheur les arracha à leur torpeur. Les ombres autour d'eux s'allongeaient, le ciel, au-dessus du bloc des collines bleues, était comme un lac de feu strié de lignes sombres. Ils entendirent, très loin, le sifflet de 'Mpishi appelant au dîner. Ils s'étaient éloignés bien plus qu'ils ne le pensaient et ils hâtèrent le pas. Le soir gagnait très vite, et avec lui passait sur l'étendue comme un long frémissement, le temps venait de la vie carnivore. Les antilopes furtives, les gnous, les babules qu'Osa et Martin devinaient au froissement des buissons, à l'emballement par à-coups de piétinements pressés, se hâtaient vers le fleuve. Le bas des collines, sur l'autre rive du fleuve, n'était déjà plus qu'un puits sombre. Un concert de glapissements, de rires, de cris, éclata dans les hauteurs, la falaise tout entière résonnait de la grande jacasserie de dizaines, de centaines de babouins en fébrile discussion, qui s'interrompirent net : un feulement, plus bas, déchirait les ténèbres, puis un autre, plus loin, et un autre encore. Des léopards, dit Martin, impressionné, et ils pressèrent le pas tandis qu'au-dessus d'eux reprenait la dispute des singes.

Le feu brillait, haut et clair. La silhouette de John se dressa, multipliée par la danse des flammes. Où étaient-ils donc passés ? Il allait partir à leur recherche ! Le dîner fut servi aussitôt. Avec la fraîcheur revenue, ils se découvraient tous un appétit d'ogre. L'algarade de l'après-midi paraissait oubliée. Les boys s'étaient installés un peu à l'écart, autour d'un deuxième feu, mais leurs visages paraissaient détendus, tandis que 'Mpishi leur servait leurs rations. John desserra sa ceinture, laissa filer un petit rot de satisfaction. Ah ! C'était bien le meilleur repas qu'il avait pris depuis longtemps !

– Ça me rappelle, tenez, mon premier repas dans la Prairie, quand je travaillais pour Custer. Si vous voulez mon avis, général, je lui ai dit…

Osa et Martin échangèrent un regard complice. John, perdu dans ses souvenirs, avait raison, c'était pour eux aussi le meilleur repas depuis longtemps. L'eau de la rivière clapotait doucement, luisante dans l'ombre bleue, tout allait bientôt basculer dans les ténèbres. Osa tout à coup saisit le bras de Martin : très loin, en lisière du fleuve, tremblaient des silhouettes incertaines. Un troupeau d'antilopes descendait s'abreuver. Martin saisit ses jumelles, puis les passa à Osa :

– Regarde ! Elles nous sentent !

Non, c'était impossible. Pas à cette distance et à contrevent. Pourtant, elles avançaient, s'arrêtaient, reniflaient l'air, inquiètes : quelque chose avait changé, qu'elles ne discernaient pas. Les traces, peut-être, de leur passage à tous les deux, quelques heures plus tôt. Martin prit ses repères sur la rive, où le troupeau avait disparu. Demain, il y mettrait une caméra.

John sortit un des cigares qu'il se réservait pour les grandes occasions, émit un claquement de langue qui suggérait qu'un certain liquide ambré de sa connaissance serait de circonstance, ce dont convint Martin, et tous trois, béats, s'enfoncèrent dans leurs sièges de toile. Des rires venaient du groupe des boys. En cercle autour du feu, ils écoutaient bouche bée Jerramani lancé dans une vaste histoire brassant la joie, l'effroi et la merveille, et sur leurs visages passaient en succession rapide toutes les émotions, tandis qu'ils épousaient de leur corps les moindres méandres de l'histoire. Comme elle aurait voulu être parmi eux, les comprendre, songea Osa. Il était une fois, à la Création du monde, un Dorobo, un éléphant et un serpent… Ou bien c'était au temps où vivaient sur la même plaine une lionne et une autruche. Ou encore ce temps, qu'attestent les Anciens, quand les éléphants étaient des hommes eux aussi, riches d'un bétail innombrable qui couvrait la plaine comme les herbes hautes. Était-ce une de ces légendes qu'elle avait lues dans un petit recueil laissé à Jack par un pasteur, ou une autre encore qu'il venait d'inventer ? Depuis des siècles, les Noirs peuplaient le monde de leurs légendes et de leurs mythes – comme nous, sans doute, ne savions plus le faire. Pourquoi fallait-il qu'ils restent à l'écart ? Chasseurs blancs et boys noirs se côtoieraient ainsi jusqu'à la fin du voyage, les boys feraient ou non leur travail, oui *bwana*, non *bwana*, mais ils resteraient tout au long un mystère, derrière la muraille de leur visage. Et pourtant ils aimaient, comme nous, ils avaient femmes et enfants, ils souffraient – et ils savaient enchanter le monde, en vrai peuple artiste. Elle songea à Beryl qu'elle n'avait pas revue. Serait-elle ce pont manquant entre les deux mondes ? Osa fixait, fascinée, le visage de Jerramani, déformé par les flammes crépitantes. Par moments masque monstrueux, roulant des yeux terribles, aux lèvres énormes, il allait engloutir le monde d'un seul coup de dents, et puis l'instant d'après il était d'une innocence d'enfant, avant de se plisser en un énorme rire. Et c'est ainsi que se referme l'histoire, il était une fois, à la Création du monde…

Elle frissonna. Le froid devenait vif malgré les flammes hautes. Ils tirèrent leurs lits près du brasier, le nourrirent de branches, avant de se rouler dans leurs couvertures. Ce fut comme un signal. Sur un ordre bref de Jerramani les boys s'allongèrent à l'abri d'un toit de branchages, se roulèrent eux aussi dans leurs couvertures et presque aussitôt montèrent des ronflements paisibles.

Toute pensée en suspens, elle s'abandonnait à la profondeur rêveuse de la nuit. Le camp autour d'elle était assoupi, une flamme plus haute, de loin en loin, révélait quelques corps endormis, puis tout retournait aux ténèbres. Où étaient-ils, en ces instants, portés chacun sur les ailes de leurs songes ? Des millions d'étoiles brillaient, nettes et claires, au-dessus d'elle, jamais la Voie lactée ne lui avait paru si proche. Elle essaya de repérer la Croix du Sud. À l'est, là-bas, ce devait être la Vierge, et puis, tout à l'ouest, Sirius. Elle répéta les noms magiques, Bételgeuse, Cassiopée, Aldébaran, Séléné, comme autrefois la petite Osa, allongée sur le dos dans l'herbe du jardin, quand tous dormaient à poings fermés, et qu'elle rêvait si fort de les rejoindre là-haut, il suffisait d'un mot prononcé, cela, elle le savait, d'un mot magique pour être exaucée. La nuit était l'espace ouvert des enchantements. N'était-ce pas la nuit seulement que le ciel se donnait à voir ? Bételgeuse, Cassiopée, Aldébaran, Séléné, elle s'agrandissait aux dimensions de l'univers, l'âme légère, apaisée – et cette joie venait, se disait-elle, de se sentir en cet instant enveloppée par un ordre plus vaste que soi…

L'eau clapotait doucement entre les herbes, la terre, écrasée de chaleur tout le jour, exhalait mille parfums capiteux, poivrés, piquants, d'invisibles oiseaux glissaient au-dessus d'elle, que révélait soudain un froissement d'ailes, peut-être de chauve-souris, de brusques galops, au loin, agitaient la savane, derrière le camp des grognements s'approchaient, de gnous irascibles et furtifs affairés à brouter, mêlés aux bubales renifleurs, toute une vie s'éveillait, les herbes frémissaient, les buissons s'agitaient, sur l'autre rive des rires éclataient par à-coups, plaintifs et coléreux, de hyènes criant famine, auxquels répondaient dans la plaine des aboiements brefs, aigus, que Blayney lui avait dit non de chiens mais de zèbres, puis un rugissement balayait l'étendue – Sa Majesté le lion s'approchait pour la chasse. Là, tout autour d'elle, un monde s'éveillait, qu'elle ne connaissait pas, d'effroi et de fureur, de mort donnée et reçue, des crocs broyaient les vertèbres, déchiraient les entrailles, dévoraient leurs proies vivantes encore, des feulements disaient des étreintes sauvages, et il y avait de la joie, pourtant, dans ce tourbillon d'épouvante, l'ivresse de sentir son sang battre plus fort dans ses veines, de galoper sans frein dans l'espace grand ouvert. Un monde auquel l'homme blanc était devenu étranger, dont elle essayait, et c'était d'évidence la seule raison de ce voyage, de retrouver en elle la mémoire enfouie. Comment pouvait-elle, seule au cœur de ce maelstrom où vie et mort s'échangeaient violemment, se sentir à ce point apaisée ? Tous ces bruits, ce vacarme sauvage, se détachaient sur un fond de silence, qu'elle percevait par tous ses sens, profond et grave, comme un souffle immense qui était celui du monde même.

Martin près d'elle bougea, lui prit la main : lui non plus ne dormait pas. Ils étaient seuls, tous deux, dans la nuit africaine.

Ils se réveillèrent en sursaut. John, hilare, les secouait sans ménagement. Le jour pointait à peine, les boys encore ensommeillés ranimaient le feu. Le temps d'enfiler un pantalon, ils suivirent le vieillard surexcité. Un peu plus bas, des centaines d'animaux s'abreuvaient aux eaux du fleuve. D'autres arrivaient, en files serrées, sortant du brouillard matinal telles des apparitions. Dans la pénombre encore, on les distinguait mal, sans doute s'agissait-il d'antilopes, de gnous, et d'impalas. Mes premières images ! chuchota Martin, qui déjà remontait en courant. Et c'est à l'instant précis où il saisissait sa caméra qu'Osa, le fusil déjà à la main, trébucha sur un câble qui soutenait l'auvent. Le coup partit, heureusement en l'air, mais dans l'instant, plus bas, il n'y avait plus rien. Comme un souffle dans les herbes, un tonnerre bref de sabots : les berges étaient vides…

Le déjeuner fut expédié en silence. Osa se retenait, au bord des larmes. Martin lui avait tapoté l'épaule pour la réconforter, ils se rattraperaient tout à l'heure, ce n'était pas les animaux qui manquaient, mais elle savait comme lui que les images ratées jamais ne se retrouvent. John, après quelques vains essais, avait renoncé à réchauffer l'atmosphère. Martin pressait les uns et les autres : les meilleures images étaient celles du matin et du soir, pas question de manquer le lever du soleil ! Ferraragi se cabra quand Osa lui tendit son fusil, ce que voyant Martin, d'un ton cassant, le chargea en sus de la caméra. On allait à la franche dispute quand Jerramani, à la surprise d'Osa, intervint sèchement et Ferraragi, maté, obtempéra, mais on voyait qu'il n'en pensait pas moins : il n'était pas porteur.

L'air était vif et gai, la nature autour d'eux était un chant de grâce. Après 1 mile à peine dans la savane ils découvrirent au creux d'une cuvette herbeuse un troupeau d'antilopes. Des gazelles de Thomson, confirma Jerramani : les petites « tommies », mets préféré des guépards et des chasseurs. Ils étaient sous leur vent, idéalement placés, un petit vallonnement les mènerait jusqu'à elles, presque à les toucher. Allez ! Peut-être après tout avaient-ils épuisé ce matin leur malchance pour la journée. Martin, seul, restait soucieux. Il eut finalement un geste de déception : l'arrière-plan, décidément, ne valait rien. Autant en profiter pour faire provision de viande fraîche. Ils étaient presque à les toucher, au point de les entendre brouter, c'était un jeu d'enfant. Ils épaulèrent tous trois, visèrent longuement. Osa pouvait voir sous les poils ras le frisson des muscles en éveil, nota la bande noire sur les flancs, les cornes si fines en forme de lyre, leurs grands yeux doux. Curieusement, elles broutaient leurs têtes tournées, toutes, dans la même direction, remuaient leur petite queue noire de conserve. Dommage, pensa-t-elle, d'avoir à abattre bêtes si adorables. Les trois coups de feu claquèrent en même temps, les gazelles bondirent en l'air, s'égaillèrent en tous sens, dans un nuage de poussière – mais pas une ne gisait au sol. Je l'avais pourtant dans ma ligne de mire, gémit John, dépité – la mine de Martin coupa net ses récriminations. Osa évita le regard de Ferraragi quand elle lui tendit son fusil. Pourtant elle aussi l'avait eue dans sa ligne de mire, énorme, immanquable, c'était à n'y rien comprendre. Les boys n'attendent que deux choses des Blancs qui les engagent, avait insisté Blayney : qu'ils soient de bons tireurs et qu'ils ne prennent pas leurs jambes à leur cou. Subir un piètre tireur, pour eux, était la pire humiliation. Plus d'histoires à raconter au retour dans les cafés de Nairobi – si la chose venait à se savoir, les camarades qui les louaient hier les cribleraient de moqueries. Bref, dans l'affaire, c'était leur honneur qui se trouvait en jeu. Bon, chuchota Martin qui devinait le cours des pensées d'Osa silencieuse, au moins nous n'avons pas encore pris nos jambes à notre cou ! Mais tandis qu'ils marchaient ils sentaient le regard des boys posé sur eux…

Leur deuxième chance se présenta au bout d'une heure de marche harassante. Neuf gazelles de Grant, élancées, aux cornes longues et fines, idéalement placées dans le creux d'une ravine. Le paysage autour d'elles était magnifique, la lumière parfaite : l'occasion, enfin, de belles images… Jerramani approuva le plan d'un hochement de tête. Pendant que Martin installait la caméra les boys feraient un large détour pour rabattre les gazelles vers lui, placé sous leur vent. Osa et John tenteraient de les tirer seulement à son signal. Avait-il chuchoté trop fort, un geste, une saute de vent les avaient-ils trahis ? À peine les boys esquissèrent-ils leur mouvement tournant que déjà les gazelles dressaient leurs têtes, reniflaient le vent, s'évanouissaient dans les hautes herbes. John, prudent, retint son commentaire mais échangea un regard avec Osa : ce n'était pas leur jour.

Pas leur jour, en effet. La savane grouillait d'animaux qui s'éparpillaient à leur approche, quelle que pût être la direction du vent ou les subtilités de leurs manœuvres. Ils étaient pourtant supposés avoir les meilleurs guides… À en devenir fou : bientôt toute idée de tournage oubliée – d'ailleurs, à quoi bon ? le soleil était trop haut dans le ciel, la lumière peu propice – ils n'eurent plus en tête que de tirer, tirer encore, sur tout ce qui bougeait, abattre au moins un animal, n'importe lequel, faire mouche, simplement. Une fureur leur venait, de buter contre l'incompréhensible, un dieu malin détournait leurs balles, un sorcier à Nairobi, ou bien un de leurs boys, se vengeait par quelque sort, la chaleur devenait étouffante – le soir, vers le fleuve, leur serait peut-être plus favorable ? Les ombres enfin s'allongèrent, les herbes, les buissons se nimbèrent d'or, on allait en avoir le cœur net, le fleuve était proche. Un groupe compact d'hyènes affairées sortit brusquement d'un bosquet d'épineux, et traversa la piste devant eux, sans même un regard. Tous trois, d'un même mouvement épaulèrent, déchargèrent leur fusil – pour rien, une nouvelle fois. Sur des hyènes ! Ils se regardèrent, vaguement honteux – comme des gamins rentrant de l'école après une punition, songea Osa, qui donnent des coups de pied dans les cailloux du chemin. Tirer sur des hyènes ! C'est assez, dit Martin, d'un ton définitif. Ils rentrèrent au camp, tête basse. Ça ira mieux demain, risqua John. Nul ne lui répondit.

Ce fut pire. Partis quand il faisait encore nuit s'installer dans leur cache en bord du fleuve, ils attendirent pendant des heures sans bouger, retenant presque leur souffle, supportant crampes et courbatures. La nuit se déchira en longues écharpes, le ciel vira au rouge, puis à l'orange, les arbres sortirent un à un des ténèbres, l'eau chantait, vive et claire à quelques pas d'eux, ils pouvaient entendre le frisson des roseaux, les bruits légers des sarcelles, tout à l'heure les gazelles sortiraient, furtives, des plis bleutés de la savane et tout serait oublié des tracas de la veille… Il fallut bientôt se rendre à l'évidence, le soleil montait au-dessus de la falaise, elles ne viendraient pas ce matin. John, à leur retour, leur dit les avoir vues hésiter, et descendre s'abreuver bien plus bas.

Les heures qui suivirent furent la répétition sinistre de la veille. À ceci près que la chaleur leur paraissait plus intense, la marche plus pénible, les tirs ratés plus dérisoires. Le pays, de toute évidence, se refusait à eux. La deuxième cache, le soir, installée à bonne distance des repères pris le premier matin, se révéla elle aussi infructueuse. Même s'ils ne sentaient rien, d'une présence étrangère, les animaux devaient remarquer la modification des lieux, tel buisson n'était pas là le jour précédent, tel autre avait disparu – et ils partaient boire un peu plus loin. L'eau, ici, ne manquait pas. Le soir il n'y eut pas de rires du côté des boys, pas d'histoire racontée par Jerramani. Ils murmuraient, têtes penchées, en jetant de temps en temps des regards sombres vers ces *bwanas* désolants, marqués par le mauvais œil.

Cette affaire de chasse, pour Martin, tournait à l'obsession. Il était là pour faire des images, pas pour perdre ses journées à tirer, enrageait-il. En vain Osa essayait-elle de le raisonner, c'était une expédition de reconnaissance, il fallait qu'il l'accepte comme telle, ils étaient là pour apprendre, et l'on apprenait d'abord de ses échecs. Il avait ricané que dans ce cas, ils subissaient des cours accélérés. Le jour même il avait tenté une nouvelle tactique pour piéger l'évanescent gibier, en roulant sur la piste avec la vieille Ford : puisqu'à l'aller les zèbres leur avaient fait un brin de conduite, à frôler les portières, ils feraient bien de même dans l'autre sens ? Personne à ce jour n'avait manqué un zèbre à deux mètres ! Jerramani avait approuvé. Il n'y avait pas à l'en croire de meilleure viande. Mais les zèbres ce matin-là n'étaient pas d'humeur accueillante, ou bien ils se doutaient de quelque chose, car ils avaient mis une rare obstination à décliner l'invitation de se laisser abattre. Martin et Osa allaient renoncer, désespérés, quand ils étaient tombés, juste après un raidillon, sur un groupe de girafes aussi étonnées qu'eux. Elles auraient dû détaler – tout au contraire elles se penchaient, curieuses, sur la voiture qui avançait au pas. On ne tirait pas les girafes. Mais quel tableau idyllique il avait là ! Les bêtes, paisibles, broutaient la cime des mimosas, jouaient, revenaient vers eux, si douces qu'elles paraissaient quêter une caresse. Leur première grande scène à filmer, dans un paysage de rêve, une lumière idéale – las, la caméra, pour la première fois, était restée au camp… Non, répétait Martin, buté, il était écrit que cette histoire de chasse allait lui pourrir l'existence. Il en venait à penser que l'Afrique lui imposait une sorte de rite de passage, un sacrifice obligé : il fallait qu'il abatte, lui et lui seul, un animal. Après seulement il pourrait filmer…

Il y allait, aussi, de son autorité. 'Mpishi, déjà, était venu, avec aux lèvres un sourire narquois, lui demander de la viande fraîche pour les hommes. Avec tous les vivres amenés de Nairobi ? Mais ils pouvaient tous tenir au moins quinze jours ! 'Mpishi avait secoué la tête. C'étaient des vivres de Blancs, les hommes voulaient de la viande fraîche. Et au matin Jerramani, insolent comme jamais, lui avait demandé un fusil. Les boys avaient faim, il avait faim, Ferraragi avait faim, que le *bwana*, au moins, le laisse tenter sa chance ! Martin avait explosé. Comment osait-il ? Mieux que personne, il savait que la loi interdisait à un Noir de tirer au fusil ! Qu'il recommence seulement une fois, qu'il lui parle seulement une fois encore sur ce ton, et parole de Martin Johnson, il ne trouverait jamais plus de travail au Kenya ! Jerramani avait encaissé la diatribe, et Dieu sait que Martin pouvait paraître terrible dans ses accès de fureur, du haut de son double mètre ! Il s'était retiré, maté, mais pour combien de temps ? Les hommes, à l'écart, avaient entendu les éclats de voix et baissaient la tête, tremblants. Vexé, Martin avait saisi un fusil, le plus gros, son Bland 470, un bijou « spécial éléphants » de 500 dollars, à double canon, et s'était éloigné à grands pas. Osa et John avaient voulu le suivre mais il avait refusé net. Cette affaire, il devait la régler seul. Les boys l'avaient regardé partir sans esquisser un geste.

Ils avaient entendu peu après deux coups de feu pratiquement simultanés. Et Martin était réapparu, claudiquant et furieux. Les canons de son fusil étaient souillés de terre, la mire arrachée. Il avait visé une gazelle de Thomson, en appuyant par mégarde sur les deux détentes à la fois. Le recul l'avait projeté sur le dos en arrière, il avait retrouvé le fusil planté dans le sol à cinq pas, sa mire brisée. Une gazelle de vingt kilos avec un fusil pour éléphant ! Qu'en serait-il resté s'il l'avait touchée ? s'était demandé Osa, en gardant son interrogation par-devers elle : ce n'était pas le moment. Et Martin déjà repartait avec une Winchester 405, dans un silence complet. John avait soupiré :

– Je crois qu'aujourd'hui on a intérêt à serrer les fesses, non ? Je n'ose même pas penser à ce soir, s'il n'a rien.

Au bout d'un moment, n'y tenant plus :

– Et si on partait de notre côté faire un petit tour, en amoureux ? Crénom, l'année dernière encore je tirais des lapins au Kansas !

– Oui, sauf qu'ici on rate des bestioles grosses comme des vaches…

Non, il valait mieux pas, conclut Osa : et si par malheur Martin rentrait bredouille, alors qu'ils avaient tué une gazelle ?

Il y avait des choses, comme ça, que les femmes sentaient, avait concédé John. Le mieux qui lui restait à faire, s'il avait bien compris, et puisqu'il ne servait plus à rien, était encore de s'écarter les orteils à l'ombre des mimosas, en sirotant un petit remontant. Osa l'avait retrouvé peu après en grande conversation avec Kalowatt installée sur sa poitrine et, lui avait-il semblé, avec sa défunte épouse. Quels conseils pouvait bien lui donner cette fois la péremptoire Lucinda ? Osa, désœuvrée, avait tourné dans le camp. L'harmonie de Nairobi était brisée, Aloni fuyait son regard, il n'était plus Aloni mais un boy parmi les boys. Pourquoi donc était-il si difficile de se parler, de se comprendre ? Il fallait qu'elle trouve à s'occuper, se change les idées, ou elle allait devenir folle…

Pêcher. Martin, même bredouille, ne se formaliserait pas pour quelques poissons. Elle avait là son matériel, ramené de Chanute, et à ce petit jeu elle n'était pas des plus mauvaises, meilleure même que son père. Après tout, les poissons ici n'étaient pas si différents des poissons-chats du Mississippi…

Elle s'installa à l'écart, là même où elle avait fait

l'amour avec Martin, il y avait un siècle, lui semblait-il, en un temps où le monde alentour leur était comme une promesse – et c'était une manière, même seule, de se sentir encore avec lui. Loin des ombres qui pesaient sur le camp…

Les poissons pullulaient, c'était affaire entendue, elle pouvait même les voir glisser autour de son appât tandis qu'elle le faisait légèrement tressaillir selon les règles apprises du vieil Harry, leurs nageoires ondoyantes, leurs éclats rouges dans le frisson des eaux courantes, leurs barbes de chat, et puis, à chaque fois, le fouetté de leur queue qui les éloignait de l'hameçon tentateur – ils étaient, d'évidence, de ces espèces retorses qui mettent un malin plaisir à ignorer vos avances, dégustent savamment vos appâts en laissant les hameçons propres et nets, ou viennent sous votre nez vous observer, juste histoire d'avoir quelques bonnes blagues à raconter le soir aux copains, et vous font un petit signe amical en repartant, tandis que fou de rage vous envisagez de faire du feu de votre canne à pêche. Elle finit par en rire, et laissa filer tout bonnement son hameçon. Une douce torpeur l'envahissait, l'eau coulait à travers elle, la berçait, notes claires, gazouillées, chuchotées, plus rapides tout à coup, s'apaisant à ses pieds, des grappes d'insectes dansaient dans les rais de lumière, elle sentait dans son dos le bourdonnement de chaleur de la savane, et il n'y avait plus rien, ni passé ni futur, juste l'instant présent indéfiniment étiré – et si, plutôt que de vouloir plier les choses à leur volonté, ils se laissaient traverser par elles, apprenaient à les accueillir, à ne faire plus qu'un avec elles ? Oui, c'était là, la clé, se répétait-elle, à demi assoupie. Elle repensa à tout ce qui pesait sur les épaules de Martin : c'était cela qui le bloquait, et non l'Afrique comme il pensait…

Un bouillonnement brutal l'arracha à sa rêverie. Ce coup-ci, pas de doute, c'était du gros. Le moment ou jamais de mettre en pratique les conseils du vieux Harry, grand braconnier devant l'Éternel sur la South Fork de la Neosho River, à Chanute. Après une demi-heure de combat acharné, de ruses subtiles, de fausses reculades, d'avances sournoises, elle avait enfin tiré au sec sa prise… un jeune crocodile d'un bon mètre et demi, bien décidé à repartir d'où il venait. Qu'en faire ? Est-ce que ça se mangeait, seulement ? Et d'abord, comment le capturer ? Ou, sinon, comment le libérer ? Dans un magazine à deux sous de son enfance, le jeune héros plantait un morceau de bois dans la gueule ouverte du monstre, à l'instant où celui-ci s'apprêtait à lui arracher une jambe, mais les claquements de dents de la bestiole n'étaient pas franchement engageants. Elle finit par l'estourbir, d'un solide coup de gourdin – le reste d'une grosse branche, dans un fouillis de buissons à deux pas – avant de lui planter son bowie-knife juste derrière le crâne. Horatio Alger n'aurait pas fait mieux.

Le visage de 'Mpishi, à son retour, s'allongea. Et je fais quoi, de ce machin ? disait sa moue perplexe. Ça se mange ? John y jeta à peine un regard. On était au milieu de l'après-midi, Martin était parti depuis sept heures, c'était beaucoup trop. Et s'il s'était blessé ? Et si un lion l'avait attaqué ? Et si sa cheville l'empêchait de rentrer ? Sept heures ! Elle n'avait pas senti le temps passer. Il fallait bien sûr partir à sa recherche. Tout de suite. Jerramani avait rassemblé les boys pendant qu'Osa et John vérifiaient leurs armes, et ils marchaient depuis cinq minutes à peine quand ils entendirent un sifflet lointain. Martin ! Ils se précipitèrent. Le malheureux était épuisé, ruisselant, le visage rougi par l'effort. Sa cheville lui causait un mal de chien. Et c'est alors qu'Osa vit la gazelle, à ses pieds. Cent livres au bas mot, une gazelle de Grant, pensa-t-elle. J'étais tellement loin, réussit à articuler Martin, à bout de souffle, si je l'avais laissée, on ne l'aurait pas retrouvée. Il eut un geste du bras, derrière lui : les hyènes.

– Elles m'ont suivi tout ce temps… Pas le choix : j'ai dû la porter sur mes épaules.

Deux heures ! Il la portait depuis deux heures, dans la fournaise, les hyènes sur les talons, de plus en plus hardies à mesure qu'il faiblissait. Jerramani hocha la tête, admiratif. « Koudou », répéta-t-il en montrant à tous la marque de la balle qui avait frappé l'animal en plein cœur. Un koudou ! Peut-être l'espèce la plus rare, presque insaisissable. Combien de chasseurs auraient tout donné pour pareil trophée ?

– Autant te dire tout de suite que ça a été un pur coup de bol, souffla Martin.

Elle se tourna vers les boys, radieuse : de la viande fraîche, enfin, et l'honneur de Martin restauré ! À sa grande surprise, leurs visages restèrent sans expression.

Parvenus au camp, ils s'étonnèrent de les voir arriver sur leurs talons. Sans le koudou.

Ils l'avaient laissé dans la plaine.

C'était à n'y rien comprendre. « Pas bonne », grognait Ferraragi, « viande pas bonne ». Jerramani se lança dans une explication confuse, où revenait le mot *hallaled*. Qu'est-ce qu'ils avaient encore imaginé pour emmerder le monde ? Martin fronça les sourcils, signe de tempête. Kalowatt, qui avait sauté dans ses bras et le couvrait de baisers tendres, tendait déjà un poing menaçant vers le guide. Osa les devança : *hallaled* ou pas, ils allaient chercher la bête tout de suite ! Ou ce coup-ci ce serait elle qui allait se mettre en colère !

Jerramani dépouilla la bête d'un air furieux, de sorte que le *bwana* puisse emporter son trophée, et découpa quelques quartiers de viande, puisqu'on insistait. Et dans la nuit qui leur parut plus douce, du coup, devant le grand feu clair, ils se léchèrent les doigts en savourant leurs côtelettes de koudou, sur le-champ décrétées les meilleures du monde, pendant que les boys, moroses, avalaient sans mot dire leurs rations réglementaires.

John, après avoir desserré sa ceinture, émit l'hypothèse d'un tabou, « ou un machin dans ce goût-là ».

– Les sauvages ont de drôles d'idées en tête, des fois. Remarquez, ils diraient la même chose de nous, probable. Je me souviens que les Black Feet…

Un tabou ? Martin, tout à la fois épuisé, triomphant et vexé, grommela que non, il devait y avoir autre chose, qu'il ne saisissait pas. Il ne reconnaissait plus les boys de Nairobi. Est-ce que Jerramani ou Ferraragi ne leur montaient pas la tête, par hasard ? Et dans ce cas : pourquoi ?

Des claquements dans leurs dos les firent se retourner. Martin, surpris, fit un bond vers son fusil avant de comprendre : Kalowatt, à cheval sur le crocodile, hurlait de rire en actionnant les mâchoires de la pauvre bête, oubliée par tout le monde…

Puis le pain vint à manquer. 'Mpishi, qui chaque matin à Nairobi leur livrait un pain chaud, léger et croustillant, leur servait ici des briques indigestes, et la farine diminuait à toute vitesse. Le plus sage était de faire un saut en ville, et de se débarrasser une bonne fois de cette histoire de chasse en se ravitaillant en viande fraîche. Si ses commanditaires, à New York, savaient qu'après un mois il n'avait pas encore la moindre image !

Le soir précédent, ils avaient cru que la chance tournait enfin. Les silhouettes de deux éléphants se découpaient, massives sur le ciel pourpre, au sommet d'une colline. Martin avait couru au camp, saisi au vol sa caméra légère, heureusement chargée – un coup de chance, vraiment, les éléphants, à ce qu'on lui avait dit, ne s'aventuraient que rarement vers Nairobi. Mais à mesure qu'ils s'approchaient, leur angle de vision se modifiait, et ils s'étaient rendu compte de leur méprise. Les deux éléphants étaient en fait… quatre zèbres.

Le soir, pour la première fois depuis longtemps, Martin avait accepté la discussion. Pourquoi diable n'arrivait-il pas à prendre ces journées pour ce qu'elles étaient, un tour de chauffe ? s'était emporté John. Osa avait renchéri, qu'il laisse donc venir à lui les choses, plutôt que de tenter de les plier à sa loi. Surprise, Martin l'avait écoutée. Raison de plus, avait-il fini par marmonner, pour cet aller-retour à Nairobi. Après, plus de chasse, on se concentrerait sur les tournages…

Ils quittèrent le camp au lever du jour, le laissant à la garde de John et de Kalowatt. Après 3 miles à peine Martin s'arrêta, un doigt sur ses lèvres : là où il n'y avait une seconde plus tôt qu'une nappe grise d'où émergeaient les bras décharnés des mimosas, les premiers rayons de soleil révélaient, à 300 mètres à peine, dans l'ondoiement des herbes hautes, tremblantes encore de perles de rosée, un troupeau compact de grandes antilopes. Avec des précautions infinies, comme s'il craignait de rompre le charme – que pouvaient-elles entendre, sentir, deviner d'eux à pareille distance ? – il monta sa plus longue focale. Le premier matin du monde, où ils entraient par effraction, songea Osa. Elle sursauta quand Martin, à voix basse, lui demanda de tirer, pour y mettre « un peu de mouvement ». Elle visa, longuement – et tout à coup elle eut l'impression que le troupeau se rapprochait d'elle, elle vit distinctement le grand mâle à sa tête, vit l'endroit exact où le tirer, elle entrait en lui, sentait sa respiration – elle pressa la détente, vit l'animal s'écrouler, foudroyé, tandis que le troupeau s'égaillait. Martin répétait à mi-voix « je les ai, je les ai ! » Et elle, la voix étranglée : « moi aussi ». Martin se tourna, intrigué, en posant sa caméra.

– Toi aussi quoi ?

Le grand mâle, devant. Elle l'avait eu. Elle le savait.

– À 300 mètres ?

Il remit la voiture en route, s'approcha : l'animal gisait là où elle l'avait dit. Un kongoni gigantesque. Frappé exactement où elle l'avait su.

– Eh bien, pour un coup de chance !

Elle voulut protester, mais il riait déjà, à gorge déployée :

– Quand John va voir ça ! À 300 mètres… Ah ! C'est la meilleure !

Tous se précipitèrent. Jerramani répétait « Kongoni ! Grand, très, très grand kongoni ! », saluait la *memsahib* avec un respect nouveau, mais afficha un air consterné quand il souleva la tête de l'animal. Et les boys se détournèrent, en traînant les pieds, découragés. « Viande pas bonne, pas bonne du tout », balbutiait Zabanelli, tremblant devant la colère montante de Martin : *hallaled !* Martin remonta dans la voiture. S'il ne partait pas tout de suite, il allait le frapper. *Hallaled*, répétait Zabanelli désespéré, en courant aux côtés de la voiture : *hallaled !*

Blayney éclata d'un vaste rire. *Hallaled !* Mais enfin, ils ne savaient donc pas ?

– *Les boys sont tous musulmans !*

Ils ne mangeaient de viande que si l'animal avait été convenablement égorgé avant sa mort. Un accommodement avait été négocié avec les imams pour les safaris : il fallait simplement que la bête soit égorgée *juste après* avoir été abattue. Sinon sa viande était décrétée impure…

– *Hallaled !* Quand je vais raconter ça… Crénom !

Mais c'est de ma faute aussi… J'aurais dû vous prévenir !

Martin, abasourdi, se laissa tomber dans un fauteuil.

– Pas une seconde je n'avais pensé…

Pas une seconde, surtout, se dit Osa qui depuis ses moqueries du matin se sentait d'une humeur rancunière, pas une seconde il n'avait pensé aux boys en eux-mêmes, à leurs croyances, à leurs attentes. À ses yeux, ils n'avaient été là que pour un job… Si seulement ça pouvait lui servir de leçon !

Ils avaient fait irruption dans le bureau de Blayney sur le coup de midi, et celui-ci les avait entraînés aussitôt à la maison. C'est qu'il voulait tout savoir d'eux, tout entendre, et Jack pareillement ! Le récit de leurs mésaventures les avait bien fait rire, mais celles-ci étaient dans l'ordre des choses. Tous, à Nairobi, et lui le premier, en avaient connu de semblables. De pires même, au point, au début, de se croire maudit, avait gloussé Jack en sortant un album de photos déjà jaunies…

– Il manquait tout ce qu'il pouvait ! Pas fichu d'abattre une gazelle à 10 mètres ! D'ailleurs, là-dessus j'en ai une bonne qui…

– Ce n'est peut-être pas la peine d'entrer dans les détails ? avait coupé Blayney, après plusieurs raclements de gorge infructueux.

Jack avait refermé l'album, non sans ricaner, sarcastique :

– En tout cas, il ne faisait pas le fier, croyez-moi ! Tout Nairobi en a rigolé !

Ces histoires de tirs toujours ratés les premiers jours étaient un grand classique :

– Quelque chose de spécial. Une vibration de la lumière, peut-être bien. Le ciel, trop grand. La perception des distances à maîtriser. Le temps, Martin ! Il faut laisser l'Afrique vous apprivoiser.

L'Afrique était trop grande. Un continent pas seulement géographique. Quelque chose qui pouvait vous écraser, vous rejeter. Parce que l'homme, ici, était en trop.

– Vous verrez. On ne possède pas l'Afrique : c'est elle qui vous possède. Si vous n'acceptez pas ça, vous ferez vos bagages, croyez-en mon expérience ! Tirer ? Ce n'est rien. C'est… un peu comme faire le point avec une paire de jumelles, ou, tenez, l'objectif de votre caméra. Tant que vous n'aurez pas pris votre propre mesure par rapport à… tout ça – il eut un geste du bras, comme s'il faisait entrer la savane tout entière dans le petit salon – eh bien, vous raterez. C'est aussi simple que ça.

Et ça devait être encore plus vrai, songea Osa, pour le tournage d'un film. Elle faillit lui raconter son étrange expérience, ce matin même, mais se retint par crainte du ridicule. Le vrai tireur, le vrai grand tireur, poursuivit Blayney – il répétait le mot *crackshot* avec volupté – était celui qui n'avait plus besoin de tirer. Martin leva les sourcils, surpris.

– Quand vous découvrez que, pour tirer, vous devez ne faire plus qu'un avec votre animal, et le monde autour de vous, juste une vibration, unique… Ah ! Vous vous sentez un dieu. Et vous tireriez bien sur tout ce qui bouge. Ne serait-ce que pour ressentir encore et encore cette sensation-là. Et puis vous finissez par comprendre que c'est sur vous-même que vous tirez, que vous détruisez cette harmonie, si fragile. Et vous ne tirez plus. Vous n'en avez plus besoin, pour vous sentir au cœur du monde.

Il eut un petit rire :

– Et vous savez alors que l'Afrique a pris possession de vous.

Il les raccompagna à leur voiture, en s'excusant : avec l'âge, les chasseurs devenaient d'insupportables bavards. Même s'ils savaient bien qu'entre le vieux sage et le vieil imbécile il n'y avait parfois que l'épaisseur d'une feuille de papier à cigarette. C'est du moins ce qu'avait dit le vieux sage. À moins que ce ne fût le vieil imbécile ?

Osa observait Martin à la dérobée. Les sourcils froncés, le regard ailleurs, il faisait et refaisait la liste des choses à ne pas oublier, des provisions à prendre, avant de repartir. Avait-il seulement entendu ce que lui disait le vieux Blayney ? En tout cas, elle avait compris. Parfaitement compris. Tandis que passait et repassait en elle chaque détail de sa rencontre avec le mâle kongoni.

VII

– Cinq dollars par jour. Pour la maison, la Ford et moi, c'est d'accord ?

Les petits yeux, dissimulés derrière ce qui avait été un feutre, en des temps meilleurs, allaient de l'un à l'autre, méfiants. Ils avaient tout de même l'air bizarres, ces trois clients, avec leur singe.

– Faudra me laisser un coin pour dormir, aussi.

C'était entendu. Payable d'avance chaque jour.

– Bon. Et puis pour les bois de cerfs, d'antilopes, enfin les bois, quoi, c'est 5 dollars pièce. Pour les peaux, 20 dollars.

Mais non ! Ils étaient là pour filmer, pas pour chasser.

– Pas de trophées, des animaux vivants !

– C'est ça, c'est d'accord : 20 dollars.

– Mais ça fait dix fois que je vous répète qu'on ne vient pas chasser. Pas de trophées ! VOUS ÊTES SOURD, OU QUOI ?

Le jet de jus de chique était passé au ras du pantalon de Martin avant de s'écraser dans la poussière.

– Pourquoi vous criez comme ça ? Vous êtes sourd ?

En fait de maison, c'était une parfaite bauge à cochons. Une cabane de deux pièces, en tôle galvanisée. Devenue au fil des mois une décharge à détritus parmi lesquels on distinguait, en guise de mobilier, identique dans chaque pièce, un sommier à même le sol, dans un coin, une table et trois chaises bancales. L'état des lieux n'eut pas l'air d'effrayer Martin, et pas plus John. Ça fera parfaitement l'affaire, avait-il assuré, en se frottant les mains. L'affaire ? Dans le monceau d'ordures on distinguait quelques paires de chaussures crevées, leur gueule ouverte sur un immense hurlement, des bouteilles vides en quantité appréciable, des chapeaux de paille percés, une collection d'harmonicas oubliée sur un caleçon fatigué, de vieux journaux soigneusement empilés dans un coin, et seule trace d'une présence féminine, un éventail en plumes brisé. Des chemises et des pantalons lassés d'attendre un illusoire lavage pourrissaient sur place – et certaines odeurs suggéraient que le propriétaire s'y était oublié quelquefois, suite à de sévères cuites. Ma parole, songea Osa au bord de la nausée, ils ont l'air de s'attendre à ce que je fasse le ménage ? La bourgeoise est en visite chez une amie depuis une semaine, expliqua le vieux briscard, devant la moue d'Osa. Une semaine pour accumuler ce monceau d'ordures ? Eh bien, ça promettait.

Martin sifflota d'un air léger, en embrassant la vue autour d'eux. Ni arbres ni jardin autour de la bicoque – mais toute la plaine d'Athi déployée jusqu'à l'horizon.

– Eh bien, ça sera parfait, j'ai l'impression. Tout à fait ce que je cherchais.

Kalowatt, qui n'avait d'yeux que pour les poules qui picoraient çà et là, paraissait du même avis.

« Crénom, mais prenez donc un guide ! » Après une nouvelle semaine de déceptions accumulées, Martin avait levé le camp sur l'Athi. Le retour s'était fait dans un silence pesant. Jerramani et Ferraragi regardaient obstinément ailleurs. Sans doute jugeaient-ils que ce semblant d'expédition resterait comme une tache sur leur réputation. Comment *bwana* Taylor avait-il pu les mettre entre les mains de pareils incapables ? Libéré des soucis de la chasse, Martin, lui, avait pu mesurer l'énormité de sa tâche.

– Mais alors, cher Blayney, du genre vieux dur à cuire. Qui connaît tout de chaque animal. Et, hum, surtout, pas trop cher…

Il avait fait et refait ses calculs. L'argent filait plus vite que prévu, beaucoup plus vite. À ce rythme-là, il lui faudrait jouer serré… Le visage de Blayney s'était plissé, comme s'il venait d'imaginer quelque bonne blague : il avait peut-être son homme.

– Dur à cuire, hein ? Celui-là… hé-hé, c'est bien le plus coriace de tous !

En outre il avait une maison, qu'il louait à l'occasion, à une quarantaine de miles, sur une colline dominant la savane. Comme ça, gloussa Blayney, plus de camp à monter.

– Un endroit idéal, vous verrez !

Sans que Martin comprît pourquoi, cette seule idée le faisait se tordre de rire.

Le lendemain, sur le marché africain il avait donc rencontré Jim Walsh. La « gloire locale », comme l'avait présenté Blayney, paraissait sortie droit d'un album jauni d'*old timers* – et tout jaune il était en effet, de tignasse et de poils qui lui dévoraient la figure, sec et noueux comme une souche d'arbre à saucisses, mais ses petits yeux toujours en mouvement pétillaient de vie. Quel âge pouvait-il avoir ? Soixante ans à peine, avait-il assuré, plus probablement soixante-dix. Après bien des aventures et quelques revers de fortune, il s'était fait « tueur de viande pour les nègres ». Pour l'heure il finissait de vendre son dernier quartier d'impala, proprement *hallaled*, à un patron de gargote. Il avait écouté les explications de Blayney et de Martin tout en rangeant l'un après l'autre ses billets dans un vieux porte-monnaie crasseux, s'était gratté l'entrejambe, puis, après avoir examiné pensivement le résultat de ses fouilles, avait hoché la tête : 5 dollars pour sa maison, sa voiture et lui, c'était d'accord ? Et puis 5 dollars par bois, 20 dollars par peau, toujours d'accord ? Martin avait sursauté :

– Mais puisque je viens de vous dire qu'on ne chassera pas ! Je veux filmer !

Le vieux Jim avait haussé les épaules : s'il n'y avait que ça pour lui faire plaisir…

– OK, patron, ça va, j'ai compris. 20 dollars chaque peau, OK ?

Un vieux soiffard était arrivé sur ces entrefaites. Ce n'était pas le tout, mais s'ils allaient se mouiller la glotte, tous les deux ? Jim s'était redressé :

– Tu ne vois pas que je suis en affaires ?

Et, en confidence, mais de telle sorte que tous entendent :

– Des Américains bourrés de fric. Des acteurs de cinéma, un truc comme ça. Viennent gaspiller leurs dollars pour chasser… Tu vois, le grand frisson, ce genre de truc.

Puis, en tendant un papier sur lequel il venait de tracer la route vers sa maison :

– Deux jours, ça vous ira ? Le temps de tout préparer là-haut !

Et il disparut avec son ami assoiffé, au volant de ce qui avait dû être autrefois une Ford, dans un nuage de fumées pétaradantes.

C'est juste à ce moment qu'Osa se souvint d'où elle avait déjà entendu son nom : le joli cœur jadis éconduit à coups de « rawhide » par Anita…

Deux jours ? C'était parfait. Ni l'un ni l'autre ne tenaient à s'éterniser en ville. Aloni, Zabanelli, 'Mpishi étaient redevenus eux-mêmes à l'instant où ils avaient posé les pieds à la maison, à croire que ce voyage n'avait jamais eu lieu. Amina, Toto, avaient poussé des cris de joie, et versé quelques larmes, Kalowatt dans l'instant avait retrouvé son public : tout allait recommencer comme avant… Mais Osa avait pleuré en découvrant le jardin. Dumo et Karoda, dans le doute, avaient jugé plus sage de laisser faire la nature et tout, déjà, retournait à l'état sauvage, les mauvaises herbes étouffaient les massifs de fleurs, submergeaient les semis, les allées avaient disparu. S'il n'avait tenu qu'à elle, ils seraient repartis aussitôt.

Juste le temps de développer les films et on file, l'avait consolée Martin. Il n'avait pas plus envie qu'elle de voir tout Nairobi défiler, rigolard ! Il s'était enfermé aussitôt dans son laboratoire, d'où il était sorti abattu au petit matin : à l'exception de la scène du troupeau de kongolis dans la savane, le matin de leur premier retour à Nairobi, tout ou presque était à jeter. Quelques petites scènes qu'ils pensaient bonnes étaient comme tremblées : la vibration de l'air, sous l'effet de la chaleur, brouillait tout dès le milieu de la matinée. À ce rythme-là, ce n'était même pas la peine de songer à un film.

Elle se voulut rassurante. En vain. Où était-il, en cet instant ? Son visage était comme un masque, le regard absent, chaque muscle de son corps était noué. Il est inquiet, se dit-elle. Elle devinait ce à quoi il pensait, ce qui le hantait, depuis la première rencontre avec Akeley, ce qui, un temps, l'avait fait hésiter devant la proposition de Chapman Andrews. Ce n'était pas sa première tentative de filmer des animaux. Et cet échec n'était que l'exacte répétition du premier. À Bornéo.

Cela, ni Akeley ni personne n'en avait jamais rien su.

Sauf elle.

Jour après jour, ils avaient remonté là-bas le fleuve

Kinabatangan, traversé le pays des Tenganas chasseurs de têtes. Le monde autour d'eux n'était plus qu'une énorme rumination végétale, de mousses, de sucs gluants où ils allaient s'engloutir – et les animaux toujours échappaient à son objectif, glissaient fantômes dans les profondeurs moites où il avait failli maintes fois se perdre à leur poursuite, mais pas la moindre image utile, quoi qu'il fasse. Et cela, Robertson et Cole ne le lui pardonneraient pas, c'était la fin de sa brève carrière, quand il avait tout à prouver. La rage au cœur, il avait acheté au retour des animaux au village de Sunjei Iyau. El Hadji Mohammed Nur, le chef du district, avait battu le rappel et c'est avec une véritable ménagerie qu'il s'était installé à Pandassan, où il avait pu filmer les animaux sous des angles choisis…

Personne jamais n'avait soupçonné le subterfuge. Martin était un génie du montage, et l'effet de ces scènes, insérées finement dans les paysages de jungle, était proprement stupéfiant. On pouvait comprendre que Carl Akeley, qui savait la difficulté des tournages dans la jungle, s'était enthousiasmé, devant la qualité des images – sans se douter qu'elles avaient été prises dans l'équivalent d'un studio.

Il n'avait guère eu le choix – mais il vivait depuis prisonnier de ce demi-mensonge. Et la nature lui présentait aujourd'hui ses comptes.

Elle s'appelait Mary Walsh, native d'Irlande, mais pour tous elle était Bibi Kiboko, la femme au fouet. Les cheveux aussi rouges que la terre kikuyu, et des poings de boxeur dont elle n'hésitait pas à se servir – Mary la pionnière qui avait connu les placers de Ballarat, en Australie, dès l'âge de 17 ans, et avec eux la misère et la férocité des hommes, avant, devenue veuve et ses deux enfants morts, de chercher meilleur sort en Rhodésie, où elle avait rencontré Jim Walsh, aussi dur et sec que son fouet en cuir de rhino. Et ils avaient dès lors lié leurs sorts, ou leur malchance, de la Rhodésie à ce qui n'était pas encore le Kenya, elle aussi grande et forte que lui était petit et maigre, mais teigneux tous les deux, acharnés à survivre, les premiers à ouvrir une ligne Mombasa-lac Victoria à dos de mules, tour à tour éleveurs, gargotiers, boulangers, épiciers, chasseurs. Qui ne les connaissait pas, de la Rhodésie à l'Ouganda ? Bibi Kiboko toujours en pantalons et larges bottes d'homme, le fouet à la ceinture, un pistolet caché dans son corsage, buvant comme quatre – et qui pleurait, souvent, lorsque, malgré l'alcool, lui remontait le souvenir de ses deux enfants morts. Oui, qui ne les connaissait pas ? Le bruit de leurs disputes précédait d'une bonne minute leur arrivée, mais tout le monde savait que pour ces deux cabossés de l'existence, c'était leur manière à eux de se dire « je t'aime ». Et il ne serait venu à l'idée d'aucun policier de lui chercher des histoires quand, lors d'une crise, elle cassait tout autour d'elle : elle était Bibi Kiboko, la légende du Kenya, qui avait beaucoup donné, et beaucoup souffert. Quant à Jim Walsh, qui aurait pu disputer à lord Delamere le titre de premier arrivé, on le disait si dur, « sans rien à manger sur l'os », que les lions n'en avaient pas voulu – les serpents eux-mêmes évitaient de le mordre, par peur de s'empoisonner. Propriétaire des droits miniers sur le lac Magadi, il aurait dû être l'homme le plus riche du Kenya si un « monsieur de la haute » ne les lui avait achetés pour 15 livres après l'avoir fait boire, quand il s'agissait du plus formidable gisement de soude de toute l'Afrique de l'Est. Mais, que voulez-vous ? Il est des gens ainsi, marqués par le Guignon. Il avait vécu parmi les Kikuyu, les Massaï, les Wakanba, sans amertume, mais échaudé par les « gens de la haute » et préférant désormais vivre comme « tueur de viande pour les nègres ». Crénom, avait conclu Blayney Percival, de sacrés bonshommes tous les deux, vous allez voir ! Et les meilleurs professeurs possible, s'ils étaient bien lunés – et à jeun…

Comment, après cela, ne pas trépigner d'impatience ? Ce dernier soir passé chez les Percival avait un peu chassé leurs idées noires. John avait déjà hâte de s'y retrouver : enfin, des gens à qui causer ! Martin, lui, y voyait d'autres avantages : pas de camp à dresser, plus de boys occupés à vous épier. Quant à Osa, elle essayait d'imaginer le couple au quotidien, avec en tête l'image d'Anita défendant sa vertu sous les assauts de Jim Walsh…

La plaine, à ses pieds, se perdait dans les lointains, jusqu'aux montagnes bleues fermées sur leur mystère. Des bosquets d'acacias, de mimosas géants, rythmaient la lente ondulation des herbes hautes. Elle tenta de repérer ce que le vieux Walsh lui avait montré en marmonnant, avant de sauter dans sa guimbarde : la falaise des babouins vers le fleuve Mbagathi, et puis, plus loin vers le nord, le rendez-vous des léopards, et la mare des hippos vers l'Athi. Tout, en cette fin d'après-midi, se fondait dans une vibration dorée. Des grappes de points plus sombres allaient et venaient dans la plaine, un brusque galop, çà et là, soulevait des nuages de poussière, la plaine à cette heure de relâchement, passé les grandes chaleurs, qui annonçait déjà le soir, était le royaume des antilopes. Elle saisit ses jumelles, s'amusa à les compter. Les zèbres bientôt quitteraient la plaine pour amorcer leur grande migration par le corridor de Kitengela, avant de revenir en janvier. Elle tenta de les dénombrer, eux aussi, renonça. Une fumée montait, toute droite, derrière de hauts arbres. Au loin, il lui sembla distinguer une nappe brillante : le feu d'un campement, au bord d'un coude du fleuve ? Ils étaient partis faire un petit tour « entre hommes » avant d'attaquer les choses sérieuses le lendemain de bonne heure et comme elle ne se voyait pas dormir dans pareille saleté elle avait retroussé ses manches en pensant très fort à tante Millie. S'ils s'imaginaient qu'elle allait, le reste du temps, se transformer en leur bonne à tout faire, ils se trompaient lourdement…

Assise sur la plus solide des chaises, tirée jusqu'au rebord du plateau, Kalowatt sur son épaule qui gardait les yeux obstinément tournés vers les poules vagabondes, elle sirotait doucement un whisky bien mérité, à demi somnolente après les heures de chaleur écrasante, quand un concert d'explosions – d'énormes pets, pensa-t-elle, en pouffant : voilà que le vieux Walsh déteignait sur elle – signala l'arrivée des trois hommes. De toute évidence ravis. Tout à fait ce que je cherchais, annonça Martin, en se dépliant. Tu ne t'es pas trop ennuyée en notre absence ? s'écria John, gaillard – mais au regard que lui lança Osa il opéra une retraite prudente, tandis que le vieux chasseur se précipitait vers les restes fumants de ce qui avait été un grand feu dans la cour.

– Mais c'est quoi, ça, nom de Dieu ?

Il courut à la maison, ressortit hagard.

– Une folle ! C'est une folle ! Y a plus rien ! Où sont mes affaires ?

– Là, dit sobrement Osa en montrant les cendres fumantes. J'ai pensé qu'il y avait besoin d'un peu de ménage.

Walsh émit un gargouillis inarticulé :

– Le ménage ? Mais nom de Dieu, je l'ai fait, le ménage ! Deux jours à tout ranger !

– Ranger, c'est peut-être un peu exagéré, risqua John.

– Une folle ! M'avez emmené une folle ! Mary, elle me dit toujours : méfie-toi des femmes !

– D'Anita ? glissa Osa, vacharde. Et comme le vieux chasseur restait bouche bée, elle ajouta en montrant la cabane : ce qui est récupérable, si vous le lavez, je l'ai mis là-bas, vu son odeur…

– Et moi, va falloir peut-être que je me lave, aussi, pour dormir *chez moi ?*

– Ça, faut demander à John, vu que vous dormez dans la même pièce. Mais si vous voulez mon avis, ça ne vous ferait pas de mal…

– Mary dit toujours… commença-t-il, avant de renoncer, découragé.

Les femmes, décidément, n'étaient pas faites comme les hommes. Sauf Mary.

John détendit un peu l'atmosphère en proposant de s'en jeter un, ou même deux, si Osa, en plus, n'avait pas tout sifflé. Martin sortit le quartier d'impala acheté au petit matin sur le marché africain. Une odeur de viande grillée envahit bientôt la colline, tandis que la nuit les enveloppait, et Jim Walsh, après force bougonnements, se lécha les doigts comme les autres, en dévorant ses côtelettes autour du grand feu clair.

Mais à l'instant d'aller se coucher, il ne fit pas moins un détour prudent, en surveillant Osa du coin de l'œil. Il avait affronté bien des animaux sauvages dans sa longue existence, il en connaissait tous les tours, mais jamais il n'en avait rencontré de plus dangereux, de plus imprévisibles que les femmes. « Des créatures de l'enfer », lui avait dit Mary. Il se pouvait bien, songeait-il ce soir, qu'elle eût, une fois de plus, raison.

Sa vieille Ford avait depuis longtemps dépassé le stade de l'épave, cabossée, bringuebalante, prête aurait-on dit à se répandre en pièces au moindre heurt, ses sièges crevés, la suspension exténuée, crachant, éructant, pétant comme un bronco furieux – mais elle partit comme une flèche, dans un nuage de fumées noires, bondit hors de la piste, fonça droit dans la plaine, gravit une colline sans ralentir, dévala la pente, indifférente aux fossés, bosses, trous, rochers, et chacun s'accrochait comme il pouvait pour ne pas être éjecté, tandis que le vieux dément poussait des YOUPPIIIEEE hystériques à chaque bond, Martin serrait dans ses bras sa précieuse caméra, Osa se cramponnait au pied qui lui meurtrissait les cuisses, John ouvrait une bouche épouvantée, et prudemment édentée, un troupeau de kongonis somnolents eurent à peine le temps de lever des yeux effarés, Walsh coupait son moteur, déjà au milieu d'eux.

– Et hop ! Servis sur un plateau, Johnson !

– Et je fais quoi, maintenant ? réussit à articuler Martin, en ravalant péniblement son estomac.

Le temps de saisir sa caméra, les kongonis avaient évidemment disparu.

– Ça mon vieux, c'est votre boulot. Le mien… Vous m'avez dit : « tout près des antilopes ». Peut pas faire mieux, non ?

Ces Américains, décidément, n'étaient jamais contents.

Une deuxième tentative éparpilla derrière l'horizon des zèbres épouvantés, pour le même résultat. Exaspéré, le vieux briscard fit demi-tour, toujours à fond de train, au risque de chavirer.

– Et puis merde ! Z'avez qu'à savoir ce que vous voulez !

Ils gravirent la colline à tombeau ouvert. Martin lançait à Osa des regards sombres, qu'elle décryptait facilement : « Tu vois où ça nous mène, de l'avoir braqué, hier ? » Dans un dernier râle, la Ford gravit les ultimes mètres avant le terre-plein de la cabane, pila net.

– Nom de Dieu, c'est quoi, encore ?

Kalowatt, tranquillement installée sur une chaise, au milieu de la cour, tenait solidement une poule entre ses jambes, tandis qu'elle lui arrachait, hilare, les dernières plumes de la queue. La malheureuse poussait des cris de désespoir. Trois autres gallinacés, serrés près de leur poulailler, essayaient piteusement de cacher leur nudité. Au premier hurlement du vieux Walsh, Kalowatt était déjà sur le toit, tandis que la poule rejoignait à fond de train, cou tendu sous l'effort, ses compagnes en humiliation.

– M'en vais lui filer sa ration de plomb, moi, à c'ti salope !

Martin dut s'interposer, tandis qu'Osa récupérait Kalowatt, faussement contrite, et lui administrait une fessée, exactement comme à un galopin. Quelques dollars calmèrent le dur à cuire. Mais à la prochaine poule plumée, juré, il lui faisait son affaire, « à c'ti foutue fumelle » – probablement encore une « créature du diable ».

En attendant, puisqu'il ne servait plus à rien, il allait tuer un peu de viande pour les nègres, jeta-t-il avant de disparaître dans sa guimbarde. Mais ça restait toujours 5 dollars, payables avant le petit déjeuner.

Par quelque bout qu'il prît le problème, il ne leur restait d'autre choix que d'aménager des caches. Le terrain s'y prêtait peut-être mieux que sur les rives de l'Athi, les points d'eau étaient plus rares, et espacés. D'autres avant eux y étaient bien arrivés, ils finiraient par apprendre ! Une mare, à 2 miles en contrebas et à un peu plus de la rivière, paraissait idéale. Ils passèrent la fin de la matinée à installer la cache, le plus en retrait possible compte tenu des focales de la caméra, en ajoutant simplement quelques branchages à un buisson déjà fourni d'épineux, à l'ombre d'un arbre. Le bois des épines était si dur qu'il fallut l'attaquer à la hachette pour en venir à bout. Du beau travail, décréta Martin, bien décidé à y rester immobile le temps qu'il faudrait. Rien ne distinguait la cache des buissons alentour. Du moins pour eux…

Ils s'y installèrent en fin d'après-midi, le cœur battant, lui avec sa caméra, elle en assistante avec leur meilleur appareil photo, un Graflex à longue focale. Et l'attente commença. Les minutes s'éternisaient, se dilataient, dans le silence de la plaine chaque bruit prenait une résonance particulière, le souffle de leur respiration, le craquement d'une brindille, les mouvements furtifs d'insectes, près de la mare, elle se sentait dériver, glissait à leur rencontre, la terre soupirait de chaleur accumulée au fil des heures de plomb, tandis que les ombres, enfin, s'allongeaient au-dehors, elle vagabondait sur l'étendue de la savane, percevait les moindres bruits, au loin, le tremblement de l'air, la respiration pressée d'un animal, une herbe froissée, Martin près d'elle était de pierre – un roucoulement triste de tourterelle la fit tressaillir, et elle prit conscience, tout à coup, qu'elle n'avait pas entendu le moindre oiseau jusque-là, sans doute la meilleure alerte pour les animaux venant boire… En répons vint un léger gazouillis, puis un autre et un autre encore et ce fut bientôt un concert léger au-dessus de leurs têtes – si les oiseaux paraissaient enfin rassurés pourquoi les animaux ne le seraient-ils pas ?

Martin lui effleura le bras, retint sa respiration : quelque chose approchait. Rien, à peine un effleurement timide entrecoupé de reculades, un souffle précipité, puis le silence de nouveau. Un impala, derrière les hautes herbes, dressait ses bois effilés, comme une lyre vibrant aux vents légers de la savane. Elle pouvait voir chaque détail de son corps, le grain de son pelage, le gris doux de son ventre, la bande plus sombre sur son front, sa culotte rousse – un mâle d'au moins soixante kilos, peut-être quatre-vingts. Pourquoi Martin ne déclenchait-il pas sa caméra ? Il eut un geste d'impuissance : trop loin encore pour son objectif. Et puis ils arrivèrent tous, silencieux, surgissant des replis de la savane, zèbres, impalas et même autruches, dans un étrange ballet, s'arrêtant, repartant pour revenir encore et encore – mais toujours en deçà de la zone définie par Martin. À croire qu'un dieu malin avait tracé quelque frontière visible d'eux seuls qui les gardait à distance de toute prise de vues. C'était magnifique, et désespérant. Deux heures d'une ronde inquiète autour du point d'eau avant de disparaître…

– Ce n'est pas grave, souffla Martin, et il grimaça en se dépliant. Ils finiront par s'habituer. On verra bien qui est le plus obstiné ! Bon Dieu, tout de même, c'était moins une… Au juste, tu as pris des photos ?

Aucune photo. Absorbée par l'enjeu, elle avait complètement oublié que l'objectif du Graflex était un peu plus puissant que celui de la caméra… Ce coup-ci, c'est sûr, il m'étrangle, se dit-elle. Mais non, s'il se penchait vers elle, c'était pour l'embrasser.

Le lendemain fut l'exacte répétition de la veille, et promettait d'être suivi par bien d'autres, semblables. Les animaux, tous sans exception, paraissaient doués d'une quasi-prescience, sinon d'une connaissance exacte, au mètre près, de la portée de la caméra, Osa en venait à se demander s'ils ne se fichaient pas carrément d'eux. Ils arrivaient en famille pour observer ces deux étranges créatures qui se croyaient invisibles derrière leurs branchages, les montrer aux enfants, ou faire des paris sur le moment où ils craqueraient. Eh bien, ils peuvent attendre longtemps, grimaçait Martin, plus obstiné que jamais. Le vieux Walsh les avait abandonnés. Sans doute chassait-il quelque part dans la savane, ou bien il philosophait dans quelque taverne sur la malignité de « c'ti fumelles ». La mine du vieux John, préposé à la surveillance de Kalowatt, s'allongeait chaque jour un peu plus. Tout ça manquait d'action à son goût, il n'était pas venu en Afrique pour transpirer toute la sainte journée dans une bicoque en tôle, histoire de protéger le cul de trois poules !

Le troisième soir, alors qu'ils rentraient brisés, et passablement dégoûtés, ils eurent la surprise de retrouver John en grande conversation avec le vieux Walsh, retour de Nairobi où il avait vendu sa viande et chargé du même coup quelque peu la musette, à en juger par sa voix hésitante. Le cruchon posé à leurs pieds n'avait pas dû arranger les choses.

– Depuis que Lucinda est plus là, je peux enfin causer tranquillement avec elle, disait John. Au début, j'dis pas qu'elle m'a pas manqué, mais maintenant c'est juste le contraire.

– Ben moi, c'est un peu pareil. Tu m'diras qu'elle est encore en vie, ma Mary, mais ça change pas la question. Quand elle est là, pas moyen d'en placer une. Et j'te claque le fouet par-ci, et j'te le claque par-là, Jim, où t'as encore mis la bouteille, nom de Dieu ! Si tu m'l'amènes pas, gare à tes fesses. Enfin, tu vois le genre. Tandis que là, comme elle est chez sa copine, j'suis tranquille, j'peux lui causer sans qu'elle me coupe la chique…

Le mystère des fumelles restait de toute évidence un sujet inépuisable de conversation, qui les avait occupés tout le reste de la soirée, au point de ne prêter qu'une attention distraite au dîner frugal concocté par Osa. Kalowatt, seule, réfugiée dans les bras d'un Martin abruti de fatigue, déversait un torrent de protestations, ponctuées de gestes vengeurs, en direction du vieux John coupable de l'avoir séquestrée, mais qui ne perdait rien pour attendre.

Le lendemain, John annonça en sifflotant qu'il partait faire un tour avec son copain, « histoire de tirer un coup de fusil ou deux, par-ci par-là, si ça se trouvait » et Osa ne fut pas mécontente de rester à la cabane avec Kalowatt, tandis que Martin, héroïque, retournait à son poste en claudiquant.

Elle s'occupa un peu de ménage, Kalowatt sur ses talons, remit en état un vieux fourneau abandonné dans un recoin de la cour. Dans quelques heures Martin remonterait, courbatu et de méchante humeur, d'avoir guetté une fois de plus en vain, elle lui ferait la surprise d'un bon petit plat. Ses préparatifs terminés, elle traîna un peu dans la cabane, essaya un à un les harmonicas des Walsh, tous hors d'usage. Peut-être était-elle allée un peu fort, l'autre jour, dans sa fureur de nettoyage ? Elle feuilleta distraitement la pile des fascicules qu'elle avait failli jeter au feu, *La Vengeance de Pecos Bill*, *Meurtre à Dodge City*, *Le Chasseur de chevelures*. Comment aurait réagi le vieux chasseur, s'il ne les avait pas retrouvés ? Par un nouveau chapitre : *La Vengeance de Jim Walsh*, ou *Meurtre sur l'Athi* ? Elle sortit, s'allongea sur le vieux fauteuil, s'absorba dans le spectacle de la savane au-dessous d'elle. Des mères impalas jouaient avec leurs petits, les poussaient à coups de museau dans le derrière. Martin devait commencer à sentir la chaleur lui brûler le dos, ses jambes et son dos se raidir, et elle ne voyait aucun animal près de la mare, quand d'autres, en grand nombre, se serraient à 2 miles de là autour d'une flaque brillante sous le soleil. À qui pouvait-elle parler de ce qu'elle avait éprouvé l'autre matin, qui la bouleversait encore, quand elle avait abattu le kongoli ? Bror ? Trop pratique, sans recul dans l'action. Il rirait de ses extases mystiques et lui proposerait à tous coups d'en rajouter quelques-unes, plus physiques. Cole ? Finch Hatton ? Denys ne rirait pas, lui, elle en était sûre.

Peut-être même avait-il ressenti quelque chose de semblable, au moins la première fois.

Aucun bruit ne venait troubler la torpeur du moment, sinon, de loin en loin, le craquement d'une brindille, le glissement furtif d'un lézard. La terre, exténuée, se craquelait un peu plus, tout, autour d'elle, paraissait épuisé, en attente. L'air, immobile, sentait l'herbe roussie. Elle eut envie de fraîcheur, soudain. Le fleuve était à près d'une heure de marche, il lui restait assez de temps. Elle attacha Kalowatt, malgré ses pleurs d'enfant abandonné, saisit son fusil et une serviette, dévala la colline. Nul, dans la plaine, ne paraissait lui prêter attention. Les antilopes levaient à peine les yeux, trottaient sans hâte, comme si elles avaient jugé le danger négligeable. Un mâle de loin en loin frappait le sol de ses sabots, avec une sorte de grognement d'alarme, puis renonçait, et recommençait à brouter. Des gnous plus suspicieux claquaient leur longue queue contre leurs flancs, mais il faisait décidément trop chaud pour une fuite au grand galop. La savane, autour d'elle, s'enfonçait dans une lourde somnolence.

Elle ruisselait, quand elle parvint à la rivière. L'eau chuchotait entre les roseaux, glissait, brillante, sur les cailloux, paressait à l'ombre des grands arbres argentés. Des papillons aux couleurs vives tremblaient dans les rais de lumière filtrant à travers les feuillages, l'herbe était douce à l'ombre de ce qu'elle pensa être un figuier sycomore. Elle hésita, eut un frisson au souvenir cuisant des sangsues récoltées à Bornéo, trempa timidement les pieds dans les eaux vives. Puis elle s'enhardit, se mouilla le visage et les bras avant de se déshabiller entièrement. Après tout, personne, ici, ne pouvait la voir. Nue, elle se glissa dans l'eau. Le froid, d'abord, lui coupa la respiration, puis vint la sensation délicieuse d'une détente, comme si chaque muscle de son corps se relâchait. Elle fit la planche, ivre de sa liberté nouvelle, l'eau claire jouait sur chaque parcelle de sa peau, si elle avait osé elle aurait chanté, crié la joie d'être là, en vie. Elle s'allongea sur sa serviette, le cœur battant, avec le sentiment que des dizaines d'yeux la guettaient, derrière les buissons, puis, les yeux mi-clos, les bras en croix, elle s'abandonna au bonheur de l'instant. Le souffle léger de l'air passait sur elle comme une caresse, elle faisait partie du monde, atome vibrant à l'unisson de tous les autres. Sa respiration s'accéléra. Si Bror me voyait, songea-t-elle. La vague de bonheur qui la submergea la laissa longtemps étourdie, presque anéantie.

Elle s'arracha à sa torpeur. Martin ! Elle se rhabilla à la hâte, revint à la cabane. Kalowatt la regarda, pensive, pendant qu'elle ranimait le feu dans le foyer à demi défoncé du fourneau. Le four était assez chaud. Elle y enfourna le carré de phacochère laissé par Walsh, mit à bouillir de l'eau, entreprit de préparer un riz pilaf. Elle travaillait avec des gestes précis, rapides, pour oublier le trouble qui s'était emparé d'elle, en évitant le regard insistant de sa petite compagne.

Elle entendit le pas raide de Martin en contrebas, courut vers lui. Il se tenait le dos en grimaçant. Une dizaine de kongonis avaient hésité près d'une demi-heure avant de filer. Et le reste du temps, rien. À croire qu'ils se donnaient le mot. Un nouvel échec, ce soir, et il faudrait imaginer une autre tactique.

Il mangea distraitement, l'esprit ailleurs. Osa, déçue, commençait à le fixer d'un œil sombre quand il sourit :

– Dis donc, c'est fameux ! Et ça change les idées…

Il venait de sauver sa tête.

Comme il grimaçait de nouveau en se levant, elle le poussa vers le lit et entreprit de le masser, lui ôta bottes et pantalon, se lova contre lui – mais il dormait déjà, épuisé.

Elle préparait une pâtée pour les poules, sur le pas de la porte, Kalowatt par précaution attachée au chambranle, quand elle sursauta. Un éclair fauve avait tremblé entre les feuillages d'un buisson, à 100 mètres en contrebas. Elle tendit lentement son bras en arrière, saisit son fusil posé contre le mur. Le buisson s'agita, s'entrouvrit. Une gazelle de Thomson, une petite « tommie », se risquait à découvert, hésitante, sans doute trompée par le silence de cette fin d'après-midi. Osa se concentra sur la belle craintive, détaillait son museau humide qui frémissait, le tressaillement de chacun de ses muscles sous la peau, son œil profond et noir – et de nouveau elle sentit venir à elle, comme un souffle à peine dans la torpeur de l'air, cette impression qui l'avait bouleversée, de l'approcher, d'entrer en elle, elle sentait son odeur, les battements de son cœur. Avant même d'appuyer sur la détente, elle sut qu'elle l'aurait.

La gazelle s'effondra, foudroyée. Elle courut vers elle, surexcitée. La petite « tommie » gisait devant elle, les yeux vides, déjà. Frappée en plein cœur. Elle exultait, à genoux devant l'animal. Cette fois-ci, Martin ne pourrait plus parler de coup de chance ! Puis une tristesse affreuse l'envahit, quand elle effleura le pelage tiède, caressa le cou soyeux, les petites oreilles mutines. Elle n'est plus là, se dit-elle. Ce qu'elle avait perçu d'elle l'instant d'avant, cette vibration qui les avait unies l'une à l'autre n'était plus. Pourquoi avait-il fallu qu'elle supprime cette vie, pour la ressentir ? Elle eut envie de pleurer, resta un court instant prostrée, s'ébroua. Il fallait la remonter tout de suite à la cabane. La tommie ne devait pas peser plus de vingt kilos. Elle la prit par les pattes, tira, mais l'animal s'accrochait aux épines. Elle fit une pause, le souffle court. Et puis, se rappela-t-elle soudain, épouvantée, il fallait qu'elle soit égorgée, tout de suite – *hallalled !* Jerramani lui avait montré comment. Blayney, à tort ou à raison, soutenait que sinon la viande se gâtait, du fait de la chaleur. Égorgée ! Elle vacilla, retint une nausée, se força malgré tout à courir vers la cabane, s'empara de son bowie-knife. Il fallait aller jusqu'au bout, maintenant. Ou ce tir, pour le coup, serait un vrai crime, une vie gaspillée. Sa tête tournait, elle tremblait de tous ses membres tandis qu'elle tirait l'animal sur un lit d'herbes, ferma les yeux à l'instant de plonger sa lame dans la gorge, dut s'y reprendre à deux fois. Le sang jaillit, presque noir, en longs jets puissants qu'elle fixait, les yeux exorbités. Ce n'était pas elle qui avait été capable de cela. L'herbe sous l'animal légèrement incliné, la tête vers le bas, buvait le sang : elle y plongea la main, la retira poisseuse – une main d'assassin se dit-elle. Elle essaya de nouveau de tirer la gazelle sur le sol inégal, dut se résoudre à la prendre dans ses bras. Comme un enfant, pensa-t-elle, bouleversée par la douceur, la pesanteur tiède du corps qu'elle tenait serré contre elle. L'odeur douceâtre du sang l'enveloppait, grisante, la terre sous elle vibrait de la chaleur accumulée tout le jour. Kalowatt, sur le pas de la porte, l'accueillit par de petits cris terrorisés, se recula comme devant une étrangère. Elle lia les pattes arrière de l'animal, comme en état second, réussit à passer la corde dans une poulie fixée à un madrier probablement prévu à cet effet, suspendit le corps gracile. Elle riait d'un air égaré, les habits, le visage, les cheveux gluants de sang, elle sentait son goût salé sur ses lèvres – elle dut s'adosser à la maison tandis que l'émotion la submergeait, avec la violence d'un orgasme.

Elle se changea, se lava, se lava une seconde fois, mais l'odeur du sang ne la quittait pas, comme pour témoigner de son crime, la désigner à tous. Elle aurait voulu se confier, ne pas rester seule avec ce tourbillon d'émotions, mais personne ne venait, du rebord du terre-plein elle pouvait voir, à 2 miles, la cache d'où Martin ne sortirait qu'à la nuit tombante. Un bref instant, elle avait perçu le monde autour d'elle avec une acuité extraordinaire – était-ce le prix à payer, tuer ce que l'on désirait connaître ? Il fallait qu'elle se calme, se répétait-elle, en allant et venant, qu'elle reprenne ses esprits. Et toujours personne. Où étaient donc John et le vieux chasseur ? Elle reprit son fusil, descendit la colline du côté opposé à Martin pour ne pas être vue des antilopes. L'heure venait déjà, du crépuscule, toute une vie s'éveillait dans les buissons, se hâtait avant que ne s'étende la grande nuit carnivore. Elle marchait, sans but précis, quand des « coui-quitt » stridents montèrent près d'elle d'un taillis épais, des têtes rouges se dressèrent, un froissement lourd agita les branchages. Des sortes de grosses perdrix, ou même de poules, presque des oies, s'enfuyaient à son approche, à la suite l'une de l'autre, dans une pesante esquisse d'envol. Elle tira sans réfléchir, en succession rapide, six fois, entendit le bruit sourd des corps retombant au sol.

Elle venait tout juste de remonter quand la vieille Ford du chasseur s'annonça dans une longue quinte exténuée. Les deux lascars paraissaient de la meilleure humeur du monde. En fait de chasse, songea Osa, ils avaient plutôt l'air de revenir de quelque taverne accueillante.

– Ai entendu des coups de feu, en montant. Six ? interrogea Walsh, après un long jet de jus de chique.

– Six, confirma Osa, en montrant les six gallinacés qui pendaient par les pattes, contre la cabane.

Walsh haussa un sourcil broussailleux.

– Six, hein ? Mmm, des francolins… Et vous avez fait ça comment ?

– Eh bien, j'ai tiré en commençant par le dernier…

C'est seulement alors que Walsh vit dans la semi-obscurité le corps pendant de la gazelle. Ses yeux s'agrandirent, il siffla entre ses dents un « nom de Dieu ! » étonné tandis qu'il inspectait l'animal.

– Combien de balles ?

– Une. Je… Enfin, elle était là-bas. À 100 mètres, je crois.

Il continua de hocher la tête, tandis qu'il vérifiait qu'elle avait été correctement égorgée, puis regarda Osa avec une attention nouvelle :

– Dites donc, faut pas vous laisser seule trop longtemps, vous…

Elle l'entendit marmonner quelque chose, tandis qu'il s'éloignait, où revenait le terme *crackshot* – vraie tireuse – et elle se sentit fière.

La nuit était tombée, et les côtelettes de la pauvre tommie grésillaient sur les braises quand Martin apparut enfin, sans la moindre trace de courbatures, cette fois. Ses premières images ! Il n'en revenait pas lui-même. Il dormait comme un bienheureux quand des grognements l'avaient réveillé : quatre phacochères hirsutes, griffus, grognons buvaient à la mare. Ils n'avaient même pas tourné la tête quand il avait déclenché la caméra, et ils s'étaient montrés de parfaits figurants, restant figés quand il changeait d'objectif – jusqu'à son plus gros, qui leur faisait occuper tout le champ de l'image. Et c'est seulement alors qu'ils s'en étaient allés, toujours grognons, remplacés par deux autres dix minutes plus tard, puis par dix, et, miracle enfin, sans doute rassurés par la présence des phacochères, vingt-cinq impalas s'étaient invités sans façon à la mare. Il avait pu les filmer jusqu'à la nuit.

Il s'assit en se frottant les mains.

– Ah, j'ai une faim de loup !

John lui tendit une côtelette. Une tommie abattue par Osa, expliqua-t-il. À 100 mètres. D'une seule balle.

– Et elle l'a portée seule jusqu'ici. Après l'avoir égorgée comme un vrai chasseur. Hein, qu'est-ce que tu en dis ?

– Ah bon ? Si tu avais vu les impalas, deux, dix, vingt-cinq ! Dans une de ces lumières…

Il n'avait même pas entendu son père.

– En plus elle a tiré six francolins. Sans perdre une balle.

– Mais je me demande si mes phacochères ne seront pas mieux encore…

Ce coup-ci c'est *moi* qui vais l'étrangler, se dit Osa, en lui tendant une côtelette, qu'il prit machinalement.

– Et maintenant, glissa Walsh d'un air innocent, si vous me racontiez un peu ? M'a l'air sacrément compliqué, votre truc…

Martin et Osa se regardèrent, stupéfaits. On leur avait changé le lascar ! John prenait les airs modestes d'un diplomate parvenu à ses fins, mais le niveau du cruchon n'était sans doute pas étranger à cette humeur nouvelle. La lune brillait au-dessus d'eux, couleur de liseron, la nuit était douce comme un velours, que réchauffait un haut feu clair. Kalowatt depuis un moment déjà somnolait entre les bras d'Osa en suçant son pouce. Le vieux chasseur finit d'extraire, à la pointe de son coutelas, un reste de côtelette fiché entre deux chicots, le mastiqua d'un air béat, reprit une rasade de *poteen*, et Martin entreprit de lui exposer son projet. Carl Akeley, oui, il en avait entendu parler. En bien. Mais…

– Montrer la vraie vie sauvage, hein ? Ben dites donc… Vous n'êtes pas sortis de l'auberge !

Il les dévisagea, tour à tour.

– Qu'est-ce que savez, au juste, de la vie sauvage ? Rien, c'est bien ça ?

Un long jet de salive noirâtre zébra la poussière du terre-plein.

– En somme, c'est quand vous aurez fini de faire vos machins, enfin, vos images, que vous commencerez à savoir ce que vous auriez dû filmer ? Non ?

Martin sourit, un peu crispé, tout de même. C'est bien pour ça qu'ils comptaient sur des gens comme lui. L'autre garda son air dubitatif.

– Sauf que ça m'a l'air rudement plus compliqué que la chasse, votre truc, non ?

Sûr. Il fallait d'abord une bonne lumière. Et puis, qu'on voie l'animal entier. Qu'il se découpe bien sur le fond d'un beau paysage. Que le vent et le soleil ne viennent pas du même côté – sinon le soleil se trouvait en plein dans l'objectif. Que les arbres ne fassent pas d'ombre sur les animaux. Que l'herbe ne les cache pas. Que le vent, en l'agitant, ne rende pas l'image floue.

Le vieux chasseur avait écouté, pensif. Puis, après un temps de réflexion – autrement dit, une nouvelle tache brune dans la poussière :

– Votre cache, en bas…

– Oui ?

– Elle vaut rien.

– Hé ! Mais ce soir…

– Un coup de bol. Y a pas plus con qu'un phacochère. Qu'est jamais rien qu'un gros sanglier. En plus moche. Les autres, les antilopes… Elles savent que vous êtes là.

Les caches de ce type, poursuivit-il, ne fonctionnaient qu'en saison sèche. Et encore, à condition que la mare la plus proche se trouve à plus de 5 ou 6 miles !

– Laissez tomber, en bas. Vous n'aurez plus rien.

– Vous auriez pu nous le dire plus tôt !

– M'avez rien demandé, non plus…

Il fixa longuement Martin de ses petits yeux malins.

– Mmm… Va vous falloir du saignant, non, tout de même ? Vos phacochères, c'est jamais que filmer des cochons.

Et comme Martin, vexé, se renfrognait :
– P't'être bien que j'ai un truc pour vous.

– C'est là-bas.

La voiture partit dans une longue glissade, rebondit sur un repli rocheux, avant de piler net, dans un couinement exténué. À un demi-mile de là, un amas de blocs rocheux dominait la savane, entouré d'arbres squelettiques. La caverne, expliqua Walsh, était juste en dessous.

Ils tirèrent jusqu'aux rochers le zèbre que le chasseur avait abattu en route – selon sa méthode éprouvée, droit devant et on tire dans le tas, « après tout c'est ce que font les lions, non ? » La caverne, ou plutôt la succession de cavités, puait le fauve. John renifla l'odeur avec un sourire satisfait :

– C'est récent. Traînaient par là ces jours-ci.

Ils entreprirent de rouler des pierres devant l'entrée afin de dresser un muretin derrière lequel installer la caméra. La chaleur était de plomb fondu, le moindre souffle faisait craquer l'herbe sèche, l'air vibrait autour d'eux. À l'odeur âcre des fauves se mêlait celle de la paille brûlée, les arbres sans plus de feuilles paraissaient morts, blafards – ces fichues bestioles avaient choisi l'endroit le plus chaud, le plus dévasté, le plus aride de la savane. Le travail leur prit une bonne partie de l'après-midi, avant qu'ils ne s'écroulent à l'ombre courte des rochers.

– Et maintenant, dit Walsh en claquant la langue d'une manière plus qu'interrogative, y a plus qu'à attendre. Vont venir, sûr !

Martin sortit la bouteille de bourbon, Jim, sans façon, la lui arracha des mains, pour boire directement au goulot, à longues gorgées. Puis il la cala, rebouchée, contre lui et s'installa le plus confortablement possible. Il n'y avait plus qu'à attendre…

Du saignant, avait-il promis. Il avait repéré depuis quelque temps, à 10 miles de la cabane, des cavernes qui avaient tout l'air d'un rendez-vous de léopards et de guépards. Avec un bon appât, sûr, il y aurait de l'animation. Suffisait d'y passer la nuit. John, un peu éprouvé par sa tournée avec son nouvel ami, avait choisi de rester à la cabane avec Kalowatt. Et c'est ainsi que Martin et Osa s'étaient lancés seuls à l'aventure avec le vieux Walsh, au petit matin.

– Feriez bien de vous payer un petit somme maintenant, pour être frais cette nuit, conseilla Walsh, en se roulant dans une couverture. Il posa son chapeau sur sa figure, et quelques instants plus tard un puissant ronflement résonna sur la savane. Comme ça tous les animaux à la ronde sont prévenus d'avoir à faire un détour, se dit Osa, fâchée. Pour Martin et elle, le sommeil fut plus long à venir. Des léopards ! Le jeu commençait à se corser…

Un grondement sauvage les réveilla en sursaut, sur le coup de neuf heures. La lune était montée dans le ciel, nimbant la savane d'une clarté féerique. Aux aguets, le doigt sur la détente, ils auscultèrent les zones d'ombre alentour. La carcasse du zèbre était là, devant eux – mais pas trace d'un fauve. Le grondement retentit, tout proche cette fois, du côté de Walsh. Martin à mi-voix l'alerta, sans réponse. Intrigués, ils rampèrent vers lui – pour le découvrir claquant des dents. Martin déclencha le flash de son Graflex, pour y voir clair. Le chasseur ruisselait de fièvre, son front était brûlant – le grondement venait de lui. Ils avaient déjà vu des colons, ainsi, à Bornéo : une crise violente de malaria. Osa lui baigna le visage avec l'eau de sa gourde, Martin réussit à lui faire prendre une dose massive de quinine, dans un gobelet de whisky. Il lui fallut presque se battre pour arracher la bouteille que Walsh, inconscient, serrait convulsivement.

Pendant qu'ils le soignaient, ils pouvaient entendre, au-dehors, la toux rauque d'un léopard tournant autour de la carcasse du zèbre, des glissements lourds, peut-être de guépards, les rires affreux des hyènes en retrait, et dans la plaine, de tous les horizons, le tonnerre affolé des sabots fuyant devant les carnivores…

Le ciel pâlissait, quand la fièvre de Walsh s'apaisa. Sa respiration devint régulière. Tout n'était peut-être pas perdu… Ils rampèrent jusqu'à leur cache, se figèrent : devant eux, à quelques mètres, un léopard, superbe, commençait tout juste à déchiqueter le zèbre, et ils pouvaient en distinguer chaque détail, le tremblement de ses babines, ses pattes griffues, son corps flexible, les muscles roulant sous la peau tandis qu'il arrachait les chairs de sa proie, le flamboiement de ses yeux d'ambre. Martin eut un geste de dépit. L'heure grise d'avant le jour était la pire de toutes. Il n'en prépara pas moins sa caméra, sans bruit – en priant pour que la lumière qui frissonnait au fond de l'horizon vienne à lui, vienne vite. Elle grandit, rougeoya, ruissela sur l'étendue en une nappe dorée. Martin retint son souffle : maintenant ! Et c'est à ce moment qu'un chapelet sonore de jurons retentit dans son dos :

– Bordel de Dieu, qu'est-ce que je fous ici ?

Le léopard avait disparu. À deux pas derrière eux, Walsh, hirsute, les yeux papillotants, se grattait l'entrecuisse avec vigueur.

– Crois bien que j'ai eu un p'tit coup de fièvre, non ?

Au regard assassin de Martin il sursauta :

– Oh, merde ! J'ai tout fait foirer, c'est ça ?

C'était *exactement* ça. Une bande de chats sauvages, maigres, les oreilles déchirées, sortit des broussailles, il y eut comme une ondulation furieuse des hautes herbes, déjà ils couvraient la carcasse du zèbre, mordaient, griffaient les parties tendres, déchiraient le ventre. Martin, faute de mieux, les filma un moment, vaguement écœuré.

– Faut reconnaître que des chats et un cochon, ça fait maigre, pour votre film, constata le vieux Walsh, en reculant prudemment. Faudrait peut-être voir à passer une nuit de plus ?

On avait changé le vieux Walsh. Tout le jour, pour se faire pardonner, il leur fit visiter les plus beaux sites de l'Athi, mais Martin, morose, ne desserrait pas les dents – jusqu'au milieu de l'après-midi, lorsqu'au sommet d'une colline se déploya devant lui une vallée profonde et herbeuse, littéralement couverte de zèbres, d'impalas, de gnous, de kongonis, d'une grâce si légère qu'il mit pied à terre et filma la scène plusieurs minutes. Dans l'immobilité rêveuse de l'après-midi c'était comme un fragment du jardin d'Eden, oublié là par quelque Dieu distrait. Mais quand ils tentèrent de s'approcher, malgré leurs précautions, une houle soudaine agita les hautes herbes, comme une risée sur la crête des vagues annonce une bascule du vent, et le temps pour Martin d'en saisir quelques images au vol, la vallée était vide, l'horizon vibrait du grondement des sabots affolés.

La caverne, au retour, leur parut hostile et froide. Malgré un nouveau zèbre, fraîchement abattu, placé à quelques pas du muretin, la veille resta infructueuse. Le léopard était là, pourtant, dissimulé derrière les taillis, ils le sentaient, ils l'entendaient rôder, feuler de rage. « Il nous sent, dit Walsh, il sait que nous sommes là ! » Le vieux chasseur renifla plus fort : « Il est venu cet après-midi, il a senti notre odeur… » Et comme les états d'âme n'étaient pas son fort, il se roula aussitôt dans sa couverture, rabattit son chapeau comme on ferme un volet : « Bon, ben, c'est foutu. »

Martin et Osa s'obligèrent à rester éveillés, mais ils savaient tous deux que le fauve ne viendrait pas.

Un John trépignant d'impatience les accueillit à la cabane. Mais qu'est-ce qu'ils fichaient ? Si seulement ils étaient rentrés le jour précédent, comme prévu ! Un troupeau de vingt girafes s'était baladé tout autour de la colline pendant des heures. Vingt : il avait eu le temps de les compter, en espérant que Martin se déciderait à rentrer. Déçues de n'être pas filmées, les timides starlettes avaient fini par s'en aller, peu avant le crépuscule.

– Faudra jeter un coup d'œil, demain matin, risqua le vieux Walsh, des fois qu'elles seraient encore du côté du fleuve ?

Martin hocha la tête sans conviction et ils restèrent là, sur le seuil, un long moment, pensifs. La chance n'était pas avec eux, c'était aussi simple que ça. Jim sortit une bouteille consolatrice, versa une longue rasade à son nouvel ami, avant de se racler la gorge.

– Dis donc, à propos. J'ai oublié de te dire. Pendant que je surveillais les girafes. Ben, Kalowatt…

L'autre sursauta, tandis que Kalowatt, à son seul nom, déjà bondissait sur le toit.

– Nom de Dieu, mes poules !

Nul ne s'en était préoccupé jusque-là, mais serrées devant le poulailler, honteuses, elles ne parvenaient pas à dissimuler leurs derrières plumés. Toutes sans exception. Plus le coq.

Le vieux Walsh hésita, la main déjà sur le fusil, puis se rassit.

– Bof, après tout, y a pas plus con qu'une poule, non ?

Il est des moments, ainsi, où l'on sent que c'en est fini, que le charme est passé, et qu'il faut s'en aller.

Le soir tombait. Martin et John revenaient les bras

chargés de bois, Walsh avait le nez plongé sous son capot, rapport à ce que la voiture ne marchait plus que sur deux cylindres, Osa s'apprêtait à griller les derniers morceaux de tommie quand au bas de la colline, montant vers eux, étaient apparues d'étranges figures, des jambes grêles, surmontées de ce qui paraissait être, dans la poussière dorée du soir, d'énormes ballons. Et comme ces apparitions ne marchaient pas mais glissaient au ras du sol en un mouvement coulé, Martin et John s'étaient ralliés à l'idée d'Osa, qu'il devait s'agir de montgolfières montant vers eux, soulevées par l'air chaud, d'où pendaient des filaments. Puis les formes se précisèrent, il s'agissait bien de jambes sans corps, surmontées de grappes de gourdes. Walsh, sorti comme un lutin charbonneux de son moteur, les héla à grands cris et l'instant d'après, les gourdes posées à terre, se dressèrent devant eux des Noirs d'une incroyable minceur, aux muscles longs, le crâne rasé, à l'exception de quelques boucles sur le sommet. Des Wakanba, expliqua Walsh, hilare. Et l'on devinait, aux regards échangés, qu'ils se connaissaient depuis un bout de temps.

– Tu parles ! J'ai vécu des mois, chez eux. Même qu'ils ont voulu m'initier. Mais quand le vieux coquin, là, a sorti un couteau ébréché pour me, hum, me couper la bite, enfin, circoncire, c'est comme ça qu'on dit ?, j'ai pris mes jambes à mon cou. C'est pas vrai, vieux coquin ?

Il y eut quelques mots échangés en swahili, l'œil du vieux coquin eut un éclair amusé :

– Qu'est-ce qu'il dit ?

– Que l'offre tient toujours. Et qu'il a le couteau sur lui. L'affaire d'une minute…

Ils marchaient depuis des heures, mais au lieu de s'asseoir ils se reposaient debout, sur une jambe, la seconde posée sur la première juste au-dessous du genou, ce qui leur aurait donné l'allure de cigognes, n'eût été leur expression de dignité hautaine. Des seigneurs, à la grâce troublante, aux regards lointains, comme si rien ni personne n'existait autour d'eux. Seule, la vue de Kalowatt, portée par Osa comme un enfant, les avait arrachés à leur indifférence affichée. Plusieurs fois leurs regards s'étaient tournés vers elle, tandis que montaient de leur groupe des murmures étonnés.

Des éleveurs, continuait Walsh, et de terribles guerriers, longtemps en guerre contre les Massaï. Des voleurs de bétail comme eux, parce que cela tenait pour eux d'un jeu d'honneur, mais d'une totale honnêteté pour tout ce qui était possessions matérielles. Au point qu'un des leurs, arrêté un jour par les Anglais et qui avait réussi à s'enfuir, avait fait parvenir quelques jours après ses menottes à l'officier de police, en s'excusant d'avoir tardé « mais il avait eu un mal de chien à les ôter ». Le vieux, qui paraissait le chef du groupe, avait dit quelques mots en désignant le flanc de la colline.

– Beaucoup de Massaï tués juste là, traduisit Walsh, et le vieillard se redressa fièrement.

Les Wakanba s'étaient installés à l'écart pour la nuit, et depuis leur campement parvenait jusqu'à eux un bourdonnement de voix. Que se racontaient-ils, se demandait Osa – leurs soucis de la journée, tel ou tel fragment de la grande geste des Wakanba, les souvenirs de leur bataille, ici même, contre les Massaï ? Comme elle aurait aimé être avec eux, comprendre leur langage ! Martin somnolait, épuisé. John, renversé en arrière sur sa chaise, ronflait vigoureusement. Seule, Kalowatt gémissait, inquiète, en observant le feu des Wakanba, le jeu des flammes sur leurs visages…

– Y a pas pire injure pour un Wakanba que de le traiter de mangeur de serpents, ou de singe. M'a pas l'air tranquille, votre bestiole. Elle serait pas au courant ? Feriez bien de la garder avec vous, cette nuit…

Comme tous les soirs, Martin avait eu pour premier souci d'ôter le film de sa caméra pour le protéger de l'humidité de la nuit. L'apparition des Wakanba avait été si étonnante qu'il avait hésité – lui qui répétait si souvent qu'une occasion manquée ne se représente jamais, que la maison que vous devez filmer un soir aura brûlé le lendemain ! – mais la journée avait été une succession de déceptions. Il était épuisé, amer. L'idée de remonter un film, puis d'avoir une nouvelle fois à le rembobiner, le découragea. Il filmerait le départ des Wakanba, voilà tout.

Quand il se leva le lendemain, ils avaient disparu.

Et chacun comprit que pour eux aussi le temps était venu de lever le camp…

VIII

Les chariots les attendaient à Thika, devant le Blue Post Hotel. Lourds, tout juste bâchés, sans la moindre suspension – comme les *schooners* des Prairies qu'avaient connus tante Millie et grand-mère Nancy aux temps de la ruée vers l'Ouest.

– C'est toute ma jeunesse, à Dodge City, ça, les enfants ! Toute ma jeunesse !

John exultait, tournait autour d'eux, éprouvait le jeu des roues. Pas possible, c'étaient *exactement* les mêmes ! Les mêmes tape-culs, les mêmes retourne-boyaux et il valait mieux garer son dentier dès les premiers cahots !

– Si je vous disais, à Culver City, la fois où j'en ai ramené un, rempli de peaux de bison, et les Sioux, faut dire, rôdaient dans le coin…

Décidément, s'amusait Martin, il les prenait pour Jim Walsh ! Osa, elle, se demandait comment, si lourds, ils pouvaient seulement rouler. Martin lui donna un coup de coude : sur le banc de conduite du premier chariot un gros rougeaud dormait, le pantalon largement ouvert, et la bouche pareillement, d'où coulait un filet de salive. Les bœufs qui méditaient dans le corral paraissaient à peu près dans le même état d'hébétude. Le cocher tressaillit, après plusieurs bourrades de Martin, émit un gargouillis effrayant, et resta à les fixer, bouche bée, les yeux exorbités. Ça y est, se dit Osa, en suivant, fascinée, le ruisseau de salive qui continuait à couler, on a touché, en plus, un débile mental…

Ils avaient quitté Nairobi au petit matin dans les deux Ford, Osa, Martin, John, Kalowatt, et le groupe reconstitué de l'expédition sur l'Athi, Jerramani et Ferraragi toujours aussi impénétrables. Blayney avait insisté : ils ne trouveraient pas mieux. Par chance les deux étaient encore libres. C'était à lui, Martin, à elle, Osa, de les apprivoiser, d'apprendre à les connaître. Après tout, crénom, ces hommes étaient chez eux !

– Martin, vous ne pouvez tout de même pas vous attendre à ce qu'ils agissent comme de braves employés américains !

En tout cas, lui, Blayney Percival, garantissait que ces deux-là, jamais, ne les laisseraient dans la difficulté. Martin avait hésité, grimacé, grommelé – et cédé. Il n'avait plus le temps d'une autre solution. Là où il allait, les pluies d'octobre rendraient bientôt les pistes impraticables. Et, s'était dit Osa, il ne tenait pas à traîner à Nairobi, qu'il imaginait bruissant déjà du récit de ses lamentables échecs…

Là, devant l'hébétude du cocher, il se prenait à penser que le sort s'acharnait sur lui. Osa, intriguée, glissa :

– Il est peut-être mort ?

Une houle subite secoua le visage de la brute, le gargouillis s'épanouit en bulles aux commissures des lèvres.

– Je crois qu'il rit, suggéra Martin.

La ressemblance avec Dodge City s'arrêtait aux deux chariots. Ce qu'on leur avait décrit comme un grand rendez-vous de chasseurs se limitait à une demi-douzaine de maisons européennes, une épicerie-bazar, et quelques échoppes indiennes débordantes de paquets, de bidons et de caisses. Nul saloon, aucune cavalcade d'*outlaws*, pas même de bagarre entre pionniers débordant sur la rue dans un fracas de vitres brisées, ou de portes enfoncées. Quant à l'hôtel lui-même, qu'entouraient quelques chambres dans des huttes africaines, il surprenait au premier abord, composé d'un corps principal sans étage, aux murs épais de terre, au toit de chaume, augmenté d'une véranda aux montants peints en bleu. Son propriétaire passait pour un original, connu de tous pour avoir été retrouvé un matin, tout nu, sur le toit du Norfolk Hotel, avec un pot de chambre en étain sur la tête, et soutenant qu'il était un champignon.

Leur bagage pour la nuit déposé à l'hôtel, ils sortirent prendre l'air. Partis de Nairobi un jour plus tôt avec les vivres, l'équipement, et une douzaine de porteurs, Jerramani et Ferraragi vérifiaient les chargements des chariots. John tentait d'arracher quelques mots au conducteur. Kalowatt, perchée sur un chariot, avait tout de la comédienne attendant le chaland. L'hôtel avait été construit sur un aplomb rocheux, à la jonction des rivières Chania et Thika qui chutaient plusieurs mètres plus bas, et leur grondement enveloppait le hameau silencieux d'une note grave, profonde. À travers le fin brouillard de gouttelettes, en contrebas, on distinguait les amoncellements de roches, des arbres aux troncs énormes, une odeur lourde montait, de terre, de mousse, de feuilles mouillées. Après la poussière rouge de la piste, le contraste était saisissant. Comme s'ils étaient passés en quelques miles du Dakota à la Nouvelle-Angleterre, s'émerveillait Martin. Le soir venait déjà, sculptant des ombres bleues aux plis des collines. Quelque part, là-haut, derrière la barre sombre des grands arbres, les attendait demain ce que les Kikuyu appelaient Kilimambongo, « la montagne des buffles ». À l'excitation d'une nouvelle aventure se mêlait une pointe d'appréhension : les choses sérieuses commençaient.

Le jour n'était pas levé quand ils se retrouvèrent autour des chariots. Les bœufs étaient réputés abattre 15 bons miles par jour, si tout allait bien ils seraient rendus dans l'après-midi à la plantation où des amis de Blayney les attendaient, mais il faudrait encore choisir le campement, monter les tentes, et Martin comme toujours bouillait d'impatience. Les porteurs avaient surgi de la grisaille tels des fantômes, le regard vide, sans un murmure, si maigres qu'Osa s'était demandé comment ils supporteraient leurs charges. Quant au conducteur du chariot de tête, on aurait pu croire qu'il n'avait pas bougé de son siège depuis le dernier soir, si les bœufs devant lui n'avaient pas été attelés. Les Ford prendraient la tête du convoi, les porteurs marcheraient sur les bas-côtés à hauteur des chariots.

Martin donna le signal du départ, et le sang d'Osa se figea. Un hurlement avait retenti, proprement inhumain, venu, aurait-on dit, d'au-delà la souffrance ou l'épouvante, ponctué de coups de feu. Le conducteur, debout, la bouche béante, vociférait de toute la puissance de ses poumons, en brandissant un formidable fouet, dont il tirait des rafales de détonations, et sans doute fallait-il cela, ce déchaînement soudain de furie stupide, pour arracher les bœufs à leur torpeur et les lancer sur la piste. De longues lanières en cuir de rhinocéros fixées sur les cornes des premiers bœufs faisaient office de rênes que le conducteur tenait d'une main tandis qu'il maniait de l'autre, en virtuose cruel, son fouet d'au moins 10 mètres de long, fouaillant chaque bête tour à tour en ses endroits sensibles. Pour ne pas être en reste, le jeune Noir qui menait le second chariot se mit en tête de l'imiter. Et c'est ainsi qu'ils s'ébranlèrent, dans les craquements des roues et des carcasses, sous les cris de deux fous furieux…

Ils n'avaient pas parcouru 1 mile que John, assis près d'Osa, faillit passer à travers le pare-brise tandis que la voiture plongeait à pic dans ce qui lui parut un fossé en travers de la route. Des trous de phacochères, expliqua Ferraragi en se frottant le crâne, après qu'il eut recouvré ses esprits. Ces satanées bestioles se mettaient à genoux pour gratter le sol avec leurs groins. La piste en était truffée, ce qui promettait une rude équipée en cas de retour sous les pluies. Il fallut les efforts réunis des porteurs pour sortir la Ford de là et dès lors ils roulèrent encore plus lentement. Osa, placée derrière Martin, juste devant le premier chariot, rentrait la tête dans les épaules à chaque coup de fouet, comme si c'était elle que le conducteur menaçait de sa fureur imbécile.

Les bois firent place peu à peu à des taillis, puis à des champs de sisal soigneusement entretenus, et ils furent à la propriété des Whitehead en tout début d'après-midi.

Jim Walsh avait raison, il leur fallait du « saignant », du lourd, du brutal, avait exposé Martin à un Blayney perplexe. Puisque les antilopes s'éparpillaient à son approche, autant passer sans traîner au gros gibier. En commençant par le plus facile, bien sûr…

– Le plus *facile* ?

Blayney en avait presque avalé sa pipe. Décidément, ces deux-là ne doutaient de rien.

– Crénom ! Vous savez que vous êtes impayables ?

Obstinés, et inconscients – bref, américains. Mais ça ne lui déplaisait pas.

– Ôtez-vous ça de la tête tout de suite, une bonne fois, qu'il y a des animaux faciles ! Si vous leur fichez la paix, ils sont pacifiques. Enfin, le plus souvent. Si vous leur faites peur, ou si vous les provoquez et qu'ils chargent, alors c'est simple : c'est eux ou vous ! Pas de milieu. Faciles ? Ah, elle est bien bonne celle-là…

C'est alors que Blayney avait pensé aux monts Ithanga, le Kilimambongo des Kikuyu, « la montagne des buffles ». À 60 miles de Nairobi. C'était encore la bonne saison, à condition de se dépêcher, avant qu'arrivent les pluies d'octobre. Et puis il avait des amis, là-bas, des fermiers, les Whitehead. Ils seraient ravis de les accueillir, de les conseiller, de les dépanner à l'occasion.

– Ça me rassurerait de vous savoir près d'eux. Parce qu'à partir de maintenant vous entrez au pays de tous les dangers…

Des buffles, avait plaisanté Martin, c'était tout à fait ce qu'il leur fallait, puisqu'ils étaient venus le voir avec l'idée de « prendre le taureau par les cornes » ! Et Blayney y avait vu la confirmation de ce qu'il soupçonnait depuis toujours : les Américains étaient tous fous.

William et Myrtle Whitehead avaient imaginé que leurs hôtes feraient de la ferme leur quartier général, prévu déjà l'emplacement des tentes dans une prairie en contrebas. Martin, Osa et John, bien sûr, avaient leurs chambres prêtes. Leur déception fut grande lorsque Martin, tout en les remerciant avec chaleur, leur dit son désir de s'installer plus haut dans la montagne. Osa eut un pincement au cœur quand elle vit le visage de Myrtle se crisper, presque rien, un pli léger des lèvres, une lumière grise soudain dans le regard où passait tant de tristesse. Leur bungalow à l'anglaise, noyé dans les fleurs, avait quelque chose d'incongru au cœur de cette nature sauvage, si loin de toute autre habitation. Et l'impression d'être transporté en Angleterre était plus saisissante encore à l'intérieur, bois profonds, vieux cuirs, cuivres luisant dans la pénombre. Pendant que William faisait un rapide tour du propriétaire avec Martin et John, Osa était restée près de Myrtle. Autant son mari, la cinquantaine vigoureuse, cheveux courts, visage tanné, était grand et volubile, autant Myrtle était menue, discrète – mais la maison, gravures anciennes, napperons en dentelle, fleurs séchées, était à son image : un havre de paix qu'elle avait voulu dresser contre le déferlement, dehors, de la pure sauvagerie. Ils s'étaient installés en 1912 sans guère d'argent, il n'y avait rien à l'époque, alentour, il leur avait fallu s'entendre avec les Kikuyu, puis Randall Swift et Ernest Rutherford, installés à Makuyu, en plein pays kikuyu, à 15 miles de Thika, les avaient convaincus de se lancer dans la culture du sisal. Les deux garçons étaient si pauvres alors qu'ils n'avaient qu'une bicyclette pour deux, en sorte que lorsqu'ils se rendaient à Nairobi – 60 miles de mauvaises pistes ! – ils se relayaient, l'un roulant à vélo pendant que l'autre courait à ses côtés. Depuis quelques années, par crainte de la crise, William et eux tentaient de se diversifier par la culture du café. Osa la regardait verser le thé, ses gestes précis, le précieux service ramené d'Angleterre : rien, dans cette pièce, qui évoquât le monde nouveau où ils vivaient. Était-elle heureuse, ici ? Myrtle avait ouvert des yeux étonnés. Bien sûr ! Même si elle avait parfois un peu de nostalgie, de la bonne Angleterre, mais c'était normal, n'est-ce pas ? Et puis, elle ne sortait guère. Très vite, entre sourires fanés et petits soupirs, Osa avait compris que le regret de leur vie était de n'avoir pas d'enfant. La pauvre Myrtle, ici, crevait de solitude. Sans doute était-ce quelque chose de semblable que Martin avait dû ressentir aux côtés de William, car il avait glissé dans l'oreille d'Osa, à son retour :

– Ils sont gentils, mais on se sauve ! Vite !

Et vite ils se quittèrent, en se promettant de se revoir souvent, vite le convoi s'ébranla, sous les hurlements hallucinés du conducteur au fouet, vite ils passèrent les granges, les silos, les massifs de fleurs, avec le sentiment de fuir un petit bout de campagne anglaise. Quand ils s'engagèrent enfin sur la piste sinueuse, Osa pouvait encore les voir dans son rétroviseur, devant leur bungalow, William et Myrtle serrés l'un contre l'autre qui agitaient les bras, image lointaine, tremblée par les cahots, de deux êtres perdus en terre étrangère.

Il leur fallut deux heures d'ascension, par des pistes difficiles, avant que Jerramani déniche l'emplacement idéal. On était au milieu de l'après-midi, mais l'air gardait quelque chose d'allègre qui dilatait les poitrines, rendait le sang ardent. Une eau claire, à leurs pieds, bondissait sur les cailloux, chantonnait entre les mousses, avant de se perdre en contrebas. Devant eux, à perte de vue, se succédaient les collines boisées, les hautes futaies coupées de vallées profondes. De loin en loin, un éclair d'un vert plus pâle signalait une clairière. À main gauche, sa cime enneigée enveloppée de nuages, se dressait, massif, le mont Kenya, gardien pensif de l'étendue, et c'était, face à lui, comme si chacun se sentait plus grand. Martin revenait sans cesse au paysage déployé à ses pieds, gonflait ses poumons avec ivresse. C'était pour ça, cria-t-il en direction d'Osa, qu'il était venu en Afrique, pour toute cette splendeur !

– Tu as vu, tout à l'heure ? J'ai bien cru qu'ils allaient nous kidnapper !

Venir ici pour habiter la campagne anglaise, non merci, ricana-t-il. Il allait et venait, à grandes enjambées, paraissait vouloir prendre à témoin les collines devant lui – et comme son père se débrouillait fort bien avec Ferraragi pour dresser le campement, tandis que les porteurs déchargeaient les chariots, pressé d'explorer un peu les alentours avant la nuit, il prit avec lui Jerramani et fit signe à Osa.

Ils dévalèrent la pente boisée vers la première vallée. La lumière déjà basse la nimbait d'un halo doré. Plus loin, en ses replis secrets, des arbres courts, au feuillage dense, traçaient comme la frontière d'un monde mystérieux, aux reflets bleus et mauves. D'abord, ils eurent, pour l'atteindre, à traverser des herbes si hautes qu'Osa y disparaissait tout entière. Jerramani, d'autorité, prit les devants. « Simba » dit-il simplement en tendant son fusil à Martin, et ils comprirent, le cœur battant soudain plus vite, que ces herbes serrées pouvaient être un repaire de lions. La chaleur y était étouffante. Le souffle court, en nage, ils débouchèrent de l'autre côté, à l'air libre. Une longue ravine, devant eux, zébrait le fond du vallon comme une longue cicatrice, le soleil incendiait le mica des rochers, le brillant des feuillages, des fleurs inconnues embaumaient l'air immobile de senteurs lourdes, poivrées, et ils s'abandonnèrent eux aussi, les yeux mi-clos, à la paix silencieuse de l'instant.

Un craquement leur fit lever la tête. Ils étaient là, de l'autre côté de la ravine, comme surgis de terre. En ordre de bataille, le front bas, la queue nerveuse, les fixant d'un œil féroce. Un troupeau entier de buffles noirs – peut-être une cinquantaine, en une longue ligne convexe, prêts à charger. Des mâles formidables, d'un bon mètre cinquante au garrot, aux cornes longues d'un mètre plantées sur une tête énorme, plus grosse que celle d'un bison, et un corps surpuissant fait pour charger et pour détruire, dans un tourbillon d'épouvante. Le pire sans doute était leurs yeux, dans la lumière rase, brillant sur le noir profond de leur robe comme des brandons enflammés. Ils virent tout cela dans une fraction de seconde, un instant suspendu que rompit Jerramani par quelques mots en swahili, prononcés à voix basse. Ce fut pour eux le signal de la retraite. À pas prudents, d'abord, puis de plus en plus vite. Leurs bottes résonnaient sur le sol sec, les herbes leur cinglaient le visage, mais déjà les buffles s'ébranlaient, dévalaient la ravine sur leurs talons, ils entendaient leur souffle rauque, de plus en plus proche, le sol tremblait sous le tonnerre de leurs sabots, ils firent irruption au campement, hors d'haleine, en panique – les buffles avaient disparu. Jerramani suivait à bonne distance, au pas, digne et réprobateur. Martin et Osa se regardèrent, consternés. « Surtout ne jamais fuir devant les boys », avait dit Blayney. Ils avaient fui, emportés par un vent de panique, et le déshonneur maintenant était sur tout le safari, disaient le regard froid de Jerramani, les visages fermés des porteurs et des boys.

Eux aussi, au camp, avaient eu leur petite frayeur, essaya de les consoler John. Un troupeau d'une trentaine de buffles avait déboulé au grand galop et ils avaient bien cru qu'ils allaient y rester. Et puis les mastodontes avaient dévié leur course, au dernier moment.

– Mais croyez-moi, si j'avais eu quelque part où me mettre à l'abri, fierté ou pas, j'aurais pris mes jambes à mon cou !

Au moins, insista-t-il, que ça ne les empêche pas d'inspecter le campement :

– Les garçons ont bossé assez dur pour mettre tout en ordre. Félicite-les, Martin, c'est la moindre des choses…

Pas de doute, constata Osa, c'était du beau travail. Martin pouvait être fier, lui aussi. Tout ce qu'il avait imaginé pour les grands safaris à venir était là, enfin monté. Leur tente où dormir était à double toit, doublée de rouge pour une meilleure protection contre la chaleur, que prolongeait, luxe suprême, une vraie salle de bains, avec un tub de toile. Le tout était adossé à une vaste tente-salle à manger, en solide bâche, protégée sur les côtés par des voiles en fines mailles. Aloni, majestueux, ne laissait à personne le droit de s'approcher du service de table en émail blanc, serré dans une caisse d'exactement soixante livres, pour se conformer aux règles du Bureau des Affaires indigènes. Une troisième tente, elle aussi à double toit, abritait tous leurs équipements précieux, fusils, munitions, films et caméras. Les boys, à une courte distance, avaient installé la cuisine sous un toit d'herbes sèches, où 'Mpishi, l'air important, officiait déjà, tout conflit aplani depuis qu'il s'était vu doté de deux assistants. Près de la cuisine, deux huttes avaient été montées sur le même modèle pour Jerramani et Ferraragi – boys et porteurs se contentant de dormir à même le sol près du feu, enroulés dans une couverture. Rien ne manquait, ni les moustiquaires pour protéger les lits, ni la glacière pour l'apéritif, ni les chaises de toile et la table mise, pour goûter une vraie détente, après une journée bien remplie, riche d'images et d'émotions.

Tout était parfait – à ceci près que la journée avait été un vrai désastre.

– Rhino.

Un murmure d'excitation passa sur le groupe. Jerramani, devant lui, montrait des fumées fraîches. Tièdes encore, dit Martin, agenouillé. Ferraragi les appelait déjà à lui, quelques pas en avant, désignait dans une zone plus humide des traces de pattes, d'herbes froissées. Un rhino ! Et même un très gros.

L'air était frais encore, le soleil accrochait aux branchages des perles irisées, mais ils marchaient depuis si longtemps sans le moindre signe de présence qu'ils commençaient à se croire les seuls êtres éveillés – tout changea, tout d'un coup, chacun, redevenu chasseur, interrogeait la moindre brindille.

Martin, pour ce premier matin, avait décidé d'emmener tous les hommes, boys et porteurs – sauf un, chargé de garder le camp, et de tenir compagnie à Kalowatt – ainsi chacun pourrait-il être témoin de sa rédemption. À l'instant du départ, Jerramani et Ferraragi, dédaigneusement, avaient confié les fusils des *bwanas*, le pied et la caméra, à des porteurs, retrouvant ainsi un peu de leur dignité offensée, mais Osa, dès qu'elle tournait le dos, sentait peser sur elle leurs regards dubitatifs. Tout paraissait oublié, par la grâce d'un rhino, mais pour combien de temps ? Jerramani et Ferraragi, surexcités, se parlaient à voix basse. Le groupe suivait, silencieux, concentré. Le mastodonte allait tout droit, sans précaution. Tout devait céder devant sa masse féroce, et tout cédait. Puis les traces disparurent, alors qu'ils parvenaient au bord de ce qui leur parut être une immense cuvette, une arène, sinon peut-être un cratère, d'au moins 10 miles de diamètre. Les bords en étaient escarpés, la pente raide, mais au fond s'étendait une vaste prairie d'herbe grasse et verte. Sur les flancs, aussi loin que portât le regard, on distinguait comme un réseau serré de craquelures.

– Pistes, dit Jerramani. Animaux. Beaucoup.

Les pistes creusées jour après jour par les animaux… Si elles n'étaient pas trop anciennes, alors le gibier devait y être innombrable. Martin et Osa se regardèrent : peut-être était-ce enfin leur coup de chance, le lieu secret où se réunissaient toutes les bêtes de la Création ? Ils se laissaient glisser le long de la pente escarpée quand Jerramani montra de nouvelles traces, encore plus fraîches, de leur rhino. Comment un rhino avait-il pu descendre pareille pente sans terminer en roulé-boulé dans l'herbe en contrebas ? se demanda Osa, qui s'accrochait aux buissons pour ne pas glisser. L'image de cette énorme masse de viande roulant sur elle-même, rebondissant sur les rochers, voltigeant dans les airs avant de s'écraser au sol, groggy, avec le soupir d'un ballon dégonflé, la fit glousser de rire – mais son cœur s'arrêta quand un porteur lui tendit son fusil, tandis que Martin et John s'armaient également, et elle avança dès lors sur les pas des pisteurs avec mille précautions, partagée entre l'espoir violent de rencontrer enfin, rhino, buffle, éléphant, ceux qu'ils étaient venus chercher, et celui, moins héroïque, de les trouver, certes, mais un peu plus tard, ou un autre jour. Elle se tourna vers Martin en quête d'encouragement, vit qu'il l'observait avec un sourire tendre. Elle se redressa, contint les battements de son cœur. Le matin même, ils s'étaient juré qu'ils ne reculeraient pas, quoi qu'il arrive. Et elle tiendrait parole.

Ce qu'ils avaient pris, depuis les hauteurs, pour une immense prairie se révéla être une succession de bois sillonnés de rivières, creusés de vallons ombreux, dans lesquels ils s'enfoncèrent, émerveillés. Les clairières étaient inondées de lumière, dans laquelle dansaient des papillons multicolores. Au bruissement des eaux courantes répondaient les pépiements d'oiseaux, les troncs des arbres poussaient droit, sans broussaille à leurs pieds. Les conditions idéales pour filmer des animaux, dit Martin, frémissant d'excitation. Les animaux – où diable étaient-ils, au juste ? Quelque chose avait dû se passer, se dit Osa, qui les avait fait fuir. Ils étaient seuls, en un monde oublié du temps. Le rhino lui-même s'était évanoui. Sans réponse aux questions malicieuses de Martin, Jerramani se renfrognait. Lui non plus n'y comprenait rien. Ils commençaient à se décourager quand, sur le coup de midi, ils tombèrent sur un groupe de buffles endormis au pied d'un arbre, en bordure de clairière. D'abord, ils crurent à un amoncellement de rochers. Puis des cornes brillèrent dans la lumière. Ils étaient neuf, langoureusement serrés les uns contre les autres, dans la béatitude d'un sommeil réparateur, le ventre plein, d'avoir brouté toute la matinée.

Martin prit le vent, s'approcha à pas légers, s'arrêta à 200 mètres, et commença à préparer sa caméra.

– Le 425 mm devrait suffire, chuchota-t-il. S'ils chargent, tire dans le taureau de tête. Ça devrait les mettre en fuite. Sinon…

Il poussa Osa près d'un arbre.

– Sinon, tu grimpes aux branches, là ! Et moi je cours vers l'autre…

Il commença à tourner. Une scène de Paradis terrestre, dit-il, mais Osa vit que sa main tremblait sur la manivelle. Quant aux boys et aux porteurs, derrière, avertis des talents de tireur des *bwanas* – et ce n'était pas avec sa malheureuse Winchester 32 que John risquait d'être de grand secours –, ils étaient tout simplement terrorisés. Martin n'avait pas tourné 15 mètres de pellicule que les buffles, d'un coup, s'éveillèrent. Debout, ils restèrent un moment immobiles, abrutis de sommeil, puis leurs mufles frémirent. Malgré le vent contraire, sans doute percevaient-ils une présence étrangère, car ils se tournèrent d'un bloc vers Martin, en grattant le sol de leurs sabots. « Oui, oui ! » chuchotait Martin, tout à ses images, l'œil collé au viseur. Ils s'avancèrent, masse noire compacte, au pas, puis au trot, jamais je ne pourrai les arrêter, se dit Osa, pétrifiée d'épouvante. « Du calme, dit doucement Martin, rappelle-toi : le buffle de tête. » Le trot se transformait en galop. « Oui ! oui ! » exultait Martin. Le sol tremblait, ils allaient être piétinés…

Elle cria. De toutes ses forces. De toute l'épouvante qui la secouait comme une tempête. Et les buffles, surpris, s'arrêtèrent, avant de détaler.

– Nom de Dieu ! Qu'est-ce qui t'a pris ? Je les avais ! Je les avais plein cadre !

Puis il s'arracha lui-même à sa folie, prit Osa dans ses bras. Et elle :

– J'avais juré… de ne pas reculer…

Les boys, les porteurs, les entouraient, avec de larges sourires. Jerramani lui-même cachait mal sa satisfaction : tous avaient pu voir.

– *Memsahib*, courage.

Une seule explication, souffla John, exténué, après des heures de vaines recherches : ces buffles débonnaires étaient des feignants qui avaient manqué le bus de ramassage, le matin – en dehors d'eux, il n'y avait personne dans cette fichue cuvette…

Il leur fallut trois heures pour gravir la pente qu'au matin ils avaient dévalée. Quand, à bout de souffle, ils s'écroulèrent sur la crête, ce fut pour découvrir à leurs pieds l'étendue qu'ils venaient de quitter littéralement truffée de buffles occupés à brouter. Des hauteurs où ils se trouvaient, les braves bêtes paraissaient de petites taches noires, mais le recours aux jumelles ne laissa aucun doute. Osa, incrédule, commença à les compter. Ils durent recommencer plusieurs fois avant de s'accorder sur un chiffre. Là, au-dessous d'eux, et de toute évidence les narguant, étaient neuf troupeaux. Le plus petit de trente-cinq têtes, le plus grand de cent. Y a un truc, constata John.

Les jours qui suivirent n'apportèrent pas de réponse. Ils réussissaient quelquefois à les apercevoir au loin. Et quand par inadvertance ils tombaient nez à nez avec ces brutes féroces, écumantes de rage, les yeux exorbités – c'est du moins ainsi qu'ils se les étaient imaginées – elles s'éparpillaient en tous sens, brisant tout sur leur passage en meuglant de terreur. John émit l'hypothèse qu'ils devaient les intimider, depuis le cri d'Osa.

– C'est pas pour me vanter, les petits, mais un troupeau de bisons en *stampede*, c'est quand même autre chose. Y aurait pas des lions, des rhinos, des léopards dans le coin, pour changer un peu ?

Mais ses fanfaronnades ne ramenaient pas de gaieté au campement. Kalowatt, comme pour se mettre à l'unisson, passait ses journées cachée dans les arbres et ne réapparaissait que le soir venu. Les porteurs faisaient de nouveau grise mine, faute de viande fraîche…

Au matin du cinquième jour, alors qu'ils désespéraient, ils tombèrent enfin, dans le repli discret d'un vallon, sur un troupeau qui ne les avait pas encore devinés. Vint à Martin une idée folle, qui ne l'aurait même pas effleuré trois jours plus tôt. Comment diable les surprendre ? S'approcher un peu plus ? Ils s'enfuiraient, comme les autres fois. Une seule solution, dit Martin :

– Les faire charger. Vers moi. Jerramani et huit boys les contourneront et les pousseront vers moi. C'est aussi simple que ça !

Jerramani se figea, incrédule. C'était de la pure folie, évidemment. Osa essaya de le raisonner, en vain.

– Tu as vu, les autres fois ? Ils s'enfuient pour un rien ! John et toi, et Ferraragi vous vous mettrez de chaque côté, là, et quand je vous fais signe, vous tirez. Ils s'éparpilleront dans la nature !

Et s'ils ne s'éparpillaient pas, on ne retrouverait plus que bouillie de la famille Johnson…

Mais personne, jamais, n'avait fait changer d'idée à Martin. Jerramani s'exécuta en secouant une tête désolée – l'opprobre retomberait sur lui, c'était couru d'avance, de n'avoir pas su protéger le *bwana*. Les uns et les autres se mirent en position, tandis que Martin préparait sa caméra. Osa sentit son cœur lui remonter dans la gorge : le troupeau s'ébranlait, elle entendait les cris des boys, bientôt couverts par le grondement des sabots, les buffles étaient au moins une centaine, une ligne noire à l'horizon, qui gonflait peu à peu – c'était cela que devaient ressentir les fantassins, songea-t-elle, devant une charge de cavalerie – elle ondulait comme les vagues de la mer, montait, montait toujours, c'était de la folie, rien jamais ne pourrait l'arrêter. Elle vit les traits de John se figer, comme il regardait vers elle, entendit des bruits de branches brisées, se retourna : surgissant des futaies, un énorme buffle la chargeait tête baissée. Elle tira, tira encore, et au même instant deux autres buffles jaillirent, la chargeant à leur tour. Elle tira, réarma, tira, par pur réflexe. La terre tremblait de tous côtés…

Et la vague passa. Il lui fallut quelques secondes pour comprendre. Ferraragi et John se précipitaient vers elle. À ses pieds gisaient deux buffles. Le troisième s'était enfui, au bruit des coups de feu la formidable charge venue du vallon avait passé au large. Martin s'arrachait les cheveux :

– Tu as tiré trop tôt ! Bon sang ! Trop tôt !

Puis il vit les buffles morts, devint tout pâle. Osa dut le soutenir. Jerramani et ses boys arrivaient en courant, entouraient Osa, pour un peu ils l'auraient portée en triomphe. John la fixait d'un air étrange :

– Si tu t'étais vue, quand tu as tiré… Crénom ! J'ai su que tu les aurais. J'en ai vu seulement quelques-uns qui tiraient comme ça, quand j'étais jeune…

En tête du cortège, les encadrant, Jerramani et Ferraragi bombaient le torse comme s'ils étaient les héros de la journée. Ils l'étaient, à leur manière. C'était *leur* safari, c'étaient *leurs bwanas*, l'honneur était désormais sur eux tous. Les regards qu'ils jetaient étaient pour ceux qu'ils commandaient, et qui avaient douté. Désormais les bars de Nairobi vibreraient au récit de la *memsahib* qui avait affronté seule la charge de cinquante buffles, en abattant deux. Tandis que les boys fixaient des perches pour porter les bêtes dépouillées, Ferraragi n'avait laissé à personne la gloire de porter le fusil de sa maîtresse. Jerramani, lui, tenait comme un trophée la caméra du maître. Les porteurs, ployant sous le poids des carcasses sanglantes, avaient entonné un chant de gloire, une mélopée obsédante, traversée d'éclats brusques, triomphants, avant de retomber dans une infinie tristesse. Que chantaient-ils, ainsi ? Elle imaginait la peur, les chants fanfarons pour se donner du courage, les hommes sur la piste, et le combat, la mort risquée, la mort donnée, la douleur et la gloire. Mais pourquoi cette tristesse, à laquelle tout revenait ? Elle voulut interroger Ferraragi, puis renonça. N'était-ce pas de la tristesse, qui l'envahissait elle aussi, comme un manque, un creux après l'intensité foudroyante du tir ? Martin la prit par les épaules, et elle s'appuya sur lui, reconnaissante. Elle était si lasse, épuisée au-delà de toute expression – vidée, au sens strict. Mais quelque chose avait changé, qui soudait désormais le groupe. Même Kalowatt le perçut, à leur arrivée. Pendue au cou d'Osa, elle fixait les porteurs avec un petit air supérieur. « Ne vous l'avais-je pas dit ? » Ce soir, Osa était la reine.

Ils allumèrent un grand feu, tandis que le jour mourait derrière les montagnes pourpres. Puis quatre feux encore, autour, sur lesquels ils suspendirent des bidons à essence – leur universelle marmite. Et la mélopée reprit, rythmée par le pas des danseurs, pendant que d'autres, à l'écart, s'affairaient autour des carcasses. Les deux têtes sanguinolentes furent posées devant Osa sur un lit de feuillage, et le piétinement sourd, le mouvement des corps, autour des formidables cornes, des fronts bas, des mufles humides, prenaient dans le flamboiement brusque des brasiers, au cœur de la mer montante des ténèbres, les allures d'un rituel barbare. Peut-être était-ce exactement cela : pour eux tous la première étape d'une initiation à la splendeur première du monde. Il y aurait de la viande pour les hommes le temps du safari, les *bwanas* avaient montré qu'ils ne tremblaient pas, la *memsahib* avait affronté la charge des grands buffles. Pourquoi ne mangeraient-ils pas tous, ensemble, autour du feu ? lança Osa. Ferraragi se cabra, indigné. Avec ces gens-là ? 'Mpishi, d'un mouvement du menton, lui montra le brouet que se préparaient les hommes, dans leurs marmites de fortune, préférées à toute autre : mélange de *mealy meal* et d'eau, dans lequel ils jetaient avec des airs gourmands cervelles, poumons, sabots, tripes. Leurs goûts, à l'évidence, n'étaient pas ceux des Blancs. Des sauvages, renchérit Aloni, dédaigneux, tout en préparant pour ses maîtres, avec des gestes d'expert, un cocktail digne du Muthaiga Club. Osa, effarée, le cœur au bord des lèvres, les vit engloutir le mélange tout juste tiède, sans sel.

L'odeur des grillades fit bien vite oublier les relents douceâtres du *mealy meal*. 'Mpishi étalait sur un lit de braises côtes épaisses et langues, et chacun se découvrit dans l'instant des appétits d'ogre. Sauf Osa, trop fatiguée, s'excusa-t-elle, en picorant tout juste son assiette, malgré les regards consternés de 'Mpishi. Martin, d'un sourire, l'encouragea à faire honneur au moins à la bête vaincue. Mais elle se sentait tellement lasse !

– Tu crois que ça fait ça aussi, aux meurtriers ? Je veux dire : après leurs crimes ?

Un crime ? Comme elle y allait ! Il lui prit la main. C'était juste le contrecoup, elle avait été formidable. Oui, tout simplement formidable. Les boys s'étaient regroupés autour de chaque feu, serrés les uns contre les autres, les flammes crépitantes éclairaient par à-coups des visages réjouis.

– Tu nous as sauvé la mise ! Mais, bon Dieu, quelle peur j'ai eue…

Et comme 'Mpishi paraissait insister pour qu'elle goûte au moins la langue, selon lui la pièce la plus fine :

– Goûte ! C'est fameux. Et puis ils croient tous, ici, qu'on intègre en soi la force des bêtes que l'on a tuées.

Elle secoua la tête, hésitante :

– Oui, mais qu'est-ce qui est pris de nous, à chaque fois, en échange ?

Des vagues de rires, des bruissements de paroles montaient vers eux, comme ressac sur le rivage. Kalowatt, euphorique, sautait de branche en branche, fondait en un éclair sur les épaules d'un des boys, s'emparait de la petite calotte qu'il portait à l'arrière de la tête, et les boys, bonhommes, riaient de bon cœur aux tours pendables de la *memsahib toto*, le bébé de la maîtresse – pendant que les victimes feignaient de la maudire, perchée tout là-haut, agitant son larcin, en l'appelant « enfant du diable ». Osa s'ébroua. Allons, c'était grande fête, ce soir ! Avec ce groupe ils pouvaient aller jusqu'au bout du monde – en tout cas jusqu'au cœur du Kenya…

Ce devait être la chaleur du haut feu clair, ou le cocktail explosif d'Aloni, tout se brouillait devant elle, les rires tournoyaient, s'éloignaient, comme absorbés par la masse mouvante des ténèbres. Dès qu'il vit Osa dodeliner de la tête, Jerramani eut un bref *« Atcha makelele »* commandant le silence et les voix se turent aussitôt, les boys dociles s'enroulèrent dans leurs couvertures et bientôt on ne distingua plus, dans le cercle des feux rougeoyants, que des ombres serrées les unes contre les autres. Ne restait plus qu'à les imiter, suggéra Martin, en prenant Osa dans ses bras, ils avaient eu ce jour leur content d'émotions…

Il déferlait, dans l'exultation sauvage de sa puissance, luisant comme un torrent d'eaux noires, effondrant arbres, roches, falaises sur son passage, et sa voix résonnait à tous les échos, clamant qu'il était à cette heure le maître de la savane, qu'il était la savane, et le ciel au-dessus de lui, et le vent balayant les hautes herbes, et l'horizon qui s'élargissait sous son galop furieux. Le sol tremblait, craquait, croulait en avalanche et il menait la charge, sans frein, sans but, sinon d'apaiser la fureur en lui, de défaire le tourbillon de rage qui lui fouaillait les reins, faisait trembler ses muscles, d'en finir avec cette étendue au-dehors de lui, comme un défi insupportable, et il était la foudre, à la tête de la harde, il était le tonnerre, le mufle haut, écumant, la gorge enflée par un rauquement interminable, et il était la plaine devant lui, le frisson effrayé des gnous et des gazelles, les lions eux-mêmes s'écartaient de cette masse formidable que rien jamais n'arrêterait, le sang bouillait dans ses veines, lourd et noir, et il sentait le monde le traverser, il décelait chaque bruit, respirait chaque odeur, à pleins poumons – il était le monde !

Osa se réveilla en sursaut, le cœur battant. La respiration profonde de la nuit l'enveloppait. Des odeurs montaient vers elle, cendres chaudes, fumée de bois encore vert, mousses et feuilles humides, odeurs entêtantes de fleurs inconnues, odeur fade des porteurs endormis, odeur de sang. Les clameurs se rapprochèrent, comme si l'opéra nocturne de la savane venait à sa rencontre, l'invitait à le rejoindre. Elle se rendit compte tout à coup que cela faisait des jours qu'elle ne l'entendait plus, comme si à force d'angoisses, de soucis, d'échecs accumulés, le contact s'était rompu, elle s'était repliée, refermée sur elle-même. Le grondement d'un lion résonna dans la nuit, si proche qu'elle se redressa sur sa couche. Martin, éveillé, la regardait.

– La nuit, murmura-t-elle. Je l'entends de nouveau.

– Le buffle. Le buffle est entré en toi.

Elle resta songeuse un moment, puis, timide :

– Est-ce qu'il faut tuer ce que l'on aime, pour le connaître ?

Une toux discrète résonna derrière eux.

– Ouais, eh bien il reste du boulot, alors, dit John : devenir rhino, éléphant, léopard. Et puis lion, nom d'un chien ! J'ai promis à mes voisins de ramener un lion. Faudrait peut-être qu'on se bouge un peu, non ?

Ils levèrent le camp à l'aube. Un vent léger dilatait les poitrines, chacun se sentait des bottes de sept lieues – et c'était exactement ce dont ils auraient besoin, selon Jerramani, s'ils voulaient atteindre le camp MacKenzie avant la nuit. Martin, au réveil, avait pris tout le monde par surprise en décidant de lever le camp : l'exploit d'Osa, comme la chute d'une belle histoire, signait la fin de leur aventure en ce lieu – jamais ils n'y connaîtraient d'émotions aussi intenses.

Il fallait écrire un autre chapitre de l'aventure. Ailleurs. Et pourquoi pas près du camp MacKenzie ? Là-bas, lions et rhinos pullulaient, selon Blayney.

Le camp MacKenzie, du nom d'une certaine lady qui en avait fait avant guerre son lieu d'élection... À 25 miles plus au nord, en plein cœur des monts Ithanga. Osa avait froncé les sourcils. Blayney, aussi, les avait mis en garde sur l'avancement de la saison. Si les pistes au retour étaient impraticables, ce serait l'enfer ! Martin, têtu, avait balayé l'objection. D'accord, il faudrait prendre de vitesse les pluies d'automne, mais c'était jouable. C'était jouable, avaient confirmé Jerramani et Ferraragi, consultés – mais tout juste. Une question de jours. Ils avaient donné alors la mesure de leur talent, en organisant le départ en moins d'une heure.

Osa, restée d'abord en arrière avec Martin, les avait regardés descendre la colline en une longue file ordonnée, puis s'engager dans la vallée en contrebas avant de disparaître derrière le moutonnement des arbres. L'émotion lui serrait la poitrine. C'était la première fois, et elle avait peine à croire que c'était eux, cette petite armée s'enfonçant dans les profondeurs inconnues de l'Ithanga. La gaieté ne s'était pas évanouie, quelque chose, ce matin, soudait le groupe, qu'elle n'avait jamais éprouvé auparavant. Comme étaient loin les silences du camp sur l'Athi !

La suite avait été une longue marche, sans trêve, à travers les collines. À la pénombre des grands feuillus, dans le murmure des eaux claires, succédait la lumière crue des sentes escarpées, bordées d'euphorbes aux reflets laiteux, d'acacias griffus qu'il fallait tailler à coups de machette, de buissons aux fleurs bleues et blanches qui se penchaient vers eux comme en offrande, et le creux des vallées, au-dessous d'eux, s'enveloppait déjà d'une brume de chaleur aux reflets de nacre. Partout, les animaux semblaient s'être donné le mot pour disparaître à leur approche. Sur les côtés, parfois, s'ouvraient des pistes ombreuses, des vallons enchanteurs. Derrière la barrière des lianes pendant des hautes branches, les tentures mouvantes des convolvulus dorés, se devinaient des clairières inondées de lumière, riches de promesses. Mais seul un troupeau de guibs insouciants, jouant dans une prairie brillante encore de rosée, les avait arrêtés, au matin. John avait épaulé sa Winchester, puis avait renoncé. Ils avaient assez de viande. Et ils étaient trop gracieux, plus petits que des chevreuils. Martin s'était étonné : en principe, les guibs vivaient seuls ou en couple, et ne sortaient que la nuit. « Rut », avait expliqué Jerramani, fâché de cette halte. Les mâles, comiques avec leurs grandes cornes en tire-bouchon, étaient trop affairés à séduire leur belle, aux grâces de jouvencelles étonnées, pour prêter attention aux hommes arrêtés en lisière, et Martin avait pu filmer pendant quelques minutes cette scène édénique.

Vers le milieu de l'après-midi, ils s'étaient trouvés nez à nez avec un troupeau d'au moins cent buffles somnolents. Cette fois encore les mastodontes s'étaient tournés d'un bloc, avec une précision militaire, front bas et sabots nerveux, prêts à charger. Puis, comme le groupe restait immobile, les buffles avaient tourné casaque dans un fracas de branches brisées, d'arbres effondrés...

Quand le soleil fut bas sur l'horizon, dans un océan pourpre aux longues traînées de suie, ils durent se rendre à l'évidence qu'ils ne seraient jamais au camp dans la soirée. Un murmure passa sur la file des porteurs, un boy se mit à parler très vite, en agitant les bras. Jerramani revint vers Martin :

– Il dit qu'il y a de l'eau, devant. Pas très loin.

L'annonce donna du courage à chacun, et l'on pressa encore la marche. Mais quand il vit enfin un terre-plein devant lui, dans la pénombre montante, Jerramani ordonna de faire halte. Il n'était pas raisonnable de poursuivre. Où était le point d'eau espéré ? Pendant que les boys installaient le camp pour la nuit, Jerramani et Martin partirent à sa recherche – mais ne trouvèrent qu'une mare peu engageante, souillée de mousses gluantes. Des porteurs, appelés, transportèrent des bidons, Martin, sous les regards sceptiques, entreprit de faire bouillir l'eau, puis de la traiter à l'alun et au permanganate de potasse comme prescrit dans les livres, avant de la filtrer et de la bouillir à nouveau. Quand il eut, triomphant, accompli son chef-d'œuvre d'explorateur chimiste, ce fut pour constater que le groupe, depuis longtemps, s'était abreuvé à grands traits aux autres bidons. Chacun, épuisé, s'écroula où il se trouvait. Le camp MacKenzie ne devait plus être très loin. Cette nuit n'était qu'une parenthèse.

Un concert de cris, de bruits de courses rapides, des ordres brefs, les réveilla en sursaut. Ils jaillirent hors de la tente, les yeux ensommeillés, en se tenant les reins. Une douzaine de porteurs s'enfonçaient en courant dans les sous-bois à la poursuite de quelque chose, ou de quelqu'un. Jerramani, avec Kalowatt épouvantée agrippée à son cou, leur criait des ordres courroucés. Dès qu'elle aperçut Martin, elle sauta dans ses bras tandis que Jerramani essayait d'expliquer la situation en rafales de swahili incompréhensibles. Mais comme son bras allait sans cesse de Kalowatt à un arbre voisin, il finit par comprendre. Une flèche à l'empennage de plumes était fichée dans un tronc, sous une branche.

Quelqu'un avait essayé de tuer Kalowatt.

Tuer Kalowatt ? Osa chercha son fusil du regard. Mais déjà des cris de triomphe résonnaient dans les fourrés, les porteurs revenaient, traînant un petit homme hirsute, fou de terreur, le jetaient sans ménagement aux pieds de Martin. Le malheureux portait pour tout vêtement une peau d'antilope puante jetée sur une épaule, pour arme un arc, un carquois et des flèches, et il tremblait de tous ses membres sous la bordée d'injures et de menaces des porteurs, qui lui promettaient probablement un large éventail de sévices avant son exécution. Aloni lui-même y allait de toutes les injures en anglais qu'il avait pu accumuler au fil de ses divers emplois. L'homme était si misérable, à genoux dans la poussière, que le courroux de Martin tomba dans l'instant.

– Un 'Ndorobo, dit Zabanelli, crachant par terre en signe de mépris.

Des sous-hommes, expliqua-t-il, des moins que rien, des déchets à peine humains, vivant dans des grottes au fin fond de la forêt, en petits groupes ou même seuls.

Les porteurs, autour de lui, s'impatientaient.

– On pourrait l'attacher à un arbre et le fouetter à mort ? suggéra Zabanelli.

– Lui écraser les couilles sur une pierre, avant, non ? intervint Ferraragi.

– Ou lui couper les mains, au moins, dit un autre, plus accommodant.

Une simple balle de fusil, ce serait gâcher le plaisir,

résuma Jerramani, lequel soupçonnait chez Martin, non sans raison, une fâcheuse tendance à la mansuétude.

La voix grave, et se forçant à prendre la mine sévère d'un juge, Martin appela à lui Zabanelli et lui enjoignit de traduire mot à mot sa sentence : Kalowatt étaient pour Osa et lui comme leur enfant chéri, il les avait donc gravement offensés... Zabanelli approuva bruyamment, avant de se lancer dans une improvisation qui, à en juger par la tête du prisonnier, rajoutait quelques atrocités à celles déjà évoquées – son honneur de traducteur, pour Zabanelli, tenait évidemment à sa capacité d'enjoliver les propos trop succincts du *bwana*. Les Blancs, c'est bien connu, ne savaient pas parler.

– Juste mot à mot, insista Martin en fronçant les sourcils, tu lui dis maintenant ceci : que puisqu'il ne savait pas la gravité de son crime, il sera pardonné.

Zabanelli en resta la bouche ouverte. Non, pas question, il ne pouvait pas dire une chose pareille. Il aurait l'air de quoi ? D'abord, ces mots-là n'existaient pas, en swahili. Et comme Martin, sévère, répétait son ordre, il marmonna quelques mots d'un ton rogue, la tête baissée – couverts aussitôt par un concert de protestations qu'il n'était pas utile de traduire. On n'allait pas les priver comme ça d'un peu d'amusement !

Martin leva le bras :

– Il sera pardonné à condition de rester avec nous un jour ou deux pour aider à pister le gros gibier. Et il recevra 1 shilling par animal trouvé.

Zabanelli eut un geste d'impuissance : à ce degré-là de folie, il ne savait que dire. Le malheureux, lui, ne comprenait rien à ce qui lui arrivait mais acquiesçait vigoureusement. Et quand Martin, pour sceller leur accord, demanda à 'Mpishi de lui donner une ration de *mealy meal*, celui-ci refusa avec hauteur.

– Et je la lui fourre par où ? Ce crétin ne fait pas la différence entre sa bouche et son cul !

Ce fut Jerramani, à la surprise d'Osa et de Martin, qui lui servit sa ration, en lui exposant calmement les termes du marché. Aux regards que le 'Ndorobo, enfin rassuré, jetait sur Martin, il n'était pas difficile de comprendre qu'il partageait en tout point l'opinion de Zabanelli et des porteurs sur cet étrange *bwana*, même si l'idée de ses couilles aplaties entre deux cailloux, sur le moment, ne l'avait pas franchement enchanté.

Le lendemain, il avait disparu. Il les avait suivis jusqu'au camp MacKenzie puis, le soir venu, il s'était blotti sous les arbres à l'écart, où 'Mpishi lui avait jeté quelques morceaux de viande séchée à grignoter avec son *mealy meal*. Il était resté là, sans bouger, jusqu'à ce que le camp s'endorme.

Le 'Ndorobo avait disparu, et il pleuvait. Une pluie fine, presque un crachin, mais qui faisait craindre le pire. Les porteurs erraient, moroses, ressassant leur dépit.

– Je crois bien que j'ai ruiné en une heure tout ce que tu avais gagné, soupirait Martin.

– Tu n'allais tout de même pas trucider le malheureux ?

– Non, mais peut-être qu'une torture ou deux…

La pluie, surtout, inquiétait Osa. Au fil des heures la végétation autour d'eux s'enveloppait d'une écharpe de brouillard, une lumière pâle dissolvait les contours, comme s'ils se trouvaient pris sous une cloche végétale. Martin s'affairait à protéger films et matériel. Jerramani se voulut rassurant : il ferait beau demain.

Le lendemain, il faisait beau. Le ciel, au loin, roulait ses derniers nuages. La nature semblait lavée, les oiseaux gazouillaient dans les branchages, des tourterelles roucoulaient, timides, la terre, chaude, exhalait des odeurs puissantes et douces. C'est alors que le

'Ndorobo réapparut, quand nul ne l'espérait plus. Il avait repéré un léopard dans un *donga*, tout près, il allait le leur montrer, c'était 1 shilling – et il tendit la main, jovial, un marché était un marché.

Le shilling versé, il prit fièrement la tête du cortège, en se redressant, conscient de son importance. Osa, derrière lui, fronçait le nez : comment faisait-il pour puer autant ? Le 'Ndorobo, d'un geste, réclama le silence : « Là », dit-il, en montrant l'entrée d'un petit vallon, en forme de cuvette. La tension, d'un coup, devint palpable. Martin, aidé de Kavairondo, installa la caméra sur son trépied, tandis qu'Osa et Ferraragi, suivis de John, longeaient la crête avec d'infinies précautions pour tenter de repérer le fauve. Soudain, elle entendit fourrager derrière elle, revint sur ses pas. Le vieux John se servait de sa Winchester comme d'un bâton pour écarter les broussailles.

– Mais enfin, qu'est-ce que vous fichez ? Vous allez le faire fuir !

Mais John tout à son idée fixe marmonnait :

– Crénom, je suis sûr d'avoir aperçu quelque chose de jaune, en bas. Des fois que ça serait mon lion. Depuis le temps !

Elle tendit l'oreille, entendit comme un feulement, léger. Elle se redressa, alerta Martin à grands gestes du bras, en lui désignant les fourrés. Puis elle prit son fusil des mains de Ferraragi, se força à contenir son tremblement. Tout lui revenait, de ce que le vieux Dirk lui avait dit dans le train de Mombasa : « Deux secondes pour l'abattre quand il charge, pire que le lion ! » Elle hésita, s'enfonça dans la broussaille. Je dois faire un vacarme d'enfer, se dit-elle, le léopard m'aura sauté dessus avant que je le voie. Pourtant elle avançait, poussée par une force irrésistible, les tripes nouées, le cœur au bord des lèvres. Un pas encore, et elle déboucha dans une petite clairière.

Il était là, splendide, sur la branche basse d'un grand arbre, qui la regardait, en fouettant l'air de sa longue queue. Il ne bougeait pas, chaque muscle de son corps parcouru d'imperceptibles tressaillements, prêt à exploser en une fraction de seconde, dans un jaillissement meurtrier. Qu'avait dit le vieux Dirk ? « Direct au visage, les griffes dans les yeux, les crocs dans la nuque, pendant qu'il vous éventre avec les pattes arrière. » Elle aurait dû tirer, elle le regardait, fascinée, les petites taches noires et blanches au revers de ses oreilles rondes, sa queue, noire, les détails de ses taches en forme de rosette sur le dos, ses moustaches de chat. C'était un grand mâle de 2 bons mètres de long, 3 avec la queue. Elle vit le bout de son nez frissonner, la bête feula, un peu plus fort, sa queue fouetta le tronc – et c'est à cet instant qu'un bruit lui fit tourner la tête : Martin, à l'orée de la clairière, filmait la scène. Depuis combien de temps ? Deux secondes pour tirer, avait dit le chasseur – en tout cas, la foudre, quand il bondit, droit vers Martin. Deux secondes, et l'éternité. Elle vit les muscles du fauve se détendre un à un, lentement, la poussée phénoménale de ses pattes arrière, ses pattes avant tendues déjà pour lacérer, elle se sentit épauler, tirer, pas assez vite pour sauver Martin, pourquoi était-elle si lente ? Le léopard boula, retomba dans un massif de broussailles. Du sang coulait de ses flancs, mais il n'était que blessé, se ramassait pour une nouvelle attaque, crachait en un dernier défi tandis que Martin, en état second, s'approchait, s'approchait encore pour ne rien manquer de l'ultime bond de la bête. Sans réfléchir, elle tira une seconde fois. Le léopard s'écroula, foudroyé.

– Noooon !!

Martin hurlait de rage.

– Tu ne pouvais pas attendre ? Je l'avais ! Je l'avais ! Son dernier bond ! Pourquoi n'as-tu pas attendu, nom d'un chien ?

– Attendre ? Mais tu serais mort !

Ils s'approchèrent. La bête allongée dans les broussailles était magnifique. Jerramani, arrivé en courant, hochait la tête :

– Très, très, très gros. Cent kilos, pas loin. Bibi champion.

Martin retrouva son calme devant les impacts de balles. Il n'aurait pas eu de toute façon à filmer de deuxième bond : la première balle d'Osa lui avait brisé les reins. Et la seconde l'avait frappé en pleine tête.

Les hommes se rassemblèrent en silence autour du fauve. Et l'orgueil dilatait leur poitrine, tandis qu'ils regardaient la *memsahib*. La déception de la veille était oubliée. Seul John ne se consolait pas d'avoir manqué une fois encore son lion.

On chercha partout le 'Ndorobo. Contrat rempli, il avait disparu.

Le lendemain, il pleuvait de nouveau – un peu plus dru, nota Martin, inquiet. Le tonnerre avait grondé au loin à plusieurs reprises, et Martin n'avait pas été sans noter l'expression soucieuse de Jerramani. Aussi quand le soleil revint, au matin du quatrième jour, ils choisirent de partir aussitôt, avec des provisions pour la journée. Chaque heure pouvait compter. Cette fois il leur fallait du gros – au moins un rhino, décréta Martin. Ou un lion, ajouta John, tout à son obsession. Et s'ils revenaient bredouilles il faudrait se résoudre à rentrer, avant que les pistes ne deviennent impraticables…

Il était à peu près onze heures quand ils tombèrent sur une bouse de rhino. Jerramani se pencha : elle fumait encore. Une heure d'avance, pas plus, estima le chasseur. Ferraragi revint, après une rapide exploration des alentours. Les bêtes étaient deux, avançant de concert. Ils prirent leur piste, le fusil à la main, et la tête pleine des récits effrayants de la puissance destructrice d'une charge de rhino.

– Dis donc, Osa, tu te souviens de ce que nous avait dit l'armurier, à New York ?

– Oui, une balle de côté, en travers du crâne. Explosive.

– Et s'il t'arrive de face ?

– Attends… oui, c'est ça : la Winchester 405 avec des balles blindées.

– Et s'il est tout près, il disait…

– Euh… le calibre 30 avec des balles blindées, non ?

– Tu crois que tu t'en souviendras, quand il te foncera dessus ?

– Tu rigoles ? Je grimpe à un arbre !

John se racla la gorge :

– Dites donc, vous deux, c'est juste pour me flanquer la trouille ?

Ils n'eurent pas à mettre en pratique les recommandations érudites de l'expert new-yorkais, probablement jamais sorti de Manhattan. Au bout d'une heure, ils perdirent leurs traces. Les marques étaient visibles sur le sol meuble, puis disparaissaient sur une partie plate, rocheuse, de quelques mètres carrés et… ne réapparaissaient pas. Jerramani se grattait la tête.

– Logiquement, constata John, ils sont sous la dalle.

– Ou alors ils ont fait un bond en l'air et ils y sont restés ? risqua Martin.

– Bon, alors faisons gaffe à pas être en dessous, quand ils retomberont. Tu vois quelque chose, là-haut ?

– Mmm…

– Et pourquoi pas un bond en longueur sur, voyons… une centaine de mètres ou deux ?

– C'est leste, un rhino ?

– Ben…

– Et s'ils étaient repartis en marche arrière, intervint Osa, en remettant leurs pattes dans leurs traces ?

Ils s'assirent au pied d'un mimosa géant, partagés entre hilarité et découragement. Le soleil était haut maintenant, la chaleur étouffante. Une fine vapeur verdâtre montait des herbes mouillées, des nuées de papillons s'agitaient dans les vibrations ténues de l'air, invite au farniente. Il fallait se rendre à l'évidence, soupira John, les yeux mi-clos, ce n'était plus le temps de la chasse. Martin, pour se donner bonne conscience, proposa un dernier essai : que les porteurs, débarrassés de leurs paquetages, s'en aillent deux par deux dans toutes les directions, en rayonnant à partir de l'arbre. Avec la promesse d'une prime de 2 shillings pour ceux qui retrouveraient ces fichus rhinos. Les porteurs s'élancèrent avec de larges sourires. Deux shillings ! Mais au bout d'une heure nul n'était revenu.

– Il faudrait peut-être se décider à y aller nous-mêmes, non ? risqua Martin.

– Mmm, fit John.

Des papillons bleus voletaient autour d'eux, dansaient dans les rais de lumière, se perdaient dans les tapis de fleurs blanches et bleues, en sorte qu'on aurait pu les prendre pour des pétales flottant dans le vent léger. Des oiseaux verts, au ventre rouge, gazouillaient dans les feuillages, l'air bourdonnait doucement, et ils étaient là, étourdis par tant d'odeurs capiteuses, la terre sous eux comme un ventre tiède, pris dans une douce somnolence. Le rhino envolé, c'était, chacun le sentait bien, le dernier jour, un moment de vacances, avant la descente vers Thika.

– Mmm, fit de nouveau John.

Mais il en fallait plus pour corrompre Martin.

Ils revinrent aux dernières traces en compagnie de Jerramani et de Kavairondo, portant toujours la caméra. À 2 miles environ s'ouvrait un petit vallon vers lequel ils se risquèrent, sans trop de conviction. Nulle trace, nulle herbe froissée, nulle branche cassée devant eux.

Les rhinos n'étaient sûrement pas passés par là. Ils ont peut-être fait un détour ? suggéra John. Ça *pouvait* être un coin à rhinos, confirma Jerramani. Comme *exactement* n'importe où ailleurs, maugréa Martin. *Absolument*, renchérit Jerramani, pince-sans-rire, ou l'esprit de conciliation même.

Jerramani, à quelques pas devant eux, se figea à l'instant de pénétrer dans le vallon, imposant le silence. « Simba », chuchota-t-il. Un frisson passa sur le groupe. Un lion ! Ils avancèrent à pas de Sioux, passèrent un rideau de broussailles. Il était là, à 40 mètres tout au plus, déchirant à belles dents le zèbre qu'il avait traîné à l'abri des buissons. Il se retourna juste à l'instant où ils se figeaient, en lisière de la clairière. Et pendant une seconde, une merveille de seconde, il se dressa face à eux, royal, la patte posée sur sa proie sanglante, les fixant de ses yeux jaunes. Et chacun, devant cette écrasante majesté, comme saisi par un effroi sacré, demeurait pétrifié sans oser un seul geste.

Martin, le premier, recouvra ses esprits. Kavairondo lui tendait en silence la caméra. Il lui en voulut presque de rompre ainsi le charme. Il commença à tourner la manivelle, en retenant son souffle, et l'on aurait dit que le lion le savait, qui se laissait filmer avec une indifférence affectée. Puis le fauve eut un grondement, un rauquement léger, vaguement irrité, ou interrogatif, avant d'esquisser un pas de retrait. Repu, sans doute aspirait-il à une sieste heureuse, et comme il ignorait la peur, ne lui venaient pas de pensées agressives. Il s'en va, se dit Osa, bouleversée, et quelque chose en elle se déchira, non, ce n'était pas possible, pas après tant de jours, de semaines, quand il aurait suffi d'un rien, quelques secondes de plus, un regard, pour toucher enfin au maître mot – sans réfléchir, elle s'avança, l'appela à elle : « Simba ! » Et le lion, surpris, se retourna, revint sur ses pas en hésitant, rugit, un grondement de tonnerre qui résonna dans toute la vallée, puis, se tournant vers la caméra, se ramassa pour bondir tandis qu'Osa, en état second, s'avançait toujours. En cet instant, il n'y avait plus que lui, lui et elle, face à face, elle qui aurait voulu se perdre dans ses yeux d'or et d'émeraude, lui qui rugissait et sa voix immense grondait dans ses entrailles avant de tonner, triomphante, balayant l'étendue, repoussant zèbres, gnous, antilopes, toutes ses proies effrayées, jusqu'au fond de l'horizon – et comme ces bipèdes étranges étaient encore là, debout, qui le défiaient, il allait charger, se détendait déjà : elle tira. D'abord elle crut l'avoir manqué, car il demeurait immobile, dressé sur ses pattes avant, puis elle comprit que son train arrière était touché, l'empêchant de bouger. Le fauve vacilla, baissa la tête, les ténèbres déjà l'envahissaient, Osa maintenant courait vers lui, elle était presque à le toucher – le fauve se redressa une dernière fois, la fixa de ses yeux d'or presque éteints, et s'effondra à ses pieds. Sa première balle lui avait brisé la colonne vertébrale.

Les hommes se rassemblèrent autour d'elle en silence. Ses bras autour du cou du géant, la tête enfouie dans sa crinière, elle pleurait à chaudes larmes. Martin la prit doucement par les épaules. Il y aurait une fête, ce soir, au camp, une fête plus splendide encore que pour les buffles abattus, les hommes se blanchiraient le visage avec de la cendre pour la danse du lion, on entendrait dans la pénombre le bruit de la pierre à aiguiser du dépeceur pendant qu'autour d'un grand feu retentirait jusque tard dans la nuit le chant de gloire, demain le trophée dirait à tous la grande geste d'Osa. Désormais, dit Jerramani, magnifique d'orgueil, comme soulevé par la grandeur du moment, ils seraient pour tous *Bwana piccer*, le maître des images, et *Memsahib kibodo*, la petite maîtresse qui avait vaincu tour à tour le buffle, le léopard, et Simba le lion…

IX

L'herbe avait envahi les allées, englouti les plates-bandes, montait à l'assaut des marches de l'entrée. Le potager prenait des airs de champ de bataille, une salade montée en graine perçait de loin en loin la marée végétale, des haricots grimpants pendaient, desséchés. Il avait suffi de ces quelques semaines pour que son travail se trouve effacé. Rien, ici, ne résisterait, semblait dire le déchaînement des broussailles dès l'entrée, pas plus ce jardin que la ville, à la toute-puissance de la nature. Qu'avaient donc fait tout ce temps Dumo et Karoda, Toto, Amina ? Ils se précipitaient vers eux comme des naufragés accueillent leurs sauveurs, et elle n'eut pas le cœur à les accabler de reproches. Jambes coupées, elle s'assit sur les marches sans oser passer la porte, cherchant des yeux ses rosiers, ses ancélias, ses immortelles. Ce n'était pas du découragement, après l'enthousiasme des premiers jours d'aménagement, juste du désarroi. Voilà tout à coup qu'elle se sentait, devant ce refuge dans lequel elle avait mis tant d'amour, comme une étrangère.

Leur retour d'Ithanga par des pistes inondées avait été quelque peu tumultueux, même si, par un miracle qu'ils ne s'expliquaient pas, sauf à supposer un don de prescience chez certains abrutis, les chariots étaient apparus au camp de base, au moment même où ils allaient se risquer sous les trombes d'eau jusqu'à Thika pour les chercher. Le conducteur de tête, toujours debout, hurlait à pleins poumons – s'était-il seulement interrompu, tout ce temps ? – et bavait d'abondance en fourrageant frénétiquement dans les profondeurs incertaines de son pantalon. Arrivés au Blue Post Hotel, ils étaient à tordre, trempés, couverts de boue des pieds à la tête…

Malgré cela, ils avaient mis le cap sur les Réserves du Sud, parcouru en tous sens les Loitha Plains, amassant des images d'élans, d'antilopes, de gnous, de zèbres, avant de se replier sur Nairobi, leurs réserves à sec. On pouvait affronter sans trembler les pires adversités, pas se trouver à court de sel ! L'expédition dans les monts Ithanga avait été comme un tournant, l'accomplissement d'un rite de passage. Jerramani et Ferraragi s'étaient révélés des conseillers avisés, les hommes de confiance promis par Blayney. Sous leur houlette le groupe avait travaillé sans heurt ni réticence. Les animaux sauvages eux-mêmes paraissaient plus accommodants, constatait Osa – à moins bien sûr que ce ne fût eux qui apprenaient à les connaître. John se plaignait bien de n'avoir toujours pas trouvé son lion, mais il les étonnait tous par sa bonne humeur et sa résistance à la fatigue. Martin feignait parfois de s'agacer de ses fanfaronnades de vieux pionnier de l'Ouest, mais l'un et l'autre cachaient mal combien ils étaient heureux de se découvrir enfin. Parfois, elle surprenait entre eux de secrets conciliabules, de brusques gestes d'affection de Martin. Ne serait-ce que pour cela, ce voyage n'aurait pas été vain. Si Belle, si tante Millie, si grand-mère Nancy avaient pu seulement la voir, le fusil à la main ! Mais elles ne perdaient rien pour attendre, Martin la montrerait sûrement dans le film, et elles sauraient alors que leur gamine de Chanute était digne d'elles. Bref, tout se déroulait au mieux. Martin seul, même s'il tentait de le cacher, paraissait un peu plus soucieux chaque jour. Lui si calme devenait irritable – il avait jusque-là empilé les images sans trop s'interroger sur l'organisation du film, grommelait-il, l'idée le taraudait qu'il pouvait faire fausse route…

Les pièces lui parurent grises et froides. Aloni et Toto, sur ses talons, l'observaient d'un air inquiet. Tout était tellement petit ! Elle ressortit sur le perron en courant, comme si elle étouffait. Un instant elle eut le sentiment que cette houle sauvage qui venait battre les murs de la maison l'avait suivie depuis les monts Ithanga, allait engloutir son illusoire refuge. Martin, lui, déchargeait ses caisses, ses films, ses caméras, avec mille précautions, surveillait ses porteurs, efficace en chaque geste. Il n'avait donc jamais d'états d'âme ?

Elle se remit au travail, peut-être d'abord pour reprendre pied dans son quotidien oublié. Dumo et Karoda, conscients d'avoir à se faire pardonner, couraient en tous sens, attentifs à ses ordres, Aloni dirigeait un grand nettoyage de la maison avec Amina, timide, gazouillant sur ses pas. Et elle, Osa, reprenait son parcours obligé, les deux marchés le matin avec « Jack » Percival et Toto, les visites à Anita Cottar, les interminables discussions culinaires avec 'Mpishi, mais dans son jardin, dès qu'elle se trouvait seule, elle se surprenait à rêver, les yeux dans le vague, aux lumières du matin sur les bords de l'Athi, aux vallons secrets des monts Ithanga, et elle redoublait alors d'activité.

Martin s'était enfermé dans son laboratoire. Il n'en sortait que de temps en temps, clignant des yeux comme un vieux hibou, les traits tirés. Avant même d'atteindre Nairobi, il s'exaspérait à l'idée de perdre ne serait-ce qu'une heure en rituels sociaux, tous ceux qui les avaient aidés, après la soirée du Muthaiga Club, allaient faire leur siège, il lui faudrait dix fois répéter les mêmes histoires – et comment y couper, sans froisser toute la ville ? La prochaine fois j'installe mon labo dans la jungle, fulminait-il par avance.

Le déferlement n'avait pas eu lieu. Les Percival, bien sûr, avaient accouru. Blayney s'était contenté d'abord de hocher la tête. Pas la peine de rentrer dans les détails, avait-il grommelé : leur allure suffisait, Carl Akeley ne s'était pas trompé ! Charles Cottar avait laissé un mot. Il partait quelques jours avec un groupe de riches « English » mais passerait les voir dès son retour. Finch Hatton et Berkeley Cole les remerciaient pour la soirée passée en leur compagnie, et une bouteille de Veuve Clicquot rosé accompagnait leur billet. C'était tout.

Nairobi avait d'autres chats à fouetter, leur avaient expliqué les Percival. La ville grondait comme un volcan, et l'explosion pouvait être pour demain. Le gouverneur Northey s'épuisait à éteindre les mèches qui partout s'allumaient. Le jeune Winston Churchill, au Colonial Office, à Londres, semblait céder à son tour aux pressions des indépendantistes de l'Inde. Des bruits couraient, invérifiables, qui secouaient la colonie comme barcasse dans la tempête. L'Inde avait obtenu que le Kenya devienne officiellement terre d'émigration pour son trop-plein de misérables. Mangaldass, un de ses leaders, enfonçait le clou : les Anglais émigraient bien au Canada, en Australie, en Afrique du Sud, pourquoi les Indiens, si les discours sur l'Empire n'étaient pas de vains mots, n'auraient-ils pas le droit d'émigrer au Kenya ? Pendant qu'ils tiraient le buffle et le lion dans les monts Ithanga, des meetings monstres avaient rassemblé les Indiens de Nairobi, et la colonie blanche, pour la première fois, avait pris la mesure de leur nombre. Leur leader Jeevangee avait même réclamé que le Kenya devienne une colonie indienne, sous l'autorité du Vice-Roi ! « Dans quelques années ce sera la deuxième Inde » : ces mots avaient secoué la ville dans ses tréfonds. Tout était à craindre si des leaders noirs venaient à faire front avec eux... Anita Cottar, à demi-mot, avait laissé entendre que des réunions secrètes se tenaient entre les colons blancs, tandis que les caches d'armes se multipliaient. À en croire certains, un groupe clandestin de « patriotes » préparait l'enlèvement du gouverneur Northey. Au signal donné l'insurrection éclaterait partout à la fois. Les milliers de fermiers en péril d'être spoliés se souvenaient qu'ils avaient été soldats, cavaliers, artilleurs, officiers. S'il fallait, le Kenya se déclarerait indépendant !

La ville, pourtant, paraissait calme, c'étaient les mêmes sourires quand Osa s'attardait au marché noir, échangeait quelques mots en swahili, ou saluait les marchands indiens derrière leurs étals. Le calme avant la tempête, soutenait Jack Percival. En tout cas, le calme dont Martin avait besoin, avait grommelé Martin. C'était, à ses yeux, tout ce qui comptait.

Elle rencontra Finch Hatton devant le Norfolk, au lendemain de leur arrivée. Il attendait un client, elle passait prendre son courrier. Et ils se retrouvèrent autour d'un verre, au bar. Le client de Finch, au final, lui avait fait faux bond et les minutes étaient devenues une heure, sans qu'ils y prennent garde. Elle avait tant de choses à raconter, tellement de questions sans réponse ! D'abord, elle voulait tout savoir d'eux. Où était Berkeley Cole ? Que faisait Bror ? Et lui, Finch Hatton, d'où revenait-il ? Où allait-il repartir ? Quand se retrouveraient-ils tous pour une soirée à la maison ? Finch Hatton demandait grâce en riant, face au flot pressé de ses questions. Bror, à qui elle avait fait forte impression – ils rirent tous deux à ce qu'il entendait par là –, était dans les Aberdares avec deux couples d'Anglais quelque peu collets montés, et il devait probablement se consoler avec l'une de ces dames, sinon les deux. Berkeley serait au Club ce soir. À cette heure précise le malheureux se débattait avec des créanciers déterminés à lui prendre sa ferme morceau après morceau. Quant à lui, Denys Finch Hatton, il avait vécu trois semaines parfaitement sinistres avec un groupe d'Américains arrogants et incultes, et en était revenu ne rêvant plus que de plats fins, de draps frais, de lectures tranquilles au coin du feu, en écoutant de la bonne musique. Aussi Berkeley et lui avaient-ils fait un petit séjour gastronomique et littéraire à la ferme de Tania, la délicieuse femme de Bror. Une soirée chez les Johnson serait un vrai bonheur, dès qu'il aurait réglé certaines affaires sur lesquelles il restait discret. Elle aurait voulu en savoir plus – mais c'est elle qui se retrouva, sans savoir comment, à raconter leurs expéditions, leurs aventures et leurs mésaventures. Malgré ses airs de détachement amusé – ou bien était-ce à cause d'eux ? – Finch Hatton avait l'art de susciter les confidences sans jamais les solliciter. Elle parlait, parlait, de tout ce qu'elle n'avait, tout ce temps, pu dire à personne, sans pouvoir s'arrêter. Il hochait la tête, souriant. Avec lui, elle n'avait plus peur. Et il ne rit pas, ni ne supposa un coup de chance, quand elle évoqua ses expériences de chasse, cet étrange moment, quand elle avait eu le sentiment, ou l'illusion, d'être l'animal visé. Non, elle n'était pas la seule. C'était même ainsi que les grands tireurs, à peu près tous, évoquaient leur expérience.

– Ça peut paraître un peu mystique, bien sûr… Et l'on peut être un bon tireur sans rien éprouver de tel.

Enfin, j'imagine. Mais Alan Black, John Hunter, de sacrées gâchettes, croyez-moi, ne disent pas autre chose.

– Et vous, Finch ?

Il sourit, sans répondre. Le préoccupaient surtout les risques pris. Martin était fou de n'avoir pas engagé un chasseur professionnel ! C'était trop pour les frêles épaules d'Osa. Et un miracle, s'ils étaient revenus saufs. Assurément, elle avait le don, et c'était rare, très rare.

– Mais ça veut dire que vous êtes en danger.

Et comme elle s'étonnait :

– Parce qu'il peut disparaître. Pfffttt ! Un matin, vous raterez tout ce que vous tenterez. C'est sûr, d'avance : il disparaîtra. Et puis il reviendra. Si vous êtes encore en vie.

Il se pencha vers elle, en martelant chaque mot :

– Personne ne peut se passer de technique. Apprenez à tirer avec un pro ! Ça peut vous sauver la vie, le jour où le don se sera absenté. Un pro, vous m'entendez ?

Un pro, oui, bien sûr. Mais c'était d'un lion qu'elle voulait parler. De ce qui l'avait transpercée, là-bas, presque détruite. De la beauté et de la violence. De la mort.

Elle parlait avec une telle intensité, le buste penché au-dessus de la table, qu'il esquissa un geste de défense.

– Eh ! Comme vous y allez !

Le lyrisme des premiers temps, commença-t-il, mais elle le coupa. Ah non, il ne s'en tirerait pas comme ça ! Il fallait qu'elle parle, qu'elle se confie, ou sinon elle allait éclater. Et mieux valait le lyrisme des débutants que le cynisme persifleur des blasés. Qui n'était jamais que l'autre nom de leur peur à se risquer…

– La beauté du monde ! J'ai connu des moments… Enfin, comme tout un chacun, j'imagine. Mais cette beauté était comme un don. La merveille, qu'il fallait juste savoir accueillir. Tandis que là… C'était d'une telle violence !

Elle frissonna :

– Pas un don, non, une agression. Une prise de possession. Transpercée ! Jusqu'à… Qui peut dire ? C'était moi, encore, et ce n'était pas moi.

Toute la violence du monde, concentrée, contenue dans un seul animal. Et toute la beauté, aussi, à sa plus folle intensité.

– Et l'instant d'après plus rien, que la mort. Plus rien, que ce vide. Comme si le lion avait emporté avec lui quelque chose de moi.

Elle trébuchait sur les mots, prise dans un tourbillon de sentiments contradictoires. Finch Hatton lui tapota doucement la main. Qui pouvait répondre, à cela ? Il n'y avait pas de plus grand mystère, ici-bas, que celui de la beauté. Et d'abord, pourquoi y avait-il de la beauté, plutôt qu'un chaos indifférencié, où nous aurions à errer sans boussole ?

– On s'entre-tue, on se dit que le monde, autour de soi, n'est plus que chaos sanglant, en proie au mal, sans plus de sens ni d'espérance, chacun acharné à tout détruire, de la Création – et puis, malgré tout demeure quelque chose comme de la beauté. C'est ce qui m'a fait tenir, pendant la guerre – cette idée que quelque part, ailleurs, il y avait encore de la beauté, qui nous attendait. Pour moi, l'immensité de la savane…

Osa restait songeuse, sourcils froncés, et sans doute était-elle prisonnière encore de l'instant vécu au camp MacKenzie. Finch lui prit les mains comme s'il voulait la consoler, et se penchant vers elle, en confidence :

– Elle peut vous emplir, cette beauté, comme une marée très douce. Elle peut vous brûler. Mais toujours elle se retire. Et nous laisse avec ce vide, en nous. C'est curieux, n'est-ce pas ? On vit comme plénitude ce moment où nous l'accueillons, et pourtant, si l'on y pense, il n'est si intense, ce moment, que parce qu'à l'instant même où nous l'éprouvons, nous le savons éphémère – juste un instant, déjà évanoui. Et dans cet instant sont déjà présentes, en creux, la nostalgie et l'espérance. Comme si cette beauté nous appelait, nous indiquait une direction…

– Il n'y avait rien, pour moi. Qu'un vide affreux. Et la mort. Un éblouissement, et puis le vide, insupportable.

– Vous avez vécu une expérience extrême, voilà tout. Plus forte que vous ne l'attendiez. Il vous faut juste un peu de temps… Mais je crains que la beauté n'ait toujours partie liée avec la mort. Elle dit l'unique d'un instant, n'est-ce pas ? D'où cette sensation, toujours, d'une première fois. Et de là, aussi, qu'elle était si poignante : un instant, déjà évanoui… Et si vous pensez qu'en un lion se concentrent la plus grande violence et la plus grande beauté concevables ici-bas, alors vous avez approché le mystère même du monde.

Il eut un petit rire, comme s'il s'excusait, voilà qu'il se faisait lyrique, à son tour…

– Un mystère, devant lesquels les plus grands philosophes, les plus grands artistes restent sans réponse. Mais leur lecture apporte au moins cette consolation – de savoir que nous ne sommes pas seuls, devant ce puits sans fond.

– Mais vous, Denys ?

– Oh moi, répondit-il, il y avait dans sa voix une mélancolie qui la surprit. Je ne suis ni artiste, hélas, ni philosophe…

Le bar s'était rempli, jeunes élégants fraîchement arrivés, nouveaux clients de l'hôtel, et elle prit soudain conscience du brouhaha, des regards tournés vers eux, Finch relâcha sa main, confus.

– Heureusement pas de figures connues, chuchota-t-il, sinon votre réputation serait faite…

Elle retourna au Norfolk le lendemain, et le surlendemain. Si quelqu'un pouvait l'aider à voir plus clair en elle, c'était bien lui. Au moins, il l'écoutait. Il l'attendait à la même table, en retrait. Ma tourmenteuse, plaisantait-il, qui refusait de comprendre qu'il n'avait de réponse sur rien. Le miracle de la savane était qu'elle vous vidait la tête, jusqu'à ce bonheur suprême de ne plus penser à rien. Oui, mais il était là, rétorquait-elle, et elle finirait bien par le faire parler, de gré ou de force…

Le quatrième jour, elle ne le trouva pas. Elle resta debout, un peu perdue, jusqu'à ce que le garçon arrive, comme d'habitude, portant son thé fumant. Avait-il oublié ? À moins qu'il ne fût chez cette mystérieuse Tania, ou Karen, elle ne savait plus trop, la si peu épouse, semblait-il, de Bror Blixen. Qu'avait-elle de si spécial, celle-là, pour que Cole et lui aient chez elle leurs habitudes quand Bror n'était pas là ? Je ne vais tout de même pas me laisser aller à des jalousies de midinette, se reprocha-t-elle aussitôt, mais son cœur battit plus fort quand elle entendit sa voix dans l'entrée. Il était en retard, simplement. Charles Cottar, tout juste de retour, l'avait réveillé en pleine nuit, s'excusa-t-il. Elle nota son front soucieux. Les faubourgs de Nairobi s'agitaient, cet imbécile de gouverneur n'avait trouvé rien de mieux que de jeter en prison un jeune agitateur kikuyu, Harry Thuku…

– Le meilleur moyen d'en faire un héros ! Alors qu'il n'était pas si dangereux.

Un de ces jeunes Noirs éduqués qui devaient former l'élite de demain, être le lien entre les deux communautés pour un Kenya nouveau, expliqua-t-il. Au lieu de le porter au plus haut, comme un exemple pour tous, on l'avait cantonné à des emplois subalternes, journaliste de chiens écrasés, téléphoniste… Du coup, il avait créé un mouvement de jeunes contestataires. Qui pour l'heure protestaient contre la saisie des terres, dans les tribus qui ne payaient pas leurs impôts. Au ton de Finch Hatton, elle comprenait qu'il n'était pas loin de leur donner raison. Après tout, ces terres étaient à eux. Mais le jeune Thuku, exaspéré, avait commis la faute de se tourner vers les Indiens. Qui, bien sûr, l'accueillaient à bras ouverts.

– C'est ce qui a mis le feu aux poudres. Il a tenu un meeting avant que vous n'arriviez, fait acclamer les revendications indiennes, informé Londres – et c'est ça, sa grande faute – qu'il parlait au nom de tous les Kikuyu.

Depuis, les missionnaires protestants sillonnaient la région, rassemblaient les chefs des villages.

– Le chef suprême, Kinangui, devrait logiquement désavouer Thuku, mais si Northey en fait un martyr, rien n'est moins sûr. Kinangui est du genre prudent…

Les gens allaient et venaient dans l'hôtel comme si de rien n'était, les garçons souriaient comme à l'ordinaire, la rue paraissait calme. Que pouvaient-ils craindre, sérieusement ? Finch Hatton la regarda, étonné :

– Vous avez déjà pensé à ce que représenterait la masse des Kikuyu lancée contre nous ? Ils ne sont pas des individus au sens où vous l'entendez, en tout cas pas complètement. Chacun se perçoit d'abord comme un élément d'un groupe immense. Si le groupe se met en marche, tous suivront ! Prenez garde, dans la rue. Prévenez Martin. Même vos domestiques… si vous en avez qui sont kikuyu, ils suivront et ce qu'ils pensent de vous ne comptera pas. Prenez garde ! Et priez pour que cet imbécile de Northey libère ce garçon !

Quelque chose, au-dehors, avait changé, une électricité nouvelle dans l'air, le sentiment d'une attente, oppressante. Ou bien était-ce seulement son regard ? La foule se faisait de plus en plus dense, des Noirs de haute taille arrivaient par groupes, les jambes couvertes de poussière. Ils avaient dû marcher une partie de la nuit, et cherchaient leurs compagnons. Les sons de la rue parvenaient à Osa comme assourdis – et elle comprit tout à coup pourquoi : il n'y avait ni rires, ni cris aigus, les femmes et les enfants avaient disparu.

Martin n'avait prêté qu'une oreille distraite à ses mises en garde, avant de retourner à son laboratoire. Il en ressortait chaque jour un peu plus soucieux, ne répondant que par un « plus tard, plus tard » aux questions d'Osa. Les Kikuyu ? Il avait d'autres chats à fouetter.

Elle se réveilla en sursaut. Des gens chuchotaient dans le jardin. Il y eut de brefs conciliabules, des pas pressés dans l'allée. Elle se glissa à la fenêtre, juste à temps pour voir deux ombres entrouvrir le portail. Martin, arraché à son travail, fit avec elle un tour d'inspection, en grommelant. Tout paraissait calme, la rue était vide. Mais Dumo et Karoda n'étaient plus là.

Le fleuve humain débordait de toutes parts, envahissait les ruelles, à croire que tous les Kikuyu du Kenya se trouvaient rassemblés, interdisant toute circulation, et le flux ne s'arrêtait pas, c'était une poussée continue, formidable, bientôt les immeubles, les hôtels, se trouveraient emportés et c'était le Kenya entier, le monde premier, sauvage, qui déferlait ainsi, après son passage il ne resterait plus rien, Nairobi aurait vécu, effacé comme marque sur le sable d'un rivage. Pourtant, il n'y avait nulle colère sur les visages, rien que la force terrible de l'évidence. N'était-ce pas ce qu'elle avait ressenti, le premier soir, qu'un jour le monde sauvage aurait raison de la ville illusoire ? Eh bien, le jour semblait venu…

Au carrefour, son ami policeman, assis sur une caisse renversée, lui jeta un regard désolé. Que faire contre pareille marée ? Ils arrivaient de très loin, le port altier, drapés dans leurs courtes tuniques de peau, leurs plus beaux anneaux de bois ou de pierre passés aux oreilles, portant au cou, sur les bras, sur la poitrine, une profusion de bracelets, de colliers de perles ou de fer torsadé, et Nairobi submergé, sans plus de Blancs visibles, prenait des airs fantastiques. Osa ricochait de groupe en groupe, drossée comme espars contre les récifs, noyée parfois dans le ressac, les yeux à hauteur de leurs torses sans plus d'espace pour avancer. Quelle folie l'avait poussée à sortir malgré tout ? Elle avait donné ses instructions, nul ne devait se risquer au-dehors, ni ouvrir la grille d'entrée. Martin avait vérifié les fusils, puis, comme tout paraissait tranquille et qu'il n'y tenait plus, il avait retrouvé son labo. Elle en avait profité pour s'esquiver. Oh ! Jusqu'au coin de la rue, simplement, pour se faire une idée. Mais ces gens paraissaient animés d'intentions pacifiques, et elle avait plongé dans la cohue qui maintenant la serrait, la bousculait, lentement l'aspirait – comme un serpent avale sa proie, songea-t-elle tout à coup. Elle allait périr étouffée, l'odeur violente des corps était insupportable, elle se débattit, se dégagea tant bien que mal avec une seule idée en tête : coûte que coûte, arriver au Norfolk…

Finch Hatton fit un bond en la voyant. C'était pure folie, ce matin ! Elle hocha la tête, essayant de reprendre son souffle. De quoi avait-elle l'air, dépeignée, bousculée, les vêtements froissés ?

– Ils paraissaient si pacifiques…

Il leva les yeux au ciel. Pacifiques ! Une étincelle, et

tout pouvait exploser. Mais dans ce cas, rétorqua-t-elle, pourquoi était-il là, lui, plutôt que dans sa chambre au Muthaiga Club ?

– Le jour de tous les dangers ! Je ne pouvais pas manquer ça. C'est mon pays, après tout…

L'hôtel était comme en attente, pris dans un temps immobile. Les clients, dans les salons, chuchotaient, fondus dans la pénombre. Le majordome ne régnait plus, morose, que sur un royaume fantôme. Une demi-douzaine de soldats, sur des chaises à l'entrée, leurs fusils posés martialement en faisceau, avaient sous les trophées de chasse accrochés au mur, lions, guépards, rhinos, des allures de soldats de plomb géants. Osa et Finch gagnèrent une table d'où observer la rue, un whisky remplaça le thé habituel, et elle se rendit compte qu'elle ne s'était risquée au-dehors que pour ce moment-là, être enfin près de lui. Lui aussi l'attendait, depuis leur dernière rencontre, lui confia-t-il, complice.

– Vous savez que vous m'avez forcé à réfléchir ?

Il se pencha vers elle, chuchota comme s'il livrait un grand secret :

– Nous ne sommes pas d'ici…

Et comme elle le regardait, étonnée – ne venait-il pas de dire le contraire, en l'accueillant ? –, il poursuivit :

– C'est la seule conclusion logique. Elle va peut-être vous surprendre, mais il n'y en a pas d'autre. Par quelque bout qu'on le prenne, nous ne sommes pas d'ici…

Non, pas d'ici, répéta-t-il, lointain, en s'absorbant dans la contemplation de son verre. Qu'avait-elle pu dire, qui méritât cette « conclusion » ? Même lui, en ce moment, se sent étranger, songea-t-elle. Il comprit sa méprise, eut un geste négligent de la main.

– Oh ! Vous pensiez au dehors, là ? Ils nous balaieront un jour ou l'autre, c'est sûr. Même si le Kenya est bien le seul endroit où il m'est arrivé de me sentir un peu chez moi. Parfois…

Un frisson de vent souleva dans la rue de petits tourbillons de poussière, et il sembla à Osa qu'avec lui venaient comme un grondement lointain, mille bruissements légers annonciateurs de la tempête. Mais Finch était tout à son idée.

– Je pensais à l'autre jour… Vous me posiez tellement de questions. Sur la beauté. Vous vous en souvenez ? Alors j'ai imaginé pour vous une petite histoire. Oh ! Je n'en ai encore que la trame, mais… envisagez simplement cette hypothèse : et si nous n'étions pas d'ici ?

Et comme elle ne paraissait pas comprendre :

– Non ! Pas du Kenya ! Enfin, pas seulement. D'ici-bas. Du monde. Si partout, en tous lieux, nous étions d'abord des étrangers, des exilés ? Je lis peut-être trop la Bible mais ce mythe de la Chute… Crénom, comme dirait Blayney, c'est rudement bien ficelé, non ? Une histoire. Juste pour dire que nous ne sommes pas d'ici. Vous l'avez déjà forcément éprouvée – cette impression d'être étrangère ?

Elle esquissa une moue de protestation, son talent était plutôt de se sentir partout chez elle – sauf peut-être en ce jour. Le temps n'était plus aux historiettes ni aux interrogations sur la beauté des choses, voulut-elle risquer. Une vague grondait, là-dehors, qui montait vers eux, allait les engloutir…

– Ne rusez pas. Tout le monde l'a éprouvée, un jour ! coupa-t-il. Rappelez-vous : cette nuit, chez vous, quand vous avez entendu une porte claquer, un plancher craquer, comme si chaque chose autour de vous, jusque-là familière, devenait étrangère ! Ça ne vous est jamais arrivé ?

Si, bien sûr. À une époque, elle s'était même convaincue qu'un monstre, ou un diable, la guettait, caché sous son lit. Craquements, respiration, nuit après nuit, réveillée en sursaut, elle épiait le moindre signe de son approche, les objets les plus familiers prenaient dans la pénombre des contours fantastiques, ses poupées la dévisageaient, ricanaient en silence. Mais où voulait-il en venir ?

– Et cet effroi, quand on se perd ! Tenez, dans un bois. Vous cherchez des champignons, des airelles, que sais-je, les yeux au sol vous oubliez de prendre des repères, vous levez la tête, votre cœur s'arrête : perdue ! Comme ces arbres, si aimables jusque-là, paraissent agressifs, alors, et ce lieu hostile ! Vous ne vous êtes jamais perdue ? Tous les voyageurs savent bien qu'on ne voyage que pour se perdre…

La première fois, elle était restée clouée au sol, genoux tremblants. Puis un vent de panique l'avait emportée, les ronces, les orties, les buissons de poison-oak la giflaient, la griffaient, jaillissaient du sol pour lui agripper les chevilles, les branches se penchaient pour l'aveugler, elle sentait derrière elle le martèlement des pas, de plus en plus rapides, ils allaient la rattraper, la dévorer vivante, on ne trouverait d'elle que des os, une touffe de cheveux – elle avait hurlé tout ce qu'elle pouvait, et même fait pipi dans sa culotte, mais ce détail-là était classé top secret, lorsqu'un géant monstrueux, jailli des fourrés, s'était emparé d'elle. Le pauvre Harry avait mis un bon quart d'heure à la calmer. Jamais plus, non, jamais plus elle n'irait au bois ! Mais le lendemain elle y était retournée, le cœur battant, pour tirer cette histoire au clair.

Elle allait lui livrer la part avouable de ses souvenirs quand un vacarme se fit entendre dans l'entrée. Il y eut des ordres brefs, les soldats se précipitèrent au-dehors. Un groupe de Kikuyu venait de surgir dans la rue, hésitant, déjà il refluait devant le peloton en armes – l'instant d'après, il avait disparu. Mais ils reviendraient. Finch

Hatton eut un geste agacé, ah non, ils n'allaient pas venir l'embêter maintenant ! Il reprit : elle avait bien, un jour, ressenti de mauvaises vibrations devant un appartement vide ?

– Souvenez-vous, comme il vous était apparu froid, sans âme, étranger, et comme il vous a fallu du temps pour l'habiter ! Vous avez bien vécu au moins une fois quelque chose de ce genre ? Vous n'allez pas me dire le contraire, juste pour le plaisir ! Oui ? Eh bien, c'est la preuve qu'un lieu n'est pas un lieu si vous ne l'habitez pas, si vous ne le peuplez pas de vos rêves, de vos habitudes, de vos souvenirs, si vous ne le balisez pas de vos repères, si vous ne le doublez pas de votre monde intérieur. OK ?

Elle hocha la tête, troublée. Où voulait-il en venir ? Comme tous les conteurs, Finch Hatton avait l'art de perdre ses interlocuteurs dans de savantes digressions, pour mieux les harponner au moment choisi par lui, et vous compreniez alors qu'il vous tenait depuis le début au bout de sa ligne. Comme disait le vieil Harry, un expert lui aussi, il fallait savoir fatiguer le poisson avant de passer l'épuisette. D'un geste du bras Finch Hatton fit renouveler les consommations, puis il se pencha vers elle, avec dans l'œil une lueur mystérieuse. Ça y est, pensa-t-elle, il prépare l'épuisette.

– Cette impression d'étrangeté… Imaginons que nous ne soyons pas d'ici. J'ai dit juste : imaginons. D'accord ? Et revenons à cette histoire de la Chute. Pour aller vite : nous serions tombés d'un Royaume de Lumière dans les ténèbres ici-bas – mais quelque chose demeure, une nostalgie, le sentiment d'un manque, et dès lors nous n'avons de cesse, dans les ténèbres du monde, le chaos de l'histoire, la méchanceté des hommes, de retrouver le chemin vers ce monde de lumière. Eh bien, je redis que c'est rudement bien ficelé ! *Parce que, si tel n'est pas le cas, expliquez-moi donc pourquoi nous sommes des êtres de désir, des êtres de manque, pourquoi nous voyageons, et ce que nous cherchons, ainsi, obstinément ?*

– L'inconnu du monde, répondit-elle, songeant à un certain Will du moulin, dans la magie d'un dîner à la cour du roi des Khan. Ce qu'il y a derrière la crête des montagnes, derrière la ligne d'horizon.

– Mais il y aura toujours une ligne d'horizon, la crête d'une montagne – et nous savons bien la quête sans fin. Parce que ce que nous cherchons n'est pas de ce monde. Sinon, cela ferait longtemps que nous l'aurions trouvé.

Et quand elle disait « l'inconnu »… ce n'était pas si sûr. Pour que l'on ressente que quelque chose ou quelqu'un vous manque, il faut bien avoir, même vaguement, au moins en creux, le sentiment de son absence, et donc que l'on ait, inconsciente, brouillée, fragmentaire, son image inscrite en vous.

– En somme, conclut-il, nous essayons juste de rentrer chez nous.

C'était peut-être cela, l'expérience de la beauté : la rencontre de poteaux indicateurs, quand « quelque chose » surgissait de l'autre monde, à travers la trame de l'ici-bas, et que nous découvrions, troublés, que nous en avions déjà, sans le savoir, son image en nous.

Finch éclata brusquement de rire, après un long silence, avala d'un trait son verre – et sans doute le garçon savait-il ses habitudes car il surgit aussitôt, portant deux autres verres.

– Autrement dit, nous sommes des cartes routières de l'au-delà. Que nous nous escrimons à déchiffrer, dans nos rares moments de lucidité… Ou d'éblouissement, comme vous préférez !

Ce qui conduisait à l'imparable conclusion que la beauté n'était pas de ce monde. Non, le monde n'était pas beau. Pas beau du tout. Et même franchement épouvantable, si l'on y réfléchissait un peu…

Il se jouait d'elle, s'amusait à jongler avec les paradoxes, là où elle avait eu le sentiment que se décidait le sens même de la vie. Pas de ce monde ? Elle voulut protester, dire ces moments d'émerveillement depuis son arrivée, dans le grand dehors, cette impression de ne faire qu'un avec le monde même, mais il l'interrompit. Le monde en lui-même n'était pas beau.

– Cette petite pluie délicieuse à travers laquelle jouait la lumière du soleil faisait du paysage une féerie… Il a bien dû vous arriver d'éprouver ça ? Avez-vous jamais songé que c'était un pur cauchemar pour les insectes dans l'herbe, à nos pieds ? Vous y avez pensé, au regard des insectes, je veux dire des survivants ? Chaque goutte de cette pluie délicieuse est pour eux comme une brique leur tombant sur la tête ! Vous vous imaginez, vous promenant dans un monde où la moitié du temps des briques vous pleuvraient sur la tête ? M'est avis que vous trouveriez tout de suite le paysage moins beau. Et même, sinistre, la plaisanterie d'un Dieu féroce. Non ?

Une brusque altercation précipita les clients vers les fenêtres. Devant l'hôtel, trois soldats prenaient à partie un Kikuyu égaré, et, comme il ne reculait pas, aux cris, aux insultes, succédaient déjà les bourrades. Nom de Dieu, jura Finch Hatton, bondissant de son siège. Il fit irruption dans la rue alors qu'un des soldats frappait le malheureux à coups de crosse. D'un gigantesque coup de pied au cul, il étala le militaire, puis aida le Kikuyu à se redresser, avec ce qui parut à Osa des gestes d'excuse. Quand elle arriva dans le hall, l'affaire était close, le Kikuyu s'éloignait, le buste droit. Finch Hatton, à sa vue, rompit net sa dispute avec l'officier furibard.

– Quand j'étais gamin, figurez-vous, j'avais imaginé là-dessus une historiette…

Ses héros, expliqua-t-il, en riant sous cape comme s'il ne s'était rien passé, étaient de courageux acariens vivant dans les profondeurs obscures d'une immense forêt, que les anciens disaient appelée Tapis par les dieux eux-mêmes, et les plus sages d'entre les sages assuraient qu'elle était sans limite, ni clairière où s'ébattre. Rien que d'énormes troncs, serrés les uns contre les autres, à l'infini, et une vie de terreur sous le joug impitoyable de dieux meurtriers qui pouvaient faire irruption à n'importe quel moment en écrasant tout sur leur passage – quand ils ne poussaient pas devant eux des machines colossales qui emportaient vos petits, vos parents, aspiraient des villages entiers. Les plus aventureux tentaient de fuir en sautant sur les pattes des dieux mineurs de passage, chats ou chiens, avec en eux le rêve d'autres horizons, mais nul ne les revoyait jamais…

Il gloussa :

– Pensez au regard sur le monde des pauvres acariens perdus dans un tapis persan !

Ces yeux plus brillants que d'habitude, la raideur de sa démarche, en revenant du hall, ma parole, comprit-elle tout à coup, il est fin saoul ! Il dut deviner le cours de ses pensées, car il opina, avec un sourire moqueur. La journée avait un caractère un peu exceptionnel, comme elle n'avait pas été sans le remarquer. En espérant sa venue, tout en la craignant, il avait il est vrai porté quelques toasts à la fin probable du Kenya qu'il aimait, plus un ou deux autres à la beauté, mais pour autant qu'il pût en juger, rien qui altérât sérieusement ses facultés, à preuve sa théorie sur ladite beauté, dont il était au final assez fier, même s'il commençait à se trouver le ton un peu professoral, mais il comptait sur elle pour le remettre dans le droit chemin, si nécessaire.

– La perception de la beauté ? Imaginez une longue-vue. Si, si, je vous assure. Parce que tout est affaire de mise au point. Si le monde n'est pas beau tout seul, il faut bien que la clé de l'affaire soit dans notre vision ! Quand l'autre monde, le Royaume de Lumière, celui dont nous avons été exilés, transparaît à travers la trame de celui-ci, l'émotion qui s'empare de nous devant cet autre monde n'a une telle force que parce que nous avons alors le sentiment de le *reconnaître*. Un peu comme lorsque tournant le tube d'une longue-vue nous mettons au point notre vision. Hein ? Qu'est-ce que vous en pensez ?

Ils arrivent, se dit-elle. La rumeur se faisait entendre depuis les profondeurs de la ville, malgré l'épaisseur des vitres. Elle crut deviner, sous le martèlement de milliers de pieds, le battement lent, inexorable, de tambours. Finch hocha la tête. Ils n'auraient plus à attendre très longtemps, maintenant. Raison de plus pour se presser, dit-il. Parce que la beauté, comme chacun sait, ne dure pas.

– Ces foudroiements de la beauté – ce ne sont jamais que des instants, n'est-ce pas ? Des instants que nous disons d'éternité. D'éternité ! Ça veut bien dire qu'en ces instants-là on touche… autre chose. Qu'on échappe au temps des horloges. On dit aussi « des instants de grâce », n'est-ce pas ? Devant une œuvre d'art. À l'écoute d'une musique. Devant un paysage. Un coup de foudre, comme en amour. L'éternité, dans l'instant. Et c'est comme un autre monde ouvert. Y avez-vous déjà songé ? L'éternité, ce n'est pas le temps des horloges en un peu plus long, mais un temps « autre » ? Vertical ? Toujours au présent, dans l'éclair d'un instant – comme une porte qui ouvre sur l'autre monde.

Il soupira, la voix lointaine, tandis qu'Osa, troublée, restait silencieuse.

– Et puis l'autre monde s'en va, et nous restons avec sa nostalgie, et nous n'avons de cesse, dès lors, de le traquer, de tenter de le retrouver. Nous essayons d'habiter le monde ordinaire, avec son souvenir. Nous décorons les pièces de notre maison, nous courons la savane, nous jardinons – quelle ironie ! Mais la vraie quête, j'en suis sûr, dans la moindre fleur cultivée, est de cet autre monde… « Jardin », n'oubliez pas, veut dire « Paradis » !

Comme Osa restait pensive, il s'excusa : voilà qu'il devenait pontifiant, à l'orée de ses vieux jours. La dégustation modérée du Dalhwinnie single malt n'y était peut-être pas étrangère. Mais elle avait pour effet de lui faire oublier à mesure ce qu'il racontait, ce qui n'était pas sans avantage, parfois. Elle protesta, lui prit la main : non, il fallait qu'il poursuive, maintenant, ou c'est elle qui resterait avec son trouble, et ses questions !

Il mit un doigt sur ses lèvres, comme s'ils avaient à partager un secret :

– C'était juste une petite histoire sur le mystère de la beauté, si je m'en souviens bien ? Oui, il faudra que je l'écrive, un jour. Elle est encore inachevée. Mais vous savez, toutes les histoires sont sans fin. Parce qu'elles voudraient contenir le monde en son entier. Comme ces bouteilles de vieux marins qui contiennent un trois-mâts, un peu de ciel, et les vagues de la mer. Manque toujours quelque chose – pour que recommence le récit.

– Oui, mais ce que j'ai ressenti, moi, devant ce lion ?

– Ma parole, vous lâchez jamais !

Il hésita, puis reprit :

– Peut-être faudrait-il imaginer une autre bouteille, entreprendre une autre histoire… À moins qu'il ne s'agisse de la même.

Il tendit le doigt vers le dehors, ce fut comme si la clameur de la foule envahissait la pièce :

– Une autre histoire qui pourrait commencer ainsi : « Mais nous sommes *aussi* de ce monde »…

Des bruits d'altercation l'interrompirent. Il y eut des cris furieux, puis des cris de douleur, et Beryl fit irruption dans le salon, les yeux brillants de colère. Tous se turent, stupéfaits. Vêtue d'une simple tunique rouge, pieds nus, la poitrine couverte de colliers multicolores, des bracelets de perles aux chevilles, aux poignets, couvrant les avant-bras, le front ceint d'un bandeau dont pendaient de fines rangées de perles qui lui enserraient le visage comme un casque, elle était superbe, et tragique. Aujourd'hui, elle était une femme kikuyu, venue manifester avec les siens.

– Ces crétins ! Ils voulaient m'empêcher d'entrer !

Son regard, furieux, allait de l'un à l'autre :

– Qu'est-ce qu'elle fiche ici, celle-là ? Je te cherchais partout !

Finch Hatton voulut la faire asseoir mais elle se dégagea, toutes griffes dehors.

– Enfin, Beryl, nom d'une pipe ! Calme-toi ! Et reste avec nous. Attifée comme ça, tu vas encore mettre le feu aux poudres, dehors…

– Avec *vous* ?

Elle toisa Osa, menaçante :

– Tu n'as pas perdu de temps, toi… La sainte nitouche !

Et se tournant vers Finch Hatton :

– Elle n'est même pas d'ici !

Les laissant là, elle partit en courant. Finch eut un geste d'impuissance. Que faire ? Cette gamine était folle.

Toutes les conversations s'étaient interrompues, tous les yeux, sembla-t-il à Osa, convergeaient vers elle. Mon Dieu, se dit-elle, comment vais-je me sortir de cette situation ? Elle se leva, les genoux tremblants, vaguement nauséeuse. Il fallait qu'elle parte. Tout de suite. Finch la retint par le bras. Dans cette foule, c'était de la folie ! Elle resta silencieuse, jusqu'à ce que s'apaisent les battements de son cœur. Les conversations dans le salon avaient repris, Denys avait raison, fuir aurait été comme un aveu. Cette Beryl ! La prochaine fois, elle l'étripait.

Des coups de feu les précipitèrent dans la rue. La foule se dispersait en tous sens, prisonniers de leur propre masse les malheureux tourbillonnaient, se heurtaient, ricochaient les uns contre les autres. Les soldats déjà se déployaient devant l'hôtel, baïonnettes aux canons. Beryl ! dit Finch Hatton entre ses dents. Partout où elle allait, elle portait avec elle la tempête.

– Il faut que j'y aille. Je ne peux pas la laisser, vous comprenez ? Dieu sait si déjà… Surtout, restez ici ! Je reviens dès que possible.

Rester ? Pas question. Elle courait déjà sur ses talons, se heurtait à tous ceux qui fuyaient, affolés, rebondissait de l'un à l'autre, Finch se retourna. Bon sang ! Vous êtes têtue ! Et par phrases hachées, au milieu des cris, du brouhaha : je ne peux pas, vous comprenez ? Je ne peux pas la laisser !

Sur la place, devant la prison, une masse compacte de manifestants sans armes faisait face à une compagnie, fusils braqués. Entre les deux, Beryl, échevelée, tentait de s'interposer : « Ne tirez pas ! ne tirez pas ! » Mais l'officier la repoussa, dédaigneux, lança des sommations qu'aucun manifestant, bien sûr, ne comprenait. Finch bondit : « Le fou ! Il ne va tout de même pas… »

Trop tard. Une salve éclata. Dans la poussière, la fumée de la poudre, Osa vit les premiers rangs qui s'effondraient, les autres qui refluaient, épouvantés. Elle crut un instant que Beryl avait été fauchée avec les autres. Puis elle entendit monter un gémissement, de plus en plus fort. Et elle la vit, à genoux, tenant un des cadavres entre ses bras, qui criait son désespoir, enfant d'un rêve mort-né. De quel pays serait-elle, désormais ?

X

Le lion blessé se redressait, magnifique, face à Osa qui courait – moins pour la défier, aurait-on dit, que pour l'accueillir, avant de s'effondrer à ses pieds dans un interminable ralenti, et la caméra se fixait alors sur elle, sur ses cheveux blonds, sur ses bras enfouis dans la royale crinière, sur son dos secoué de sanglots. Puis l'écran se zébra de taches noires, il n'y eut plus que le pinceau de lumière trouant l'obscurité, le cliquetis de la bobine tournant dans le vide. Blayney se racla longuement la gorge : c'était fini. Trop tôt, trop vite. Elle aurait voulu revenir en arrière, s'immerger dans ces images qu'elle découvrait, rester seule dans le secret de la pénombre, encore un peu, le temps au moins de contenir la vague des émotions qui la submergeait de nouveau. Martin éteignit le projecteur, ralluma les lumières de la petite pièce.

– Il me manque toujours l'histoire…

Osa sursauta. Pas après ces images-là ! Ce n'était pas assez qu'elle risque sa vie ? Elle se pencha vers lui : pas de doute, il avait l'air déçu. Non, pas déçu, corrigea-t-elle : préoccupé.

– Je ne sais pas ce qu'il vous faut ! protesta Blayney. Crénom ! Jamais vu des images pareilles.

– On a beau l'avoir vécu, ça vous secoue toujours les boyaux, renchérit John. Et même plus ! Sur place, on n'a le temps de rien. En images, wow ! Martin, si tu n'es pas content, là, tu charries…

Martin, obstiné, secouait la tête. Des images, des scènes, même, comme avec le lion, mais pas de film. Sans un récit pour les lier, ces images perdraient l'essentiel de leur force.

– Quelque chose qui prenne le spectateur par la main, le conduise d'un point à un autre, vous comprenez ? Un parcours. Une aventure. Avec un rythme, du suspense, un dénouement ! Bref, quelque chose qui donnerait un sens à cette… à cette masse.

Et ça, il ne l'avait pas.

– Osa, dit Finch Hatton.

Tous se retournèrent. Lové comme un chat dans un coin de la pièce, il était resté jusque-là silencieux.

– Osa, répéta-t-il. Vous avez Osa.

Oui, absolument, s'enflamma aussitôt Blayney, et Martin sourit à son brusque enthousiasme.

– La charge des buffles, le léopard, et puis, la mort du lion… Bon sang ! Osa, j'en ai vu, des chasses, mais là… chapeau ! Vous avez un sacré courage. Martin, Denys a raison. La clé, c'est Osa ! À chaque fois qu'on la voit – Osa, bouchez-vous les oreilles – elle rayonne. Crénom ! C'est aussi simple que ça.

Martin hocha la tête. D'accord, il tenait l'héroïne – en tout cas, au moins un des personnages du film. Ça, il s'en doutait, dès le départ. *Mais pour quelle histoire ?*

– On en est toujours là. Et ça fait des semaines, que je tourne et retourne la question…

Ils revinrent au salon, où Aloni avait préparé son « Muthaiga Club spécial ». Par la fenêtre, on voyait le parc débordant de fleurs, les ombres de l'après-midi s'allongeant sur la pelouse. Toto, l'air important, était en grande discussion avec Amina. Kalowatt devait avoir repris ses bonnes habitudes, car le chien du voisin, au pied d'un arbre, clamait en vain sa brûlante passion. Dumo, penché sur une plate-bande, bâillait à s'en décrocher la mâchoire. Karoda, lui, dormait carrément. Après ce qu'elle venait de revivre, sur l'écran, cette petite vie familière qu'elle goûtait tant d'ordinaire lui parut tout simplement irréelle. Osa nº 2 ne voulait pas, ne parvenait plus à rentrer, songea-t-elle…

– À New York, déjà, quand j'écoutais Akeley…

Martin, la tête baissée, replia son double mètre dans un des fauteuils et chacun comprit que c'était à lui-même, surtout, qu'il parlait. Le public attendait du suspense, de la terreur, des scènes choc – cela, il le savait. Depuis le temps qu'il le pratiquait ! Personne ne lui raconterait des blagues là-dessus. Le problème, c'est que le Muséum attendait exactement l'inverse, qu'il donne à voir la grande paix du monde sauvage.

– Mais, dites-moi, et je ne parle même pas de la difficulté à la filmer, cette fichue paix, dites-moi comment peut-on faire regarder des scènes où il ne se passe rien ?

– Osa, répéta Finch Hatton.

Et comme Martin le regardait, un peu surpris :

– Osa, *parce qu'elle est une femme*.

Elle étonnait, et même elle fascinait quand elle affrontait un lion, parce qu'*a priori* on n'attend pas cela d'une femme, poursuivit-il de sa voix détachée, un peu hésitante. Mais, parce que femme, elle pouvait devenir aussi le révélateur de cette grande paix de la savane.

– Le lien entre vos deux extrêmes, vous ne pensez pas ?

Martin approuva de la tête. Il avait raison, mille fois raison. À condition de trouver l'histoire, on ne sortait pas de là.

Mais Osa ne fut pas sans noter qu'il suivait Finch des yeux, tout le reste de la soirée.

Finch Hatton l'avait protégée, soutenue dans la foule en panique. Des hommes tombaient, autour d'eux, que d'autres piétinaient dans leurs vaines tentatives pour s'échapper. Elle avait entendu une deuxième salve au milieu des cris, ils étaient les seuls Blancs ballottés comme bouchons de liège sur l'océan des peaux noires. Quel fou, là-haut, ordonnait de tirer encore ? Des images lui revenaient, de récits de tante Millie, à l'époque de la Frontière, les longhorns en *stampede*, capables d'effondrer chariots, barrières, clôtures, de raser un village : eh bien, ils étaient tous en *stampede*.

Le reste se perdait en un chaos confus. Elle avait repris conscience dans des bras qui la serraient, elle avait murmuré « Denys », et c'était Martin. Martin fou d'inquiétude qui la tenait, qu'elle prenait par le cou. Les voix des deux hommes lui parvenaient étouffées, comme à travers un voile. Denys expliquait comme il l'avait trouvée, portée depuis la prison, Martin, alerté par Aloni, s'était lancé lui aussi dans la cohue, à sa recherche, les coups de feu l'avaient attiré vers la prison et c'est ainsi qu'il les avait trouvés. Mais pourquoi diable s'était-elle risquée dehors ? Ils avaient l'air si gentils, avait-elle balbutié avant de s'évanouir. Les derniers mots qu'elle avait entendus étaient de Finch Hatton qui retournait sur ses pas, chercher la pauvre Beryl.

La vague s'était retirée. Nairobi étonné s'était découvert sain et sauf le lendemain. Les employés kikuyu avaient repris leurs travaux domestiques comme si de rien n'était. Dumo et Karoda se démenaient à tort et à travers dans le potager pour bien marquer qu'ils étaient là, et un visiteur étranger aurait eu le sentiment, passant à l'improviste, que la ville en chacun de ses quartiers était un modèle de paix, mais tous savaient que plus rien ne serait pareil, désormais. Un fossé s'était creusé, qui ne se comblerait plus.

Blayney ne décolérait pas contre cet imbécile de Northey. Il n'y avait ce jour-là aucun danger d'émeute, répétait-il à Osa prostrée, que Martin, inquiet, avait assignée à demeure le temps qu'elle reprenne pied. Les Kikuyu ne concevaient la violence collective que ritualisée, enserrée dans des codes très stricts, une préparation spirituelle, le passage par des récits mythologiques qu'il leur fallait littéralement réinvestir avant de se mettre en branle, il leur fallait pour cela des jours et des nuits de palabres, de danses, d'invocations. Qui n'avaient pas eu lieu, crénom, il avait assez d'informateurs pour en être certain. Mais Northey n'avait rien voulu entendre.

– L'autorité de la Couronne ! Question de principe ! Ah, l'imbécile !

Comme Osa s'inquiétait pour Beryl, Blayney avait eu un geste fataliste. Finch Hatton lui avait tout raconté. La pauvre fille ! Elle était perdue entre ses deux cultures. Comment espérer qu'elle retrouve son calme ? Elle se déchirait, elle se détruisait avant même que le pays ne le fasse. Finch Hatton l'avait installée au Muthaiga Club, mais au matin elle avait disparu. Depuis, pas de nouvelles…

Il n'était nul besoin d'être devin pour prédire des jours sombres.

Sur le pas de la porte, il s'était retourné alors qu'il prenait congé :

– Vous allez sûrement repartir en vadrouille un de ces jours, n'est-ce pas ? Attendez un peu, c'est plus sûr. Et tâchez d'éviter le pays kikuyu…

– Je n'ai pas été très attentif, ces derniers temps…

Martin lui avait jeté un coup d'œil en biais, soupiré longuement. Pas très attentif, non.

– Hmm ?

– Je veux dire : pas très attentif.

Ça, il venait de le dire. Deux fois. Il était un peu emprunté dans ses effusions sentimentales, d'accord, mais tout de même. Depuis la fusillade, il tournait autour d'elle en jouant les gardes-malades, surtout, ne quitte pas le canapé, il faut que tu te reposes, tu veux que je t'apporte un peu de bouillon ? D'évidence, il essayait de lui dire quelque chose, qui ne sortait pas, sinon par des soupirs prolongés, des regards douloureux. Encore un peu de bouillon ? Nom d'une pipe, je ne vais tout de même pas passer une semaine au lit juste pour lui faire plaisir, s'exaspérait-elle. Non, reprit Martin, après un dernier soupir, je n'ai pas été… S'il dit encore « attentif » je lui balance mon oreiller dans la figure, s'était-elle promis, et sans doute avait-il lu dans son regard une lueur vengeresse car il s'arrêta net, toussota.

– Je voulais juste te dire…

Il étudia un bon moment la pointe de ses bottes, toussota de nouveau :

– Enfin, ces derniers temps… Mais c'est parce que… Bon Dieu ! C'est tellement lourd à porter, tu comprends ?

Non, elle ne comprenait pas. À deux, c'était supposé être moins lourd à porter que tout seul, non ? Il avait hoché la tête :

– On joue à quitte ou double… Et la moitié du budget a déjà été dépensée. Et j'ai de plus en plus l'impression de faire fausse route. Mais je ne voulais surtout pas t'inquiéter…

L'inquiéter ? Mais elle *voulait* être inquiétée ! Elle avait fui Chanute avec lui pour ne pas finir en ravaudeuse de caleçons au coin du feu, ce n'était pas pour commencer à en ravauder au Kenya ! C'était son aventure à elle, aussi, pas seulement la sienne, est-ce qu'il pouvait comprendre ça ? Elle venait de vivre les mois les plus forts de sa vie, elle se posait des questions, elle éprouvait des sentiments qui n'étaient pas forcément les siens, est-ce qu'il s'en était seulement préoccupé ?

L'étonnement, dans son regard, valait réponse.

– Oh, Martin, toi et tes silences !

Elle tenta en vain de retenir ses larmes. Ce mur de silence, autour de lui – il allait devenir sa propre prison, s'il s'obstinait. Elle avait tellement besoin de parler, de se confier, pour voir un peu plus clair, en elle ! Il fallait qu'il sache, avant qu'une rumeur lui vienne aux oreilles, si rumeur venait, c'était le moment ou jamais, est-ce qu'il se rendait compte que c'était seulement avec Finch Hatton, au hasard d'une rencontre au Norfolk, qu'elle avait enfin pu parler ? Parler ! Pour ne pas être submergée par ce qu'elle avait en elle, et qu'elle comprenait mal. Finch Hatton ! Elle aurait tellement voulu que ce soit avec lui, Martin, qu'ils cherchent ensemble, à comprendre ! Déjà, à New York… Il avait sursauté. Quoi, à New York ? Elle avait battu prudemment en retraite. À New York, déjà, il était devenu inaccessible…

Il avait eu une moue navrée, et à mi-voix :

– C'est bien ma veine d'être cinéaste ! J'ai les images mais pas les mots. Mais ça n'empêche pas de sentir les choses…

Il resta un moment pensif, puis tout à coup son visage s'éclaira. D'accord, il l'avait mérité. Il lui tendit la main, comme on scelle un marché :

– On reprend tout ensemble. OK ? Enfin, j'essaie. Et tu me remontes les bretelles quand il faut. Tu veux bien ?

Un peu plus tard, quand ils eurent repris leur souffle, elle avait risqué la question qui la taraudait depuis leur retour : après toutes les aventures qu'ils venaient de vivre, pourquoi diable était-il chaque jour un peu plus inquiet ? Il lui avait livré tout net son sentiment : la masse de pellicule était si énorme qu'il était difficile de s'y retrouver, de trier, d'organiser des séquences. Plus les jours passaient plus il avait le sentiment que le film se dissolvait. Sans doute était-ce parce qu'il manquait de distance, avait-elle suggéré : il lui fallait des regards neufs. Et c'est ainsi que Blayney et Finch Hatton avaient été invités à une séance de projection…

Une histoire ! répétait-il, comme en imploration. En vain : les cieux s'obstinaient à rester silencieux. Si seulement Carl Akeley avait été là ! Dans son premier projet, il devait rentrer par Nairobi et Mombasa, il avait même imaginé de développer ses films dans leur laboratoire. Pourquoi un tel retard ? Des conseils, son regard, là, maintenant, auraient été précieux. Il suffisait d'un rien, parfois, pour que jaillisse l'étincelle. Carl avait pris beaucoup de risques, cette fois, s'inquiétaient-ils alors, et ils se rassuraient en se disant qu'en cas de catastrophe la nouvelle serait déjà parvenue à Nairobi. N'empêche : il aurait dû être là.

Un matin, en rentrant du marché, elle avait trouvé Martin, une lettre à la main. De Carl, enfin, tout juste apportée par un garçon du Norfolk. Carl ! Est-ce qu'il arrivait ? Martin avait hésité :

– Sa lettre est… étrange.

Inquiète, elle saisit les feuillets maculés – quelque chose de sombre avait toujours accompagné Akeley, « contre quoi il se battait », avait dit Stefansson. Et le pressentiment lui revenait, qu'elle avait eu le soir de son départ…

> « Tout à l'heure, Muguru partira chercher secours auprès des Bradley, restés à la mission de Kisenyi. Là, les Pères blancs se chargeront, j'espère, de l'acheminement de cette

lettre. Vous parviendra-t-elle ? Sans doute êtes-vous à cette heure très loin de Nairobi, mais j'ai besoin de me confier à quelqu'un, de mettre de l'ordre dans mes pensées. Ce quelqu'un, ce ne peut être que vous. À la grâce de Dieu, donc. Dont j'ai besoin, à cette heure…

Je suis seul avec mes guides et mes porteurs sur les flancs du mont Mikeno, malade, et brisé de fatigue, au point qu'il me semble être devenu en quelques jours un vieillard. Quelque chose s'est brisé en moi, je le sens bien. À moins qu'il ne s'agisse des prémices d'une révélation. "Tuer en soi le vieil homme…" Et si c'était au contraire le jeune homme qui devait mourir, pour un peu de sagesse ? L'enfant est mort dans mes bras, le petit Clarence s'est réfugié dans mes bras pour mourir, en me regardant, et dans son regard noyé de larmes il y avait la détresse, l'étonnement, la douleur, la solitude, le besoin d'amour d'une créature de Dieu. Martin, Osa, je me suis vu dans son regard mourant, et c'était moi, que je tenais dans mes bras à cet instant. Vous comprenez ? Et depuis je me sens un assassin… »

Mais de quoi, de qui parlait-il donc ? De quel enfant ? Osa interrogea Martin du regard, qui eut un geste d'impuissance. Elle reprit, de plus en plus inquiète :

« L'expédition est déjà une totale réussite. Je ramène au Muséum des spécimens magnifiques : un mâle, une femelle, un jeune gorille. Et aussi les premières images de gorilles à l'état sauvage jamais tournées au monde. Sans votre talent, Martin, mais ce sont les premières jamais tournées et j'ai hâte de les développer. Si, comme j'en suis sûr, votre labo est déjà monté à Nairobi, je pourrai vous les montrer bientôt. Enfin, j'ai la confirmation de mes théories : les gorilles sont bons, pacifiques, plutôt craintifs. Rien des monstres décrits par cet imbécile de Du Chaillu. Leur supposée sauvagerie n'était que le miroir de la sienne, comme toujours… De la nôtre, aussi.

J'ai laissé le groupe à Kisenyi. Pour cause de nerfs à vif

après trois mois de vie commune, même si la petite Alice est adorable. Les Noirs la prennent pour le Christ et viennent en masse quêter sa bénédiction. Crainte d'entraîner le groupe sans précaution dans une aventure trop dangereuse. Besoin surtout d'être seul, à l'instant tellement espéré du premier contact. Le mont Mikeno disparaissait dans une blancheur ouatée, d'où sortaient les cimes d'une forêt de bambous, des lichens pendaient aux branches comme des tentures fantastiques nimbées de perles de pluie, les hauts troncs des hagenias s'enveloppaient de lianes, des nuages vaporeux d'orchidées naines paraissaient suspendus dans les airs, le sol était un tapis de mousse, étouffant jusqu'au bruit de nos pas et ce silence, tandis que j'entamais l'escalade accroissait encore le sentiment de franchir les portes d'un autre monde. Féerique, j'en suis sûr, pour les cœurs purs. Ewart Grogan, à Londres, m'avait dit y avoir trouvé un squelette de gorille. Un chef de village, vers Kisenyi, assurait avoir dû en tuer un qui dévastait leur bananeraie. Partout autour de moi, là où la mousse n'avait pas proliféré, poussait en touffes serrées le céleri sauvage, leur mets préféré, paraît-il : j'entrais bel et bien au pays des gorilles.

Durant les premières heures, nous ne vîmes que des traces d'éléphants et de buffles et je m'interrogeais déjà lorsque dans une clairière boueuse… Ah ! je n'oublierai jamais cet instant : là, devant moi, dans la boue, une marque profonde à quatre doigts. La trace laissée par une main de gorille ! Mais les guides renâclaient. Le brouillard, la pluie bientôt, les pentes boueuses, les falaises jugées infranchissables – c'étaient les gorilles, surtout, qu'ils craignaient de rencontrer ! Il fallait trancher, et vite.

Deux heures et demie pour retourner à la Mission avant la nuit, trois au petit matin pour prier le sultan de Burunga de me louer d'autres guides, et retour illico aux marches du mont Mikeno. J'étais comme possédé, je crois bien, prêt à escalader le ciel s'il le fallait, même si celui-ci déversait sur moi des trombes d'eau. Là, mes guides me dirent de tout abandonner au camp, caméra, attirail scientifique, car la végétation, là-haut, serait de plus en plus dense. Il me sembla que ce serait ma première épreuve : tout abandonner de moi, me dépouiller peu à peu de ce qui dans une vie humaine pèse et vous retient, pour le droit de pénétrer dans le monde des premiers hommes, des premiers singes. Les pentes étaient de plus en plus boueuses, glissantes. La végétation serrait, lacérait, mordait, devenait barrière infranchissable, comme si je remontais le courant des eaux noires jusqu'à… jusqu'à remonter, vers les tréfonds de moi, à la mémoire engloutie des premiers âges.

Et tout à coup, je l'ai vu. Devant moi. Juste un visage, au milieu d'une muraille végétale séparée de nous par un ravin. Une grosse tête noire sortant lentement du feuillage, nous scrutant, immobile pendant près d'une minute ! Griffé par les orties, piqué par les fourmis, à 10 000 pieds d'altitude, le souffle coupé, je me demande encore comment j'ai réussi… Nous avons fini par le retrouver. Et ce frisson, alors, quand a retenti son premier rugissement, à cent pas tout au plus, comme venu du cœur du chaos végétal devant nous… Puis tomba un silence de mort, comme si chacun, aux aguets, essayait de déterminer à l'oreille la position de l'autre.

Plutôt que le Springfield, j'ai pris le Jeffrey .475 “spécial éléphant” et me suis adossé à un arbre pour ne pas être projeté dans le vide par le recul. J'avais dû faire du bruit – le rugissement avait éclaté derrière les fourrés, peut-être à 20 mètres. C'était superbe, et effrayant. Si, au moins, je l'avais vu, les yeux dans les yeux ! Mais non. Un maelstrom de violence contenue tournait là, autour de nous, invisible. Soudain j'ai vu le sommet de sa tête dans la végétation, tiré sans viser. C'était comme si la montagne elle-même nous dégringolait dessus : quatre cents livres au bas mot écrasant tout dans sa chute avant d'être retenu par un arbre au-dessus du vide. À 2 mètres près, il m'emportait avec lui.

Nous avions tout laissé au camp – combien d'heures nous a-t-il fallu, avec deux couteaux de poche, attachés les uns aux autres afin de ne pas plonger dans le vide, pour dépouiller la bête, la ramener au camp ?

Le temps de préparer la peau et le squelette pour le Muséum, faire des moulages de sa face, de ses pieds et de ses mains, sans compter les mesures nécessaires, préserver le cerveau et les principaux organes dans du formol, et la chasse recommençait. Depuis des semaines, je souffre d'un empoisonnement du sang, j'ai perdu quinze kilos depuis le début de l'expédition. Jamais, de ma vie, je ne me suis senti aussi fatigué, mais j'étais possédé, vous dis-je – comme si une force supérieure me poussait, me précipitait en avant.

Le lendemain, au même endroit, je tombai sur une famille entière, menée par une énorme femelle. Dans l'instant je ne vis que le groupe qu'elle ferait avec le mâle, au Muséum. Je tirai, tirai encore, trop vite, de trop loin. Et commença alors une course folle à travers les branchages cassés, les buissons piétinés, jusqu'à les retrouver au sommet d'une pente presque à pic. Nous étions juste en dessous d'eux, pas d'arbre cette fois pour me retenir, je sautai dans un buisson en priant qu'il me retienne, visai longuement… et c'est une avalanche de gorilles, cette fois, qui me tomba dessus…

J'ai mis quelques secondes à comprendre. La femelle, tuée net, avait roulé dans le vide, à me frôler, et les jeunes gorilles, épouvantés, habitués à l'imiter, avaient plongé à sa suite !

J'ai fait presque de même, pour ne pas les perdre, en m'accrochant aux racines sorties de terre. Arrivés en bas, mes compagnons claquaient des dents, couverts de boue, sous la pluie glaciale, et je ne devais pas être beau à voir non plus…

Je retrouvai un des jeunes gorilles dans une clairière, terrorisé. Un jeune gorille de quatre ans au plus. Avant que je puisse esquisser un geste, pousser un cri, un de mes guides l'avait déjà transpercé d'un coup de sagaie. Et comme je me penchais vers lui, il m'a regardé en gémissant, s'est serré dans mes bras pour ne pas mourir seul et je crois que jusqu'à la fin de mes jours je verrai ce regard qui allait jusqu'au fond de mon âme. »

Osa s'interrompit. Il avait marqué « Clarence » de nouveau dans la marge, avec une flèche vers le dernier paragraphe. C'était donc du jeune gorille qu'il s'agissait. Mais pourquoi Clarence ?

– C'est son deuxième prénom. Il m'a dit un jour qu'on l'appelait ainsi, enfant…

« La suite fut de la pure folie, sous la pluie froide, mes guides grelottant, effrayés et je crois que c'était de moi qu'ils avaient peur. Moi, fou, plus féroce que la plus féroce des bêtes, les entraînant dans ma damnation, risquant ma vie, et la leur, pressé peut-être d'en finir, suspendu dans le vide pour récupérer à tout prix cette femelle…

Oui, l'expédition est un succès. Quelle réception ce sera au Muséum ! Comme sera splendide mon groupe de gorilles, dans mon Hall africain ! Mais le sauvage, mais l'agresseur, c'était moi. On applaudira le savant, mais moi, moi avec mes belles théories si peu mises en pratique sur la bonté des gorilles, moi qui vais rester avec ce regard planté en moi, quel Dieu clément me pardonnera jamais ?

Il faut, Martin, que vous réussissiez votre film. Brisez les clichés, montrez à tous la grande paix du monde sauvage.

Nous avons besoin de ce film pour sauver ce qui peut l'être encore.

J'ai besoin de ce film, pour me sauver…

Votre,

Carl Akeley, le vieux gorille de Mikeno

P-S. Herbert, sa femme, la petite Alice, vont bientôt arriver. Ils ne doivent pas me voir ainsi. Je sais qu'Herbert est venu pour tuer un gorille. Il faut que je l'en empêche…

P-S. Ici, je suis dans un pays où dansent les fées. Je le sais. Je les ai vues. »

Elle s'aperçut qu'elle pleurait. Il y avait une telle souffrance en cet homme, depuis si longtemps ! Et un tel mystère…

– Tu n'as jamais de regrets, d'avoir choisi l'Afrique ?

Osa, les mains dans la farine, se redressa, surprise. Des regrets ? Martin, à la fenêtre de la cuisine, paraissait s'absorber dans la contemplation des pirouettes de Kalowatt. Du four montaient des odeurs chaudes de tarte aux pommes. Qu'est-ce qu'il ruminait ? Encore cette fichue histoire qu'il désespère de trouver, se dit-elle.

– Après tout… Nous aurions pu choisir l'Asie, avec les Andrews ?

Comme Osa recommençait à pétrir sa pâte, sans dire mot, il poursuivit, hésitant :

– Ça aurait été autrement plus facile. Et moins dangereux, surtout. Et puis tu aurais été moins seule… Ils nous avaient bien fait rêver à leur projet, non ?

Pas de doute, il devait broyer du noir. Elle roula la pâte sur le coin de la table, se hissa sur la pointe des pieds pour l'embrasser, et pouffa de le voir, si sérieux, saupoudré de farine. Mais c'était leur choix à tous les deux, c'était leur aventure ! Qu'était-il en train d'imaginer ? Pas un jour, elle n'avait regretté d'être là.

– C'est bien simple, à chaque fois j'ai envie de dire « merci ». Pas à toi, bêta ! Au monde. Tu peux comprendre ça ?

Elle faillit lui dire les pensées qui l'agitaient depuis leurs dernières expéditions, son sentiment d'être au bord d'une sorte de révélation, mais ce n'était peut-être pas le lieu, ni le moment. Martin, pendant ce temps, hochait la tête. Puis, sortant de sa poche deux enveloppes :

– Une lettre de Roy. Elle est arrivée ce matin. Et une autre d'Yvette. Pour toi.

Le cœur d'Osa fit un bond. C'était donc ça ! Elle les avait complètement oubliés. Pas Martin, apparemment. Jusqu'à leur départ pour Pékin, Roy et Yvette avaient tenté de les fléchir. Et ils avaient promis de leur écrire à Nairobi. Mais il y avait si longtemps ! Un siècle ou deux, au moins.

– Eh bien, eux n'ont pas oublié. Ils insistent même pour qu'on les rejoigne au printemps…

– Je les croyais partis depuis longtemps, déjà en Mongolie, à Urga ? Ou en train de rejoindre la caravane de chameaux lancée devant eux dans le désert ?

C'était ignorer l'art subtil des Chinois d'étirer le temps, d'égarer leurs interlocuteurs dans un méandre inextricable de règlements et de permis.

– Ils sont toujours à Pékin, et ils y seront encore un bout de temps…

« Cher Martin, chère Osa,

Le palais mandchou où nous installons notre Q.G. bourdonne d'activité. À cet instant, une centaine de personnes affairées courent en tous sens autour de moi, dont je ne connais pas le quart. Autrement dit, je fais de mon mieux au milieu de ce chaos pour en paraître l'organisateur avisé. Un front pensif, le regard lointain qui déjà convenaient aux généraux d'Empire suffisent – c'est du moins ce que je feins de croire – à entretenir l'illusion. Et pour le reste, tous se tournent vers Monsieur T.V. Lo, "Monsieur n° 1" qui m'a l'air de savoir ce qu'il fait. En tout cas, les choses avancent enfin, après des semaines de sordides tractations et de ces "petits" (!) cadeaux qui sont ici comme l'huile, chez nous, sur les rouages grinçants.

Une chose est de tout planifier sur le papier, une autre de voir le projet prendre forme sous ses yeux. C'est tout simplement monstrueux. Au point que j'en viens à craindre que notre palais (161 pièces, au départ, et dix cours intérieures) ne se révèle trop petit.

Notre souci est la situation du pays : la colonie étrangère bourdonne de petits cancans dans une atmosphère inspirée de Sodome et Gomorrhe, sans rien voir de ce qui se passe au-dehors. Le malheureux empereur réfugié en sa Cité interdite ne contrôle plus grand-chose. Les provinces se rebellent, ou tombent aux mains de seigneurs de la guerre, en sorte que les autorisations arrachées ici après des semaines d'intrigues risquent fort sur place de se révéler sans effet. Deux seigneurs de la guerre se disputent la Chine du Nord. Bien malin celui qui peut prévoir lequel aura triomphé au moment de notre arrivée. Les autorités d'Urga qui m'étaient acquises auraient été chassées. Pour l'instant, un ami suédois installé là-bas m'assure avoir des relations cordiales avec les autorités nouvelles, qui nous garantissent des passeports en règle, délivrés dès notre arrivée là-bas. Puis-je risquer une aussi énorme expédition sur des assurances aussi fragiles ? Il est fort possible que je n'aie pas le choix.

Je ne vous cache rien de tout cela, Martin, parce que je vous sais l'humeur assez aventureuse pour y trouver un piment supplémentaire : la beauté de la science et le frisson de l'inconnu. Et puis, ça ferait de belles images, propres à embraser votre public, n'est-ce pas ?

Walter Granger est arrivé fin juin. Vous l'aimerez. Il sera mon second. Comme il avait des fourmis dans les jambes, et besoin de roder ce qui demain sera le cœur de l'expédition, il est parti fin août à la recherche de fossiles dans la province de Séchouan. Il vient de rentrer, fourbu et ravi. Il a dû remonter le Yangtze sous les feux croisés de troupes rivales dont on finit par ne plus savoir de qui elles relèvent. Par chance il n'y a pas eu de blessés. Il est rentré avec près d'un millier de spécimens de la faune du Pléistocène (vieux d'un million et demi d'années, donc). Un stégodon, ancêtre de l'éléphant, des rhinos, des ours, des tapirs, des gaurs, des chiens, des chats gros comme des tigres, et j'en passe. C'est dire la prodigieuse moisson que nous pouvons espérer dans le désert de Gobi…

Comme je n'y tenais plus, j'ai fait de même avec une petite équipe (M. T.V. Lo, en me voyant partir, n'a pas eu l'air de se couvrir la tête de cendres sous l'effet du désespoir) pas loin des tombes Ming, à 80 miles au nord-est de Pékin. Cette escapade, sous prétexte de mettre dans le bain un jeune herpétologiste tout juste arrivé de New York. Clifford Pope s'est révélé être un type épatant. Une expédition un peu à la paresseuse, je dois avouer. Quand les habitants du village ont compris que nous les paierions un "cent" pour chaque grenouille, lézard, poisson, serpent qu'ils nous rapporteraient, ça a été la ruée. Nous nous sommes retrouvés sans effort avec pas moins de 4 000 spécimens. Ainsi se font les réputations de grands savants.

Rentré à Pékin, j'ai pu constater que tout avait avancé à merveille. Le propre d'un vrai chef n'est-il pas de se rendre inutile ? Me voilà inutile. Et on me suggère déjà, en guise d'apéritif, de me risquer dans certain coin ravagé par une guerre endémique, où se trouverait un des plus rares mammifères d'Asie, le takin, dont le Muséum ne possède pas de spécimen… Qui sait ? Je vais peut-être me laisser tenter – si Yvette me donne l'autorisation d'une deuxième escapade, évidemment.

Cette lettre devrait vous parvenir vers novembre. J'imagine que vous aurez achevé votre film africain au début de l'année prochaine. Si tel est le cas, rejoignez-nous ! Il n'est pas de jour que nous ne parlions de vous deux, Yvette et moi. Quelque chose manquera à notre aventure, si vous n'êtes pas là. Si les cieux d'Urga, les étendues d'Urga, les lumières d'Urga éveillent en vous un appel, dites-le-nous au plus vite. Notre départ est prévu pour la fin du printemps, le début de l'été. J'attendrai votre réponse jusqu'à la mi-janvier, avant de me tourner vers un autre cinéaste. Mais ce serait avec chagrin.

Pour votre talent, qui nous est nécessaire.

Pour votre compagnie à tous deux, que nous avons sentis si proches, certain soir, à New York… »

Ils restèrent un moment silencieux. Osa soupira :

– Question danger, là-bas c'est pire. Non ?

– Il s'y entend à nous faire rêver, tout de même. Mince, on y était !

Toi, mon gaillard, se dit-elle, tu me caches quelque chose… Même si toutes sortes d'images lui étaient revenues, à elle aussi, de leur soirée new-yorkaise à la cour du roi des Khan. Pendant quelques jours, ils avaient douté. Et puis ils avaient fait leur choix. Le bon choix, elle le mesurait un peu plus chaque jour.

– Mais parce que c'est son rêve à lui ! Et toi, tu crois que tu ne sais pas faire rêver les gens avec tes images ?

– Et si tu nous lisais ce que dit Yvette, fit Martin, évitant de répondre.

Autant l'écriture de Roy était dense, ramassée, disait l'énergie et la volonté, autant celle d'Yvette, fine, élancée, disait la grâce et la fantaisie. Une femme du monde…

« Chère Osa,

Nous avons retrouvé Pékin drapé dans un voile de terre jaune qui lui donnait un air de ville fantôme, retranchée du temps. Jour après jour des tempêtes de poussière venues de Mongolie balaient ainsi la Chine jusqu'à Shanghai et au-delà. La faute à quatorze mois de sécheresse, nous a-t-on expliqué. Chacun, ici, veut y voir un présage de grands malheurs, famine, épidémie, ou guerre. Les trois, malheureusement, nous paraissent probables.

Pourtant, Pékin n'a pas changé. Comment le pourrait-elle ? Nulle part ailleurs on ne sent à ce point le poids d'un passé immémorial, maisons, vêtements, et jusqu'aux gestes les plus courants, si stylisés, nous disent la présence d'une culture millénaire. Face à eux nous sommes des enfants barbares. Comme j'aimerais te montrer tout cela, chère Osa, avant de nous enfoncer dans les vastitudes de Mongolie !

N'a pas changé non plus la vie en vase clos de la colonie étrangère, tenue soigneusement à l'écart par les autorités chinoises. Rumeurs, complots, cancans, tennis, courses hippiques, concours d'équitation, polo, chasse, badminton, cocktails, dancings jusqu'aux aurores, petits déjeuners au champagne, pique-niques, opium, alcool et bien sûr les principales occupations de tous : trahisons, adultères, médisances, toujours pétillantes comme bulles de champagne mais toujours savamment vénéneuses sont l'ordinaire des jours. Nos *flappers* new-yorkaises paraîtraient ici des oies blanches ! S'ajoute peut-être cette année une touche supplémentaire de décadence propre à séduire un écrivain, le sentiment d'une course à l'abîme tandis que gronde dans les lointains la rumeur des révolutions. Et chacun paraît trouver une ivresse singulière à danser ainsi sur un volcan, juste avant que soit donné par d'autres le *mot de la fin*.

Roy et moi y avons bien sûr nos obligations (j'imagine la tête de Martin, s'il s'y trouvait lui aussi contraint !) mais nous avons pris très vite nos quartiers. Si tu voyais où nous sommes logés ! Un palais mandchou au nord-est de la Cité interdite qu'on dit de près de 200 pièces, dont je n'ai pas encore fait le tour. Andrews a immédiatement entamé des travaux, ce qui veut dire, ici, arroser tout Pékin de pots-de-vin, puis gérer une armée de charpentiers, de maçons, d'électriciens, de plombiers qui affectent de ne pas comprendre un mot de ce que nous leur disons, pourtant dans notre plus pur mandarin. Pour finir, l'espace de notre Grand Quartier général sera divisé en 40 chambres, plus les salles de bains, les garages, les écuries – et, ce qui fera rêver Martin, un laboratoire dernier cri, une chambre noire, une aire de stockage et de séchage des films. Nous nous sommes gardé, cachée derrière un sublime jardin, une dernière maison, somptueuse, riche d'objets précieux, de lourds tapis anciens, de sofas profonds laissés par le prince qui jadis occupa les lieux. C'est là que nous vous attendons, bien sûr…

Les autres pièces déjà grouillent d'activités, sous la baguette de M. T.V. Lo, "Monsieur n° 1". Walter Granger, le paléontologue qui sera le second de Roy, est arrivé fin juin, et s'est déjà rodé par une petite expédition dans le Séchouan, quelque peu mouvementée, à ce que j'ai compris. Roy, du coup, a fait de même, me laissant entre les griffes acérées des dames de la colonie, tandis que la ruche bourdonne des grands préparatifs. Le pauvre Roy avait bien besoin de cette escapade, car le reste du temps, si l'on excepte notre perfectionnement quotidien dans les subtilités du mandarin, c'est ici le règne de la paperasserie. Roy, resté optimiste malgré tout, pense que nous devrions réussir à partir vers le printemps prochain.

Et toi, petite Osa ? Et vous Martin ? Vous ramènerez de

votre périple un film magnifique, Roy et moi nous en sommes convaincus. Pas seulement du fait de la splendeur des paysages et des bêtes, ou de la qualité des images, toujours exceptionnelles. Je garde de nos conversations le souvenir qu'à sa manière Martin prolongeait la quête de Jack London, et c'est cela qui fait les œuvres d'art.

Je pense à vous chaque jour. Si, comme nous l'espérons, vous rentrez à New York, film fait, à la fin de l'hiver, il sera encore temps de nous rejoindre à Pékin. Dites-nous simplement vos intentions au plus vite.

Petite Osa, nous comptons sur vous deux pour la grande aventure… »

Ça allait être quelque chose de grandiose, on le devinait à chaque ligne.

– Mais c'est *leur* histoire, s'obstinait Osa. Avant, pour eux, il y a déjà eu la Mongolie, Urga, la Corée, le Japon. Leur histoire. Comme c'est la nôtre, ici. Et elle ne sera pas moins grande, elle ne sera pas moins belle que la leur. Martin, si tu disais maintenant ce qui te trotte dans la tête ? Et je te préviens, si c'est ce que je crois, la réponse est non. Non, tu entends ? Jamais !

Martin revint à la fenêtre, comme s'il craignait de lui faire face.

– Voilà. On sera peut-être obligés. Si je ne trouve pas l'idée de mon film. Ou s'il n'est pas ce que j'espère… Tu sais, il faudra des années pour revenir ici. Alors je me suis dit : on rentre, dès que j'aurai quelque chose de présentable. On limite la casse. Et en attendant de se refaire, je travaille pour Chapman.

Il se retourna, vit les sourcils froncés d'Osa, lut sa réponse dans ses yeux, tandis qu'il balbutiait :

– Ce sera peut-être la seule solution…

– J'ai trouvé.

Martin avait fait irruption dans le salon, alors que

John, en mauvaise posture, se creusait la cervelle pour sauver sa dernière tour des attaques d'Osa.

– Mmm ? fit John.

– J'ai trouvé, je vous dis ! J'étais dans le labo et tout à coup… Dire que j'avais la solution sous le nez ! Depuis le début !

Et comme tous deux, comprenant que la partie était fichue, poussaient un soupir résigné :

– *Les Mines du roi Salomon* ! La réponse était dans le bouquin. Quand je pense que je le relisais il n'y a pas quinze jours…

Il saisit le livre oublié sur une table basse, le feuilleta fébrilement sous les regards perplexes d'Osa et de John.

– Tenez, écoutez ça : « J'ai vu les pics des montagnes du pays où l'on dit que se trouvent les Mines du roi Salomon, mais il y avait 200 kilomètres de désert entre les montagnes et moi. À ma connaissance, aucun Blanc, jamais, n'en est revenu. J'ai entendu dire qu'il y a très longtemps un Portugais y était allé. Mais il est resté là-bas. » Vous vous en souvenez ? C'est le vieux document qui lance toute l'aventure. Hein ? Ce n'est pas formidable ?

– Sûr ! approuva vigoureusement John.

Mais qu'avait donc Martin à s'agiter ainsi ? Il allait et venait à grandes enjambées, comme si la pièce tout à coup était devenue trop petite, les murs des obstacles. Osa, elle, tentait de se remémorer en accéléré l'intrigue du roman : un jeune aristocrate, sir Henry Curtis, assisté de Good, l'officier de marine, sur la foi d'un très vieux document laissé par un mystérieux Portugais, s'élançait à travers le désert. Guidé par le vieux briscard Allan Quatermain et le mystérieux géant noir Umbopa, il partait à la recherche de son frère, disparu un jour en quête des fabuleuses mines. Après mille périls affrontés ils découvraient le royaume perdu des Koukouana, séparé du monde extérieur depuis des siècles, et dont Umbopa se révélait être le roi légitime. Sur la route du retour, le cœur navré de laisser derrière eux ce jardin d'Eden, Henry retrouvait son frère, et tout se terminait au mieux pour tout le monde.

– Sûr, répéta John, mais, fiston, tu as trouvé *quoi*, au juste ?

– Hein ?

Il se tourna vers John, interloqué. Comment ça, *quoi ?* Mais la réponse, bien sûr, à la seule question qui valait ! Il finit par se laisser tomber dans un fauteuil, retrouva assez de calme pour articuler quelques phrases cohérentes.

– Le film ! J'ai trouvé l'idée du film ! Comment lier les scènes. Comment lier les images choc, les bêtes qui nous chargent et cette fichue « paix du monde sauvage ». L'histoire qui me manquait… Eh bien, ça y est : je l'ai !

Elle avait deviné. Si elle ne se trompait pas, c'était formidable ! Elle voulut l'interrompre, tout à coup surexcitée elle aussi, mais on n'arrêtait pas ainsi Martin lancé.

– *Exactement* le roman de Rider Haggard ! Un voyage. Des périls affrontés. Osa face aux buffles, au léopard, au lion. Il faudra aussi un éléphant. Un rhino. Peut-être des crocodiles ? Mais aussi l'épreuve du désert. Les rivières infestées de crocos à traverser. Les courants. Et puis la soif. Les pieds en sang. Les vivres qui viennent à manquer. La traversée de tous les dangers ! Vers… eh bien vers le but du voyage : le jardin d'Eden. Un monde inviolé. Que nous découvririons. Pourquoi pas ? Un monde où les animaux, n'ayant pas connu les hommes, et donc pas la chasse, vivent comme aux premiers âges. Hein ? Qu'est-ce que vous en dites ?

Osa ouvrit la bouche, mais déjà Martin reprenait :

– Ces fichues images de paix de la jungle ! Elles me terrifiaient ! Je voyais d'avance les spectateurs bâiller, s'endormir, s'en aller. Là, elles vont faire un effet bœuf ! Et Osa sera le fil conducteur, de bout en bout. Osa, et toute l'expédition. Et c'est ça, la deuxième idée.

Il se leva, reprit sa marche fébrile.

– *Filmer l'expédition elle-même* ! Pendant le voyage, bien sûr. Filmer Osa, près de moi, le fusil à la main, en action. Vous comprenez ? Que l'aventure du film en train de se faire soit *aussi* le sujet du film.

Ça y est, je tiens mon film, conclut-il.

« Il le tient ! » se répétait Osa. C'était bel et bien la clé tant cherchée. Et jamais pareil film n'avait été tenté. La clé, oui. Restait maintenant à ouvrir la porte…

– Mmm, fit John, ne reste plus qu'à le faire, en somme ?

– Oh, ça ?

Martin eut un geste négligent de la main. Pour lui, tout devenait simple, une fois l'idée trouvée. Ne restait plus qu'à faire le film, en effet. Où était le problème ?

– Je veux dire… Tu l'as déjà trouvé, ton désert ? Et ton Paradis perdu, hein, tu l'as, ton Paradis perdu ? Aux dernières nouvelles, je veux dire la Bible, il était perdu, justement… Tu l'as trouvé ?

– Non.

– Et tu as au moins une idée ?

– Il suffit de chercher.

John leva les yeux au ciel. C'était tout Martin, cela. En attendant, s'il avait bien compris, ils allaient mourir de faim, de soif, marcher les pieds en sang, être mâchouillés par des crocodiles, écrabouillés par des rhinos, tout ça pour ses beaux yeux, avant d'arriver à un paradis inexistant.

– Et ton vieux grimoire portugais, au moins, tu l'as ?

Martin sursauta, tout à coup attentif, dévisagea son père.

– Ce n'est pas idiot, ce que tu dis, tu sais ? Pas idiot du tout…

Qu'est-ce qu'il avait encore en tête ?

– Bon, fit John, ce n'est pas le tout, Osa. Si on regardait les cartes, histoire de savoir où se trouve l'enfer où l'on va agoniser devant sa caméra.

Il n'eut pas à débarrasser la table : Kalowatt venait de balayer les pièces de l'échiquier. Elle aussi, depuis des semaines, rêvait de retrouver le grand dehors.

– Blayney, dit Martin. Blayney trouvera.

Blayney se gratta la tête, poussa force soupirs. Martin, quand il s'y mettait, ne faisait pas dans la demi-mesure. Malheureusement, lui-même partait aux aurores le lendemain, pour une tournée d'inspection dans la Réserve de chasse du Sud. Son paquetage n'était pas encore fait, mille détails restaient à régler, ça ne pouvait pas attendre son retour ? Il regarda Martin, hocha la tête. Bon, d'accord, ça ne pouvait pas attendre. Au salon, alors, autour d'une tasse de thé ?

Il se fit répéter plusieurs fois les détails du projet de Martin, s'abîma dans ses pensées en tirant sur sa pipe, s'enveloppa dans un nuage de fumée et, au moment où ses interlocuteurs au supplice allaient exploser, finit par grommeler :

– Martin, j'ai peut-être ce qu'il vous faut.

Devant les trois visages aussitôt penchés vers lui, les yeux brillants d'excitation, il eut un geste de dénégation :

– Attention ! Il y a un « mais. » Je ne sais pas si je dois… C'est dangereux. Vraiment. *Très* dangereux.

Les yeux de Martin avaient brillé un peu plus. Juste ce qu'il espérait, devait-il penser. Blayney ne put s'empêcher de sourire. Il n'y avait pourtant pas de quoi…

– C'est à la frontière du Nord. Plus personne, ou presque, ne s'y risque, depuis des années. Pour cause de pillards éthiopiens. Enlèvements, mises à sac des villages, assassinats… Du côté des autochtones, ça n'est guère mieux. Ils sont nomades, vous comprenez. Et ils ne voient pas pourquoi ils devraient se soumettre à qui que ce soit. Ça a tellement empiré, ces temps derniers, que l'administration du district vient de passer aux mains des militaires. Le 5e régiment de fusiliers africains est en route. Je ne plaisante pas, Martin : *ce n'est plus une zone sécurisée*. Et il faudra traverser le pays kikuyu.

Martin resta pensif quelques instants.

– Ça fait combien de temps que les animaux n'y sont plus chassés ?

– Oh, du coup, des années. Oui, des années.

– Vous y êtes allé ?

– Il y a deux ans, oui. Avec une escorte militaire. C'est juste à la limite de la Réserve de chasse du Nord, vous comprenez. C'était mon job, de l'inspecter.

– Et ?

– Et ça grouillait… Crénom ! Oui, ça grouillait littéralement d'animaux. D'éléphants. De rhinos. S'il y a un endroit au monde où vous pouvez les approcher, c'est bien là. Pas un safari depuis au moins quinze ans ! Et il y a un lieu, là-bas… c'est là que vous devez vous installer. J'y ai campé trois jours. C'était… oui, incroyable ! Près de Marsabit. Un lac, dans le cratère d'un volcan. Deux bons kilomètres carrés. Entourés de bois profonds. Avec, sur un côté, une piste en pente douce jusqu'à la plaine… Sûr, vous ne trouverez pas mieux !

Il s'interrompit brusquement, comme s'il en avait trop dit, tenta une dernière fois de revenir en arrière.

– Mais pour y aller… Crénom ! Ça vous ferait une sacrée trotte. Trois cent cinquante miles, au moins. La première moitié, jusqu'à l'Ewaso Ngiro et Archers's Post, ça va encore, si les Kikuyu vous fichent la paix. En chariot, après Thika. Comptez une centaine d'hommes. À nourrir tous les jours. Ce coup-ci, Martin, il vous faut un chasseur, un guide. Vous avez fait courir des risques insensés à Osa, vous vous en rendez compte ? Eh bien, c'était une plaisanterie, comparé à ce qui vous attend. Parce qu'après l'Ewaso Ngiro… Rien ! Vous n'avez plus rien, que le désert de Kaisoot. Cent soixante miles. Pratiquement aucun point d'eau stable. Des roches volcaniques, tranchantes comme des lames. Sinon, le sable, peut-être encore pire. Je ne suis même pas sûr que les porteurs accepteront de s'y risquer. L'enfer, vous verrez.

Martin se frotta les mains : exactement ce qu'il lui fallait.

– Ce qu'il vous faut ?

– Oui, pour le film. Vous vous en souvenez ? Le désert, avant le paradis !

Que répondre à cela ?

– Au moins, attendez que je revienne, Martin, pour les préparatifs. Promis ? Et j'insiste : un guide. Voyez Charles Cottar. Je suis sûr que son fils Bud est l'homme qu'il vous faut.

Puis, à voix basse, profitant de ce que John saluait Mme Percival, qui arrivait tout juste :

– Encore une chose… John. Il ne pourra pas traverser le Kaisoot. Il ne pourra pas, vous comprenez ?

XI

L'un après l'autre, les chariots disparurent à la courbe du fleuve, sur la piste du nord. Un temps, ils entendirent encore l'écho s'éloignant des cris et des fouets, le grincement sourd des essieux, puis plus rien, que le grondement des eaux en contrebas, tandis que retombait le halo de poussière, derrière les derniers arbres. Le groupe, d'instinct, se serra autour d'eux. Cette fois, c'était dit, les dés roulaient dans le grand inconnu. Tout ce qui précédait n'avait été que pour ce moment : ici commençait la grande aventure qui allait décider du destin de leur film.

Ils avaient travaillé à la lumière des lanternes et des torches jusque tard dans la nuit. Chacun, tour à tour, vérifiait fébrilement que rien ne manquait de la liste maintes fois revue avec Blayney, que tout était solidement arrimé, conditionné en unités de soixante livres : les bidons d'essence d'abord, dans leurs sacs étanches, puis, au-dessus, les produits périssables, les sacs de farine et de sucre, les tentes, les vêtements, le tout recouvert de deux épaisseurs de toiles goudronnées. Passé l'Ewaso Ngiro, ils seraient livrés à eux-mêmes, insistait Blayney, ronchon. Il fallait presque tout doubler, en des chariots différents, en prévision d'accidents, et chacun comprenait qu'il se reprochait déjà de les avoir poussés à cette folie.

Trois semaines avaient été nécessaires, à Nairobi, pour tout lister, tout rassembler. Charles Cottar, Finch Hatton et Berkeley Cole avaient prêté main-forte, quand ils ne s'éclipsaient pas pour de mystérieux conciliabules, en des lieux tenus secrets – mais qui tendait l'oreille à leur retour, dans les pénombres bruissantes du Norfolk Hotel ou au Muthaiga Club, comprenait que Nairobi, encore sous le choc, se préparait au pire. Si seulement Delamere avait été là ! Lui aurait su rassembler les chefs kikuyu, leur faire condamner le trublion – las, le vieux lion était déjà en route vers Londres, décidé à faire tonner sa voix sur la Chambre des Lords. Et le silence apeuré du gouverneur Northey, depuis la fusillade, laissait soupçonner qu'il n'avait pas tout dit des mauvais coups qui se tramaient dans les bureaux des ministères. L'Angleterre achetait la paix en Inde en lui vendant le Kenya, prophétisaient les têtes brûlées, et les Blancs n'y feraient pas de vieux os, si les Noirs s'alliaient aux Indiens… Tous ces jeunes rassemblés par Thuku ne voyaient-ils pas qu'ils seraient les dindons de la farce, que les Indiens ne leur accorderaient jamais les droits promis ? s'emportait Charles Cottar, maugréait Blayney, et la trahison leur était d'autant plus amère qu'elle venait de ceux sur lesquels ils comptaient, ces jeunes Kikuyu formés à l'école britannique, l'élite qui devait, avec eux, bâtir demain un monde nouveau. Le Kenya ? Un rêve mort-né. À moins d'un miracle auquel ne croyait plus Finch Hatton, et pas plus Berkeley Cole. Que se cachait-il derrière le calme des quartiers noirs ? « Pour eux, nous n'existons pas, tout simplement », lui avait dit un jour la femme de Blayney. Voilà que, parcourant le marché indigène où les visages se fermaient au passage des Blancs, Osa se sentait soudain de trop, comme en terre étrangère. Un matin, Finch Hatton était arrivé, soucieux : Beryl, qu'il avait retrouvée, et qu'il croyait calmée, avait disparu de nouveau, laissant le soin de ses chevaux de course à son frère de lait kikuyu, partie, espérait-il, rejoindre Bror Blixen en pays massaï, mais, en son état, capable aussi des pires folies. Ils revoyaient tous deux son visage défait, devant le Norfolk, son désarroi au milieu de la bousculade – orpheline, déjà, de son propre pays ?

Denys... Il glissait, souriant, quand Osa aurait voulu le retenir, reprendre le cours de leur conversation. Tous deux, sans l'avoir jamais évoqué, savaient leurs rencontres au Norfolk pour un temps impossibles. Elle se répétait, insatisfaite, l'amorce de son histoire. Étrangers à ce monde ? Quelle drôle d'idée ! Beryl l'avait interrompu au moment où il allait livrer, peut-être, la clé de sa pensée. Ou bien n'avait-ce été qu'une pirouette, par goût du paradoxe, comme si souvent chez lui ? Elle avait réussi à le coincer tandis qu'il chargeait des caisses dans le camion. Il était resté un moment silencieux, absorbé dans sa tâche, avant de lâcher, en s'épongeant le front :

– Ah, ça ? Martin disait à peu près la même chose, l'autre soir au club. Plus joliment. Et pour le reste...

Il avait hissé une nouvelle caisse, d'un seul mouvement, à se briser les muscles :

– C'est bien le but de votre voyage, n'est-ce pas ?

Comme elle esquissait une moue de déception, il avait eu un clin d'œil complice :

– Mais on ne sait jamais le but, avant de le trouver...

Martin ne disait mot, mais hâtait le mouvement. Partir ! Rien d'autre ne comptait. Qui pouvait prédire le lendemain ? Blayney, d'ordinaire peu loquace, approuvait bruyamment, comme s'il voulait d'abord se rassurer lui-même. Après tout, les tumultes du Kenya n'étaient pas leur affaire. Leur histoire à tous deux était là-bas, au nord, vers le mont Marsabit, au paradis des bêtes sauvages. Pendant qu'il était encore temps...

Bud Cottar, enfin engagé par Martin, faisait la navette

entre la maison et Thika, au volant du camion qu'il avait fallu se résoudre à acheter. Quand ils avaient découvert le volume amassé par le garçon dans la cour et les hangars du Blue Post Hotel – six mois de vivres pour cent personnes ! –, ils avaient reculé, effrayés. Ce n'était pas quatre, mais huit chariots qu'il aurait fallu louer ! Ils avaient dû, en pleine nuit, charger les Ford et le camion du matériel précieux, produits photographiques dans des caisses isothermes, caméras, fusils, munitions, nécessaires de voyage. Miracle : tout tenait.

– Eh bien, avait lancé Martin en s'épongeant le front, si on échoue, on pourra toujours ouvrir un bazar au retour…

« Jack » Percival et Anita Cottar étaient venues tout exprès saluer leur départ, et, tandis qu'on attelait les bœufs, dans les replis mouvants de la nuit des silhouettes silencieuses se pressaient, comme surgies de nulle part, Kikuyu suivis de leurs femmes chargées de fruits et de légumes pour quelque marché proche, enfants maigres aux yeux immenses, personnel et clients de l'hôtel encore mal réveillés. Ils avaient vu partir bien des safaris, mais celui-ci sortait de l'ordinaire. Des bruits avaient couru, d'une expédition vers des contrées inconnues, dans le Nord, que Martin s'était bien gardé de démentir, et dans les flammes dansantes des torches les chariots prenaient des dimensions fantastiques. Bud, mâchoires serrées, les nerfs à fleur de peau, allait et venait, soucieux. Les roues, pendant la nuit, paraissaient s'être enfoncées dans le sol, à son commandement avait éclaté un tonnerre de cris, de claquements de fouets – en vain : rien, jamais, ne pourrait ébranler pareille masse. Six paires de bœufs par chariots, quarante-huit mastodontes tiraient de toutes leurs forces, pesaient de toute leur masse, et rien pourtant ne bougeait. Les essieux gémissants allaient se rompre, c'était couru d'avance. Puis les roues, centimètre par centimètre, s'étaient arrachées à leurs ornières et les chariots enfin s'étaient éloignés, ombres fantomatiques dans les écharpes bleutées du jour naissant. La douzaine des porteurs loués à Thika marchait gaiement à leurs côtés, Jerramani et Ferraragi, debout à l'avant, prenaient des airs de généraux avant la bataille : le sort du convoi, désormais, était entre leurs mains.

Repos pour tous pendant deux jours, avait décrété Martin, le temps que les chariots prennent un peu d'avance. Après la frénésie des dernières semaines, c'était bien le moins ! Mais les heures, à Thika, s'écoulèrent dans une torpeur traversée de brusques impatiences. Martin relisait *Les Mines du roi Salomon*, comme s'il voulait éprouver encore une fois les ressorts de l'intrigue, ce subtil alliage de mystère et d'action qui avait fait le succès du roman, et qu'il entendait bien transposer dès demain : qui allait jouer le rôle d'Umbopa, le Noir énigmatique, dépositaire d'un grand secret, passeur du royaume perdu ? Et puis il faudrait soigner les scènes de traversée. La traversée ! Elle serait capitale. Si seulement il y avait eu un vieux grimoire, au départ de l'histoire ! Il faudrait qu'il en parle à Blayney, au retour… John, en habit d'explorateur flambant neuf, traînait sa mélancolie dans les couloirs du Blue Post Hotel. Il lui avait bien fallu accepter l'évidence qu'il ne pouvait sans risque affronter les épreuves du désert mais celles-ci seraient-elles vraiment pires que celles du retour à Independence ? Il avait entrepris à ce sujet une longue négociation avec Lucinda et les garçons de l'hôtel le saluaient avec un respect mêlé de crainte, depuis que Blayney leur avait confié que ce vieillard marmonnant, solitaire, était un sorcier en conversation avec sa défunte épouse. Pour l'heure, les tractations portaient sur ses trophées de chasse. Rentrer à la maison, d'accord, il le faudrait un jour, mais à la condition de ramener un lion en trophée. Un lion ? Oui, un lion, avec la tête, la peau, tout. Sinon, de quoi aurait-il l'air devant ses voisins ? Et ça clouerait une bonne fois le bec de Mme Templeton, la femme du pasteur. Un lion, il n'en démordait pas. Et il harcelait Martin, qui acquiesçait, distrait. Un lion, oui, bien sûr, c'était entendu, il abattrait son lion avant de rentrer, triomphant, au pays. Osa, quant à elle, soignait son impatience à la rivière, sa canne à pêche à la main, et ramenait aux cuisiniers de l'hôtel, perplexes, de pleins paniers de poissons. Bud, dans la cour, vérifiait les moteurs, l'huile, l'essence, les fusils, les attaches, puis recommençait, fébrile, en rougissant comme un collégien à chaque fois qu'il croisait le regard d'Osa. Bud ! Il s'était révélé indispensable dès le premier jour. Attentif, disponible, adroit mécanicien, et professeur de tir. Chaque jour, dans le jardin, ils avaient travaillé une bonne heure, « à rendre conscient », bredouillait-il, « ce qu'elle faisait d'instinct » et il venait à Osa des terreurs rétrospectives, de mesurer à quel point leur survie, jusque-là, avait tenu à des miracles. Régler la hausse, assurer ses appuis, puis inspirer à fond, souffler la moitié de l'air avant de caresser la détente. Elle se calait contre lui, tandis qu'il rectifiait sa position, sentait le cœur du malheureux s'emballer à tout rompre quand elle accentuait sa pression – et se reprochait aussitôt de le provoquer comme une pimbêche de collégienne. Mais il lui rappelait tellement certains dadais de Chanute qui soupiraient sur son passage quand elle avait 15 ans ! Après tout, se rassurait-elle, c'était sans conséquence. Et c'était si bon de se sentir de nouveau 15 ans… Sans compter, songeait-elle, en se débrouillant pour le surprendre de nouveau, la regardant à la dérobée, qu'il était rudement joli garçon. L'instant d'après, elle s'irritait contre elle-même. Qu'est-ce qui lui prenait ? Ce devait être cette attente, qui mettait à vif les nerfs de chacun… Kalowatt, sautant de branche en branche le long de la piste jusqu'au point où avaient disparu les chariots, résumait le sentiment général par des cris agacés, que chacun traduisait : « Alors, on y va ? »

Ils partirent presque au pas, craignant à chaque cahot qu'une suspension crie grâce, un essieu se brise, Martin en tête avec à son bord Zabanelli et Kavairondo, devenu son indispensable assistant à la caméra, puis Osa avec John, 'Mpishi et Kalowatt, enfin Bud au volant du camion avec près de lui Aloni. Pourquoi se presser ? Ils retrouveraient assez tôt les chariots. Et Martin ne voulait rien perdre de ce qui pouvait nourrir son film. Jusque-là ils ne s'étaient aventurés qu'en des contrées presque inhabitées. Cette fois ils entraient dans le grand territoire des Kikuyu, promesse de scènes pittoresques. La route était encombrée d'un flux continu de dandys au torse et au visage peints, le buste droit, le regard dédaigneux, suivis de leurs femmes lourdement chargées de légumes, de bananes, d'ignames, de paniers énormes que n'aurait pas accepté un âne, s'indignait John, à la grande surprise de 'Mpishi : qui les porterait, sinon ? Les seuls arbres visibles bordaient les maigres cours d'eau, une tache verte plus sombre, de loin en loin, signalait un marais cerné de hauts roseaux, les collines rases succédaient aux collines, les hameaux aux hameaux, quelques huttes de terre sous des toits d'herbes sèches, avec, à chaque fois, de petits tas de légumes ou de fruits posés en bord de route devant des hommes allongés, somnolents ou perdus en palabres, tandis qu'en arrière-plan les femmes se courbaient sur leur labeur, pilaient le grain, sarclaient, binaient, piochaient leur jardin, s'occupaient des enfants, ou s'activaient sur un feu de cuisine. Comme on se sentait loin des troubles de Nairobi ! Osa dévorait chaque scène des yeux, elle aurait voulu s'arrêter, filmer les jeux des enfants, montrer l'intérieur d'une hutte. Que savaient-ils d'eux, dans le fond, de leurs croyances, de leur vie quotidienne ? Mais Martin poursuivait sa route, indifférent à ses appels de trompe.

Tout à coup, quand elle ne l'espérait plus, il pila net. Plusieurs centaines de guerriers en grande discussion sur le bas-côté de la route, le corps peint d'argile rouge, la tête surmontée de touffes de plumes d'autruche, gesticulaient en brandissant des lances menaçantes. Martin jaillit de sa voiture, la caméra déjà à la main et commença à filmer, ce que voyant les guerriers accentuèrent leurs mimiques terrifiantes. Osa, inquiète, allait retenir Martin, mais Bud la rassura. Les plumes d'autruche étaient signes de paix. Pas pour longtemps, peut-être, car un autre parti, également peint, également emplumé, accourait en vociférant avec à sa tête un vieillard de toute évidence fou de rage. Ils se retrouvèrent en quelques secondes au cœur d'un tourbillon furieux, bousculés, interpellés, et ils s'inquiétaient, malgré les « pas de problèmes, pas de problèmes » d'un pauvre Zabanelli tiré de tous côtés, quand ils finirent par comprendre qu'une partie du village venait d'élire un jeune chef, ce que contestaient avec la dernière énergie les autres, accourus soutenir l'ancien contesté. Qu'est-ce que les *bwanas* fabriquaient avec ce jeune crétin prépubère ? Pourquoi avaient-ils préféré un imposteur au seul chef légitime ? Et d'abord, qu'est-ce qu'ils lui trouvaient ? Comment ça, imposteur ? Tes couilles sont comme des fruits secs, vieux débris ! Ce n'est pas ce que disaient tes femmes, blanc-bec, pas plus tard que tout à l'heure ! Et je te ferais bouffer les tiennes, si seulement que tu en avais, petit con ! Zabanelli épuisait ses talents de traducteur, quand le jeune chef exaspéré, poussant un cri de rage, arracha les plumes de sa lance, avant de porter au bas-ventre du vieillard un coup vicieux, promptement esquivé, et ce fut dans l'instant une mêlée générale.

Ils s'enfuirent à toutes jambes vers les voitures, où Bud les attendait, un rien rigolard, et ils se mettaient en route quand les guerriers, s'interrompant brusquement, accoururent. Hé ! Et leur paie ? Ils n'avaient pas été bons ? Le *bwana* n'avait pas mis de jolies images dans sa boîte ? John éclata de rire, tandis que Martin, beau joueur, partageait une poignée de piécettes entre les deux chefs. Comme tous tendaient la main, hilares, il jeta en démarrant une autre poignée derrière lui sur la route. Dans son rétroviseur Osa les vit tous qui commençaient, pour le coup, à se battre furieusement dans la poussière.

Ils atteignirent Fort Hall vers la fin de l'après-midi. Sous la masse imposante du mont Kenya, dont les cimes glacées se teintaient déjà de rose, le poste du Gouvernement, quelques huttes pour une demi-douzaine de fonctionnaires blancs, apparaissait minuscule, presque ridicule, perdu dans une immensité trop vaste pour lui. Ils y reçurent un accueil chaleureux. Les chariots étaient passés la veille au soir et tout paraissait en ordre. Le chef, petite moustache, badine sous le bras, qu'on aurait dit sorti droit d'un livre d'images, inspecta longuement les deux Ford, puis le camion dont les essieux ployaient, hocha la tête.

– Messieurs, je crains d'avoir à vous dire que vous n'irez pas plus loin ainsi…

Jusqu'ici c'était un boulevard, poursuivit son lieutenant, copie conforme de son supérieur, à la badine près. Devant eux commençait la montagne, avec des pentes qu'ils n'imaginaient pas… Le plus sage était de laisser à leurs soins la moitié de la charge, que Bud reviendrait chercher plus tard en camion, et de contourner le mont Kenya par l'est et Embu, en empruntant une route moins pentue. De toute manière, ils seraient à Meru bien avant les chariots…

Tout en parlant, les deux officiers lissaient leurs moustaches avec une affectation qui fit froncer les sourcils à Martin, mais Bud les approuva : c'était la voix même de la raison.

« Crénom ! Qu'est-ce que ça doit être par l'autre côté ! » gémit John, agrippé à son siège, qui avait prudemment garé son dentier dès le premier cahot. Osa et Kalowatt poussaient des cris d'admiration dans les rares répits que leur laissait la route. La piste escarpée tournait, virait en de brusques lacets, les voitures, essoufflées, hoquetaient dans les montées puis basculaient dans des descentes vertigineuses qui à tous coups se terminaient en épingles à cheveux au bord du vide, ou les précipitaient tels des projectiles sur des ponts branlants. Ils devinaient au-dessous d'eux des ravins à pic, des vallons verdoyants. Au-dessus, le regard butait sur des falaises à la verticale, et tous les quarts d'heure il fallait s'arrêter, dégager la piste encombrée d'éboulis, en priant qu'une avalanche ne les emporte pas à leur tour. L'air était de plus en plus frais, les forêts profondes, en quelques heures ils avaient changé de monde. Pour un peu ils se seraient crus transportés dans les montagnes Rocheuses, exultait Martin, l'œil vissé à sa caméra, tandis qu'il filmait l'équipe s'échinant à vaincre les obstacles. Encore un effort, et il se transformera en parfait Kikuyu, grommelait John, tout en roulant des blocs de roche hors de la piste.

Quand ils parvinrent enfin à Embu, brisés de fatigue, leurs genoux tremblaient au sortir des voitures. Il leur fallut un moment pour retrouver leur assise. Osa se déplia en gémissant. Combien de fois ses roues avaient-elles frôlé le vide ? Kalowatt, inconsciente du danger, poussait des cris de joie : enfin, la grande aventure ! Peut-être étaient-ce ses cris qui l'avaient empêchée de craquer, balbutiait Osa, encore hagarde. Dix heures, pour seulement 33 miles !

La piste, le lendemain, s'adoucit quelque peu, tandis que les enveloppaient comme un songe les forêts profondes. Les troncs se dressaient devant eux tels les piliers d'une cathédrale, on entendait, étouffée par les mousses, courir l'eau sur les pentes, les branches se tendaient vers eux, mêlant toutes les nuances du vert, et dans les pénombres des clairières devinées on s'attendait à chaque instant à voir danser les fées – peut-être était-ce dans une forêt semblable qu'Akeley s'était vu dans les yeux d'un gorille ? La piste multipliait les tours et les détours, mais sur des pentes moins raides, bientôt apparurent des huttes kikuyu, et ils redoublèrent d'attention pour éviter guerriers et femmes chargées de paniers. Au bruit des moteurs, les femmes sautaient en contrebas, ou se réfugiaient à l'abri de buissons, tandis que les guerriers, leur lance à la main, restaient droits, en posture de défi, campés au milieu de la route jusqu'au dernier moment. Une fois les voitures passées, fusaient les rires et les quolibets des femmes, tandis que les enfants à l'entrée du village, comme tous les enfants du monde, couraient au côté des voitures en agitant les bras : *« Jambo, bwana ! Jambo bwana ! »*

À la montagne succédèrent les collines, dans l'après-midi. Des jardins apparurent, des bananeraies perchées sur les pentes, presque suspendues dans le vide, des gamins poussaient devant eux des troupeaux de chèvres, ou de vaches squelettiques, de loin en loin, des équipes s'activaient à réparer la route, des gamines entre 12 et

16 ans maniant pics et pioches, charriant les cailloux sous la direction de contremaîtres somnolents, mâles évidemment, et c'était à chaque passage des voitures un concert de rires et de plaisanteries. Martin de temps à autre s'arrêtait pour filmer, les jeunes filles, très fières, redoublaient d'ardeur, les contremaîtres, ravis, prenaient des poses de rois fainéants, et John, qui se sentait pousser une âme de suffragette, tentait, mais en vain, de rallier 'Mpishi à la cause féministe.

En fin d'après-midi, au sortir d'une grande courbe, une vallée se déploya, gracieuse, et tout au fond, se découpant, blanche sur le vert sombre d'une forêt, apparut enfin Meru, où allait les rejoindre, s'il n'y était déjà, leur convoi de chariots…

Ils surgirent au soir du quinzième jour, couverts de poussière rouge, au pas lent des bœufs exténués. Les traits tirés des porteurs disaient que le voyage, pour eux non plus, n'avait pas été de tout repos. Tous se précipitèrent à leur rencontre. Osa, émue, prit Jerramani par le bras. Si elle avait osé elle l'aurait embrassé, et il dut le comprendre, car il se redressa, une lueur de fierté dans le regard. La *memsahib* pouvait être contente, rien n'avait été cassé, ou perdu. Ce n'est qu'un peu plus tard dans la nuit trouée de grands feux de camp qu'ils surent les épreuves surmontées, les portions de route effondrées, les pentes trop raides, où il avait fallu débarquer les caisses, les porter à dos d'hommes jusqu'au sommet, réarrimer les charges. Et c'était comme si tous rassemblés reprenaient vie, après l'insupportable attente…

Martin et Osa, les premiers jours, avaient trompé le temps en battant les collines alentour en quête d'éléphants. Ils avaient traversé des villages, des plantations dévastées par le passage des mastodontes, mais les bois étaient vides, les pluies froides avaient chassé les troupeaux vers le sud du mont Kenya, plus sec. Alors que personne ne croyait guère au succès de leurs recherches, un rhinocéros débusqué par hasard avait chargé le groupe. Sans la présence d'esprit de Bud Cottar détournant son assaut, la sortie aurait pu tourner à la catastrophe. Brutalement dégrisé, le groupe s'était replié sur Meru, où l'attente s'était faite chaque jour plus pesante, malgré les paroles rassurantes du commissaire de district.

Le commissaire Crampton, le colonel Llewellyn, le major Muirhead, en charge de la région militaire et qui commandaient les quatre cents Noirs du King's African Rifle en garnison à Meru, multipliaient les marques d'attention. À peine Osa ou Martin esquissaient-ils un geste, un projet d'excursion, que l'un des trois surgissait, pressé de leur être agréable, de les guider, peut-être, n'étaient-ils pas heureux à Meru ? Et chaque soir, chez l'un ou l'autre, recommençait le feu roulant des questions sur les derniers potins de Nairobi, de Londres, de New York, ce qu'il fallait lire cette année, les dernières intimations de la mode : Meru était si loin de tout ! En vain Martin tentait-il, en retour, d'en savoir un peu plus sur ce qui les attendait, Isiolo, l'Ewaso Ngiro, le désert au-delà : c'était, pour les trois hommes, comme si rien n'existait, au-delà de Meru, qu'un grand mur de ténèbres. Isiolo ? Oui, bien sûr, il y avait Isiolo. Mais Isiolo était spécial. « Oui... spécial », avait répété le commissaire, le regard fuyant.

Mais au-delà ? insistait Martin. Au-delà, il n'y avait rien, que le désert, passé l'Ewaso Ngiro. Et pour ceux qui en réchappaient, la mort presque assurée de la main des pillards venus d'Abyssinie. Ils passaient comme le vent, maigres, les yeux fiévreux, plus féroces que des fauves, et ils ne laissaient rien derrière eux, que le sable et le vent. Combien de safaris avaient rebroussé chemin, vaincus par le désert ? Certains, qui croyaient avoir échappé au pire, n'étaient pas revenus. Les tribus nomades du Nord, en lutte contre les pillards, étaient aussi féroces qu'eux, rebelles à toute autorité. Non, assurait le commissaire Crampton, répétait le colonel Llewellyn, c'était folie, de se risquer plus loin…

– Mais des troupes y ont été envoyées rétablir l'ordre, n'est-ce pas ?

Crampton secouait la tête, sceptique. Un régiment, oui, de fusiliers. Mais les malheureux ne savaient rien du désert, rien des nomades et des pillards.

– Comment voulez-vous, sur pareil territoire ? Ils resteront à Marsabit, comme les autres avant eux…

Non : il n'y avait rien, là-bas. Et sans doute plus de gibier, depuis longtemps, du fait des braconniers. Malgré tout le respect qu'ils avaient pour Blayney Percival, ils allaient à l'échec.

– Deux ans, dites-vous ? Si, si, je me souviens très bien de sa dernière inspection. Deux ans, seulement ! Croyez-moi, la situation a empiré, depuis. Oui, empiré…

Restez de ce côté du fleuve, leur répétait-on. Restez à Meru !

Martin hochait la tête sans dire mot. Mais à son regard, ses mâchoires serrées, on devinait que rien ne le ferait céder. Du danger, il faisait des images depuis si longtemps ! Pour lui, le public de Broadway serait pire que les pillards d'Abyssinie, s'il revenait sans le film attendu. Les dés roulaient, lancés par Percival. Ils n'avaient d'autre choix que d'aller jusqu'au bout.

Un soir, Osa avait risqué qu'en vérité ils étaient prisonniers. Le convoi qu'ils attendaient avait dû être capturé, détourné, qui sait, précipité dans un ravin par les hommes du commissaire. Si Martin en avait bien ri dans un premier temps, il commençait sérieusement à s'interroger. Meru, si étonnant au premier abord avec ses airs de village anglais, ses pelouses soigneusement tondues, sa forêt aménagée comme le parc d'un château du Devon ou du Kent, nettoyée de ses broussailles, trouée de routes tracées au cordeau, son golf, son terrain de polo, se refermait sur eux telle une prison. L'ordre britannique ! s'irritait Osa. Il disait non seulement la volonté de domestiquer la nature et ses habitants, de les mater, mais aussi l'obstination à les ignorer. Et face à cette rigueur maniaque qui réglait chaque minute de la vie de Meru, tête de pont de l'Empire, elle se sentait, elle, d'autant plus partie prenante du monde sauvage, proliférant, envahissant, qui un jour, ils le savaient tous à Meru en se cramponnant à leurs rituels dérisoires, passerait sur eux comme une déferlante. Rien, ils ne voulaient rien savoir des êtres humains, autour d'eux, qu'ils accablaient d'ordres et de contre-ordres. Plus encore peut-être depuis qu'ils avaient eu vent des troubles à Nairobi, et des dangers de contagion. Martin, là-dessus, était resté discret mais le commissaire attendait depuis si longtemps l'annonce de la fin ! Jusqu'au bout il tiendrait, Meru dût-il rester le dernier îlot de civilisation au cœur de la barbarie… Kalowatt, d'ordinaire prête à tout pour séduire, ne quittait plus Osa, et crachait, menaçante, quand s'approchait un officier. Martin lui-même s'était contenu avec peine lorsque deux jours après qu'Osa se fut enquise s'ils disposaient de beurre et d'œufs pour un gâteau, le commissaire était apparu avec dix livres de beurre, un jambon et deux douzaines d'œufs qu'il avait fait chercher, expliqua-t-il, par deux gamins, à 60 miles de là, chez des colons de sa connaissance. Cent vingt miles en quarante heures pour de simples œufs ! Mais quoi, c'étaient des Noirs, semblait répondre la mimique du commissaire à l'effarement d'Osa. Il se cramponnait depuis si longtemps, loin de la civilisation blanche, en cet avant-poste dérisoire, que la finalité même des ordres donnés s'était évanouie au fil du temps. Ne restait plus que l'obsession des ordres, de l'ordre à maintenir coûte que coûte, fût-il absurde, de préférence absurde, pour ne pas céder un pouce à la menace du dehors.

– J'ai franchi, un jour, l'Ewaso Ngiro…

Le major Muirhead jetait autour de lui des regards furtifs, comme s'il craignait d'être surpris en délit de confidence. Le commissaire, ce soir-là, était en inspection dans un village, mais son ombre continuait de peser sur Meru, l'ultime frontière…

C'était à ses débuts, quand il se sentait – ah, jeunesse ! – une âme d'explorateur. L'appel de l'inconnu, les splendeurs mystérieuses de l'Afrique… Il secouait la tête, presque incrédule, d'avoir été de ces naïfs. Le colonel et le commissaire n'avaient pas encore été nommés, les hommes en poste à Marsabit ne donnaient pas signe de vie. Tant de rumeurs couraient sur les territoires du Nord ! Avec cinq hommes, il s'était risqué au-delà du fleuve, dans le désert de Kaisoot. Il en frissonnait encore, la voix sourde, tandis qu'il se penchait vers Osa et Martin pour leur dire le désert de Kaisoot, le sable, où ils s'enfonçaient jusqu'aux chevilles, le sable brûlant qui se glissait dans toutes les plaies, les points d'eau à sec, et pas de végétation, rien, que le sable et la pierre. Il avait sorti une vieille carte, en hésitant : ses relevés des rares points d'eau trouvés à l'époque, sans garantie aucune car ils étaient changeants. Le petit groupe était arrivé à Marsabit à bout de forces, mais sans avoir rencontré de pillards ou de rebelles.

– Le commissaire Crampton… Le commissaire exagère peut-être leur danger. Par contre, en une semaine passée là-bas, je n'ai jamais entendu parler de votre lac.

À Marsabit il avait bien rencontré un officier qui s'était risqué jusqu'à la frontière. Mais celui-ci n'avait trouvé tout le long que du désert, encore, jusqu'à une immense étendue d'eau salée. Sans animaux, ni végétation. Et le gros gibier ne lui avait pas paru très abondant, non plus, autour de Marsabit. Sur les contreforts de la montagne, peut-être ? Mais il en aurait entendu parler.

Il doit s'agir du lac Rudolf, avait songé Osa. Mais c'était à des journées plus au nord que le lac indiqué par Blayney… Martin, lui aussi, restait perplexe. Percival était connu dans tout le Kenya, avait poursuivi Muirhead. Et s'il disait avoir vu du gros gibier, il en avait forcément vu. Mais ce pouvait être une transhumance passagère. Et il y avait les braconniers…

– Il y a quelqu'un, après Isiolo… Mon Dieu, hum, un type un peu étrange. Qui s'est mis en tête de domestiquer des zèbres. Vous comprendrez, quand vous le verrez. Personne ne connaît mieux que lui la région. Et pour les animaux, il a un sixième sens. Parlez-en à Macdonough, quand vous serez à Isiolo. Son nom ? Rattray. N'oubliez pas : Rattray.

Fuir ! Cela tournait à l'obsession depuis que Bud et Aloni étaient revenus d'un aller-retour à Fort Hall en camion avec le surplus de chargement laissé là par Martin. Tout avait été arrimé, les paquetages revus en moins d'une journée. Ne manquaient plus que les chariots, pour reprendre la piste. Sans cesse les regards se tournaient vers ce point de la route depuis lequel la vallée s'était déployée devant eux le premier soir, mais rien jamais ne venait, le monde avait oublié Meru, avant-poste de l'Empire. Ou bien il était arrivé malheur à Jerramani. Martin trompait son impatience en arpentant les collines, dès qu'il parvenait à déjouer la prévenance de ses geôliers. À l'insu du commissaire il avait engagé soixante-dix porteurs des tribus alentour, tous chasseurs, habitués à un régime carné, mieux adaptés que les sédentaires de Meru aux épreuves à venir. Un émissaire envoyé quasi clandestinement à Isiolo, dernier poste avant l'Ewaso Ngiro et le désert, était revenu avec une brève réponse : le convoi pourrait y laisser en dépôt la partie de ses vivres nécessaire au retour. Tout était prêt. Ne manquaient plus que les chariots.

Leur arrivée, alors que Martin, n'y tenant plus, allait partir à leur recherche, avait brusquement arraché Meru à sa torpeur. Les hommes trépignaient, riaient, improvisaient une danse. Des soldats, hilares, s'étaient mis à l'unisson en tirant en l'air des coups de feu qui avaient fait accourir le commissaire, affolé, et les enfants, ravis. Enfin, un peu d'animation ! 'Mpishi, sans attendre les ordres de la *memsahib*, avait mobilisé toutes les bonnes volontés. Ce soir serait pour tous un festin mémorable, ou il n'était plus 'Mpishi, le prince des cuisiniers. Et les flammes étaient montées, joyeuses, dans le ciel de Meru en fête.

Comme par magie, les porteurs que Martin venait d'engager apparurent à la nuit tombée, descendus des collines sur quelque signe mystérieux, le torse peint de motifs bleu et rouge, les cheveux enduits d'argile ocre, et leur surgissement silencieux, dans les flammes crépitantes des feux de camp, tandis que résonnait la voix grave de Jerramani, donnait à l'instant la profondeur rêveuse des légendes. Les enfants se pressaient autour d'eux, les yeux écarquillés. Un jour, ce serait leur tour, après de mystérieuses et terrifiantes épreuves, de se peindre le corps avant d'affronter l'inconnu, qui sait ? pour la gloire et la richesse. Les chants s'étaient succédé, de fièvre, de chasse et de batailles, d'abord, puis de plus en plus mélancoliques disant peut-être, imaginait Osa, les amours déçues et le pays perdu, tandis que les têtes dodelinaient et que les membres du safari gagnaient leurs abris rudimentaires. Emue, elle se serra contre Martin, et il la prit dans ses bras sans dire mot. Kalowatt dormait sur les genoux de John en suçant son pouce, béate. Et l'on aurait dit, dans la nuit apaisée, que chacun, en ces instants, se sentait accordé à tous les autres…

Sur un ordre à mi-voix de Jerramani, des hommes ranimèrent les feux. Un souffle froid venait des profondeurs de la nuit, les étoiles s'effaçaient peu à peu. Osa frissonna. Depuis combien de temps s'était-elle assoupie ? À la vue des corps immobiles, allongés à même la terre, des nouveaux arrivants, elle songea qu'ils allaient prendre froid, ou se brûler, pour les plus proches des flammes. Dans deux ou trois jours, quand les bœufs seraient reposés, les chariots rebrousseraient chemin vers Thika, expliquait Martin aux trois officiers assis face à eux.

– Mais plus rien ne s'oppose à ce que nous partions. Dès demain.

Plus rien ? Au moment où le commissaire protestait, désolé, un grondement furieux roula dans le ciel, couvrant sa voix. La pluie se mit à tomber, fine et drue, glaciale, signant pour tous la fin de la partie. Seul le commissaire gardait le sourire, tandis que chacun se repliait vers les abris. Le ciel avait choisi son camp.

Le froid réveilla Osa. La pluie crépitait sur la toile de leur tente, formait au-dehors de minces ruisseaux brillants. Elle s'empara à tâtons des couvertures en réserve, couvrit Martin et John, qui grelottaient dans leur sommeil, risqua un œil à l'extérieur. Les porteurs endormis n'avaient pas bougé, malgré la pluie battante. Une ombre remua sous l'auvent – Aloni, silencieux, veillait sur le campement. Elle se glissa vers lui. Il fallait faire quelque chose ! Aloni haussa les épaules : ils avaient l'habitude. Et, au ton de sa voix, elle comprit qu'il ne leur portait pas une grande estime.

– Bon Dieu ! Mais ils vont tous crever de pneumonie !

Martin réveillé découvrait le désastre. Il courut, courbé sous l'averse, jusqu'aux plus proches, les secoua, en vain, revint en pestant. Aloni, dans le noir, poussa un grognement : rien que des sauvages.

La pluie furieuse battait et rebattait leur fragile abri. Enroulée dans ses couvertures, elle écoutait les eaux monter autour d'eux, elles allaient tout emporter, le commissaire grandissait aux dimensions de la montagne, levait les bras jusqu'aux nuages, lançait contre elle toutes les eaux de la Création, l'Ewaso Ngiro roulait en torrent ses flots boueux, les pistes embourbées, demain, seraient impraticables. Ils étaient à jamais prisonniers de Meru et du commissaire Crampton qui commandait aux éléments.

Au réveil, le ciel était sans un nuage. Les porteurs vaquaient, sains et saufs, comme si de rien n'était. 'Mpishi, enveloppé de fumée, s'activait devant un feu rétif. Une odeur âcre de cendres mouillées, quelques flaques çà et là témoignaient seules des dernières heures. Comment serait la piste, plus loin ? Qu'importe la piste, trancha Martin : le plus urgent était de fuir. Le plus vite possible. Jerramani approuva de la tête. En moins d'une heure, dans Meru encore assoupi, les cent porteurs se mirent en route, chargés chacun de soixante livres, suivis des trois voitures au pas. Osa, comme Martin, se retenait pour ne pas doubler la colonne, pied au plancher. Enfin libres ! Parvenus au sommet du premier raidillon, Meru presque effacé dans les lointains, il leur sembla qu'ils respiraient plus large. Martin, debout sur le camion, filmait la longue file de ses hommes s'enfonçant dans la forêt, tel un chef d'armée, songea-t-elle, très fière, passant en revue ses troupes avant la bataille.

XII

Ce n'était pas seulement deux jours de marche qui séparaient Meru d'Isiolo : les hauteurs sombres auxquelles le poste s'adossait marquaient comme une frontière, au-delà commençait l'Afrique sauvage, d'où les barbares un jour viendraient, et c'en serait fini du monde civilisé. Meru, pour ses trois officiers, vivait dans l'attente de ce moment, et chaque instant était une lutte contre la dissolution dans le temps immobile. Isiolo, pour eux, était perdu, submergé déjà par les envahisseurs, abandonné à l'horreur africaine. Aux questions de Martin sur le docteur Macdonough, qui dirigeait le poste, le commissaire n'avait répondu que par une moue entendue : le docteur était « spécial ». Comme Isiolo.

Après une dizaine de miles dc forêt, ils débouchèrent sur une plaine d'herbes ondulant dans le vent, sans rien pour arrêter le regard que des buissons de broussailles. Et les animaux, à perte de vue. Comme si, maintenus eux aussi à l'écart de Meru, ils reprenaient possession de leur espace. Le ciel, au-dessus d'eux, s'ouvrait jusqu'à l'immense, si vaste que d'abord ils se sentirent perdus, sans repères et les yeux douloureux. Martin, Osa et John riaient comme des enfants. Ce qu'ils avaient pris de loin pour des herbes hautes s'animait, ondoyait, vague frémissante de dos bruns, de têtes rejetées en arrière dans la fuite et Bud Cottar leur désignait les plus rares, oryx de la taille presque de chevaux, à la robe grise striée de noir, aux si longues cornes que Martin voulait y voir les descendants de la mythique licorne, étranges gérénuks, antilopes à long cou de girafe, aux jambes grêles interminables, dont leur guide assurait que personne, jamais, ne les avait vus boire, et sous leurs pas s'égaillaient en tous sens cailles, perdrix à têtes noires, pintades, francolins, outardes, dont ils abattirent une trentaine dans l'intention de les offrir au docteur Macdonough – lequel, découvrirent-ils à leur arrivée, venait d'en abattre une centaine pour un festin de bienvenue…

Quelques grappes de huttes couvertes d'herbes sèches, des bâtiments rudimentaires en terre ocre, si bas qu'on les aurait dits enfoncés dans le sol, disparaissaient presque dans le nuage de poussière, au milieu d'une foule serrée de Noirs aux torses étroits, au port altier dans leurs haillons, allant, venant, entre les troupeaux affolés de vaches et de chèvres, dans un concert de meuglements, de bêlements, de cris, tandis qu'une demi-douzaine de militaires s'efforçaient d'ordonner le chaos vers les corrals déjà surpeuplés. Le docteur Macdonough comme le lieutenant Douglas avaient pris le parti de s'immerger dans ce monde inconnu où un lointain fonctionnaire les avait un jour nommés par accident, et depuis ils vivaient à l'africaine au milieu d'un grouillement de Samburu et de Boran venus de la frontière. Isiolo était une porte, un passage obligé entre deux mondes : celui des éleveurs nomades au nord, celui des tribus sédentaires vers le sud. Demain, les Samburu et les Boran, franchissant la montagne, troqueraient leur bétail en pays kikuyu contre du sucre, du sel, du café, des tissus, et des armes aussi, lances et flèches martelées. Mais auparavant il fallait passer la porte d'Isiolo, obtenir du *bwana* docteur le certificat de santé nécessaire, formalité qu'ils avaient fini par accepter, comme la seule capable d'enrayer la fièvre aphteuse, cause de tant de ravages.

– Au début, j'ai bien cru qu'on n'y arriverait pas…

Le teint rouge brique, les cheveux roux, le docteur Macdonough était aussi rond, jovial que le lieutenant Douglas, maigre et sec, le teint mat, paraissait réservé. Une nuée de gamins se pressait autour d'eux, les tirait par la manche et eux, bonhommes, distribuaient des sucreries à poignées. Il leur avait fallu gagner la confiance des nomades, apprendre leurs coutumes, entrer dans leurs cosmogonies si singulières, pour qu'enfin ceux-ci se plient à la règle. De toute façon, comment auraient-ils pu, avec six soldats, imposer quoi que ce soit ? Aujourd'hui, Boran et Samburu savaient leur intérêt. Et les os blanchis des buffles, des élans, des antilopes sur les contreforts d'Ol Doinya Sabuk, la montagne des buffles, la demeure préférée de Ngai, l'esprit suprême des Kikuyu, étaient là pour leur rappeler ce qu'avait coûté jadis la fièvre maudite.

– Mais pour cela, il a fallu se fondre, vous comprenez ? Se fondre dans tout ça !

D'un geste du bras, le docteur embrassa la foule grouillante autour de lui, le village de poussière et l'horizon au-delà, vers le nord.

Martin et Osa l'avaient trouvé fort occupé dans son bureau, avec le lieutenant, et Osa s'était retenue de pouffer en essayant d'imaginer l'austère commissaire Crampton, à Meru, acceptant que des gosses viennent jouer dans son bureau, qui aux fléchettes, qui au croquet. Un gamin appliqué, la langue sortie sous l'effort, occupait le siège du docteur, une grande feuille à dessin dépliée devant lui. Macdonough et Douglas avaient eu une moue fataliste, en posant leurs maillets. Ils seraient mieux dehors pour converser. Et les deux officiers les avaient conduits au campement tout juste aménagé à

300 mètres de là, suivis par les gosses en procession, précédant les voitures, le camion et les porteurs fourbus avançant d'un pas digne.

– Nous ne vous attendions pas si tôt ! Avec le lieutenant, nous faisions des paris, figurez-vous…

– Sur la durée de notre séquestration ?

Ils gloussèrent sans répondre.

Neuf jours ! Il faudrait bien neuf jours aux porteurs, calculait Martin à voix haute, pour récupérer les surplus des chariots laissés derrière eux à Meru.

– Trois voyages. Trois jours par voyage.

– Compte plutôt trois fois quatre, corrigea Osa. Ils ne sont pas des machines !

Douze jours ? Rageur, Martin distribua des coups de botte aux cailloux devant lui. Macdonough et Douglas se regardèrent, surpris. Ils n'avaient pas bien fait les choses ? Un abri d'adobe construit tout exprès, aux murs épais, aéré, couvert d'un toit de chaume, attendait leurs réserves.

– Vous verrez : à votre retour, tout sera intact !

Martin eut un geste d'excuse. Non, non, c'était parfait ! Et plus que généreux, d'avoir pris cette peine.

– C'est juste l'idée de cette attente… Neuf, peut-être douze jours ! Après une seule journée de marche !

Il aurait voulu courir, foncer, toucher au but, filmer, enfin ! Et au lieu de cela… La lenteur de mouvement serait le prix à payer du gigantisme, il le savait déjà à Nairobi, quand il échafaudait ses plans avec Blayney, mais une chose était de la prévoir, une autre de vivre jour après jour, heure après heure, l'inexorable engluement dans les filets du temps.

Douze jours ? Le visage de Macdonough s'éclaira :

– Hé ! Mais vous allez fêter Noël avec nous !

Noël ? Tout à leur entreprise, ils n'y avaient même

pas songé. Un instant, Osa vit Chanute sous la neige, les voisins emmitouflés se hâtant dans la rue, le sapin décoré près de la cheminée, les cris, au-dehors, des gamins aux nez rougis. Elle secoua la tête, incrédule : Noël était d'un autre temps, d'un autre lieu. Ici, sous le ciel de feu de l'Afrique, sa seule évocation restait proprement irréelle. Elle sentit la crispation de Martin, prévint son objection avec un large sourire :

– Noël ? Bien sûr ! Quelle bonne idée !

Et comme son père acquiesçait, Martin eut un soupir découragé. Eh bien, va pour Noël. Au point où ils en étaient…

– À mi-chemin, exactement.

Il se laissa tomber sur le siège déplié par Aloni, poussa un long soupir, tandis qu'Osa l'aidait à ôter ses bottes – en accentuant la cambrure de ses reins, histoire de le dérider un brin. Sans succès. Autour d'eux, les hommes s'agitaient en tous sens, en un ballet désormais bien réglé. Le camp était déjà dressé, Bud recomptait une fois encore les paquetages des porteurs, 'Mpishi préparait un grand feu, envoyait un porteur chercher de l'eau. Enfin, nom d'une pipe, pourquoi faire cette tête, après pareille journée ?

– Macdonough… Lui aussi ça l'étonne, cette histoire d'éléphants, à Marsabit. Jamais entendu parler. Avec tous les Samburu et les Boran qui passent ici, tu ne trouves pas ça bizarre ? D'un autre côté, Blayney est quasiment son Dieu…

– Mais enfin, Martin, réfléchis ! S'il était connu de tout le monde, son paradis des éléphants n'en serait plus un depuis longtemps !

Elle s'échauffait, les yeux brillants, pleine encore de l'ivresse de cette journée dans la savane. Ce lac, elle en était convaincue depuis le départ, était quelque chose d'unique, connu de lui seul, une merveille dont il leur faisait cadeau. C'est un argument, reconnut Martin sans se détendre pour autant.

– Macdonough, lui aussi, nous dit de passer voir Rattray. M'a tout l'air d'un drôle de zèbre, celui-là…

Mais il ne sourit même pas à sa propre plaisanterie. Quelque chose le tracassait. Ou c'était cette lenteur, qui le rongeait, dans l'attente sans cesse différée du grand rendez-vous…

– Allez, fiston, souris un peu ! Jusqu'ici tout s'est bien passé, non ? Pas la moindre anicroche. Juste un temps, hum, un peu sec, non ?

John s'effondra près d'eux dans un fauteuil de toile, en claquant de la langue, avec des airs de naufragé. Aloni, déjà, plongeait la main dans une cantine, sortait le whisky. Mais il était dit que Martin, ce soir-là, resterait sourd à toutes les tentations.

– C'est justement là que le bât blesse. Pas une seule image digne de ce nom !

Comme ils protestaient, fallait tout de même pas charrier : et le combat des Kikuyu, alors, l'escalade vers Meru, les rochers éboulés sur la piste ?

– Mmm… Admettons. Des ponctuations. Vous me voyez faire un film avec ça ?

Il lui fallait du suspense, du drame, des événements, bref, ce qui ferait du voyage une épopée. Osa fronça les sourcils, prête à la dispute. En somme, il rêvait de catastrophes, de souffrances inouïes, d'épreuves épouvantables, de celles qui font se dresser une salle entière avec des cris d'effroi.

– Et pourquoi pas des morts, tant que tu y es ?

– Oh ! Pas forcément des morts. Le public ne suivrait pas. Enfin, j'imagine. Mais, remarque, maintenant que tu m'y fais penser…

Il s'était rêvé dans un remake tragique des *Mines du roi Salomon*, et il se retrouvait fêtant Noël…

Oui, mais un *vrai* Noël ! avait décrété Macdonough. Osa faillit laisser tomber à terre sa pâte à tarte quand il s'encadra, hilare, dans la porte de la cuisine, avec derrière lui Douglas, imperturbable. Le village bourdonnait depuis deux jours, pris d'une douce folie. Des gosses allaient, venaient, les yeux brillants, dans le brouhaha du bétail errant à l'abandon, grimpaient sur les épaules les uns des autres pour accrocher des guirlandes aux façades des cahutes, que Kalowatt, ravie, s'empressait de détacher et c'étaient alors des courses frénétiques dans tout le village, qui se concluaient par des embrassades, et des retours triomphants sur les épaules des gamins. Les femmes s'activaient autour des foyers, dans des rafales de fous rires, et les hommes eux-mêmes, quittant leurs airs hautains, s'oubliaient parfois jusqu'à sourire. De l'Occident, par la grâce de deux hommes, ne resterait peut-être que cela, dans ce coin perdu d'Afrique, quand tout le reste serait oublié, songeait Osa, en pétrissant sa pâte : la mémoire de Noël. Après tout, ce n'était pas si souvent que l'Occident leur faisait des cadeaux…

Pour l'heure c'était à qui, de Gacoka Nyaga et Nunge, les cuisinières des officiers, ou de 'Mpishi, préparerait les plats les plus somptueux. L'idée même qu'un homme pût cuisiner faisait hurler de rire les deux femmes, et le chef outragé haussait les épaules, affectant le mépris. Les grands cuisiniers blancs n'étaient-ils pas tous des hommes ? Du coup, Osa avait rejoint le camp des femmes et 'Mpishi, depuis, se drapait dans sa superbe. On verrait bien qui triompherait ! John, se piquant au jeu, avait fait la dépense d'une carcasse de bœuf dans laquelle le chef avait taillé d'énormes steaks, soigneusement réservés le temps de se rassir un peu. Osa, dans la cuisine des femmes, des grappes de gamins accrochés à ses basques, avait pris en main la confection des desserts. Pour un peu elle se serait crue à Chanute, avec Belle, Nancy et tante Millie, babillant, leur faisant essayer ses produits de maquillage, poudre et rouge à lèvres, pouffant avec ses complices au passage des hommes dans la rue. Aux cris « papa ! papa ! », elle avait tourné la tête, pour découvrir Macdonough et Douglas déguisés en pères Noël. Rien ne manquait, malgré la chaleur. Bottes fourrées, pantalons et houppelandes rouges, on les aurait dits sortis droit du conte de Frank L. Baum, tout juste descendus de leur traîneau enneigé. Mais « papa » ? Elle était restée un instant interdite. Gacoka Nyaga et Nunge n'étaient pas leurs cuisinières, mais leurs femmes. Et ces gosses aux yeux immenses étaient leurs enfants.

Longtemps après que la mer sanglante des nuages eut sombré derrière l'horizon, les tambours, à mi-voix, avaient allumé une à une les étoiles dans la voûte céleste, tandis que la foule, silencieuse, se glissait entre les cases. Et il avait semblé à Osa que le ciel tout entier, par privilège, s'illuminait alors comme le plus beau, le plus grand des sapins de Noël pour eux tous rassemblés là, au cœur des ténèbres africaines, où il n'y avait ni sapin ni lumières. Les enfants, bouche bée, suivaient des yeux la longue traînée laiteuse laissée tout là-haut par les traîneaux rentrant en leur royaume. C'était donc cela, la neige ? Les feux crépitaient, hauts et clairs, éclairant les visages émerveillés et plus loin, par à-coups, les dos des bovins immobiles, quand les rois mages étaient apparus en procession, portant les plats fumants. Le velours profond des ténèbres palpitait autour d'eux comme les voiles déployées d'un immense navire, et nul bruit ne venait des lointains de la savane troubler la respiration profonde de la nuit comme si, levant les amarres, ils avaient tous glissé hors du monde, dans quelque bulle magique – ou que ces bêtes qu'on disait sauvages étaient elles aussi convenues d'une trêve. Peut-être même sont-elles toutes là, avait songé Osa, derrière le mur des ténèbres, qui nous regardent, arche nouvelle de Noé, et elle s'était sentie mystérieusement reliée aux siens, par-delà montagnes et océan. Là-bas, de l'autre côté du globe, Belle, Nancy, tante Millie pensaient à elle, à Martin, à John et leurs cœurs à tous battaient à l'unisson. Les enfants de Macdonough et de Douglas, grimpés sur leurs genoux, suçaient leur pouce avec application, les yeux dans le vague. Pourvu, pourvu qu'ils ne soient pas un jour nommés ailleurs, songea-t-elle, et le souvenir du cri de Béryl perdue entre deux mondes lui revint.

Le commissaire Crampton avait raison : Macdonough était « spécial ». Isiolo était « spéciale ».

Elle s'éveilla la tête lourde, vaguement nauséeuse. Un temps, elle se crut encore dans l'avalanche des plats : les *ominy grits*, après le plum-pudding, étaient décidément de trop. Quelqu'un la secouait. Allez, debout là-dedans, il faut partir ! Partir ? Des images lui revinrent, Bud portant John sur ses épaules, Kalowatt ivre morte s'obstinant à vouloir marcher sur les mains, les corps écroulés comme après une bataille… Partir où ça ? Partir, cette question ! Elle avait oublié qu'ils étaient en voyage ? Ils n'avaient plus rien à faire ici ! Elle gémit, tenta de se redresser. On voyait bien qu'il n'avait pas eu à jouer les Mmes Bons Offices ! Pas question pour elle de picorer un plat, ou de sauter un autre sous le regard scrutateur des artistes en compétition. Elle réussit à entrouvrir les yeux, malgré l'étau qui lui serrait les tempes. Les autres alentour n'avaient pas l'air plus vaillants, Jerramani se traînait en bâillant, secouait sans conviction les corps allongés. Un gémissement était monté des couvertures du pauvre John. Ça ne pouvait pas attendre ? Attendre ! Mais ça faisait douze jours qu'ils attendaient ! Les porteurs étaient revenus depuis la veille de leur dernier voyage, les vivres, pour le retour, étaient serrés dans la remise – attendre quoi ? Qu'ils soient faits prisonniers jusqu'au Nouvel An, à force d'embrassades ? Le piège, il l'avait deviné dès la première soirée. Il fallait fuir, tant qu'Isiolo dormait.

La ferme aux zèbres de ce Jos Rattray dont on lui avait trop rebattu les oreilles était à deux journées. Une ferme aux zèbres ! Qu'est-ce qu'ils attendaient tous ?

XIII

– Des éléphants ? Ça, on peut dire que j'en ai vu, là-bas ! Au mont Marsabit, oui. Si je m'en souviens ? Des dizaines. Des centaines d'éléphants. Bon Dieu ! C'était à peine croyable. Ils dévalaient la colline, on aurait dit des blocs de roches qui roulaient. Oui, messieurs, la colline qui dégringolait en avalanche ! Et tout craquait, se brisait, s'effondrait sous eux. Jamais vu ça, depuis ! C'était il y a longtemps, faut dire. Remarquez, si Blayney en a vu il y a deux ans, doit bien en rester quelques-uns en vie, non ? Quant à votre lac…

Rattray bourra longuement sa pipe, battit son briquet avec application.

– Pas la moindre idée. Mais c'est logique. Faut bien qu'ils boivent, non ?

Du dehors parvenaient les cris des palefreniers commandant la manœuvre, le piétinement nerveux des sabots, les braiments rauques des zèbres. Un nuage de fumée envahit la pièce, suffocant. Bon sang, qu'avait-il fourré dans sa pipe qui puait à ce point ?

– Dites donc, ça vous fait une sacrée trotte, encore. Y en a plus beaucoup à se risquer dans le désert, par les temps qui courent… Blayney vous l'a dit, que ça n'allait pas être de la rigolade ?

Il s'attarda quelques secondes sur les formes d'Osa, soupira.

– Je dis ça rapport à la petite dame. Si jamais, hé-hé, vous tombez sur des pillards…

Au regard que lui jeta Martin, il tira vigoureusement sur sa pipe, jusqu'à se dissimuler dans sa fumée.

– Ouais, c'est bien ce que je pensais. Pas du genre à reculer, hein ?

Il se pencha à la fenêtre, comme si l'agitation du dehors requérait son attention, agonit d'injures en swahili un jeune Noir qui criblait de coups un zèbre affolé – comment leur faire comprendre que seule la douceur payait ? Non, il leur fallait frapper, frapper encore, frapper toujours, jusqu'au sang, estropier, briser les membres. Ah, il savait bien ce qui se passait, dès qu'il avait le dos tourné !

– Des brutes, vous entendez ? Des brutes !

Derrière le corral, un vieillard labourait une parcelle poussiéreuse, mais la charrue était tirée par un zèbre. Et tirée pareillement par deux zèbres, la carriole qui traversait la cour. Chacun, au-dehors, vaquait à ses affaires avec un parfait naturel, comme il sied à un asile d'aliénés, mais les animaux domestiques étaient pour l'essentiel des zèbres ou des onyx. On s'étonnait presque de ne pas voir des lions à l'attelage, ou des chimpanzés faire la cuisine…

– Si j'étais vous…

Il balaya de la main le nuage nauséabond, grimaça en toussant. Même lui ne supportait pas l'odeur de son tabac.

– Si j'étais vous, je ferais d'abord un détour par les Shaba Hills. Sont juste à côté. Je peux vous y conduire, si vous voulez. Ça serait jamais qu'une affaire de deux-trois semaines. Et, hum, de quelques dollars ?

Comme Martin esquissait un geste agacé :

– Attendez ! Bon Dieu, vous ne pouvez pas imaginer ce que vous trouverez, là-bas ! Marsabit, OK, c'est peut-être le paradis des éléphants, mais les Shaba Hills…

Bon Dieu ! C'est le paradis des rhinos, le long du fleuve. Plus haut, celui des oryx. Vous avez déjà vu un oryx affronter un lion ? Ses cornes, de vrais sabres ! Une fois sur deux, c'est le lion qui y reste. Le paradis des zèbres de Grévy. Et puis, des girafes réticulées. Je ne vous parle même pas des lions, des léopards. Grouillent partout dans le coin…

Au seul mot de « réticulées » Martin avait malgré lui dressé l'oreille. L'espèce la plus rare, au pelage presque rouge…

– J'en ai compté jusqu'à cent, un soir, à une mare ! Un vrai coffre au trésor, vous verrez. Croyez-moi, vous ne le regretterez pas !

Il eut le bref sourire du pêcheur à l'instant de ferrer sa proie.

– J'ai déjà conduit de vos collègues, là-bas.

Et d'un ton détaché que démentait certaine lueur dans le regard :

– Pas moyen après de les faire partir. Fous ! Ils étaient comme fous. S'ils avaient pu, je crois qu'ils y seraient encore. Dugmore, c'est ça ! Il y en avait un, oui, qui s'appelait Dugmore. Un photographe. Et l'autre, le premier, c'était un cinéaste… Rainey, je crois bien. Oui, c'est ça : Paul J. Rainey.

Dugmore, Rainey. Les plus célèbres. Au regard qu'il lui lança, Osa comprit que la résolution de Martin vacillait déjà.

– De toute manière, qu'est-ce que vous risquez ? Vos éléphants, ils ne vont pas s'envoler : y a que du désert tout autour. Tandis que si vous allez d'abord à Marsabit, les girafes, au retour, elles seront plus là !

Décidément, ils n'arriveraient jamais au royaume perdu de Blayney Percival.

Ils avaient trouvé Jos Rattray qui les attendait, sur la piste menant vers l'Ewaso Ngiro, à un jour et demi d'Isiolo. Un coureur samburu passé dans la matinée, avait-il grommelé en guise d'explication. Grand, mince, le cuir tanné, aussi dur qu'un vieux clou et guère plus bavard, sinon par brusques à-coups, il tirait avec conviction sur une bouffarde éteinte en les dévisageant, campé droit au milieu de la piste. Un excentrique, avait dit Macdonough, et ils s'étaient imaginé un dandy écervelé, en costume extravagant, régnant tel un prince fantasque sur son royaume farfelu. En réalité, Jos Rattray avait tout du pionnier ordinaire, et son royaume se réduisait à une ferme décatie à quelques miles de là, trois bâtisses de terre grossières, coiffées de toits coniques d'herbes sèches, à l'ombre hypothétique de quelques arbres faméliques au milieu d'une plaine griffée de buissons maigres. Martin et Osa avaient échangé un regard consterné. Rien qu'un fermier de plus, perdu comme tant d'autres dans la solitude africaine.

Mais tout changeait dès qu'on s'approchait des corrals.

D'où lui était venue l'idée de domestiquer des zèbres ? Il n'en savait trop rien. Que tant d'animaux sauvages puissent rester inutiles l'avait toujours choqué. Le Seigneur ne pouvait les avoir créés pour qu'ils ne servent à rien.

– Les mules et les chevaux, par ici, crèvent en quelques semaines. À cause de la mouche tsé-tsé. Mais pas les animaux sauvages. Un jour, j'ai eu comme… hum, oui, une illumination. Bon sang ! Comment ça se faisait que personne n'y avait encore pensé ? Et j'ai compris où était ma voie…

Le Seigneur, de toute évidence, l'avait désigné pour cette mission : transformer les zèbres du Kenya en animaux de trait. Ou de bât.

Encore fallait-il les capturer. Les débuts avaient été

difficiles. Ces foutues bestioles s'évanouissaient à la vitesse du vent. Mais pourquoi spécialement les zèbres ? Le doigt de Dieu, toujours. Il avait fini par construire un énorme entonnoir d'un bon mile de côté, fait de clôtures dissimulées derrière des buissons d'épineux, qui débouchaient sur des corrals de plus en plus petits, séparés par des trappes. Cinquante boys armés de tout ce qui pouvait faire du bruit avaient rabattu vers lui tous les animaux à 10 miles à la ronde…

– Cinq cents bêtes, au bas mot !

Des antilopes d'une bonne demi-douzaine d'espèces, des autruches, des zèbres ordinaires, des zèbres de Grévy, des oryx, des léopards, et même des lions. Tous fous de terreur, qui se piétinaient les uns les autres. Il en riait encore après toutes ces années, comme d'une bonne plaisanterie – un long hennissement silencieux qui lui avait retroussé la lèvre supérieure, découvert le râtelier. Exactement comme un cheval, avait songé Osa, fascinée. Ou un zèbre.

– À la fin les lions et les léopards ont réussi à sauter les clôtures… Mais ces foutues autruches, avec leurs ailes, leurs pattes qui gigotaient dans tous les sens, et puis les oryx qui éventraient tout, autour d'eux, leurs cornes aiguës comme des sabres, les zèbres qui donnaient des ruades à défoncer les planches… Ah-ah ! Un vrai carnage !

Ils s'étaient regardés, perplexes. Il trouvait ça drôle ? Sauvages, ces bêtes, pour lui, ne comptaient pas : juste inutiles. Sur cinq cents têtes, neuf seulement avaient survécu.

– Six zèbres de Grévy adultes, plus trois de leurs petits.

C'est avec eux qu'il avait entamé son grand œuvre. Il tenait l'animal idéal, plus solide qu'un cheval, parfaitement adapté, sans besoin de foin ou de graines, se nourrissant des herbes sèches de la savane. Les autres zèbres s'étaient avérés trop faibles de l'arrière-train, et trop émotifs, mourant de frayeur dès que capturés…

La suite avait été une affaire de patience. Pas plus compliqué, juste un peu plus long que de domestiquer des chevaux sauvages. Les petits avaient été placés dans le troupeau des bovins. Les vaches, depuis, les traitaient comme des veaux. Le temps de convaincre les fonctionnaires de Nairobi, et pour Rattray ce serait affaire entendue, le zèbre de Grévy remplacerait le cheval et la mule.

Ensuite, songeait Osa, viendrait sans doute le tour des éléphants, comme en Inde. Et pourquoi pas des buffles – en attendant le tour des girafes ? Ce type n'avait qu'une obsession : en finir avec le monde sauvage. Pire que les chasseurs, il le domestiquait. John, jusque-là silencieux, avait dû ressentir la même chose et se tournant vers Rattray, l'air jovial :

– Formidable votre affaire ! On se croirait au cirque. Ça, je suis impatient de voir la suite du spectacle !

Rattray l'avait regardé, éberlué :

– Un cirque ? Où ça ?

Martin trépignait d'impatience. Il fallait qu'il filme tout. Quel sujet c'était ! Kavairondo, sur un signe discret, préparait déjà la caméra. Osa avait grommelé entre ses dents :

– Filme des vaches, pendant que tu y es ! Ça te plaît tant que ça, des animaux sauvages qui tirent une charrue ?

– Hein ? Bien sûr que non. Ce type est fou à lier. Mais ça va plaire au public, ça, je peux te le garantir ! Kavairondo, tu viens ?

Rattray était juste un homme pratique. Pas excentrique pour un liard. À moins que les excentriques ne fussent tous comme lui, dans le fond : des hommes d'ordre. Osa tenta d'imaginer le commissaire Crampton, droit comme un I sur son zèbre, à la tête d'un régiment – fallait-il dire encore de cavalerie ?

Eh bien, va pour les Shaba Hills, conclut Martin, jovial, en évitant les regards courroucés d'Osa. Les tressautements de la bouffarde fichée au coin des lèvres de Rattray valaient sans doute acquiescement. Déjà Martin planifiait tout, précis, péremptoire. Bon sang, j'aurais pas voulu l'avoir comme commandant à l'armée, souffla John. Pire que Custer ! Bud, tête baissée, enregistrait. Voitures et camion resteraient à la ferme, expliquait Martin. Ils n'emporteraient avec eux que trois semaines de vivres. Le temps que soit trié l'équipement nécessaire à leur expédition, ils pourraient même rôder dans le coin et, qui sait, tuer un lion ou deux…

– Jos m'a montré une de ses caches. Ce serait trop bête de manquer ça !

Martin, tuer un lion pour le plaisir ? Qu'est-ce qui lui prenait, tout d'un coup ? Puis elle comprit : c'était le cadeau qu'il voulait offrir à son père.

Son lion : pour John, cela tournait à l'obsession, au point qu'ils en venaient à craindre quelque bêtise de sa part. Depuis quelques jours il masquait mal sa fatigue, comme si l'horloge du temps, pour lui, s'était remise en route. Une lassitude au coin des yeux, parfois, des reparties moins promptes, le corps plus lent : pour la première fois depuis leur rencontre à la gare de New York, Martin et Osa prenaient conscience de son âge. Derrière l'humour affiché, quelque chose en lui s'affaissait, tandis que montait l'appréhension du retour à Independence. Y rapporter un lion, c'était sa manière à lui de n'en être pas tout à fait prisonnier. Tous ces mois en commun, Martin comme Osa en mesuraient aujourd'hui le prix, après tant d'années d'incompréhension, de silences accumulés entre père et fils. Demain John partirait – se reverraient-ils seulement ? Non, c'était à lui et lui seul, en au revoir ou en adieu, semblait dire Martin, qu'il revenait de lui faire ce cadeau d'un lion.

Et c'est ainsi qu'ils s'étaient retrouvés tous deux le soir même dans la cache de Rattray.

Avec la nuit s'exhalaient les senteurs douces des buissons d'épineux, celles, plus lourdes, des branches brisées, des écorces lacérées, qu'elle respirait jusqu'à l'ivresse, odeurs de poussière et de paille dans la chaleur exhalée encore par le sol, odeurs sèches de brindilles et de terre, odeurs de sang, aussi, du zèbre abattu devant elle et il lui semblait, immobile dans la cache exiguë, qu'elle se fondait peu à peu dans l'immensité silencieuse de la savane, comme un bain vivifiant où renaître. Chaque son autour d'elle, chaque frisson de l'étendue, jusqu'à l'horizon englouti dans la mer de ténèbres, lui parvenait avec une netteté parfaite, ces frôlements tout proches, un groupe de pintades grattant encore le sol, plus loin, timide, le chant naissant de quelques grillons, le froissement lourd d'un oiseau de nuit. Comment avait-elle pu oublier les instants éblouis sur l'Athi River, dans les monts Ithanga, ou près du repaire de Jim Walsh ? Ici, enfin, elle se retrouvait, se dit-elle, tout à coup apaisée. Ici elle reprenait le fil de son voyage, après tant de semaines d'agitation, de tensions, de préparatifs interminables. Martin, les yeux mi-clos, paraissait écouter la nuit. Sans doute devait-il remuer des pensées semblables, car il la prit alors tendrement dans ses bras.

Elle chercha sa peau, sous sa chemise, se nicha au creux de son épaule, le sentit frissonner, le souffle plus court. Depuis quand ne s'étaient-ils pas retrouvés ainsi, sans la foule autour d'eux des porteurs et des boys ?

Martin, le premier, tressaillit. Ce halètement, ce n'était pas leurs souffles mêlés, ce n'était pas Osa. Il tenta de se redresser, mais Osa fut la plus prompte, déjà elle épaulait son Bland 405. par l'étroite meurtrière. Les flancs agités de frissons, la lionne, allongée près du zèbre encore tiède, la fixait en feulant doucement, deux disques d'or vert, immenses, où il lui sembla qu'elle se perdait. Elle sentit le souffle de la nuit passer sur son pelage, l'odeur douceâtre du sang contre ses narines, tandis que les ténèbres s'éveillaient de mille bruissements, le ricanement, très loin, d'une hyène en chasse, le brusque effroi d'un galop d'antilopes. Elle était la lionne, là-dehors, respirant les effluves brutaux de la nuit africaine, la lionne, exactement, quand elle pressa la détente, sans cesser de fixer l'animal dans les yeux – et elle crut que l'abri explosait, pour retomber sur elle en mille débris de feuilles et de terre. Elle toussa, pitoyable, à demi étouffée par le nuage de poudre brûlée, hoqueta d'un rire nerveux. Martin essayait en vain de se redresser, son corps trop grand empêtré dans ses vêtements défaits. Et elle, de quoi avait-elle l'air, campée ainsi, nue, le fusil à la main, couverte de feuilles mortes ? Encore raté ! fulmina Martin en recrachant des brindilles. Raté ? Elle avait vu la bête soulevée sous l'impact, retomber comme une masse près du zèbre ! Raté, oui – c'était à lui, d'offrir un lion à John ! Ne restait plus, soupira-t-il, qu'à attendre de nouveau. En, hum, poursuivant d'abord ce qu'ils avaient commencé ?

– On a de la visite…

Martin, un doigt sur les lèvres, la secouait par l'épaule. Comment avait-elle pu s'endormir ? Elle se glissa contre lui, vaguement honteuse, pelotonnée encore dans sa couverture, les yeux ensommeillés. Sous la clarté pâle des étoiles, le lion, tête dressée, paraissait gigantesque. Ou bien était-ce d'être ainsi enfermés, presque à ses pieds, tels des rats en cage, quand il avait pour lui l'espace grand ouvert, dehors ? Il reniflait distraitement la femelle abattue, revenait vers le zèbre, hésitant, sa queue battait ses flancs, nerveuse. Quelque chose le troublait. À peine se découpait-il sur le ciel qu'il s'évanouissait dans les ténèbres. Une seconde, rien qu'une seconde pour moi ! s'exaspérait Martin. Et il fut là, enfin, devant lui, un mâle colossal, sa crinière déployée sur le ciel, la patte posée sur sa proie, la cible idéale – le coude de Martin heurta la paroi à l'instant d'épauler. Presque rien, à peine un effleurement, mais déjà le fauve se figeait, la tête tournée vers la fente étroite, à ras du sol, et son grondement roulait sur l'étendue, s'enflait en rugissement…

Osa répondit. Des années plus tard elle se demandait encore ce qui l'avait prise, tout à coup. Elle répondit. Un hurlement, venu d'elle ne savait où, à l'instant où le doigt de Martin se crispait sur la détente. Une fraction de seconde, et il avait disparu. Ils entendirent les brindilles craquer, la bête renifler, tout près d'eux. Son rauquement, soudain, fit trembler les parois, vibrer l'air de leur frêle abri. Et une fois encore, elle répondit, comme en état second. La partie émergée de l'abri craquait sous la poussée du fauve, il griffait le sol, fouettait l'air de sa queue, rugissait, et rugissait encore, un feulement retenu, entre invite et colère, qui montait, roulait en avalanche pour éclater enfin, impérieux, comme s'il lui répondait. Martin, emporté à son tour, mêla alors sa voix, hurlant à pleins poumons. Surpris, le lion se tut. Et soudain il fut sur eux, un bond gigantesque, jusque sur le toit de l'abri, qui ploya sous son poids, tout s'effondrait déjà, dans un nuage de poussière, de branches hachées menu, ils allaient périr sous les griffes du fauve – Martin, par réflexe, tira droit au-dessus de lui, deux fois, coup sur coup. Pendant quelques minutes ils restèrent immobiles, sourds et aveugles, avant de distinguer les étoiles à travers les débris de leur toit. Le lion avait disparu.

– Eh bien, m'avez tout l'air d'avoir passé une nuit… sauvage, tous les deux ?

Les yeux malicieux de John allaient de l'un à l'autre, détaillant leurs vêtements en désordre, leurs têtes ébouriffées. Ils s'effondrèrent en soufflant sur les premières marches de l'entrée, tandis que Kalowatt les houspillait, pour l'avoir laissée seule toute la nuit.

– On a eu un lion…

– Deux ! Le mien n'a pas pu aller loin…

Du grand mâle, au petit matin, ils n'avaient trouvé qu'une large trace sanglante qui se perdait dans les hautes herbes.

– Oh, glousse John, ce n'est pas tellement aux lions que je pensais…

Il échangea avec Osa un regard complice. Mais Martin insistait, tout à son idée. Où était Rattray ? S'il pouvait envoyer des hommes chercher les deux bêtes…

– Rattray ? Parti avant l'aube. Capturer, m'est idée, quelques-uns de ses foutus zèbres.

Eh bien, ils y retourneraient eux-mêmes avec Jerramani et des porteurs. Le temps d'un brin de toilette. Et de déjeuner, peut-être ? protesta Aloni, portant sur un plateau thé fumant et pains chauds…

Dehors, quelqu'un criait. Martin sortit en hâte, son rasoir à la main. Un des boys de Rattray réclamait de l'eau à Aloni, « pour le *bwana* ». De l'eau ? Pourquoi de l'eau ? Du flot de swahili, il finit par comprendre, maintes fois répété, le mot « léopard ». Léopard ! Et cet imbécile n'aurait rien dit, s'il n'avait insisté ? Il avait dû arriver malheur. Déjà il courait vers une des Ford, lançait le moteur, embarquait à la volée John et Osa portant eau chaude et trousse d'urgence.

Ils trouvèrent Rattray à 5 miles à peine, gisant sur le bord de la piste dans une mare de sang, ses vêtements en charpie. Sa joue arrachée laissait voir l'os de la mâchoire, sa poitrine, ses cuisses, labourées, littéralement découpées en lanières, n'étaient que plaies à vif. Ses boys, autour de lui, attendaient immobiles, le visage impénétrable.

– Il m'a eu, balbutiait le malheureux tandis que Martin nettoyait ses plaies avec une solution de permanganate de potassium. Bon Dieu ! Je crois bien qu'il m'a eu, ce coup-ci. (Il tenta de se relever, en vain.) Et ils n'ont rien fait. Rien !

Le léopard déchiquetait une carcasse de zèbre quand ils l'avaient surpris. Le temps d'épauler, le fauve était déjà sur lui. Il l'avait saisi à la gorge, serré de toutes ses forces, pendant un temps interminable, malgré ses forces déclinantes, tandis que l'animal le mettait en lambeaux – et puis la bête, aux trois quarts étouffée, s'était dégagée pour disparaître en un éclair.

– Rien ! Vous entendez ? Ils n'ont pas bougé. Ils regardaient, juste. Ils regardaient ! Des brutes, je vous dis. Tous des brutes…

Il s'agrippait au bras de Martin, les yeux épouvantés. Dieu les avait tous abandonnés. Ou bien, même lui, ici, ne pouvait rien contre *eux*. Sa voix n'était plus qu'un souffle, elle allait s'éteindre tandis qu'il répétait « abandonné », « abandonné », soudain s'enfla jusqu'au cri. Les sauvages ! Au final, ils gagneraient toujours, ceux-là. Il fallait que cette folie s'arrête… Ma mission ! hoqueta-t-il, avant de retomber à demi inconscient et il y avait dans son intonation une ironie sans fond. Ici, son entreprise de domestication s'achevait en désastre.

Martin et Osa se regardèrent, inquiets. Le malheureux

était encore sous le choc. Dans quelques heures, la souffrance deviendrait insupportable, l'infection gagnerait rapidement. Il n'y avait rien de pire pour cela que les griffes d'un fauve. Il fallait foncer vers Isiolo, décida Martin, trouver coûte que coûte le docteur Macdonough et qu'importent les cahots, c'était une question d'heures.

– S'il en réchappe, de toute façon, ce sera un miracle…

– Il en réchappera ! protesta Osa, les poings fermés. Et ce sera le second. Après Akeley.

Nul ne vint les aider quand ils hissèrent à bord le corps inanimé. La dernière vision qu'elle emporta, tandis qu'ils s'éloignaient, fut la masse des boys de Rattray, immobiles, en travers de la piste. Indifférents.

XIV

Un souffle froid monta vers eux, venu du Ngara Mara, passa dans un frisson sur les hautes herbes et les flammes des grands feux crépitèrent, révélant, furtives, les silhouettes élancées des porteurs, l'agitation déjà autour des paquetages. Des profondeurs de la nuit, alentour, montait un bourdonnement de murmures affairés, comme si la solennité du moment imposait prudence et retenue. Martin finit posément sa tasse de café, se redressa. C'est l'heure, dit-il, la voix un peu nouée, et comme s'il n'avait attendu que son signal, le ciel pâlit, effaçant une à une les étoiles, une traînée grise trembla au fond des ténèbres, gagna rapidement. Ferraragi et Jerramani rassemblaient les porteurs sur une file. John, une dernière fois, vérifia l'arrimage des caméras. La pauvre Kalowatt poussait de petits cris, enfermée dans sa cage, mais comment faire autrement pour une si longue marche en terrain inconnu ? Eh bien, cette fois nous y sommes, grommela Martin en serrant brusquement John et Osa dans ses bras. Les dés étaient lancés, de nouveau. Mais sans John, cette fois, qui attendrait leur retour chez Rattray et chacun en cet instant mesurait que ce n'était que le prélude à un plus grand départ.

Jusqu'au dernier moment, Osa avait tenté de le dissuader. Leur guide dans les Shaba Hills désormais indisponible, ne valait-il pas mieux foncer directement vers Marsabit ? Ils n'avaient que trop perdu de temps ! Les derniers événements l'avaient choquée, plus qu'elle ne l'avait d'abord imaginé. Des images sans cesse lui revenaient, le corps de Rattray déchiré, leur course folle jusqu'à Isiolo, Rattray grelottant de fièvre, gémissant de douleur quand il ne sombrait pas dans l'inconscience. Dix fois ils l'avaient cru mort... Macdonough lui avait fait aussitôt une piqûre de morphine, puis avait commencé la longue attente, jusqu'à ce que le docteur le déclare sauvé. Dans quel état ? C'était une autre affaire. Pour l'heure, Rattray, prostré, tenait de la momie tout juste sortie de son sarcophage. Il en aurait pour quelques mois ainsi, estimait Macdonough, avant de retrouver ses moyens – s'il les retrouvait. Un miracle, répétait-il, auquel le permanganate de Martin n'était peut-être pas étranger. Et chaque nuit, depuis, reprenait pour Osa la ronde infernale, léopards, lions, bondissaient sur elle, la mettaient en pièces, mais non, c'était la foule des émeutiers de Nairobi, c'étaient les boys de Rattray, et Rattray lui-même qui la fixait, les yeux épouvantés, avant de rugir, furieux, et il était lion, il était léopard, hurlant la victoire du sauvage. Elle se réveillait en sursaut. Kalowatt gémissait, effrayée. Ce n'était qu'un contrecoup normal, répétait Martin, croyant la rassurer, mais elle savait qu'il n'en était rien. Quelque chose lui faisait signe, qu'elle ne comprenait pas. Kalowatt elle-même devenait intenable, harcelait les zèbres, poussait à tout propos de petits cris inquiets, pressée aurait-on dit de reprendre la route. Un asile de fous, avait lancé Martin, un matin, exaspéré par le spectacle des bêtes apprivoisées. En tout cas, cet endroit ne leur valait rien et pas plus ce qui s'y rattachait, à commencer, elle en avait le pressentiment, par ces Shaba Hills. Il fallait fuir, retrouver le fil de leurs émerveillements, se retrouver, tous deux. Martin hochait la tête, pensif, mais s'obstinait. Dugmore et Rayney ! L'occasion était unique, de les affronter à distance sur ce qui avait été leur terrain d'élection. John, à la surprise d'Osa, avait approuvé. Les éléphants de Marsabit étaient prisonniers du désert, ils attendraient. Pas les rhinos et les girafes des Shaba Hills. Si ces collines étaient aussi riches qu'annoncé par Rattray, c'était peut-être la moitié de son film que tiendrait Martin ! Bud Cottar, croyant bien faire, avait proposé de retourner à Isiolo : il se faisait fort d'en ramener un vrai guide, garanti par Douglas et Macdonough – et il avait viré au rouge brique sous les regards furieux d'Osa. Pas la peine, avait coupé Martin, d'un air entendu qu'elle avait aussitôt détesté, j'ai ce qu'il nous faut...

– Japanda, le dépeceur.

– Quoi ? Ce gnome ronchon ?

Martin l'avait engagé tandis qu'elle veillait Rattray à Isiolo. Et elle avait eu, le découvrant, un mauvais pressentiment : ce nain aux yeux fuyants, au front buté, avait tout d'un oiseau de malheur.

– Il a déjà traversé les Shaba Hills. Une fois. Mais il se souvient bien de la piste.

Ignorant les objections d'Osa, Martin avait entrepris de répartir les tâches. John resterait sur place avec deux hommes, jusqu'à leur retour. Comme le voyage se faisait à pied, les soixante porteurs n'emporteraient chacun que les soixante livres autorisées. Les vivres restants seraient répartis en tas, chacun valant pour trois semaines, que John garderait en leur absence. Si besoin était, Jerramani viendrait se réapprovisionner avec les hommes nécessaires.

Japanda ! Depuis son arrivée il vivait à l'écart, silencieux et maussade, réfugié dans sa hutte quand les autres riaient, chantaient, racontaient des histoires. Seul comme les bourreaux, jadis, avait grommelé John, qui l'évitait soigneusement. Et comme les bourreaux, sans doute, il puait le sang séché, l'odeur fade des viscères : la mort. Ce serait désormais leur guide ? Elle avait cherché le regard de John, comprit aussitôt : leur escapade retardait d'autant son retour en Amérique.

Kalowatt agita une dernière fois la main à travers les barreaux de sa cage. John, silhouette déjà lointaine campée au milieu de la piste, lui répondit : ici, il rebroussait chemin, vers la ferme de Rattray. Ils l'avaient quittée deux jours auparavant, pour camper sur une hauteur au coude de l'Ewaso Ngiro, le fleuve aux eaux brunes. Dans la plaine, ils pouvaient voir paître les troupeaux de buffles, les longs sillons d'herbes foulées les conduisant au fleuve, mais ils savaient aussi que des caches seraient inutiles. Les bêtes, les devinant, iraient boire plus loin. Les eaux de la rivière étaient au plus bas. Un maigre filet d'eau erratique, des mares boueuses de loin en loin. Dans l'une d'elles ils avaient découvert un python de cinq bons mètres de long, passablement exténué. Aucune raison de s'attarder plus longtemps – même John en était convenu.

Osa remonta la longue file des porteurs. Comparés aux porteurs aux jambes grêles, au torse creux, qui les accompagnaient depuis Thika, ceux engagés par Martin à Meru paraissaient des géants, mais ils étaient d'abord chasseurs. Auraient-ils la même endurance que les premiers ? Insouciants, ils chantaient, une mélopée lancinante qui épousait le rythme de leurs pas. De loin en loin l'un d'eux lançait une phrase à laquelle répondaient des rires, et les heures passèrent ainsi, monotones et légères, dans le moutonnement régulier des hautes herbes seulement rompu çà et là par des buissons d'arbres maigres.

Au début de l'après-midi, les herbes se firent plus rases, et rêches, leur couleur vira au gris pâle comme si les recouvrait une fine couche de poussière, tandis que la chaleur devenait plus pesante. Une heure encore et ils butèrent sur une crête de roches pulvérulentes couleur de sang séché. Martin en effrita sous sa semelle, fit la grimace : elles se décomposaient en fines lamelles, tranchantes comme des lames de rasoir. Il partit en avant-garde, à grandes enjambées, suivi de Jerramani et du désormais indispensable Japanda, revint au bout d'une heure, le visage fermé :

– Un champ de lave, à l'infini. Probablement jusqu'aux montagnes.

Elle imagina l'énorme éruption, les fleuves de lave en fusion se répandant tels les rayons d'une roue sur les flancs du volcan, envahissant la plaine, gagnant le fleuve…

– D'après Japanda, il n'y a pas d'autre voie…

– Tu peux m'expliquer, dans ce cas, pourquoi il ne nous en a rien dit avant ?

Et comme il restait silencieux :

– Et Rattray ? C'est curieux, non, que Rattray ne nous en ait jamais parlé ? Tu es sûr, seulement, que nous sommes sur la bonne piste ?

Martin haussa les épaules, fataliste. Quel autre parti prendre, que d'avancer coûte que coûte ? D'ailleurs, ils avaient un deuxième problème. Sérieux. Du menton, il désigna les porteurs embauchés à Meru :

– Ils n'ont pas de chaussures.

Comment avaient-ils pu, les uns et les autres, négliger ce détail ? Les vieux briscards de Thika, comme tous les porteurs chevronnés, avaient des sandales grossières, en peau de zèbre ou de buffle, pour les passages difficiles. Nul n'avait réalisé sur le coup que les hommes recrutés à Meru n'étaient pas des professionnels mais de jeunes chasseurs insouciants et hâbleurs. Interrogés, ceux-ci répondirent par des rires aux inquiétudes de Martin : la plante de leurs pieds valait les cuirs les mieux tannés !

Sans doute, mais après des heures de marche sur des lames de rasoir, avec sur le dos soixante livres ? Bud, qui déjà prenait la faute sur lui, proposa de traverser immédiatement le fleuve et de partir en chasse de buffles, ou de zèbres. Mais combien de jours faudrait-il pour tanner leurs peaux, tailler soixante-dix paires de sandales ? Pas le temps, trancha Martin. Le mieux qu'il pouvait faire était de diviser les charges par deux et de laisser l'excédent sur place, à la garde de deux hommes. Comme, par chance, il leur restait la peau d'un zèbre abattu le jour précédent, ils pourraient y tailler des sandales en attendant qu'on revienne les chercher, une fois le point d'eau trouvé, et les hommes reposés. La tête de Ferraragi s'allongea quand il se vit désigné comme le seul digne de pareille confiance. Tailleur de sandales ! Si la chose venait à s'ébruiter dans les gargotes de Nairobi…

Tout, en somme, tenait à ce fameux point d'eau, intervint Osa.

– Ôte-moi d'un doute : as-tu la moindre idée d'où il se trouve ?

Martin eut une moue agacée. À mi-chemin, avait dit Rattray. Confirmait Japanda. Il s'en souvenait très bien.

– Pas de problème, *memsahib*.

– Sans doute, mais, sapristi, *à combien de miles ?*

Japanda se lança dans un flot de paroles incompréhensibles, en agitant les bras dans tous les sens. Sollicité, Zabanelli, le traducteur, haussa les épaules. Il n'allait tout de même pas s'abaisser à traduire un personnage aussi méprisable ? Comme Martin fronçait les sourcils, il consentit à lâcher, en un résumé largement suffisant :

– Loin.

Eh bien, avec ça, on se sentait tout de suite rassuré, ironisa-t-elle mais Martin, agacé, lui avait déjà tourné le dos. Elle chercha du soutien autour d'elle, croisa le regard de Bud. De toute évidence il n'avait pas plus confiance qu'elle dans les talents de Japanda. Mais Martin était le boss, et il était là pour le servir.

Le plus sage, dit Martin après un long silence, était d'établir ici le campement. Le fleuve, ou plutôt le ruisseau, en ses caprices, les avait rejoints un peu plus bas. Il faudrait, demain, veiller à remplir toutes les gourdes et récipients disponibles. La journée risquait d'être rude… Après une longue discussion avec le représentant élu des porteurs il obtint qu'ils aillent si nécessaire au-delà des 15 miles légaux, jusqu'au point d'eau. Quant aux gourdes à remplir, le représentant du peuple en faisait son affaire : n'était-il pas le chef ?

Osa, à l'écart, consolait Kalowatt boudeuse. Martin, désarçonné de la sentir hostile, retardait le moment de se retrouver seul avec elle en multipliant les conciliabules avec Jerramani. Son obstination affichée, chacun le devinait, n'était qu'à proportion de ses incertitudes. Et John n'était plus là pour détendre l'atmosphère. Du coup, Aloni ne cachait pas sa mauvaise humeur, 'Mpishi grommelait dans son coin, Ferraragi, mortellement vexé, affichait une tête d'enterrement.

– Ils sentent votre désaccord, résuma Bud Cottar en se glissant près d'elle. Et ça, ce n'est pas bon. Pas bon du tout… Au moindre pépin, vous ne les tiendrez plus.

Il avait raison, bien sûr. Mais comment chasser cette ombre qui ne la quittait plus, ce sentiment diffus d'aller à une catastrophe ?

Les jeunes porteurs n'avaient pas les inquiétudes de Martin. C'est en chantant, au petit matin, qu'ils reprirent la piste. Osa, restée dans la file près de Kalowatt en cage, s'émerveillait de la légèreté des insouciants. À peine paraissaient-ils effleurer les arêtes de lave, là où elle trébuchait. Peut-être Martin s'était-il fait une montagne de peu de chose ? Le plus pénible très vite devint la chaleur. Nulle ombre, à perte de vue, nul repli où s'abriter des rayons du soleil, nulle herbe pour rafraîchir le sol. Quelques branches calcinées sortaient çà et là du fleuve pétrifié tels les bras de noyés implorant un secours, tout autour d'eux n'étaient que poussière couleur de sang séché, roches spongieuses, arêtes traîtresses, spectacle de désolation. La ligne tremblante des montagnes, au loin, paraissait reculer, les silhouettes des porteurs elles-mêmes vacillaient, évanouies dans les vibrations de la chaleur. Les rares courants d'air, au lieu de les rafraîchir, leur brûlaient la peau comme le souffle de quelque forge. Bientôt, elle eut l'impression, malgré ses épaisses semelles, de marcher sur des braises ardentes. Comment, pieds nus, pouvaient-ils encore chanter ? D'ailleurs, ils ne chantaient plus…

À midi, tous étaient épuisés. Martin ordonna une halte. Kalowatt, effondrée, restait inerte au fond de sa cage. Osa, un instant, la crut morte. Elle allait la rafraîchir quand Bud Cottar l'arrêta d'un geste.

– Vous avez vu ? Ils ne boivent pas.

Écroulés, les yeux fixes, leurs lèvres blanchies, craquelées par la soif, ils faisaient pourtant peine à voir. Martin, pris d'un doute, courut de l'un à l'autre : leurs gourdes étaient vides.

C'était pire que tout. Le représentant des porteurs piquait du nez, penaud. Il avait oublié l'ordre de Martin, ou l'avait jugé superflu. Et ils se trouvaient tous, désormais, en péril.

Seule, l'équipe de base s'était souciée d'emplir ses gourdes. Les partager, dès maintenant ? Martin fit la moue. Ce serait une gorgée pour chacun. Autant dire rien. Le plus sage, suggéra Osa, était de retourner sur leurs pas. Qui pouvait assurer que là-bas, devant, il y avait un point d'eau ? Bientôt ! bientôt balbutiait Japanda sous les regards suspicieux du groupe, mais comment lui faire encore confiance ? C'étaient des vies qui se trouvaient en jeu. De l'eau, fit Martin, il y en avait forcément dans les Shaba Hills, où l'on serait demain, peut-être dès la mi-journée. Trop tard, objecta Bud, surpris lui-même d'oser prendre la parole : les hommes n'arriveraient jamais jusque-là. Il risquait d'y avoir des morts. Le plus sage était de rebrousser chemin. Jerramani, resté silencieux tout ce temps, se redressa soudain. Impossible, gronda-t-il, péremptoire. Les hommes refuseraient, et ce serait la débandade. Il fallait continuer coûte que coûte. Et surtout ne pas boire devant eux. Cacher qu'il restait un peu d'eau.

Osa frissonna malgré la chaleur : les Shaba Hills, entre-temps, paraissaient s'être encore un peu plus éloignées…

Vers une heure de l'après-midi Jerramani remonta la file, soucieux : quelques porteurs commençaient à craquer. Martin hésita un instant, puis, la voix sourde :

– Le *sjambok*. S'ils restent en arrière, ils mourront. Donne du *sjambok* !

Osa n'eut même pas la force de protester. Le fouet en cuir d'hippopotame, comme pour les attelages de bovins ou les esclaves. Et c'était Martin qui ordonnait cela ! Ils étaient dans un cauchemar – ce cauchemar qui la hantait depuis tant de nuits. Bientôt ! bientôt ! répétait le dépeceur. Mais il sentait la mort, il était la mort qui conduisait le safari à sa perte…

Vers trois heures, Jerramani revint à leur hauteur. Le fouet n'avait plus d'effet. Les hommes posaient leur paquetage, et refusaient d'aller plus loin. Osa remonta la ligne. Les malheureux gisaient sur le sol, certains le visage à même la lave brûlante, pleurant tels des enfants.

Tous avaient les pieds et les lèvres en sang. Certains portaient sur le dos les traces de *sjambok* : Jerramani n'y était pas allé de main morte…

Martin resta un instant silencieux, sourcils froncés, puis, soudain, appela Kavairondo : qu'il prépare une caméra, vite ! Une caméra ! Comment pouvait-il encore penser cinéma ? Mais lui, tout à son idée, le regard brillant d'excitation, c'était trop bête, il aurait dû y penser dès le matin, commençait déjà à filmer, changeait d'objectifs pour des gros plans de pieds en sang, de lèvres éclatées. Ce ne fut qu'après deux bobines pleines qu'il revint vers Jerramani : il fallait que les hommes repartent ! De gré ou de force. On divisa encore les paquetages, fit un tas en milieu de piste de ce qu'on reviendrait chercher plus tard, si l'on s'en tirait. Les plus faibles furent dispensés de portage, et sous les coups et les cris les malheureux reprirent leur marche titubante sur la lave en feu. Martin, malgré la chaleur, pressait le pas, comme possédé, prenait de l'avance, revenait en arrière, filmait sous tous les angles la procession à l'agonie. « Et pourquoi pas des morts, tant que tu y es ? » avait lancé Osa, un soir, à Isiolo. Eh bien ! Il y en aurait d'ici peu – mais lui, en ces instants, ne pensait qu'aux images qu'il captait. Le regard fixe, il ne la voyait même plus. Il tenait son film. Le public de Broadway allait adorer…

« Encore, Jerramani, hurlait-il, encore ! » Et des grêles de coups tombaient sur les épaules des fantômes titubants, pour quelques mètres de plus. Ce n'était pas Martin, cela, ce n'était pas lui ! Elle voulut l'arrêter, le ramener à la raison. La violence de son regard était telle qu'elle recula. Rien ni personne ne l'empêcherait de filmer. Ce n'étaient plus des hommes souffrants autour de lui, juste des images. Cette agonie n'avait plus de sens, ni de fin ce fleuve de lave, ils allaient tous mourir…

Vers quatre heures, il y eut un cri à l'avant, une brusque agitation. À la coulée de lave succédait une mer de sable. On voyait à distance quelques arbustes maigres, apparemment en vie, des herbes rêches. La colonne rassembla ses dernières forces – la douceur du sable, après l'horreur des roches tranchantes !

C'était pire encore.

Le sable brûlant s'insinuait dans chaque blessure, chaque crevasse, causant d'atroces souffrances. Un temps, malgré tout, les porteurs s'obstinèrent. De changer de paysage prouvait qu'ils se rapprochaient, l'eau ne pouvait plus être loin ! Mais au bout d'une heure ils s'écroulèrent, les uns après les autres, en gémissant. Jerramani ordonna une halte, au moment où Martin revenait vers eux, en dévalant une butte de sable. Des rhinocéros. Une femelle et son petit, qui paissaient tranquillement. Là, juste derrière la butte de sable. En plus la lumière était parfaite ! Osa voulut l'interrompre, était-il devenu fou ? Mais lui, sans l'écouter : la lumière est parfaite, je te dis, viens, prends ton fusil ! Kavairondo, déjà, déballait la deuxième caméra. Rien n'existait plus, que ses rhinos – et surtout pas les porteurs. Elle prit son fusil, mécaniquement, et le suivit en trébuchant de fatigue. Elle irait jusqu'au bout. N'était-elle pas là pour ça ?

La scène était superbe, d'une telle quiétude dans la lumière dorée que les souffrances endurées tout le jour paraissaient relever d'un autre monde, ou de quelque cauchemar dont ils venaient de s'échapper. Ils s'approchèrent, à pas prudents. Le vent était favorable, la mère rhino ne se doutait de rien. Un instant, les oiseaux parasites qui picoraient les replis de son dos s'envolèrent, effarouchés, et elle leva la tête, en alerte. Mais elle ne sentit rien et reprit sa mastication, son petit serré contre son flanc. Ils filmeraient à deux caméras, comme d'habitude, celle de Kavairondo braquée sur Osa épaulant son fusil. Elle s'épongea le front, assura ses appuis, mais quand elle voulut épauler ses bras furent pris de violents tremblements. « Ne vous en faites pas, je suis là », entendit-elle chuchoter derrière elle. Quelques pas en arrière pour rester hors du cadre, Bud souriait, le fusil à l'épaule.

C'est alors que le vent tourna.

La mère redressa la tête. Elle sentait leur présence, maintenant, mais n'y voyant goutte, comme tous les rhinos, elle demeurait incertaine, allait, venait. Elle finit par se rapprocher, au petit trot, puis de plus en plus vite. Osa entendit Bud armer, déjà la femelle rhino était sur eux – elle bifurqua brusquement, au moment où Bud tirait, bouscula le trépied d'une caméra avant de s'enfuir ventre à terre, suivi de son petit. Droit dans un arbre, heurté si violemment qu'elle boula cul par-dessus tête. Elle se releva en titubant, à demi assommée, et après quelques hésitations s'éloigna au petit trot. « Je l'ai ! Je l'ai ! exultait Martin, Bon Dieu ! Quelles images ! » La scène avait duré quelques secondes. En fait de charge furieuse, la pauvre bête avait bifurqué, affolée, en découvrant au dernier moment la présence du groupe, et à présent filait sans demander son reste.

Osa se laissa tomber au sol. Et pendant ce temps-là des hommes mouraient de soif, derrière la dune…

Il sut trouver les mots – l'eau n'était plus très loin, puisqu'il y avait des rhinos et de l'herbe, çà et là – ou bien il leur faisait peur, comme une créature surnaturelle, ou diabolique, en tout cas aux pouvoirs surhumains. Ils se levèrent, en gémissant à chaque pas. Le repos ne leur avait rien valu, leurs pieds sanguinolents avaient doublé de volume. Ils marchèrent, pourtant, jusqu'à la nuit tombante, dans un état second, un pas après l'autre, presque inconscients. Vers six heures, ils n'étaient plus qu'une poignée derrière lui, le sable luisait, phosphorescent dans l'ombre qui gagnait, on se serait cru sur quelque planète étrangère, sans le moindre repère. On fit un feu tandis que Martin s'époumonait dans son sifflet pour guider les retardataires. Ils arrivèrent un à un, telles des apparitions silencieuses, pour s'écrouler devant le brasier. La plupart avaient laissé leur paquetage en route. Au bout d'une heure, l'inquiétude gagna : où était Kalowatt ? Déjà, Osa l'imaginait abandonnée sur la piste, mourant de soif, dévorée par quelque fauve, quand elle apparut, portée par un jeune garçon vacillant de fatigue. La pauvre bête faisait peine à voir, terrorisée. Osa la serra dans ses bras, l'embrassa jusqu'à sentir enfin le petit corps frémir, retrouver un semblant de vie. Discrètement, elle s'éloigna derrière une dune pour lui donner les quelques gorgées qui restaient dans sa gourde.

À huit heures, Jerramani apparut, fermant la marche. Brave Jerramani ! Il avait veillé tout ce temps sur le groupe, récupéré les invalides, il les avait soutenus, parfois, soucieux de n'en laisser aucun derrière lui, proie facile pour les fauves. Mais toujours pas d'eau. Pressé de questions par un Jerramani menaçant Japanda finit par avouer qu'il était perdu. Le malheureux tremblait, épouvanté. Il était bien allé jusqu'à la montagne, une fois, mais ne savait plus par où. Il voulait juste faire plaisir au *bwana*, qui était un bon maître. Et maintenant ils allaient tous mourir, lui le premier.

Perdus ! Au fond, ils le savaient tous, depuis le début. Restait l'espoir d'atteindre la montagne le lendemain matin, du moins pour les plus vaillants, et de ramener de l'eau. Mais combien, parmi les plus faibles, tiendraient un jour de plus dans cette fournaise ? Martin, furieux, et d'abord sans doute contre lui-même, voulait poursuivre encore, une heure ou deux, c'était folie de camper ici, sans protections, plus loin ils trouveraient un meilleur campement ! Mais les hommes, inertes, ne l'écoutaient plus.

– Je vais chercher de l'eau, dit alors Cottar d'une voix calme, mais si déterminée que Martin en resta coi. Deux ou trois hommes avec moi. Et je trouverai.

Seuls, dans la nuit, malgré les fauves et les rhinos ?

– C'est eux qui me guideront vers les points d'eau.

Il tirerait des coups de feu rapprochés dès qu'il en aurait trouvé un, puis à intervalles réguliers pour les guider vers lui. S'ils n'étaient pas attaqués avant, songea Osa, piétinés dans les ténèbres ou déchiquetés par un lion. Deux hommes encore presque valides se dévouèrent après bien des palabres – et la promesse d'une livre, somme énorme pour eux. Martin, discrètement, glissa sa gourde au chasseur. Il n'avait pas bu une goutte depuis midi. Osa saisit les mains de Bud.

– Ne vous inquiétez pas, madame Johnson. Je trouverai.

Et il s'enfonça dans la nuit, suivi de ses deux aides claudicants.

Commença la longue attente. Jerramani avait trouvé la force, encore, de dresser leur tente, et il demeurait accroupi devant l'entrée, mais sa tête dodelinait malgré lui, et il sombrait par à-coups dans le sommeil. Martin dormait à poings fermés, ou faisait semblant pour éviter les discussions. Les hommes, dehors, gisaient où ils étaient tombés, masses sombres sous la clarté pâle de la nuit, d'où montaient de loin en loin des gémissements. Espéraient-ils encore quelque chose ? La nuit, autour d'Osa, se peuplait de mille bruits, des courses furtives derrière les dunes, le rugissement d'un lion, très loin, le miaulement rauque d'un léopard rôdant autour du camp.

Les heures s'écoulèrent, interminables, mais nul coup de feu ne vint les rassurer. « Nous allons mourir », se dit-elle avec un détachement qui la surprit. La lune sculptait dans les dunes des ombres fantastiques, ils avaient franchi sans le savoir une invisible frontière, changé de monde, ils étaient dans le cauchemar qui ne la quittait plus depuis des jours…

« Des rhinos ! » Martin lui secouait l'épaule, en chuchotant. Quand s'était-elle endormie ? Elle entendit à quelques pas d'énormes reniflements, des bruits sourds de mastication. Ils se glissèrent dehors. Des ombres, massives, passaient entre les buissons d'épineux. Combien étaient-ils ? Le bruit semblait venir de tous les côtés à la fois. À vingt pas à peine, deux rhinos venaient vers eux en broutant. Martin allait épauler quand Jerramani se glissa à leurs côtés, une pierre à la main. Sous le choc, étonné, un des rhinos se redressa, une deuxième pierre le fit fuir, suivi de son compagnon. Ils firent ainsi le tour du camp, chassant à coups de pierres les mastodontes timides. Qu'est-ce que ces fichus animaux pouvaient bien trouver à brouter dans ce désert, pour être aussi nombreux ? Ils pensaient avoir écarté le danger quand un grondement vint sur eux, du fond de la nuit. Ils n'eurent que le temps de se jeter de côté, le troupeau passait dans un galop furieux, frôlant le camp, avant de disparaître. Miracle, aucun des porteurs n'avait été piétiné.

– Ça y est. Ils sont partis, souffla Martin en s'affalant sur son lit de camp.

Un reniflement juste derrière la tente les fit de nouveau se dresser. Un autre, droit devant. Puis un autre encore. Ils étaient revenus. Et la nuit passa, en vaines tentatives pour les chasser, dans la crainte permanente qu'un irascible, agacé d'être criblé de pierres, déclenche une charge fatale. Mais à tout prendre ils paraissaient d'humeur placide. Ils tenaient juste à être là, et pas ailleurs.

Quand ils consentirent à se retirer les étoiles pâlissaient, le jour s'annonçait, derrière l'horizon. Et c'est alors que, très loin, ils entendirent un claquement étouffé, puis un autre, et un autre encore.

Des coups de feu ! Bud avait réussi.

Déjà, les éclopés de la nuit, laissant tout derrière eux, disparaissaient derrière la dune, en direction des coups de feu. Malgré les pieds enflés, saignants, crevassés, qui leur arrachaient des cris de douleur, les obligeant à des déhanchements presque comiques. De l'eau ! Pour elle, tout s'oublia dans l'instant. Martin, furieux, rappela Kavairando qui détalait avec les autres : et la caméra ?

– Dans un moment pareil, tu ne pourrais pas penser à autre chose qu'à ton film, non ?

Il y avait dans la voix d'Osa une telle exaspération que Martin se figea. Comment ? Mais c'était le dénouement ! Les Mines du roi Salomon, répétait-il, surexcité, en déballant pied et accessoires. Il avait trouvé aussi bien que Rider Haggard ! Juste ce qui lui manquait ! Et il allait rater le dénouement ? Il fallait qu'elle ait perdu la tête ! Kavairondo poussa un gros soupir en soulevant la caméra, Jerramani, le regard noir, prit pied et accessoires et ils se lancèrent à la poursuite des porteurs. Qu'importe le film, s'obstina Osa, elle voulait être la première, remercier Bud, le serrer dans ses bras, l'embrasser. Le brave garçon ! Il les avait tous sauvés. Laissant Martin, elle partit en courant.

Elle le trouva enfin, après une heure de marche. Une dizaine de porteurs l'avaient précédée. Les autres arrivaient un à un et il fallait les retenir pour qu'ils ne plongent pas dans la grande mare mais remplissent leurs bidons pour boire, s'arroser la tête, rafraîchir leurs pieds en sang. Elle étreignit Bud fougueusement, lui serrait les mains, lui prenait les épaules. Ah ! Il avait été magnifique ! Magnifique ! Il a grandi, se dit-elle, en l'embrassant. Et lui, trop fatigué cette fois pour rougir, s'excusait presque de n'avoir pas tiré plus tôt. Avec ses deux compagnons, il avait suivi des traces de rhinos, de plus en plus nombreuses, jusqu'à se trouver au beau milieu d'un véritable troupeau. Combien ? Malgré la lune, c'était difficile à dire…

– Des dizaines et des dizaines ! Mon père me racontait, comme c'était dangereux, déjà, un simple troupeau de vaches, quand il était rancher aux États-Unis. Alors vous imaginez, de rhinos…

Ils avaient senti l'eau, de loin, la terre mouillée, piétinée, mais c'était un véritable barrage de mastodontes qu'ils avaient trouvé, aussi avaient-ils dû faire un grand détour pour rester contre le vent et pendant plus d'une heure ils avaient enduré le supplice de ne pouvoir atteindre l'eau sans risquer d'être piétinés. Le moindre coup de feu et les bêtes seraient parties en *stampede*. À la fin ils avaient tenté le tout pour le tout, et s'étaient frayé un passage à coups de pierres jusqu'à la mare, où ils s'étaient désaltérés – pour se découvrir enveloppés de toutes parts, de nouveau. Les bêtes les ayant sentis commençaient à s'agiter, ils avaient réussi à atteindre un arbre et s'étaient accrochés en hâte aux basses branches, en priant qu'elles ne cèdent pas sous eux, ou que, s'endormant, ils ne chutent sur le dos d'un des mastodontes.

Puis, peu avant l'aube, les rhinos avaient disparu comme par enchantement, et il avait pu tirer, enfin…

Martin lui avait serré la main avec chaleur. Ça, c'était du bon boulot !

– Vous savez que je vais vous devoir une des plus belles séquences du film ?

Et il avait continué à tourner. Les plus faibles

arrivaient, certains en se traînant, sous les quolibets des autres, déjà désaltérés. Demain, après-demain, ils repartiraient chercher les paquetages laissés en chemin. Le jour se levait, radieux, les Shaba Hills, surprise, étaient là, toutes proches, qui se crêtaient de feu et d'or. Un frisson passait sur la plaine comme une étoffe qui se retire, emportant avec elle les derniers recoins de nuit, et la lumière, triomphante, enveloppa Osa.

Les ombres n'étaient plus là, qui l'avaient accompagnée tous ces jours.

XV

Le lendemain, ils riaient déjà de leurs blessures, comparaient, allongés en plein soleil autour du point d'eau, la profondeur de leurs entailles, ou se moquaient des plus faibles, encore prostrés. Était-ce digne d'un chasseur meru, de se traîner ainsi ? Puis, comme Bud et Jerramani, décidément infatigables, revenaient avec des boys portant un buffle abattu dans la plaine, ils avaient entouré Japanda avec des mines gourmandes, tandis que celui-ci leur isolait sur de larges feuilles cervelle, poumons, sabots, tripes qu'ils mangeraient le soir à demi cuits, mélangés à leur *mealy meat*, et les petits groupes rassemblés autour des feux, la nuit venue, avaient bruissé d'histoires joyeuses. Les flammes découpaient leurs silhouettes accroupies en cercle, presque tête contre tête, l'étendue d'eau luisait dans les ténèbres, que troublait seul de loin en loin le glissement silencieux de quelque bête, serpent ou saurien, des abords piétinés de la mare venaient par bouffées des odeurs douceâtres qui se mêlaient à celles, grisantes, des énormes côtelettes que faisait griller 'Mpishi pour les *bwanas*. Un chant monta dans la nuit, repris de feu en feu, infiniment triste, et Osa imaginait déjà qu'il disait les souffrances de leur équipée, quand il se termina brusquement par un éclat de rire général. Se pouvait-il qu'ils aient déjà tout oublié ?

Au matin suivant, c'est en chantant que les plus

vaillants partirent, derrière Jerramani, récupérer les paquetages semés en chemin. Si tout allait bien, ils traverseraient de nouveau le champ de lave et retrouveraient Ferraragi – une affaire de deux jours, peut-être trois, selon l'état des hommes. Pendant ce temps, décida Martin, il explorerait les alentours avec Bud, pour trouver le lieu où s'établir. Pendant qu'Osa garderait le campement, et les derniers éclopés. Rester au camp ? Et puis quoi, encore ? Furieuse, elle avait saisi son fusil, prête déjà au départ. Où irait Martin, elle irait. Il en avait toujours été ainsi, et ça continuerait !

– Aussi longtemps que je le déciderai, Martin Johnson…

Ça ! Elle allait le suivre partout – « comme ta conscience », glissa-t-elle, menaçante. Martin baissa le nez, sans répondre.

Pays de broussailles, pays de rocailles, terre sans eau, épuisée de trop grandes chaleurs, gorges abruptes – au bout de deux heures de marche, ils avaient tous les bras et les jambes écorchés, tandis qu'ils s'enfonçaient entre les collines et chaque inspiration, peu à peu, devenait une brûlure. C'était donc cela, le paradis promis par ce fou de Rattray ? Autour d'eux, ce n'était que déchaînement de buissons griffus, arbres courts, aux formes contournées, acacias nains, et derrière chaque colline recommençait le moutonnement d'autres collines, seulement interrompu par une coulée de lave, ou une langue de sable, et dans les vibrations de l'air brûlant, devant elle, tout finissait par se confondre, le jaune terne du sable, le brun de Sienne du sol, le gris des buissons maigres, en une monotonie brunâtre que barrait seule, vers le sud, la haute silhouette, couleur bronze, du mont Shaba. Quelques fleurs tremblantes d'ipomées, çà et là, le rose vif d'une touffe de roses du désert lui faisaient battre le cœur un peu plus vite, mais les troncs épais et courts des rosiers se confondant avec les cordes de lave, les hyphaènes coriaces à demi desséchées, les épines sifflantes, tout disait la souffrance et la lutte, que jamais ne venait apaiser une touche de verdure. Et pas un bruit, rien. Les traces d'animaux abondaient pourtant autour d'eux, crottin, empreintes de sabots que Bud déchiffrait, rhinos, buffles, girafes, gazelles de Grévy, oryx – où diable se cachaient-ils, tous ceux-là ?

– Ils sont là, fit Bud, en montrant les hautes broussailles, brun et ocre, qui les enveloppaient. Ils nous observent. Le camouflage idéal !

Du haut d'une colline, ils purent distinguer les pistes empruntées par les troupeaux, les herbes foulées, les arbustes brisés par le passage des rhinos. Toutes convergeaient vers le point d'eau quitté au matin.

– Nous les avons chassés, fit Martin. Ils mettront du temps à revenir. Même après notre départ.

Bud resta un moment silencieux.

– Parce qu'ils ont un autre point d'eau quelque part, dit-il enfin. À une, deux journées de marche au maximum.

Mais dans quelle direction ? Ils entreprirent de décrire un vaste arc de cercle. Sans succès. Par deux fois, au creux d'escarpements rocheux, ils tombèrent sur des vallons emplis d'herbe grasse et Osa à chaque fois dévala les rochers au risque de se rompre le cou : de l'herbe, enfin ! Mais pas la moindre trace de ruisseau, de source, ou de mare. Intrigués, ils grattèrent le sol. À deux mains de profondeur il gardait des traces d'humidité. D'où venait-elle ?

Vers le milieu de l'après-midi, Martin sonna l'heure de la retraite. Il n'aimait pas l'idée que les hommes restés au camp puissent se retrouver seuls, sans défense, dans la nuit tombante. Le retour se fit en silence, chacun, abruti de fatigue, plongé dans ses pensées. Le souvenir pesait encore, des altercations de la traversée. Ce fut Bud, au repas du soir, qui rompit le premier le silence.

– Il y a des rivières souterraines…

Et comme Martin levait un œil étonné :

– J'étais tout gamin, mais j'ai entendu des chasseurs en parler à mon père. Oui, j'en suis sûr, c'était bien d'ici qu'il s'agissait… L'eau ! Il y a des rivières souterraines, sous les Shaba Hills.

Où l'Ewaso Ngiro disparaissait en période de sécheresse ? Martin hocha la tête, en tirant sur son cigare. Non, ça ne collait pas. Les points d'eau, en tout cas celui-ci, étaient bien au-dessus du niveau du fleuve.

Bud tendit le bras vers le sud.

– Non, depuis le mont Shaba ! C'est le plus logique.

Il traça un plan grossier dans la poussière, esquissa une ligne droite entre leur campement et la montagne, la prolongea au nord, où, quelque part, coulait le fleuve. Peut-être faudrait-il chercher le long de cette ligne ? Ou alors profiter de la pleine lune pour repartir sur les traces des rhinos. Comme Osa gardait les sourcils froncés, il insista :

– Il y a *forcément* un autre point d'eau. Et même plusieurs.

Elle mit longtemps à trouver le sommeil. Des images lui revenaient, insistantes, des instants éblouis de leur voyage, quand il lui avait semblé toucher au mystère même de la Création. C'était si loin, déjà ! Pourquoi Martin s'obstinait-il ici ? Cette contrée, elle le sentait bien, se refusait à eux…

Le deuxième jour fut la répétition du premier. Mais Bud s'entêtait : ils s'étaient avancés autant qu'ils avaient pu vers le mont Shaba, restait à tenter l'opposé, vers le nord, et le fleuve. Martin hésitait. Si tout s'était déroulé pour eux comme prévu, Jerramani et les porteurs arriveraient le lendemain soir, ne valait-il pas mieux chasser, d'ici là, tenter de fournir les hommes en viande fraîche ? Il serait temps ensuite de reprendre la recherche, peut-être en petits groupes, avec l'appoint de Jerramani et de Ferraragi…

Alors qu'encore ensommeillée elle sortait de sa tente, le lendemain, Osa se sentit discrètement tirée par la manche. Japanda. D'où sortait-il, celui-là ? Il avait disparu, la première nuit, écrasé par la honte et à vrai dire nul ne s'en était soucié – même si ses chances de survie étaient des plus réduites, s'il s'était risqué seul et sans armes sur la piste du retour… Le gnome roulait des yeux anxieux, en se dandinant d'un pied sur l'autre. Il prit sa respiration, convoqua les quelques mots qu'il connaissait.

– *Bwana*, très, très colère…

– Ça, oui !

– *Memsahib*, très, très colère.

– Sûr…

Il opina de la tête, pensif : c'était normal. Puis la houle des plis de son visage s'agita en un rictus affreux, qui devait être un sourire.

– Japanda pardonné.

– Hein ?

Il réfléchit, sourcils froncés. Oui, c'était bien le mot.

– Japanda pardonné !

Et il se lança dans un discours torrentiel, en agitant les bras, soudain surexcité – discours que Zabanelli, appelé à la rescousse, n'accepta de résumer que le dos tourné, en signe de mépris. La *memsahib* avait du temps à perdre, pour écouter cette chiure de babouin !

La chiure de babouin avait trouvé le point d'eau. À une demi-journée de marche, assurait-il. Un grand point d'eau. Grand, grand, grand, mais alors : grand. Avec plein d'animaux autour, « *mingi sana m'yama* ». Il tendait les bras en se dressant sur la pointe des pieds pour dire leur nombre, comme s'il voulait toucher l'horizon. Il la regardait en parlant, les yeux si implorants qu'elle se sentit fondre. Après tout, ce n'était pas de sa faute s'il était si laid… Le malheureux avait dû errer, désespéré, au risque de se faire dévorer par un lion, ou un léopard, jusqu'à trouver. Il serait déshonoré à jamais s'ils ne le suivaient pas, cette fois. Elle le regarda fixement : cet homme-là disait la vérité.

Martin resta bouche bée quand elle lui dit son sentiment.

– Tu le crois, *toi* ? Ça, c'est la meilleure !

Il allait refuser, c'était couru d'avance, il avait horreur de se voir bousculé, ou qu'on lui impose un plan conçu par d'autres…

– Eh bien, c'est d'accord. Qu'est-ce qu'on attend pour y aller ?

Pas besoin de traduction : Japanda avait compris. Et c'est avec des airs de maréchal d'Empire qu'il prit la tête du petit groupe…

Quelques heures plus tard, l'étoile du maréchal commençait de nouveau à pâlir. Et quand ils passèrent une deuxième fois au même endroit, il devint évident qu'il était perdu. Pourtant, s'obstinait Osa, en évitant de croiser le regard de Martin, il avait trouvé quelque chose, elle en aurait juré !

– Il ne serait pas revenu, sinon.

– Possible, convint Bud, que troublait la direction prise, presque à la perpendiculaire de ses propres recherches, mais il ne retrouve plus ses marques…

Le malheureux allait, venait, se perdait en explications désespérées, faciles à comprendre. C'était pourtant par là, que les *bwanas* et la *memsahib* aient un peu de patience, ils n'étaient plus très loin… et Martin esquissait déjà un sourire revanchard quand leur guide, soudain, poussa un hennissement triomphal en montrant la voie tant cherchée : derrière une prolifération de buissons épineux, l'amorce d'une coulée de lave, creusée, polie au fil des ans par le passage d'animaux – des rhinos, à en juger par les fumées, dont certaines encore fraîches. Ils pressèrent le pas, surexcités. Il suffisait de suivre la voie royale tracée par les mastodontes ! Sur un signe de Japanda ils s'accroupirent : de l'eau…

En dessous d'eux, sur plusieurs miles, s'ouvrait une vaste dépression, où brillait en son centre un petit lac.

Ils s'allongèrent derrière les rochers, en retenant leur souffle, comme si, malgré la distance, ils craignaient d'être vus, ou devinés : là-bas, des centaines et des centaines d'animaux allaient, venaient, croisaient leurs traces, paissaient dans les hautes herbes, que Martin, jumelles au poing, détaillait à voix basse, gazelles de Grant, gerenuk, dik-diks, waterbucks, zèbres de Grévy, autruches. Sa voix monta d'un cran quand il découvrit ce qu'il était venu chercher :

– Des oryx, les enfants ! Et des girafes… réticulées, oui, j'en ai bien l'impression. Des dizaines de réticulées !

Rattray n'avait pas exagéré. Bud tendit le bras vers le nord :

– Il y a quelque chose, là-bas aussi. Vous avez vu le sommet des grands acacias ? Ça se prolonge, vers là-bas !

Ils firent un détour à travers les broussailles pour rester contre le vent, retrouvèrent la coulée de lave un peu plus haut – en dessous d'eux se déployait une deuxième dépression où buvaient, broutaient, somnolaient des troupeaux serrés d'animaux, plus nombreux encore, s'il était possible, qu'au point d'eau précédent, aussi serrés, songea Osa, que lors du premier jour, à leur première vision, depuis le train de Mombasa, et cette idée l'inonda de bonheur, comme si quelque chose se bouclait là. Il y en a peut-être d'autres, plus loin, trépignait Bud, euphorique. Ils cherchèrent un point dominant. Les cordes de lave se terminaient par une colline sableuse à laquelle s'accrochaient quelques buissons maigres. Osa, impatiente, prit les devants en courant, parvenue au sommet poussa un cri. Bud avait vu juste ! C'était comme un chapelet de points d'eau, en un immense arc de cercle. Que longeait sur un côté, moutonnant jusqu'à l'horizon, une vaste plaine boisée. Mais Bud paraissait insatiable.

– Et ce sont des palmiers doums, là-bas, au fond ! Le fleuve est derrière. À 3 miles à peine !

Martin fit un tour sur lui-même :

– Je crois qu'on l'a devant nous, notre futur campement. Vous avez vu, là-bas, cette grande clairière ? On peut y installer notre camp ! À égale distance du fleuve et des points d'eau. Séparés des animaux par une colline. C'est l'idéal, les enfants !

Ils avaient trouvé. Grâce à Japanda, qui faisait des efforts héroïques pour ne pas exploser en cabrioles de joie. Et aussi grâce à elle, qui avait cru en lui. Elle se tourna vers Martin. Ils s'écrièrent en même temps :

– Tu vois ! J'avais raison !

Elle s'étrangla de colère. Le culot ! Il n'avait donc tiré aucune leçon de ces jours de souffrances. Pire, il devait se faire gloire de son obstination. Même ses manques ou ses erreurs devenaient des victoires. Son film ! Elle finirait par le prendre en grippe. Fâchée, elle lui tourna le dos, prit la piste du retour. « *Memsahib* colère », soupirait Japanda sur ses talons. Et le silence du groupe, derrière elle, se faisait de plus en plus pesant.

Les porteurs, tout juste de retour avec Ferraragi, arboraient fièrement à leur taille des sandales neuves.

S'ils s'étaient imaginé que le plus dur était fait, ils déchantèrent très vite, passé les effusions des retrouvailles. Une partie du film se jouait ici, avait décrété Martin, bien décidé à ne rien laisser au hasard. Bud avait dénombré six points d'eau, les seuls à des miles à la ronde : il fallait donc compter vingt-quatre caches à construire d'urgence, c'était aussi simple que cela, quatre par points d'eau pour être toujours contre le vent, et choisir la lumière. De deux mètres cinquante de diamètre pour y installer un lit de camp et qu'il s'y sente à l'aise. En bonnes pierres, pour dissimuler ses mouvements, et non en branchages, qui en séchant laissent passer le jour. Avec un coude à leur entrée pour éviter les rencontres dangereuses. Et sans autre ouverture qu'une étroite fente dissimulée dans les broussailles pour l'objectif de la caméra – en veillant à ce que le soleil ne se reflète jamais dans l'objectif. Il avait payé d'assez d'échecs le peu qu'il savait aujourd'hui, et qu'un animal perturbé par un mouvement suspect, un bruit, un éclat de lumière, mettait plusieurs jours avant de reparaître. Du coup, les porteurs dépités, sous l'œil féroce de Jerramani, se retrouvaient à rejouer les constructeurs de pyramides pour leur plus grande gloire future à Broadway…

Parfaite, elle sera parfaite. Mais rien de plus, tant qu'elle n'aura pas retrouvé le Martin des premiers jours. Au camp, elle reprend ses marques, distribue les tâches, mène par le bout du nez Ferraragi, Aloni, 'Mpishi, Zabanelli, qui partout la suivent en se dandinant tels des jars, gonflés de leur importance. Leur « camp du Drap d'or », a dit hier Martin, admiratif pour tenter de briser son silence. Il y a de ça. Nettoyé, aplani, débarrassé de ses vieilles souches, racines et broussailles, protégé des incursions nocturnes de fauves ou de rhinos par une épaisse muraille d'épineux. Aloni, à l'instant, place chaises et table basse pour le cocktail du soir, avec l'air hautain qui convient à sa fonction retrouvée. Martin ne va pas tarder à rentrer, l'eau est prête pour une douche fraîche. Tout à l'heure, Aloni sortira le service de table en émail blanc, dont il a exigé le transport jusqu'ici. 'Mpishi s'active à ses fourneaux, solennel, sous les regards éberlués des jeunes porteurs qui se demandent bien à quoi riment toutes ces extravagances – mais n'est-il pas un grand chef ?

Une nouvelle fois, elle inspecte le camp. Elle a dû forcer les porteurs à se construire des huttes, ils prétendaient se satisfaire de dormir à même le sol, mais n'est-ce pas mieux ainsi ? Le soleil se meurt dans un océan pourpre, les ombres s'allongent à toute vitesse. Allons, tout est en ordre, se rassure-t-elle.

Presque. Reste cette ombre, glissée entre Martin et elle depuis leur départ d'Isiolo.

Il est debout, prêt au départ, dès trois heures du matin. Et devant l'entrée de la tente il a toujours le même geste, de jeter en l'air une pincée de farine, pour apprécier la direction du vent, qui dictera le choix de la cache du jour. Les yeux mi-clos, elle feint de dormir. Du dehors lui viennent des glissements furtifs de pas, le bruit étouffé des sacs posés au sol, le va-et-vient pressé des porteurs, ils sont une bonne vingtaine à l'accompagner. Elle pourrait détailler leur chargement, lit de camp, chaise, caméras, films, objectifs, fusils, repas, magazines pour les heures vides. Un ordre bref, murmuré, déjà ils se mettent en marche. Comme à chaque fois, Martin reste un instant immobile à l'entrée, le dos tourné, guettant un signe, un mot, un soupir, puis il part, à grandes enjambées, et elle ferme un peu plus les yeux, écrasée de honte. Ce n'est pas la première de leurs disputes, pourtant, qu'elle sait d'habitude conclure à sa guise – elle le connaît tellement par cœur, ou croyait le connaître ! – mais, cette fois c'est différent. Elle a vu se dresser devant elle un Martin qu'elle n'avait jamais soupçonné, brutal – et cet homme-là n'a pas hésité à mettre en péril la vie de plus de quatre-vingts hommes, à les fouetter jusqu'au sang pour les entraîner de force dans sa folie, filmer leur souffrance et pourquoi pas leur mort, prêt à tuer s'il fallait ceux qui s'opposeraient à lui. Son film ! Que pèse un film face à une vie humaine ? Un inconnu, soudain, lui a fait face, et son regard a pénétré au plus profond d'elle-même, avec la violence d'un projectile. Face à lui, pour la première fois elle a pris peur.

La nuit est fraîche encore, les plantes écrasées de chaleur dans le jour exhalent des senteurs grisantes, senteurs poivrées des ipomées, senteurs entêtantes des roses du désert, senteurs âcres de poussière humide. Comme elle aimerait être avec eux ! Ils doivent à cette heure avoir contourné la colline, amorcent leur descente vers le point d'eau, des zèbres derrière les buissons aboient, ce « yap yap » qui lui fait à chaque fois penser aux glapissements de Choupinette, l'irascible caniche de Mlle Glenkinchie, leur voisine de Chanute, plus loin éclatent par brusques bouffées, sans doute entre deux bouchées voraces, les rires brefs des hyènes, Comme le monde est vaste, la nuit, donne le sentiment de sa toute-puissance ! Parfois elle a le sentiment que s'y déroule une cérémonie sacrée dont il lui reste à apprendre la secrète liturgie, pour s'y fondre ou s'y perdre, au terme de leur voyage…

Cinq heures. Martin est en poste, maintenant, caméra installée. Les porteurs regagnent le camp, ce soir ils referont le même chemin pour ne rien laisser dans les caches à la fureur nocturne des babouins. Elle entend au-dehors le crépitement des flammes, les « hum-hum » de 'Mpishi signalant que tout est prêt, Aloni a déjà dressé la table du déjeuner. C'est la première fois depuis toutes ces années qu'elle reste ainsi à distance du film en tournage. Il y a l'excuse de la bonne marche du camp, bien sûr, qui ne trompe personne, ni lui ni elle, même s'ils ne se sont jamais trouvés à la tête d'une pareille armée. Après tant de mois en commun l'équipe est parfaitement rodée, et Bud se révèle un chasseur hors pair. Les étoiles s'en sont allées, le ciel pâlit, l'odeur du café envahit tout le camp. Elle se lève en hâte. Bud et Jerramani l'attendent sûrement déjà avec quelques porteurs.

La chasse ! Passé les premiers jours de l'installation, on dirait que plus rien d'autre ne lui importe, même si elle met un point d'honneur à ce que tout, chaque soir, soit en ordre pour accueillir Martin, linge frais, eau pour la douche. La chasse, pour cette ivresse qu'elle y retrouve, de coïncider, à l'instant du tir, avec le mystère violent de la Création. Elle repense à Finch Hatton. Une gêne s'est installée entre eux, elle le sent et s'en irrite. Maudite Beryl ! Qu'avait-il voulu lui dire, au Norfolk ? Et cette non-réponse, plus tard, la renvoyant à Martin – une manière seulement d'interrompre, ou suspendre, leur relation ? Une puissance au cœur du monde, aveugle, indifférente, disait Martin, tout à la fois créatrice et destructrice. Eh bien ! Elle la sent qui la traverse, la soulève, comme jamais peut-être. Destructrice ? Sans doute. Mais pour l'heure elle ne veut croire qu'à la vérité de ses sensations. Le mot de la fin ? Elle verra bien…

Une lumière blonde frissonne au ras des buissons secs, allume sous leurs pas des perles de rosée, tandis qu'ils s'éloignent. À 5, 6 miles au moins du camp, a demandé Martin, pour que les animaux s'abreuvant aux points d'eau ignorent les coups de feu et cette distance lui convient, qui l'isole dans sa bulle, où ne viennent pas les idées noires. Mais ce sont ses repères qu'il lui semble perdre, en même temps. Ces paysages ne ressemblent à rien de ce qu'elle a connu. Tout lui paraît étrange, cette terre flétrie, flapie, brûlée, criant de soif, ces rocs éclatés aux lames tranchantes, ces buissons qu'on dirait morts, griffus, tordus, qui se réveillent soudain à votre passage, vous saisissent aux chevilles si vous n'y prenez garde, et vous déchirent, comme s'ils voulaient de votre sang pour survivre – et puis la soudaine, l'incompréhensible douceur d'une niche de verdure en pleine désolation, sans eau, du moins en apparence… Elle imagine le flot de ces rivières aveugles dans les entrailles de la terre, creusant à tâtons la roche jusqu'au vif de l'os, se ramifiant en chenaux, en lacs, en torrents, comme les veines d'un corps immense dont elle ne sait au fond que la peau d'écailles et de crevasses, leur formidable avancée au fil des millénaires, depuis le mont Shaba, ou peut-être même de plus loin, depuis ce mont Kenya à l'est qui domine l'horizon, cette vie obstinée, rageuse, là sous ses pas, affleurant de loin en loin en lacs, en marécages, sans jamais s'arrêter, poursuivant quelque obscur dessein où nous n'avons pas de place. Comment expliquer, sinon, ces brusques chutes d'eau, creusées dans les falaises dominant l'Ewaso Ngiro, qu'ils ont découvert l'autre jour, un peu plus loin ? Un autre grondement balaie alors tous les autres, incendie le ciel, noir soudain de suies brûlantes, le fleuve de feu jaillissant de la gueule ouverte des volcans, recouvrant la plaine en une poussée furieuse, se figeant peu à peu, fleuve de mort, fleuve de vie. Si elle savait se rendre transparente, laissait passer à travers elle le monde, peut-être entendrait-elle encore pulser ce cœur immense, gronder sous la peau le noyau de braise, prêt à déferler, pour tout détruire, tout recréer ? Cette immobilité silencieuse où s'éternise le désert n'est qu'une illusion, songe-t-elle alors et ce n'est jamais plus intensément que dans la chasse, à l'instant de tuer, qu'elle ressent cette fureur enclose dans la gangue du temps…

Lorsque, aux rives du fleuve, un midi, est apparue devant elle la longue file de chameaux d'une tribu samburu, son cœur a battu plus vite – l'évidence, soudain, d'un changement de monde : ici commence la civilisation du désert, qui se prolongera jusqu'à la Corne de l'Afrique, l'univers des longues caravanes et des pillards, des pluies rares et des vents de sable, du temps immobile des nomades. Vêtements, armes, parures, elle les a pris d'abord pour des Massaï si semblables à ceux croisés à Kiu, le premier matin de leur voyage de Mombasa à Nairobi, et elle détaille de nouveau, fascinée, leurs muscles longs, leurs attaches fines, le grain soyeux de leur peau – est-il vrai qu'ils le doivent au fait qu'ils ne vivent que du sang et du lait de leurs bêtes ? L'image lui revient, du jeune guerrier de Kiu qui l'avait fixée si intensément et, avec elle, le trouble qui l'avait alors envahie mais ceux-ci regardent ailleurs, indifférents – même quand Bud leur marchande quelques vaches pour l'ordinaire du camp.

À ses côtés, elle découvre les subtilités de la chasse, l'art d'interpréter les moindres signes, herbes foulées, branches froissées, fumées, de reconnaître tels poils accrochés aux épines d'un buisson, les plantes préférées de chaque animal, ses habitudes, et c'est tout le savoir de son père, le terrible « *bwana* Charles », que Bud lui distille, à travers le récit de leurs mille aventures. Il a changé, se répète-t-elle, comme si les responsabilités l'avaient mûri. Il n'est plus le gamin qui rougissait à chaque fois qu'elle surprenait son regard posé sur elle. Quelque chose de grave dans ses intonations, ses traits amaigris – c'est un homme qui s'affirme, à travers des restes d'adolescence, et elle regrette un peu le temps innocent où elle s'amusait à l'aguicher. C'est elle maintenant qui se surprend à l'observer, penché vers le sol, ou courbé en avant, tous ses sens en éveil, ses mains fines, nerveuses, l'attache de sa nuque où jouent des cheveux blonds, le dessin de sa mâchoire. Elle se confie, aussi, et il l'écoute. Après tout, leur différence d'âge n'est pas si grande. Il voudrait tout apprendre, de cette Amérique qu'il ne connaît que par les récits de ses parents – ira-t-il là-bas un jour ? Il hoche la tête quand elle évoque la frénésie de New York, qu'il rapproche du nouveau Nairobi en train de naître, et qu'il n'aime guère. Chanute, par contre, lui plaît bien.

Bientôt, elle en saura autant que lui, plaisante-t-il, quand elle se risque à prendre la tête de leurs expéditions. Ne lui manque encore que la capacité de se dominer. Combien de fois l'a-t-il retenue, alors qu'elle tirait, tirait encore, comme prise de folie ? Elle-même ne se comprend plus, dans ces instants-là. Comment lui dire la vague qui la soulève, l'emporte ? Comme si elle chevauchait une énorme déferlante, en équilibre sur sa planche, à l'image de ces surfeurs de Hawaï qui fascinaient Jack London : une danse d'équilibre sur le déchaînement des forces mêmes du monde, le sentiment de les épouser exactement, en un immense orgasme qu'elle se garde bien d'avouer. Elle sait que son tir alors sera presque infaillible – comme elle comprend Bror Blixen, et tous les autres du Club ! Si violente est la houle qui la secoue, si sauvages sont les désirs qui l'embrasent, qu'elle s'isole parfois sur l'Ewaso Ngiro, aux pieds des chutes d'eau, où s'évase une crique cernée de palmiers doums. L'Ewaso Ngiro mérite partout son nom de fleuve aux eaux brunes – sauf ici, où elle pêche des heures durant, essaie de faire le point et de se reprendre, de se comprendre. Qu'est-ce qui lui arrive ? Elle pêche furieusement, empile par dizaines des poissons que viendront récupérer les porteurs, et que les hommes, au camp, avaleront goulûment, à peine passés sur le feu. Puis elle tente patiemment de refaire le silence, en elle, s'abolit dans la contemplation des jeux de lumière à travers les branchages, des éclats de couleur d'oiseaux sortant soudain de la pénombre verte, mais quelque chose, pour la première fois, une impatience, résiste à cette paix. Elle se dévêt, se glisse dans l'eau fraîche, fait longuement la planche jusqu'à sentir sur sa peau la caresse du soleil. Les yeux mi-clos, elle s'abandonne à l'instant, soudain sursaute : debout, entre les arbres, la lance à la main, un jeune Samburu l'observe fixement. Un instant, elle a cru revoir le jeune guerrier massaï de Kiu. Un frisson la secoue, elle pousse un cri, agite les bras pour le repousser, hésite. A-t-elle rêvé ? Il a disparu. Et elle reste seule avec ce trouble en elle…

Peut-être était-ce cela qu'elle attendait inconsciemment, qui la délivrerait… Ils avaient franchi au lever du jour l'Ewaso Ngiro pour s'enfoncer dans la plaine du nord en quête d'un grand marais « tinga tinga » que les Samburu avaient dit un repaire de buffles. Ils finirent par le trouver à un coude du fleuve, en fait deux marais, sur près de 2 miles, séparés par un étroit goulet. Des plantes rêches, coupantes, papyrus et roseaux, poussaient au ras des eaux boueuses, que dissimulaient à demi des écharpes de brouillard d'où sortaient çà et là les bras décharnés, blanchâtres, d'arbustes aux formes contournées. Bud avait fait la moue, ce lieu avait quelque chose de sinistre, mais Osa ne voulait rien entendre. N'étaient-ce pas des fumées fraîches d'hippos, là devant eux ? Mais au bout d'une heure de recherche ils avaient dû jeter l'éponge : pas plus d'hippos que de buffles, malgré des centaines de traces. Comme ils rebroussaient chemin, ils tombèrent nez à nez avec un rhino solitaire qui broutait tranquillement. Bud essaya de la retenir. Quelle impulsion soudaine la fit malgré tout épauler, tirer ? Le mastodonte grognon et renifleur avait levé la tête, esquissé une charge sans grande conviction, puis comme elle insistait, en criant, il avait soudain foncé, tête baissée, bifurqué à quelques mètres d'elle sans qu'elle parvienne à l'atteindre. Un jour, avait dit Finch Hatton, la grâce la quitterait…

Elle restait là, paniquée, bras et jambes coupés tandis que Bud courait vers elle. Les cris des porteurs les firent se retourner : un pêle-mêle frénétique d'animaux barrait l'horizon, des zèbres, suivis d'oryx, de gazelles de Grant, de tommies chassés, poussés par une masse obscure, la terre tremblait sous leurs sabots, une centaine peut-être de buffles, épaule contre épaule, cornes dressées, meuglant de fureur ou d'effroi, fonçaient droit sur eux, probablement partis en *stampede* aux coups de feu d'Osa, en poussant devant eux tous les animaux de la plaine. Les premiers animaux déviérent à sa vue, mais les buffles arrivaient, comme une muraille de chair. Elle commença à tirer, plein centre, avec un sentiment de complète irréalité, un taureau aux cornes immenses s'écroula, et un autre, presque en même temps : Bud s'était placé devant elle, tirait sans discontinuer. La suite se déroula comme au ralenti, dans un épais brouillard, son arme s'était enrayée, ou bien elle était vide, Bud tirait toujours, puis ce fut un grand trou noir, le torrent furieux était sur eux, Bud la serrait contre lui, les bêtes passaient à droite, à gauche – et tout à coup le silence. Déjà elles disparaissaient dans un tourbillon de poussière. Les porteurs étaient invisibles. Elle s'aperçut qu'elle tremblait de tous ses membres. De peur. De dégoût d'elle-même. Elle avait mis en péril la vie de plusieurs hommes. Pour rien. Par caprice. Et se permettait de juger Martin ? Si Bud n'avait pas été là… Elle se serra un peu plus fort contre lui. Bud ! Tout à coup elle eut envie de lui, là, tout de suite, de sa force, de son calme, et qu'importe le reste… Elle chercha ses lèvres. Lui, sans la repousser :

– Vous êtes en colère. Juste en colère. Contre Martin. Et contre vous…

Elle gémit de frustration, voulut insister. Et lui, en détournant sa tête au creux de son épaule.

– Vous avez tort. Tellement tort !

Sur le coup, quand Martin avait ordonné de poursuivre, il s'était cabré, lui aussi. Mais Martin avait vu juste : s'il n'avait pas pris cette décision, une partie des porteurs seraient morts aujourd'hui. C'était la seule décision à prendre : avancer. À coups de fouet, si nécessaire.

Décidément, se dit-elle, il a grandi, ces derniers jours. Peu à peu elle retrouva son calme, blottie contre lui. Elle sentait, contre sa joue, son cœur qui battait. Et c'était comme si elle se délivrait enfin de toutes ses heures noires.

XVI

Martin ne demanda aucune explication, ne fit aucun commentaire quand elle se leva, le lendemain, pour l'accompagner, mais il leur sembla à tous deux, sur la piste des caches, que la nuit qui les enveloppait s'était comme agrandie, palpitante de mille bruits, fondus en une seule respiration…

Les premiers jours, elle resta près de lui, le temps de s'initier à la vie singulière des points d'eau, puis, dès qu'elle le put, elle prit ses propres caches, munie de la deuxième caméra. Et ce fut, dans le silence obligé, les gestes rares, la quasi-obscurité de sa cellule, comme si elle se retrouvait, après une longue errance.

Ils venaient à elle dès les premières lueurs du jour, par des dizaines de pistes différentes. Les gazelles de Grant entraient en scène les premières, timides et graciles, trois pas en avant, deux en arrière, et quelques délicats entrechats en guise de mise en jambes, suivaient presque aussitôt comme un corps de girls de music-hall les petites « tommies », agitant toutes ensemble leurs petites queues en métronomes pour donner la cadence. Elles broutaient, allaient, venaient, avant de se décider à boire quelques gorgées, puis se retiraient, effrayées, se reniflaient le museau, ou bien se taquinaient, croisaient les cornes comme si elles allaient se battre, avant de courir côte à côte, innocentes. Le soleil perçait à travers les épines du bosquet d'acacias, de l'autre côté de la mare, et avec lui venaient les premières ondes de chaleur, des rais de lumière caressaient les eaux sombres, éveillant au passage des myriades d'insectes, et c'est alors qu'apparaissaient, nimbés encore de perles de rosée, les impalas craintifs, l'échine droite, tout en nerfs et frémissements, les mâles aux longues cornes précédés des jeunes faons insouciants, aux jambes grêles, qu'ils ramenaient à la raison à coups de museau autoritaires. Derrière eux, dissimulées dans les bosquets, tournant la tête dans toutes les directions, en brusques tressaillements, on devinait à leur robe brun-rouge les trop sages femelles. Une heure au moins allait passer ainsi en prudentes hésitations, avant que les mâles ne se risquent hors de l'abri des arbres et descendent en broutant, jamais plus de cinq secondes de mastication sans se redresser brusquement et au moindre frisson de l'air, ou mouvement imprévu, ils s'égaillaient dans un tourbillon d'effroi. Une heure passerait encore, avant qu'ils n'appellent à eux les femelles suivies de leurs faons, et les surveillent pendant qu'à leur tour elles buvaient. Pendant ce temps, arrivée en flânant à travers la plaine, une foule s'était amassée dans les bosquets griffus, qu'elle devinait d'abord par l'agitation des branchages. Des piétinements impatients marquaient le départ des impalas et les zèbres sortaient alors des bois en groupes serrés, jusqu'à une centaine, parfois, les zèbres de Grant, les plus communs, aux larges bandes noires, mêlés dans un concert de glapissements aigus aux zèbres de Grévy, si différents en liberté des malheureux esclaves de Rattray. Le poitrail large, les oreilles rondes et velues, pareilles à celles d'un âne, dont ils avaient le braiment péremptoire, qui les distinguait du reste du troupeau, ils dominaient le tumulte avec autorité, comme s'ils avaient depuis longtemps jugé qu'ils n'avaient rien à espérer de leurs stupides cousins. L'espace, autour d'eux, bourdonnait de courses, de piétinements, de jeux et de disputes. Les zèbres communs, s'ils n'étaient pas contraints de se défendre, ne montraient aucune agressivité envers quelque autre espèce, mais ils étaient de tous les visiteurs de la journée les plus acharnés à se quereller entre eux et souvent méchamment, surtout les jeunes mâles, qui se mordaient les oreilles ou distribuaient des rafales de coups de sabot avec ardeur, et il suffisait que deux d'entre eux se disputent pour que la bagarre devienne générale, avant de s'arrêter aussi brusquement qu'elle avait commencé. Chacun recommençait alors à brouter, comme si de rien n'était. L'arrivée des oryx ramenait un peu de calme, tant ils en imposaient avec leurs cornes immenses, aiguës comme des sabres, qui les faisaient craindre même des lions, leur démarche assurée, chaque mâle arrogant suivi à bonne distance par sa femelle et ses petits. Puis venaient dans un ordre immuable, quel que fût le point d'eau, les gnous éberlués, qu'emportaient de brusques vagues d'épouvante, les élans, les antilopes de toutes espèces, parfois même les antilopes-girafes au cou interminable – ces gérénuks dont on disait que nul, jamais, ne les avait vus boire – qui avaient toujours l'air de passer en voisins, pour un brin de causette, mais se gardaient bien d'approcher de l'eau. Enfin apparaissait, sa tête dépassant la cime des arbres, occupée à brouter les rameaux les plus hauts, la reine girafe elle-même…

Il était neuf heures passées maintenant. La chaleur montait rapidement. L'eau piétinée bouillait, traversée de frémissements qui laissaient supposer l'agitation de mystérieuses créatures aquatiques. D'épaisses nuées de moustiques, libellules, papillons et insectes divers vibraient dans les vagues de chaleur comme si un grand châle ondoyant flottait dans les airs au-dessus de la mare. Le grand amphithéâtre, devant Osa, ne cessait de se remplir, autruches fanfaronnes, le mâle aux airs de permanent défi, le long cou dressé, la poitrine avantageuse portée vers l'avant, la femelle se dandinant en ses atours, dressée sur des talons aiguilles, quêtant les applaudissements d'un public hélas dubitatif, lissant ses plumes, ridicule de snobisme affiché, mais nul ne se risquait à une moquerie tant ses sabots étaient des armes redoutables. Ils allaient, venaient, éperdus d'admiration pour leur propre personne, si occupés d'eux-mêmes qu'ils paraissaient indifférents à leur progéniture qui errait au hasard, d'un air lamentable. C'était, entre les pattes débonnaires des herbivores, un tel grouillement d'oiseaux qu'Osa se demandait par quel miracle n'étaient pas piétinés francolins à cou jaune, à gorge orange, pintades vulturines au plumage noir et bleu, outardes à ventre noir, outardes kori géantes trop lourdes pour voler, qui doublaient presque de volume, plumes hérissées, cou gonflé pour d'épouvantables hurlements d'agonie supposés séduire leurs belles, canards caquetants, curieux de tout mais sans malice, qui venaient picorer des vers jusqu'au pied de la cache d'Osa sans jamais dénoncer sa présence.

Il se passait bien trois heures encore avant que les girafes, plus prudentes s'il était possible que les impalas, ne se risquent à leur tour à découvert. La chaleur était maintenant écrasante, une torpeur venait, qui ralentissait les mouvements, décourageait les querelles et les jeux. Alors seulement les girafes surgissaient, encadrant leurs petits, les plus belles de toutes, aux grands yeux vagues, au pelage presque rouge couvert d'un fin réseau de lignes blanches, d'une douceur de soie, et Osa regrettait que sa caméra ne puisse rendre leur couleur. Elle en avait vu lancées à pleine vitesse dans la plaine, si rapides que nul fauve ne se risquait à les poursuivre, trop sûrs, s'ils les atteignaient, d'être étalés pour le compte d'une formidable ruade – leur faiblesse était ici, quand elles devaient boire, leurs interminables pattes avant écartées pour que leur interminable cou touche enfin l'eau boueuse. Il leur faudrait bien une demi-heure encore pour trouver la bonne position, qui leur permettrait en cas d'urgence de se redresser vite. La nature, songeait-elle, fascinée par ce mélange de force et de fragilité, était étonnamment faite qui les avait dotées d'un système d'alerte supplémentaire : la nuée de minuscules oiseaux dévoreurs de parasites qui les enveloppaient, tandis qu'elles s'avançaient, prêts à signaler par un concert de pépiements, ou un envol soudain, l'approche d'un danger. Qu'un changement de vent porte son odeur, même faible, vers la mare et ils seraient les premiers à sonner l'alerte pour une débandade généralisée. Elle ne se lassait pas de les étudier, de capturer en images leur ballet élégant en perpétuel ralenti.

S'ennuyer ? Aucun jour n'était semblable aux autres. Parfois, les animaux, autour d'elle, étaient plus de trois cents. Un midi, elle avait compté, émerveillée, soixante-seize girafes rassemblées. Et tout ce petit monde vivait en bonne intelligence, broutant, jouant, faisant l'amour dans l'innocence des premiers jours de la Création. La Chute, se disait-elle, était de se retrouver séparée, enfermée dans une cache, condamnée à n'être que spectatrice du grand opéra sauvage. Devant elle était le Jardin d'Eden, ou, à tout le moins, une immense arche de Noé, pour des instants de grâce qui la laissaient inondée de bonheur, et il lui semblait alors, dans l'immobilité rêveuse où elle glissait, que le temps, indéfiniment étiré, se muait en pur espace, s'ouvrant devant elle continûment, effaçant les murs de la cache où elle s'abritait et elle devenait antilope, girafe, gérénuk, koudou, goûtait sur sa peau leurs frissons de crainte et leurs émois, sentait la fraîcheur de l'eau couler en elle – était, en ces instants, le monde même…

Puis elle se souvenait. Du combat superbe et terrible qu'avec Martin elle avait vu, un soir, dans la plaine, d'une lionne et d'un oryx, de la danse mortelle de deux forces, l'une tout en légèreté, d'évitements et de fuite, l'autre de puissance pure d'anéantissement, de griffes et de crocs. Dix fois, ils avaient vu la lionne contourner le grand mâle, lui briser les reins et les vertèbres, dix fois il s'était dégagé avec des grâces d'équilibriste pour lui opposer ses cornes aiguës, il ne pourrait tenir ainsi indéfiniment, déjà il faiblissait… Il y avait eu une mêlée confuse dans le flamboiement du couchant, un nuage de poussière d'or, un instant, les avait enveloppés, et ils s'étaient dressés d'un seul mouvement devant la splendeur brutale du moment : une lionne embrochée qui tentait de se dégager, déjà agonisait dans des spasmes de défi… La nature tout ce temps n'était autour d'eux qu'harmonie et douceur, un souffle de paix passait sur l'étendue tandis que s'éteignait le fauve.

Elle n'ignorait rien, bien sûr, de la férocité des nuits carnivores, du monstrueux carnage par lequel se perpétuait dans la savane le cycle de la vie, et restait comme une ombre, en elle, la folie chasseresse qui l'avait emportée. Cette paix, autour de la mare, qui la faisait chaque matin défaillir de bonheur, n'était peut-être que pour elle, spectatrice protégée – rien de plus qu'une fiction qu'elle construisait jour après jour, aurait dit Finch Hatton. Que voyait une antilope, une girafe, là où elle s'émerveillait ? Des signes, partout, de possibles menaces, ce taillis où chaque épine accrochait des perles de lumière, la cachette d'une lionne en chasse, cette eau où apaiser sa soif, le plus terrible des pièges quand rôdaient les grands fauves, l'étendue autour d'elle, un simple tourbillon d'épouvante… Et pourtant, elle le sentait par toute son âme, que quelque chose, là, dehors, lui faisait signe, l'appelait à elle, et qu'il aurait suffi d'un rien, d'un peu plus de silence en elle, peut-être, pour qu'elle voie, qu'elle entende, enfin, le maître mot murmuré pour elle par – par qui ? Le Créateur ? La Création ? Elle repensait alors à ces images que leur donnait parfois l'institutrice de Chanute, où, dans un paysage anodin, il fallait découvrir un bateau, une moto, un chameau, cachés dans les branches d'un arbre ou le moutonnement d'un nuage, et comme la vision de l'image, d'un coup, pivotait, se structurait différemment dès l'objet découvert, et plus rien n'était pareil, et c'étaient les mêmes lignes, pourtant, les mêmes couleurs. Se pouvait-il qu'un Dieu malicieux ait caché dans le monde autour d'elle, dans ces bosquets touffus, dans les dessins capricieux de la robe d'une girafe, l'équivalent du bateau, de la moto, du chameau dans les nuages et qu'il attende depuis que nous fassions l'effort de le trouver, nous qui savons dans le fond que nous ne sommes ici-bas que pour cette quête – que là, devant nous, évident mais que nous ne savons pas voir, *est ce qui nous manque, justement, pour voir*. Le chameau. La moto. Le bateau. Ou pour entendre. Le mot manquant. Ce paysage devant elle était une porte – juste derrière était un autre monde, de lumière. Mais il manquait le mot, pour qu'elle s'ouvre enfin. Manquait la clé, pourtant là devant nous.

La quête de la clé, la quête du mot absent : pour quelle autre raison, sinon, écririons-nous des livres, composerions-nous des chansons, ferions-nous des images ?

Parfois, dans des instants de pure ivresse, tous ses sens en éveil, ou en suspens, elle ne savait plus trop, elle ne savait plus rien, il lui semblait être *présente* avec une intensité bouleversante, présente aux choses, aux bêtes, au monde, n'être plus que la pure vibration de l'instant. Elle revenait à elle en sursaut, des heures avaient passé, le temps d'un battement d'ailes. Et elle reprenait la caméra, confuse, se remettait au travail. Mais comment devait-on faire, pour filmer le miracle de l'éternité enclose dans un instant ?

Quoi qu'elle fît, son esprit sans cesse vagabondait, tournait et retournait ses insistantes questions. Que voyaient là, maintenant, cette libellule, ce moustique et la grenouille qui l'avalait ? Un autre angle de prise de vues, un changement de focale, la lentille d'un microscope, et cette splendeur offerte se muait devant nous en un épouvantable carnage, où vie et mort continûment s'échangeaient, dans une rumination sanglante, obscène – une soupe primordiale, sans autre projet, aveugle, têtu, que d'engendrer la vie à partir de la mort, et plus vite, plus nombreux les morts, plus intense, proliférante, surabondante, la vie. Sans cruauté, sans souci moral, juste dans l'indifférence d'une formidable germination. À croire que le Dieu malin avait passé avec le Diable, dans cette affaire, un bien étrange pacte – sauf à penser que Diable et Dieu n'étaient qu'un, ou les deux facettes d'un même mystère…

Et pourtant non, s'obstinait-elle, au sortir de ces instants éblouis où il lui avait semblé que, sa conscience en suspens, *elle ne faisait plus obstacle*. Si la Création n'était que bourgeonnement aveugle, cyclone meurtrier, chaos sanglant, resterait à expliquer qu'il puisse y avoir ici-bas de la beauté. La beauté ! C'était son ancre, alors, sa boussole dans la tempête de ses pensées contradictoires. Sans doute était-ce moins le monde qui était monstrueux que nous-mêmes, songeait-elle : la nature ne connaissait pas la cruauté, la tuerie par plaisir, ou trophée. Des monstres, oui, parce que nous n'étions pas complètement de ce monde. Et des saints, des artistes, des poètes, tout autant. Pour la même raison. Comme si l'un était le prix à payer de l'autre. Dieu et diable, en nous…

Décidément, soupirait-elle, Finch Hatton avait semé en elle de bien étranges idées. Et puis elle s'ébrouait : peut-être après tout était-ce moins l'explication du mystère qui importait, que la quête du mot, de la clé, le chameau, la moto, le bateau dans l'arbre. La grâce, parfois, d'effleurer le mystère.

Elle finissait par reconnaître certains de ses visiteurs, attendait leur retour avec impatience, notait leurs petites aventures ou leurs manies, et ils lui devenaient peu à peu familiers, comme autant de personnages du grand roman de la nature dont elle s'efforçait de capter quelques images pour Martin. Toto, le petit zèbre solitaire depuis que sa mère avait été dévorée par un lion, venu sans oser boire trois jours durant et qui, le quatrième, n'y tenant plus, s'était précipité, tremblant d'effroi, pour boire jusqu'à s'en éclater la panse – combien de temps tiendrait-il, seul, à l'écart du troupeau ? Gail, l'antilope allumeuse, frétillait de la croupe, battait des cils comme jadis sa copine de classe, pour mieux affoler les jeunes mâles et les lancer dans des combats furieux. Goofie, le timide gérénuk au long cou gracile qui se montrait chaque matin comme on passe au bistrot saluer les amis, bavardait un moment mais jamais ne buvait, se pouvait-il vraiment que lui et ses semblables se satisfassent de l'eau contenue dans les feuillages qu'ils broutaient ? Jonathan et Abigail, le couple de canards qui claudiquaient vers elle chaque matin depuis qu'ils s'étaient mis en tête d'abriter leurs amours dans son refuge, ils allaient finir par la faire découvrir. Et tant d'autres encore…

Les girafes paraissaient enfin décidées à bouger. Les bêtes, depuis le lever du jour, s'agitaient, nerveuses, autour du point d'eau. Des gérénuks s'étaient emballés au petit matin sans raison apparente, entraînant derrière elles l'essentiel des troupeaux, qui avaient mis une bonne heure à revenir, par petits groupes fébriles, et les girafes, depuis leur prudente arrivée, remuaient leurs oreilles en tous sens. Le spectacle de cette rangée de têtes émergeant des bosquets d'acacias qui agitaient les oreilles en cadence aurait eu quelque chose de comique si la tension n'avait pas été aussi palpable. Elles doivent avoir senti un fauve dans les parages, se dit Osa, mais dans ce cas pourquoi restent-elles ? Un girafeau audacieux, ou joueur, rompit soudain le statu quo. Il dévalait si vite la pente qu'on aurait dit qu'il allait bouler cul par-dessus tête pour s'étaler dans la boue, mais un grand mâle, d'un rush foudroyant, le plaqua rudement par le cou et le loustic restait comme sonné pour le compte quand une détonation éclata, toute proche.

Un coup.

Puis un autre encore, et d'autres, aussitôt, en feu roulant. À 2 miles tout au plus.

Ce fut devant elle comme une bourrasque soudaine, un grondement de sabots, puis plus rien, qu'un peu de poussière en suspension dans l'air, qui lentement retombait. Le pourtour de la mare était vide. Elle sortit en criant. Qui avait pu ? Ils étaient une dizaine au moins, se dit-elle, et elle se sentit écrasée de désespoir, bras et jambes coupés. C'était sur elle qu'ils avaient tiré. Sur son rêve, sur son paradis. Elle était là, dehors, anéantie, quand Martin apparut, furieux. Qui avait pu ? Laissant leur caméra, ils se précipitèrent dans la direction des coups de feu.

Les alentours de la troisième mare étaient jonchés de cadavres.

Gnous, gérénuks, zèbres, koudous, oryx, gisaient, certains dépouillés, d'autres simplement décapités, d'autres, jugés sans intérêt, abattus pour le simple plaisir. Un girafeau affolé tentait à coups de museau de relever sa mère abattue, esquissait quelques pas de fuite, revenait, insistant. Bien des jours passeraient, bien des semaines avant que les animaux se risquent de nouveau. Martin et Osa allaient, venaient, écrasés de stupeur, mesurant le désastre, c'était bel et bien la fin, répétait Martin. De toute manière il n'avait plus envie, c'était comme une souillure, une grâce s'en était allée qu'ils ne retrouveraient plus. Bud apparut, suivi d'une vingtaine de porteurs qu'encadraient Jerramani et Ferraragi. Un coup d'œil lui suffit.

– Des chasseurs. Ils ont utilisé vos caches. Bon Dieu ! Ça a été un jeu d'enfants…

Leurs traces n'étaient pas difficiles à suivre. Ils étaient venus en longeant l'Ewaso Ngiro, et leur camp était installé sur la rive, à 4 miles en amont. À l'instant même où ils le découvrirent Osa revit la scène de leur arrivée au Norfolk Hotel, le premier jour, les jeunes noceurs anglais qui prétendaient chevaucher les serveurs du bar – ceux-ci en étaient la copie conforme. Douze, compta-t-elle, déjà le verre de champagne à la main, tandis que les dépeceurs s'activaient sur quelques dépouilles à l'écart. Une cinquantaine de porteurs et serviteurs divers les entouraient. Les jeunes gens, hilares et déjà éméchés, accueillirent les nouveaux venus à grands cris de bienvenue, en levant leurs verres. S'ils avaient jamais imaginé croiser un autre safari dans ce fichu désert ! Martin fonça sur eux, blême de fureur.

– Mes caches ! Espèce de…

– Oh, elles sont à vous ? Félicitations, mon vieux. C'était un vrai plaisir !

– Boum ! Boum ! Un carnage !

On leur tendait déjà des verres, il fallait trinquer à l'événement ! À ce rythme-là, ils allaient battre des records. Et eux-mêmes, ils étaient là depuis longtemps ?

Martin bégayait de rage. Des semaines de travail, de

patience dans les caches ruinées ! Mais les autres riaient. Un film ? Ce n'était pas banal, ça ! Ils en avaient entendu parler au Norfolk, en effet. Un couple d'Américains excentriques. Mais pourquoi ne viendraient-ils pas les filmer, eux, en train de chasser, leurs plus beaux coups, leurs trophées ? Sinon, ça servait à quoi, de filmer des bêtes en train de brouter ?

Ils étaient jeunes, un peu ivres, totalement inconscients, et résolus à descendre tout ce qui bougeait dans le coin. Champagne et safari ! Il s'en fallut de peu qu'Osa ne les gifle, ou les insulte – un regard de Bud posé sur elle la laissa désarçonnée : se pouvait-il qu'elle ait été à leur image, toute à l'ivresse de tuer, au temps de ses jours noirs ? Mais déjà Martin tournait les talons, s'éloignait à grandes enjambées, donnait ses ordres, la voix brève. Que tous les hommes soient rassemblés. Tout de suite. Et que toutes les caches soient détruites, toutes, sans exception, les pierres dispersées, les toits de branchages brûlés. C'était bien le moins qu'ils pouvaient, pour les animaux des Shaba Hills.

Ils n'avaient désormais plus rien à faire ici.

XVII

« Martin, si ça n'est pas le Paradis… »

Le lac, à leurs pieds, déployait ses eaux turquoise où se reflétaient, vigies dressées face au désert du Nord, la masse sombre des grands arbres. Rien, pas un bruit, pas une ride à sa surface, ne venait troubler la solennité de l'instant. Tout, autour d'eux, paraissait immobile, en attente. Ou figé par quelque sort, songea-t-elle. Le lac au bois dormant qui demain s'éveillerait pour eux, rien que pour eux, s'ils savaient trouver le maître mot. Deux miles de long sur un mile et demi de large, jugea Martin, toujours pratique. D'où pouvait venir l'eau d'un lac si haut perché ? Les yeux de Boculy, près de lui, brillaient de malice. Le vieux coquin avait su ménager ses effets, en leur faisant escalader le versant le plus abrupt du volcan. Du sommet de la crête où ils se trouvaient, le regard embrassait le cratère tout entier, à 200 pieds en contrebas, semblable à un immense théâtre dans l'écrin vert de la forêt qui, sur l'autre versant, descendait en pente douce vers la plaine. Après la fournaise du Kaisoot et les vastitudes désolées qui les cernaient, cette profusion végétale avait quelque chose de tout simplement irréel.

Les roches volcaniques s'effritaient sous leurs bottes tandis qu'ils dévalaient la pente vers le lac, mais le bruit des pierres roulant n'éveilla nul écho. Seul signe de vie sur la rive, des papillons aux ailes multicolores jouaient dans la lumière dorée de l'après-midi, au-dessus d'un enchevêtrement de vignes vierges et de grands nénuphars bleus. Emportés par leur élan, ils finirent les derniers mètres en se cramponnant comme ils pouvaient aux buissons. Masquée jusque-là par la végétation, une chaussée empierrée séparait le lac de la forêt aussi nettement que s'il s'était agi de la bordure d'une piscine. Qui avait pu vivre ici, et à quelle époque, pour laisser pareilles traces ? Puis ils comprirent qu'au fil des ans, des siècles, peut-être des millénaires, la lave avait été creusée, polie et repolie par les grands mammifères. Une chaussée des géants qui se prolongeait, nette comme une avenue, dans les sous-bois. D'où ils se tenaient, au ras des eaux lisses, le silence paraissait plus impressionnant encore – et plus mystérieuses les profondeurs obscures de la forêt. Prise d'une impulsion soudaine, Osa hurla, de toutes ses forces :

– Blayney ! Blayney Percival ! Nous sommes là !

« Là… là », répercuta l'écho, et ce fut aussitôt un tumulte affolé d'envols lourds, de fuites dans les roseaux, de caquètements, d'appels, de coassements, de « couarcs » irrités, de jaillissements soudains dans des gerbes d'eau où se mêlaient le blanc des aigrettes et des grandes cigognes, le rouge des crêtes des foulques, le noir intense des cigognes aux cous renflés, le bleu des hérons, le rose des flamants, et bons derniers, les reflets bleu et vert des canards plus pataudss. L'instant d'après, ils avaient disparu de l'autre côté du lac. Quelques rides à la surface des eaux, puis tout retomba dans le silence. Boculy, penché vers le sol, à quelques pas devant eux, les appela d'un geste : des traces, dans la boue. Martin les déchiffra à voix basse, comme si la solennité du lieu lui en imposait, à lui aussi. Ici, des buffles s'étaient vautrés dans la boue. Là, une mère rhinocéros avait bu avec son petit, mais Boculy déjà était plus loin, « Tembo ! » dit-il, et il y avait dans sa voix un mélange de crainte et de fierté. Des empreintes d'éléphants. D'une foule d'éléphants. Une dizaine au bas mot, confirma Boculy en montrant les doigts de ses deux mains. La boue fraîche sur la chaussée disait leur venue toute récente. Ils suivirent les traces jusqu'à l'orée de la forêt, hésitèrent à poursuivre – il était tard, déjà.

Les arbres se dressaient devant eux, sombres, silencieux, comme les gardiens du lieu. De longues mousses blanchâtres pendaient aux branches serrées, qui ne laissaient filtrer qu'une lumière rare. Osa frissonna : un instant, elle avait eu le sentiment d'être observée.

– Ce sont les arbres qui nous observent, corrigea Martin. Bon sang ! On se dirait aux portes d'un sanctuaire.

Ce fut à son tour de hurler, à pleins poumons, face à la muraille végétale :

– Blayney ! Je sais que vous êtes là !

« Êtes là… êtes là », renvoyèrent les parois du cratère. Tout à coup, du plus profond de la forêt, retentit en répons un barrissement formidable, un grondement membraneux, profond et grave, qui s'enfla en une clameur stridente, et il n'y avait en lui ni colère ni menace, juste l'affirmation de sa toute-puissance, et qu'il était Tembo, le maître de ce royaume. Il y eut des bruits de branches brisées, de troncs effondrés, puis le silence revint, plus écrasant encore. Martin et Osa avaient couru bien des périls, vécu mille aventures, exploré bien des paysages sublimes, mais ils frissonnèrent tous deux. « Tembo ! » répéta Boculy, comme en extase.

Revenus à la crête, ils se retournèrent. La plaine était en flammes, sous le soleil déjà bas dans le ciel, mais le lac au bois dormant s'était retranché dans la pénombre. Était-ce l'émotion de savoir que ce serait leur dernière étape avant le retour ? La longue attente ? Les aventures vécues dans les dernières semaines ? Ce lieu hors le temps, ils le savaient déjà, serait leur coffre aux merveilles. Plus d'éléphants qu'aucun homme ne pouvait en compter, assurait Boculy. Il faudrait lui trouver un nom, suggéra Osa. Pourquoi pas le lac Percival ? Martin grommela, dubitatif – non, il fallait marquer que ce lieu-là était unique. Inviolé.

– Et si on l'appelait le lac Paradis ?

Après la piste des Shaba Hills et la fournaise du Kaisoot, le Paradis. Oui, c'était bien trouvé.

Plus tard, Osa devait dire qu'il avait surgi de nulle part – Boculy « le petit frère des éléphants ». C'était à Marsabit, carrefour fantôme des caravanes, après leur traversée du Kaisoot. Ils rayonnaient depuis leur campement, cherchant en vain le lac de Percival, quand une délégation de Boran était arrivée, un matin, réclamant sel et sucre. D'où venaient-ils ? Mystère. Martin, Osa et Bud avaient sillonné la région sans trouver de village. Et comment expliquer à ces bergers butés que leur petit groupe n'était qu'une avant-garde arrivée en voitures, que plus tard viendrait une armée de porteurs, avec les provisions ? « Plus tard », pour les Boran, n'avait aucun sens. Plus tard, ils seraient ailleurs. Peut-être. Martin avait essayé de monnayer le peu qu'il possédait contre des informations. La région était truffée de cratères éteints, mais aucun ne ressemblait à celui décrit par Blayney et sans doute étaient-ils arrivés par une piste différente, car ils ne se retrouvaient pas dans ses indications. Bref, ils étaient perdus, dans une zone plus vaste qu'ils n'imaginaient. La végétation çà et là était plus verte, des bosquets autour de points d'eau rompaient la monotonie de la plaine, les rhinos pullulaient, qu'Osa prenait en grippe, mais ils cherchaient des éléphants – un sanctuaire d'éléphants. Les Boran regardaient ailleurs, indifférents, sans l'écouter. Ils voulaient juste du sel. Ah ! Et puis aussi du sucre. Martin finit par en échanger contre du lait, livré le lendemain dans une gourde qui, à en juger par la couleur et le goût du liquide, contenait encore du charbon de bois. Des éléphants ? Silence.

Il était arrivé – envoyé par les Boran ? – au matin du troisième jour. Le petit frère des éléphants. Aussi petit, malingre, que les Boran étaient grands, élancés. Les yeux malades, avec cela, au point que tous les trois jours il se trouvait aveugle. Et le visage de travers depuis qu'un éléphant, il y a de cela très longtemps, lui avait, entre autres, brisé la mâchoire, en sorte qu'il mangeait mal et parlait peu, un swahili confus. Bref, un nouveau Japanda, avait d'abord pensé Martin. Mais quelque chose dans son regard attirait la sympathie, et il était resté. Pour s'avérer bientôt un pisteur exceptionnel, même s'il restait évasif, au début, sur le chapitre des éléphants. Des bruits avaient couru dès l'arrivée des porteurs, des légendes merveilleuses sur le petit homme, sauvé par une mère éléphant d'un mâle qui allait le massacrer, et élevé par elle comme son enfant, sur les contreforts du mont Kilimandjaro. C'est seulement après les avoir longuement observés, et peut-être même vérifié, avait songé Osa, qu'ils n'étaient pas là pour la chasse, ou l'ivoire, qu'avec des airs mystérieux il avait évoqué un matin un sanctuaire d'éléphants, « si nombreux qu'aucun homme ne pouvait les compter » sur les rives d'un lac, à trois journées de là. Mais quand ils avaient entamé la longue ascension, ils s'étaient de nouveau interrogés sur son état mental. Qui avait jamais vu un lac au sommet d'une montagne ? Boculy ne faisait jamais rien comme les autres, mais ce jour-là, parvenu à la crête, ils l'avaient regardé d'un autre œil – le petit frère des éléphants, gardien des clés du Paradis. Dont il venait d'ouvrir pour eux les portes…

Un sanctuaire, avait dit Blayney. Si étrangement caché dans un cratère, cerné par le désert, qu'il avait pu rester jusqu'ici à peu près inconnu. Après tout, il avait fallu un miracle, pour que Blayney le découvre ! Si c'était vrai, rêvait Martin, quelle apothéose ce serait pour leur film ! Rien de moins que la splendeur première du monde, la démonstration achevée dont rêvait Akeley. Ah ! Il le voyait déjà : la légende découverte par hasard, les épreuves de la traversée, la révélation. Aussi fort, sinon plus, que les Mines du roi Salomon ! Osa renchérissait. Cette sensation depuis la crête, dès le premier regard, comment dire ? d'être des étrangers, jamais elle ne l'avait éprouvée ainsi.

– C'est idiot de dire ça d'une forêt, mais… Elle n'était pas hostile. Elle ne savait tout simplement pas qui nous étions.

– Comme si nous étions les premiers hommes ? Oui, j'ai eu la même impression.

Qui n'avait pas rêvé de remonter la longue chaîne des âges, jusqu'à se retrouver aux temps préhistoriques ? Avant même la première venue de l'homme… Eh bien ! Ils y étaient.

Après réflexion, le camp avait été installé en orée de forêt, de l'autre côté du volcan, à 6 bons miles du lac pour ne pas troubler la quiétude des animaux. Et pour fêter l'événement 'Mpishi s'était surpassé, avec l'aide de Bud, parti loin dans la plaine se fournir en viande fraîche. Les feux brûlaient haut et clair dans des gerbes d'étincelles qu'aspiraient les ténèbres, les hommes accroupis près d'eux plaisantaient, un groupe autour de Jerramani l'écoutait, bouche bée, raconter quelque légende, ou plus probablement ses innombrables exploits quand il guidait Roosevelt. Kalowatt, après avoir amusé la galerie tout le jour, s'était assoupie dans les bras d'Osa. Les souffrances de la traversée du Kaisoot étaient déjà oubliées, la respiration de la nuit passait sur eux, paisible, emportant avec elle des gerbes d'étincelles qui montaient vers les étoiles. Demain, aux aurores, ils retrouveraient le lac.

Martin, repu, allumait un dernier cigare, les porteurs somnolaient près des feux, quand éclata le premier barrit.

Un autre lui répondit aussitôt, sauvage, triomphant, puis un autre encore, belliqueux, depuis les profondeurs de la forêt. Les conversations se turent, net. Les clameurs déchiraient l'épaisseur de la nuit, roulaient sur l'étendue, résonnaient aux quatre horizons, de sorte qu'on les percevait tout à la fois très proches et lointaines. Puis il y eut un fracas de branches, de troncs brisés, des piétinements lourds, des arrachements féroces, le sol trembla, des centaines d'éléphants s'affrontaient dans un concert de barrits rauques, stridents, déracinaient les arbres, effondraient la forêt dans leur fureur aveugle – et le plus terrifiant était de n'en rien voir, que le mur des ténèbres.

Martin fit doubler les feux, autour desquels les hommes se serrèrent, effarés. Des souvenirs se bousculaient, les récits épouvantables d'Akeley le jour de leur visite au Muséum, cette charge qui l'avait laissé pour mort, défiguré, et puis, plus récentes, les images des villages piétinés par les mastodontes, près de Meru, pendant leur migration. Que leur opposer, s'il leur prenait de sortir de la forêt ? Boculy, rieur, avait essayé de les rassurer : « Pas de danger, *bwana*, éléphants juste manger. Beaucoup, beaucoup d'éléphants. Beaucoup manger. » Manger ? Mais c'est la forêt tout entière, alors, qu'ils étaient en train de manger ! Bud lui-même l'avait regardé comme s'il était dérangé. Somnolente, Osa imaginait ces titans des premiers âges brandissant les arbres comme des massues, avec au-dessus d'eux un ciel rouge de volcans embrasés, sous leurs pattes les fleuves de lave envahissant la plaine et eux cognant, cognant toujours. Elle se réveilla en sursaut. Ils allaient débouler, sûr et certain, les écraser sans même s'en apercevoir. Ici, Martin et elle avaient remonté le temps, passé la porte d'un autre espace. Et son cœur battit plus fort, d'imaginer ce que serait la première rencontre, s'ils survivaient à cette nuit…

Six huttes aux toits de paille sur une colline pelée, et le désert sans fin sur l'autre rive de l'Ewaso Ngiro… C'était là, à Archer's Point, qu'avec John ils s'étaient dit adieu. Osa avait pleuré toutes les larmes de son corps jusqu'au soir. Le reverraient-ils seulement, en Amérique ? Ils l'avaient retrouvé chez Rattray, à leur retour des Shaba Hills. Après ces semaines de séparation ils avaient mieux perçu sa lenteur nouvelle, la fatigue dans son regard, malgré la gaieté affichée. Rattray se remettait plus que difficilement à Isiolo, en son absence sa ferme partait à vau-l'eau comme on pouvait s'y attendre, mais de toute évidence John s'était fait quelques amis parmi ses employés – auxquels il avait entrepris de raconter dans un swahili improbable ses exploits du temps de la Frontière, quand il parlait d'égal à égal avec le général Custer. La grande nouvelle, qu'il était impatient de claironner au monde en général et à Independence en particulier, était qu'il avait eu son lion. Tout seul. Un vrai miracle. Il est vrai que le gaillard, repu, roupillait quasiment, mais ça, Mme Templeton et ses pipelettes de voisines n'avaient pas à le savoir. Il multipliait les plaisanteries, mais donnait mal le change : pour lui aussi cette séparation était un vrai crève-cœur. La vie dans le grand dehors l'avait comme révélé à lui-même : en renouant les fils rompus de sa jeunesse il avait retrouvé Martin, mais si exaltante qu'elle pût être, cette vie l'épuisait, et chacun savait, sans le dire, que telle était la vraie raison de son départ. Martin s'inquiétait. Pourvu qu'il ne se laisse pas aller, rentré à Independence ! John lui-même appréhendait son retour. Qu'aurait-il à raconter à Lucinda, là-bas, qu'elle ne savait déjà ? La pauvre, soupirait-il, risquait de s'ennuyer…

Ils avaient étiré chaque heure, chaque journée, comme si elles devaient être les dernières, égrenant leurs souvenirs, reparcourant, presque incrédules, les mille péripéties des mois écoulés, depuis certain jour à la gare de Grand Central. Il semblait à Osa que c'était un peu de sa vie à elle, aussi, qui s'en irait avec John, un peu d'elle qu'il emporterait. Martin, comme toujours, s'étourdissait dans le travail. La plupart des porteurs, leurs gages payés, s'étaient éclipsés, effrayés par les rumeurs sur le Kaisoot que distillait Muhammad Soudan, le commissaire de district qui régnait sans conviction sur les bicoques d'Archer's Point. Il fallait retourner à Meru en chercher de nouveaux, préparer les voitures, louer un chariot en complément pour le transport des vivres. Autant de jours gagnés sur l'inéluctable.

Quand tout avait été prêt, les ballots chargés sur le chariot, ils avaient entrepris, en attendant les porteurs, d'explorer les rives de l'Ewaso Ngiro, sur la partie vers l'est qu'ils ne connaissaient pas. Moins pour de nouvelles images que pour vivre avec John quelques nuits de plus à la belle étoile – et c'est ainsi, remontant le fleuve le long d'une large piste, presque un boulevard, laissé par les rhinos, qu'ils avaient eu la surprise de tomber sur… un de leurs points d'eau. Les Shaba Hills étaient là, juste derrière. Plus de traces de chasseurs, ni de carcasses de bêtes, mais la vue des caches détruites avait ravivé leurs frustrations. Tout à coup, Martin était parti d'un formidable éclat de rire. Le pauvre Japanda, ignorant la bonne piste, les avait envoyés droit en enfer, alors que par cette voie ils y seraient parvenus les mains dans les poches, en sifflotant. Un moment plus tard ils se tenaient tous trois les côtes, devant les boys perplexes. Jusqu'à ce qu'Osa, fronçant les sourcils, esquisse un coup de pied dans les tibias de son Martin.

– Eh ! Qu'est-ce que j'ai encore fait ?

– Rien. Mais tu l'as pensé, avoue ! Que ça aurait été dommage que Japanda ne s'égare pas !

John avait gloussé, ravi. Lui comme elle connaissaient la réponse. Il se leva. Demain, si tout allait bien, les porteurs seraient là. Et au matin suivant ils partiraient. Pour de bon, cette fois.

– Martin, qu'est-ce que tu dois dire, maintenant ?

En chœur ils répondirent : « Plus une seconde à perdre ! » mais les voix tremblaient un peu.

De belles images, dramatiques à souhait, haletantes, qui feraient frissonner les pipelettes de Mme Templeton ? Il comptait bien en faire dans le Kaisoot. Montées avec celles des lits de lave des Shaba Hills, l'effet serait hallucinant, jubilait-il, tandis qu'avec des pelles Osa et Bud désensablaient une voiture – tout en le menaçant d'une grève sur le tas, s'il ne lâchait pas sa caméra pour jouer lui aussi au terrassier. Mais il n'en avait cure : l'image d'abord !

Le premier jour aurait été une partie de plaisir, si la dernière vision de John sur les rives du fleuve ne leur avait serré le cœur. Ils avaient fait halte le soir aux Wells, trois sources à peu près taries dans le lit de ce qui avait dû être une rivière. Le ciel au-dessus d'eux s'était comme agrandi tandis que le soleil mourait dans un océan pourpre, l'ombre avait rampé vers le camp à toute vitesse, ondulant au ras des dunes blanches, et avec elle venait une onde fraîche, très douce, il leur avait alors semblé que l'espace, vibrant de chaleur tout le jour, se détendait enfin. Les flammes d'un feu d'épineux étaient montées, très pâles, presque sans fumée, des rires avaient éclaté dans les lointains, sûrement de hyènes en chasse. Osa, aspirant par tous ses pores la nuit qui l'enveloppait, devinait, tout proches, des frôlement furtifs, des glissements pressés de bêtes invisibles, mais elle se sentait étonnamment sereine. Sa première nuit dans le désert…

Le lendemain, ils avaient rattrapé à mi-chemin, déjà dans la fournaise, les porteurs partis deux jours plus tôt, et le soir, à Karo, dans une désolation de sable et de rocs éboulés, à perte de vue, sans autre végétation que de rares buissons morts, ils avaient dû creuser longtemps les trous déjà existants pour voir enfin suinter un mince filet d'eau. Peu après la piste était devenue un chaos de rocs infranchissables, de dunes friables où s'enfonçaient les voitures, et ils avaient dû attendre l'arrivée des porteurs pour dégager une piste. À Longai, sur la Merille River, le lit du fleuve, même creusé profondément, n'avait pas livré la moindre goutte, mais Bud avait fini par dénicher un point d'eau à quelques miles de là, dans une petite vallée, si adorable, paisible, qu'ils y avaient installé leur campement, et ils avaient tous failli périr piétinés, la nuit venue, pris dans un combat féroce de rhinos, si nombreux que le sol autour d'eux tremblait. Une caverne à flanc de falaise avait été leur refuge le reste de la nuit, jusqu'à ce qu'ils découvrent, le matin venu, la falaise tout entière trouée comme gruyère de cavernes semblables, habitées par des lions. Ils avaient précipitamment rendu les lieux à son propriétaire, heureusement absent cette nuit-là pour cause d'humeur vagabonde, et les voitures, remplies de bidons d'eau fraîche, s'étaient portées à la rencontre de la colonne, lui évitant le dangereux détour. Comment, avec une eau si rare, et sans végétation, le désert pouvait-il abriter pareille foule d'animaux ? Elle le découvrait un peu plus chaque jour, fascinée, se promettant d'y revenir plus tard. Les espaces ouverts ici n'étaient pas seulement géographiques, mais plus secrets, spirituels…

Puis ils avaient pris un peu d'avance, en quête d'autres points d'eau. La chaleur devenait telle, conjuguée avec l'altitude, que l'eau des moteurs bouillait et malgré les sandales imposées par Martin, les hommes peinaient sur le sable en feu. À partir de Lasamis, comme la lune était pleine, ils avaient décidé de ne plus voyager que de nuit, malgré les risques de fauves en chasse. Mohammad Soudan n'avait pas menti : le Kaisoot pouvait se refermer très vite en piège mortel, le moindre incident tourner en catastrophe. Mais les voitures de Martin avaient fait merveille, secourant les mal-en-point, devançant la colonne, la fournissant en gibier et en eau. Les puits se révélant à sec les uns après les autres, sur les 50 derniers miles, ils avaient foncé vers Marsabit, erré toute une journée jusqu'à trouver une source au creux d'un éboulis rocheux, et rebroussé chemin en hâte. Il était temps : les malheureux, effondrés sur la piste, les lèvres blanches, craquelées, étaient à bout de forces. Après tout, Roy Chapman Andrews n'avait pas le monopole des expéditions en voiture, avait conclu Martin, d'un air faussement modeste.

Ils avaient réussi. Demain, après-demain, ils seraient aux portes du sanctuaire de Blayney Percival. Osa avait noté que, pour la première fois, il évoquait Chapman Andrews d'un ton léger. Il tenait son film, maintenant, sûr de son choix, et sans plus de regret.

L'éléphant dressé devant elle brandissait un arbre colossal, en un dernier défi. De la forêt ne restait plus que débris, corps agonisants emportés par le fleuve de lave, le ciel lui-même brûlait. Elle se réveilla. Martin lui tenait la main.

– Mon Dieu ! Quel cauchemar ! Figure-toi que les éléphants…

Puis tout lui revint. Ce n'était pas un cauchemar. Elle s'ébroua, prit conscience du silence. Tout, au-dehors, paraissait immobile.

– Ça vient juste de s'arrêter. D'un seul coup. Pffft ! Plus rien.

Le ciel pâlissait. Quelle nuit, répéta Martin en étouffant un bâillement. Il avait veillé tout ce temps avec Bud, le fusil à portée de la main. Les hommes, dehors, n'étaient guère plus vaillants, qui avaient activé les feux tout ce temps. Tous avaient besoin d'un sérieux somme. Ils restèrent un moment pensifs, face au mur sombre de la forêt. Qu'avaient-ils vécu, exactement ?

Tout paraissait plus sauvage, plus ancien, comme si régnaient ici des forces ailleurs oubliées, une énergie primordiale. Peut-être était-ce ainsi, aux temps préhistoriques…

Le soleil rayonnait dans sa gloire triomphante quand ils s'éveillèrent. Ce n'était autour d'eux que pépiements joyeux d'oiseaux dans les branchages, gloussements discrets de pintades derrière les buissons, jacassements de babouins auxquels Kalowatt répondait par de petits cris effrayés. La nature, dans la joie, célébrait le retour du jour. Une odeur de bacon et d'œufs frits montait des cuisines de 'Mpishi. Se pouvait-il que Boculy ait eu raison ?

Ils finissaient leur café quand les yeux d'Osa s'agrandirent, en fixant un point au-dessus de l'épaule de

Martin. Trois éléphants sortis de la forêt se découpaient sur le ciel, au sommet d'une colline descendant en pente douce vers le camp. Ils se tenaient là, immobiles, sans autre but apparent que de prendre le soleil, et il se passa bien cinq minutes avant qu'ils esquissent un mouvement de retrait, le temps pour Kavairondo d'accourir avec la caméra. Martin et Osa cherchèrent Boculy des yeux, en vain, et partirent au pas de course. Les trois bêtes avançaient sans hâte, en traînant les pieds, elles allaient disparaître derrière la colline… Ils les retrouvèrent, tranquilles, sur l'autre versant, et tandis qu'ils reprenaient leur souffle ils entendirent un bruit de course derrière eux : Bud, portant les fusils Bland. Et ils réalisèrent que, pris par la scène, ils avaient quitté le camp sans armes. En fait de rescapés d'un combat de titans, les trois compères paraissaient d'humeur enjouée. Ils prenaient le soleil, jouaient au ralenti, comme engourdis encore de sommeil, s'aspergeaient de poussière à grands jets de trompe et dans la splendeur du matin on les aurait dits nimbés de poussière d'or. Tout à leur béatitude, dans la fraîcheur odorante de la prairie, ils ne les avaient pas vus. Martin, d'un geste, invita Osa à rentrer dans le cadre. Bud, derrière Martin, armait déjà le Bland.

La scène était d'une telle paix qu'ils auraient voulu qu'elle ne cesse jamais, que le charme demeure tandis qu'ils s'approchaient toujours plus, fascinés. Tout à coup, le plus grand mâle tourna la tête vers eux, moins en alerte qu'intrigué, leva sa trompe comme un grand point d'interrogation, en déployant ses larges oreilles. Il devait bien faire quatre mètres de haut, se dit Osa, en se figeant. D'où elle se trouvait, elle distinguait chaque détail de sa peau, qui pendait comme une couverture trop large, ses rides, ses crevasses. Quel pouvait être son âge ? Il la regardait en secouant la tête. Tous trois étaient tournés vers elle, maintenant, mais curieusement elle n'avait pas peur. Elle entendit Martin chuchoter :

– Bon sang, Osa, recule… Vite ! Pas de mouvements brusques, surtout, mais recule. Osa ! Qu'est-ce que tu fais ?

Elle restait là, comme pétrifiée. Surtout ne partez pas, priait-elle, je vous en prie, ne partez pas !

Quelqu'un dut bouger derrière elle, car les bêtes s'agitèrent, tout à coup… et, tournant le dos, s'enfuirent, de cette démarche étrange, comme en traînant les pieds, qui donnait l'impression que leur train arrière allait se séparer du reste de leur corps. Martin poussa un cri d'angoisse : sans réfléchir Osa s'était mise à courir derrière eux, en agitant les bras.

– Revenez ! Revenez ! Je vous en prie !

Les mastodontes, plus rapides qu'on n'aurait pu le croire, franchissaient déjà le sommet de la colline. Elle s'arrêta, le souffle court, écrasée par un chagrin qu'elle ne comprenait pas.

– Mais tu es folle ! Et s'ils s'étaient retournés contre toi ?

Non, ils ne l'auraient pas fait, elle le savait. Elle voulait juste que dure ce moment…

– Remarque, dit Martin, ça va faire de sacrées images…

« Tembo ! » répétait Boculy, au milieu d'un flot de paroles incompréhensibles, en montrant les profondeurs de la forêt, « gros gros tembo ! » Il avait surgi des taillis en lisière au pas de course, peu après leur retour au camp, alors qu'Osa s'inquiétait de sa disparition. Le lac ? Plus tard. Comme Martin fronçait les sourcils – n'avait-il pas décidé de retourner au lac ce matin ? – Boculy avait mimé le maniement d'une caméra. Pas le lac : la forêt. Et tout de suite. Ses yeux brillaient d'excitation, tandis qu'il se forçait à prendre des airs mystérieux : « Tembo ! » Il n'allait pas tarder à exploser sur place, grommela Martin, s'ils n'obtempéraient pas.

Un concert de protestations les accueillit à l'orée de la forêt. Des babouins furibards sautaient de branche en branche, les poursuivant de leur courroux, foulques, pintades, francolins s'arrachaient aux buissons dans des caquètements irrités, et s'enfuyaient en vols lourds presque sous leurs pas, un caracal tapi sur une branche basse cracha, furieux, avant de disparaître dans un fouetté de queue, juste un éclair rouge-brun dans le feuillage. Puis vint le silence, passé les premiers mètres, tandis que les enveloppaient pins podocarpus et junipers géants, les arbres cathédrales. De longs cheveux blanchâtres pendaient aux branches tombantes, fougères et mousses spongieuses étouffaient jusqu'au bruit de leurs pas, les feuillages serrés ne laissaient passer qu'une lumière rare, dans laquelle les sous-bois se fondaient en une masse indistincte. Le contraste avec la plaine déjà brûlante les fit frissonner. On croirait entrer dans une église, se dit Osa, et toute appréhension dans l'instant la quitta. Les rais de lumière dans les clairières, où voletaient par centaines des papillons multicolores, étaient comme autant de vitraux d'une immense cathédrale naturelle. Aussi solennelle que pût paraître la voûte végétale sous laquelle ils avançaient, elle n'était pas hostile – juste la gardienne d'un grand mystère…

– Ne manque plus que le bénitier, chuchota Martin, plus impressionné qu'il ne le laissait paraître.

– Mais non, voyons ! Le bénitier, c'est le lac…

Une piste d'animaux, devant eux, montait en pente douce vers le lac, aussi lisse et nette qu'une ruelle new-yorkaise. Où donc étaient les traces de bataille de la nuit, les branches brisées, les arbres effondrés ? finit par s'étonner Martin.

– On n'a pas tous rêvé cette nuit, quand même !

Boculy gloussa, puis, faisant mine de porter des aliments à la bouche :

– Tembo juste manger !

Et d'un geste du bras il indiqua : plus loin, beaucoup plus loin.

Ils avançaient sur la piste depuis une bonne heure quand le demi-frère des éléphants réclama le silence, avant de bifurquer sur une sente plus étroite, où ils butèrent bientôt sur un amas de blocs moussus que leur guide entreprit d'escalader avec mille précautions. Ils suivirent, le cœur battant, parvenus au sommet rampèrent à ses côtés. Qu'avait-il donc trouvé ?

Le spectacle, en contrebas, tenait du miracle, de la pure féerie. Deux éléphants, deux mâles aux défenses formidables, prenaient leur bain dans une vasque naturelle couleur d'émeraude, taillée au creux d'un éboulis de roches. L'eau leur venait aux genoux et l'on aurait pu croire qu'ils dormaient debout, n'eût été le mol balancement de leur trompe, et, parfois, de leurs larges oreilles. Des rais de lumière perçaient à travers le feuillage, les nimbant d'or et de vert tendre, des milliers de papillons voletaient au-dessus d'eux, comme une chute indéfiniment ralentie de pétales de fleurs, les longues mousses, aux branches, brillaient tels des bijoux d'argent et dans l'air immobile montaient les senteurs lourdes des nénuphars géants…

Comment dire mieux l'éternité ? Ils restaient là, muets et retenant leur souffle, craignant de rompre le charme.

– Tu crois qu'ils dorment ? chuchota Osa, au bout d'une heure.

Ils ne bougeaient pas plus que les éléphants en terre cuite sur le bureau de son père, à Chanute.

– Pourquoi veux-tu qu'ils bougent ? souffla Martin,

l'œil collé au viseur de sa caméra. Ils ne sont pas bien, là ?

Le plus grand des deux mastodontes, un vieux guerrier auquel ne restait plus qu'une défense, eut enfin un frémissement, comme s'il se réveillait, s'aspergea d'un jet de trompe, puis, assurant prudemment ses appuis, se hissa hors de l'eau avec une lenteur infinie, jusqu'à un arbre proche. Sans doute devait-il se sentir une petite faim, car il tenta d'en atteindre le faîte avec sa trompe. En vain. Mais il faut croire que les jeunes pousses tout là-haut le tentaient vraiment, car après un temps de réflexion, ou de somnolence, il se redressa sur ses pattes arrière, se déploya dans un arrachement formidable pour atteindre le trésor convoité – et ce fut un coup de fusil dans le silence de la forêt, que le bruit du tronc cassé net quand le mastodonte se laissa retomber pour goûter tranquillement sa friandise, avant de regagner, toujours paisible, son bain. Son compère, tout ce temps, n'avait pas bougé d'un millimètre.

Insidieuses sont les voies de la tentation. Après une heure de réflexion, ce fut au tour du second baigneur de s'ébrouer, avant de concentrer son attention sur un bouquet de pousses tendres – si haut perché, celui-là, qu'il semblait hors de portée. C'est probablement la conclusion à laquelle parvint le géant, qui choisit d'appuyer son front contre le tronc plutôt que de se redresser. Un instant, Osa crut qu'il s'était endormi de nouveau, mais sous la peau pendante de son train arrière on vit tout à coup passer comme une onde, une crispation de tous les muscles, il y eut une poussée de titan, un long craquement, et l'arbre s'effondra, déraciné, brisant tout autour de lui. Sans s'en rendre compte, Martin, Osa, Bud, effarés, s'étaient dressés. Bon sang ! fit Martin, on se demande, à ce régime-là, comment il y a encore un arbre debout… Tembo, lui, contournait le tronc, et avec une délicatesse de dentellière goûtait les pousses convoitées.

Avant de reprendre la pose, exactement à la même place aux côtés de son compagnon, et les papillons dansaient dans la lumière au-dessus de lui. Osa retint une exclamation : le coquet, tout ce temps, tenait, serré dans sa courte queue, un bouquet bleu et rouge de fleurs de nénuphars…

Ils étaient là, eux aussi immobiles, allongés sur leur rocher, dans le temps aboli. Martin, depuis longtemps sans pellicule, avait oublié qu'il tenait une caméra – Osa et lui, d'ailleurs, pensaient-ils encore à quelque chose, dans la pure vibration de l'instant indéfiniment prolongé, si exactement accordé au-dehors qu'en disparaissait toute concience de soi, devenus fleurs, plantes, papillons, éléphants ? Une ombre passa sur eux, éteignant peu à peu les lumières du spectacle, la forêt, bloc sombre déjà dans la nuit venant, tirait discrètement un rideau sur la scène, les invitant du même coup au départ. Ils se laissèrent glisser en arrière avec d'infinies précautions, comme s'ils voulaient emporter avec eux quelque chose de ce charme qu'ils ne voulaient surtout pas rompre, jetèrent un dernier regard : les deux mastodontes ne bougeaient toujours pas, masses sombres absorbées peu à peu par les ténèbres.

Ils marchèrent un moment en silence, tout entiers à ce qu'ils venaient de vivre, puis Martin posa la main sur l'épaule de Boculy, et, se tournant vers Osa :

– Paradis… Oui, si un endroit mérite ce nom, c'est bien celui-ci.

Boculy, décidément, défiait tous les principes inculqués à son fils par « *bwana* Charles ». Bud, d'abord éberlué, avait pourtant fini par rendre les armes, convaincu que nul ne connaissait mieux les éléphants que leur mystérieux guide, de toute évidence doté d'un sixième sens. Là où Bud déchiffrait leur passage aux écorces arrachées, à la permanence sur les buissons de leur odeur puissante, à leurs bouses encore fumantes, à mille signes *visibles*, Boculy paraissait lointain, presque indifférent – et partait tout à coup dans la direction opposée à celle suggérée, coupait à travers les fourrés sans la moindre précaution : « Tembo ! » Et Tembo il y avait, là où il les menait. Les premières fois, Martin et Bud s'étaient interposés : ne voyait-il pas que le vent dans leur dos porterait leur odeur jusqu'aux animaux ? Boculy les avait regardés comme on regarde des simples d'esprit – de quoi donc parlaient ces curieux Blancs ? Et il avait continué, tout droit, à son idée. À leur arrivée au repaire du Tembo espéré, le vent, miracle, soufflait de face, dans la bonne direction. Ils en étaient venus à penser que, de même que des courants mystérieux, connus des seuls marins, agitent la haute mer, de même la forêt était parcourue de courants subtils connus du seul Boculy. Et dès lors, à quoi bon faire des plans, puisque leur guide, après avoir écouté patiemment les souhaits de Martin, hoché la tête avec conviction, n'en tenait au final aucun compte, et les emmenait où bon lui semblait ? À quoi bon, puisqu'à chaque fois c'était pour une nouvelle surprise, d'autres merveilles ?

Tout le pays, d'ailleurs, paraissait traversé de courants mystérieux, comme s'il fallait qu'en chaque chose il reste incomparable. Un matin, ils s'étaient réveillés dans la brume, une brume d'où émergeait seulement la cime des junipers – de la brume, en plein désert ! On se serait cru dans les Adirondacks, ou sur les contreforts des Rocheuses, n'eût été le barrit soudain, infiniment nostalgique, qui avait résonné au loin, comme l'appel désolé d'un cor, ou la corne de brume de quelque navire perdu en mer. Puis la chaleur montante avait découpé dans la blancheur ouatée de longues écharpes irisées, pour des jeux de lumière à damner un cinéaste, et la forêt était venue lentement à leur rencontre…

C'était impossible, féerique – et pourtant le phénomène revenait tous les trois ou quatre jours. Dû, devait plus tard leur expliquer un géographe, à la violence du contraste entre la fournaise du désert et la fraîcheur du lac, en altitude : l'air, surchauffé, montait tout le jour vers le lac, puis, refroidi dans la nuit, retombait en lourdes nappes de brume dont Martin désespérait de capter la mouvante magie. La brume au ras des eaux dormantes dans l'éveil du matin, Tembo sortant, trompe dressée, du brouillard telle une apparition, le galop aveugle de buffles passant comme un songe dans la blancheur d'un sous-bois : aucun jour n'était semblable aux autres. Et comment tout capter, tout filmer ? Personne, jamais, ne croirait que cela avait pu être…

Au reste, Boculy n'était pas indifférent aux souhaits de Martin : il les emmagasinait patiemment, finirent-ils par comprendre, jusqu'au moment où il pouvait les satisfaire. Et l'image qu'ils s'étaient faite d'abord, d'un vieil original, pittoresque au possible, avait cédé la place à celle d'un magicien doté d'un savoir supérieur, d'un passeur venu là tout exprès pour leur ouvrir la porte d'un monde qu'ils ne soupçonnaient pas.

Ils n'avaient encore rien vu, pourtant – ou si peu…

C'était une nuit couleur d'opale, peuplée de songes et d'apparitions, qu'Osa ne devait jamais oublier, une de ces nuits où il vous semble que les esprits viennent à votre rencontre, vous prennent par la main…

Boculy les avait réveillés, les yeux brillants, un doigt sur les lèvres, Tembo ! et ils l'avaient suivi jusqu'au cœur de la forêt, sur un escarpement rocheux. Quatre cents bêtes au bas mot, éléphants, rhinos, buffles, paissaient, buvaient, jouaient en contrebas, près du lac où tremblait le disque pâle de la lune – et la scène était d'une quiétude si parfaite que toute crainte les abandonna dans l'instant. Comme trois jeunes buffles, les yeux dans l'herbe, se rapprochaient d'une vieille femelle immobile, qu'on aurait dit perdue dans une immense rêverie, un mâle alla vers eux, leur barrant le chemin, mais sans agressivité, comme si cela allait de soi, et les buffles, levant la tête, surpris, s'écartèrent aussitôt sans le moindre signe d'irritation. Elle entendit Martin, près d'elle, gémir – et dire qu'il ne pouvait filmer la scène…

Mais Boculy déjà les entraînait, contournait la barre rocheuse, se faufilait à travers les arbres vers une arête de lave dominant une clairière, avant de les appeler à grands gestes du bras : « Tembo jouent ! » Et ils jouaient, en effet, dans la clarté lunaire. Six jeunes éléphants dansaient, en une ronde féerique, avec des grâces de ballerines. Sur quelle musique, entendue d'eux seuls ? Car ils dansaient vraiment, en rythme, comme s'ils s'étaient tout à coup allégés de leur masse. Un éléphanteau, à l'écart, s'était emparé de la queue de sa mère et tirait de toutes ses forces, son train arrière si tendu qu'il donnait l'impression de perdre son pantalon, et la mère faisait mine de céder, esquissait un pas en arrière, puis un pas en avant, ce que voyant, un autre gamin accourait en renfort et les deux loustics souquaient avec la dernière énergie, deux mâles qui s'étaient liés par les trompes tiraient, chacun de son côté, avec des arrachements de titans, ils allaient se déchirer les trompes, c'était couru d'avance, mais celui qui cédait, centimètre par centimètre, tout à coup se précipitait contre l'autre, front baissé et commençait une lutte féroce, deux camions se heurtant de face, encore et encore, jusqu'à l'écrasement du plus faible, à quelques pas d'un couple aux trompes câlinement enlacées, indifférent à cette agitation, à juste titre d'ailleurs puisque les lutteurs s'interrompaient pour se diriger côte à côte vers le lac, histoire sans doute d'y faire trempette. Boculy riait, aux anges, « Tembos jouent ! » Osa se sentait fondre, et la lune baignait la clairière d'une lumière de légende. Elle pensa très fort à Akeley. Eux aussi, désormais, pourraient dire : « J'ai vu danser les fées dans la forêt… »

« Tembo », disait Boculy, à la seule vue d'un peu de boue tombée d'un sabot – ou « rhino » ou « buffle » selon la qualité de la vase, chaque espèce ayant ses préférences marquées en matière de baignade. Des herbes simplement froissées disaient l'animal en mouvement, quand des feuilles piétinées marquaient qu'il s'était arrêté pour souffler un peu, ou réfléchir à la conjoncture. L'inclinaison des graminées pliées indiquaient le moment de son passage, attendu qu'il fallait trois heures en moyenne pour que les herbes se redressent – d'où se pouvait déduire presque à coup sûr où, à quel gîte, se trouvait l'animal. Les sabots des buffles, tranchants, déchiraient l'herbe que l'éléphant pliait seulement, ou écrasait. Le léopard rentrait ses griffes en marchant, à la différence de la panthère, et sa trace en pétales de nénuphar se distinguait de celle, en trèfle à quatre feuilles, de la hyène. Avec un peu d'attention on pouvait même reconnaître l'empreinte d'une femelle éléphant, plus ovale que celle du mâle. Boculy se baissait, allait, venait, scrutait le sol, effritait un peu de terre entre ses doigts, la respirait. Pour lui, le monde était peuplé de signes, qu'il s'était mis en tête de leur enseigner. Mais quand les mots s'avéraient insuffisants, il montrait son nez avec un air entendu : il sentait les éléphants. Et aussi les autres animaux. Tandis que les éléphants, eux, ne le sentaient pas, ou plutôt ne le sentaient pas différent d'eux. Et comme en plus ils ne voyaient pas à plus de 25 mètres… Osa s'était étonnée – car enfin l'ami Boculy puait, avec une intensité assez exceptionnelle, mais assez explicable, attendu qu'il ne se lavait jamais. Boculy avait cligné des yeux, perplexe. Non, il ne cernait pas exactement où elle voulait en venir. Parce que c'étaient les Blancs, jusqu'à plus ample informé, qui puaient. Si fort, que c'en était un problème. Toutes les précautions qu'il prenait tenaient à ce seul souci : épargner aux animaux leur intolérable odeur. Osa en était restée bouche bée, tandis que Martin partait d'un formidable éclat de rire.

Bref, Boculy leur faisait découvrir les secrets du lac et de la montagne. La forêt était quadrillée de pistes d'animaux, aussi nettes et précises que les rues d'une ville, avec ses avenues menant droit vers le lac, et les rues adjacentes plus étroites conduisant aux points d'eau, vasques naturelles, ou plus simplement aux clairières que goûtaient tels ou tels. Martin en dressait la carte, repérait les passages réguliers de chaque espèce, en s'émerveillant de l'exact agencement qui faisait de l'ensemble un système cohérent, rigoureux. Quelle leçon, pour ceux qui croyaient le *wilderness* l'empire du chaos, le déchaînement sans frein de la férocité pure ! Et d'ailleurs comment, par quelle aberration, avait-on pu donner pareil sens à l'adjectif « sauvage » ?

Chaque jour Boculy ouvrait un peu plus grande sa malle au trésor. Rhinos, buffles, bushbucks aux airs graciles de demoiselles, à peu près toutes les variétés d'antilopes, et le si rare grand koudou dont l'abondance aurait rendus fous tous les chasseurs, girafes réticulées, lions, léopards, caracals, pullulaient alentour : un monde en réduction, protégé par l'immensité du désert. Tout capter, tout filmer ! Jamais il n'aurait le temps, gémissait Martin, avant de revenir à ses éléphants. Ils le fascinaient chaque jour un peu plus – comme si en eux se résumait le mystère du sauvage. Ils étaient sages et bons, capables de réflexion, et pleuraient leurs morts, assurait Boculy. Les mères élevaient leurs petits avec des attentions, des délicatesses qui n'avaient rien à envier à celles des humains. Il commençait à en reconnaître certains, Jumbo le vieux baroudeur qui n'avait plus qu'une seule défense, Milady, la vieille femelle, si vieille que ses muscles avaient fondu, laissant voir chacun de ses os saillant sous la peau pendante, mais qui paraissait commander à un vaste troupeau, Toto et Joufflu, les deux bouts de chou inséparables qui passaient l'essentiel de leur temps à imaginer des tours pour titiller leurs mères – sauf à l'heure du bain, quand ils se débattaient comme tous les gosses de la Création pour échapper au décrassage : quel spectacle c'était de voir les mères les ceinturer tout à coup, les tirer jusqu'à la rive malgré leurs clameurs désespérées, les culbuter dans l'eau, fermement tenus sous leurs pattes, pendant qu'elles les lavaient à jets de trompe ! Et il mesurait chaque jour un peu plus comme était mince son savoir. À côté de Boculy, ils étaient tous des enfants ignares.

– C'est ici qu'il faut revenir…

Depuis quelques jours, Martin s'absorbait dans de longues réflexions.

– Une base permanente, plutôt que de passer son temps en déplacements. Tu imagines ?

Il s'enthousiasmait. Personne avant eux n'avait tenté cette aventure !

Ça y est, se dit Osa, le cœur serré, le film est fini. Sinon il ne se projetterait pas ainsi dans l'avenir. La nuit était venue sans qu'ils y prennent garde, les silhouettes des arbres se découpaient si haut sur le ciel que les étoiles paraissaient accrochées à leurs cimes, et chacun, autour des feux, s'absorbait dans de douces rêveries, ces journées, ces nuits, ne pouvaient pas finir, elle se sentait bien, merveilleusement bien, sans le moindre projet, simplement flottante, engourdie. « Le film est fini »… L'idée explosa tout d'un coup. Martin s'agitait, passionné, mais sa voix lui parvenait assourdie, comme lointaine.

– Hein ? Qu'est-ce que tu en penses ?

Le film était fini. Elle sentit les larmes couler sur ses joues. Kalowatt se redressa, inquiète.

– Osa ! Mais tu pleures ?

– Ce n'est rien… Juste l'idée de partir.

– Mais puisqu'on va revenir !

Il développa de nouveau son idée, comme s'il croyait ainsi la consoler. Prendre exemple sur Chapman Andrews. Réunir le maximum de fonds. Et installer ici un camp fixe. Plus qu'un camp : un village. Avec de vraies maisons. Un laboratoire complet. En ciment, à l'épreuve du feu. Il avait tout prévu, tout calculé : les camions avec des caissons réfrigérés, les générateurs pour l'électricité, l'eau filtrée, le nécessaire pour tirer des positifs. Ah ! Ce serait énorme – une vraie armée ! Avec le film qu'il allait leur montrer, à New York, il trouverait les fonds. Les gens du Muséum, et même Akeley… Ils allaient avoir un choc !

– Tout filmer, avant qu'il soit trop tard. Un film par animal. Et un grand film sur notre aventure. Combien de temps le lac restera préservé ? Il va falloir faire attention. Que Bud et Blayney restent bouche cousue…

Les mots se bousculaient, comme s'il se parlait d'abord à lui-même.

– D'ailleurs, il va falloir… Oui, j'y pensais. Brouiller les pistes. Sinon, ils vont tous débouler ici. Ça m'arrange : le lac perdu retrouvé par miracle… Une carte, très vague, d'un lac mystérieux cerné par le désert. Mentionné nulle part ailleurs… Ça fera un de ces effets… Ah ! Je vois déjà le film !

Il lui montrait son carnet rempli de croquis :

– Il faut tout reprendre de zéro. Faire fabriquer des téléobjectifs de 1 500 mm. Et puis des grands angles, des panoramiques, des objectifs à très grande ouverture, pour les sous-bois. Et des caméras montées avec quatre objectifs groupés, qu'il suffira de faire tourner, comme sur les microscopes – on en a perdu combien, d'images, le temps de changer ces fichus objectifs ? Tandis que là… Clic ! Et c'est fait. Et puis deux caméras montées en parallèle pour la même scène, l'un à seize images par seconde, l'autre à soixante-quatre – pour obtenir la même scène, la course d'un léopard, une charge de rhino, à vitesse réelle et au ralenti. Hein, qu'est-ce que tu en dis ? Une révolution !

Il n'était plus ici – déjà à New York, discutant avec des financiers, harcelant les ingénieurs. Projeté dans l'avenir, comme toujours.

– Plus de cache ! Avec un moteur électrique, je peux placer des caméras dans la savane, sur les pistes en plein air, et les commander à distance sans que les bêtes me voient. Tiens, j'ai imaginé un tripode avec trois caméras pour tout balayer à 360°, en plein air. Et puis des flashs au magnésium pour la nuit. Le grand opéra sauvage, c'est pendant la nuit, non ? Imagine des flashs commandés à distance, ou même déclenchés par les animaux eux-mêmes… Si, si ! C'est tout bête, des fils au sol, et dès qu'ils les touchent, clac ! Ça se déclenche. Qu'est-ce que tu en dis ? Les animaux jouant, chassant, dévorant leur proie, les mères élevant leurs petits, les mâles faisant leur cour, les migrations, tout ! Hein ? Une révolution, je te dis ! La naissance du film animalier, ni plus ni moins. J'ai tout calculé. Il nous faudra 75 kilomètres de pellicule, au bas mot…

Il hésita.

– Et puis j'ai pensé… Enfin, je crois que c'est à cause de Boculy : il faudrait faire aussi un film sur les tribus du désert, les Boran, les Gabra, les Rendille. Comment ils se sont accordés au milieu. Comment ils vivent. Tu vois ?

Elle leva la tête, étonnée. À Bornéo, les sauvages se confondaient pour lui dans une sorte d'universelle épouvante, coupeurs de têtes, anthropophages – un bloc de ténèbres sorti droit de l'enfer. Tout juste bon à faire frissonner le public de Broadway. Décidément, l'Afrique l'avait changé. Boculy l'avait changé…

Deux jours auparavant ils avaient été conduits par leur guide aux « sources chantantes » des Boran, un des puits creusés par les nomades dans le désert, à des profondeurs considérables, soigneusement étayés. Les jeunes gens avaient formé une longue chaîne verticale jusqu'à l'eau tout en bas, pour se passer de main en main les seaux en peau de bête tandis que les autres, rassemblés au-dessus d'eux, rythmaient l'ascension de l'eau par des mélopées invoquant le dieu Wapa, seigneur du ciel et des nuages, dispensateur de la vie et de la mort. L'eau, expliquait Boculy, serait distribuée selon un ordre strict, les descendants de celui qui, jadis, il y avait peut-être de cela un siècle, avait creusé le puits, ceux qui avaient abattu les bœufs à l'inauguration du puits ensuite, puis les autres notables de la communauté, et les bêtes obéiraient au même protocole, les mélopées montaient, dans le désert, les jeunes femmes esquissaient une danse lente, infiniment gracieuse. Martin avait amèrement regretté de ne pas avoir sa caméra : la scène était d'une beauté sereine, presque grave. Et chaque Boran, en ses parures, avait des allures de seigneur.

– On ne peut pas montrer le monde sauvage, sans montrer un peu ceux qui y vivent, non ? Ces Boran… Ils ont un vrai sens de la beauté.

Et c'était Martin qui disait cela, lui seulement préoccupé, à l'en croire, de satisfaire son public ! Elle essuya ses larmes.

– Tu crois que Broadway va t'applaudir, pour ça ?

Il eut une moue dubitative. Pour le public, sûr, les sauvages, ça roulait des yeux tout blancs, ça se mangeait à qui mieux mieux.

– Peut-être qu'il faudra attendre un peu. Mais si on ne filme pas maintenant… Qu'est-ce qui restera d'eux demain ?

Et puis les choses évoluaient. L'Afrique commençait à être à la mode. Ne parlait-on pas de style « jungle » ? Personne n'imaginait, dix ans plus tôt, que les Noirs de Harlem allaient conquérir Broadway. Les temps changeaient. Et quand les temps changeaient, ils changeaient toujours plus vite que l'on n'imaginait. Il lui prit la main :

– Tu vois ? Aucune raison de pleurer. On reviendra. Ça, au moins, je peux te le promettre. Et même…

Il se racla la gorge, embarrassé :

– Tu sais, je m'en veux encore, de ma réaction, quand tu m'avais montré les plans de ta maison, autrefois. Alors, je me suis dit…

Son visage s'éclaira :

– Eh bien, tu l'auras, ta maison. Une vraie maison, bien à nous. Avec un jardin, tout. Ici. Hein ? Qu'est-ce que tu en dis ? Les deux Osa ensemble, au bord du lac Paradis !

Elle le regardait, perplexe. Pas de doute, il y croyait vraiment. Elle allait l'embrasser quand un soupçon lui vint : une maison, oui, mais pour combien de temps ?

– Oh ! J'ai essayé de calculer au plus juste. Les quatre saisons. Les migrations. Un film sur chaque espèce. Au bas mot, on devrait rester quatre années.

Quatre années. Quel âge aurait tante Millie ? Et Belle ? et Nancy ? Seraient-elles seulement de ce monde, à leur retour ? Et John ? Sans compter sa jeunesse à elle, Osa, qui s'en serait allée… Une peine affreuse lui serra le cœur. Elle éclata en sanglots. Et lui, désemparé :

– Je… Je croyais tellement te faire plaisir !

Elle se vidait de toutes les larmes de son corps, entreprit de lui bourrer la poitrine à coups de poing :

– Plaisir ? Mais bien sûr ! Décidément, Martin Johnson, tu ne comprendras jamais rien à rien…

Ce fut d'abord une ligne tremblante à l'horizon, un mince liséré d'or sous les traînées violines de la nuit s'en allant, puis un mascaret déferlant au ras des herbes hautes, une nappe d'or ondoyante incendiant les grands arbres, accrochant des pluies de perles aux branchages. Une odeur de mimosas montait des buissons tandis qu'Osa se glissait dans les sous-bois. Les babouins l'accueillirent par leur habituel concert, mais au fil du temps leur ton avait changé, de la colère devant l'intruse à la bienvenue. Elle n'eut pas le cœur cette fois de leur répondre, se hâta par la piste familière, pressée d'oublier le sentiment de vide qui l'avait saisie au réveil devant la désolation du campement. Les porteurs étaient partis depuis une soixantaine d'heures, ils trouveraient en route, de loin en loin jusqu'à Lasamis, des réserves d'eau transportées en camion. Ne restait plus au camp que ceux qui allaient voyager en voiture, occupés à tout vérifier des chargements, la protection des caméras et des films. Ils avaient repoussé leur départ de jour en jour. Le film depuis longtemps était fini. Avec les seules scènes des premiers jours ils avaient de quoi secouer les plus endurcis, à en croire Martin. De toute manière ils n'avaient plus de pellicule, juste le minimum pour le retour, en cas d'incident notable, leurs finances n'allaient pas tarder à être à sec, et pourtant ils restaient, incapables de rompre le fil. La pleine lune avait décidé pour eux, s'ils ne voulaient pas condamner les porteurs à marcher de jour dans la fournaise. Cette fois les dés étaient jetés : pour eux aussi, c'était le dernier jour.

Le soleil l'avait rattrapée quand elle atteignit le lac. Il glissait sur les eaux lisses, embrasait les falaises depuis lesquelles elle avait découvert le lac, la première fois. Son lac : n'était-ce pas elle qui l'avait nommé Paradis ? Il n'y eut pas d'envol effaré, cette fois, juste des caquètements doux dans les roseaux et les nénuphars, des frissons légers sous l'abri des hautes herbes. Elle se dévêtit, se glissa dans l'eau, un instant eut le souffle coupé tant elle était glacée, ferma les yeux comme si elle voulait s'emplir de toutes les senteurs, des mille bruits légers de la vie autour d'elle, les ouvrit sous la caresse du soleil. De petits canards, inconscients ou curieux, pédalaient vers elle, sans hâte, et le ciel était sans un nuage, où tournoyaient, tranquilles, quelques vautours. Il n'y avait rien à dire, en cet instant, et pour tous les autres depuis leur arrivée, que « merci ».

Elle regagna la rive, sursauta. Martin, debout sur un escarpement, à une extrémité du lac, était là, lui aussi, immobile. Elle agita les bras, mais absorbé sans doute dans sa rêverie il ne la vit pas.

Elle se retourna vers le lac. Merci était le mot manquant. Le seul qui convenait.

Au revoir, et merci pour tout.

TROISIÈME PARTIE

Les amants de l'aventure

I

On ne revient pas si aisément d'un tel voyage. Ils étaient au lac Paradis, encore, tandis que la longue caravane s'enfonçait dans la fournaise du Kaisoot, et au lac Paradis, le soir, tandis que bondissaient vers le ciel les flammes des feux de camp. Dis, Martin, t'en souviens-tu ? et Martin hochait la tête – ou bien ils restaient silencieux, serrés l'un contre l'autre, chacun plongé dans ses rêveries. Muhamad Soudan les vit surgir à Archer's Point comme s'il s'agissait de fantômes. On ne revenait pas du Kaisoot, sinon par sorcellerie, semblait-il penser, aussi resta-t-il à l'écart en marmonnant, le temps qu'ils récupèrent les vivres laissés à leur premier passage et s'en aillent au plus vite. Les paysages, les lumières qui leur arrachaient des cris d'admiration quelques semaines auparavant, à peine leur prêtaient-ils maintenant attention et le désert lui-même, si prompt à multiplier chausse-trapes, sables mouvants, points d'eau à sec, éboulis de roches tranchantes, jugeant sans doute, en metteur en scène avisé, qu'il leur en avait assez fait voir, paraissait les presser vers la sortie, rhinos et lions, sur leur passage, levaient à peine une paupière somnolente, tiens, les revoilà ? L'Ewaso Ngiro elle-même n'avait pas fait de difficultés pour les laisser passer.

Leur halte à Isiolo avait été un temps de liesse – comme un de ces paliers nécessaires aux plongeurs revenant des grandes profondeurs, avait risqué Martin. Macdonough et Douglas leur serraient les mains, les prenaient par les épaules, pour un peu les auraient embrassés. Bon Dieu, ça fait rudement plaisir, oui, rudement plaisir ! Et Rattray, en convalescence chez des amis, ne se consolerait pas d'avoir manqué ses sauveurs… Tout le village se pressait autour des héros en riant, Kalowatt poussait de petits cris, sautait sur les épaules, multipliait les cabrioles : Noël qui recommençait ! Gacoka Nyaga et Nunge s'étaient précipitées, bien décidées à improviser un grand dîner. Cette fois, 'Mpishi ne leur volerait pas la vedette ! Et à la nuit venue ils s'étaient tous retrouvés comme si rien n'avait changé depuis leur premier passage, et c'était la même nuit, la même douceur, où les paroles, ponctuées par les murmures de la foule, réveillaient des échos de légende, oui, ils avaient vu les éléphants danser dans le clair de lune d'une clairière, ils les avaient entendus, une nuit, dévorer une forêt entière et au matin rien pourtant n'avait bougé, ils les avaient vus certains soirs couverts de poudre d'or et c'est la plaine tout entière alors qui paraissait en feu… Dans la pénombre, des enfants immobiles, aux yeux immenses, les fixaient, pensifs. Des rives venaient par bouffées des groupes de porteurs, autour de Jerramani. Dans trois jours ceux-ci seraient à Meru, d'où ils se disperseraient, riches pour quelques mois, et bientôt les nuits de leurs villages bruisseraient du récit de leurs exploits, de la magie de Boculy, le petit frère des éléphants, du courage de *bwana* Piccer, le maître des images et *memsahib* Kidogo, la petite maîtresse – ou bien peut-être de comment ces pauvres Blancs, sans eux, ne seraient jamais revenus du désert mystérieux. Eux aussi, ce soir, avaient encore une part d'eux-mêmes restée au royaume de Tembo, dans les bois enchantés du lac Paradis…

Voyage-t-on, en vérité, pour voyager, ou *pour avoir* voyagé – et que des mondes naissent, au retour, dans les mots prononcés, les images montrées ? Rentrée à Nairobi, elle guettait dans l'eau tremblée des cuves l'émergence des formes, l'alchimie mystérieuse des apparitions, comme venues de très loin, simples taches d'abord sur la feuille de papier, fantômes d'ombres et de lumière qui tout à coup s'assemblaient en une image et avec celle-ci le mystère du moment capturé, du temps suspendu, et de ce qu'il libérait, lui semblait-il, d'autrement invisible, ou seulement pressenti sur le lieu même de l'événement. Du coin de l'œil elle devinait le visage de Martin, près d'elle, tendu, sourcils froncés, la concentration extrême de son regard, comme projeté très loin, ailleurs – dans le monde d'images qu'il faisait naître devant lui. Chacun, à sa manière, prolongeait son voyage dans la chambre obscure. Peut-être même commençait à le voir : ce n'était pas tant la nostalgie, la tentative de retenir un peu du temps déjà enfui, qui les tenait ainsi, jour après jour, nuit après nuit, jusqu'à tituber dans les vapeurs du révélateur – quel mot, si l'on y songeait ! – mais, infiniment plus troublant, le sentiment que « quelque chose » ici se découvrait, qu'ils n'avaient pas perçu, s'ajoutait à ce qu'ils avaient vécu, pour qu'enfin leur voyage se *révèle* à eux.

Du dehors lui venait la rumeur de la maisonnée. Toto, derrière la porte, soupirait : la maîtresse était-elle fâchée, pour ne plus courir les marchés avec lui ? Amina passait et repassait le balai dans le couloir, en gazouillant, 'Mpishi, abandonné à lui-même, secouait marmites et casseroles comme d'autres donnent du gong, pour appeler à eux. Eux aussi attendaient. Comme Dumo et Karoda dans le jardin, si fiers d'avoir su, cette fois, l'entretenir, du moins le croyaient-ils. Mais, pour leur plus grande déception, à peine les bagages déposés, Martin s'était précipité dans son laboratoire, préparait cuves et produits, pourvu que la pellicule n'ait pas souffert de la chaleur, malgré ses précautions ! Et Osa, bien décidée cette fois à forcer la porte du saint des saints, avait eu la surprise de s'y voir invitée – comme si son statut avait changé au fil de ce voyage. Comme s'il avait voulu partager ce moment avec elle. Et depuis, fascinée, elle se laissait happer par la puissance des images…

Pas de voyage qui vaille sans la mise en forme d'un récit, d'un tableau, d'une image, lui avait dit un jour Finch Hatton, avant de lancer en boutade que nos voyages, au final, étaient tous de papier. Et plus encore qu'on n'imaginait, avait-il ajouté, en tirant sur sa pipe d'un air qu'elle avait jugé un rien sentencieux – après tout, Stefansson lui avait dit la même chose à New York sans en rajouter, et elle pensait avoir compris. Plus qu'on n'imaginait, avait-il insisté : au mystère du voyage répondait d'étrange façon celui de la littérature. Car il y avait un mystère, en tout voyage. On rêve, on échafaude des projets, on étudie des cartes, et puis l'on part, en croyant savoir où l'on va. N'est-ce pas cela, un voyage : se rendre quelque part ? Mais les « vrais » voyages, ceux qui comptent vraiment, auxquels on revient sans cesse, *précisément parce qu'on n'en est pas encore revenu, de les avoir vécus*, sont ceux, nous le savons bien tous, où il s'est passé « quelque chose ». Quoi ? c'est toute l'affaire. Quelque chose qui vous a conduit où vous ne pensiez pas aller, et vous a transformé, dont il vous semble, à votre retour, qu'il fallait qu'il en aille ainsi, qu'une urgence plus haute vous requérait, là où vous n'aviez vu d'abord que le hasard. Cet imprévu qui vous a dévié de votre chemin, ce n'était donc pas une succession disparate de sensations, un chaos confus d'événements : voyage il y avait parce qu'ils s'organisaient dans une courbe rétrospectivement nécessaire, dessinaient une *forme*.

Et il y avait un autre mystère, dans toute création littéraire – si proche du premier que c'en était troublant. Combien d'écrivains lui avaient-ils décrit une expérience comparable ? Vous croyez savoir ce que vous voulez écrire, et puis des mots vous viennent qui ébauchent un rythme, s'agrègent en phrases dont la musique déjà vous emporte, une forme naît, s'impose à vous, vous guide, et c'est pourtant vous encore, une part inconnue de vous-même, qui prend ce faisant la parole et se révèle à vous – en disant tout autre chose que ce que vous pensiez…

Dans le fond, avait-il grommelé en conclusion de sa tirade, nous ne voyageons jamais qu'entre des rayons de bibliothèque. Récits, légendes bruissent au long de la Route de la soie, sont cette route même, nous ne mettons jamais les pieds que dans les pas de ceux qui nous ont précédés, nous peuplons l'inconnu de nos rêves de papier, et papier deviendra à son tour notre voyage, la forme du récit nous révèle, l'écrivant, la forme du voyage. N'en déplaise aux sédentaires et aux frileux, avait-il ajouté en dernière pirouette, cela ne voulait pas dire que les vrais voyages ne se faisaient jamais que dans la pénombre des bibliothèques, et qu'il était donc inutile de mettre le nez dehors – mais, tout au contraire, qu'il fallait voyager pour que le vent des routes balaie la poussière des rayonnages et que les bibliothèques, reprenant vie, n'abritent plus seulement des signes morts.

Il l'avait agacée par ses airs de vieux sage, mais dans l'obscurité du laboratoire, devant les images fixées, il lui semblait deviner ce qu'il avait voulu dire ce jour-là. Qu'ajoutait au voyage, au tumulte confus des sensations du moment vécu au bord du lac, cette image devant elle ? Elle n'était pas reproduction plus ou moins exacte de la réalité : elle s'était imposée parmi d'autres presque semblables qui resteraient en négatif, parce qu'elle était une *forme*, et que, forme, elle disait quelque chose de plus que les autres, délivrait un sens mystérieux qui allait bien au-delà de la reproduction d'un « réel » – c'étaient les autres, les photos ratées, sans grâce, informes, qu'on pouvait dire de simples reproductions de ce réel. Forme, elle était comme un moment suspendu, la course du temps, en elle, s'était interrompue : *ce que donnait à voir l'image était rien de moins que l'éternité*. Un éclair d'éternité.

Kalowatt, qui ne voulait rien manquer du spectacle, s'était installée à la fourche d'un arbre, sans même un regard pour son soupirant airedale, en convulsions à ses pieds. Des lampes accrochées aux branches des jacarandas, tels des lampions, donnaient à la scène des allures de fête et tous, serrés autour d'Osa, de Blayney et de « Jack » Percival, devant le rectangle blanc de l'écran, attendaient que Martin réussisse enfin à régler son projecteur. Même le vieux Mohammed était venu et sans doute en avait-il touché quelques mots aux gamins qui tout le jour dévoraient ses histoires, car on discernait des glissements furtifs dans les profondeurs obscures du jardin, bientôt tout le quartier serait présent, songeait Osa, occupé à piétiner mes plates-bandes. Jerramani et Ferraragi, qu'entouraient des grappes de gamins admiratifs, prenaient, au grand dépit de 'Mpishi, d'Aloni et de Zabanelli, les airs indifférents qui siéent aux héros de retour de campagnes périlleuses. Ils étaient arrivés au petit matin, avec les porteurs recrutés à Nairobi venus chercher leur paie – qu'ils dépenseraient probablement en quelques jours dans les cafés de la ville, avec l'aide d'un public prompt à partager le récit sans cesse enjolivé de leurs exploits. Arrivés à Meru, Martin et Osa avaient laissé aux deux hommes la responsabilité des chariots tandis qu'eux-mêmes fonçaient en voiture vers Nairobi et il leur avait fallu tout ce temps pour charger les caisses laissées à la garde sourcilleuse du commissaire Crampton, puis les décharger à Thika, où Bud Cottar irait plus tard les récupérer en camion. Et Osa, toute à la joie de les retrouver, avait eu l'idée de cette projection nocturne : une dernière occasion de se retrouver – et l'occasion de montrer à tous les autres à quelle occupation ils se livraient dans la chambre obscure. Blayney et « Jack » seraient ravis d'être des leurs, avait approuvé Martin. Et pourquoi pas tous les amis de Nairobi ? avait-elle risqué, pensant à Finch Hatton. Mais Martin avait fait la moue :

– Non, Blayney seulement, d'abord.

Et comme elle paraissait déçue :

– J'ai mon idée…

Ils s'étaient précipités chez les Percival dès le premier soir. Le brave Blayney, qui en toutes circonstances affectait l'impassibilité seyant aux vrais gentlemen, était devenu tout pâle, puis tout rouge.

– Crénom ! Pas la peine de vous interroger. Vous avez réussi !

« Jack » déjà le bousculait, qu'est-ce qu'il fichait sur le pas de la porte, à se dandiner comme ça d'un pied sur l'autre, qu'il la laisse donc les embrasser, et Blayney, oubliant toute réserve, en avait fait autant.

– Crénom de nom ! Akeley avait raison. Ah, quand il va savoir !

Carl Akeley. Ils avaient eu la surprise de trouver dans le labo une de ses caméras, avec un mot : « Herbert a fini par tuer le solitaire de Karisimbi. Mais je sais ce qui me reste à faire… » Signé : le vieux gorille de Mikeno. Blayney avait hoché la tête. Oui, Akeley était passé il y avait tout juste un mois – et comme prévu il avait développé ses films dans le labo de Martin, avant de rentrer à New York. Le pauvre était arrivé dans un piteux état. Maigre à faire peur, et comme absent. Un fantôme, avait pensé « Jack », quand il était apparu à la grille du jardin – en tenant des propos pour le moins étranges… Mais en même temps, lui qu'ils avaient connu sans cesse en mouvement, tendu vers le but à atteindre, agité par mille pensées contradictoires, paraissait apaisé.

– Il se bat contre lui-même depuis si longtemps ! reprit Blayney, d'une voix hésitante. C'est drôle à dire, mais il était serein quand il parlait de lui comme d'un gorille… Un gorille ! Vous y comprenez quelque chose, vous ?

Ils restèrent un moment silencieux. Un frisson agita les branches dans les profondeurs invisibles du jardin, on entendit, très loin, le rugissement d'un lion – tous tressaillirent comme si une présence s'était ajoutée, toute proche, dans les ténèbres venues. Cet homme, qu'ils aimaient tant, resterait jusqu'au bout une énigme. Osa repensa à la lettre reçue peu avant leur départ : le vieux gorille de Mikeno…

Blayney frappa dans ses mains, comme pour chasser les ombres qui s'étaient glissées dans la pièce. Un single malt ! Rien de tel qu'un malt, pour chasser les fantômes ! Un Laphroaig. Le plus rare, presque introuvable depuis que son voisin de Lagavullin, maudit soit-il, multipliait les querelles, jusqu'à leur dérober, sacrilège, leur maître brasseur – mais rien n'y ferait, jamais un Lagavullin n'égalerait *son* Laphroaig. Double, sans glace, sans eau ? À l'écossaise…

– Et vous, racontez-nous ! Vous n'êtes pas devenus éléphants, par hasard ?

Une pile de lettres les attendait, bien sûr, qui leur avait rappelé que la parenthèse du temps se refermait : demain, ils devraient se jeter de nouveau dans le cratère en éruption. Demain – le plus tard possible, avait songé Osa, le cœur serré. Mais comment résister aux écritures familières ? Chanute était resté Chanute, disait Belle, William, par-dessus son épaule, la priait de lui annoncer qu'il avait débroussaillé où elle savait au bord de la rivière, Choupinette avait mis bas et les fruits du péché dévastaient avec ardeur le jardin de Mlle Glenkinchie, Toto se préparait à un hiver de pacha turc et Millie avait entrepris de raconter par le menu ses aventures au temps de la Frontière, ce qui leur valait des soirées palpitantes, même si un peu répétitives. Une autre enveloppe avait été ouverte en hâte. John ! John qui après « avoir flâné un peu en chemin », mais il leur raconterait ça de vive voix, « il y a tout de même des choses qu'il est imprudent de confier au papier », était rentré à Independence.

> « Mme Templeton, la femme du pasteur, comme espéré, s'est évanouie à la vue de la gueule ouverte de mon lion. Depuis elle et sa horde de pieuses harpies font un détour en se signant, comme si je tenais un tripot peuplé de créatures. "Si notre pauvre Lucinda voyait ça !" a sifflé l'une d'elles, en s'enfuyant. Mais je sens dans leurs regards une lueur qui m'inquiète, que je dirais, si je n'étais totalement innocent en ces matières, de concupiscence… Dame ! Un homme qui a tué un lion ! Je me demande si je ne vais pas émigrer sous des cieux plus cléments.
>
> Vous me manquez, tous les deux et les nuits dans la brousse, et ma tendre Kalowatt. En voilà une, au moins, qui sait vivre ! Continuez, les enfants, à faire de vos rêves votre vie… »

Osborn venait aux nouvelles et répétait l'attente du Muséum. Rothafel demandait les dates prévues de leur prochain chef-d'œuvre, dont il tenait à avoir la primeur. Dorothy Parker faisait un petit signe, de loin, à « l'enfant de Chanute » et qu'à force de chevaucher lions, éléphants, rhinocéros, celle-ci n'oublie pas les petits fauves domestiques de l'Algonquin, qu'elle avait su si bien dompter.

« Grande nouvelle : je suis allée écouter "ton" Bubber Miley. Bourré comme tous les poivrots du Gonk réunis. Dans un coupe-gorge délicieusement crapuleux, où j'ai failli être violée par un mastard tatoué. Malheureusement, Benchley était là, qui s'est interposé. Le pauvre Miley ne tiendra pas longtemps comme ça – on dit que certains ont perdu leurs dents, en tâtant de son *booze* – mais ce soir-là, oui, il était l'âme du monde ! (Il faut que je me surveille, voilà que j'écris comme une béate à extases.)

Petite nouvelle. "La" danse qui fait fureur : le shimmy. "I wish I could shimmy like my sister Kate" – je n'ai pas bien compris la suite des paroles. L'idée : tu te mets dans un shaker et tu te secoues. Les *flappers* (qui n'ont pas grand-chose à secouer) font grise mine. Mais toi ! Tu vas adorer.

Petite nouvelle. Hollywood sombre dans le stupre. Drogue parties, meurtres dans les alcôves, les journaux ne parlent plus que de ça. Ce n'est pas à New York que ça arriverait, dit Anita Loos, qui a des nostalgies californiennes.

Toute petite nouvelle. George Kaufman s'est mis en tête d'écrire une revue. Tous les membres du Gonk sont priés de mettre la main à la pâte. Il a l'air de croire que ce sera forcément le succès de l'année. Puisque nous sommes les faiseurs de succès. Tous les dépeceurs de librettistes livrés aux fauves, à leur tour ! À mon avis ça sent plutôt la curée. Ça se passera au Punch et Judy Theatre sur la 49e. D'où le titre qu'imagine Kaufman, pour mieux tromper l'ennemi – je veux dire, le public : les 49ers.

Quand viens-tu nous siffler ? »

Herbert s'inquiétait d'une « lettre étrange » de Carl Akeley, qui lui avait fait repenser à certaine discussion, une nuit, sur leur « part sauvage », Leslie désormais enseignait à l'université de Washington, ils reparlaient souvent tous deux de leurs expéditions à Harlem, et chaque jour lui confirmait la justesse de leurs intuitions, Stefansson, pour des raisons plus ou moins obscures, s'était mis en tête de mettre l'île de Wrangel sous la protection du drapeau canadien, puis britannique, au grand dam des Russes, mais comme il était plus têtu qu'une mule on allait droit à l'incident diplomatique, et tous attendaient leur retour, cela allait sans dire – « Prévenez l'ami John que nous avons fait des progrès décisifs dans la maîtrise de l'orge maltée et que le Muséum souffle tel un vapeur sur le Mississippi, ses cales pleines de carburant. Force restera à la science ! »

Et puis ils reconnurent l'écriture fine de la dernière enveloppe, le timbre si étrange : Roy Chapman Andrews…

Dans la missive se devinait cette fois l'excitation des grands départs :

« Martin,

Si chère Osa,

J.B. Shackelford est arrivé il y a une semaine, qui vous remplacera – puisque vous avez choisi de poursuivre votre aventure africaine. Je le comprends : chacun doit suivre sa voie. Mais je le regrette et Yvette tout autant : nous avions si souvent évoqué, ensemble, ce grand voyage !

Nous touchons enfin au but, après bien des difficultés. Avant-hier, la première caravane portant vivres et matériels est partie de Kalgan : 75 chameaux conduits par des Mongols qui me paraissent de confiance. D'ici qu'ils décident juste de rentrer chez eux avec leur butin… Hier, 1er avril, tout le staff a enfin pu être réuni à Pékin : la plus forte concentration de compétences de toute l'histoire de l'exploration ! Dans quinze jours au plus nous partirons nous aussi pour Kalgan, franchirons la Grande Muraille par la passe de Wanchuan, cap sur la Mongolie. Le ciel s'ouvrira jusqu'à l'immense, les couleurs changeront et même la lumière. Et dès lors, à Dieu vat !

Des nouvelles inquiétantes nous arrivent d'Urga, aux mains, semble-t-il, d'un fou sanguinaire – un baron venu de la Baltique, jadis aux ordres du Tsar, qui se prétend la réincarnation de Gengis Khan et promet la renaissance du grand Empire mongol, aurait plongé tout le pays dans un vertige de destruction : femmes violées par ses soldats jusqu'à ce que mort s'ensuive, boulangers cuits vivants dans leurs fours, malheureux arrosés d'eau par – 30° jusqu'à ce que, gelés, ils servent de poteaux indicateurs, prisonniers chinois donnés à manger en public à ses hordes de loups, hommes, femmes, enfants, étranglés, mutilés, pendus, brûlés vifs, fouettés à mort – de toute évidence, un esthète. Ou alors, suggère Yvette, un homme qui s'ennuie. Mais n'est-ce pas souvent la même chose ? D'autres prétendent qu'il aurait été vaincu par un cavalier mongol ayant pactisé avec Lénine, capturé, jugé, fusillé, en sorte qu'Urga serait aux mains des communistes. Qui peut savoir, avant d'y être allé voir ? C'est toute la Chine qui oscille au bord du chaos. Lors d'une petite expédition préparatoire dans les monts Tsinling nous avons eu notre camp envahi par des brigands, en fait de pauvres hères persécutés par Feng Yu-tsiang le très chrétien – un des plus féroces chefs de guerre du moment, nous assure-t-on avec des mines gourmandes – qui s'amuse à les rôtir sur des lits de braise. Et Chang Tso-lin et Wu Pei-fu seraient sur le point de s'affronter pour le contrôle de Pékin. On n'est décidément tranquille nulle part.

Une drôle de manière, me direz-vous, de vous faire regretter de n'être pas venus. Mais Kalgan, mais Urga sont juste des portes. Au-delà il y a la Mongolie – immense. Et qui l'a vue une fois… Mais cela, je vous l'ai déjà dit.

À New York donc, un jour prochain, cher Martin, chère Osa – à moins que nos os blanchis, d'ici là, ne se soient ajoutés à la poussière des routes. »

Les autres ! Ils étaient là, qui les avaient attendus tout ce temps, ils revenaient en force, les envahissaient, exigeaient leur dû, ne leur laisseraient bientôt plus de répit : les autres, le monde gris de l'ordinaire des jours, des obligations et des tracas. Projets, nouvelles, souvenirs, parole d'êtres chers, pourquoi, devant les lettres accumulées, avait-elle eu d'abord ce geste de recul ? Chacun ici-bas était comme le tissage de mille fils, amis, travail, famille, position sociale, qui, rassemblés, faisaient le trame de son existence, signait son identité : tous les fils oubliés, ou rompus, dans le temps suspendu du voyage, qu'était-il resté d'elle et de Martin ? Peut-être avait-il fallu cela, ce vide en eux, cette suspension de soi, pour que le monde vienne à leur rencontre, qu'ils s'emplissent de lui. Et c'était cela, au fond d'elle-même, qu'elle craignait de perdre : le chant du monde. Demain, le quotidien revenu allait déferler, passer comme une vague sur le sable, tout effacer…

À ses timides inquiétudes, Martin répondait par des grognements, oui, sûrement, chérie, tu as mille fois raison. Il était dans son film, ses bobines à développer, et n'était pas encore né celui qui réussirait à l'en sortir. Comment faisait-il donc, pour ne jamais dévier ? Elle aurait tellement voulu parler, se confier, dire ce qui l'avait ébloui, comme si de trouver les mots permettrait d'empêcher qu'il file entre les doigts ! Finch Hatton, bien sûr… Mais où était Finch Hatton ?

« Jack » Percival, un matin, l'avait sortie presque de force du laboratoire. Avait-elle vu sa tête, seulement ? Une chouette, parole ! À manipuler tous ces produits, elle allait finir par s'empoisonner. Qu'elle laisse donc ça aux hommes ! Toto était apparu comme par enchantement – alors la *memsahib* n'était plus fâchée ? – et elle n'avait pas eu le courage de le décevoir une fois de plus.

Était-ce le souvenir de l'émeute, peu avant leur départ, et du silence dans les rues, les jours suivants, ou bien le charme qui s'en était allé de la première fois ? Le marché blanc ne résonnait plus des crêpages de chignons entre madames et pionnières, les femmes en sari glissaient sans dire mot dans le bazar, que les joueurs d'*awalé* eux-mêmes avaient déserté, les tables aux huit carrés, ancêtres de nos échecs, avaient disparu et les dés de *pâca* ne roulaient plus dans la poussière, entre les pas des clients. Dans le marché indigène, à la sortie de la ville, où toutes les langues du Kenya se mêlaient d'ordinaire dans un joyeux tohu-bohu, les vaches elles-mêmes modéraient leurs meuglements d'effroi.

– Tout le monde attend, avait résumé Jack, un peu plus tard, dans le bar du Norfolk, devant une citronnade.

Dandys anglais, Américains braillards pressés d'enrichir leur tableau de chasse, à peine arrivés, tourbillonnaient sous le regard blasé des serveurs mais l'hôtel était vide de figures amies.

– Vous auriez été ici, il y a un mois ! Delamere, tenez, était là, debout sur la table. Les autres vociféraient tout autour. Et les oreilles de Northey tintaient dur, croyez-moi !

Mais où étaient-ils, tous, aujourd'hui ? Jack avait pris un air mystérieux. Ils se préparaient. Ou ils attendaient. Quoi ?

– L'explosion. L'explosion inéluctable !

Rien de neuf, en somme, avait risqué Osa. Comment ça, rien de neuf ? Mais c'était pire, infiniment pire ! Un vent d'espoir, d'abord, avait soufflé. Delamere – c'était à peu près à l'époque où Martin et elle partaient pour Marsabit – avait fait sensation dès son arrivée à Londres : les rugissements du vieux lion avaient fait trembler les murs des ministères et ses accoutrements de pionnier, panama froissé et long manteau de cuir graisseux, avaient fait la joie des journalistes. Il était revenu en triomphateur, fort des promesses publiques du secrétaire d'État Churchill de limiter l'immigration indienne, et de ne rien faire sans consultation des colons. Mais Delamere à peine rentré, le Colonial Office avait repris ses manigances. Que pesait le Kenya face aux risques d'explosion en Inde ? Ils n'étaient plus, hélas, qu'une soupape de sûreté. Northey jugé trop favorable aux colons allait être rappelé, remplacé par un gouverneur militaire. Militaire ! Ça laissait présager le pire. Et la fureur, depuis, était à proportion de l'espérance première.

– Ils n'imaginent pas, les freluquets, ce qu'ils vont déclencher !

Les Comités de Vigilance. Jack s'était penchée vers elle, après un coup d'œil alentour. Ils étaient en gestation à l'époque de leur départ – mais ils étaient aujourd'hui devenus une vraie armée secrète, prête au combat. Où ils étaient, tous ? Par monts et par vaux, en train de créer des cellules, de coordonner des sections.

– J'ai bien peur, ma petite, que vous ne voyiez pas grand monde avant votre départ !

– Et Finch Hatton ?

Elle se sentit rougir, sous le regard surpris de Jack.

– Et… Berkeley Cole. Et Bror, bien sûr.

– Finch Hatton, hein ? Le parfait célibataire ! Au dernier recensement, il y avait huit femmes qui lui couraient après. Toutes mariées.

– Martin et moi nous avions passé une si belle soirée avec eux trois et nous pensions…

– Mmm. Ouais…

Jack avait sorti sa blague à tabac, bourré consciencieusement sa pipe, la tête baissée, avant de poursuivre.

– Finch Hatton a déménagé. Chez Tania, enfin, Karen, la femme de Bror. Dans sa ferme des Ngong Hills, ce qui fait une jolie trotte. Et ce qui arrange bien

Bror, qui est tombé amoureux de Cockie, la femme de son copain Ben Birbeck, à l'occasion d'un safari. Organisé par Ben, d'ailleurs. Il paraît que Bror et Cockie s'échangeaient des billets doux en les glissant dans le canon d'un des fusils de Tania. Cockie, du coup, s'est installée à Nairobi, et a ouvert un magasin de mode. Ce qui arrange Ben, qui, lui, est amoureux de Pénélope, dite Ginger. Sans parler de Rose et de son mari Algy, qui… mais bon, on n'en finirait pas : l'échange d'époux est leur sport favori. Et tous, bien sûr, sont les meilleurs amis du monde…

Était-ce une impression, ou les regards en biais de Jack se faisaient-ils de plus en plus suspicieux ?

– Ah ! Et puis j'oubliais Beryl, pour tout arranger…

Beryl ! Le moyen peut-être de changer de conversation… Elle revit son visage défait, son désarroi devant les corps abattus par les gardes aux portes de la prison où était enfermé Harry Thuku. Jack hocha la tête, sûr, ils s'étaient tous fait un sang d'encre ! Où avait-elle encore filé ? Mais quand les chefs kikuyu s'étaient réunis, à l'initiative de Delamere, pour désavouer Thuku, et prendre position contre le parti indien, elle était réapparue, comme si de rien n'était.

– On dit que Delamere l'aurait utilisée comme intermédiaire. C'est possible : après tout, elle est aussi une Kikuyu !

Depuis, installée dans un domaine de Delamere, elle avait repris l'entraînement de ses pur-sang avec son « frère » Ruta. Et gagné six courses, à Nakuru et Nairobi, dont le Grand Prix des deux ans. La première femme au monde entraîneur de chevaux !

– Elle a un don. L'instinct animal, vous comprenez ? Et elle s'est mise en tête de conquérir Finch Hatton. Elle n'est que la huitième sur la liste, mais je parierai bien qu'elle arrivera à ses fins !

Jack s'était arrêtée :

– Hé ! Vous en faites une tête ! Vous n'allez pas être la neuvième, tout de même ?

Qu'allait-elle imaginer ? Osa avait protesté, fâchée. Mais était-ce de l'agacement, seulement – ou bien avait-elle ressenti une pointe de jalousie ?

– Crénom ! Vous avez fait du rudement beau boulot. Jamais rien vu de pareil.

Blayney prit le temps de bourrer sa pipe, de l'allumer. Non, rien vu de pareil, répéta-t-il à mi-voix.

– Vous tenez votre truc, non ? Ou alors je n'y comprends plus rien !

Les spectateurs, intimidés, restaient groupés devant Martin, masse sombre sous les lueurs dansantes des lampes. Les gamins, les premiers, se risquèrent derrière l'écran : où était passé Tembo, et où, les lions du Kaizoot ? Tous avaient poussé des cris d'étonnement à l'apparition sur l'écran de ceux qui, allez comprendre par quelle magie, étaient pourtant là parmi eux, hurlé de rire aux caprices de Kalowatt, frémi devant la charge des grands buffles quand Osa, seule, avait fait front, gémi doucement aux souffrances endurées sur le champ de lave des Shaba Hills, pourvu qu'ils ne meurent pas, tous ! Mais non ! De l'eau : ils étaient sauvés – et l'on avait entendu passer dans la foule massée un immense soupir de soulagement. Puis tous avaient poussé des cris étonnés devant les jeux des éléphanteaux et de leurs mères. Ce n'étaient que des bobines non montées, mais elles faisaient leur effet ! Kalowatt, avec à-propos, avait applaudi du haut de son arbre après la dernière bobine, entamé quelques voltes aériennes. Non, Martin ne pouvait pas imaginer meilleur public !

– Il faudra que vous montriez vos images à nos amis ! Vous vous souvenez, de cette soirée au Muthaiga Club ? Ils ont tous la tête ailleurs, avec ce qui se prépare, mais je réussirai bien à en réunir quelques-uns. Hein, qu'est-ce que vous en pensez ? Crénom ! Ça va leur en boucher un coin…

Et tout en aidant Martin à porter son matériel à l'intérieur :

– Vous savez que Charles Cottar en est tout chamboulé ? Il est passé en coup de vent hier, toujours ses fichues réunions, mais il n'en revient pas. Vous lui avez changé son fils ! D'accord, il est devenu un homme, répète-t-il, mais vous lui avez fichu de drôles d'idées en tête ! Si vous arrivez à convaincre Charles Cottar…

Ils se retrouvèrent autour d'un grand feu clair, au salon. Et ils prirent alors conscience qu'ils étaient gelés. Osa apporta des grogs fumants. Blayney s'enveloppa d'un nuage de fumée.

– Cette soirée, chez moi… Vous vous en souvenez ? Je partais le lendemain, mais vous ne pouviez pas attendre, hein ? Et vous m'avez balancé votre projet. Je me suis dit : ils sont fous. « L'Enfer avant le Paradis ! » Vous savez que je m'en suis voulu pendant des semaines, de vous avoir mis en tête l'idée de Marsabit ? Et à Thika, encore, quand j'ai vu les chariots s'ébranler…

Martin hocha la tête. Oui, il y pensait, justement. Parce qu'il avait besoin de nouveau de son avis. Blayney avait sursauté :

– Quoi ? Vous voulez repartir ? Parce que, plus fort, je n'ai pas !

Et Martin lui exposa en détail son projet de quatre années à Marsabit. Le film total sur la vie sauvage. Quatre années pour filmer tout ce qu'il était possible de filmer. Quatre années qui supposaient que Marsabit reste inviolé. Sa crainte : que tous, dès la sortie du film, se précipitent. Et que se reproduise ce qu'ils avaient vécu dans les Shaba Hills. Blayney tira un peu plus fort sur sa pipe. Oui, mais comment faire ?

– Garder le lieu secret. En inventant une histoire. Un vieux grimoire retrouvé d'un… oui, tiens pourquoi pas, d'un missionnaire. Écossais ? Avec la piste d'un lac mystérieux, quelque part dans le Nord, au fin fond du désert. Ça, plus la menace des pillards du Nord, et ils auraient peut-être la paix assez longtemps.

Blayney fit la moue. Oui, mais qui allait croire ça ?

– Le public ! Il aime les belles histoires.

– Mais ici ? Marsabit n'est tout de même pas inconnu ! Et quand les gars vont voir les images…

Il tira furieusement sur sa pipe.

– C'est idiot, votre machin. *Les Mines du roi Salomon*, hein ? Cousu de fil blanc. Remarquez, pourquoi pas ? Et les gars qui savent ici, je crois que je peux…

Il éclata de rire :

– Vous alors, vous êtes gonflés ! Et il s'appelle comment, votre lac dont je ne sais même plus où il se trouve ? Le lac Paradis ? J'aurais dû m'en douter. Eh bien Martin, topez là. Va pour le lac Paradis !

II

Les deux enveloppes étaient de la même écriture fine, élégante, qu'elle reconnut aussitôt, mais l'une d'elles, froissée, tachée, paraissait avoir connu quelques mésaventures et le boy du Norfolk avait marqué une nette répugnance à la remettre, la jugeant sans doute dans un état indigne de son statut. Yvette ! cria Osa et Martin accourut aussitôt, laissant Aloni poursuivre seul le chargement des caisses du grand départ. Les Andrews ! C'était son principal souci depuis quelques semaines – surtout, que ces deux-là ne s'avisent pas de rentrer en même temps qu'eux…

– Ça ne risque pas, dit Osa en déchirant l'enveloppe. La lettre a été postée le 20 mai. À Pékin.

Un mois à peine après leur départ pour la Mongolie ? Il avait dû se passer quelque chose. Roy avait évoqué des risques de guerre…

« Pékin,
20 mai 1922

Si chère petite Osa,

Le 21 avril, à six heures du matin, nous avons quitté Kalgan à notre tour : trois voitures et deux camions chargés à ras bord lancés sur les routes dangereuses.

Devant nous, quelque part dans l'inconnu, 75 chameaux partis depuis un mois chargés de vivres, de matériels, d'essence, dont dépend le succès de notre entreprise et, pour les conduire et les défendre, sept Mongols taciturnes, aux yeux furieux, dont je me demande s'ils ont compris trois mots de ce que leur a dit Roy. Entre eux et nous, les périls d'un désert sillonné par des hordes de bandits, de fous de Dieu, de débris d'armées en déroute, tous mourant peu ou prou de faim. C'est ce que Roy appelle avoir tout calculé au millimètre.

Intense émotion, à la passe de Wanchuan, pose moteurs et pique-nique. Les montagnes pourpres du Shensi, le long serpent de la Grande Muraille sur les falaises de basalte puis, tout à coup, le vide grand ouvert devant nous – et au cœur de ce vide, notre destin, peut-être, qui nous attend…

Miracle des automobiles : deux jours pour atteindre P'ang Kiang, étape familière. Et une sourde inquiétude, à son approche. Où était la foule des lamas qui accouraient d'ordinaire à notre rencontre dans la plaine, à pied, à cheval, dans leurs robes jaunes et rouges ? C'est le silence, cette fois, qui nous accueillait, un silence de plus en plus oppressant. Et l'horrible découverte du monastère abandonné, à demi en ruine, puis dans les salles et la plaine au-delà, des robes des moines, des uniformes de soldats chinois et russes sur le sol, d'où sortaient çà et là des ossements sur lesquels adhéraient encore des lambeaux de chair. Qu'allons-nous trouver devant nous ?

Nos Mongols étaient supposés nous laisser douze bidons d'essence à Iren Dabasu, que les Chinois nomment Erhlien – une "station télégraphique" de trois huttes aux murs de terre, près d'un marécage sur la route d'Urga (à ceci près que, de route, il n'y en a pas, bien sûr). Nouveau miracle : ils y étaient. La caravane est à quinze journées devant nous, assurent les deux malheureux terrorisés qui survivent là en s'attendant chaque jour au pire.

Miracle encore : il devait être six heures du soir, le soleil mourait dans un lac de feu, quand une voiture a fait irruption au beau milieu de notre camp. Nous avions laissé derrière nous deux géologues et un paléontologue qui voulaient examiner des sédiments prometteurs – ils arrivaient déjà, surexcités. L'un d'eux (Granger, le paléontologue) a sorti de sa poche... une dent de rhino. Puis d'autres fossiles encore, comme s'il en pleuvait. Pas moins de cinquante livres trouvées en une heure ! Danses autour des feux, rires, hurlements de joie, c'était comme si les nuages accumulés jusque-là se dissipaient. La Mongolie dès l'entrée nous ouvrait sa malle au trésor...

Course automobile dès le petit matin vers le site. Et là, Osa, tiens-toi bien, notre première grande découverte : *un os de dinosaure*. Ce qui, m'a expliqué un géologue, signifiait que nous étions dans la première strate jamais découverte en Asie datant du Crétacé (entre 135 et 65 millions d'années). Roy se pavanait avec l'air modeste qui convient aux héros victorieux : la première indication que sa théorie de l'Asie comme continent des origines n'est pas sans fondement !

Retour brutal à la réalité. Tout le long des 250 miles qui nous séparent de la lamaserie de Tuerin, où nous avons donné rendez-vous à nos Mongols (en laissant les géologues et le paléontologue à leurs fouilles) des cadavres déchiquetés par les vautours ou les loups, des ossements, vers Ude les restes d'une centaine de soldats chinois morts de froid. Pourtant, il semble que dans les malheurs du temps une bonne étoile s'obstine à nous guider. Juste avant Tuerin, un camp de nomades, près d'une mare : nos Mongols. Arrivés depuis une heure avant nous. Roy s'est rengorgé, en sifflotant d'un air entendu : "Calculé au millimètre !" Toujours aussi mystérieux, nos Mongols avaient tout de même une lueur de fierté dans le regard : les 75 chameaux sont là, et leur chargement, intact. Comment pouvait-il en aller autrement ? Des princes du désert...

À la station télégraphique (inactive : la ligne est coupée entre Tuerin et Urga) la surprise d'une lettre : "Pour Roy Chapman Andrews Esq., n'importe où en Mongolie" – de Larsen, un Suédois devenu une figure de légende, arrivé à Urga en 1890, d'abord comme missionnaire, puis éleveur de chevaux, homme d'affaires et personnage incontournable, fait “duc de Mongolie” par le Bouddha vivant, devenu notre ami. Ainsi donc il avait survécu au Baron fou et à son successeur ! Il nous presse d’arriver à Urga “où la situation est confuse”. Pire que ça, à en croire les télégraphistes désœuvrés qui tremblent d’épouvante au seul nom d’Urga.

Urga n’est plus Urga. La ville brillante, colorée, carrefour des caravanes, vit sous une chape de plomb. Plus de cavaliers chamarrés dans les rues, de pittoresques mélanges de vêtements du Tibet ou du Turkestan, de cris et de rires dans les marchés odorants, plus de marchés – juste des Mongols sur les places désertées répétant des exercices militaires, des rangées de mitrailleuses à la place des chameaux dédaigneux, et des prisons toutes neuves bondées de prisonniers. L’ordre communiste ! Un délire de paperasses, la peur et le silence, partout, une suspicion généralisée, et l’espionnite aiguë. Ces gens sont fous ! Et nous qui arrivons sponsorisés par les hydres capitalistes, Morgan, Dodge, Rockefeller, la Standard Oil… Les policiers suivent nos moindres gestes, s’inquiètent de la moindre photo, ou prise de vues. Et Roy devient fou à ricocher de bureau en bureau. Que peuvent-ils craindre de nous ?

Le 9 mai, j’aurai eu la chance, au moins, de photographier (et Shackelford de filmer) ce qui, je le crains, sera la dernière fête du Maidani, la fête du Bouddha à venir, la plus importante de Mongolie. Le martèlement des tambours, les rauquements des conques, le déferlement tout à coup d’une masse énorme, multicolore de lamas – dix mille au bas mot – avec à leur tête les quatre Khans de Mongolie, descendants directs de Gengis Khan, et derrière eux la double rangée des princes, des ducs, des nobles de moindre rang dans leurs robes bleu nuit décorées d’anneaux d’or et de plumes de paon : les derniers feux, poignants, d’un monde condamné par les hommes gris du communisme.

Je te raconte cela, petite Osa, à la manière d’un journal au jour le jour, pour ne pas te submerger d’entrée par mon amertume. Comme tu as eu raison, de choisir l’Afrique avec Martin ! Je serais morte de honte si, après t’avoir entraînée ici, tu avais dû partager mon infortune. Le lendemain de la fête du Maidani, j'ai été renvoyée à Pékin. Renvoyée : il n'y a pas d'autre mot. Une décision collective, me dit Roy en regardant ses pieds d'un air très absorbé – compte tenu des dangers de la situation, et de notre petit George, resté à Pékin aux soins d'une nurse. Des dangers ! Comme si nous n'en avions pas connu, déjà. Cette aventure était autant la mienne que la sienne. Moi qui voulais que George nous accompagne : après tout, les enfants mongols vivent bien ici avec leurs mères sans que l'on en fasse tout un plat ! Essieu brisé, double tonneau de la voiture devant moi : des dangers, j'en ai connu tout le long du retour – passons. Et à Tuerin il se disait que Wu Pei-fu, après avoir écrasé Chang Tso-lin, se préparait à marcher sur Pékin.

Ma consolation aura été de retrouver George dans un Pékin en ébullition. Le quartier occidental bruisse de mille ragots, comme d'habitude, joue à se faire peur et s'étourdit en réceptions mondaines. Je serai donc une femme du monde exemplaire. Ce que j'ai toujours voulu être. Hélas, pas de ce monde-là : comme toi, du vaste monde.

Ton Yvette,

P.-S. : Te souviens-tu de ce que je te disais, sur Martin et toi, le premier soir, à l'Explorers' Club ? C'est votre trésor à tous les deux. Qui vous rend indestructibles. »

Martin siffla longuement entre ses dents. S'ils s'en tiraient, et si leur Shackelton était à la hauteur, quel film ça allait faire !

– Pauvre Yvette… soupira Osa.

Oui, bien sûr, marmonna Martin qui faisait de rapides calculs. L'expédition devait avoir pris ses quartiers d'hiver à Pékin, si tout allait bien. Et rien, s'ils avaient assez de matière, n'empêchait un saut à New York…

– Tu ouvres l'autre lettre ?

– Parce que tu aurais accepté, toi, de me renvoyer ?

– Mais d'un autre côté, c'est la deuxième campagne de printemps qui devrait être décisive… Hum, la lettre ?

– Je te dis tout de suite, Martin Johnson, que moi je ne me serais pas laissée faire…

Cette expédition était tout autant celle d'Yvette que de Roy. Non ? Martin hocha la tête. La lettre…

La lettre avait été postée, toujours à Pékin, le 25 septembre. Et annonçait des événements considérables.

« Pékin
Le 25 septembre 1922

Si chère Osa,

Notre quartier général, qui jusqu'ici ne s'animait qu'au babil du petit George, résonne de cris, des dizaines d'inconnus courent dans tous les sens, les caisses s'empilent dans la cour, qui demain – ou dans un mois, selon l'humeur des fonctionnaires – partiront pour le Muséum. Roy est de retour, enfin, et son expédition qui se voulait d'exploration préliminaire est un plein succès, au-delà de toutes ses espérances. Le staff en son entier s'est isolé hier au salon pour rédiger le communiqué de victoire qui va mettre le Muséum et le monde entier en émoi. »

– Hein ? Bon sang, ce n'est pas possible. Pas déjà !

Ou alors ce Roy jusqu'au bout serait l'enfant chéri de la chance… Debout, Martin trépignait dans le dos d'Osa, qui accéléra la lecture. Victoire en septembre voulait dire Roy à New York en décembre, avant eux. Et film à tous les coups au printemps…

« Squelette entier de *Baluchiterium*, le plus grand mammifère connu, squelettes complets de petits dinosaures, crânes de rhinocéros, fragments de mastodontes, de carnivores, de chevaux préhistoriques, spécimens préservés de fleurs, d'insectes, de poissons, de reptiles inconnus, tous du Crétacé, sans compter, aussi, la plus grande collection de mammifères actuels de Centre Asie, comprenant là encore de nouvelles espèces, assez pour concevoir un Hall asiatique unique au monde, sans compter, enfin des découvertes géologiques qui les mettent tous en effervescence, auxquelles je ne comprends pas grand-chose. Ils y ont passé une partie de la journée, et je n'y ai pas été invitée.

Ils passent, me bousculent d'un air affairé, marmonnent des excuses en pensant à autre chose. Et moi, dans ce tourbillon, qui me sens étrangère... Eh quoi ! C'est *leur* expédition ! Roy attend de moi que je fasse de notre quartier général le centre de la vie mondaine pékinoise. Ça sera fait. Et déjà il prépare pour le printemps prochain sa nouvelle campagne de fouilles. Qui, elle, sera grandiose. Et dont je suis exclue, de toute évidence – ces silences, quand je pénètre dans une pièce où il en discute... »

Il se fit relire des dernières phrases. Pas de doute, Roy restait à Pékin. Ouf ! Ils avaient eu chaud...

« Pour le reste, jamais il n'a été si tendre, si attentionné. Et ça m'est d'autant plus insupportable de penser que pour la première fois je ne partage plus ses rêves...

Écris-moi, petite Osa – ta dernière lettre était si belle. Je me sentais à tes côtés, dans la merveille et les mystères du monde, vers le lac Paradis. Quel film ce sera !

Ton Yvette »

Mais Martin n'écoutait plus.

– Il reste ! C'est qu'il pense être sur quelque chose d'énorme...

Il compta sur ses doigts : ils avaient huit mois devant eux, dix au maximum. Après ce serait à coup sûr le triomphe de Roy Chapman Andrews, le prince des aventuriers. Pendant qu'Osa et lui seraient de retour au lac Paradis…

Huit mois ! La maison déjà presque vidée, qui le matin encore lui arrachait des soupirs, les montagnes de caisses dans la cour, tout avait disparu : Martin, déjà, était à New York.

III

Journal de Winnie

De pareil voyage, revient-on jamais vraiment ? À peine rentrée de ses tournées, Osa me faisait chercher, et nous passions des heures dans son refuge du Waldorf, à refaire pas à pas son périple. Mark s'impatientait : à ce rythme-là, le livre ne serait jamais fini, ou allait dépasser les mille pages ! Après tout, ses grands voyages, ceux qui l'avaient faite star, étaient encore à venir…

– Dis-moi, tu n'es pas en train de nous faire un roman-fleuve ?

Et moi, toute de blanche innocence :

– Mais non, que vas-tu imaginer ?

Osa, simplement, ne voulait pas rentrer. Et dès lors, que faire, sinon la suivre ? De l'Afrique, je ne savais rien, hors ce qu'elle m'en disait. Et elle m'y entraînait chaque jour un peu plus, si loin que j'en venais à craindre qu'après s'être trop livrée elle n'ait décidé de m'y perdre, nouveau Petit Poucet sans cailloux dans les poches.

Ces cailloux, j'avais tenté de les trouver dans le Hall africain. Rêvé, construit vitrine après vitrine par Akeley, celui-ci ne concentrait-il pas le savoir du temps sur le continent africain ? Tout, ici, portait sa marque. Le groupe de ses éléphants, dressés face à l'entrée, était d'une majesté écrasante, et c'était bien d'un temple qu'il s'agissait, d'un rêve figé d'éternité, dans un silence de cathédrale. Mais quand une vitrine pour moi s'animait, c'était la voix d'Osa, encore, que j'entendais, racontant l'histoire de chacune des pièces et un frisson alors passait dans le grand Hall, les murs s'effaçaient, derrière lesquels j'avais voulu m'abriter d'elle, et j'étais aux côtés de Martin dans les Shaba Hills, je courais avec Boculy vers le lac Paradis où Tembo m'attendait – rentrée chez moi j'accumulais les livres sur la flore, la faune, je voulais tout savoir, qu'au moins je puisse nommer chaque plante, chaque oiseau dans le ciel, chaque pierre sur le chemin…

Je n'étais pas simplement un miroir devant lequel elle prenait la pose, se donnant le beau rôle, tentais-je de me convaincre – je l'étais bien sûr, parfois, et j'avais appris à reconnaître les signes annonciateurs de ces moments-là – elle essayait surtout de me dire quelque chose, ou plutôt elle essayait de *se* dire, ou de trouver quelque chose à travers moi. J'ai appris depuis à me méfier des illusions rétrospectives, mais de cela, encore aujourd'hui, je reste convaincue : une part d'elle s'était perdue, depuis ce voyage, ou depuis la disparition de Martin, un mot, une musique qu'elle s'efforçait de retrouver. À travers moi.

J'arrivais le matin, pleine de résolutions nouvelles, mais il lui suffisait de quelques mots, Fort Hall, Embu, t'ai-je dit, petite Winnie, passé Embu, les fées qui dansaient ce matin-là dans la pénombre des clairières, pour reprendre possession de moi, et je me laissais emporter, déjà vaincue, la pressais de questions pour ne rien laisser échapper, éprouver chacune de ses sensations. Parfois, sans doute, s'amusait-elle à me lancer sur de fausses pistes, pour s'assurer de son pouvoir, avant de se retirer, me laissant incertaine (ainsi, y eut-il l'ébauche d'une idylle avec Leslie ? avec Bud Cottar ? avec Finch Hatton ? ou bien est-ce moi, trop romanesque, qui l'avait voulu croire, sinon inventé de toutes pièces ? Encore aujourd'hui je ne sais que répondre) mais la guidait surtout, je crois, le besoin de se retrouver à travers moi. S'il n'en avait pas été ainsi, me disais-je, elle se serait vite lassée de ce jeu, et m'aurait laissée, comme on laisse un jouet…

Plus elle prenait possession de moi, plus je m'identifiais à elle, jusqu'à peu à peu l'inventer quand je me retrouvais seule devant mon bloc de papier, avec l'héroïne de ce qui était devenu *mon* roman – et du coup, qui prenait possession de qui ? Ainsi procèdent, dit-on, les maîtres du Vaudou, qui, façonnant des poupées de cire, de boue et de chiffons à l'image de ceux dont ils veulent captiver les âmes, les enserrent dans des invocations, des fragments de récits, des réseaux de fiction jusqu'à les faire poupées de mots – mais n'est-ce pas une manière, dans le fond, de dire les puissances redoutables de la fiction ? Ainsi je fabriquais, à partir d'Osa, et à son image, mes poupées de cire, poupées de mots… Et qui de nous deux, dès lors, aurait le *dernier mot ?*

Bref, et je m'en rends compte aujourd'hui, nous luttions toutes les deux, chacune avec ses armes, pour ne pas nous perdre, en ce face-à-face…

Note de 1953 :

Comment ai-je pu être à ce point aveugle ? Trop d'orgueil, sans doute, et cette griserie d'inventer un personnage qui était moi, qui était elle, un personnage, voulais-je alors croire avec l'innocence de la jeunesse, qui livrerait la vérité de son modèle, mettrait à nu son âme, et du même coup la lui révélerait. Comment ai-je pu ne pas voir que le roman, dès ce premier voyage, devenait impossible ? Livres, interviews, articles, films avaient dessiné une légende dont Osa se trouvait prisonnière. Comment, sous sa plume, contredire la fable de Martin sur le lac Paradis, restituer la vérité de leur traversée, rendre à chacun ses doutes, ses failles ? De cela sans doute en avait-elle besoin, pour retrouver l'Osa perdue à force d'images publicitaires – elle comme moi aurait dû se douter, dès le départ, que ma réussite signerait mon échec. Mais au contraire de ce que j'imaginais alors sur mes illusoires pouvoirs – moi et mes considérations sur le Vaudou ! – c'est mon roman qui depuis bien longtemps avait pris possession de moi.

À l'époque d'autres pensées m'agitaient : il fallait que je brise le cercle où elle s'emprisonnait, la ramène à New York, l'oblige à cette suite qu'elle ne me livrait pas. Il me fallait trouver un point d'ancrage pour échapper à son emprise, d'autres témoins, d'autres regards. Et j'avais vu un signe, dans ma rencontre avec Lillian Seebach…

– Habités. Quand ils sont arrivés à New York, tous les deux, ça devait être vers janvier 1923, ils étaient… oui, il n'y a pas d'autre mot : habités. Prêts à soulever des montagnes, si vous voyez ce que je veux dire ? Les gens, du coup, avaient envie d'y croire. Pour partager un peu de leurs rêves à tous deux. Il n'y en a pas beaucoup, vous savez, de porteurs de rêves. Et quand ils ont vu les images… Bon sang ! Même moi. Je suis une pro, hein ? Eh bien je n'avais jamais vu des images comme ça… Si je m'en souviens ? Vous rigolez ? J'ai monté le film – et tous les autres, après. J'étais aux premières loges !

Lillian était arrivée en retard au bar de l'Algonquin – et sur la défensive.

– Autant vous prévenir que vous allez perdre votre

temps. Comptez pas sur moi pour un « spécial confidences », hein ? Je ne suis pas une balance !

Menue, les cheveux courts, l'œil noir et la voix rauque, elle avait, ou se donnait, des airs de dure à cuire. Non, pas une balance, avait-elle répété, en se carrant dans un fauteuil – même en échange d'un bourbon bien tassé. Double. Lillian Seebach, la fidèle des fidèles, qui avait travaillé sur tous les films de Martin… Je l'avais découverte par hasard : quelques phrases volées au détour d'une conversation entre collègues de Mark, au Café des Artistes, sur certaine monteuse de Martin que Clark Getts venait de virer sans qu'Osa s'y oppose. Arracher son adresse à la secrétaire de Lippincott avait été un jeu d'enfant. Moins de la rencontrer. Au téléphone, d'abord, je m'étais fait jeter. Puis, comme j'insistais :

– Vous n'êtes pas au courant, que j'ai été virée ? Si ? Vous cherchez quoi exactement ? Autant vous prévenir, ma petite, vous allez être déçue…

Là, maintenant, à l'Algonquin, c'était moi, devant elle, qui bredouillais, pressée de me justifier. Comme enquêtrice je faisais décidément des débuts en fanfare – et Lillian, d'abord étonnée par cette inversion des rôles, hochait la tête. Eh bien, vous n'êtes pas sortie de l'auberge, avait-elle soupiré : êtes-vous vraiment sûre que c'est ce travail qu'attendent Lippincott, et Clark Getts ?

– Le salaud ! C'est lui qui m'a virée, savez-vous ? La dernière de l'ancienne équipe, vous pensez ! Maintenant, il a les coudées franches. Pour faire d'Osa… Vous avez vu, non, ce qu'il fait d'elle, ça ne vous fait pas mal, à vous ? À croire qu'il veut l'effacer…

Elle avait avalé son verre d'un trait, allumé une cigarette d'une main tremblante, avant de s'abîmer dans la contemplation du cendrier, devant elle. En vieil expert blasé, le garçon apportait déjà un autre verre

– qu'elle avala comme d'autres un verre d'eau. Ça avait commencé avant, bien sûr, la pression des sponsors, le public à satisfaire, murmura-t-elle, en secouant la tête, mais il y avait le génie de Martin pour tout sauver.

– Tandis que là… Getts est en train de l'effacer ! D'effacer leur histoire, à Martin et elle. Vous avez compris ça ?

Elle s'était penchée vers moi, m'avait dévisagée, et le résultat n'avait pas eu l'air de la convaincre :

– Vous ne vous en sortirez pas. Vous, vous êtes gentille, hein, je ne me trompe pas ? Pleine de bonne volonté. Vous, ils vous dévoreront toute crue !

Puis, à voix basse, après avoir jeté un regard furtif alentour, comme si elle craignait d'être entendue, et allumé une nouvelle cigarette :

– C'était une fille épatante, vous savez ! Courageuse – personne ne s'imagine à quel point. Tellement de choses se sont faites grâce à elle. Et personne, là-dessus, ne lui a rendu justice. Ce n'est jamais facile d'être une femme, ça, vous avez dû commencer à vous en rendre compte – mais femme et exploratrice ! Rien à faire : vous serez juste la femme de l'explorateur.

Elle eut un petit rire amer, répéta :

– La femme de l'explorateur… Et pourtant c'était une rudement bonne photographe ! Pas aussi bonne que Martin, mais une bonne. Eh bien, elle n'a jamais été créditée de ses photos. Je ne sais pas si vous y avez réfléchi, mais regardez : Carl Akeley et Minnie, William Beebe et Mary Blair Rice, Chapman Andrews et Yvette Borup, Martin et Osa : toutes les grandes aventures ont été celles de couples. Et elles se sont toutes terminées par des divorces. Il n'est resté que Martin et Osa, le couple indestructible ! Alors qu'Osa finisse en vendeuse de peaux de panthère…

Elle chercha le garçon des yeux – il était déjà derrière

elle, avec un nouveau verre. À ce rythme elle ne me racontera bientôt plus grand-chose, m'étais-je dit, et sans doute avait-elle deviné mes pensées car son regard vacilla tout à coup. Elle était là, devant moi, toutes défenses tombées : pendant plus de quinze ans elle avait vécu près d'eux à leur retour, vibré à leurs aventures dans sa salle de montage – c'est sur toutes ces années que Clark Getts venait de tirer un trait. Comment Osa avait-elle pu laisser faire ? Elle ouvrit la bouche, se ravisa, et tandis qu'elle reposait son verre sans y toucher je pouvais suivre sur son visage la tempête des émotions contradictoires. Puis elle sourit, en se penchant vers moi, complice :

– Ah, si vous les aviez vus, tous les deux, à leur arrivée, à New York !

Et je sus que j'étais parvenue à mes fins.

– Ils étaient magnifiques ! Elle, d'une beauté… Plus que ça : elle dégageait un magnétisme… animal, oui. Le plus étonnant, mais c'était son charme, aussi, c'est qu'elle ne s'en rendait pas compte. Ou alors, elle faisait rudement bien semblant.

Des stars, s'était-elle dit dès le premier contact. Et s'ils ne l'étaient pas encore, ils allaient le devenir très vite…

Dans un livre de la bibliothèque de Wyaconda, écrit je crois par un Français, de jeunes hommes partaient à la conquête du feu perdu à la suite d'une bataille, qu'ils gardaient dans des cages de pierre, entretenaient avec des mousses sèches, et rien ne leur était plus précieux car il était la vie même, pour lui ils affrontaient mille périls, jusqu'à ce que les rescapés d'une autre tribu leur enseignent les mystères du silex. Ainsi, insistait Lillian – comme s'il avait fallu m'en convaincre ! – Osa avait vécu son retour du lac Paradis dans la crainte du feu éteint : qu'un jour, reprise par le tourbillon du quotidien, la flamme vienne à s'éteindre, et qu'elle découvre au réveil la merveille en allée, le chant oublié, aussi s'obligeait-elle, comme d'autres récitent des poèmes ou des prières, à se remémorer dans leurs moindres détails tel ou tel moment émerveillé. New York l'avait propulsée là-bas, au fin fond du Kenya – allait-il la reprendre, au retour ?

– Elle craignait par-dessus tout de quitter le lac Paradis, vous comprenez ? De perdre la trace de l'Osa restée là-bas…

Si je comprenais ! Nous nous étions retrouvées ce jour-là au Muséum et je n'avais pas eu à la presser de questions : le Hall africain, pour elle, était comme un coffre aux trésors, l'album grand ouvert de ses souvenirs. Chacune de ses pièces était d'abord pour elle l'aventure d'hommes et de femmes qu'elle avait appris à connaître. Ici, elle venait se ressourcer au sortir de la salle de montage. Ici, quand les lettres se faisaient rares, elle rêvait à ce que Martin et Osa pouvaient vivre, au loin, qu'elle découvrirait plus tard à travers leurs images. Elle comme moi vivait par procuration – mais à ma différence, qui m'en irai dans une année, c'était toute sa vie qui s'était écoulée ainsi. Sur laquelle Clark Getts prétendait tracer un trait…

– Il y avait dans l'air une insouciance, une gaieté, vous ne pouvez pas comprendre. Non, plus personne ne peut comprendre…

Ses flâneries, les premières années, se terminaient à tous coups dans le bureau-atelier-dépotoir d'Akeley, où ses assistants l'avaient élue dégustatrice officielle de leurs essais de single malt. De jeunes hommes, de jeunes femmes passaient, les yeux brillants, ils partaient demain pour les Pôles, en Océanie, au fin fond de l'Amazonie ou aux Galapagos, ou bien ils en revenaient, les yeux lointains, encore pleins de ce qu'ils avaient vécu et c'était le monde entier qui entrait avec eux dans la pièce, les murs du Muséum qui s'écartaient pour leur faire place, le cruchon de *poteen* circulait et passé le choc des premières gorgées, leur effet heureusement momentané sur les cordes vocales – hé ! c'était du raide –, commençaient les histoires qui vous conduisaient jusqu'au cœur de la nuit. Rien ne paraissait impossible, les seules frontières étaient celles de leurs rêves, et comme le monde, alors, était jeune…

Ce n'étaient pas des pièces inanimées qui nous entouraient, pour un peu, aurais-je juré, nous suivaient des yeux, mais les enchantements de ceux qui avaient donné vie au projet, l'avaient peu à peu habité, et, tandis que Lillian parlait, la pénombre se peuplait de fantômes, gardiens tant qu'ils seraient présents, tant qu'on se souviendrait d'eux, de l'esprit des lieux.

– Elle avait cet émerveillement, en elle… Plus que n'importe qui d'autre.

Combien de fois, tandis que Martin s'obstinait à démontrer à des hommes d'affaires la rentabilité assurée de son projet, était-elle intervenue pour dire simplement la beauté fragile du monde, toute cette splendeur qu'elle avait dans le cœur, et qui ne devait pas mourir ? Et c'était elle, souvent, de l'aveu même de Pomeroy, passé un jour dans la salle de montage, qui emportait alors la décision.

Elle s'était immergée dans New York, l'avait absorbé comme une éponge, s'était laissé envahir, emporter, transformer par New York, jusqu'à en épouser les moindres frémissements et elle était alors comme les antennes de Martin, pour l'assurer dans son choix, le convaincre de l'esprit du temps. Cette fois, elle arrivait porteuse d'un rêve d'Afrique, et c'était New York qui venait à elle.

[illegible]

[illegible]

[illegible]

[illegible]

[illegible]

IV

Ils étaient tous là, sur le quai de Greenock, bleuis de froid, emmitouflés au point que, depuis le pont du navire, Martin et Osa mirent un moment à les reconnaître, agitant les bras avec l'énergie d'une troupe de danseuses des Follies, ou de malheureux en péril de glaciation, Belle et William, et John hilare qui ne tenait pas en place, et Carl Akeley rayonnant, avec autour de lui Leslie et la bande des distillateurs-naturalistes du Muséum, toute l'équipe ou presque de l'Algonquin derrière Dorothy Parker et Bob Benchley, et des photographes prévenus par Dieu sait qui. Des journalistes les interpellaient depuis le quai, était-ce vrai qu'ils avaient découvert un pays inconnu au cœur de l'Afrique ? Des éléphants du temps de la reine de Saba ? C'était pour le *New York Herald*, le *Post*, la *Tribune* ! Un petit bonhomme engoncé dans un énorme manteau faisait des bonds sur place, « venu prendre des nouvelles de ses investissements » et Osa reconnut Little Joe Burnett, leur avisé bootlegger, on les tirait de toutes parts, les embrassait, les bourrait de coups de poing amicaux. Dans la bousculade elle réussit à croiser le regard de Martin : New York, cette fois, leur faisait fête ! Kalowatt, étourdie, prenait la pose sur l'épaule d'Osa, puis sur celle de Martin, attirait à elle les photographes ravis. Tout à coup, elle poussa un cri aigu, s'arracha à

Martin dans un bond gigantesque pour atterrir dans les bras de John qu'elle venait de reconnaître, et qui vacilla sous le choc, Kalowatt ma toute belle, ah, tu m'as manqué, et elle le couvrait de baisers, l'étreignait avec de petits gémissements sous les crépitements des flashs, veux-tu, tout de même, pas devant tout le monde, on va finir au poste et chacun, dans l'enthousiasme du moment, oubliait le ciel de plomb qui pesait sur la ville gelée, étouffait la rumeur de la rue, éparpillait en hâte les passagers grelottant vers l'abri d'un bar, ou d'un hôtel, Dorothy l'embrassait à l'étouffer, ah elle leur avait manqué à tous et Osa crut voir au coin de ses yeux quelque chose comme une larme, George Kaufman d'une voix de stentor couvrit le brouhaha, l'Algonquin débordait du liquide rendu nécessaire par les conditions climatiques, les ordonnances étaient prêtes, avec le nom laissé en blanc, un juge fédéral venait de décider que la loi ne limitait pas le nombre de prescriptions journalières par un même médecin, et saperlipopette, tout ça valait une bamboche à tout casser !

Ils avaient tellement de choses à se dire ! Chacun, bien sûr, pressait l'autre de parler le premier, les phrases se croisaient, se bousculaient, ils pouffaient comme des gamins en distribuant force bourrades,

– Je ne comprends foutre rien, Martin, à ce que raconte Blayney, mais, bon sang, vous l'avez épaté !

– Pas question, Carl, vous d'abord. Mince ! Le vieil homme de Mikeno… on veut savoir la suite !

– Les Mines du roi Salomon… Blayney perd la tête, ou quoi ?

Et ils n'en finissaient pas de se prendre par l'épaule, ou le bras, comme s'il leur fallait vérifier encore et encore qu'ils étaient bien là, vivants, revenus à leur point de départ…

Dès le lendemain du tremblement de terre qui avait failli mettre bas l'Algonquin, où Kalowatt avait, de lustre en lustre, défié les lois de la pesanteur avant de démontrer des aptitudes insoupçonnées au shimmy, ils s'étaient tous retrouvés chez Carl Akeley, à l'exception de John et de Kalowatt restés à l'hôtel soigner leurs maux de tête. Leslie et ce brigand de Stefansson, cette fois étaient absents, Leslie enseignait à l'université de Washington, et promettait pour bientôt son grand livre sur les Indiens d'Amérique, Stefansson, à en croire Akeley, était devenu le gourou de Greenwich Village, l'idole des *flappers* socialistes, qui ne juraient plus que par le communisme eskimo, notamment sexuel, mais Herbert était là, qui entraîna Osa, dès la porte franchie, dans une démonstration effrénée de monkey hunch, bousculant sans ménagement phoques et léopards, ah, ils allaient courir de nouveau, promis, les boîtes de Harlem, les musiciens arrivaient des quatre coins de l'Amérique, c'était de la folie ! Même Alfie, l'effrayeur d'huissiers, dans l'entrée, riait de toutes ses dents.

Rien n'avait changé, dans le salon aux odeurs de tabac et de vieux cuir, masques et statues, entre deux escapades dans les profondeurs secrètes de la ville, poursuivaient leurs rêves de pierre et de bois, le même feu rougeoyait dans la cheminée. Herbert, comme s'il avait voulu revenir à leur première soirée, éteignit le plafonnier et Carl Akeley approuva de la tête : oui, lui aussi aimait rêvasser ainsi, entouré par toutes ces présences familières.

– Vous l'avez senti, vous aussi ? Les dieux ne viennent à nous qu'à l'abri de l'ombre…

La nuit était depuis longtemps tombée, *Robin Hood* et *Scaramouche* avaient remplacé *The Sheik of Araby* et le *Shubert's Passing Show* au fronton des immeubles, mais le Baron Samedi, au-dessus d'Akeley, était toujours en poste, qu'éclairaient par à-coups Douglas Fairbanks et Ramon Navarro en lieu et place de Rudolf Valentino. Non, rien n'avait changé – sauf eux, songea Osa, riches chacun de mondes nouveaux.

– Les forêts de bambous de Mikeno sortaient de la mer des nuages, les orchidées naines et les tentures de lichens tremblaient ce matin-là dans les rais de lumière, aux flancs moussus du mont Visoke…

La voix d'Akeley venait comme assourdie, lointaine, et chacun comprit qu'il était là-bas, de nouveau, dans l'effroi et la merveille de son sanctuaire retrouvé. Oui, il avait dû conduire Herbert Bradley à la rencontre de son gorille – n'était-ce pas le pacte initial ? –, escalader les flancs du Karisimbi, désespéré, convaincu que c'était une part de lui-même qu'il allait tuer ainsi, le froid, chaque nuit, s'insinuait en eux malgré les couvertures, les porteurs gémissaient, terrorisés, que la montagne les rejetait, mais Herbert s'obstinait, et ils montaient, toujours plus haut, ils devaient être à plus de 3 000 mètres quand ils l'avaient vu : un vieux géant, au dos argenté, comme absorbé dans la contemplation du panorama grandiose devant lui. La première balle de Bradley l'avait frappé à la nuque et il s'était effondré lentement, sans un cri, et son regard avait fixé son meurtrier avec étonnement, et il lui demandait pourquoi, il en était certain… L'instant d'après il avait disparu. Ils avaient dû le poursuivre à travers la jungle étouffante, jusqu'à une crête où il s'était découpé sur le ciel et Bradley, alors, avait pu l'abattre. Ils l'avaient retrouvé assis au pied d'un vieil arbre, mort.

– Devant nous se déployait le plus beau paysage qu'il m'ait été donné de voir ! Le mont Mikeno dominait la mer des nuages, les bruns et les verts profonds des pentes moussues faisaient penser à des draperies orientales ouvrant sur un théâtre immense, les fumerolles du vieux Nyamlagira au loin se mêlaient aux nuages. Et puis, montant vers lui dans l'opalescence des lointains, le moutonnement encore de forêts mystérieuses, de lacs aux eaux étincelantes, tandis que vers le sud, au pied du Nyiragongo, se devinaient dans leur écrin vert sombre les eaux de cristal du lac Kivu…

Masques et statues paraissaient se pencher vers lui, eux aussi sous le charme, tandis que les murs de la pièce s'effaçaient.

– Un paysage des premiers âges du monde, le monde en train de naître devant nous ! Et à nos pieds le géant mort, l'homme primordial…

Il s'ébroua avec un petit rire d'excuse.

– Le vieux solitaire du Karisimbi ! S'il m'était donné de choisir, c'est là-bas, devant ce paysage, que je voudrais mourir, moi aussi. En tous les cas, ajouta-t-il après un silence, je sais depuis ce que je dois rendre au vieux géant, et à ceux que j'ai ramenés au Muséum…

Ce serait son dernier projet, avec le Hall africain : un sanctuaire. Un sanctuaire pour les gorilles.

– Avant qu'ils ne disparaissent tous. Nos proches cousins ! Il faut que j'arrive à faire comprendre ça : une chance unique d'étudier nos propres origines.

Dans le triangle des trois montagnes Mikeno, Karisimbi, Visoke, ils étaient une centaine, au bas mot. Et s'ils cessaient d'être chassés, ils se laisseraient approcher, étudier par les êtres humains, au bout de quelques années – on comprendrait alors qu'ils étaient inoffensifs, on commencerait à comprendre notre propre part sauvage. Qui, d'ailleurs, s'en trouverait dérangé ? Le lieu n'avait pas d'intérêt agricole pour les tribus alentour, et guère d'intérêt de chasse. Il suffirait d'une route pour délimiter la réserve, de gardes pour éloigner les chasseurs. Et d'un centre d'études à créer. Vers lequel, très vite, convergeraient des chercheurs du monde entier.

– D'ailleurs, j'ai déjà écrit au juge Salkin, à

Elisabethville, au Congo belge. John Merriam du Carnegie Institute en a parlé à l'ambassadeur de Belgique à New York. Et Osborn a l'oreille du roi Albert, depuis qu'il lui a fait découvrir le parc de Yellowstone et la Yosemite Valley. C'est qu'il n'y a pas de temps à perdre. Ah ! Si je réussis, je crois que le solitaire de Karisimbi me pardonnera. Et que je pourrai être enterré là-bas, en paix avec le lieu…

À moins qu'il ne rejoigne, se dit Osa, les dieux qui habitaient cette pièce, avec lesquels, déjà, dans la pénombre, il se confondait. Blayney avait vu juste : Akeley avait maigri, et paraissait vieilli de dix ans, mais une sérénité nouvelle l'habitait. Lui, le vieux gorille de Mikeno qui pendant si longtemps s'était battu contre lui-même…

– Et maintenant à nous, dit doucement Martin…

Akeley siffla entre ses dents :

– Bon Dieu ! Vous, au moins, vous ne perdez pas de temps…

Il allait, venait, surexcité, en agitant les bras et les lumières de la rue, l'éclairant par à-coups, lui donnaient des allures de gnome fantastique. Le temps, oui, c'était la clé de tout. De son sanctuaire. Du Hall africain. Du combat pour la préservation de la faune d'Afrique. Et les films de Martin étaient les leviers qui pouvaient soulever l'opinion. Oui, c'était maintenant ou jamais. Frapper un grand coup…

– Quatre ans ! Vous avez une idée de ce que ça coûterait ?

– 150 000 dollars. Dont 60 000 la première année.

Et comme Akeley en restait bouche bée :

– À cause du camp à installer. De la mise au point du matériel, des objectifs spéciaux…

Martin poursuivait, détaillait les innovations auxquelles il songeait – ah ! ce serait une révolution aussi, dans la manière de filmer les animaux – mais Akeley ne l'écoutait déjà plus. 150 000 dollars ! C'était un budget à la Chapman Andrews, ça ! Le vieil homme eut un geste découragé :

– Je suis bien placé pour savoir qu'il a asséché les finances du Muséum ! Il n'y a de place sur cette terre que pour un Chapman Andrews…

Et, s'échauffant à mesure qu'il parlait :

– Il va rentrer bientôt, vous allez voir ! Je le connais par cœur ! Partir pour des années ? Tu parles ! Il a besoin des photographes, des journalistes, de ses admirateurs ! Vous avez vu son communiqué ? On ne parle plus que de lui – et Osborn qui lui envoie en réponse un télégramme : « Vous avez ouvert une nouvelle époque de l'étude de la vie sur terre ! » En plus, il a réussi, le saligaud ! Ma main à couper, qu'il va revenir. Pour pomper ce qu'il reste, de pognon… 150 000 dollars ! Vous vous rendez compte ?

Oui, Martin se rendait compte. Non, il n'avait pas connaissance de ce communiqué. Mais il se doutait un peu de son contenu : peu avant leur départ de Nairobi, Osa avait reçu coup sur coup deux lettres d'Yvette, et une chose au moins était sûre, si ça pouvait le rassurer, Chapman Andrews n'envisageait pas de retour à New York avant sa seconde expédition. Ce qui, au pire, leur laissait un répit jusqu'à l'automne…

– Mais c'est peut-être autant un exemple qu'un concurrent, vous ne croyez pas ?

Un *exemple* ? Akeley déjà protestait – depuis le temps qu'il l'avait entre les pattes, celui-là ! – mais Martin, obstiné, poursuivait son idée : il fallait au moins lui reconnaître d'avoir compris que s'ouvrait l'ère de la publicité, et de la communication de masse. Où il y aurait d'ici pas longtemps place pour deux, cinq, dix

Andrews – s'ils savaient, comme lui, capter les attentes de l'époque.

– Faire le pitre devant les journalistes et flatter les *tycoons*, comme lui ?

Tout, en Carl, se rebellait à cette idée. Chacun sentait bien cet engendrement formidable d'un nouveau monde – mais un monde à l'image d'Andrews ? Alors ce serait sans lui ! Herbert fit circuler le *poteen* consolateur, Akeley tisonna furieusement les bûches dans l'âtre, mais il en fallait plus pour arrêter Martin :

– La guerre… Elle a déchaîné des forces terrifiantes, bien sûr. Mais libéré aussi des énergies nouvelles. Non ? Des fois je me dis que nous sommes revenus aux temps de la Frontière.

Et comme se tournaient vers lui des visages étonnés :

– Oh ! Des frontières nouvelles, ça va sans dire. Encore que…

De nouvelles frontières de l'esprit humain, c'était certain – bien plus vaste, obscur, redoutable qu'on n'avait imaginé jusque-là. Qui pouvait ignorer les noms des docteurs Freud et Jung, ou de ce docteur Coué qui drainait les foules, depuis son arrivée à New York ?

De la société, cela crevait les yeux, renchérit Herbert : toutes ses valeurs effondrées, celle-ci se tournait, comme elle ne l'avait jamais fait, vers les autres civilisations. En attendant d'elles des lumières nouvelles.

– Une nouvelle conquête de l'Ouest, en somme, reprit Martin. N'est-ce pas vous, Herbert, qui l'aviez dit ici même, un soir ?

Le monde était comme un immense livre dont on n'avait jusqu'ici tourné que quelques pages.

– Bref, si je vous suis, résuma Herbert, cela veut dire qu'arrive un nouvel Age d'or de l'exploration ?

– Et que l'Amérique, pendant quelques années, sera maîtresse du jeu, oui. L'Europe pour un temps est à genoux. Et la culture américaine est une culture de la Frontière !

Ça ne durerait peut-être pas, mais aujourd'hui c'est à l'Amérique de jouer. Et donc au Muséum.

– Vous vous rendez compte de l'importance du Muséum, si je ne me trompe pas ?

La préservation du passé de l'humanité, bien sûr. Mais aussi une place stratégique, dans l'effort d'une redéfinition de l'identité américaine.

Akeley, resté jusque-là silencieux, applaudit bruyamment.

– Mon vieux, si Osborn avait été là, parmi nous, votre affaire était pliée.

Et c'est ce soir-là, sous le regard bienveillant des dieux éveillés, qu'ils mirent au point leur plan de bataille…

V

Ils n'étaient pas seuls en course. Martin, toujours aux aguets, le nez plongé dans les magazines qu'il remontait à pleines brassées du salon de l'hôtel, le répétait chaque matin : en un an d'absence, le monde avait bougé. Plus vite, plus loin, plus haut, l'Amérique était un train lancé à grande vitesse. Vers où ? Nul n'en savait rien. Les journaux chaque jour ajoutaient quelque nouvel exploit, une limite franchie :

– Dis donc, écoute ça : Bill Campton vient de battre le record du monde de vitesse… 391 kilomètres à l'heure, tu te rends compte ?

– Et ça : la semaine dernière, un avion a livré le courrier de New York à San Francisco en trente-trois heures !

Emil Chambert avait sauté en parachute de 26 000 pieds, nouveau record. Laura Bromwell venait d'enchaîner 199 loopings. Annie Oakley battait le record de ball-trap, 98 cibles sur 100. Les premières radios pour voiture étaient lancées sur le marché. Pas une minute à perdre, martelait Martin. Acquiesçait Osa, et il lui semblait alors que le grondement de la ville montait vers eux, envahissait la pièce, voitures et musiques mêlées. Ils n'étaient pas les seuls, et plus question de baisser la garde…

Pas seuls en course. Un matin, alors qu'ils rentraient de Grand Central, où ils avaient accompagné John, une lettre les attendait à la réception de l'hôtel. Ils n'y avaient d'abord pas prêté attention : John les avait fait pleurer de rire tout au long du trajet par le récit de son retour d'Afrique. Le voyage, au final, lui avait redonné goût à la vie, et il repartait de zéro, ouvrait une bijouterie. À Enid, dans l'Oklahoma. Fini Independence, Mme Templeton et ses Gardiennes de la vertu ! Martin riait encore de la scène de désespoir improvisée sur le quai par Kalowatt, en ouvrant machinalement la lettre – son rire se brisa net.

… Après les politesses « d'usage entre chasseurs de grands fauves » un certain H.A. Snow, « alerté par la presse », suggérait une rencontre d'urgence : Universal lançait à grands frais son film, promis à un grand succès, *Hunting Big Game in Africa, with Guns and Cameras*.

Osa avait retenu un cri. Ah non ! Pas cette fois ! Mais d'où diable sortait ce H.A. Snow ?

– Jamais entendu parler. Mais écoute ça : « Il me semble évident, mon cher Martin, que la sortie de votre film, annoncée par la presse au printemps, serait dommageable à tous les deux – et surtout à vous, qui arrivez après moi. Pourquoi ne pas nous entendre pour une sortie différée de votre film – disons à l'automne prochain ? Compte tenu des intérêts en jeu, et en accord avec Universal, je serais prêt à envisager un dédommagement conséquent… »

– De combien ? De 10 dollars ?

– Non, de 30. Je veux dire : 30 000 dollars.

Trente mille dollars ? C'était du sérieux.

Ils se précipitèrent au Lyric Theatre, où se donnait la première sur la côte Est. Une peur affreuse serrait la gorge d'Osa : le cauchemar du film sur Bornéo qui recommençait ?

Un désastre. À croire que le misérable s'était par avance ingénié à ruiner tout ce que Martin entendait montrer, et à insulter chacun de leurs émerveillements. Pas un cliché ne manquait, sur la vie sauvage. Des lions, des léopards, des rhinos, des éléphants déferlaient sur l'écran, écumants de fureur meurtrière, qu'un héroïque chasseur affrontait sans trembler et chaque monstre abattu était une victoire de la civilisation, un trophée de plus à la gloire du chasseur. Le pire était les cris du public, ses applaudissements. Ils sortirent fous de colère et d'écœurement. Comment pouvait-on encore oser pareille saloperie ? Et en plus, il fallait s'y attendre avec pareille vision de l'Afrique, les images étaient minables…

– Après tout, ça ne change rien, conclut Martin, quand il eut recouvré son calme. Il va falloir se battre, c'est tout.

Et jouer à fond la carte du Muséum. Celui-là n'était peut-être pas le coffre-fort imaginé, résumait Akeley, mais assurément la clé qui pouvait l'ouvrir. Sans lui, ils courraient à l'échec. Et le vieux gorille de Mikeno avait une idée précise de la manière de procéder.

– Préparer au plus vite un choix de temps forts du film. Les projeter à quelques membres choisis du conseil d'administration. S'ils sont séduits, et ils le seront, alors ils deviendront ses meilleurs avocats. Après, quand les esprits seront en ébullition, je vous arrangerai une rencontre avec Osborn. Là, soyez moitié aussi convaincant que l'autre soir, Martin, et vous emporterez le morceau !

Après ? La porte une fois ouverte, tout resterait à faire. Et d'abord convaincre un à un les *tycoons* supporters du Muséum, que Chapman avait déjà sévèrement ponctionnés, de mettre la main à la poche. Mais ils se sentaient, l'un et l'autre, habités d'une foi à effondrer toutes les murailles…

VI

Journal de Winnie

– Martin et Osa avaient visé chaque image du pré-montage, mais enfin c'était aussi mon boulot. Mince ! J'avais dérushé 30 000 mètres de pellicule, travaillé jusqu'à ne plus voir clair. Alors, cette première projection…

Lillian, amadouée, prenait je crois plaisir à nos rencontres de l'Algonquin, dont elle partait à chaque fois pompette, et du coup moi aussi. Ajoutées à la participation intéressée aux libations d'Osa, si propices aux confidences, elles allaient faire de moi une alcoolique, au rythme où j'avançais, c'était écrit – écrit, le mot ne manquait pas de sel. Si elle se souvenait de la projection ? Ce soir-là, elle se sentait la tête posée sur un billot et Martin comme Osa, près d'elle, n'en menaient pas plus large, même si dans le fond ils savaient les images somptueuses. Le dosage était-il bon, entre scènes d'aventures et scènes d'émerveillement ? Au-delà des discours et pétitions de principe sur la protection des espèces, plusieurs des personnes présentes étaient aussi des chasseurs passionnés – allaient-ils accepter la vision proposée ?

– Il y avait là Akeley, pas plus rassuré que ça, George

Sherwood, le secrétaire général du Muséum, et deux autres membres du conseil dont j'ai oublié le nom. Le genre gros cigares, gros fusils et petite quéquette, vous voyez ? Ce silence, après la dernière image… Et puis Sherwood a juste soupiré : « Hé bien ! » Sur le cul, ils étaient sur le cul ! Y compris Akeley. Tiens, j'en ai encore la chair de poule, d'y repenser… Au dîner, ils parlaient tous en même temps, bâtissaient des châteaux en Espagne, oui, il fallait que le lac Paradis devienne un projet prioritaire du Muséum, qui lui permettrait de gagner le grand public. Et puis un instrument, aussi, pour faire du Hall africain quelque chose d'unique ! Mais moi je notais surtout que leurs regards sans cesse revenaient vers Osa – bon sang ! Elle crevait l'écran.

Il n'y avait que Martin à garder son sang-froid. Ne restait plus qu'à le faire, ce film. En, hum, accélérant un peu le mouvement ? Accélérer ? Sur le coup, elle avait pensé l'étrangler. Et puis une petite lueur malicieuse au fond des yeux de Martin l'avait retenue : c'était juste sa manière à lui de dire qu'il était content.

Sortir le film ! C'était son obsession. Mais en même temps il fallait préparer l'opinion, par une série d'articles dans *Asia Magazine*. Négocier le contrat d'un livre à paraître juste après le film pour renforcer encore l'événement. Mettre sur pied une grande tournée d'été dans toute l'Amérique. Avec Osa, démarcher les partenaires, leur organiser des projections spéciales. Prendre le risque de faire fabriquer les objectifs et les appareils qu'il avait imaginés, sans garantie d'en avoir le financement, au final. Et c'était des réunions à n'en plus finir avec les ingénieurs.

– Mon boulot à moi, c'était juste ça : lui faire gagner du temps. Lui mâcher le travail. Anticiper ses décisions. Parce que, pour tout arranger, les choses étaient beaucoup plus compliquées que prévu avec le Muséum…

Sherwood et ses amis avaient fait leur travail, mis le

conseil en effervescence. Osborn s'était dit « impressionné » par « la hauteur de vues » de Martin et « charmé » par Osa. Las, le juriste du Muséum avait tout mis par terre : association à but non lucratif, le Muséum était exonéré de taxes – avantage qui lui interdisait de produire directement des films. C'est un banquier, supporter passionné du Muséum, qui avait trouvé la solution : Daniel Pomeroy, alors vice-président de la Banker's Trust Company, qui devait devenir l'ami fidèle des Johnson…

Il s'était emparé du dossier, avait mobilisé ses relations, Trubee Davison, un avocat, Perry Osborn, le fils d'Osborn, lui-même avocat, et au final avait proposé un montage original : une Martin Johnson African Expedition Corporation financerait l'expédition à travers l'émission d'actions ordinaires ou prioritaires, et c'est avec elle, non avec Martin, que le Muséum passerait une convention, par laquelle ce dernier contribuerait au financement de l'expédition. Le Muséum superviserait le déroulement de l'expédition, aurait son mot à dire sur le contenu des films, leur donnerait son label, mais, sans implication dans l'exploitation commerciale, se verrait dégagé de toute responsabilité légale. Par contre, une fois l'exploitation commerciale terminée, le Muséum récupérerait la totalité des photographies, des films et des trophées. En échange, il avançait la somme de 37 000 dollars.

Un mois plus tôt que prévu, le film était prêt. Lillian avait pressé le titreur, le meilleur de la place, engagé deux monteurs en renfort « qu'elle avait épuisés sous elle » et pris Martin lui-même de vitesse. Rothafel, du coup, avait bousculé sa programmation, et le film avait pu être présenté le 20 mai au Capitol. Le jour de gloire de Lillian ! Des premières glorieuses, elle devait en connaître beaucoup par la suite avec Martin, mais celle-là…

Celle-là avait été spéciale.

– J'étais sur place déjà le jour avant ! Dans les pattes des ouvriers qui mettaient en place les têtes de rhinos, d'éléphants, les peaux de lion et de léopard – un vrai Hall africain en réduction ! J'entendais Rothafel dans son bureau, qui harcelait les journalistes. Akeley avait signé un communiqué qui faisait grand bruit : « Le plus extraordinaire film sur la vie sauvage qu'il m'ait été donné de voir ! » Si j'avais pu, j'aurais dormi sur place.

J'avais lu la presse de l'époque, bien sûr, le concert de louanges, la salle sous le choc, Osa partout citée, l'héroïne du jour, la grâce d'une star, le courage d'une pionnière de l'Ouest – il y avait quelque chose en plus, qui se lisait entre les lignes : le sentiment partagé que c'était peut-être une date historique, une époque nouvelle du cinéma qui s'ouvrait.

– Et ça, ma petite, ça n'est pas tous les jours qu'il vous est donné de le vivre !

Après pareil succès, plus l'implication sans réserve du Muséum, ils avaient en main tous les atouts. Et pourtant…

– Ne croyez pas que ça a été facile, après ! C'était tellement nouveau ! Les semaines passaient. Des contacts. Chaleureux. Mais sans engagements fermes. Un seul, il suffirait d'un seul, répétait Pomeroy, mais je sentais bien, quand Martin passait dans la salle de montage, qu'il était de plus en plus tendu. Un seul *tycoon*, et d'autres suivraient. Ça a été Eastman. George Eastman, le grand patron de Kodak. Non sans mal. Mais ça, vous le savez déjà…

Qui pouvait l'ignorer ? La rencontre avec Eastman – confirmée par Osa, avec dans le regard une hésitation qui m'avait intriguée – appartenait à la légende. Ou comment Martin et Osa, tentant le tout pour le tout, avaient foncé à Rochester, siège de Kodak, forcé presque sa porte… et avaient fait chou blanc. En vain Martin s'était-il ingénié à démontrer la rentabilité de son investissement, « M. Eastman ne plaçait pas son argent dans des entreprises individuelles ». Mais Osa, alors qu'elle rentrait à New York, prise d'une impulsion soudaine en gare d'Albany, avait rebroussé chemin, forcé de nouveau sa porte pour parler cette fois selon son cœur. Et, surprise, hommage à son charme, elle avait emporté la décision : le *tycoon* s'engageait à hauteur de 10 000 dollars…

Qu'avait-elle bien pu dire, ou faire, pour circonvenir Eastman ? Osa s'était fermée, d'un coup, quand j'avais tenté d'en savoir plus. Ne resterait donc que la légende.

Lillian avait haussé les épaules. Foutaises ! Nous étions toutes les deux à notre troisième bourbon, je me disais vaguement que j'étais en train de me ruiner, et sans doute que, plus lucide, elle se serait tue, mais c'était une de ces heures grises, avant la nuit, où l'on pleure sur soi, parfois, ou se confie, elle se sentait vide, depuis son licenciement, incapable de reprendre un travail. Foutaises, avait-elle répété : c'était en juillet, elle s'en souvenait bien, elle terminait le montage de petits films éducatifs et Carl Akeley était passé un matin, enthousiaste : ça y est, ils avaient leur premier actionnaire !

– Je m'en souviens, pensez ! presque mot pour mot : George Eastman, deux jours plus tôt, lui avait envoyé son bras droit, pour voir d'un plus près ce que lui voulait exactement Pomeroy…

Visionnage, rencontre avec Osborn qui avait aussitôt écrit personnellement à Eastman – et c'était le 31, oui, parce que le lendemain elle partait en vacances, pendant que Martin et Osa, eux, étaient en tournée, qu'Eastman avait appelé Osborn, puis Akeley : il s'engageait dans l'aventure.

Pourquoi cette fable d'Osa sur leur rencontre ? Lillian avait haussé les épaules.

– Une de ces conneries dont sont capables les gens comme Clark Getts… Et ensuite vous vous trouvez piégée. Mais bof, après tout, peut-être était-ce pour elle une manière de récupérer un peu de ce qui lui était dû…

VII

Le Gonk l'avait accueillie à bras ouverts, dans un tumulte de vacheries tendres et de bons mots, mais les regards sur elle avaient changé.

– Dame ! avait glissé Dorothy ce n'est pas tous les jours qu'nous aut', pov' citadins, on tutoie les éléphants et les rhinos ! Ou qu'on place une balle dans l'œil droit d'un léopard.

Bref, elle était leur petite « fiancée de l'aventure » : ce n'était pas tous les jours qu'on venait les voir avec en cadeau le monde entier. Et puis, avait-elle conclu en la serrant très fort dans ses bras, ils étaient juste rudement contents de la retrouver.

D'autant, avait soupiré Benchley, qu'ils avaient un petit coup de mou, ces temps-ci. Comme l'avait pressenti Dorothy, leur pièce, les *Fortyniners*, avait été un bide retentissant. C'était couru d'avance, grommelait Kaufman, encore vexé : tous ceux qu'ils avaient poignardés, ridiculisés, assassinés, soit une bonne partie de la ville, s'étaient précipités, pressés de leur faire la peau.

– Et *en plus*, avait ajouté Dorothy, perfide, il faut bien reconnaître qu'elle était nulle, cette pièce.

Sûr, reconnut Kaufman, carrément à chier. Mais ce n'était pas une raison : il y en avait plein, de pièces nulles, qui étaient des succès ! En tous les cas, Osa avait bien de la chance, elle, de n'avoir eu à fréquenter que d'innocentes et paisibles créatures, fauves, serpents, sangsues, araignées et pachydermes…

Était-ce elle qui avait changé ou le Gonk ? Passé le moment des effusions, lui venait le sentiment, derrière le tourbillon des voltes et des bons mots de ses amis retrouvés, d'une pointe de mélancolie, comme une musique douce-amère là où il n'y avait jadis que franches rigolades, s'était-elle inquiétée, un jour que Dottie lui avait donné rendez-vous chez Tomy Soma. Son *speakeasy* favori sentait fort le steak grillé et le whisky, et jusque dans la rue, signe de relations épanouies avec les autorités locales, combien de soirées un peu folles y avait-elle passées, avec toute la bande ? Mais en découvrant son amie seule, blottie dans la pénombre d'un recoin, elle avait eu l'impression que le bar légendaire était moins son QG, désormais, que son refuge. Comme elle paraissait frêle, tout à coup ! Le temps, petite Osa, avait répondu Dottie avec un rire triste : le temps était l'ennemi, qui rongeait tel un acide, flétrissait les corps.

– Et même les cœurs, prétendent ceux qui en ont encore un…

Elle eut un geste de la main comme si elle voulait chasser une présence, près d'elle – mes fantômes, s'excusa-t-elle. Un ou deux bourbons et ils disparaîtraient. Elle avait l'habitude. Et puis Osa allait s'en charger, n'est-ce pas ? Elle voulait tout savoir, au calme, tout du Kenya, de son lac Paradis, de Martin, de ses éléphants : tout ! Oui, avait concédé Osa, mais seulement si elle faisait de même en retour – ce qui serait plus bref, attendu qu'il ne se passait rien à New York, depuis leur départ, avait grommelé Dorothy.

Les minutes s'étaient écoulées, puis les heures. « Sweet Pea » Charley, le boxeur tatoué qui faisait office de serveur aux heures creuses et de cerbère le reste du temps, leur avait apporté des steaks fumants et renouvelé les verres, puis comme le récit d'Osa l'intriguait, il s'était assis sans façon à leur table, et Dorothy, qui n'avait pas très faim, lui avait passé son assiette. Jésus-Christ ! balbutiait la terreur, en se signant entre chaque bouchée, Jésus-Chriiiiiiissttt, avait-il soupiré quand Martin et Osa, enfin, avaient quitté le lac. Avait soupiré Dorothy : les nouvelles du front, ici, allaient paraître un peu pâlichonnes, en regard…

– Zelda, dit-elle.

– C'est pas tout ça, mais faut que je bosse, coupa « Sweet Pea », qu'on sentait moins porté sur la chose littéraire.

Zelda et Fitz, l'esprit même du temps, reprit-elle, avec une ironie qui surprit Osa. Le temps venu du désamour ? Ils s'étaient installés à Long Island, où ils se donnaient en spectacle, pour se faire accepter par les nouveaux riches de la finance. *Cocktail parties* en permanence, soûleries, coucheries.

Ce pli amer au coin des lèvres – on lui avait changé Dottie. Et pour la première fois Osa nota la fatigue du regard, ses traits tirés. Pourquoi ? murmura-t-elle, et sa question valait autant pour son amie que pour Zelda ou Fitz.

– Noyés. Ils se sont noyés dans un verre de champagne.

Pendant que Martin et Osa partaient au Kenya, eux avaient joué à Londres les inutiles mondains, polo, spectacles, réceptions, où Zelda avait eu la surprise de retrouver Talullah Blankhead, plus tigresse que jamais, avant, déguisée en garçon, de se faire peur dans le quartier des pickpockets.

– Pas exactement la plongée de Jack London dans l'East End, si tu vois ce que je veux dire ?

Puis ils avaient traîné leur ennui des Folies-Bergère

aux casinos de Venise et de Florence, soit le parcours type des éleveurs de bétail texans, avant de rentrer, furieux, en regrettant que les Allemands n'aient pas gagné la guerre, ce qui aurait au moins rabattu le caquet de ces arrogants Français qui ne s'étaient guère sentis concernés par leur existence, à tous deux. La suite ? Ils s'étaient réfugiés chez papa-maman, dans le Minnesota, où Zelda avait accouché d'une fille qui avait eu droit, décoché par sa mère, à un accueil musclé : « J'espère qu'elle sera idiote, c'est ce qui peut arriver de mieux à une fille dans notre monde, être une ravissante idiote. » Et pour tout arranger Fitz, jaloux, n'avait pas tardé à la prendre en grippe. On ne les avait pas revus à New York avant le printemps, lui passablement hagard, elle bouffie, planplan, aux allures de mémé, pour le lancement de son nouveau roman, *Les Heureux et les Damnés*, jugé nul par le Gonk, mais qui avait plu : Fitz n'était-il pas « l'esprit du temps », aux yeux des journalistes ? Ils étaient réapparus dans l'automne, pressés de s'installer à Long Island. Où se trouvaient maintenant, pensaient-ils, leurs lecteurs…

Ce n'était pas seulement de Zelda que Dorothy parlait, si pleine d'amertume, elle le devinait bien, c'était de leur jeunesse à tous, c'était d'une part d'elle-même à jamais perdue. Osa lui prit la main, sentit sa crispation. Dottie qu'elle avait crue la plus solide de toutes, presque indestructible… Que s'était-il passé, ces derniers mois ? Son amie hésita, les yeux baissés, puis, comme on se jette à l'eau :

– Le rasoir d'Edwin était émoussé. Le pauvre ! Même son rasoir…

Elle retroussa sa manche, découvrant le pansement sur son avant-bras.

– Quand j'ai voulu passer à l'autre poignet, je me suis évanouie.

C'est le garçon du Restaurant Suisse qui l'avait trouvée, baignant dans son sang, comme on disait dans les mauvais feuilletons.

– « Baignant » ! En fait il y en avait partout, des giclées sur le mur. Dégueulasses. Tous les suicides ratés sont ridicules, mais alors celui-là !

Le Restaurant Suisse, au-dessous de chez elle, était sans doute le pire de New York. Plutôt crever que manger leur saloperie ! Mais c'était l'hiver, il faisait froid, elle n'avait rien dans la cuisine, aussi leur avait-elle commandé un plat par téléphone. Avant de se suicider ! N'était-ce pas idiot ? Le garçon était arrivé juste à temps…

Osa la regardait, effarée. Elle, se suicider ? Dorothy eut un sourire bravache :

– Mais toutes les femmes modernes se suicident ! Si, si, je t'assure…

Le bar se remplissait peu à peu de présences furtives, un brouhaha venait, de propos murmurés, mais elles étaient seules au monde en ces instants, tandis que Dorothy, renfoncée dans la pénombre, lui livrait enfin son cœur défait. Edwin, son mari, son premier grand amour, détruit par la guerre, perdu depuis dans l'alcool et la morphine, qui l'avait quittée l'année précédente. La rencontre dans l'été de Charlie, un journaliste de Chicago, venu à New York tenter une carrière de scénariste, le charme personnifié…

– Tu sais comment il m'a eue ? Le salaud ! En envoyant à la SPA une camionnette pleine de gâteaux d'anniversaire « pour les chiens solitaires privés d'amour »…

Benchley pour l'amitié totale, absolue, et Charlie pour le sexe et l'alcool : l'arrangement lui paraissait clair. Sauf qu'idiote, elle était fidèle. Elle avait su les infidélités de son bellâtre le jour même où elle s'était découverte enceinte. Le temps de le lui annoncer et il avait déjà disparu. Quel autre choix, dès lors, que l'avortement ? Mais elle avait trop attendu, et depuis chaque nuit elle revoyait le fœtus, ses petites mains…

– Le rasoir, sur le coup, ça paraissait la meilleure solution. Quand je pense que le beau Charlie s'est cru quitte en m'envoyant 30 dollars… Trente !

Voilà. C'était le triste roman-feuilleton d'une misérable idiote. Qui n'était même pas sûre d'être immunisée.

– J'ai beau faire, j'aime toujours les chiens abandonnés…

L'avortement. N'était-ce pas, pour les femmes comme elle, le résumé de l'époque ? Edna Saint Vincent Millay, la nouvelle étoile de la poésie, la maîtresse de Floyd Dell : avortement. Et avortement pour Zelda, effrayée par l'exaspération de Fitz à chaque babil de la petite Scottie.

– Ce salaud, en plus, lui reproche maintenant d'avoir « froidement » fait partir son fils dans les toilettes du Plaza ! Froidement…

Toutes les femmes modernes avortaient. Ou elles se suicidaient. Ou elles faisaient les deux, comme elle.

Zelda… Elle était injuste avec elle, qui ne faisait après tout que se débattre pour exister. Dans un article pour la *New York Tribune*, elle avait mangé le morceau sur le roman de son mari : Fitz lui avait purement et simplement piqué des pages de son journal, fouillé dans son courrier et elle y retrouvait des phrases entières de sa plume. L'article, bien troussé, avait fait rire. Des revues commençaient à lui demander des billets, des nouvelles. Les frères Warner lui avaient même proposé de jouer son propre rôle dans le film qu'ils voulaient tirer du roman. Mais Fitz, fou de rage, s'y opposait.

Il ne lui restera que ça, conclut Dottie : jouer dans la vie à être Zelda. C'est ce qui les guettait tous : n'avoir plus d'autre choix que de jouer son propre rôle. Histoire d'amuser la galerie.

La troupe, la police, c'était bon pour les pauvres, les syndicalistes, les militants – pas pour les enfants rebelles de la bonne société. Le Dieu ivre qui tirait les ficelles avait imaginé pour eux des ruses plus subtiles : ils seraient à la mode, simplement.

Une déprime passagère, voulait se rassurer Osa, tout n'avait pu basculer en si peu de temps. Ils étaient tous au cœur du cratère, acteurs mais si peu du drame qui se jouait, emportés, brassés le reste du temps dans l'énorme tohu-bohu de la ville monstre, New York était comme une lave en fusion, qui pouvait espérer de n'en être pas brûlé, un jour ? Mais une autre voix lui chuchotait, obstinée, que son monde à elle était moins là, malgré ses amitiés, que plus haut, vers Harlem…

Entraînant avec elle Dorothy, elle s'y était précipitée, le cœur battant, et tout avait recommencé comme si elle n'était jamais partie. Crazy Cat Charlie lui chuchotait à l'oreille les bons coups qu'il ne fallait pas manquer, il y avait des gars qui arrivaient de Chicago, de La Nouvelle-Orléans, parole, qui jouaient comme des dieux, *Shuffle Along* était toujours à l'affiche, le plus gros succès de Broadway, parmi les *mobsters* juifs et ritals c'était à qui ouvrirait une nouvelle boîte de jazz, chacun voulait la sienne, simple question de standing, un lieu à soi, où recevoir les amis en écoutant de la bonne musique, pas du jus de navet comme chez les bourges, sûr Harlem devenait le centre du monde ! Et comme Osa, de contentement, l'embrassait sur les deux joues, le gaillard, timide, l'avait invitée à une *rent-party* un peu spéciale, attendu que c'était chez lui, et pour l'occasion elle était arrivée avec deux énormes marmites de wali wa nasi, ces poulets frits, pimentés, accompagnés de riz cuit dans du lait de noix de coco, recette préférée de 'Mpishi, et elle s'était retrouvée à raconter de nouveau Boculy, le demi-frère des éléphants, le lac Paradis, et la magie de la savane, « Fats » Waller, un peu plus gros, toujours aussi jovial, et, fait nouveau, violemment parfumé, sans doute sous l'influence des dames, avait escaladé le ciel sans effort apparent, Osa, il est vrai un peu pompette, aurait juré que des doigts lui poussaient par dizaines à chaque main, se projetaient dans tous les sens, faisaient des cabrioles, s'allongeaient d'un bout à l'autre du clavier, semaient à foison des gerbes de notes, comme portées par une immense joie, et Dorothy qu'elle avait toujours vue en retrait, sur la réserve, s'était tout à coup lâchée pour danser, jusqu'à l'épuisement…

– Bon Dieu, c'est dingue, dingue ! répétait Dorothy, survoltée, dans le taxi qui les ramenait chez Tony Soma, où elles avaient laissé Benchley : on dirait qu'ils portent toute la souffrance du monde, et malgré tout ils rient ! Alors que nous, avec nos bobos… Ma fille, t'as tout compris, c'est là que ça se passe !

Elle fit mine de bourrer Osa de coups de poing, l'embrassa.

– Ou je n'y connais plus rien, ou ils vont conquérir le monde, ceux-là !

C'était son trésor à elle, songeait Osa, émue, le trésor qu'elle emporterait avec elle au Kenya – pour leur rendre un peu d'Afrique, au retour…

Un peu plus tard, retrouvant Benchley dans le bouge en surchauffe – Sweet Pea, à l'entrée, avait soulevé Osa de terre, hé, les gars, c'est ma copine, elle tue un rhino tous les matins ! –, Benchley qui s'inquiétait de les savoir seules là-haut, livrées à la lubricité des hordes de sauvages ivres morts, et qu'on ne lui raconte pas d'histoires, il avait bien vu comment tous ils regardaient Dottie la fois où il avait dû faire un rempart de son corps devant elle, sans ça sûr elle y passait et même peut-être lui, sait-on jamais avec ces brutes perverses, dans la boîte où jouait ce fou furieux qui suintait le whisky par tous les pores, Bubber Miley, oui, c'est ça, il en avait encore les genoux, et pas seulement qu'eux, qui tremblaient, Dorothy s'était lancée pour lui dans un récit épique, sûr, leurs vies, et elle ne parlait pas du reste, héhé, à jamais perdu, leurs vies, donc, n'avaient tenu qu'à un fil, s'il n'y avait pas eu Osa et elle comprenait mieux maintenant toute son histoire avec ce Nagapate :

– C'est incroyable, les mecs, si tu les avais vus, des marlous, avec bagouses, colliers, crans d'arrêt, et tout, ils la sifflent, ils la tripotent un peu, et elle, elle rigole, leur flanque ses marmites entre les mains, eh, les gars rendez-vous un peu utiles, et tu les retrouves tous copains en train de becqueter du poulet frit !

Elle avait vérifié d'une main hésitante l'existence de la table devant eux – c'était curieux comme tout bougeait, ce soir, d'habitude ça ne le faisait que lorsqu'elle était fin saoule – avant de se raccrocher au bras d'Osa.

– Ce soir… Tu étais vraiment avec eux. Et eux avec toi. Non, mais, est-ce que tu te rends compte ?

– De quoi ?

Non, elle ne se rendait même pas compte. Elle trouvait ça normal…

– Garde cette grâce, ma fille ! Surtout, je t'en prie, garde-la…

VIII

Le printemps avait bousculé l'hiver, chassé les frimas de l'hiver sans qu'ils y prennent garde, pris par leur course folle, déjà pointait l'été. Le film restait l'événement du moment, et les tenants de la chasse aux grands fauves semblaient faire profil bas, on ne parlait plus guère du film de H.A. Snow, les articles de Martin dans *Asia Magazine* faisaient grand bruit, qui prolongeaient le film, des voix à sa suite se levaient dans les grands journaux. Allait-on répéter en Afrique le désastre de la conquête de l'Ouest, interrogeait l'éditorialiste du *New York Herald*, ou bien serait-ce une deuxième chance donnée à l'Amérique de conjuguer l'esprit de la Frontière et la préservation du monde sauvage ? Aucun pays civilisé n'avait un rapport aussi intense que l'Amérique avec le monde sauvage, soulignait un chroniqueur du *Post*, le *wilderness* était constitutif de son identité, Martin Johnson ne faisait jamais que prolonger en Afrique le grand rêve de John Muir, d'Emerson, de Thoreau ! Les gens du Muséum se frottaient les mains – un peu vite, selon Martin, on ne changeait pas si facilement les mentalités, les tenants de la chasse n'avaient pas dit leur dernier mot. Il fallait profiter, autant qu'il se pouvait, de l'instant – pour convaincre, d'abord, des actionnaires : passé l'été, il serait trop tard. D'autant qu'un certain Chapman Andrews n'allait pas tarder à faire parler de lui…

Il arrivait. Le même rêve, depuis quelque temps, revenait à Osa : Chapman Andrews à cheval, au milieu d'une plaine rase, et derrière lui une ligne sombre qui montait sur l'horizon, au loin. Il passait du trot au galop, de plus en plus rapide, il fonçait droit sur elle, envahissait l'espace, et derrière lui ce n'était pas un déferlement de cavaliers mongols, tchakhars ou kalmouks, mais un chaos furieux de monstres improbables, tricératops, ptérodactyles, dinosaures, mammouths, mêlant leurs barrits d'épouvante, des entrailles mêmes de la terre jaillissait une avalanche sans fin de sauriens ruisselants de bave, il avait ouvert les portes de la cage du temps, la préhistoire ressuscitée montait tel un torrent en crue, arrivait sur elle, l'emportait – elle se réveillait en nage, la poitrine prise dans un étau. Il s'approchait, elle le sentait, bientôt il serait là. Ou bien il lui était arrivé malheur. Pourquoi ce long silence d'Yvette ? D'elle, ils avaient reçu deux lettres coup sur coup, à la fin du printemps, puis plus rien. L'une, pleine d'ironie amère sur son hiver à Pékin, de reine, disait-elle, des « mondaines imbéciles » (« Autre manière, non sans charmes à ce que prétend la femme de l'ambassadeur, de s'affirmer "femme du monde". Roy en paraît enchanté : n'avons-nous pas été des rares invités occidentaux au mariage de l'empereur ? »). L'autre, où elle annonçait le départ à la mi-avril de la grande expédition. La piste vers Iren Dabasu était infestée de brigands, chaque semaine un plein camion de pillards que rien, pas même l'uniforme, ne distinguait de leurs bourreaux, étaient fusillés à Kalgan, le convoi avait dû faire le coup de feu pour passer – le tout énoncé brièvement, avec un détachement qui les avait inquiétés, Martin et elle, comme si au fil de l'hiver quelque chose s'était défait entre Yvette et Roy : « Les Chinois, d'une grande sagesse comme chacun sait, et d'esprit pratique, bandent les pieds de leurs épouses pour les maintenir à demeure. Roy s'en est heureusement inspiré. Mais les pieds me font un peu mal, dans ce grand palais vide. » Peu de temps après les journaux avaient annoncé des découvertes fabuleuses, mais Martin restait sceptique : quels moyens avaient-ils de le savoir ? Il connaissait assez Roy pour savoir que son arrivée serait un coup de théâtre, savamment orchestré. Pourtant, sans qu'elle osât l'interroger, elle le sentait de plus en plus nerveux, au fil des semaines.

Akeley, un matin, était arrivé, agité : tout le Muséum ne parlait plus que de cela, il avait fallu expédier en Chine trois paléontologistes en renfort, la moisson était prodigieuse, Osborn lui-même projetait de le rejoindre, sinon sur les lieux de fouille, au moins à l'arrivée des trésors, à Pékin. Et depuis les nuits d'Osa étaient hantées par ce rêve, obsédant. Bientôt il serait là, et plus rien ne compterait, hors sa gloire. Car s'il arrivait ce serait pour rafler la mise de nouveau, lancer une autre aventure, plus folle encore, assécher tous les fonds disponibles…

Martin allait, venait, passait des heures au téléphone, multipliait les conciliabules avec l'ami Pomeroy. L'été. Ils avaient l'été pour tout gagner. Ou tout perdre. Tout gagner, les rassurait Pomeroy : il avait les choses bien en main, maintenant, et les réactions étaient bonnes. Qu'ils partent donc en paix pour leur tournée d'été !

Philadelphie, Cleveland, Columbus, Detroit, Chicago, et partout des salles combles, le public sous le charme. Martin n'était peut-être pas l'orateur du siècle, mais il connaissait le métier comme pas un, savait tenir ses auditeurs. Et les images parlaient d'elles-mêmes.

Depuis les coulisses Osa observait Martin, tout entier projeté vers la salle, attentif aux moindres vibrations de son public, vérifiant à ses réactions la justesse de son montage. Et quelle ovation quand elle le rejoignait sur scène, aux dernières images ! Ils revivaient, la tension de New York oubliée, s'amusaient comme des gamins à sauter de train en train, les Grandes Plaines s'ouvraient devant eux, roussies sous le soleil et leur cœur alors battait plus vite : c'était chez eux, cela. Et bientôt viendraient les forêts et les lacs du Montana, les premiers contreforts des Rocheuses, avant la plongée dans les splendeurs sylvestres de l'Oregon, jusqu'à Portland, et les grands rouleaux du Pacifique, en somme ils refaisaient à leur manière le périple de Lewis et Clark ! Kalowatt, à la fenêtre, poussait des cris de joie, les souvenirs se bousculaient, de leurs galères passées, les salles vides de Humboldt, de Denver, de Lincoln, 8 dollars d'entrées à Emporia, leur premier Noël sur la route, à Denver, 25 cents de hachis arrosé de jus de dinde, les semaines heureuses de Black Hawk… Notre voyage de noces, avec juste treize ans de retard ! avait lancé Martin en retrouvant l'hôtel miteux de leur premier soir à Kansas City, Osa, sous le choc encore de sa maison perdue, était montée bravement sur scène en tutu hawaïen mais sa voix tremblait un peu, ce qui n'avait guère d'importance, attendu que la salle était vide, ou presque. Un début encourageant, avait conclu alors Martin. Il avait juste fallu treize ans pour remplir cette fois le Grand Théâtre de la ville, treize années pour une salle, debout, n'en finissant pas de les acclamer…

Il avait fallu organiser deux soirées à Chanute, sans parler d'une réception en grande pompe à l'hôtel de ville, avec défilé de majorettes, lâcher de ballons, feu d'artifice, et cette fois le maire était resté sourd aux objections de Belle, il tenait, élections obligent, à sa grande fête populaire. Kalowatt s'était taillé un beau succès et il n'avait pas fallu à la chipie une heure pour faire tourner en bourrique Mlle Glenkinchie, superbement indifférente aux clameurs indignées de Choupinette qui, elle le savait, serait à chaque fois accusée de la catastrophe – quand on a goûté au péché une fois, on est à jamais marquée, concluait Mlle Glenkinchie, avec une telle conviction que Belle avait fini par lui demander si elle parlait en connaissance de cause.

Nul à Chanute n'avait oublié les aventures d'Osa, mais quand le visage de Nagapate était apparu sur l'écran, la salle avait frissonné d'épouvante – c'est à cette brute-là qu'Osa trouvait mille excuses ? Et bien sûr, avait noté Belle, narquoise, les hommes avaient gloussé d'un air idiot, comme toujours, à certaines séquences, les seins nus, même noirs, étaient toujours des seins nus, tandis que les étuis péniens, il est vrai de taille remarquable, suscitaient des murmures du côté féminin. La découverte du lac Paradis avait conclu leur séjour en apothéose. Tous, ici, étaient chasseurs et, parole, on voyait bien qu'Osa était une fille de Chanute : bon sang, quel coup de fusil ! La paix du monde sauvage ? Ouais, bon, ça, c'était autre chose. Les durs à cuire de la Frontière hochaient la tête, sans rien dire. Mais n'en pensaient pas moins.

Nellie et Millie, restées muettes sous le regard sévère de Belle, se rengorgeaient : c'était Osa, leur Osa à elles, qui avait osé ça ! Et, comme avait fini par chuchoter Nellie, aucune autre femme n'aurait eu les couilles de le faire…

Ils s'étaient quittés le cœur serré. Promis, ils reviendraient avant le grand départ. Quatre ans ! pour la première fois, Osa prenait conscience de la durée de leur absence. Quatre ans – et chacun, tandis que la locomotive s'enveloppait de fumée, dans les cris et les coups de sifflet, se disait que certains d'entre eux, peut-être, ne seraient plus là, à leur retour…

Les portières claquaient déjà quand elle l'avait vue, en retrait, qui la dévorait des yeux : la jeune écolière, toujours grave et pensive, qui n'avait pas quitté le premier rang pendant les deux soirées. Elle était descendue en hâte sur le quai, le chef de gare hurlait, le train partait déjà, elle l'avait serrée dans ses bras, avant de bondir, juste à temps, sur le marchepied, happée par Martin – c'était, avait-elle murmuré, émue, comme un peu d'elle-même, à travers cette gamine, qui restait à Chanute.

La nouvelle barrait la « une » de l'*Evening Standard*, en gare de Louisville : Osborn partait en grande pompe rejoindre à Pékin Chapman Andrews, le « conquérant de la Mongolie ». Des journalistes l'accompagnaient, pour immortaliser ce moment historique : l'arrivée à Pékin de la plus prodigieuse collection d'ossements préhistoriques jamais collectée, plus une découverte sensationnelle, annonçait Osborn, « dont il laissait à Andrews la primeur de l'annonce, qui allait placer le Muséum de New York au premier rang mondial ». Tout un pan de l'histoire du monde révélé, ajoutait le reporter. Et l'Amérique désormais le phare de l'exploration.

Une découverte sensationnelle… De quoi pouvait-il donc s'agir ? Du berceau de l'humanité, avait risqué Osa, se souvenant de certaine soirée à l'Explorers' Club. Ou du squelette du premier homme ? Dieu lui était témoin, avait grommelé Martin, qu'il souhaitait à Andrews un triomphe, et il gardait sa conviction qu'à terme ça serait bon pour tout le monde, mais, par pitié, PAS TOUT DE SUITE !

– Dix annonces comme celle-là et ça va devenir plus difficile, pour nous…

Tous les investisseurs se tourneraient vers l'Asie, et adieu l'Afrique, dès lors ! Son rêve ne l'avait pas trompée, songeait Osa. Les nuages pointaient tout à coup dans le ciel. Et c'était la fin des vacances.

Un message de Pomeroy les attendait, à Charleston : il fallait qu'ils rentrent, toutes affaires cessantes.

À Grand Central ils avaient trouvé un Pomeroy exaspéré. Un coup des chasseurs, enrageait-il. Deux nouveaux membres du conseil d'administration qui faisaient les malins, des mécènes richissimes, dont le Muséum avait besoin, mais par malheur collectionneurs frénétiques de trophées. Leurs arguments ?

– Que les risques pris par le Muséum sont énormes au regard de son apport. Et si Martin venait à disparaître ?

Martin déjà se cabrait. Ça existait, ça, des expéditions sans risques ?

– Justement ! Ils se sont mis en tête qu'il y en a déjà trop. Qu'il faut retrouver, je les cite, « un meilleur équilibre entre les investissements sur place, pour le public, et les expéditions aux quatre coins du monde ».

– Et on le remplit comment, le Muséum, sans expéditions ?

Pomeroy avait haussé les épaules. Ce n'était pas lui qu'il fallait convaincre ! Et l'on voyait que, cette fois, il était inquiet.

– Ou nous réussissons à donner des garanties sérieuses, ou ils vont retourner le conseil contre nous...

Le fond de l'affaire, bien sûr, était la chasse. L'un des deux nouveaux, pressé par Pomeroy, avait vendu la mèche. Surtout, avait-il fini par lancer, que je ne comprends foutre rien à ce qu'il raconte, votre Johnson, le film de Snow, ça, c'est de la vraie aventure !

Osa, le lendemain, avait passé un des pires après-midi

de sa vie. La réunion n'en finissait pas, ce qui n'était jamais un bon présage. Que pouvaient-ils bien se dire, derrière cette porte close d'où pas un mot ne filtrait ?

Enfin, Martin et Pomeroy étaient sortis, épuisés, bras dessus bras dessous. Victoire sur toute la ligne ! Martin déjà entraînait Osa dans un tourbillon effréné, en plein milieu du hall. Non seulement, avait expliqué Pomeroy un peu plus tard, au calme, Martin confiait en garantie au Muséum l'ensemble des films et des photos de leur future expédition, après leur exploitation commerciale – ce qui nous fera une belle jambe, si un lion vous bouffe avant, ce qui vous pend au nez, avec vos idées à la noix ! avait objecté un de ses opposants, – mais encore, et là le chasseur de gros était resté coi, la totalité, s'il venait à disparaître, de ce qu'il avait tourné auparavant. Dont le film qui faisait depuis trois mois un malheur au Capitol.

Ce qui voulait dire ?

– Que le Muséum avance 37 000 dollars.

Avec les 10 000 dollars d'Eastman et 13 000 dollars déjà rassemblés par Martin, cela faisait pile le compte pour l'investissement en matériel, les infrastructures à construire au lac Paradis et la première année de fonctionnement.

– Le reste, avait ajouté Pomeroy, j'en fais mon affaire. Un an ! C'est plus qu'il m'en faut…

Restait à fêter l'événement. Au Divan Parisien sur la 45e Rue, avait tranché Pomeroy : au diable, ce soir, l'esprit d'économie ! Là, au moins, Izzy et Moe ne risquaient pas de faire irruption, le maire y ayant sa table réservée. Homard à la Newburg, champagne Pol Roger, desserts divins à la française, vieux cognac et cigares, il fallait au moins ça pour clore pareille journée !

Le si digne Pomeroy et Osa avaient fait froncer quelques sourcils quand ils avaient entonné la toute récente et interdite « I've gone and lost my little yo-yo », mais la soirée était déjà avancée et les garçons avaient compris que les clients avaient un trop-plein de stress à évacuer, mais quand ils envisagèrent de poursuivre par la ravageuse « Bootleg Dance », ils furent fermement priés de donner à la rue la primeur du spectacle, et Osa, à la suite de Pomeroy, improvisa sur le trottoir une démonstration de shimmy au succès immédiat. La nuit dansait, autour d'eux, c'était dit : ils partaient.

Ils partaient. La suite de leur tournée s'était déroulée dans une succession de fous rires et de brusques affolements, qui à tous coups se terminaient par des embrassades. C'était tout simplement monstrueux, ce qu'ils avaient à mettre en place ! L'équipement, au bas mot, d'une armée en campagne. Ils faisaient et refaisaient des listes, calculaient au plus juste les délais, recommençaient leurs calculs…

– Six voitures Willys-Knight, à expédier en pièces détachées *via* Le Cap. Il faudra d'abord renforcer les suspensions, modifier la carrosserie. Et puis prévoir sur les flancs des réservoirs d'eau, des compartiments étanches pour le matériel cinéma.

– Quatre camions Fulton, Roy assurait que ce sont les plus solides.

– Plus neuf chariots à acheter à Nairobi. Cinq tirés par des mules, quatre, les plus gros, par des bœufs. Et deux cent cinquante hommes, à engager, dont deux cents porteurs. Ça fait combien, ça, de nourriture à emporter ? Bon Dieu, c'est de la folie !

Des générateurs Delco. Des cuisinières à bois Coleman. Dix-huit fusils de tous calibres. Cinq caméras Akeley, dont deux couplées et une avec 4 objectifs rotatifs. Plus cinq autres spéciales. Dont une montée de telle sorte qu'on puisse prendre des vues depuis une voiture. Dix appareils photo. Surtout, relancer au plus vite Baush et Lamb à Rochester et Ballmeyer à Londres…

– Qu'est-ce qu'ils fabriquent ? Ça fait dix fois que je les relance ! Les objectifs de 1 500 mm, il faut qu'ils soient parfaits. Absolument parfaits. On passera par Londres, les meilleures tentes s'achètent chez Benjamin Edington. Pour les compléments, il y a Tarleton, à Nairobi…

– Une baratte ! Martin, n'oublie pas la baratte. Je ne peux pas vivre sans beurre ! Et celui des Boran, non merci…

– Des pics, des pioches, des pelles, des scies, des marteaux, des bidons galvanisés, des piquets, des pompes, des prises électriques, des pointes, des clous, des vis, on n'a jamais assez de pointes…

– Du ketchup, du sucre, du sel, du poivre, des pickles, des filtres, de l'huile. Deux machines à coudre, non trois, avec tout ce monde…

À ce rythme-là, ce serait bientôt pire que Roy et Yvette à Pékin. C'était tout l'équipement d'une maison, à emporter !

– Une maison ? Tu n'y es pas. Un village !

L'été tirait à sa fin. Il fallait partir au plus tard à la fin de novembre, s'ils voulaient passer l'Ewaso Ngiro avant les pluies de printemps. On n'y arrivera jamais, s'inquiétait Osa. On y arrivera, s'obstinait Martin. Roy et Yvette l'ont bien fait !

Roy et Yvette… Où étaient-ils, à cette heure ? Dans la fièvre du départ, en leur palais mandchou, orchestrant leur ballet d'employés affairés, comptant et recomptant, sous l'œil impassible de « Monsieur n° 1 », les caisses emplies de leurs trésors ? Ou bien déjà en mer, cinglant vers l'Amérique ? Le retour au lac Paradis maintenant assuré, Martin et Osa guettaient l'annonce de leur retour, chaque jour plus impatients. Mais le Muséum restait obstinément muet…

IX

Combien étaient-ils ? Quatre mille au bas mot, assurait le chef de la sécurité, affolé, qui avait appelé la police en renfort. Quatre mille à se presser devant la grande salle du Muséum, qui n'en pouvait contenir qu'à peine la moitié, aussi Chapman Andrews avait-il décidé de donner deux conférences coup sur coup, mais la foule impatiente de voir, d'entendre, d'approcher le phénomène s'entêtait à pousser et l'on voyait venir le moment où les murs allaient s'effondrer sous la pression – ou les premiers entrés périr étouffés sous la masse. Il est vrai que deux jours auparavant le *Time Magazine* avait fait sur lui sa couverture et depuis une semaine des journalistes quelque peu exaltés dressaient de leur champion des portraits oscillant entre Alexandre le Grand et Champollion, Buffalo Bill et Napoléon. Savant et aventurier, explorateur et homme du monde, espion pendant la guerre et visionnaire aujourd'hui : le héros moderne qu'attendait l'Amérique. Aucun roman n'égalait sa vie aventureuse, proclamait l'éditorialiste du *Saturday Evening Post*, avec lui revenait le temps de la Frontière, résumait le rédacteur de *World's Work* ! Depuis son retour, il n'était pas sorti des appartements d'Osborn, disait-on, où il recevait les journalistes à la chaîne, c'était à croire qu'en quelques jours il avait donné un millier d'interviews. Mais quoi ! c'était ainsi que se bâtissent les légendes, quand les journalistes, l'esprit enfiévré, ne s'embarrassent plus de l'exactitude du détail…

Ils s'étaient retrouvés peu avant, en coulisse. Intimidés presque de se retrouver, après tant d'aventures, avant de tomber dans les bras les uns des autres. Amaigri, hâlé, avec le même sourire, charmeur en diable, comme toujours, et pourtant changé, s'était dit Osa : il paraissait plus grand, avec dans le regard une flamme nouvelle. Avaient-ils été ainsi, Martin et elle, à leur retour du lac Paradis ? Les photographes autour d'eux se pressaient pour immortaliser le moment. Il fallait qu'ils se voient, et vite, avait chuchoté Andrews. Dès le lendemain, chez Osborn, où il était peu ou prou prisonnier. Ils avaient tellement de choses à se dire ! Tout ce temps, en mer, il avait craint d'arriver trop tard… Mais au nom d'Yvette une ombre était passée dans son regard. Elle était tellement désolée, ils auraient tant voulu ! Mais, enceinte de nouveau, elle ne pouvait pas prendre le risque d'un tel voyage. Osa, le cœur navré, n'avait pu s'empêcher de songer qu'une histoire était en train de se défaire. Tout à la passion qui le dévorait, Roy n'avait plus besoin de personne…

Comme il paraissait frêle, pourtant, seul en scène, face à la masse en folie qui n'en finissait pas de l'acclamer, tout à l'heure, aurait-on dit, allait le balayer, l'emporter dans son tumulte ! Puis Osborn l'avait rejoint pour dire ce jour la gloire du Muséum, souhaiter la bienvenue au « héros de l'Amérique ». La toute récente radio WBAY était là, qui porterait cette soirée jusqu'à la Californie, afin que nul ne l'ignore ! Oui, il avait eu l'honneur de voir arriver à Pékin la file des voitures, débarquer caisse après caisse des camions les fabuleux trésors, il avait frémi comme tout à l'heure la salle, au récit des périls affrontés, et il avait eu cette chance de participer aux dernières fouilles, à Iren Dabasu, et d'y fairc la découverte qui resterait le sommet de sa carrière, d'une dent de Coryphodon – la deuxième trouvée dans l'histoire de la paléontologie. Pas possible, avait ricané Akeley à l'oreille d'Osa, le loustic lui a même fait le coup du *gold digger* – de « saler » la mine épuisée de quelques pépites pour la revendre à un gogo. Mais une vague de vivats déjà déferlait des hauteurs de l'amphithéâtre tandis que Roy Chapman Andrews s'avançait jusqu'au bord de la scène, comme s'il voulait regarder chacun des spectateurs jusqu'au fond des yeux. Quelques mots presque chuchotés et le silence s'était fait. Et il avait dit les battements de cœur du départ, le long serpent des voitures passant la Grande Muraille et l'espace grand ouvert tout à coup devant eux, la piste transformée en bourbier sous les tempêtes de neige, les cavaliers surgissant de loin en loin au sommet des collines pour disparaître aussitôt et les mains alors qui se serraient sur les crosses des fusils, les longues veilles, la nuit, la crainte des bandits. À Iren Dabasu, la caravane de chameaux partie quinze jours plus tôt avec les réserves de vivres et d'essence n'était pas au rendez-vous et au bout d'une semaine de recherches ils la croyaient perdue, entre les mains des hordes de pillards, quand elle était réapparue – leur guide, pour échapper aux bandits, s'était enfoncé dans le désert, ne voyageant que de nuit en un immense détour. Bandits, pillards, soldats en déroute, rebelles de tous bords pullulaient autour d'eux, ils avaient dû avancer dès lors l'arme au poing – et leurs voitures faisaient merveille, quand au lieu de fuir ils fonçaient dans le tas, affolant les chevaux. Chapman Andrews avait eu un geste négligent de la main – l'ordinaire des jours en quelque sorte, broutilles au regard de l'enjeu scientifique – et un frisson était passé dans l'assemblée. Cabot ! avait grondé Akeley. Mais le magnétisme d'Andrews était impressionnant, la salle retenait son souffle, respirait au rythme de sa voix d'or.

Et il avait dit la splendeur des matins, la griserie de « l'ouvert illimité » tandis qu'ils s'enfonçaient dans l'inconnu, les jeux du vent et des lumières sur l'herbe rase où passait comme un songe l'ombre des nuages, les premières fouilles à Iren Dabasu, où un fragment d'os de huit centimètres à peine sortant du sol les avait mis en émoi, l'invraisemblable amas de squelettes mis au jour, dinosaures de toutes tailles, herbivores et carnivores mêlés, empilés les uns sur les autres, tous noyés probablement, emportés, roulés dans les flots d'une crue violente. Et c'était comme s'ils s'avançaient dès lors dans un rêve éveillé, remontant chaque jour un peu plus l'échelle des siècles, un crâne intact de Mesonyx, à Irdin Manha, la Vallée des joyaux, unique de son espèce, vingt-sept crânes de Titanotheres à Ula Usu, la Source dans la Montagne, et l'équipe à demi enfouie dans une tempête de sable rouge, si violente qu'il faisait nuit en pleine journée, puis, de là, le voyage vers les Falaises Pourpres qui les attendaient quelque part, derrière l'horizon, soixante-dix crânes et quatorze squelettes complets trouvés en quinze jours de Protocératops, d'Oviraptorids, de Vélociraptors, de Sauromithoides, de Tyrannosaurus, de Shamosuchis : la Mongolie était bien le coffre aux trésors de l'histoire du monde…

Et la folie alors de toute l'équipe, levée avant le jour, travaillant sans relâche, jusqu'à ce qu'ils réalisent que la deuxième caravane portant vivres et essence pour le retour n'était toujours pas là ! Les vivres commençaient à manquer mais ils n'en avaient pas moins utilisé les derniers sacs de farine pour protéger les squelettes exhumés. Puis ils avaient fait des bandes de leurs vêtements de rechange pour les emmailloter, chemises, pantalons, pyjamas, bientôt ça avait été au tour des tentes de secours, comme si les mastodontes exigeaient que l'expédition disparaisse aux vents de la plaine, peu à peu s'efface. Les deux guides mongols partis à la recherche de la caravane ne revenaient pas, l'équipe ne se nourrissait plus que de thé et de viande, l'hiver approchait qui allait les prendre au piège. Et au dernier moment, quand ils désespéraient, seize des soixante-dix chameaux avaient été retrouvés à 60 miles de là. Sauvés ! Ils avaient levé le camp aussitôt. Cinq tonnes de fossiles au total ! Et les routes improbables au retour, les sables mouvants, les éboulis, un essieu cassé, mais qu'importe ? Plus rien ne comptait, aux yeux de tous, que leur trésor. À commencer par celui dont il n'avait pas encore parlé…

On aurait entendu le bruit d'une respiration. Le plus étonnant de tous, avait-il poursuivi, après un long silence, découvert au pied des Falaises Pourpres. Une première mondiale. Trois pièces d'abord, puis trente au total. Il s'était redressé, sa voix montait, triomphale, tandis que deux assistants poussaient une table sur la scène, recouverte d'un drap blanc, qu'il ôtait, théâtral :

– Mesdames et messieurs, pour la première fois dans l'histoire de la paléontologie, des œufs de dinosaures !

Il y eut un moment rare d'émotion. Les uns et les autres se regardaient, stupéfaits, puis la vague avait enflé, énorme, les murs, le sol, tremblaient sous les vivats et lui, Roy Chapman Andrews debout au milieu de la scène, si grand tout à coup qu'il paraissait occuper tout l'espace, saluait la foule. Même Carl Akeley, beau joueur, applaudissait. Andrews était bien, ce soir, le « héros de l'Amérique ».

Osa s'était dressée comme les autres, la gorge serrée. Martin lui avait pris le bras et elle avait deviné ce qu'il ressentait en cet instant. La gloire de Roy Chapman, bien sûr. Mais aussi que la prochaine fois, ce serait lui, ce seraient eux, au même endroit, qui apporteraient ici même son rêve d'Afrique à l'Amérique.

Et avec lui, toute la beauté du monde.

Martin et Osa le jour de leur mariage, à Independence, le 15 mai 1910. Elle a tout juste seize ans, lui, vingt-six.

L'équipage du *Snark* : Martin Johnson est à la gauche de Jack London (troisième à partir de la droite).

Martin a l'idée folle de projeter aux Big Nambas le film qu'il a tourné sur eux en 1919 lors d'une première expédition dans l'île de Malekula, où lui et Osa avaient failli laisser leur vie.

La découverte de l'Afrique et les premières expéditions, qui ne seront pas de tout repos : un safari dans les montagnes Ndoto.

La traversée de l'Ewaso Ngiro en crue, lors de leur deuxième voyage au lac Paradis.

Ils auront tout à inventer, des méthodes de tournage. Comment filmer buffles et rhinocéros sans téléobjectif ? En les faisant charger, droit sur l'objectif, et en les abattant, au dernier moment. Trop tôt, pas d'image. Trop tard, plus de cinéaste. C'est Osa, bientôt tireuse d'élite, qui tiendra le fusil, aux côtés de Martin. Malgré leur propos anti-chasse, ils n'auront pas d'autre choix. Jusqu'à ce que Martin mette au point un nouveau matériel.

Osa et Martin, bientôt les stars de l'aventure. Elle, la plus « glamour » des risque-tout : dans l'imaginaire américain des années 1920, tout à la fois l'égale en beauté des actrices d'Hollywood, la réincarnation des pionnières de l'Ouest américain et la femme recréant un foyer au cœur du monde sauvage.

Osa, en 1923, en compagnie d'un guerrier Kipsigi, lors du tournage du film *Simba*. Dans un regard échangé, toute la complicité qui l'unissait à ses amis africains.

Osa et Martin en compagnie de guerriers Lumbwas. Pour monter leurs expéditions, de plus en plus lourdes, de plus en plus ambitieuses, il leur faudra se lancer dans une course aux sponsors. Laquelle manquera de se refermer sur eux en piège.

Caches perfectionnés, caméras couplées tournant à des vitesses différentes, téléobjectifs de plus en plus puissants, déclencheurs automatiques : Martin inventera une foule de techniques encore utilisées aujourd'hui. Ici une lionne surprise par un flash au magnésium.

Osa pourvoyeuse aussi du gibier nécessaire à la vie de l'expédition – laquelle pouvait compter plus d'une centaine de personnes.

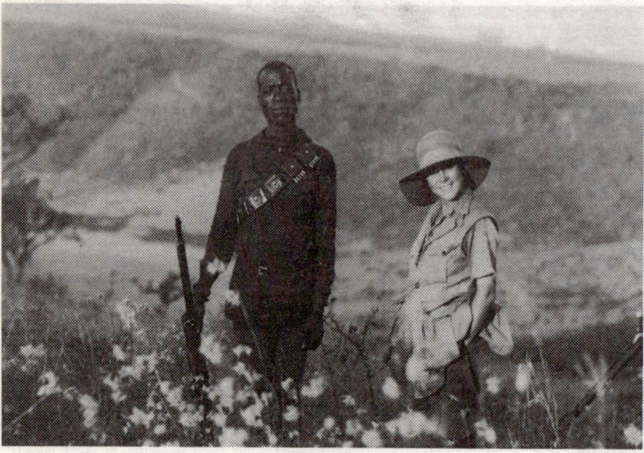

Osa près du lac Paradis en compagnie de Boculy, le « petit frère des éléphants », grand ami des Johnson. « J'allais avec lui aussi souvent que je pouvais, car sa science m'émerveillait. » (Martin)

Osa et Martin en 1932. Ils furent les premiers à filmer l'Afrique depuis les airs, à bord de l'*Osa's Ark* et du *Spirit of Africa.* « Jamais nous n'avions vécu de tels moments d'insouciance, avec le sentiment puissant d'une liberté totale. » (Martin)

Osa et Martin Johnson en 1921, à jamais les « amants de l'aventure… »